CORNELIA FUNKE

TINTENTOD

КОРНЕЛИЯ ФУНКЕ

Чернильная смерть

Перевод с немецкого

Москва
«Махаон»
2014

УДК 821.112.2-312.9-93
ББК 84(4 Гем)
Ф94

*Перевод с немецкого
Марии Сокольской*

Рисунки автора

*Иллюстрация на обложку
New Line Cinema / Russian look
Photomovie / Russian look*

*Дизайн обложки
Ольга Клявень*

Функе К.

Ф94 Чернильная смерть: Роман-фэнтези/Пер. с нем. М. Сокольской; Рис. автора. – М.: Махаон, Азбука-Аттикус, 2014. – 672 с.: ил.

ISBN 978-5-389-02912-5 *(рус.)*
ISBN 978-3-7915-0476-6 *(нем.)*

Последняя часть трилогии знаменитой немецкой писательницы.

Продолжаются странствования девочки Мегги и ее семьи по Чернильному миру, в котором они оказались благодаря необычному дару отца Мегги превращать книжные слова в реальность.

Чернильный мир зачаровывает всех, кто туда попадает, своей красотой. Он полон волшебства и превращений, там смеются дети, разгуливают великаны, феи, эльфы и единороги. Но Зло пытается переделать этот мир по-своему, и для спасения Чернильного мира героям приходится искать выход из безнадежных ситуаций, вновь и вновь рискуя своей жизнью. На этот раз судьба готовит им встречу с самой Смертью.

**УДК 821.112.2-312.9-93
ББК 84(4 Гем)**

ISBN 978-5-389-02912-5 *(рус.)*
ISBN 978-3-7915-0476-6 *(нем.)*

Может быть, все на свете
связано лишь с томлением.

Рольфу – навечно. Я была невероятно
счастлива замужем за Сажеруком.

Айлин, знающей все об утратах,
всегда умевшей понять и утешить.

Эндрю, Энджи, Антонии, Кэм и Джеймсу,
Каролине, Феликсу, Микки и, наконец, но уж точно
не в последнюю очередь, – Лайонелю и Оливеру, всем,
кто наполнил черные дни светом, теплом и дружбой.

И Городу Ангелов, питавшему меня первобытной
красотой; мне кажется, здесь я обрела наяву
свой Чернильный мир.

Я – песня, которая птицу поет,
Я – лист, что землю рождает,
Я – прилив, что луну за собой ведет,
И река, что песок заметает.
Я – облако, уносящее вихрь,
Глина, что руку лепит,
Земля, дающая солнцу свет,
Искра, выбившая кремень,
Слово, произносящее человека.

Чарлз Косли. Я – песня

Только пес и лист бумаги

Слышишь, мимо нас во мгле
Ночь прошелестела?
Лампа на моем столе
Как сверчок запела.

А на полке – корешки
Радужной раскраски
Словно зыбкие мостки
В мир волшебной сказки.

Райнер Мария Рильке.
Жертвы Ларам/Вигилии III*

Лунный свет падал на халат Элинор, ее ночную рубашку, босые ноги и пса, лежавшего на полу у кресла. Пес Орфея. Как он глядел на нее своими вечно печальными глазами! Словно хотел спросить: ну почему, ради всех манящих запахов на свете, ты сидишь ночью в библиотеке, среди безмолвных книг, неподвижно уставившись в одну точку?

– И впрямь, почему? – спросила Элинор в пространство. – Потому что не спится мне, глупая ты тварь.

И все-таки погладила пса по голове. «До чего мы дожили, Элинор, – сказала она себе, с трудом подымаясь с кресла. – Разговариваем по ночам с собакой. А ведь ты терпеть не можешь собак, а эту особенно: каждый хрип ее одышливого дыхания напоминает мерзавца-хозяина».

Да, она оставила у себя пса, несмотря на болезненные воспоминания, не выбросила и кресло, хотя в нем сижи-

* Перевод Т. Сильман.

вала Сорока. Мортола... Как часто Элинор слышался ее голос в тишине библиотеки, как часто виделись ей Мортимер и Реза между библиотечных стеллажей или Мегги у окна, с книгой на коленях, лица не видно за прямо спадающими светлыми волосами... Воспоминания – это все, что есть у нее теперь. Не реальнее, чем образы из прочитанных книг. Но что осталось бы, потеряй она и эти воспоминания? Одиночество, уже окончательное, с тишиной и пустотой в сердце. И уродливой псиной.

Элинор взглянула на свои босые ступни, совсем старческие в бледном лунном свете. «Лунный свет! – думала она, шевеля пальцами ног в серебристом луче. – В книжках ему приписывают волшебную силу. Вздор все это! Всю жизнь голова у меня была забита печатным вздором. Даже на луну гляжу через буквенную завесу. Ах, стереть бы все чужие слова из головы и сердца и хоть раз увидеть мир собственными глазами!

Н-да, Элинор, мы снова в отличном настроении, – думала она, бредя к витрине, где хранилось то, что осталось ей от Орфея, кроме собаки. Купаемся в жалости к себе, как эта псина, в каждой грязной луже».

Листок в застекленной витрине на вид не представлял из себя ничего особенного – обычный лист линованной бумаги, густо исписанный синими чернилами. Никакого сравнения с великолепными иллюминованными рукописями, лежавшими в других витринах, хотя каждая линия в почерке Орфея выдавала его самовлюбленность. «Надеюсь, укусы огненных эльфов согнали с его лица самодовольную ухмылку, – думала Элинор, открывая витрину. – Надеюсь, латники проткнули его копьем, нет, лучше думать, что он умер с голоду в Непроходимой Чаще медленно, мучительно...» Не в первый раз воображение Элинор расписывало гибель Орфея в Чернильном мире. Ничто не радовало ее одинокое сердце сильнее, чем эти картины.

Листок уже пожелтел. Дешевая бумага. Глаза бы не глядели. Да и по словам, на нем написанным, не скажешь, что они прямо на глазах Элинор перенесли своего создателя в другой мир. Рядом с листком лежали три фотографии: одна – Мегги и две – Резы, старая, еще детская, и недавняя, с Мортимером, где оба сияли счастливой улыбкой. Элинор каждую ночь подолгу рассматривала эти снимки. Слезы уже не текли ручьем у нее из глаз, но это не значит, что они иссякли. Их соль теперь разъедала сердце. Отвратительное чувство.

Сгинули.

Мегги.

Реза.

Мортимер.

Скоро три месяца с тех пор, как они исчезли. А для Мегги срок уже перешагнул за три месяца...

Пес потянулся, прошлепал на сонно заплетающихся лапах к Элинор и уткнул нос в карман ее халата – там для него всегда находилось собачье печенье.

– На, на! – пробормотала она, засовывая в мохнатую пасть вонючую пластинку. – Хозяин-то твой где, а?

Она сунула листок собаке под нос, и глупая псина стала принюхиваться, будто и в самом деле могла учуять в буквах запах Орфея.

Элинор прочла вслух: «*На улицах Омбры...*» Сколько раз за эти недели она стояла тут по ночам, среди книг, потерявших для нее всякое значение с тех пор, как она снова осталась с ними наедине. И бумажные сокровища встречали ее теперь молчанием, словно знали, что она все их в ту же минуту обменяла бы на трех человек, которых потеряла. Потеряла в книге.

«Я научусь, разрази меня гром! – твердила она с детским упрямством. – Я научусь читать так, чтобы слова приняли меня в себя! Да, я научусь».

Пес смотрел на нее с таким видом, словно верил каждому ее слову, но сама она себе не верила. Нет. Она – не Волшебный Язык. Упражняйся она хоть десять лет, хоть сто – слова у нее не звучали. Не пели так, как у Мегги и Мортимера или у треклятого Орфея. Хотя она всю жизнь преданно любила книги.

Листок задрожал в пальцах Элинор, и она расплакалась. Опять они текут, эти слезы, сколько их ни удерживай. Сердце просто переполнилось. Элинор всхлипнула так громко, что пес испуганно вздрогнул. Как глупо, что из глаз течет вода, когда сердцу больно. В книгах трагические герои обычно отличались необыкновенной красотой. Об опухших глазах и покрасневшем носе там ничего не говорилось. «А у меня, когда я реву, нос сразу делается красный, – подумала Элинор. – Наверное, поэтому я и не гожусь в героини».

– Элинор!

Она вздрогнула и поспешно утерла глаза.

В дверях стоял Дариус в широченном, не по размеру халате, который она подарила ему на последний день рождения.

– Чего тебе? – неприветливо отозвалась она. – Куда опять подевался носовой платок? – Элинор, сопя, вытащила его из рукава и высморкалась. – Три месяца! Их нет уже три месяца, Дариус! Разве это не повод плакать? Еще какой повод! И не смотри на меня так сочувственно, глаза твои совиные! Сколько бы мы ни купили книжек, – она обвела широким жестом плотно заставленные полки, – сколько бы мы их ни отыскали на аукционах, ни выменяли, ни украли, ни одна не расскажет мне о том единственном, что я хочу знать! Тысячи страниц – и ни на одной ни слова о том, что меня интересует. Какое мне дело до всего остального? Для меня существует только один сюжет! Что сталось с Мегги? Что сталось с Резой и Мортимером? Все ли у них в порядке? Живы ли они еще? Увидимся ли мы снова?

Дариус смотрел на стеллажи, словно надеясь найти ответ в одной из стоявших там книг. Но при этом молчал, как и книжные страницы.

– Я сделаю тебе молока с медом, – сказал он наконец и скрылся в кухне.

И Элинор снова осталась одна с книгами, лунным светом и уродливым псом Орфея.

Всего лишь деревня

Ветер потоками мрака хлестал по верхушкам крон,
Луна в облаках мелькала, как призрачный галеон.
Дорога змеей серебрилась на лоне пурпурных болот,
И скачет разбойник снова,
Он скачет и скачет снова,
Вот прискакал он снова к таверне и встал у ворот.

Альфред Нойес. Разбойник*

Феи уже начали свой танец – их стайки вились между деревьями, на лазурных крылышках дрожали звездные блики. Мо видел, как Черный Принц с тревогой поглядел на небо. Оно было совсем темным, темнее окрестных холмов, но феи никогда не ошибались. Лишь приближение утра могло выманить их из гнезд в такую холодную ночь, а деревня, чей урожай разбойники пришли спасать, лежала в опасной близости от Омбры.

Десяток бедных лачуг, тощие каменистые поля вокруг и стена, способная остановить разве что ребенка, но уж никак не солдата, – вот и все. Деревня, каких много. Тридцать женщин, оставшихся без мужей, и примерно столько же детей без отцов. В соседнем селе солдаты нового наместника два дня назад забрали весь урожай. Туда разбойники опоздали. А здесь еще было что спасать. Вот уже несколько часов они копали подземные убежища, показывали женщинам, как спрятать под землей скот и припасы...

---

* Перевод А. Лукьянова.

Силач приволок последний мешок наспех выкопанной картошки. Его грубое лицо покраснело от напряжения. Таким же красным оно бывало во время драки или когда Силач напивался. Вместе они спустили мешок в тайник, выкопанный за полем. Жабы на окрестных холмах расквакались во всю глотку, словно поторапливая новый день. Мо накрыл тайник плетенкой из веток, чтобы его не нашли солдаты и сборщики налогов. Часовые, стоявшие у въезда в деревню, подавали тревожные знаки. Они тоже заметили фей. Да, пора было уходить, возвращаться в Непроходимую Чащу, до сих пор надежно укрывавшую разбойников, сколько солдаты ни прочесывали лес по приказу нового наместника. Вдовы Омбры прозвали его Зябликом – подходящее прозвище для тщедушного шурина Змееглава. Но этот заморыш был ненасытно жаден до добра своих подданных, даже самых бедных.

Мо провел рукой по лицу. До чего же он устал! Почти не спал в последние дни. Слишком много было вокруг деревень, куда не сегодня-завтра могли нагрянуть солдаты.

«У тебя усталый вид», – сказала вчера Реза, проснувшись рядом с ним. Она и не подозревала, что он лег лишь на рассвете. Пришлось сказать, что ему снились дурные сны и что от бессонницы он уходил в мастерскую, переплетал листы с ее рисунками – портретами фей и стеклянных человечков. Хорошо бы и сегодня Реза и Мегги еще спали, когда он вернется на заброшенный хутор, где поселил их Черный Принц, – в часе ходьбы на восток от Омбры, подальше от той стороны, где все еще властвовал Змееглав, бессмертный благодаря переплетенной Мо книге.

«Скоро, – думал Мо, – скоро его бессмертие кончится». Но он твердил эту фразу уже давно, а Змееглав все еще был бессмертен.

К нему робко шла девочка. Сколько ей лет? Шесть? Семь? Прошло много времени с тех пор, как Мегги была такой вот малышкой. Девочка смущенно остановилась в шаге от него.

Из темноты вышел Хват и заговорщически подмигнул ребенку:

– Ага, гляди-гляди! Это и вправду он! Перепел. Малышей вроде тебя он обычно ест на ужин.

Хват любил такие шутки. Мо подавил желание сказать ему грубость. Девочка была светловолосая, как Мегги.

– Не слушай этого дурака! – прошептал он, наклоняясь к ней. – Что это ты не спишь, когда все спят?

Девочка широко раскрыла глаза, ухватилась за его рукав и потянула вверх, пока не показался шрам. Шрам, о котором рассказывалось в песнях...

Ребенок смотрел на него не отрываясь, с той смесью благоговения и страха, которую Мо так часто видел теперь в обращенных на него взглядах. Перепел.

Девочка побежала обратно к матери. Мо выпрямился. Когда начинал ныть шрам на том месте, куда вошла пуля Мортолы, ему казалось, что через это отверстие и проник в него Перепел – разбойник, которому Фенолио дал лицо и имя. Или он всегда был частью Мортимера, дремавшей внутри, пока ее не пробудил мир Фенолио?

Когда они приносили в голодающие деревни мясо или мешки с зерном, украденные у управляющих Зяблика, женщины, случалось, подходили и целовали ему руки. «Идите к Черному Принцу, его благодарите», – говорил он. Но Принц только смеялся. «Заведи себе медведя, – говорил он, – тогда они от тебя отстанут».

В одной из лачуг заплакал ребенок. Мрак постепенно окрашивался розовым. И тут Мо услышал стук подков. Всадники, не меньше десятка, а то и больше. Как быстро слух учится понимать звуки, куда быстрее, чем глаза – разбирать буквы. Стайки фей мгновенно рассеялись. Женщины заголосили и бросились к лачугам, где спали дети. Рука Мо сама собой потянулась к мечу, как будто он всю жизнь им орудовал. Это был все тот же меч, захваченный из Дворца Ночи, – наследство Огненного Лиса.

Рассвет.

Говорят же, что они всегда являются на заре, потому что им нравится кровавая кайма на небе. Остается надеяться, что они пьяны после многочасового пира, какие любит задавать их хозяин.

Принц подозвал разбойников к стене, окружавшей деревню. Не стена, а одно название – несколько рядов плоских камней высотой по пояс. Лачуги тоже не могли служить укрытием. Медведь фыркнул и заревел, и тут же из мрака выступили фигуры: полтора десятка всадников с новым гербом Омбры на груди – василиск на красном фоне. Конечно, они не ожидали встретить здесь мужчин. Плачущих женщин, кричащих детей – это да, но никак не мужчин, к тому же вооруженных. От удивления они придержали коней.

Да, они пьяны. Значит, не смогут двигаться быстро.

Всадники колебались недолго. Они уже поняли, что перед ними всего лишь бродяги в лохмотьях, без доспехов и к тому же пешие.

Болваны. В бою важно не только снаряжение. Но они отправятся на тот свет, так и не успев этого осознать.

«Всех! – хрипло прошептал Хват на ухо Мо. – Мы должны убить всех до одного, Перепел! Надеюсь, твое нежное сердце это понимает. Если хоть один вернется в Омбру, завтра от этой деревни останется груда пепла».

Мо кивнул. Как будто он сам не знает...

Послышалось пронзительное ржание – всадники двинули коней на разбойников. Мо снова почувствовал – как тогда, на Змеиной горе, когда вонзил меч в Басту, – хладнокровие, ледяной холод в крови. Он был сейчас холоден, как иней на траве под ногами, и если боялся чего-то, то только себя. И тут раздались крики. Стоны. Кровь. Стук собственного сердца – оглушительный, бешеный. Рубить и колоть, вытаскивать меч из чужой плоти, чувствовать на одежде влагу чужой крови, видеть искаженные ненавистью (а может быть, страхом?) лица. К счастью, под шлемами почти ничего не разобрать. Многие солдаты были совсем юнцами. Раздробленные руки и ноги, разрубленные тела. Берегись, он сзади! Убей его. Быстро. Ни один не должен уйти.

Перепел.

Один из солдат прошептал это имя, когда Мо втыкал в него меч. Может быть, в последнюю секунду он думал о награде, которую дали бы ему в Омбре за труп Перепела, – куче денег, сколько не награбишь за целую солдатскую жизнь. Мо вытащил меч из его груди. Они явились сюда без панцирей. К чему панцири против женщин и детей? Как холодно становится от убийства, страшно холодно, хотя кожа горит и кровь кипит, как в лихорадке.

Да, они перебили их всех и сбросили трупы со склона. В лачугах стояла мертвая тишина. Двое убитых были из их рядов. Кости товарищей смешаются теперь с костями врагов. Хоронить их было некогда.

Черный Принц был ранен в плечо. Нехорошая рана. Мо перевязал его, как мог. Медведь сидел рядом и с тревогой косился на процедуру. Из лачуги вышел ребенок – та самая девочка, что рассматривала его шрам. Издали она была очень похожа на Мегги. Мегги, Реза – только бы они еще спали, когда он вернется. А то как он объяснит им кровь на одежде? Столько крови...

«Когда-нибудь ночи заслонят собой дни, Мортимер», – думал он. Кровавые ночи – и мирные дни. Днем

Мегги показывала ему все, что описывала на словах в застенке Дворца Ночи: русалок с чешуйчатой кожей в заросших лилиями прудах, следы давно исчезнувших великанов, цветы, нежным шепотом откликавшиеся на прикосновение, деревья, достававшие до самого неба, кикимор, внезапно появлявшихся из-под коряг... Мирные дни. Кровавые ночи.

Лошадей они увели с собой и постарались, по возможности, замести следы побоища. К прощальным благодарностям женщин примешивался страх. Они своими глазами видели, что их защитники умеют убивать не хуже, чем враги.

Хват и разбойники вернулись в лагерь. Почти каждый день они переносили его на новое место. Сейчас он располагался в темном овраге, куда даже днем почти не проникал свет. Решено было послать за Роксаной, чтобы она занялась ранеными. А Мо отправился туда, где спали Реза и Мегги, на заброшенный хутор, который отыскал для них Принц, потому что Реза не хотела жить в разбойничьем лагере, да и Мегги после долгих скитаний томилась по домашнему уюту.

Черный Принц отправился проводить Мо, как это часто бывало. «Конечно, не пристало Перепелу ходить без свиты!» – ехидно заметил Хват. Мо чуть не стащил его с коня за эти слова – кровь у него еще не остыла после битвы, – но Принц его удержал.

Они спешились. Путь был неблизкий, особенно для таких измученных пешеходов, но всадников легче выследить. А рисковать безопасностью хутора было нельзя – ведь там Мо оставлял самое дорогое.

Дом и полуразвалившиеся хлев с конюшней возникли из-за деревьев так внезапно, словно кто-то случайно их тут обронил. От полей, которые когда-то кормили хутор, не осталось и следа. Давно заросла и дорога к ближайшей деревне. Все поглотил лес. Здесь его не называли Непроходимой Чащей, как к югу от Омбры. Здесь у леса было столько имен, сколько деревень вокруг: Лес Фей, Темный лес, Кикиморовый лес. Те места, где скрывалось гнездо Перепела, называли Жаворонковым лесом – так, во всяком случае, утверждал Силач.

«Жаворонковый лес? Чушь какая! Силач все называет птичьими именами. У него даже феи зовутся по птицам, хотя они птиц терпеть не могут! – возражала Мегги. – Баптиста говорит, что это Светлячковый лес». И правда, столько светлячков и огненных эльфов больше нигде не увидишь! А по ночам тут еще всякие светящиеся жуки на деревьях...

Как бы ни назывался лес, Мо всякий раз с новым наслаждением окунался в его покой. Да, в Чернильном мире было и это, а не только солдаты Зяблика. Первые лучи утра пробивались сквозь ветви деревьев, обрызгивая стволы бледным золотом; феи плясали, словно хмельные, в холодных лучах осеннего солнца, залетая медведю на мохнатую морду, пока тот не хлопнул по надоедливому рою лапой; Принц поймал одну из вертлявых крошек и, улыбаясь, поднес к уху, словно пытаясь разобрать, о чем верещит этот пронзительный голосок.

А в другом мире тоже было так? Странно, но вспомнить не получалось. Была ли его прежняя жизнь так полна сводящих с ума контрастов: тьмы и света, жестокости и красоты – пьянящей, чарующей красоты, заставляющей забыть обо всем на свете?

Хутор круглосуточно охраняли люди Черного Принца. Сегодня вахту нес Гекко. Он с недовольной миной вышел им навстречу из полуразвалившегося хлева. Гекко был подвижным маленьким человечком с глазами чуть навыкате, действительно похожий на ящерку, за что и получил свое прозвище. На плече у него сидела ручная ворона. Этих птиц Принц иногда использовал как почтальонов, но в основном они воровали для Гекко на рынке. Мо всегда поражался, как много они могли унести в клюве.

Гекко побледнел, увидев кровь на их одежде. Но если тьма Чернильного мира и охватит заброшенный хутор, то еще не сегодня.

Мо, спотыкаясь от усталости, шагнул к колодцу. Принц, тоже совсем измученный, взял его под локоть.

– Мы сегодня еле ноги унесли, – произнес он чуть слышно, словно боясь спугнуть обманчивый покой. – Если мы не станем осторожнее, в следующей деревне нас уже будут поджидать солдаты. За цену, которую Змееглав назначил за твою голову, можно купить всю Омбру. Я и на своих-то людей не могу теперь вполне положиться, а в деревнях тебя узнают даже дети. Может быть, тебе стоит какое-то время отсидеться здесь?

Мо разогнал фей, вившихся над колодцем, и стал спускать деревянную бадью.

– Ерунда. Тебя они тоже узнаю́т.

Вода в глубине колодца поблескивала, словно там спряталась от наступавшего дня луна. «Точно колодец перед хижиной Мерлина, – подумал Мо, ополаскивая лицо холодной водой. – Того гляди, мне на плечо взлетит Архимед, а из леса, пошатываясь, выйдет заблудившийся Варт...»

– Ты что улыбаешься? – Черный Принц стоял, прислонившись к колодцу, а медведь, сопя, валялся по мокрой от росы траве.

– Вспомнил о́дну историю, которую читал когда-то. – Мо поставил перед медведем бадью с водой. – Расскажу как-нибудь на досуге. Очень хорошая история, только конец у нее печальный.

Принц покачал головой и провел ладонью по усталому лицу.

– Если у нее печальный конец, то лучше не рассказывай.

Гекко караулил спящий хутор не один. Мо улыбнулся, увидев выходящего из хлева Баптисту. Баптиста предпочитал разбою мирные занятия, и среди людей Принца Мо особенно привязался к нему и к Силачу. Ему легче было уходить по ночам, когда охранять сон Резы и Мегги оставался кто-то из этих двоих. Баптиста по-прежнему выступал скоморохом на рынке, хотя у зрителей давно не было для него лишнего гроша.

– Надо ж им хоть иногда повеселиться! – отвечал он, когда Хват дразнил его за это.

Свое рябое лицо он любил прикрывать самодельными масками – то плачущими, то смеющимися, смотря по настроению. Но сейчас, подойдя к колодцу, он протянул Мо не маску, а сверток черной ткани.

– Привет тебе, Перепел! – сказал он с низким поклоном, каким обычно приветствовал публику. – Прости, что затянул с твоим заказом. Нитки у меня кончились. С ними в Омбре нынче плохо, как и со всем остальным, но, к счастью, Гекко, – он отвесил поклон в сторону товарища, – послал одну из своих черноперых приятельниц, и она стащила пару катушек у одного из торговцев, которым благодаря нашему новому наместнику по-прежнему живется неплохо.

– Черное платье? – Принц вопросительно посмотрел на Мо. – Зачем?

– Это наряд переплетчика. Я ведь на самом деле переплетчик, не забывай! К тому же черная одежда хороша для ночных вылазок. В ней легче слиться с темнотой. Пожалуй, это, – он стянул с себя перепачканную кровью рубашку, – тоже надо выкрасить в черный цвет. А то, боюсь, носить ее уже нельзя.

Принц задумчиво посмотрел на него:

– Не упрямься, послушай меня! Не выходи пока отсюда. Забудь на время большой мир, как мир забыл этот хутор.

Темное лицо выражало такую заботу, что Мо был тронут. На мгновение ему захотелось вернуть Баптисте черный сверток – но лишь на мгновение.

Когда Принц ушел, Мо переоделся в обнову, а окровавленную рубашку спрятал в мастерской, которую оборудовал в бывшей пекарне. Черная одежда сидела безупречно. Мо тихо прокрался в дом. В незастекленном окне забрезжил первый луч утра.

Мегги с Резой и вправду еще спали. В комнату Мегги залетела фея. Мо прошептал несколько слов – и она села ему на руку. «Вы только поглядите, – говаривал Хват, – даже эти дуры-феи не могут устоять перед его голосом. Что ж он на меня-то не действует?» Мо поднес фею к окну и выпустил наружу. Прикрыл плечи Мегги одеялом, как делал в ту пору, когда они были одни на свете, и взглянул в ее лицо. Во сне она казалась еще ребенком, а днем – уже почти взрослой. Мегги прошептала во сне: «Фарид». Первая любовь – это взрослость?

– Где ты был?

Мо вздрогнул. В дверях стояла Реза, протирая сонные глаза.

– Смотрел, как феи танцуют в утренних лучах. Скоро они перестанут вылетать из гнезд – ночи уже холодные.

Это, конечно, правда, хотя и не вся. А длинные рукава черного платья закрывали рану над запястьем.

– Пойдем отсюда, а то мы разбудим нашу взрослую дочь.

Он потянул ее за собой в их спальню.

– Что это на тебе надето?

– Костюм переплетчика. Мне его сшил Баптиста. Черный, как чернила. Отлично сидит, правда? Я попросил его сшить что-нибудь для тебя и для Мегги. Тебе скоро понадобится новое платье.

Он положил руку ей на живот. Еще ничего не заметно. Ребенок, зачатый в другом мире, но замеченный только в этом. Реза сказала ему всего неделю назад.

– Ты кого бы хотел – мальчика или девочку?

– А разве меня спрашивают? – откликнулся он, пытаясь представить, каково это будет: снова почувствовать в ладони детские пальчики, до того крошечные, что едва могут обхватить его большой палец. Как раз вовремя – ведь Мегги на глазах становится взрослой.

– Меня тошнит все время. Поеду завтра к Роксане – наверняка она знает какое-нибудь средство.

– Конечно! – Мо обнял жену.

Мирные дни. Кровавые ночи.

Написанное серебро

Но так как мрачные предпочитал он вещи,
То в комнате своей, пустынной и зловещей,
Где пахло сыростью и к ставням лип туман,
Он перечитывал все время свой роман.
Там было небо цвета охры, лес горящий,
Цветы из плоти распускались в звездной чаще...

Артюр Рембо. Семилетние поэты*

Разумеется, Орфей не пачкал рук работой. Он стоял рядом в роскошной одежде и смотрел, как корячится Фарид. Мальчик копал по его приказу уже вторую яму, до того глубокую, что стоял в ней сейчас по грудь. Земля была влажная и тяжелая. Последние дни шел дождь, а лопата, которую раздобыл Дуботряс, никуда не годилась. В довершение всего над головой у Фарида болтался повешенный. Холодный ветер раскачивал труп на потертой веревке. А если гниющее тело свалится ему на голову?

На виселицах справа виднелись еще три мрачных фигуры. Новый наместник любил вешать. Говорили, будто Зяблик заказывает парики из волос повешенных; вдовы Омбры перешептывались, что именно по этой причине на виселице нередко оказывались теперь и женщины...

– Долго ты еще будешь возиться? Уже светает! Копай поживее! – прикрикнул Орфей и пнул в яму попавшийся под ногу череп. Их много валялось под виселицами, словно падалица под яблонями.

---

* Перевод М. Кудинова.

И в самом деле уже занимался рассвет. Треклятая Сырная Голова! Заставил его копать ночь напролет! Ах, свернуть бы ему белую жирную шею!

– Поживее? Может, твой душечка-телохранитель хочет меня сменить? – крикнул Фарид. – Хоть был бы наконец толк от его мускулов!

Дуботряс скрестил на груди мощные руки и презрительно улыбнулся сверху в ответ на слова Фарида. Орфей отыскал этого великана на рынке. Он работал у цирюльника – держал пациентов, пока им вытаскивали воспаленные зубы. «Что за ерунду ты несешь! – хмыкнул тогда Орфей на вопрос Фарида, зачем ему *еще* один слуга. – Да у любого торговца в Омбре есть теперь телохранитель, из-за всего этого сброда, который болтается нынче по улицам. А я, между прочим, намного богаче их!» Это была чистая правда. И поскольку Орфей платил больше, чем цирюльник, а Дуботрясу осточертело слушать вопли терзаемых пациентов, он тут же, не задумываясь, пошел с новым хозяином. Сам он называл себя Осс – слишком короткое имя для такой громады и в то же время подходящее для молчуна, способного за целый день не проронить ни слова. Фарид поначалу готов был поклясться, что у этого урода вообще нет языка. Зато ел он за четверых и нередко успевал умять вместе со своей порцией то, что служанки Орфея приготовили для Фарида. Поначалу Фарид пытался жаловаться, но, после того как Осс подкараулил его за это на темной лестнице, он предпочитал ложиться спать голодным или стащить себе что-нибудь на рынке. Да, с появлением Дуботряса жизнь на службе у Орфея стала еще безотраднее. То в соломенной подстилке Фарида оказывались осколки стекла, то Осс подставлял ему ножку на лестнице, то вдруг больно дергал за волосы... Приходилось все время быть начеку. Лишь ночью великан оставлял его в покое и спал, как преданный пес, под дверью Орфея.

– Копать – не дело телохранителя, – заявил Орфей, нетерпеливо расхаживая между ямами. – А телохранитель нам понадобится, если ты не поторопишься. Еще до полудня тут сегодня вздернут двух браконьеров!

– И кто виноват? Я же говорю, давай находить клады у тебя на заднем дворе!

Виселицы, кладбища, пожарища – Орфей любил места, вызывавшие у Фарида ужас. Да, уж чего-чего, а духов Сырная Голова не боялся. Фарид утер пот со лба.

– Ты не мог хотя бы описать точнее, под которой виселицей клад? И неужто нельзя было, громы небесные, закопать его не так глубоко?

– «Не так глубоко! На заднем дворе!» – Орфей брезгливо поджал нежные, как у девушки, губы. – Оригинально, нечего сказать! И очень подходит к этой истории! До такой чуши даже Фенолио не дописался бы! Впрочем, что толку тебе объяснять! Ты все равно не поймешь.

– Ах вот как! – Фарид резко воткнул лопату во влажную землю. – Зато я понимаю другое – ты тут сочиняешь себе один клад за другим, изображаешь богатого торговца и не пропускаешь ни одной юбки в Омбре, а Сажерук по-прежнему в царстве мертвых.

Глаза у Фарида защипало. Слезы. Боль той ночи, когда Сажерук отдал за него жизнь, не притупилась. Если бы хоть на минуту забыть его застывшее лицо! Помнить его таким, каким он был в жизни! Но перед Фаридом снова и снова всплывали опавшие черты, немое, холодное тело...

– Мне надоело на тебя работать! – в бешенстве крикнул он стоявшему наверху Орфею. От ярости Фарид даже забыл про души повешенных, которым могло не понравиться, что живые орут во всю глотку на месте их гибели. – Ты ведь свою часть уговора не выполнил! Катаешься тут как сыр в масле, вместо того чтобы вернуть его наконец! Ты смирился с его смертью как все остальные! Фенолио прав: толку от тебя как от надушенного свиного пузыря. Я скажу Мегги, чтобы отправила тебя обратно! Она с этим справится, вот увидишь!

Осс вопросительно посмотрел на Орфея. Его взгляд молил о разрешении измолотить мальчишку в труху, но Орфей проигнорировал эту немую просьбу.

– А, мы снова вернулись к любимой теме! – сказал он с плохо скрытой ненавистью. – Необыкновенная, непревзойденная Мегги, дочь не менее замечательного отца, который теперь отзывается на птичье имя и прячется в лесу с шайкой гнусных бандитов, а уличные оборванцы тем временем сочиняют о нем одну песню за другой...

Орфей поправил очки и поднял глаза к небу, словно желая пожаловаться вышним силам на эту неуместную честь. Очки принесли ему прозвище, которым он гордился: Четвероглазый. В Омбре его произносили с отвращением и страхом, но Орфей этому только радовался. Кроме того, очки служили доказательством того, что все сказки, которые он рассказывал о своем происхождении, – чистая правда: что он прибыл из-за моря, из далекой страны, где у каждого князя есть дополнительная пара глаз, с помощью которых они читают мысли своих подданных. Что он внебрачный сын тамошнего короля и был вынужден бежать от собственного брата, жена которого воспылала к Орфею неугасимой любовью.

«Клянусь богами – покровителями книг! – воскликнул Фенолио, услышав, как Фарид пересказывает это детям Минервы. – До чего же убогая история! Этот тип сочится патокой. В его липком мозгу нет ни единой оригинальной мысли, он может только поганить чужие идеи».

Но пока Фенолио круглые сутки жалел себя, Орфей спокойно и неукоснительно работал над тем, чтобы оставить на этой истории собственный отпечаток, и порой казалось, что он знает ее лучше, чем автор.

– Знаешь, какое возникает желание, когда снова и снова перечитываешь любимую книгу? – спросил он Фарида, когда они в первый раз подошли вместе к воротам Омбры. – Не знаешь, конечно. Откуда тебе. Единственное, что тебе приходит в голову при виде книги, – что ее хорошо использовать на растопку в холодную ночь. Но я тебе, так и быть, расскажу. В любимой истории хочется самому поучаствовать! Но уж конечно не в жалкой роли бедного придворного поэта. Этим пусть занимается Фенолио – хотя у него даже это получается из рук вон плохо!

Орфей принялся за работу уже на третью свою ночь в Чернильном мире, устроившись в грязной гостинице у городской стены. Он велел Фариду украсть ему где-нибудь вина и свечу, а сам вытащил из-под плаща замызганный листок бумаги, карандаш... и книгу, ту самую треклятую книгу.

Его глаза бегали по страницам как у сороки, высматривающей блестящие побрякушки, и отбирали слова, все больше и больше слов. И Фарид наивно верил, что слова, которыми Орфей так усердно заполняет листок, исцелят боль его сердца и вернут к жизни Сажерука. Но у Орфея на уме было совсем другое. Закончив работу, он выслал Фарида из комнаты, прочел написанное вслух – и еще до рассвета Фарид выкопал первый клад из земли Омбры, на кладбище за богадельней. При виде монет Орфей обрадовался, как ребенок. А Фарид неподвижно глядел на могилы и чувствовал соленый вкус на языке.

На эти деньги Орфей накупил себе богатой одежды, нанял двух служанок и повариху и приобрел роскошный дом торговца шелком. Прежний хозяин уехал из Омбры на поиски сыновей, которые отправились с Козимо в Непроходимую Чащу и не вернулись.

Орфей тоже выдавал себя за торговца – поставщика необычных товаров. И вскоре Зяблик прослышал, что чужеземец с жидкими светлыми волосами и бледной кожей, какая встречается лишь у князей, может раздобыть невероятные вещи: пятнистых кобольдов, фей, пестрых, как бабочки, украшения из крыльев огненных эльфов, пояса, отделанные чешуей русалок, коней в золотых яблоках для княжеских карет и прочие диковинки, о которых в Омбре прежде знали лишь из сказок. В книге Фенолио можно было подобрать слова на многие случаи. Орфею оставалось лишь расставить их в новом порядке. Иногда его творения умирали, едва появившись, или оказывались страшно кусачими (у Дуботряса вечно были перевязаны руки), но Орфея это нисколько не смущало. Какое ему дело, если в Непроходимой Чаще умерли с голоду два десятка огненных эльфов, внезапно оставшихся без крыльев, или что река однажды утром вынесла на берег несколько мертвых русалок без чешуи! Орфей вытягивал нить за нитью из драгоценной ткани, созданной стариком, и ткал собственный орнамент. Он покрывал разноцветными пятнами бескрайний ковер Фенолио и обогащался за счет того, что выманивал из сплетения чужих слов.

Будь он проклят! Тысячу раз проклят! Хватит.

– Я тебе больше не работник! Кончено! – Фарид обтер руки от мокрой земли и попытался вылезть из ямы, но Осс по знаку Орфея спихнул его обратно и рявкнул:

– Копай!

– Сам копай! – Фарид, в мокрой от пота рубахе, весь трясся – он сам не знал, от холода или от бешенства. – Твой знатный хозяин – обычный мошенник. Его однажды уже сажали в тюрьму за обман, и посадят снова, не сомневайся!

Орфей прищурился. Он не любил, когда ему напоминали об этом периоде его жизни.

– Голову даю на отсечение, ты из тех проходимцев, что всякими россказнями выманивают деньги у доверчивых старух. А тут ты раздулся от важности, как лягушка, что затеяла тягаться с волом, потому что твое вранье вдруг стало оборачиваться правдой! Подлизываешься к шурину Змееглава и воображаешь себя умнее других! А что ты умеешь-то? Вычитывать фей, словно упавших ненароком в чан к красильщику, сундуки с сокровищами, украшения из крыльев эльфов для Зяблика. А на то, ради чего мы тебя вычитали, ты не способен. Сажерук мертв. Он мертв. Он по-прежнему мертв!

И тут они хлынули градом, проклятые слезы. Фарид утирал их грязными пальцами, а Дуботряс таращился на него с застывшим выражением человека, не понимающего ни слова. Да и как ему было понять! Что знал Осс о словах, которые воровал Орфей у Фенолио, что он знал о злополучной книге и о голосе Орфея?

– Никто – меня – не – вычитывал! – Орфей наклонился над ямой, словно плевал слова Фариду в лицо. – И уж не тому попрекать меня Сажеруком, кто навлек на него смерть! Я знал его имя, когда ты еще не родился, и только я могу его вернуть, хоть ты и сделал все возможное, чтобы он исчез навсегда... Но как и когда – это мое, и только мое дело. А ты знай копай! Или ты думаешь, о кладезь арабской мудрости (Фарид чувствовал, как слова Орфея нарезают его на тонкие ломтики, словно кусок копченого мяса), что я скорее напишу нужные слова, если мне нечем будет платить служанкам и придется самому стирать себе белье?

Мерзавец! Ну какой же мерзавец! Фарид опустил голову, чтобы Орфей не видел его слез. «Не тому, кто навлек на него смерть...»

– Как ты думаешь, почему я так щедро раздаю мои чудные блестящие монеты комедиантам за их жалкие песенки? Потому, что я забыл Сажерука? Нет. Я делаю это потому, что ты до сих пор не сумел для меня разузнать, как и где в этом мире можно повстречать Белых Женщин! Вот я и слушаю дурацкие песни, стою рядом с подыхающими нищими и подкупаю лекарок в богадельне, чтоб звали меня, когда кто-нибудь соберется умирать. Конечно, все было бы куда проще, если бы ты умел подзывать Белых Женщин с помощью огня, как твой учитель, но это мы уже много раз безуспешно пробовали, правда? Почему бы им не навестить тебя хоть раз – они ведь якобы любят являться к тем, кто побывал однажды в их объятиях? Так ведь нет же. Их не приманила ни свежая куриная кровь, которую я выставлял перед дверью, ни кости ребенка, за которые я отдал могильщику на кладбище полный кошель серебра, только потому, что стража у городских ворот рассказала тебе, что на такую приманку Белые Женщины слетаются стаями.

Да! Крыть нечем. Фариду хотелось зажать уши. Орфей говорил правду. Они все испробовали. Но Белые Женщины не желали им являться, а от кого еще мог Орфей узнать, как вывести Сажерука из царства мертвых?

Фарид молча вытащил лопату из земли и стал копать дальше.

Он стер ладони в кровь, но наконец лопата ударилась о дерево. Сундук, который он вытащил на поверхность, был не очень велик, но, как и прошлый, до краев наполнен серебряными монетами. Фарид подслушал, как Орфей его вычитывал.

«*Под виселицами на Мрачном холме, задолго до того, как Жирный Герцог велел рубить там дубы на гроб своему сыну, шайка разбойников закопала сундук с серебром. А потом разбойники в ссоре перебили друг друга, и клад остался лежать в земле, усеянной их костями*».

Сундук наполовину сгнил, и Фарида мучил вопрос – как и всякий раз, когда он выкапывал клады, –

не лежало ли это серебро под виселицами *задолго до того*, как Орфей написал о нем. Сырная Голова на такие вопросы только загадочно улыбался с видом всезнайки, но Фарид сомневался, что он действительно знает ответ.

– Ну вот и отлично! Я же говорил. На ближайший месяц этого хватит.

Орфей улыбался так самовлюбленно, что Фариду хотелось набрать на лопату земли и швырнуть ему в лицо. Ближайший месяц! На деньги, которые они с Дуботрясом ссыпали в кожаную суму, можно было много месяцев кормить всю изголодавшуюся Омбру.

– Долго ты еще будешь копаться? Палач, наверное, уже везет виселицам свежий корм! – Когда Орфей нервничал, голос его звучал совсем не красиво.

Фарид молча затянул набитую кожаную суму, ногой столкнул пустой сундук обратно в яму и в последний раз взглянул на повешенных. На Мрачном холме когда-то уже совершались казни, но лишь при Зяблике эта традиция возобновилась. С виселиц у городских ворот вонь разлагавшихся трупов слишком часто доносилась до замка и портила шурину Змееглава удовольствие от изысканных яств, подававшихся у него за столом, пока Омбра голодала.

– Ты позвал мне комедианта на вечер?

Фарид, тащивший за Орфеем тяжелую суму, молча кивнул.

– Вчерашний был редкий урод! – Орфей с помощью Осса взобрался на коня. – Ходячее пугало! И шамкал мне своим беззубым ртом все то же самое: прекрасная принцесса любит бедного скомороха, тра-ля-ля-ля, прекрасный принц влюбился в простую крестьянку, тру-ля-ля... И хоть бы слово о Белых Женщинах!

Фарид слушал вполуха. Он горько разочаровался в комедиантах – большинство из них теперь пели и танцевали для Зяблика и отреклись от Черного Принца, потому что он выступал против захватчиков.

– И все же это чучело, – продолжал Орфей, – знало несколько новых песен о Перепеле. Мне стоило больших усилий его уговорить, и пел он так тихо, будто под моим окном стоит Зяблик собственной персоной, но одну из этих песен я действительно еще не слыхал. Ты уверен, что Фенолио больше не пишет?

– Совершенно уверен. – Фарид перевесил суму на другое плечо и тихо свистнул сквозь зубы, как делал Сажерук.

Из-за виселицы выскочил Пролаза с мышью в зубах. С Фаридом осталась только младшая куница. Гвин был у Роксаны, словно не хотел покидать места, куда Сажерук непременно вернется, если только смерть выпустит его из бледных объятий.

– А почему ты так уверен? – Орфей брезгливо скривил рот, когда Пролаза запрыгнул Фариду на плечо и исчез в рюкзаке.

Сырную Голову мутило при виде куницы. Но он ее терпел – наверное, за то, что раньше ее хозяином был Сажерук.

– Его стеклянный человечек говорит, что Фенолио больше не пишет, а уж кому знать, как не ему?

Розенкварц все время жаловался, какая тяжелая стала у него жизнь с тех пор, как Фенолио снова переселился из замка в мансарду Минервы. Фарид тоже каждый раз чертыхался, взбираясь по крутой деревянной лестнице, когда Орфей посылал его к Фенолио с вопросами: что за страны лежат на юге, за морем, омывающим владения Змееглава? В родстве ли с женой Змееглава князь, что правит к северу от Омбры? Где именно живут великаны – или они уже все вымерли? Едят ли хищные рыбы речных русалок?

Случалось, что Фенолио просто не пускал Фарида на порог, но иногда вино развязывало старику язык, и он изливал на Фарида такой поток сведений, что у того голова шла кругом. А нужно было еще донести все это до Орфея, неустанно выспрашивавшего подробности. Настоящая пытка для всех троих. Но если Орфей с Фенолио пытались поговорить напрямую, они через две минуты ссорились.

– Это хорошо! Это просто замечательно! Не хватало еще, чтобы старик оторвался от бутылки и снова взялся за перо! Последние его выдумки и так страшно все запутали.

Орфей взялся за поводья и взглянул на небо. Оно было серым и мрачным, как лица в Омбре. Похоже, день снова будет дождливый.

– Разбойники в масках, книги, дарующие бессмертие, правитель, воскресающий из мертвых! – Орфей покачал головой, направляя коня на тропу, ведшую в Омбру. – Кто знает, что ему еще взбредет на ум! Нет уж, пусть лучше Фенолио пропивает остатки своего жалкого умишка. А его историей займусь я. Потому что понимаю в ней куда больше.

Фарид снова отвлекся, влезая на своего осла. Пусть Сырная Голова болтает что хочет. Ему, Фариду, все равно, кто из этих двоих напишет слова, которые вернут Сажерука. Главное, чтобы это наконец произошло! Даже если остальной мир провалится в тартарары!

Осел, как всегда, попытался укусить Фарида, когда тот забирался на его тощую спину. Орфей ездил на одной из лучших лошадей в Омбре – несмотря на тучность, Сырная Голова был хорошим наездником, – но для Фарида этот скупердяй раскошелился только на осла, кусачего и облысевшего от старости. Дуботряса не унесли бы и два осла, поэтому он трусил за Орфеем пешком, как огромная собака, весь в поту, вверх-вниз по узким тропам окружавших Омбру холмов.

– Ладно. Предположим, Фенолио больше не пишет. – Орфей любил думать вслух. Казалось, собственный голос необходим ему, чтобы привести мысли в порядок. – Но откуда же берутся все эти истории о Перепеле? Месть за обиду вдовы, кошель с деньгами на пороге бедняка, дичь из господского леса на столе у сирот... Неужели Мортимер Фолхарт действительно способен на это без помощи слов Фенолио?

Навстречу им ехала телега. Орфей, чертыхнувшись, направил коня в колючие придорожные кусты, а Дуботряс с глупой ухмылкой уставился на двух мальчишек с опавшими от страха лицами, стоявших в телеге на коленях, со связанными за спиной руками. У одного глаза были голубые, как у Мегги. Оба не старше Фарида. Конечно, будь они старше, они отправились бы в поход с Козимо и погибли уже давно. Но сегодня это их вряд ли утешало. Раскачивающиеся на виселице трупы будут видны из Омбры – острастка для тех, кто от голода решается на браконьерство, но вонь не коснется чувствительных ноздрей Зяблика.

Наверное, на виселице умирают слишком быстро. Во всяком случае, туда Белые Женщины не приходят. Фарид невольно пощупал спину в том месте, куда вонзился нож Басты. «Ко мне ведь они тоже не приходили?» – думал он. Вспомнить он не мог. Он не помнил даже боли, только лицо Мегги, когда он снова пришел в себя, и как он потом обернулся и увидел лежащего Сажерука...

– Почему бы тебе просто не написать, что они забрали меня вместо него? – спросил он Орфея в самом начале, но тот рассмеялся в ответ.

– Тебя? Ты всерьез думаешь, что Белые Женщины променяют Огненного Танцора на какого-то приблудного воришку? Нет уж, надо придумать для них наживку пожирнее...

Орфей пришпорил коня. Притороченная к седлу сума с серебром хлопнула по бокам лошади, а Осс так побагровел от напряжения, что его мощная шея, казалось, сейчас лопнет.

Проклятая Сырная Голова! «Да, надо попросить Мегги отправить его обратно, – думал Фарид, ударяя осла пятками в бока. – Давно пора! Но кто же напишет ей для этого слова? И кто, кроме Орфея, вернет Сажерука из царства мертвых?»

«Никто его не вернет, – шепнул Фариду внутренний голос. – Он умер, Фарид. Понимаешь, умер».

«Ну и что? – крикнул он этому шепоту. – Разве это что-нибудь значит в здешнем мире? Я вот тоже умер – и вернулся».

Если бы только он мог вспомнить дорогу...

Чернильное платье

Это было словно вчера – я верил,
Что у меня под кожей один только свет
И, если меня разрезать на куски, я истеку лучами.
Зато сегодня, если я споткнусь на дороге жизни
И разобью коленку, я истеку кровью.

Билли Коллинз. Когда исполняется десять

Утро разбудило Мегги бледным лучом, упавшим на лицо, и воздухом такой свежести, будто до нее никто его не вдыхал. За окном у нее щебетали феи, словно птицы, научившиеся говорить, а где-то кричал перепел – если это действительно был перепел. Силач непревзойденно подражал голосам птиц: казалось, они свили гнезда в его широкой груди. И все они отзывались на его призыв: жаворонки, пеночки, дятлы, соловьи и ручные вороны Гекко.

Ага, Мо тоже не спит. Со двора доносился его голос и голос матери. Может быть, это Фарид наконец пришел? Она поспешно вскочила с соломенного тюфяка (каково было спать на кровати, Мегги решительно не помнила) и подбежала к окну. Мегги уже не первый день ждала Фарида. Он обещал прийти. Но во дворе были только родители и Силач, который увидел ее у окна и улыбнулся ей.

Мо помогал Резе седлать коня. Когда семья Перепела пришла жить на хутор, лошади уже дожидались в конюшне. Они были до того хороши, что, несомненно, принадлежали прежде кому-то из знатных друзей Зяблика, но Мегги старалась не задумываться – как и о многом другом, что добывал для них Черный Принц, – каким образом породистые скакуны попали в руки разбойников. Она любила Черного Принца, Баптисту и Силача, но другие члены шайки вызывали у нее содрогание, например Хват или Гекко, хотя эти самые люди спасли ее родителей на Змеиной горе.

«Разбойники – они разбойники и есть, Мегги, – говорил ей Фарид. – Принц все делает для других, но многие из его людей просто жадны до денег, а гнуть спину на поле или в мастерской им неохота».

Ах, Фарид... Она до того скучала по нему, что ей становилось стыдно.

Мать казалась усталой и бледной. Последние дни Резу часто тошнило. Наверное, поэтому она собралась к Роксане. В хворях никто не разбирался лучше, чем вдова Сажерука, – разве что Хитромысл, но он сильно сдал после гибели Огненного Танцора; а известие, что богадельня, где он проработал столько лет, сожжена по приказу Змееглава, окончательно его добило. Что сталось с Беллой и другими лекарками, никто так и не узнал.

Мегги вышла во двор. Из-под ног у нее шмыгнула мышь – с рожками, как куница Сажерука; в лицо метнулась фея и попыталась выдернуть прядку, но Мегги привычным движением отбила атаку. С наступлением холодов феи все реже вылетали из гнезд, но не переставали охотиться за человеческими волосами. «Это для них самый теплый материал, – рассказывал Баптиста. – Теплее только медвежий мех. Но вырывать волоски у медведя уж очень опасно».

Утро было холодное, и Мегги зябко обхватила себя руками. Одежда, которую раздобыли им разбойники, грела не так хорошо, как свитера в другом мире, а по теплым носкам в шкафу у Элинор она по-настоящему скучала.

Мо обернулся и помахал ей. Вид у него был усталый, но довольный. Отец в последнее время мало спал. Нередко он работал до глубокой ночи в своей новой мастерской скудным инструментом, который раздобыл для него Фенолио. А еще он постоянно уходил в лес – один или вместе с Принцем. Мо думал, что Мегги об этом не знает, но она уже несколько раз видела, как разбойники приходили за ним в бессонные ночи, когда она стояла у окна и ждала Фарида. Они вызывали Мо криком перепела. И Мегги слышала этот крик почти каждую ночь.

– Ну что, получше тебе? – Она с тревогой посмотрела на мать. – Это, наверное, от грибов, которые мы набрали на днях.

– Нет, грибы точно ни при чем. – Реза взглянула на Мо и улыбнулась. – У Роксаны наверняка что-нибудь найдется. Поедешь со мной? Может быть, мы застанем там Брианну. Она не каждый день у Орфея работает.

Почему мать думает, что ей хочется видеть Брианну? Только потому, что они примерно одного возраста? После смерти Козимо Уродина прогнала дочь Сажерука – запоздалое наказание за то, что служанка предпочитала проводить время с мужем своей госпожи, а не с ней самой. Сначала Брианна помогала матери в огороде, а потом поступила в услужение к Орфею. Как и Фарид. У Орфея было уже с полдюжины прислуги. Фарид насмешливо говорил, что Сырная Голова даже свои жидкие волосенки разучился причесывать сам. Орфей нанимал только красивых девушек, а Брианна была поразительно красива – так красива, что Мегги в ее присутствии казалась себе серой уточкой рядом с прекрасным белым лебедем. В довершение всех бед – Брианна была дочерью Сажерука.

– Ну и что? Я с ней даже не говорил ни разу... – отвечал Фарид на расспросы Мегги. – Она меня ненавидит, как и ее мать.

И все же... Он видит ее каждый день, эту Брианну и других служанок Орфея. Там работают самые красивые девушки Омбры. А сюда он уже почти две недели не приходил...

– Ну что, поедешь со мной? – Реза вопросительно смотрела на нее.

Мегги почувствовала, что заливается краской, как будто мать могла слышать ее мысли.

– Нет, – сказала она, – я лучше побуду здесь. Силач тебя проводит?

– Конечно.

Силач вменил себе в обязанность защищать Резу и ее дочь. Мегги не могла понять, просил его об этом Мо или он делал это по собственному почину, чтобы доказать Перепелу свою преданность.

Силач помог Резе подняться в седло. Она часто жаловалась, что ездить верхом в длинном платье страшно неудобно. По словам Резы, ей куда больше нравилось ходить в этом мире в мужском костюме, хотя это и привело ее в рабство к Мортоле.

– Я вернусь засветло, – сказала Реза мужу. – Спрошу у Роксаны, не подберет ли она тебе средства от бессонницы.

И вот они с Силачом уехали, а Мегги осталась с Мо, как в те времена, когда их было только двое.

– Она и вправду совсем больна!

– Не волнуйся, Роксана ей поможет. – Мо посмотрел в сторону пекарни, где устроил себе мастерскую.

Что это за черная одежда на нем?

– Мне тоже нужно отлучиться, но к вечеру я вернусь. Гекко и Баптиста – в конюшне, а еще Принц пришлет Деревягу, пока Силача нет. С этой троицей ты в большей безопасности, чем со мной.

Что-то странное было в его голосе. Ложь? Он изменился с тех пор, как едва не погиб от рук Мортолы. Стал более замкнутым, и вид у него бывал порой такой отсутствующий, словно часть его души осталась в пещере, где он лежал при смерти, или в застенке Дворца Ночи.

– Куда ты? Я поеду с тобой. – Мегги почувствовала, как он вздрогнул, когда она брала его под руку. – Что случилось?

– Ничего. Правда ничего. – Мо поправил черный рукав и отвел глаза.

– Ты снова уходил с Принцем. Я видела его вчера ночью на нашем дворе. Что происходит?

– Ничего, Мегги, уверяю тебя! – Он рассеянно погладил ее по щеке, повернулся и пошел в сторону пекарни.

– Ничего? – Мегги последовала за ним. Дверь была такой низкой, что Мо пришлось пригнуть голову. – А что это на тебе за черный наряд?

– Это платье переплетчика. Мне его сшил Баптиста.

Мо подошел к рабочему столу. Здесь были разложены кожа, несколько листов пергамента, нитки, нож и небольшая книжка с рисунками Резы, которую он переплетал в последние дни. Реза рисовала фей, огненных эльфов, стеклянных человечков, Черного Принца и Силача, Баптисту и Роксану. Был тут и портрет Фарида. Мегги заметила, что книга перевязана веревкой, как будто в дорогу. Образчик переплета, черная одежда...

О, она слишком хорошо его знала!

– Нет, Мо! – Мегги схватила книгу и спрятала за спину.

Резу он еще мог обмануть, но не ее.

– Что такое? – Мо очень старательно изображал недоумение.

Он сильно продвинулся в искусстве притворяться.

– Ты собрался в Омбру, к Бальбулусу. Ты сошел с ума! Это опасно, понимаешь?

Мо колебался, пытаясь на ходу придумать какуюнибудь убедительную ложь, но в следующее мгновение понял, что это бесполезно, и тяжело вздохнул.

– Ты меня по-прежнему видишь насквозь! Я-то думал, теперь тебя легче обмануть, потому что ты почти уже взрослая. Это было глупо с моей стороны. – Он обнял Мегги и тихонько вынул книгу у нее из рук. – Да, я хочу навестить Бальбулуса, прежде чем Зяблик продаст все книги, о которых ты мне столько рассказывала. Фенолио проведет меня в замок под видом переплетчика. Знаешь, сколько бочек вина Зяблик получает за одну книгу? Говорят, половина библиотеки уже распродана, чтобы оплатить его пиры.

– Мо, это опасно! А если тебя узнают?

– Кто? В Омбре меня никто еще не видел.

– Кто-нибудь из солдат может помнить тебя по Дворцу Ночи. И Коптемаз тоже, наверное, там! Черной одеждой его не проведешь.

– Да ладно тебе! Коптемаз видел меня в последний раз полумертвым. Кроме того, для него было бы лучше со мной не встречаться – надеюсь, он это понимает.

Его лицо, самое родное на свете, вдруг стало чужим. Уже не в первый раз. Ледяным, пугающим.

– Да не смотри ты на меня с таким ужасом! – сказал он, прогоняя холод улыбкой. Но улыбка быстро погасла. – Знаешь, Мегги, собственные руки стали мне чужими.

Он протянул их ей, словно дочь могла увидеть, как они изменились.

– Они делают такое, чего я и представить себе не мог, – и делают хорошо.

Мо рассматривал свои руки, словно они принадлежали другому человеку. Мегги столько раз видела, как эти руки нарезают бумагу, скрепляют страницы, натягивают кожу на переплет или наклеивают пластырь ей на коленку. Но она прекрасно понимала, о чем он говорит. Она теперь часто видела, как Мо упражняется с Баптистой или Силачом за конюшней – фехтует мечом, захваченным из Дворца Ночи. Мечом Огненного Лиса. И меч плясал в его руках так же ловко, как переплетный нож или фальцевальная косточка.

Перепел.

– Мне кажется, Мегги, пора моим рукам вспомнить, каково их настоящее ремесло. Мне нужно напомнить об этом самому себе. Фенолио сказал Бальбулусу, что нашел переплетчика, способного переплести его творения так, как они того заслуживают. Но Бальбулус хочет увидеть этого мастера прежде, чем доверить ему свои рукописи. Поэтому я отправлюсь в замок и докажу ему, что владею переплетным ремеслом не хуже, чем он – своим искусством. Ты сама виновата, что мне не терпится собственными глазами взглянуть на его мастерскую! Помнишь, как ты рассказывала мне в башне Змееглава о кисточках и перьях Бальбулуса? – Он передразнил ее голос: – «*Он миниатюрист, Мо! В замке Омбры! Самый лучший из художников, украшающих книги! Ты мог бы увидеть его кисточки и краски...*»

– Да, – глухо сказала Мегги. – Да, я помню.

Помнила она и его ответ: «*На эти кисточки мне и правда хотелось бы поглядеть*». И страх за него, пережитый тогда, она тоже не забыла.

– А Реза знает, куда ты собрался? – Она коснулась груди Мо в том месте, где только шрам напоминал теперь о ране, едва не убившей его.

Он мог не трудиться отвечать. По виноватому взгляду Мо было сразу ясно, что он не посвятил Резу в свои планы. Мегги посмотрела на переплетный инструмент, разложенный на столе. Может быть, Мо и прав. Может быть, его рукам и в самом деле пора вспомнить привычную работу. Вдруг ему удалось бы играть в этом мире ту роль, которую он так любил в другом. Хотя Зяблик, говорят, ценил книги примерно как волосы в супе.

Но ведь Омбра во власти Змееглава. Повсюду кишат его солдаты. Что, если кто-нибудь из них узнает человека, совсем недавно бывшего узником у их страшного хозяина?

– Мо... – Слова рвались у Мегги с языка. Она часто произносила их про себя в последние дни, но не решалась выговорить вслух, потому что не была уверена, что и в самом деле так думает. – А тебе не приходит иногда в голову, что лучше бы нам вернуться? Домой, к Элинор и Дариусу. Я знаю, это я уговорила тебя остаться, но... Змееглав все еще тебя разыскивает, а ты уезжаешь по ночам с разбойниками. Реза, может быть, ничего не замечает, но я-то давно все знаю. А тут мы все уже посмотрели – фей и нимф, Непроходимую Чащу и стеклянных человечков... – Как трудно было подыскать верные слова, такие, чтоб объяснили ей самой, что происходит в ее душе. – Может быть... может быть, нам пора. Я знаю, Фенолио больше не пишет, но мы могли бы попросить Орфея. Он ведь видит в тебе соперника и будет, наверное, очень рад отправить нас прочь и остаться единственным чтецом этого мира!

Отец молча взглянул на нее, и Мегги угадала ответ. Они поменялись ролями. Теперь Мо не хотел возвращаться. На столе, среди грубой бумаги и переплетных ножей, лежало перышко перепела.

– Иди сюда! – Мо присел на край стола и притянул ее к себе, как часто делал, когда она была маленькая.

Как давно это было! Очень давно. Как будто в той давней истории говорилось про другую Мегги. Но, когда Мо обнял ее за плечи, она на мгновение снова перенеслась туда, почувствовала себя в безопасности, под надежной защитой, и уже привычная тоска в сердце как будто растаяла... Тоска по черноволосому юноше с сажей на ладонях.

– Я знаю, почему тебе захотелось домой, – тихо сказал Мо. В чем-то он, может быть, и изменился, но дочь по-прежнему видел насквозь, как и она его. – Сколько дней Фарид к нам не заглядывал? Пять? Шесть?

– Двенадцать! – жалобно ответила Мегги, утыкаясь головой ему в плечо.

– Двенадцать? Давай попросим Силача завязать ему тощие руки бантиком!

Мегги рассмеялась. Что бы она делала без Мо, всегда умеющего рассмешить?

– Я еще не все посмотрел, Мегги! – сказал он. – Я не видел самого важного – книг Бальбулуса. Рукописных книг, украшенных миниатюрами и притом не покрытых пылью столетий, не пожелтевших, не ломких от старости – нет, на их страницах только что высохли краски, переплет еще гибкий... Кто знает, а вдруг Бальбулус позволит мне понаблюдать за своей работой. Ты только представь! Я так часто мечтал увидеть, как появляются на пергаменте крошечные лица, как цветы и ветви обвиваются вокруг инициалов, как...

Мегги не могла удержать улыбку.

– Ладно, с тобой все ясно. – Она закрыла ему рот ладонью. – Ладно, – повторила она. – Мы поедем к Бальбулусу вместе.

«Как раньше», – подумала она про себя. – Только ты и я». И, когда Мо попытался возразить, она снова прижала ладонь к его губам.

– Ты сам говорил! Помнишь, в заброшенной шахте...

В шахте, где погиб Сажерук... Мегги тихо повторила те давние слова: «*Покажи мне фей, Мегги. И русалок. И художника, украшающего рукописи в замке Омбры. Посмотрим, правда ли у него такие тонкие кисточки*».

Мо поднялся и стал собирать инструмент, лежавший на столе – аккуратно, как в своей мастерской в саду у Элинор.

– Да. Наверное, я это говорил, – сказал он, не глядя на нее. – Но теперь в Омбре правит шурин Змееглава. Как ты думаешь, что скажет твоя мать, если я подвергну тебя такой опасности?

Что скажет мать? Да...

– Резе незачем об этом знать. Мо, пожалуйста! Возьми меня с собой! А то я попрошу Гекко рассказать о твоих планах Черному Принцу. И уж он не даст тебе доехать до Омбры!

Мо отвернулся, но Мегги услышала, что он смеется:

– Ого, шантаж! Разве я тебя этому учил?

Он снова повернулся к ней, долго молчал, а потом сказал с тяжелым вздохом:

– Ну что ж, давай посмотрим на перья и кисточки. Раз уж мы побывали вместе во Дворце Ночи... Замок Омбры, наверное, все же не такой мрачный.

Он обдернул черный рукав.

– Хорошо хоть, переплетчики не ходят здесь в желтом, под цвет клейстера.

Мо уложил в сумку книгу с рисунками Резы.

– Что касается мамы, я хочу заехать за ней к Роксане, когда мы вернемся из замка. Только, пожалуйста, не рассказывай ей о нашей экскурсии. Ты, наверное, давно догадалась, почему ее тошнит по утрам?

Мегги недоуменно посмотрела на него – и тут же почувствовала себя такой дурой!

– Кого бы ты хотела – братика или сестричку? – У Мо вдруг стал очень счастливый вид. – Бедняжка Элинор! Она ведь мечтала об этой новости с того момента, как мы у нее поселились... А вышло так, что мы унесли ребенка с собой в другой мир.

Братика или сестричку... Когда Мегги была маленькая, она одно время играла, будто у нее есть невидимая сестренка, заваривала для нее чай из ромашек и пекла пирожки из песка.

– И... давно вы заметили?

– Ребенок родом из нашего мира, если ты это имеешь в виду. Из дома Элинор. Дитя из плоти и крови, а не из слов, чернил и бумаги. Хотя кто знает? Может быть, мы просто из одной выдуманной истории провалились в другую? Как ты думаешь?

Мегги посмотрела кругом, обвела взглядом стол, инструменты, пергамент и черную блузу Мо. Все это возникло из слов, так ведь? Из слов Фенолио. Дом, двор, небо у них над головой, деревья, камни, дождь, солнце и луна. «Ну а мы? – думала Мегги. – Мы из чего возникли? Реза, я, Мо, ребенок, которому предстоит родиться?» Она уже не была уверена в ответе. Да и знала ли она его когда-нибудь?

Казалось, все вокруг шепчется о том, что будет, и о том, что было. Мегги взглянула на свои руки, и ей показалось, что на них проступают буквы и складываются в слова: *«А потом родился ребенок»*.

Фенолио жалеет себя

– Что это? – спросил Гарри, которого вдруг пробрала дрожь.

– Это? Это – Омут памяти, – ответил Дамблдор. – Иногда я чувствую, что голова у меня переполнена мыслями и воспоминаниями.

Джоан Роллинг.
Гарри Поттер и Кубок огня*

Фенолио лежал в кровати, как это часто бывало в последние недели. Или уже месяцы? Не все ли равно. Он тоскливо рассматривал гнезда фей на потолке. Почти все они пустовали, только из одного доносились непрерывная трескотня и хихиканье. Гнездо переливалось всеми цветами радуги, словно бензиновое пятно на воде. Орфей! Феи в этом мире синие, черт тебя подери! Почему этому идиоту вздумалось делать их разноцветными? А хуже всего, что они повсюду вытесняют синих. Разноцветные феи, пятнистые кобольды... Говорят, где-то уже видели четвероруких стеклянных человечков. Фенолио делалось дурно при одной мысли об этом. Но ни о чем другом он думать не мог, ежечасно мучаясь вопросом, что пишет сейчас Орфей в своем роскошном доме с таким количеством прислуги, словно был самой важной персоной в Омбре.

Фенолио почти каждый день отправлял туда на разведку Розенкварца, но стеклянный человечек был бездарным шпионом. На редкость бездарным. Кроме того,

---

* Перевод М. Литвиновой.

Фенолио подозревал, что Розенкварц проводит большую часть времени не у Орфея, а в квартале белошвеек, где было много стеклянных девушек. «Ах, Фенолио, – вздыхал старик про себя, – и почему ты не сотворил эти стеклянные создания более сообразительными и преданными? К сожалению, это не единственная твоя промашка...»

Он потянулся к стоявшей у кровати фляге, чтобы залить вином неприятную мысль, но тут в потолочном окне появилась маленькая фигурка. Наконец-то. Розенкварц был сейчас не бледно-розовым, как обычно, а багрово-красным. Стеклянные человечки не потели. Вместо этого они от напряжения меняли цвет (это правило тоже придумал Фенолио – он давно забыл почему). Но зачем же этот балбес вскарабкался на крышу? Чистое безумие для хрупкого создания, которое даже при падении со стола могло разбиться вдребезги. Да, стеклянный человечек – не лучшая кандидатура на роль шпиона. Зато они маленькие, прозрачные и потому незаметные – это отчасти искупало их хрупкость.

– Ну? Что он там пишет? Рассказывай! – Фенолио взял флягу и босиком прошлепал к стеклянному человечку.

В награду за свою шпионскую деятельность, не входящую – прозрачный разведчик не уставал об этом твердить – в стандартные обязанности стеклянного человечка и требующую отдельной оплаты, Розенкварц запросил наперсток вина. Цена небольшая, этого Фенолио не мог отрицать, но и толку от разведывательной деятельности Розенкварца было пока немного. Кроме того, вино на него плохо действовало – он делался еще обидчивее, а потом его часами мучила икота.

– Может быть, ты дашь мне сперва отдышаться? – спросил Розенкварц раздраженно.

Ну вот, уже обиделся. До чего же вздорное создание!

– Ну, дар речи к тебе уже вернулся, я вижу!

Фенолио снял Розенкварца с веревки, которую привязал на окно, чтобы стеклянный человечек мог съезжать по ней, как по канату, и перенес на стол, купленный недавно по дешевке на рынке.

– А теперь рассказывай! – Фенолио наполнил наперсток. – Что он там пишет?

Розенкварц понюхал вино и наморщил багровый нос.

– Вино у тебя все хуже и хуже, – заявил он сердито. – Надо было попросить другую плату!

Фенолио с досадой вынул наперсток из стеклянных ручек.

– Ты пока и эту-то не заслужил! – сказал он в сердцах. – Признайся лучше, что опять ничего не разузнал!

Стеклянный человечек скрестил руки на груди.

– Ах так!

Нет, с ним с ума можно сойти! Взять бы этого болвана да потрясти хорошенько, но ведь у него, чего доброго, рука отвалится, а то и голова.

Фенолио мрачно поставил наперсток обратно на стол. Розенкварц обмакнул туда палец и облизал его.

– Он снова сочинил себе клад.

– Опять? Черт побери, он тратит больше денег, чем Зяблик!

Фенолио не мог себе простить, что сам до этого не додумался. С другой стороны... Ему бы понадобился чтец, чтобы превратить слова в звонкую монету, и он был далеко не уверен, что Мегги или ее отец стали бы ему помогать в столь прозаическом занятии.

– Хорошо, клад. А что еще?

– Он много чего пишет, но, похоже, недоволен тем, что получается. Рассказывал я тебе, что на него теперь работают сразу два стеклянных человечка? Четверорукого, которым он всюду хвастался, – тут Розенкварц понизил голос, словно боясь выговорить такое, – он, говорят, со злости швырнул об стену. Об этом говорила вся Омбра, но Орфей очень хорошо платит...

Укоризненный взгляд, который Розенкварц бросил при этих словах в его сторону, Фенолио просто проигнорировал.

– ...так что теперь у него работают два брата, Сланец и Халцедон. Старший – просто мерзавец! Он...

– Двое? Зачем этому болвану сразу два стеклянных человечка? Он что, уродует мою историю с такой скоростью, что один не успевает очинивать перья?

От злости у Фенолио начались спазмы в желудке. Приятно слышать, что хоть четверорукого человечка больше не существует. Может быть, до Орфея постепенно дойдет, что его творения не стоят пергамента, который он изводит на их создание?

– Ладно. Что еще?

Розенкварц не ответил и снова обиженно скрестил руки на груди. Он не любил, когда его перебивали.

– Господи, да перестань ты кобениться! – Фенолио подвинул ему наперсток. – Что он там еще сочиняет? Новую экзотическую дичь для Зяблика? Левреток с рожками для придворных дам? Или, может, ему пришло в голову, что в моем мире не хватает гномов в горошек?

Розенкварц снова обмакнул палец в наперсток.

– Тебе придется купить мне новые штаны, – заявил он. – Старые протерлись от лазанья по крышам. Не говоря о том, что их давно было пора поменять. Ты можешь ходить в чем тебе нравится, а я не для того живу в городе, чтобы одеваться хуже своих лесных родственников.

Иногда Фенолио хотелось просто взять его и переломить пополам!

– При чем тут твои штаны? Какое мне дело до твоих штанов? – заорал он на стеклянного человечка.

Розенкварц отхлебнул из наперстка – и выплюнул вино себе на ноги.

– Уксус, а не вино, – прошипел он. – И за это в меня швыряли костями? И за это я продирался сквозь голубиный помет и битую черепицу? Да, не смотри на меня так! Этот Халцедон стал кидать в меня куриные кости, когда застал у бумаг Орфея. Он меня чуть в окно не выбросил! – Стеклянный человечек со вздохом обтер вино с ног. – Ладно, перейдем к делу. Там было что-то о кабанах с рожками, но я не мог толком разобрать почерк, потом что-то о поющих рыбах, полная глупость, надо сказать, и еще что-то о Белых Женщинах. Четвероглазый, видимо, по-прежнему собирает все, что поют о них комедианты...

– Да об этом говорит вся Омбра! И ради этого ты пропадал так долго? – Фенолио закрыл лицо руками.

Вино действительно плохое. Голова у него совсем отяжелела. Проклятье.

Розенкварц с мученической гримасой отпил еще глоток. Дурак стеклянный! Будет теперь до завтрашнего дня животом маяться!

– Как бы то ни было, – торжественно заявил Розенкварц между приступами икоты, – это мое последнее донесение! Больше я не пойду в разведку! По крайней мере, до тех пор, пока там работает Халцедон! Он сильный, как кобольд; говорят, он уже двум стеклянным человечкам руки пообломал!

– Ладно, ладно. Все равно шпион из тебя никудышный, – пробурчал Фенолио и, покачиваясь, побрел обратно к кровати. – Признайся, тебе куда больше нравится ухаживать за стеклянными девушками на улице белошвеек. Не воображай, что я этого не знаю!

Он со стоном растянулся на соломенном тюфяке и уставился на пустые гнезда фей под потолком. Можно ли представить существо более жалкое, чем писатель, разучившийся писать? И худшую судьбу, чем смотреть, как другой ворует твои слова и размалевывает созданный тобой мир безвкусными яркими мазками? И ни тебе покоев в замке, ни сундука с роскошной одеждой, ни породистого коня для придворного поэта – опять мансарда Минервы, и больше ничего. Чудо, что она снова пустила его к себе – сочинителя, чьи песни способствовали тому, что у нее нет больше мужа, а у ее детей – отца. Да, вся Омбра знала, какую роль сыграл Фенолио в походе Козимо. Удивительно, что Минерва до сих пор не стащила его с тюфяка и не отколотила хорошенько. Видимо, женщины Омбры так заняты тем, чтобы выжить и прокормить детей, что им не до мести. «А куда ж ты теперь еще денешься? – только и сказала Минерва, когда он снова постучался в ее дверь. – В замке поэты больше не нужны. Там теперь поют песни Свистуна». И разумеется, она оказалась права. Зяблику нравились песни Среброносого. А порой он и сам рифмовал пару неуклюжих строк о своих охотничьих подвигах.

Оставалась Виоланта. Она, к счастью, иногда посылала за Фенолио. И конечно, не подозревала о том, что стихи, которые он ей приносит, украдены у поэтов другого мира. Но много платить она не могла. Дочь Змееглава была беднее, чем придворные дамы нового наместника. Поэтому Фенолио приходилось подрабатывать писцом на рынке. По этому поводу Розенкварц рассказывал всем, кто желал его слушать, как низко пал его хозяин. Но не обращать же внимание на писк этого прозрачного болвана! Пусть себе болтает! И пусть каждый вечер с требовательным видом кладет на письменный стол чистый лист пергамента – Фенолио навсегда отрекся от слов. Он не напишет больше ни единого – кроме тех, что крал у других, да еще сухого, безжизненного вздора, из которого состоят завещания, договоры купли-продажи и прочая ерунда. Время живых слов для него прошло. Они оказались коварными убийцами, кровожадными чернильно-черными чудовищами, приносящими одни несчастья. Больше он ни за что не станет им помогать. Стоило ему пройтись по опустелым улицам Омбры – и целой фляги вина не хватало, чтобы залить тоску, отнимавшую у него всякое желание жить с тех пор, как погибло войско Козимо.

Безусые юнцы и дряхлые старики, калеки и нищие да изредка бродячие торговцы, еще не прослышавшие о том, что в Омбре и медным грошом не разживешься, или жирные купцы, проворачивавшие дела с кровососами из замка – только их и встретишь теперь на прежде оживленных улицах Омбры. Женщины с опухшими от слез глазами, дети-безотцовщина, мужчины с той стороны леса, рассчитывавшие найти здесь молодую вдову или оставшуюся без хозяина мастерскую, и – солдаты. Да, солдат в Омбре было более чем достаточно. Они брали себе все, чего душа пожелает, – день за днем, ночь за ночью. Ни один дом не был от них в безопасности. Официально это называлось «расплата за агрессию» – и возразить было нечего. Ведь войну и вправду развязал Козимо – самое прекрасное, самое невинное из созданий Фенолио (по замыслу, по крайней мере). И вот тело Козимо покоится в саркофаге, который Жирный Герцог заказал для своего сына, а мертвец с обгоревшим лицом, лежавший там раньше (скорее всего, настоящий Козимо), закопан на кладбище Омбры среди могил простого люда – на взгляд Фенолио, неплохое место, не такое одинокое, как склеп под замком. Хотя Минерва рассказывала, будто Виоланта каждый день спускается в подземелье – якобы для того, чтобы оплакивать покойного мужа, а на самом деле (такие, по крайней мере, ходили слухи) – чтобы встречаться со своими осведомителями. Говорили, что Уродине даже не приходится платить за шпионаж. Ненависть к Зяблику приводила к ней десятки людей. Еще бы. Достаточно посмотреть на него, этого надушенного палача с цыплячьей грудью, правителя милостью сестриного мужа. Стоило намалевать рожицу на яйце – и она оказывалась удивительно похожей на Зяблика. И ведь Фенолио его не сочинял! Этого ублюдка его повесть породила вполне самостоятельно.

Первое, что Зяблик сделал в новой должности, – вывесил на воротах замка список наказаний, которые отныне будут применяться в Омбре за различные проступки, – с картинками, чтобы и те, кто не умели читать, поняли, что им угрожает. За одно – выколотый глаз, за другое – отрубленная рука, розги, позорный столб, клеймение каленым железом... Проходя мимо этого списка, Фенолио каждый раз отворачивался, а когда ему случалось идти с детьми Минервы через рыночную площадь, где приводилось в исполнение большинство наказаний, он прикрывал им глаза рукой (Иво, правда, всякий раз возмущался). Но крики они все равно слышали. К счастью, в обезлюдевшем городе почти некого было наказывать. Мужчины погибли, а из овдовевших женщин многие бежали, прихватив детей, подальше от Непроходимой Чащи, не защищавшей теперь Омбру от владыки по ту сторону леса – бессмертного Змееглава.

Да, отрицать не приходится – это была его идея, Фенолио. Правда, все настойчивее становились слухи, что Змееглаву мало радости от его бессмертия.

В дверь постучали. Кого там еще принесло? Ох, черт, память в последнее время совсем отшибло. Ну конечно. Куда подевалась дурацкая бумажка, которую принесла вчера ворона? Розенкварц чуть не помер со страху, когда она опустилась на подоконник. Мортимер собирается в Омбру! Сегодня! Но, кажется, он предлагал встретиться у ворот замка? Этот приход – полное безумие. На каждом углу развешаны портреты Перепела с обещанием награды за его голову. К счастью, опознать Мо по этим портретам невозможно – и тем не менее!

Стук раздался снова.

Розенкварц продолжал слизывать вино с пальца. Этот стеклянный балбес не годится даже в привратники. Вот Орфею небось не приходится самому открывать посетителям. Говорят, его новый телохранитель такого огромного роста, что пригибается, входя в городские ворота. Телохранитель! «Если я снова возьмусь писать, – подумал Фенолио, – то попрошу Мегги вычитать мне в привратники великана, посмотрим, что Баранья Башка на это скажет».

По двери нетерпеливо забарабанили.

– Да иду я, иду!

Нашаривая штаны, Фенолио споткнулся о пустые фляги. Как болят у него все кости! Проклятая старость! Ну почему он не сочинил повесть, где все оставались бы вечно молодыми? «Потому что это было бы смертельно скучно», – думал он, натянув одну шершавую штанину и путаясь во второй.

– Извини, Мортимер! – крикнул он. – Стеклянный человечек забыл меня разбудить!

Со стола послышалось ворчание Розенкварца, но голос, отозвавшийся из-за двери, принадлежал не Мортимеру, хотя звучал почти так же чарующе. Орфей! Помяни только черта... Что ему тут надо? Хочет пожаловаться, что Розенкварц за ним шпионит? «Уж если кому-то здесь пристало жаловаться, так мне, – думал Фенолио. – Ведь это мою историю он уродует и грабит! Баранья Башка, Сырная Голова, Жаба Надутая, Барабашка...» – У Фенолио было для Орфея много прозвищ, одно лестней другого.

Мало, что ли, того, что Орфей без конца посылает к нему мальчишку? Теперь, значит, сам заявился? Небось опять хочет забросать его сотнями идиотских вопросов. Сам виноват, Фенолио! Как часто он проклинал слова, которые написал тогда в шахте, поддавшись уговорам Мегги! «*И он позвал другого, помоложе, по имени Орфей – искусного в плетении словесной ткани, хотя и не достигшего еще такого мастерства, как сам Фенолио, – и решил научить его всему, что умел, как это делает в один прекрасный день всякий мастер. Какое-то время Орфей будет вместо него играть со словами, соблазнять и лгать, создавать и разрушать, прогонять и призывать обратно с их помощью, а Фенолио тем временем дождется, чтобы усталость прошла, чтобы любовь к писательству снова пробудилась в нем, и тогда отошлет Орфея обратно в тот мир, откуда он его вызвал, чтобы Орфей свежими, нетронутыми словами поддержал жизнь в его истории*».

– Надо немедленно вписать его обратно! – Фенолио в сердцах пнул пустую флягу. – Сию же минуту!

– Вписать? Подумать только, я слышу слово «писать»! Ушам не верю... – насмешливо пропищал Розенкварц за его спиной.

Стеклянный человечек снова обрел свой нормальный цвет. Фенолио запустил в него сухой хлебной коркой, но промахнулся. Розенкварц сочувственно вздохнул.

– Фенолио! Открой, я знаю, что ты дома!

До чего же ненавистен ему этот голос! Засевает его мир словами, как сорной травой. Его, Фенолио, собственными словами!

– Нет меня дома! – пробурчал старик. – Для тебя меня никогда нет дома, Баранья Башка.

«Фенолио, а Смерть – мужчина или женщина? А Белые Женщины были когда-то людьми? Фенолио, ну как же я верну Сажерука, если ты даже самых простых законов этого мира объяснить не можешь?» Черт побери, да кто его просил возвращать Сажерука? Тот все равно бы погиб, останься история такой, как написал Фенолио. А что до «простых законов» – с каких пор жизнь и смерть стали простыми вещами? Откуда ему знать, тысяча чертей, как все это устроено в его или любом другом мире? Он никогда не задумывался о смерти или о том, что наступает потом. Зачем? Пока человек жив, его это не касается. А когда умер – тогда его, скорее всего, уже вообще ничто не касается.

– Конечно, он дома! Фенолио! – это был голос Минервы.

Проклятье, Баранья Башка догадался спросить квартирную хозяйку. Неплохо придумано. Нет, дураком Орфей не был, это уж точно.

Фенолио затолкал под кровать пустые фляги, натянул вторую штанину и отпер дверь.

– Ну вот! – Минерва окинула его неодобрительным взглядом с нечесаной головы до босых ног. – Я сказала гостю, что ты дома.

Какой понурый у нее вид! И какой измученный. Она теперь работала в замке на кухне. Фенолио попросил Виоланту пристроить ее туда. А поскольку Зяблик любил ночные пиры, Минерва часто приходила домой лишь под утро. В конце концов она просто умрет от изнеможения и бедные детишки останутся сиротами. Господи, какой ужас! Во что превратилась его чудесная Омбра!

– Фенолио! – Орфей вошел в комнату, отодвинув стоявшую в дверях Минерву.

На губах его играла омерзительно-невинная улыбка, которую он всегда использовал для маскировки.

И конечно, он принес с собой список – бесконечный список вопросов. Страшно представить, сколько стоит его одежда. Откуда такие деньги? Даже в зените своей придворной карьеры Фенолио не нашивал подобных нарядов. Ах да, он же вычитывает клады...

Минерва молча пошла вниз по крутой лестнице, а за спиной Орфея вырос громила, который, даже пригнув голову, задевал макушкой притолоку. А, знаменитый телохранитель. Скромная каморка Фенолио словно стала еще меньше, когда в нее вдвинулась эта гора мышц. Зато Фарид занимал совсем немного места, хотя сыграл в этой истории очень заметную роль. Фарид, Ангел Смерти... Он следовал за своим хозяином с таким смущенным видом, словно стыдился общества, в котором оказался.

– Фенолио, мне очень неловко тебя беспокоить, – самоуверенная улыбка Орфея противоречила его словам, – но, боюсь, я обнаружил еще несколько неувязок.

«Неувязок!»

– Я уже посылал к тебе Фарида с этими вопросами, но на некоторые ты дал очень странные ответы.

Орфей с важным видом поправил очки и вынул из-под тяжелого бархатного плаща книгу. Да, Баранья Башка притащил с собой книгу Фенолио в тот мир, о котором она рассказывала, – «Чернильное сердце», последний уцелевший экземпляр. И что же, вернул он автору его сочинение? Ничуть не бывало. «Мне очень жаль, Фенолио, – заявил он с великолепно отработанной высокомерной миной (маску старательного ученика Орфей перестал носить очень быстро), – но эта книга – моя. Ты ведь не станешь всерьез утверждать, что автор является законным владельцем всех экземпляров написанной им книги?» Наглый молокосос! Как он смеет так разговаривать с ним, творцом всего вокруг, даже воздуха, которым он дышит?

– Опять будешь допрашивать меня про Смерть? – Фенолио сунул босые ноги в стоптанные сапоги. – Зачем? Чтобы морочить бедного мальчишку, который верит, что ты вернешь Сажерука от Белых Женщин, и ради этого позволяет себя эксплуатировать?

Фарид сжал зубы. Куница Сажерука сонно моргала у него на плече – или это был Пролаза?

– Что за чушь ты несешь! – В голосе Орфея звучала нескрываемая обида (он вообще легко обижался). – Можно подумать, мне трудно найти прислугу! У меня шесть служанок, телохранитель, кухарка и этот парень. Я в любой момент могу пополнить свой штат, стоит только захотеть. Ты прекрасно знаешь, что я хочу вернуть Сажерука вовсе не ради мальчишки. Просто он нужен в этой повести. Без него она и вполовину не так хороша: растение без цветов, небо без звезд...

– Лес без деревьев?

Орфей покраснел как маков цвет. Ах, как же приятно было его высмеивать – одно из немногих удовольствий, еще остававшихся у Фенолио.

– Ты пьян, старик! – рявкнул Орфей.

Его голос не всегда звучал мелодично.

– Пьян я или нет, а в словах понимаю по-прежнему в сто раз больше тебя. Ты-то умеешь только перелицовывать готовое платье! Там распорол, тут отрезал, сюда притачал, как будто книга – старый пиджак! И нечего мне рассказывать, как нужен Сажерук в этой истории. Ты, может быть, помнишь, что у меня он погибал раньше и поэтому не мог добровольно отправиться к Белым Женщинам. Кем ты себя вообразил, чтобы являться сюда и поучать меня о моей же повести? Взгляни лучше на это безобразие! – Фенолио в ярости показал на переливающееся всеми цветами радуги гнездо фей над своей кроватью. – Разноцветные феи! С тех пор как они выстроили свое омерзительное гнездо у меня над кроватью, мне снятся по ночам кошмары! И к тому же они воруют у синекожих запасы корма!

– Ну и что? – Орфей пожал пухлыми плечами. – Зато красиво! Мне просто показалось скучно, что они все синие.

– Ах вот как, скучно тебе показалось! – Фенолио заорал так, что разноцветная фея прекратила свой вечный щебет и высунулась из безвкусного гнезда. – Тогда напиши себе собственный мир! А мой оставь в покое, ясно тебе? Этот мир мой! И мне надоело смотреть, как ты его поганишь! Я, конечно, совершил в жизни немало ошибок, но ни одна и в сравнение не идет с тем, что я натворил, выписав тебя сюда!

Орфей со скучающим видом рассматривал свои ногти. Они у него были обкусаны до мяса.

– Не могу я больше это слушать, – сказал он угрожающе тихим голосом. – Всю эту чушь про «я тебя сюда выписал, она тебя сюда вычитала». Единственный человек, который здесь сейчас пишет и вычитывает, – я. Тебе, старик, слова давно уже не повинуются, и ты это знаешь.

– Ничего, мы с ними еще помиримся! И первое, что я напишу, будет обратный билет для тебя!

– Ах вот как? И кто же прочтет эти замечательные слова? Насколько я знаю, тебе, в отличие от меня, нужен чтец.

– Ну и что? – Фенолио подошел к Орфею так близко, что тот недовольно заморгал дальнозоркими глазами. – Я попрошу Мортимера! Его не зря называют Волшебным Языком, хотя сейчас он носит другое имя. Спроси Фарида! Если бы не Мортимер, он бы и сейчас еще сгребал верблюжий навоз в своей пустыне...

– Мортимер! – Орфею с трудом удалось изобразить презрительную усмешку. – Ты, видно, совсем потопил мозги в вине и не знаешь, что происходит в твоем мире.

Мортимер уже не читает. Переплетчик превратился в разбойника, и эту роль скроил для него ты.

Телохранитель странно хрюкнул – возможно, это был смех. До чего отвратительный тип, интересно, кто его написал – Орфей или сам Фенолио? Старик несколько секунд с раздражением глядел на Дуботряса, а потом снова повернулся к Орфею.

– Я не кроил для него эту роль, – сказал он. – Как раз наоборот: я использовал Мортимера как лекало для этой роли... Но играет он ее отлично, судя по слухам. Только это не значит, что у Перепела нет больше волшебного языка. К тому же у него очень способная дочь.

Орфей снова уставился на свои ногти, а его телохранитель тем временем пожирал остатки завтрака Фенолио.

– Вот как? И ты знаешь, где он? – спросил он как бы невзначай.

– Конечно. Он собирается прийти... – Фенолио внезапно смолк, потому что мальчишка шагнул к нему и зажал ему рот ладонью.

Мальчишка... И почему Фенолио никак не может запомнить его имя? «Старческий склероз», – ответил он себе.

– Никто не знает, где скрывается Перепел! – Угольно-черные глаза смотрели на Фенолио со жгучим упреком. – Никто!

Разумеется. Болван. Забыл, что ли, что Орфей желтеет от зависти, стоит упомянуть имя Мортимера, и что он свой человек при дворе Зяблика? Фенолио хотелось откусить себе язык.

Орфей улыбнулся:

– Не смотри на меня с таким испугом, старик! Переплетчик, стало быть, решил посетить Омбру. Какое нахальство! Видно, хочет показать, что в песнях поют правду о его безумной храбрости. Что ж, пусть покрасуется, прежде чем его повесят. Потому что именно такой конец его ждет. Как и всех безумно храбрых героев. Уж мы-то с тобой это знаем, правда? Не волнуйся, я не собираюсь выдавать его палачам. Это сделают другие. А я хотел только расспросить его о Белых Женщинах. Не так много людей, которые встречались с ними и остались живы, поэтому я с удовольствием бы с ним побеседовал. О таких выживших ходят весьма интересные рассказы.

– Я ему передам, если будет случай, – сказал Фенолио резко, – но что-то мне не верится, что он станет с тобой разговаривать. Ведь он познакомился с Белыми Женщинами только потому, что ты так услужливо отправил его под пулю Мортолы... Розенкварц! – Фенолио изобразил гордую поступь, насколько позволяли стоптанные сапоги. – Я ухожу по делам. Проводи наших гостей, но держись подальше от куницы!

Фенолио сбегал по крутой лестнице почти так же торопливо, как в тот день, когда к нему заявился Баста. Мортимер наверняка уже ждет его у ворот замка! Что, если Орфей пойдет к Зяблику докладывать об услышанном и увидит его там?

На середине лестницы его догнал мальчишка. Фарид. Ну конечно. Его зовут Фарид. Склероз, что поделаешь.

– Волшебный Язык правда сюда собирается? – шепотом спросил он. – Не бойся! Орфей его не выдаст. Пока. Но в Омбре для него все равно слишком опасно. Он придет с Мегги?

– Фарид! – Орфей глядел на них сверху, словно был повелителем этого мира. – Если старый дурак не передаст Мортимеру того, о чем я просил, сделай это за него. Ясно?

«Старый дурак, – повторил про себя Фенолио. – О боги книг, верните мне власть над словами, чтобы я мог наконец убрать эту чертову Баранью Башку из моей повести!»

Он хотел достойно ответить Орфею, но слова опять вышли из повиновения, а Фарид уже нетерпеливо тащил его за собой.

Печальная Омбра

«Придворные звали меня Счастливым Принцем. О! Если удовольствия могут принести счастье, как я был счастлив! А потом я умер. И сейчас они поставили меня так высоко, что я вижу всю скорбь и всю нищету моего города. И хоть сердце у меня теперь оловянное, я не могу не плакать».

Оскар Уайльд. Счастливый принц*

Фарид рассказывал Мегги, как трудно теперь попасть в Омбру, и она передала Мо его слова: «Стражники теперь не те безобидные дураки, что стояли там раньше. Подумай заранее, что им ответить на вопрос, зачем ты идешь в город. Чего бы они ни потребовали, веди себя смирно и покорно. Обыскивают редко. Если повезет, могут просто кивнуть – проходи, мол».

Им не повезло. Стражники остановили их. Мегги мучительно напряглась, когда один из солдат жестом велел Мо спешиться и потребовал предъявить образчик его ремесла. Пока стражник разглядывал книгу, переплетенную из рисунков Резы, Мегги со страхом вглядывалась в полускрытое шлемом лицо, пытаясь угадать, не встречались ли они в замке Змееглава. А что, если солдат обнаружит нож, спрятанный в поясе Мо? За один этот нож его могли убить. В Омбре носить оружие разрешалось только оккупантам. Но Баптиста

* Перевод П. Сергеева и Г. Нуждина.

сшил пояс так умело, что даже опытные руки стражника не нащупали ничего подозрительного.

«Хорошо, что у Мо есть нож», – думала Мегги, когда через окованные железом ворота они въезжали мимо выставленных копий стражи в город, находившийся теперь под властью Змееглава.

Мегги не была в Омбре с тех пор, как отправилась с Сажеруком в тайный лагерь комедиантов. Казалось, прошла вечность с тех пор, как она бежала по этим улицам с письмом Резы, извещавшим, что Мортола стреляла в ее отца. На мгновение она уткнулась лицом в спину Мо, охваченная счастьем от того, что он снова с ней, живой, здоровый, и что она наконец покажет ему то, о чем столько рассказывала: мастерскую Бальбулуса и библиотеку Жирного Герцога. На этот чудесный миг она забыла о страхе, словно Чернильный мир принадлежал сейчас только им двоим.

Омбра нравилась Мо. Мегги видела это по его лицу, по тому, как он смотрел вокруг, придерживая коня, внимательно оглядывая улицу за улицей. Конечно, захватчики искалечили город, но красота, вложенная строителями в порталы, колонны и арки, осталась на месте. Ее нельзя было увезти с собой, а разбитая на куски, она теряла всякую ценность. Поэтому под окнами и балконами Омбры по-прежнему цвели каменные цветы, по колоннам и карнизам вился каменный плющ, а на стенах из светлого песчаника гротескные маски высовывали языки из странно перекошенных ртов и плакали каменными слезами.

Лишь герб Жирного Герцога был повсюду разбит, и льва можно было угадать только по остаткам гривы.

– Вон та улица справа ведет к рыночной площади, – шепнула Мегги, и Мо кивнул, словно во сне.

Похоже, пока они скакали по городу, в его ушах звучали слова, описывающие то, что он видел теперь своими глазами. Мегги слышала о Чернильном мире только от матери, а Мо без конца читал и перечитывал книгу Фенолио все те годы, что пытался отыскать в ее словах Резу.

— Все так, как ты себе представлял? – тихо спросила Мегги.

— Да, – так же тихо отозвался Мо. – Так – и не так.

На рыночной площади толпился народ, словно в мирные времена Жирного Герцога, только теперь в этой толпе почти не было мужчин. И комедианты снова были тут. Да, шурин Змееглава открыл бродячим артистам доступ в город. Правда, ходили слухи, что пускали на самом деле только тех, кто соглашался шпионить для Зяблика.

Мо осторожно объехал кучку детей. Детей в Омбре было много, только отцы их погибли.

Мегги увидела над детскими головками вращающийся факел, потом второй, третий... Искры гасли в прохладном воздухе. «Фарид?» – подумала она, хотя знала, что после смерти Сажерука он не выступает больше с огненными фокусами. Но тут Мо поспешно натянул на лицо капюшон, и взгляд Мегги натолкнулся на жирно смазанное лицо с неизменной сияющей улыбкой.

Коптемаз.

Мегги ухватилась за плащ Мо, но отец ехал себе дальше, будто и не заметил человека, который однажды уже выдал его. Дюжина комедиантов, если не больше, заплатила жизнью за то, что Коптемаз знал об их тайном лагере, и Мо едва не оказался в числе жертв. Всей Омбре было известно, что Коптемаз – свой человек во Дворце Ночи, который за свое предательство получил немало денег лично от Свистуна, и что теперь он в отличных отношениях также и с Зябликом; и все же он стоял, улыбаясь, посреди рыночной площади – единственный огненный жонглер в Омбре вне конкуренции, потому что Сажерук погиб, а Фарид не желал больше играть с огнем. Да, в Омбре и правда сменился хозяин. Для Мегги не могло быть более ясного свидетельства этому, чем лоснящееся жиром лицо Коптемаза с неестественной улыбкой. Говорят, алхимики Змееглава поделились с ним своими рецептами, и огонь, с которым он теперь выступал, был темный, коварный и убийственный, как порох, который Коптемаз в него подмешивал, потому что иначе пламя ему не подчинялось. Силач рассказывал Мегги, что дым от этой смеси действовал одуряюще и зрителям казалось, будто они видят перед собой величайшего из огненных жонглеров.

Как бы то ни было, дети Омбры хлопали в ладоши, хотя факелы не взлетали и на половину той высоты, что у Сажерука и Фарида. Представление позволяло на время забыть печальные глаза матерей и тяжелый труд, ожидавший дома.

– Мо! – Мегги поспешно отвернулась, когда Коптемаз посмотрел в их сторону. – Давай повернем обратно, пожалуйста! Вдруг он тебя узнает?

Тогда ворота Омбры захлопнутся. И их будут гонять по улицам, как попавшихся в ловушку крыс!

Но Мо чуть заметно покачал головой и придержал коня за одним из рыночных лотков.

– Не волнуйся. Коптемазу сейчас не до того – он боится обжечь свое красивое лицо, – прошептал он Мегги. – Но давай-ка спешимся. Так мы будем меньше бросаться в глаза.

Лошадь заробела, когда Мо повел ее через толпу, но он успокоил ее тихими уговорами. Мегги увидела за лотками жонглера, который раньше считался человеком Черного Принца. Многие комедианты сменили хозяина, когда выяснилось, что Зяблик готов платить. И они вовсе не считали, что наступили плохие времена. Торговцы на рынке тоже получали хорошие барыши. Для вдов Омбры разложенные на прилавках товары были недоступны, зато Зяблик и его друзья с удовольствием покупали драгоценные ткани, расплачиваясь тем, что сумели выжать из захваченного города: украшениями, оружием и разнообразными предметами роскоши, названия которых не знал, наверное, и сам Фенолио. Здесь можно было купить даже лошадей... Мо с любопытством осматривался в пестрой толпе, как будто тут и не было никакого Коптемаза.

Казалось, он хочет разглядеть каждое лицо в рыночной сутолоке, каждую диковинку, выставленную на продажу; но вот его взгляд сосредоточился на башнях, видневшихся за черепичными крышами, и сердце Мегги сжалось. Он не раздумал идти в замок, и Мегги сейчас проклинала себя за то, что рассказала ему о Бальбулусе и его искусстве.

На глаза им попалось объявление о награде за голову Перепела. У Мегги перехватило дух, но Мо лишь посмотрел насмешливо на неумелый портрет и пригладил свои темные, остриженные как у крестьянина волосы.

Что, если тут окажется кто-нибудь из солдат, охранявших его во Дворце Ночи? Вон тот, кажется, внимательно смотрит на них. А комедиантка слева – ведь это, похоже, одна из тех женщин, что вышли вместе с ними из застенков Змееглава. «Пойдем скорее, Мо», – думала она и хотела уже потянуть его за собой в какой-нибудь проулок, под какую-нибудь арку – лишь бы скрыться от всех этих глаз. Двое детей схватились за ее юбку и протянули грязные ладошки, выклянчивая подаяние. Мегги беспомощно улыбнулась им. Денег у нее при себе не было. Какой у них голодный вид! Через толпу протиснулся солдат и грубо оттолкнул попрошайничающих детей. «Скорее бы оказаться у Бальбулуса!» –

подумала Мегги, и тут Мо так резко остановился, что она налетела на него.

Рядом со столом цирюльника, во всю глотку расхваливавшего свои чудодейственные умения, стайка мальчишек глазела на позорный столб. Там стояла женщина, ее руки и голова были зажаты деревянными тисками, так что она была беспомощна, как тряпичная кукла. На ее лицо налипли гнилые овощи, навоз и прочая дрянь, которую дети насобирали между лотками. Мегги такое уже видела, когда ходила по городу с Фенолио, зато Мо застыл, словно забыл, зачем приехал в Омбру. Он стал едва ли не бледнее самой женщины, на лице которой слезы рисовали грязные подтеки, и на мгновение Мегги испугалась, что он сейчас схватится за нож, спрятанный в поясе.

– Мо! – Она схватила отца за рукав и скорее потащила прочь, подальше от глазеющих детей, которые уже начали на него оборачиваться, на улицу, ведущую к замку.

– Ты такое уже видела?

Как он на нее смотрит! Как будто не может поверить, что она способна с этим смириться.

Этот взгляд смутил Мегги.

– Да, – пристыженно ответила она. – Да, несколько раз. Позорный столб был и при Жирном Герцоге.

Мо по-прежнему смотрел на нее во все глаза.

– Только не говори мне, что к этому зрелищу можно привыкнуть.

Мегги опустила голову. Можно. К сожалению, можно.

Мо жадно втянул воздух, как будто не мог продохнуть все время, что глядел на заплаканную женщину. И молча зашагал дальше. Он не произнес ни слова до самого замка.

Перед воротами стоял еще один позорный столб. У мальчика, привязанного там, сидели на голой коже огненные эльфы. Мо сунул Мегги поводья и шагнул к столбу, прежде чем дочь сумела его удержать. Не обращая внимания ни на стражу, глядевшую от ворот, ни на проходивших мимо женщин, испуганно отворачивавших головы, он согнал огненных эльфов с худых детских рук. Мальчик удивленно смотрел на него. Его лицо ничего не выражало, кроме страха – страха и стыда. И Мегги вспомнила, что рассказывал ей Фарид – будто Сажерук и Черный Принц когда-то бок о бок стояли у позорного столба и лет им было тогда не больше, чем этому мальчишке, с таким страхом глядевшему на своего защитника.

– Мортимер!

В первую минуту Мегги не узнала старика, оттащившего Мо от позорного столба. Седые волосы падали Фенолио почти до плеч, глаза были налиты кровью, лицо заросло щетиной. Он выглядел дряхлым. Никогда прежде Мегги не задумывалась о возрасте Фенолио, но сейчас она не могла думать ни о чем другом.

– Ты что, с ума сошел! – негромко, но яростно крикнул он ее отцу. – Привет, Мегги, – добавил он рассеянно.

И тут кровь бросилась Мегги в лицо – за спиной Фенолио она увидала Фарида.

Фарид.

«Сделай холодный вид! – приказала себе Мегги, но губы неудержимо улыбались. – Никаких улыбок!» – думала она, а глаза так и сияли. Видеть его было таким счастьем! На плече у него сидел Пролаза, сонно подергивая хвостом.

– Привет, Мегги! Как дела? – Фарид погладил куницу.

Двенадцать дней. Двенадцать дней он не давал о себе знать. Мегги поклялась не разговаривать с ним при встрече. Но сердиться на Фарида оказалось невозможно. Вид у него был по-прежнему понурый. Куда девался смех, прежде неотделимый от его лица, как яркие черные глаза? Он тоже улыбнулся, здороваясь с Мегги, но эта улыбка была лишь бледной тенью прежней.

– Я все время хотел пойти к тебе, но Орфей меня не отпускал!

Он говорил почти машинально. Его интересовал сейчас только ее отец. Перепел.

Фенолио тащил Мо за собой, подальше от позорного столба, подальше от солдат. Мегги поспешила за ними. Лошадь тревожно зафыркала, но Фарид успокоил ее. Сажерук научил его разговаривать с животными.

«Вот он идет совсем рядом – и так далеко», – думала Мегги.

– Ты что? – Фенолио все еще крепко держал Мо, словно боялся, что тот снова рванется к позорному столбу. – Хочешь, чтобы стража и тебя туда привязала? Не дождешься! Тебя они сразу проткнут копьем.

– Это же огненные эльфы! Они прожигают кожу насквозь! – Голос у Мо был хриплый от ярости.

– Спасибо, что объяснил! Как будто не я их придумал, этих тварей. Ничего, мальчик от этого не умрет. Наверное, это воришка, и больше я не желаю о нем слышать.

Мо высвободился и резко повернулся к старику спиной, словно опасаясь не сдержаться и ударить его. Он смотрел на стражников, их оружие, стены замка и позорный столб, как будто искал способа мгновенно уничтожить все это. «Не смотри на стражников, Мо!» – мысленно умоляла Мегги. Это было первое, чему научил ее здесь Фенолио: никогда не смотри прямо в лицо солдату, рыцарю, вельможе – никому из тех, кто в этом мире имеет право носить оружие.

– Волшебный Язык, хочешь, я сделаю так, что эльфы перестанут на него садиться? – встрял Фарид между Мо и Фенолио.

Пролаза зашипел на старика, как будто учуял в нем причину всего зла, творившегося в мире. А Фарид, не дожидаясь ответа, побежал к позорному столбу, где эльфы уже снова облепили полураздетого мальчишку. Он щелкнул пальцами, и в воздух взметнулись искры. Они опускались на блестящие крылышки эльфов, больно обжигая их, так что крошечные кусаки с яростным жужжанием вспорхнули и роем полетели прочь. Один из стражников схватился за копье, но тут Фарид легким движением нарисовал на стене замка огненного василиска. Стражники оторопело уставились на пылающий герб своего господина, а Фарид отвесил им изящный поклон и неторопливой походкой двинулся обратно к Мо.

– Безрассудное ухарство, дружок! – неодобрительно сказал Фенолио, но Фарид не обратил на него внимания.

– Зачем ты пришел сюда, Волшебный Язык? – спросил он тихо. – Это опасно!

Но глаза у него блестели. Фарид любил опасные приключения и любил Мо за то, что тот сделался Перепелом.

– Тут есть несколько книг, на которые я хочу взглянуть.

– Книг? – Фарид посмотрел на него с таким недоумением, что Мо невольно улыбнулся.

– Да, книг. Особенных книг.

Мо поднял глаза к самой высокой башне замка. Мегги подробно описала ему, где находится мастерская Бальбулуса.

– Что поделывает Орфей? – Мо покосился в сторону стражи. Солдаты рылись в подводе мясника и, похоже, сами не знали, что они там ищут. – Он, я слышал, все богатеет и богатеет.

– Уж это точно! – Фарид тихонько погладил Мегги по спине.

В присутствии Мо он старался обходиться незаметными нежностями. Фарид очень уважал отцов. Но от Мо, конечно, не укрылось, как Мегги покраснела.

– Богатеть-то он богатеет, а для Сажерука так ничего и не написал. В голове у него одни клады и всякая невидаль, которую можно продать Зяблику: рогатые кабаны, золотые левретки, крылатые пауки, лиственные человечки...

– Крылатые пауки? Лиственные человечки? – Фенолио с ужасом посмотрел на Фарида, но тот не обращал на него внимания.

– Орфей хочет с тобой поговорить, – сказал он на ухо Мо, – о Белых Женщинах. Не отказывай ему! Пожалуйста! Может быть, то, что ты знаешь, и правда поможет ему вернуть Сажерука!

Мегги увидела сочувствие на лице Мо. Как и она сама, отец не верил, что Сажерука можно вернуть.

– Глупости, – сказал он, невольно потрогав место, куда попала пуля Мортолы. – Я ничего не знаю. Только то, что знают все.

Стражники пропустили мясника, и один из них глядел теперь в сторону Мо. На стене замка все еще пылал василиск, нарисованный Фаридом.

Мо повернулся спиной к солдатам.

– Слушай, – еле слышно сказал он Мегги, – я не должен был тебя сюда приводить. Пожалуйста, останься с Фаридом, пока я схожу в замок. Он проводит тебя к Роксане, а я приду прямо туда за тобой и Резой.

Фарид обнял Мегги за плечи.

– Конечно иди! Я за ней присмотрю.

Мегги сердито сбросила его руку. Ей неприятно было отпускать Мо одного, хотя в глубине души ужасно хотелось остаться с Фаридом. Она так по нему скучала.

– Присмотришь? Кто тебя просит за мной присматривать? – спросила она резче, чем сама хотела.

Какой дурой делаешься, когда влюбишься!

– В присмотре Мегги не нуждается, это правда. – Мо мягко вынул у нее из рук поводья. – Мне кажется, она чаще присматривала за мной, чем я за ней. Я скоро вернусь, – сказал он дочери. – Обещаю. Маме ни слова, ладно?

Мегги молча кивнула.

– Не волнуйся! – заговорщически шепнул Мо. – В песнях говорится, что Перепела всегда сопровождает его красавица-дочь. Поэтому без тебя я буду вызывать гораздо меньше подозрений.

– Песни лгут! – прошептала Мегги в ответ. – У Перепела нет никакой дочери. Он не отец. Он разбойник.

Несколько секунд Мо пристально смотрел на нее, а потом поцеловал в лоб, словно желая стереть то, что она сказала. И пошел за торопившим его Фенолио к воротам замка.

Мегги не отрываясь смотрела ему вслед. Вот он остановился возле стражи. В черной одежде Мо выглядел как настоящий мастер из далекой страны, проделавший долгий путь, чтобы заключить в достойную оправу миниатюры знаменитого Бальбулуса. Кому какое дело, что по пути переплетчик превратился в разбойника?

Не успел Мо повернуться спиной, Фарид взял Мегги за руку.

– Отец у тебя храбрый, как лев! – прошептал он. – Но, по-моему, немного не в своем уме. Будь я Перепелом, я бы ни за что не пошел в эти ворота, тем более ради каких-то книг!

– Ты не понимаешь! – тихо ответила Мегги. – Ни за чем другим он бы туда не пошел – только ради книг!

Тут она ошибалась, но это ей предстояло узнать позже.

Солдаты пропустили поэта и переплетчика. Мо в последний раз оглянулся на Мегги и исчез в воротах, под опускной решеткой с двумя десятками грозных, острых как копья наконечников. С тех пор как в замке поселился Зяблик, решетку опускали с наступлением темноты или по сигналу набатного колокола. Мегги однажды слышала эти звуки и теперь невольно ждала, что они раздадутся снова, как только Мо исчезнет за мощными стенами: звон колокола, бряцание цепей, державших решетку, стук железных наконечников...

– Мегги! – Фарид взял ее за подбородок и повернул лицом к себе. – Честное слово, я давно бы уже пришел к тебе, но днем Орфей не дает мне ни минуты продыху, а по ночам я пробираюсь в усадьбу Роксаны. Я знаю, она каждую ночь ходит туда, куда спрятала Сажерука. Но всякий раз она меня замечает, и мне не удается ее выследить. Глупую гусыню еще можно подкупить булочкой с изюмом, но в хлеву меня кусает линкетто, а если и от него удается увернуться, то Гвин тут как тут. Роксана его теперь даже в дом пускает, а ведь раньше кидала в него камнями!

О чем он говорит? Какое ей дело до Сажерука и Гвина? «Если ты по мне скучал, – крутилось у нее в голове, – то почему же не пришел хоть раз, вместо того чтобы пробираться к Роксане? Хотя бы раз». На это мог быть только один ответ. Он скучал по ней далеко не так сильно, как она по нему. Он любил Сажерука больше, чем ее. Даже теперь, когда Сажерук умер. И все же Мегги не отстранилась от его поцелуев. В нескольких шагах от них стоял у позорного столба мальчик, искусанный огненными эльфами. *«Только не говори мне, что к этому зрелищу можно привыкнуть...»*

Коптемаза Мегги заметила, когда он уже входил в ворота.

– Что там такое? – спросил Фарид, заметив, что она напряженно смотрит через его плечо. – А, Коптемаз. Ну да. Он свой человек в замке. Грязный предатель! Каждый раз, как я его вижу, мне хочется перерезать ему глотку!

– Нужно предупредить Мо!

Стражники пропустили огнеглотателя, как старого знакомого. Мегги шагнула было в их сторону, но Фарид удержал ее.

– Куда ты? Твоего отца он не увидит! Замок большой, а Волшебный Язык пошел к Бальбулусу. Вот уж там Коптемазу точно нечего делать! У него три любовницы среди придворных дам, к ним он и идет, если только его не перехватит Якопо. Коптемаз должен устраивать ему представления по два раза на дню, хотя он по-прежнему плохой огнеглотатель, что бы там ни рассказывали о нем и его порошках. Жалкий доносчик! Я и правда не понимаю, почему Черный Принц до сих пор его не прирезал – или твой отец. Что ты на меня так смотришь? – спросил он, видя ошеломленный взгляд Мегги. – Волшебный Язык ведь своими руками прикончил Басту! Правда, я этого не видел...

Фарид на мгновение отвел глаза, как всегда, когда ему случалось упомянуть о времени, когда он был мертв.

Мегги неотрывно смотрела на ворота замка. Ей слышался голос Мо: *«Да ладно тебе! Коптемаз видел меня в последний раз полумертвым. Кроме того, для него было бы лучше со мной не встречаться – надеюсь, он это понимает...»*

Перепел.

«Прекрати называть его так! – сказала себе Мегги. – Прекрати, не смей!»

– Пойдем! – Фарид взял ее за руку. – Волшебный Язык сказал, чтобы я отвел тебя к Роксане. То-то она будет рада меня видеть! Но при тебе, наверное, будет держаться приветливо.

– Нет. – Мегги вырвалась, хотя так приятно было снова держаться с ним за руки. – Я останусь тут. И не сойду с места, пока Мо не выйдет.

Фарид вздохнул и закатил глаза: он слишком хорошо ее знал, чтобы возражать.

– Лучше не придумаешь! – сказал он тихо. – Насколько я знаю Волшебного Языка, он будет рассматривать эти чертовы книги целую вечность. Тогда давай хотя бы целоваться, а то стражники скоро заинтересуются, что это мы тут стоим.

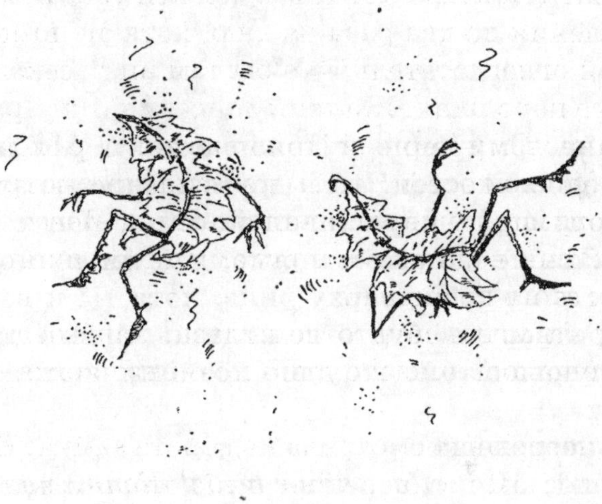

Опасный визит

И до сих пор не кончен спор о том:
Все ль предопределил Господь от века
Или свободна воля человека...

Джеффри Чосер.
Кентерберийские рассказы*

Смирение. Смирение и покорность. У Мо не было к этому способностей. «А в другом мире ты это замечал, Мортимер? – спрашивал он себя. – Опусти голову, держись не слишком прямо, дай им возможность посмотреть на тебя сверху вниз, хотя ты и выше ростом. Притворись, будто не видишь ничего противоестественного в том, что одни хозяйничают, а другие работают».

Это было нелегко.

– Так ты, значит, переплетчик, которого ждет Бальбулус, – сказал один из стражников, разглядывая его черный наряд. – А что это были за шуточки с мальчишкой? Тебе что, не нравятся наши позорные столбы?

Ниже голову, Мортимер! Давай-давай! Пусть видят, что ты их боишься. Забудь свою ярость, забудь мальчишку и его всхлипы.

– Больше этого не повторится.

– Конечно! Просто он не здешний! – поспешно вставил Фенолио. – Ему нужно привыкнуть к стилю правления нашего нового наместника. А сейчас, если можно, пропустите нас – Бальбулус очень не любит, когда

* Перевод И. Кашкина и О. Румера.

опаздывают! – и, отвесив стражникам поклон, он потащил Мо за собой.

Замок Омбры... Как не забыть обо всем, ступив на широкий двор. Перед глазами Мо вставали одна за другой сцены из книги Фенолио, разыгравшиеся здесь.

– Уф, насилу ноги унесли! – прошептал старик, когда они ставили лошадь в конюшне. – Надеюсь, больше мне не придется напоминать: ты сейчас переплетчик! Попробуй еще раз сыграть в Перепела – и ты покойник. Проклятье, Мортимер, зря я согласился провести тебя сюда. Ты только посмотри, сколько тут солдат. Можно подумать, мы во Дворце Ночи!

– Нет, разница все же есть, уверяю тебя, – возразил Мо, стараясь не видеть голов на колах, выставленных на крепостной стене.

Среди этих страшных трофеев были двое людей Черного Принца, но он не узнал бы мертвых, если бы не слышал от Силача об их судьбе.

– Я представлял себе этот замок иначе, когда читал твою книгу! – тихо сказал он Фенолио.

– Не трави душу! – мрачно откликнулся Фенолио. – Сперва Козимо распорядился все тут перестроить, а теперь еще Зяблик руку приложил. Они посчищали со стен гнезда золотых пересмешников! А посмотри только на сараи, которые они тут нагородили для награбленного добра! Интересно, Змееглав уже заметил, что до Дворца Ночи доходит малая часть? Если да, то его шурина ждут крупные неприятности!

– Да, Зяблик здорово обнаглел. – Мо опустил голову при виде шедших навстречу конюхов – тоже вооруженных. «Если меня здесь узнают, нож не поможет!» – подумал он. – Мы пару раз перехватывали возы, отправлявшиеся во Дворец Ночи. Добыча была не ахти.

Фенолио уставился на него:

– Так ты и вправду!..

– Что?

Старик тревожно оглянулся, но, кажется, за ними никто не следил.

– Ну... делаешь то, о чем поется в песнях! То есть эти песни, как правило, не бог весть что, но Перепел все же мой персонаж... Каково это – быть им? Что ты чувствуешь, играя эту роль?

Мимо прошла служанка с двумя зарезанными гусями. Кровь капала на землю. Мо отвернулся.

– Играя? Ты думаешь, это все еще игра?

Это прозвучало резче, чем ему хотелось.

Он сейчас дорого бы дал, чтобы прочесть мысли Фенолио. Кто знает, может быть, в один прекрасный день он и правда их прочтет – черным по белому на бумаге – и найдет там себя, опутанного коконом слов, будто муха в сети старого паука.

– Не спорю, игра стала рискованной, но я рад, что ты взял на себя эту роль. Ведь я был прав! Этому миру действительно нужен *Пе...*

Мо предостерегающе посмотрел на него. Мимо прошагали солдаты, и Фенолио не договорил имени, которое не так давно впервые написал на листе бумаги. Зато улыбка, с которой он посмотрел вслед вооруженным молодцам, была улыбкой человека, заложившего бомбу в доме своих врагов и наслаждающегося их неведением.

Опасный старик.

Мо заметил, что и внутренняя часть замка выглядит теперь не так, как было описано у Фенолио. Он тихо произнес знакомые слова: «*Этот сад разбила жена Жирного Герцога, устав жить среди серых камней. Она посадила здесь заморские цветы, чей аромат пробуждал мечты о дальних странах, незнакомых городах и горах, где живут драконы. Она развела злато-*

грудых птичек, мерцавших в листве деревьев, словно оперенные плоды и раздобыла саженцев из самого сердца Непроходимой Чащи, чьи листья умели разговаривать с луной».

Фенолио с удивлением посмотрел на него.

– Да, я помню твою книгу наизусть, – сказал Мо. – Ты ведь знаешь, сколько раз я прочел ее вслух, после того как твои слова заглотили мою жену.

Златогрудые птички исчезли с внутреннего двора. В каменный бассейн гляделась статуя Зяблика, а дерево, говорившее с луной, если такое и было на самом деле, давно срубили. На месте сада был теперь загон для собак, и охотничьи псы нового хозяина Омбры прижимали чуткие носы к посеребренной решетке. «Это давно уже не твоя повесть, старик», – думал Мо, шагая рядом с Фенолио по внутреннему двору. Но кто же тогда ее рассказывает? Орфей? Или рассказчиком стал теперь Змееглав, у которого вместо чернил и пера – кровь и железо?

К Бальбулусу их проводил Туллио – слуга с мохнатым лицом, о котором в книге Фенолио говорилось, что отец его был кобольд, а мать – кикимора.

– Как поживаешь? – спросил Фенолио, когда Туллио вел их по коридору.

Как будто старику когда-нибудь было дело до того, как поживают его создания!

Туллио пожал плечами.

– Они меня травят, – сказал он еле слышно. – Друзья нашего нового правителя. А друзей у него много. Они гоняют меня по коридорам, сажают в загон к собакам. Но Виоланта меня выручает. Она моя заступница, хотя сын ее – чуть ли не худший из них из всех.

– Ее сын? – шепотом переспросил Мо у Фенолио.

– Да, разве Мегги тебе не рассказывала? Якопо, настоящий дьяволенок. Весь в деда, хотя внешне все больше напоминает отца. О Козимо он не пролил ни одной слезинки. Хуже того: он, говорят, размалевал его статую в склепе красками Бальбулуса. По вечерам он сидит рядом с Зябликом или на коленях у Коптемаза и не хочет идти к матери. Ходят даже слухи, что он шпионит за ней по поручению деда.

Дверь, у которой наконец остановился Туллио, запыхавшись от подъема по бесконечной лестнице, тоже не упоминалась в книге Фенолио. Мо невольно протянул руку и потрогал буквы, покрывавшие ее сплошным узором. «Они очень красивые, – рассказывала Мегги, когда они сидели в застенке Дворца Ночи, – и переплетаются, как будто написаны по дереву жидким серебром».

Туллио постучал в дверь мохнатым кулачком. Голос, ответивший «войдите», мог принадлежать только Бальбулусу. Холодный, самовлюбленный, высокомерный... Мегги описывала лучшего миниатюриста Чернильного мира далеко не лестными эпитетами. Туллио приподнялся на цыпочки, взялся за ручку двери – и тут же испуганно выпустил ее.

– Туллио! – Голос, раздавшийся снизу, был совсем детским, но, похоже, его владелец привык отдавать приказы. – Туллио, куда ты запропастился! Иди держать факелы Коптемазу!

– Якопо! – Туллио пролепетал это имя, словно название заразной болезни.

Он весь съежился и невольно спрятался за спину Мо.

По лестнице взбегал мальчик лет шести-семи. Мо никогда не видал Козимо. Зяблик велел уничтожить все его статуи, но у Баптисты сохранилось несколько монет с портретом юного правителя. До того красив, что кажется ненастоящим, – так все о нем отзывались. Сын, похоже, унаследовал красоту отца, но она еще только начинала проступать на круглом детском лице. Лицо это не вызывало симпатии. Глаза глядели настороженно, а рот был сжат угрюмо, как у старика. Черная туника расшита серебряными змеями – геральдическим знаком деда, пряжка пояса тоже изображала змеиную голову, а с кожаного шнурка вокруг шеи свисал серебряный нос – очевидно, подарок Свистуна.

Фенолио встревоженно посмотрел на Мо и шагнул вперед, словно желая защитить его от мальчишки.

«Иди держать факелы Коптемазу». Что теперь будет? Мо посмотрел с площадки вниз: Якопо пришел один, а замок большой. И все же рука сама скользнула к ножу, спрятанному в поясе.

– Это кто? – Детским в этом голосе было только упрямство. Якопо запыхался, взбегая по лестнице.

– Это... мм... наш новый переплетчик, ваше высочество! – ответил Фенолио с поклоном. – Вы, наверное, помните, что Бальбулус без конца жалуется на здешних неумех-преплетчиков.

– А этот, значит, лучше? – Якопо скрестил на груди короткие детские ручки. – Что-то он не похож на переплетчика. Переплетчики все старые и бледные, потому что никогда не выходят на воздух.

– Ну что вы, иногда все же выходим, – отозвался Мо. – Чтобы купить самую лучшую кожу, новые клейма или хорошие ножи, а еще, чтобы просушить на солнце отсыревший пергамент.

Трудно бояться такого карапуза, хотя Мо был наслышан о его зловредности. Якопо напомнил ему мальчишку, с которым он учился когда-то в одном классе. Бедняга был сыном директора школы и расхаживал по школьному двору с невероятно гордым видом – точная копия отца, – а сам смертельно боялся всех и каждого. «Хорошее наблюдение, Мортимер, – заметил он сам себе, – но то был сын директора школы, а это – внук Змееглава. Так что поберегись».

Якопо нахмурился и неодобрительно посмотрел на него. Ему явно не нравилось, что Мо такой высокий.

– Ты не поклонился! Нужно кланяться, когда со мной разговариваешь!

Под предостерегающим взглядом Фенолио Мо наклонил голову.

– Да, ваше высочество.

Это было нелегко. Мо очень хотелось погонять Якопо по коридорам замка, как он когда-то делал с Мегги в доме Элинор, – просто чтобы увидеть, не проступит ли в нем ребенок, так тщательно скрытый за повадками деда.

Якопо ответил на поклон великодушным кивком, и Мо снова опустил голову, чтобы скрыть улыбку.

– У моего деда как раз неприятности с одной книгой, – заявил Якопо высокомерным тоном. – Большие неприятности. Может, ты сумеешь ему помочь?

Неприятности с книгой. У Мо на мгновение замерло сердце. Он словно увидел перед собой ту книгу, почувствовал пальцами ее бумагу. Гора пустых белых страниц...

– Мой дед уже перевешал уйму переплетчиков из-за этой книги. – Якопо внимательно посмотрел на Мо, словно прикидывая, какого размера должна быть петля, чтобы охватить его шею. – С одного он даже велел содрать кожу, потому что тот клялся, что сумеет ее восстановить. Может, теперь ты попробуешь? Только мы должны поехать во Дворец Ночи вместе, чтобы дед видел, что это *я* тебя нашел, а не Зяблик.

К счастью, Мо не пришлось отвечать. Украшенная буквами дверь отворилась, и на пороге показался разъяренный человек.

– Что здесь происходит? – закричал он на Туллио. – Сперва ко мне стучат, но никто не заходит. Потом за дверью начинается болтовня, так что я не могу сосредоточиться. Поскольку пришли, видимо, не ко мне, я был бы очень признателен всем собравшимся, если бы они продолжили свою беседу в другом месте. В замке более чем достаточно помещений, где никто не занят серьезной работой!

Бальбулус... Мегги очень похоже его описала. Легкая шепелявость, курносый нос, полные щеки, каштановые волосы, уже слегка поредевшие надо лбом, хотя он был еще молодым человеком. Миниатюрист, и, судя по работам, которые видел Мо, – один из лучших, как в этом, так и в другом мире. Мо забыл о Якопо и Фенолио, о позорном столбе и корчившемся на нем мальчишке, о солдатах внизу и о Коптемазе. Он думал только о том, что ждет его за этой дверью. От одного взгляда на мастерскую через плечо Бальбулуса сердце у него заколотилось, как у школьника. Так же сильно оно билось, когда он впервые держал в руках переписанную и украшенную Бальбулусом книгу, – тогда он был пленником во Дворце Ночи и находился на волосок от смерти. Искусство этого мастера заставило его забыть об этом. Буквы, выведенные с такой легкостью, словно письмо было самым естественным занятием для человеческих рук, и миниатюры... Пергамент жил и дышал.

– Я беседую, где и когда мне угодно! Я внук Змееглава! – Голос Якопо срывался на визг. – Я пойду сейчас к дяде и скажу, что ты снова ведешь себя нагло! Я потребую, чтобы он отобрал у тебя все твои кисточки!

Бросив на Бальбулуса грозный взгляд на прощание, он обернулся к остальным.

– Пойдем, Туллио! Не то я велю запереть тебя к собакам!

Маленький слуга втянул голову в плечи и шагнул к Якопо. Внук Змееглава еще раз смерил Мо оценивающим взглядом с головы до ног, повернулся и побежал вниз по лестнице – в этот момент он выглядел обычным ребенком, торопящимся на представление.

А Бальбулус нетерпеливым жестом уже приглашал нового переплетчика войти – разве мог Мо в такой момент думать о каком-то Коптемазе? Он был весь поглощен тем, что ему предстояло увидеть.

Сколько часов своей жизни он провел, разглядывая работы миниатюристов! Низко склоняясь над пожелтевшими, пятнистыми от старости страницами, прослеживал с помощью лупы каждое движение кисти, пока у него не начинала болеть спина, и спрашивал себя, как этим людям удавалось создавать на пергаменте такие чудеса, – все эти крошечные лица, фантастические существа, пейзажи, цветы, драконы, насекомые, так похожие на настоящих, что они, казалось, вот-вот сползут со страниц, буквы, сплетенные так искусно, будто составлявшие их линии сами собой вырастали на странице, как усики земляники.

Неужели все это лежит там, на пюпитрах?

Возможно. Но Бальбулус стоял, загораживая свою работу, словно не собирался никого к ней подпускать. Глаза у него были настолько лишены выражения, что Мо спрашивал себя: как может человек, глядящий на мир с таким равнодушием, создавать рисунки, исполненные энергии и огня?

– Чернильный Шелкопряд! – Бальбулус окинул Фенолио взглядом, казалось, мгновенно вобравшим все: щетину на щеках, налитые кровью глаза и усталость, овладевшую сердцем старика.

«Интересно, каким он меня видит?» – подумалось Мо.

– А вы, стало быть, тот самый переплетчик? – Бальбулус вглядывался в него так пристально, словно собирался перенести его образ на пергамент. – Фенолио рассказывает чудеса о вашем искусстве.

– В самом деле? – Мо отвечал рассеянно.

Он хотел наконец увидеть рисунки, но Бальбулус словно ненароком загораживал пюпитр. Что бы это значило? «Да покажи мне наконец свою работу! – думал Мо. – В конце концов, тебе должно быть лестно, что я пришел сюда, рискуя головой». Да, кисточки действительно невероятно тонкие. А там у него краски...

Фенолио толкнул его локтем в бок, и Мо неохотно оторвался от созерцания этих сокровищ и вновь взглянул в ничего не выражавшие глаза Бальбулуса.

– Извините. Да, я переплетчик, и вы, несомненно, хотите увидеть образчик моей работы. Правда, у меня в распоряжении не было достойного материала, но... – Он сунул руку под плащ, сшитый Баптистой (украсть столько черной ткани наверняка было нелегким делом).

Но Бальбулус в ответ покачал головой.

– Вам нет нужды доказывать свое умение, – сказал он, не спуская глаз с Мо. – Таддео, библиотекарь Дворца Ночи, рассказал мне во всех подробностях, как блестяще вы продемонстрировали там свое искусство.

Все пропало.

Он погиб.

Мо увидел испуганный взгляд Фенолио. Да, смотри на меня теперь! Может быть, у меня на лбу написано черными чернилами «легкомысленный идиот»?

Бальбулус улыбнулся. Улыбка у него была такая же непроницаемая, как глаза.

– Да, Таддео очень подробно рассказал мне о вас. – Он пришепетывал в точности так, как изображала Мегги. – Вообще-то он сдержанный человек, но вам пел дифирамбы даже в письмах. И в самом деле, не многие из людей вашего ремесла умеют переплести в книгу саму смерть...

Фенолио так крепко ухватил Мо за локоть, что тот всем телом почувствовал страх, охвативший старика. Он что, воображает, что они могут сейчас просто взять и выйти из мастерской? Перед дверью уже наверняка стоит стража, а если нет, значит, солдаты дожидаются их у подножия лестницы. Как быстро привыкаешь к тому, что они могут появиться в любой момент, безнаказанно схватить тебя, увести с собой, запереть в тюрьму, убить.

Какие чудесные у Бальбулуса краски! Киноварь, сиена, умбра. Невероятно красивые. Красота, заманившая его в ловушку. Обычно птиц заманивают хлебом или вкусными семенами, а Перепелу приманкой служат рисунки и буквы.

– Не понимаю, о чем вы говорите, высокочтимый Бальбулус! – пролепетал Фенолио, не выпуская локоть Мо. – Библиотекарь... во Дворце Ночи? Нет, что вы, Мортимер никогда не работал по ту сторону Чащи. Он... он с севера...

До чего же старик не умел лгать. А казалось бы, сочинителю ложь должна даваться легко.

Ну а Мо и подавно этого не умел и потому молчал. И молча проклинал свое любопытство, нетерпение, легкомыслие... А Бальбулус все стоял и смотрел на него. «Как ты мог подумать, – спрашивал себя Мо, – что роль, подстерегшая тебя в этом мире, перестанет быть твоей только оттого, что вместо окровавленной рубашки ты наденешь новое черное платье? Как ты мог подумать, увязнув в этой истории по горло, что тебе удастся в замке Омбры на несколько часов снова стать переплетчиком Мортимером?»

– Ах, перестаньте, Чернильный Шелкопряд, – резко прервал Бальбулус Фенолио. – Неужели вы считаете меня полным идиотом? Конечно, я сразу понял по вашему рассказу, о ком идет речь. *«Настоящий мастер своего дела»*. Слова выдают порой куда больше, чем нам бы хотелось. Уж вам ли этого не знать?

Фенолио молчал. Мо нащупал в поясе нож. Это был подарок Черного Принца, когда они уходили со Змеиной горы. «Держи его всегда при себе, – сказал Принц, – даже когда ложишься спать». Мо последовал его совету, но что сейчас толку от ножа? Он не дойдет живым и до подножия лестницы. Кто знает, может быть, даже Якопо сразу догадался, кто перед ним, и тоже поднял тревогу. Идите сюда, скорее! Перепел сам залетел в клетку! «Прости, Мегги, – думал Мо. – Отец у тебя дурак. И ради этого ты выручала его из Дворца Ночи, чтобы он теперь попался в плен в другом замке?» Почему он ее не послушался, когда они увидели Коптемаза на рыночной площади?

Интересно, есть у Фенолио песня о страхе Перепела? Страх нападал на него не перед битвой, о нет! Он приходил с мыслью об оковах, цепях, застенке, отчаянии за крепко запертыми дверьми. Вот как сейчас. Мо чувствовал вкус страха на языке, судороги в желудке, дрожь в коленях. Ну что ж, мастерская миниатюриста – самое подходящее место, где может погибнуть переплетчик. Но сейчас он снова был Перепелом – и разбойник проклинал переплетчика за легкомыслие.

– Знаете, что особенно поразило Таддео? – Бальбулус стер с рукава пятнышко охристого порошка, налипшего на синий бархат, словно цветочная пыльца. – Ваши руки. Ему казалось невероятным, что руки, привыкшие убивать, могут так бережно прикасаться к книжным страницам. У вас действительно очень красивые руки. Не то, что у меня. Взгляните! – Бальбулус растопырил пальцы и с отвращением посмотрел на них. – Руки крестьянина. Мясистые, грубые. Хотите взглянуть, на что они тем не менее способны? – И он отступил в сторону с приглашающим жестом, как фокусник, отдергивающий занавес.

Фенолио попытался удержать Мо, но, раз уж он попался в ловушку, надо хотя бы отведать приманки, которая будет стоить ему головы.

И вот они перед ним, иллюминованные страницы, еще прекраснее тех, что он видел во Дворце Ночи. На одной из них Бальбулус разукрасил свой инициал. «Б» растянулось по пергаменту, одетое в золото и темную зелень, а в его закруглении примостилось гнездо огненных эльфов. На соседней странице листья и цветы вились вокруг рисунка размером чуть меньше игральной карты. Мо проследил глазами их извивы и увидел тычинки, пестики, странные плоды, огненных эльфов и крошечных существ, которым не мог подобрать имени. На рисунке, заключенном в эту искусную рамку, были изображены двое мужчин в окружении фей. Они стояли на фоне деревни, за ними теснилась толпа в лохмотьях. Один был черный и рядом с ним стоял медведь, на другом была птичья маска, а в руке он держал переплетный нож.

– Черная и белая рука Справедливости. Принц и Перепел. – Бальбулус смотрел на свое произведение с нескрываемой гордостью. – Мне, наверное, придется кое-что изменить. Вы еще выше, чем я думал, и осанка... Впрочем, что я такое говорю? Вы, наверное, вовсе не заинтересованы в том, чтобы этот рисунок изображал вас очень уж точно, хотя он предназначается, конечно, только для глаз Виоланты. Наш новый наместник, безусловно, его не увидит, поскольку ему, к счастью, нет никакой нужды карабкаться сюда по крутой лестнице. Для Зяблика ценность книги определяется количеством бочонков вина, которые можно за нее сторговать. И если Виоланта недостаточно хорошо спрячет этот лист, его скоро, как и все прочие творения моих рук, обменяют на эти самые бочонки или на очередной припудренный серебром парик. Зяблику повезло, что я – художник Бальбулус, а не Перепел, а то я пустил бы его надушенную кожу на пергамент.

Ненависть в голосе Бальбулуса была черна, как ночь на его рисунках, и на мгновение Мо увидел в непроницаемых глазах огонь, позволявший художнику создавать шедевры.

На лестнице раздались тяжелые, размеренные шаги, которые Мо так часто слышал во Дворце Ночи. Солдатские шаги.

– Какая жалость! Я с огромным удовольствием побеседовал бы с вами подольше! – вздохнул Бальбулус, когда дверь распахнулась. – Но боюсь, в этом замке вас желают видеть особы куда более высокого ранга.

Фенолио в отчаянии смотрел, как солдаты уводят Мо.

– Вы свободны, Чернильный Шелкопряд, – сказал Бальбулус.

– Но это... это ужасное недоразумение! – Фенолио очень старался скрыть страх, но его попытки не могли обмануть даже Мо.

– Наверное, вам не стоило так подробно описывать его в своих песнях, – заметил Бальбулус скучающим тоном. – Насколько мне известно, один раз это уже навлекло на него беду. А вот на моих рисунках, прошу заметить, он всегда в маске!

Мо слышал протесты Фенолио до последней ступени бесконечной лестницы. Реза! Нет, за нее он может сейчас не беспокоиться. У Роксаны, под охраной Силача, ей пока ничего не грозит. А Мегги? Успели они с Фаридом добраться до Роксаны? Черный Принц позаботится о его жене и дочери. Он это много раз обещал. Кто знает, может быть, они даже сумеют выбраться обратно, к Элинор, в старый дом, по самую крышу набитый книгами, в мир, где плоть создана не из букв. Хотя...

Где будет к этому времени он сам, Мо старался не думать. Он знал лишь одно: разбойник и переплетчик погибнут одной смертью.

Горе Роксаны

«Надежда! – горько сказал Рован Хит. – Я уже научился обходиться без нее».

Пол Стюарт. Полночь над Санктафраксом

Реза часто ездила к Роксане, хотя путь был не близкий, а дороги в окрестностях Омбры с каждым днем становились опаснее. На Силача можно было положиться, и Мо не удерживал жену: он помнил, сколько лет она справлялась в этом мире одна, без него и без Силача.

Реза подружилась с Роксаной, когда они вместе ухаживали за ранеными в шахте под Змеиной горой, а долгий путь с мертвым телом через Непроходимую Чащу сблизил их еще больше. Роксана не спрашивала, почему в ту ночь, когда Сажерук заключил сделку с Белыми Женщинами, Реза плакала почти так же горько, как она сама. Их дружба покоилась не на словах, а на том общем для обеих, что не вмещалось в слова.

Кто, как не Реза, шел ночью к Роксане, услышав, что она плачет, прикорнув за деревьями, подальше от остальных. Реза обнимала и утешала ее, хотя знала, что для горя подруги нет утешения. Она не рассказывала Роксане о том дне, когда Мортола выстрелила в Мо и оставила ее одну со страшным чувством, что он ушел навсегда. Но ведь он остался жив, хотя несколько страшных мгновений она была уверена в обратном. А потом, сидя в темной пещере и охлаждая холодными примочками его раскаленный лоб, Реза успела вообразить себе, каково это будет: знать, что никогда больше его не увидишь, не прикоснешься к нему, не услышишь его голоса во все бесконечно долгие дни и ночи. Но страх перед горем – совсем не то же самое, что само горе. Мо был жив. Он говорил с ней, ложился спать рядом с ней, обнимал ее. Сажерук никогда уже не обнимет Роксану. В этой жизни, по крайней мере. Ей остались одни воспоминания. А это порой едва ли не хуже, чем ничего.

Она знала, что эта беда уже приходила к Роксане. В первый раз, как рассказывал Резе Черный Принц, огонь не оставил Роксане даже мертвого тела. Может быть, именно поэтому она теперь так ревниво охраняла тело Сажерука. Никто не знал, куда она его спрятала и куда ходит навещать в бессонные от тоски ночи.

Впервые Реза поехала к Роксане, когда Мо стало лихорадить по ночам. Сама она на службе у Мортолы тоже собирала травы, но только ядовитые. Роксана научила ее находить их целебных сестер, показала листья, помогающие от бессонницы, корни, утишающие боль от старой раны; и рассказала, что в этом мире, если срываешь растение между корней дерева, нужно непременно оставить взамен мисочку с молоком или яйцо, чтобы не рассердить живущих там духов. У некоторых трав был такой дурманящий аромат, что у Резы кружилась голова. Были среди них и те, которые она видела раньше в саду Элинор, даже не подозревая, какая сила таится в их неприметных стеблях и листьях. Так Чернильный мир учил ее лучше понимать свой собственный. Ей вспомнилось, что Мо говорил когда-то: «Тебе, наверное, тоже приходило в голову, что время от времени полезно читать книжки, где все не совсем так, как в нашем мире? Это самый лучший способ научиться задавать вопросы: почему деревья зеленые, а не красные и почему у нас пять пальцев, а не шесть».

Разумеется, Роксана знала средство от тошноты. Реза с интересом слушала ее рассказ о том, какие травы помогут потом вызвать приток молока, когда на двор въехал Фенолио. Реза с недоумением спросила себя, почему у него такой виноватый вид, – нечистая совесть явственно виднелась на морщинистом лице, словно грустная маска Баптисты. Но тут она увидела Фарида и Мегги – и страх на лице дочери.

Роксана обняла ее, когда Фенолио, запинаясь, рассказал о том, что случилось. Но Реза сама не понимала, что чувствует. Страх? Отчаяние? Злость? Да. Злость. Это было самое первое ее чувство: она была зла на Мо за его легкомыслие.

– Как ты могла его отпустить? – крикнула она Мегги так резко, что Силач вздрогнул.

Слова вырвались у нее прежде, чем она успела о них пожалеть. Но злость осталась, злость за то, что Мо поехал в замок, хотя прекрасно сознавал опасность, и за то, что он сделал это за ее спиной. Он не сказал ей ни слова – зато дочь взял с собой.

Реза расплакалась, и Роксана погладила ее по голове. Слезы злости и страха. Ей так надоело мучиться страхом. Страхом перед горем Роксаны.

Предательский знак

– Так-так, – сказала Фуксия, цепко глядя в лицо Стирпайка. – Что, решил уничтожить жестокость? Жадность? И что там еще ты говорил? Откровенно говоря, сомневаюсь, что у тебя хватит на это сил.

Мервин Пик. Горменгаст.
Книга первая: Титус Гроан*

Его ожидает тюрьма, это ясно. А потом? Мо отлично помнил, какими казнями грозил ему Змееглав. «*Это может длиться не один день, да, много дней и ночей*». Бесстрашие, не покидавшее его последние недели, холодное спокойствие, которое придали ему ненависть и Белые Женщины, – все это ушло, словно никогда не бывало. Смерти он не страшился с тех пор, как повстречался с Белыми Женщинами. Она казалась чем-то знакомым, а порой и желанным. Но вот переход к ней – совсем другое дело, а еще то, чего он боялся даже больше: оказаться взаперти. Он слишком хорошо помнил отчаяние, караулившее за тюремными решетками, тишину, в которой собственное дыхание казалось оглушительно громким, каждая мысль была орудием пытки, каждый час вводил в искушение разбить голову об стену, чтобы ничего больше не слышать и не чувствовать.

После страшных дней, проведенных в застенке Дворца Ночи, Мо не выносил закрытых дверей и окон. Мегги, похоже, стряхнула с себя заключение, как пте-

---

* Перевод А. Сумина, О. Колесникова.

нец – скорлупки, зато с Резой творилось то же самое, что и с Мо, и если один из них просыпался ночью от страха, то успокоиться им удавалось только в объятиях друг друга.

Только не новая тюрьма!

Поэтому так легко быть храбрым в битве – там всегда можно предпочесть смерть плену.

Может быть, ему удастся в темном коридоре вырвать меч у одного из солдат, когда они отойдут подальше от сторожевых постов. Они были расставлены повсюду, на груди у постовых красовался герб Зяблика. Мо приходилось сжимать кулаки, чтобы руки сами собой не начали делать то, что рисовало воображение. Не сейчас, Мортимер! Еще одна лестница, по сторонам горящие факелы. Ну конечно, они ведут его вниз, во чрево замка. Тюрьмы бывают или высоко вверху, или глубоко внизу. Реза рассказывала ему о тюрьме Дворца Ночи, запрятанной так глубоко, что дыхание порой пресекалось от чувства давящей на своды тяжести. По крайней мере, его не толкают и не бьют, как это делали солдаты в замке Змееглава. Может быть, здесь и пытают вежливее?

Все глубже и глубже, ступень за ступенью. Один перед ним, двое за ним, дыша ему в затылок. Лица у них были совсем молодые, почти детские, безбородые, испуганные под притворной суровостью. С каких пор в солдаты берут детей? «Да испокон века, – ответил он сам себе. – Дети – самые лучшие солдаты, потому что еще кажутся себе бессмертными».

Всего трое. Но, даже если удастся быстро перерезать их всех, они успеют поднять крик, и на шум прибегут другие.

Лестница привела к двери. Солдат, шедший перед ним, открыл ее. Вот он, момент! Чего же ты ждешь? Пальцы Мо напряглись, готовясь к бою. Сердце бешено заколотилось, как бы задавая ритм.

– Перепел! – Солдат обернулся, поклонился и отступил, пропуская его в дверь.

Мо, не ожидавший этого, внимательно посмотрел на него и двух остальных. Восхищение, страх, благоговение – ему было знакомо это выражение, порожденное не его делами, а словами Фенолио. Поколебавшись, Мо шагнул в открытую дверь и только тогда понял, куда его привели.

Фамильный склеп князей Омбры. Да, Мо читал о нем. Фенолио подыскал прекрасные слова для этой усыпальницы, слова, звучавшие так, словно старик и сам мечтал однажды упокоиться в подобном склепе. Но самый роскошный саркофаг в книге Фенолио отсутствовал. В ногах у Козимо горели высокие свечи из благородного желтоватого воска. Воздух был напоен их ароматом, и каменный Козимо на ложе из алебастровых роз улыбался, словно видел прекрасный сон.

У саркофага стояла хрупкая молодая женщина с величественной прямой осанкой, вся в черном, с заколотыми наверх волосами.

Солдаты с поклоном приветствовали ее, назвав по имени.

Виоланта. Дочь Змееглава. Все называли ее Уродиной, хотя от родимого пятна, за которое она получила это прозвище, осталась лишь легкая тень на щеке. По слухам, пятно побледнело в тот день, когда Козимо – увы, ненадолго! – вернулся из царства мертвых.

Уродина.

Ну и прозвище! Каково с таким жить? Но подданные Виоланты произносили его с любовью. Рассказывали, что она по ночам отправляет остатки с княжеской кухни в голодающие деревни, что она кормит бедняков Омбры, продавая серебряную посуду и лошадей из княжеских конюшен, хотя Зяблик за это запирает законную госпожу замка на целые дни в ее покоях. Она вступалась за приговоренных к виселице и за брошенных в тюрьмы, хотя к ее просьбам не очень прислушивались. Виоланта имела в замке очень мало власти – Черный Принц не раз говорил об этом Мо. Даже сын ее не слушался. И все же Зяблик побаивался Уродину – как-никак, она была дочерью его бессмертного зятя.

Почему они привели его к ней – сюда, к могиле ее покойного мужа? Может быть, Виоланта решила закрепить за собой награду, обещанную за голову Перепела, раньше, чем на нее заявит права Зяблик?

– Есть у него шрам? – Она не сводила глаз с его лица.

Один из солдат нерешительно шагнул к Мо, но тот уже сам закатал рукав, как это сделала девочка в деревне прошлой ночью. След борьбы с собаками Басты, давно, в другом мире, Фенолио перенес его в свою повесть, и теперь Мо иногда казалось, будто старик собственноручно намалевал ему этот шрам бледными чернилами.

Виоланта подошла к нему. Тяжелая ткань платья шуршала по каменному полу. Она сунула руку в вышитый кошель у пояса, и Мо ожидал, что оттуда появится берилл, о котором рассказывала Мегги, но Виоланта достала настоящие очки. Отшлифованные стекла, серебряная оправа – судя по всему, за образец были взяты очки Орфея. Найти мастера, способного отшлифовать такие линзы, наверняка стоило большого труда.

– В самом деле. Легендарный шрам. Предательский знак. – Глаза Виоланты казались больше за стеклами очков. Они не были похожи на глаза ее отца. – Значит, Бальбулус был прав. А ты знаешь, что мой отец в очередной раз повысил награду за твою голову?

Мо опустил рукав.

– Я слышал об этом.

– И все же ты пришел, чтобы увидеть рисунки Бальбулуса. Это мне нравится. Значит, правда то, что поэтся в песнях: ты совсем не знаешь страха и даже любишь опасность.

Она внимательно разглядывала его, словно сравнивая с рисунками Бальбулуса. Но когда он открыто встретил ее взгляд, Виоланта покраснела, то ли от смущения, то ли от гнева, что он смеет прямо глядеть ей в лицо. Мо не мог решить, какое из этих предположений верно. Она вдруг круто повернулась, подошла к саркофагу своего мужа и провела рукой по каменным розам – бережно, словно желая пробудить их к жизни.

– Я на твоем месте поступила бы точно так же. Мне давно кажется, что мы похожи. С тех самых пор как я впервые услышала от комедиантов песню о тебе. Беды в этом мире множатся, как мошки над прудом, но с ними можно бороться. Я выкрадывала золото из казны, когда о тебе здесь еще никто не слышал. На новую богадельню, на приют для нищих, на устройство сирот... И я сумела повернуть все так, что в краже заподозрили одного из управляющих. Они в любом случае все заслуживают виселицы.

С каким вызовом она выставила подбородок, снова повернувшись к нему лицом! Почти как Мегги. Виоланта казалась одновременно очень старой и очень юной. Что она задумала? Собирается выдать его своему отцу, чтобы на вырученные деньги кормить бедняков и купить, наконец, вдоволь пергамента и красок для Бальбулуса? Все знали, что она заложила свое обручальное кольцо, чтобы оплатить ему кисточки. «А что, неплохая идея, – подумал Мо. – Продать шкуру переплетчика за новые книги».

Один из солдат все еще стоял у него за спиной. Двое других охраняли дверь. Другого выхода из склепа, видимо, не было. Трое. Всего трое...

– Я знаю все песни о тебе. Я велела их записать.

Глаза за стеклами очков были серые, до странности светлые. Заметно, что они плохо видят. Ничего общего с неподвижными глазами Змееглава. Должно быть, Виоланта унаследовала их от матери. Книга, замкнувшая в себе смерть, была переплетена в той самой комнате, где поселили когда-то опальную жену Змееглава с некрасивой маленькой дочкой. Помнит ли Виоланта эту комнату? Наверняка.

– Новые песни сложены не очень искусно, – продолжала она. – Но это искупается рисунками Бальбулуса. С тех пор как мой отец посадил Зяблика хозяйничать в нашем замке, Бальбулус работает в основном по ночам, а я держу новые книги у себя, чтобы их не продали, как всю остальную библиотеку. Я читаю их, пока Зяблик пирует в большом зале. Я читаю вслух, чтобы заглушить шум: пьяный ор, глупый смех, плач Туллио, которого опять травят... И каждое слово наполняет мое сердце надеждой – надеждой, что в один прекрасный день в этот зал придешь ты, прихватив с собой Черного Принца, и вы перебьете их всех. Одного за другим. А я буду стоять рядом, по щиколотку в их крови.

Солдаты Виоланты и бровью не повели. Они, похоже, привыкли к таким речам своей госпожи.

Виоланта шагнула к нему.

– Я велела искать тебя с того самого дня, как услышала от людей моего отца, что ты скрываешься по эту сторону Чащи. Я хотела найти тебя раньше, чем они, но ты умеешь оставаться невидимым. Наверное, тебя прячут феи и кобольды, как об этом поется в песнях, а кикиморы лечат твои раны...

Мо не выдержал и улыбнулся. На мгновение Виоланта показалась ему ужасно похожей на Мегги, когда та рассказывает какую-нибудь из своих любимых историй.

– Чему ты улыбаешься? – Виоланта нахмурилась, и Змееглав глянул на Мо из ее светлых глаз.

Осторожно, Мортимер.

– Я знаю, ты думаешь – она всего лишь женщина, почти девочка, у нее нет власти, нет мужа, нет солдат. Да, большинство моих солдат лежат мертвыми на Змеиной горе, потому что мой муж поторопился выступить войной против моего отца. Но я не глупа. Я сказала: Бальбулус, распусти слух, что ищешь нового переплетчика. Может быть, на эту приманку мы поймаем Перепела. Если он действительно таков, как описал его Таддео, он придет только ради того, чтобы взглянуть на твои рисунки. И когда он окажется здесь в замке, моим пленником, как прежде он был пленником Змееглава, я спрошу его, согласен ли он помочь мне убить моего бессмертного отца.

Виоланта насмешливо улыбнулась, перехватив быстрый взгляд, брошенный Мо на солдат.

– Не беспокойся! Мои солдаты мне верны. Люди моего отца убили их отцов и братьев.

– Вашему отцу уже недолго оставаться бессмертным.

Слова вырвались у Мо против его воли. «Дурак, – обругал он сам себя. – Ты что, забыл, с кем говоришь, только потому, что в ее лице что-то напомнило тебе Мегги?»

Виоланта улыбнулась.

– Значит, правда то, что сообщил мне библиотекарь моего отца, – сказала она так тихо, словно мертвецы в склепе могли ее подслушать. – Когда мой отец почувствовал себя плохо, он подумал сначала, что его отравила одна из служанок.

– Мортола. – Каждый раз при этих звуках Мо видел перед собой ружейное дуло.

– Ты ее знаешь? – Похоже, Виоланта тоже не любила произносить это имя. – Мой отец велел ее пытать, чтобы она назвала яд. Она не призналась, и тогда он бросил ее в тюрьму, глубокий застенок под замком, но в один прекрасный день она исчезла. Надеюсь, она погибла. Говорят, это она отравила мою мать. – Виоланта расправила складку на платье, словно говорила о качестве шелка, а не о смерти матери. – Как бы то ни было, сейчас моему отцу известно, по чьей вине он гниет заживо. Таддео вскоре после твоего ухода заметил, что книга стала странно пахнуть. Потом страницы вздулись. Застежки некоторое время скрывали это, как ты, вероятно, и задумал, но вскоре они уже с трудом удерживали доски переплета. Бедный Таддео чуть не умер со страха, когда увидел, что творится с книгой. Таддео был единственным, кроме моего отца, кто знал, где спрятана книга, и имел право к ней прикасаться... Он знает даже три слова, которые нужно туда вписать! Любого другого мой отец казнил бы за такое знание. Но он доверяет старику больше всех на свете, может быть, потому что Таддео много лет был его учителем и часто защищал отца, когда он был еще ребенком, от моего деда. Кто знает! Таддео, конечно, ничего не сказал отцу о состоянии книги. За такие новости тот и старого учителя велел бы тут же повесить на месте. Поэтому Таддео тайком зазывал в замок каждого переплетчика, какого мог отыскать от Непроходимой Чащи до моря, а когда выяснилось, что ни один из них ничего сделать не может, он по совету Бальбулуса велел переплести еще одну книгу, на вид неотличимую от первой, чтобы показывать отцу, когда тот пожелает ее видеть. А отцу тем временем с каждым днем становится хуже. Сейчас это уже всем известно. Дыхание у него вонючее, как гнилая вода в болоте, и его постоянно знобит, словно он уже ощущает ледяное прикосновение Белых Женщин. Какая месть, Перепел! Бесконечная жизнь в бесконечных страданиях. Не похоже на замысел ангела, скорее – очень умного дьявола. Так кто ты – ангел или дьявол?

Мо не ответил. «Не доверяй ей!» – подсказывал ему разум. Но, как ни странно, сердце говорило другое.

– Так вот, мой отец долгое время подозревал только Мортолу, – продолжала Виоланта. – Он даже отвлекся от поисков Перепела. Но в конце концов один из переплетчиков, к которым обращался Таддео, рассказал отцу, что происходит с книгой, – наверное, в надежде получить награду за донос. Змееглав велел его казнить – ведь никто не должен был знать, что его бессмертие под угрозой; но новость быстро распространилась. Сейчас, кажется, по ту сторону Чащи не осталось в живых ни одного переплетчика. Всякий, кто безуспешно пробовал спасти книгу, оказывался на виселице. А Таддео отец велел бросить в подземелье. «Пусть гниет так же медленно, как я», – сказал он при этом. Не знаю, жив ли он еще. Таддео стар, а застенки Дворца Ночи убивают даже молодых.

Мо почувствовал дурноту, как в те дни, когда переплетал эту книгу, чтобы спасти Резу, Мегги и себя. Уже тогда он предчувствовал, что выкупает их и свою жизнь ценой многих других. Бедный робкий Таддео. Мо представил себе, как он сидит в темном сыром застенке. Потом перед его глазами возникли переплетчики, очень отчетливо: темные фигуры, раскачивающиеся высоко в воздухе от порывов ветра... Мо прикрыл глаза.

– Смотри-ка. В точности, как поется в песнях: «И сердце жалости полно в груди его широкой». Ты и впрямь страдаешь оттого, что дело твоих рук навлекло на других гибель. Не глупи. Мой отец любит убивать. Не подвернись ему переплетчики, он вешал бы кого-нибудь другого. Но спасти книгу сумел в конце концов не переплетчик, а алхимик. Говорят, способ, которым он этого добился, очень неаппетитный, а урон, уже нанесенный книге, оказалось невозможно исправить, но, по крайней мере, процесс распада остановился. Мой отец теперь ищет тебя с удвоенным усердием – ведь он по-прежнему верит, что ты один можешь снять проклятие, искусно вплетенное между пустыми страницами. Не дожидайся, пока он тебя найдет! Опереди его! Давай заключим союз! Ты и я – его дочь и разбойник, который однажды уже перехитрил его. Мы сумеем его погубить, Перепел! Помоги мне убить его! Вместе нам это будет легко!

Как она смотрит на него! С надеждой, как ребенок, высказавший свое заветное желание... Перепел, давай вместе убьем моего отца! Как нужно обойтись с дочерью, спрашивал себя Мо, чтобы заслужить такую ненависть?

– Не все дочери, Перепел, любят своих отцов! – Виоланта, похоже, читала его мысли не хуже Мегги. – Твоя дочь, говорят, очень тебя любит и ты ее тоже. Но мой отец убьет и ее, и твою жену – всех, кого ты любишь, а под конец и тебя самого. Он не позволит снова выставить себя на посмешище перед подданными. Он найдет тебя, как бы ты ни скрывался, потому что каждая минута, каждый вздох напоминают ему о твоем коварстве. Его кожа не переносит солнечного света, ноги так опухли, что он не может ездить верхом. Ходить ему тоже трудно. Днем и ночью он рисует в воображении, каким пыткам подвергнет тебя и твоих близких, когда поймает. Он велел Свистуну сочинить песни о твоей гибели, до того страшные, что люди, слышавшие их, говорят, теряют сон. Скоро он пришлет Среброносого к нам, чтобы петь их и здесь и чтобы тебя найти. Свистун долго ждал этого приказа – и он тебя отыщет. Тебя поймают на твое сочувствие к беднякам. Их будут убивать в таких количествах, что невинная кровь в конце концов выманит тебя из леса. Но если я стану твоей помощницей...

Виоланту прервал донесшийся сверху голос – детский голосок, привыкший командовать взрослыми.

– Он наверняка у нее, вот увидишь! – Якопо захлебывался словами от возбуждения. – Бальбулус – искусный лжец, настоящий мастер вранья, особенно, когда старается для моей матери. Но он теребит рукав, когда лжет, и делается еще заносчивее, чем обычно. Мой дед научил меня замечать такие вещи.

Солдаты у дверей вопросительно глядели на свою госпожу. Но Виоланта не обращала на них внимания. Она прислушивалась. Когда раздался второй голос, Мо увидел испуг в ее бесстрашных глазах. Он тоже узнал этот голос, хотя слышал его прежде только сквозь лихорадочное беспамятство, – и рука его потянулась к ножу, спрятанному в поясе. Коптемаз говорил хрипловато, словно огонь, с которым он так и не сумел подружиться, обжег ему голосовые связки. «Голос у него – предупреждение, – сказала однажды Реза. – Предупреждение не доверять красивому лицу и вечной улыбке».

– Да-да, Якопо, ты очень сообразительный мальчик! – Интересно, слышит ребенок насмешку в голосе Коптемаза? – Но почему же мы идем не к покоям твоей матери?

– Потому что она не так глупа, чтобы прятать его там! Моя мать – умная женщина, намного умнее вас всех!

Виоланта шагнула к Мо и схватила его за руку.

– Убери нож! – прошептала она. – Жизнь Перепела не закончится в замке Омбры. Такая песня мне не по вкусу. Иди за мной.

Она подозвала солдата, стоявшего у Мо за спиной высокого, широкоплечего юношу, державшего меч так, словно ему не часто приходилось им орудовать, – и торопливо зашагала среди каменных гробов. Виоланта шла уверенной походкой – похоже, ей не впервые приходится прятать кого-то от своего сына. В склепе было с полтора десятка гробов. Большинство из них было украшено изваяниями умерших, с мечами на груди, собаками в ногах, мраморными или гранитными подушками под головой. Violanta остановилась перед саркофагом, чья простая, без скульптуры, крышка треснула ровно посередине, как будто мертвец пнул ее изнутри.

– Если Перепела здесь нет, пойдем пугнем Бальбулуса! Ты зайдешь к нему в мастерскую и пожонглируешь огнем на его книгах! – Имя Бальбулуса Якопо произносил с такой ревностью, словно говорил о старшем брате, которого мать любит больше, чем его.

Юный солдат, покраснев от натуги, сдвинул нижнюю половину крышки. Саркофаг был пуст, но Мо почувствовал, что задыхается в холодном узком гробу. Покойник явно был меньше ростом. Интересно, это Виоланта выбросила его останки, чтобы прятать сюда своих шпионов? Когда солдат задвинул крышку, Мо обступила тьма. Лишь маленькие отверстия в виде цветочного орнамента пропускали немного воздуха и света. Дыши спокойно, Мортимер! Он все еще сжимал в руке нож. Как жаль, что изваяния вооружены мраморными, а не булатными мечами! «Ты действительно думаешь, что стоит рисковать собственной шкурой ради расписных клочков козьей кожи?» – поинтересовался Баптиста, когда Мо попросил сшить ему одежду переплетчика и пояс для ножа.

До чего же ты глуп, Мортимер! Так до сих пор и не поверил до конца, что этот мир смертельно опасен! Но расписные клочки козьей кожи были по-настоящему прекрасны...

Стук в дверь. Скрежет засова. Голоса стали слышнее. Шаги... Мо напряженно вглядывался в цветочные отверстия, но видел только соседний гроб и подол черного платья Виоланты, исчезнувший, когда она отошла. Нет, глаза ему тут не помогут. Он опустил голову на холодный камень и стал прислушиваться. Как шумит дыхание! Более подозрительного звука в этом царстве мертвых не придумаешь!

«А что, если Коптемаз пришел сюда не случайно? – мелькнуло у него в голове. – Что, если Виоланта только его и дожидалась? *Не все дочери любят своих отцов.* Что, если Виоланта все же решила преподнести отцу желанный подарок? *Смотри, кого я тебе поймала! Перепел. Он вырядился вороном и вообразил, что я его не узнаю!*»

– Ваше высочество! – Голос Коптемаза гулко раздавался под низкими сводами – казалось, он стоит у самого гроба, где прятался Мо. – Простите, что мы помешали излияниям вашей скорби! Ваш сын посоветовал мне непременно встретиться с гостем, которого вы принимаете сегодня. Он уверяет, что это мой старый и чрезвычайно опасный знакомый. Я должен предостеречь вас...

– Гость? – Голос Виоланты звучал холодно, как камень у Мо под головой. – Единственный гость здесь – смерть. От него, мне кажется, предостерегать бесполезно.

Коптемаз смущенно хохотнул:

– Это верно, ваше высочество, но Якопо рассказывал о госте из плоти и крови: переплетчике, высоком, темноволосом...

– К Бальбулусу приходил сегодня новый переплетчик, – ответила Виоланта. – Он давно ищет кого-нибудь поискуснее, чем халтурщики из Омбры.

Что это за звук? А, понятно. Якопо прыгает по каменным плитам. Видимо, иногда он все же ведет себя как нормальный ребенок его возраста. Прыжки стихли где-то неподалеку. Как же хочется просто встать! До чего трудно удерживать тело в неподвижности, когда ты еще жив! Мо закрыл глаза, чтобы не видеть каменных стенок гроба. Мортимер, дыши неглубоко, беззвучно, как феи.

Прыжки приближались.

– Ты его спрятала! – Голос Якопо проникал в саркофаг, словно мальчик говорил специально для Мо. – Давай поищем в гробах, Коптемаз!

Якопо, похоже, очень привлекала эта идея, но Коптемаз нервно усмехнулся.

– Я думаю, в этом не будет необходимости, если мы объясним твоей матери, с кем она имеет дело. Возможно, этот переплетчик – тот самый человек, которого так давно ищет ваш отец.

– Перепел? Перепел здесь, в замке?! – Даже Мо, слышавшему ошеломленный голос Виоланты, верилось, что она поражена до глубины души. – Конечно! Я всегда говорила отцу: в конце концов этого разбойника погубит собственное безрассудство! Не вздумай рассказать Зяблику! *Я* хочу поймать Перепела, чтобы мой отец понял, наконец, кто должен сидеть на троне Омбры! Ты усилил стражу? Послал солдат в мастерскую Бальбулуса?

– М-м... нет... – Коптемаз был явно сбит с толку. – Дело в том, что... От Бальбулуса он уже ушел, и...

– Что? Болван! – Виоланта умела говорить железным тоном своего отца. – Немедленно опустить решетку в воротах! Если отец узнает, что Перепел побывал здесь, в замке, в моей библиотеке, и никто не задержал его... – Как грозно раздавались ее слова под сводами склепа! О да, она умная женщина, прав ее сын.

– Сандро! – Это, видимо, один из солдат. – Скажи страже у главных ворот, чтобы опустили решетку. И никого не выпускать из замка. Ни единой души, слышишь? Надеюсь, еще не поздно! Якопо!

– Что?

В детском голоске звучали страх, упрямство – и недоверие.

– Куда спрячется Перепел, когда поймет, что ворота заперты? Ты ведь знаешь все укрытия в замке.

– Еще бы! – Якопо был явно польщен. – Я могу тебе все их показать.

– Отлично! Возьми с собой троих стражников из тех, что охраняют тронный зал наверху, и проведи к самым надежным укрытиям, какие знаешь. А я пойду поговорю с Бальбулусом. Перепел! У меня в замке!

Коптемаз промямлил что-то. Виоланта резко прервала его и велела следовать за собой. Шаги и голоса удалились. Но Мо еще долго казалось, что он слышит, как они поднимаются по бесконечной лестнице, уводящей из склепа в мир живых, к дневному свету и свежему воздуху...

Когда все стихло, он еще несколько мучительных мгновений лежал не шевелясь и прислушивался. В конце концов ему начало казаться, что покойники вокруг дышат. Тогда он уперся руками в каменную крышку... – и схватился за нож, услышав шаги.

– Перепел! – донесся еле слышный шепот.

Разбитая крышка сдвинулась. Над саркофагом склонился тот самый солдат, что помогал ему спрятаться.

– Надо спешить! – прошептал он. – Зяблик объявил тревогу. Повсюду расставлена стража, но Виоланта знает выходы, которых даже Якопо еще не обнаружил. Будем надеяться, – добавил он.

Мо вылез из саркофага, с трудом двигая занемевшими конечностями. Нож он все еще сжимал в руке.

Юноша смотрел на него во все глаза.

– Скольких вы уже убили?

В его голосе звучало преклонение. Как будто убивать – высокое искусство, вроде миниатюр Бальбулуса. Сколько лет этому мальчику? Четырнадцать? Пятнадцать? Он выглядел младше Фарида.

Скольких? Что он мог на это сказать? Всего несколько месяцев назад он бы не затруднился с ответом. Он бы, наверное, даже рассмеялся от души на такой абсурдный вопрос. Теперь же Мо проронил только:

– Меньше, чем здесь лежит.

И даже не был уверен, что говорит правду.

Юноша обвел взглядом склеп, словно считая покойников.

– Это легко?

Судя по любопытству в голосе, он этого действительно еще не знал, несмотря на меч в руке и кольчугу на груди.

«Да, – подумал Мо, – да, легко, когда в груди забьется второе сердце, холодное, с острыми краями, как меч у тебя в руке». Толика ненависти и гнева, несколько недель страха и беспомощной ярости – и вот оно просыпается в тебе. Когда приходится убивать, оно отбивает такт, стремительный, страстный. Другого своего сердца, мягкого и теплого, ты в это время не чувствуешь. А оно ужасается тому, что ты сделал под биение второго сердца. Оно болит и трепещет... Но это приходит потом.

Юноша все еще смотрел на него.

– Легко, – ответил Мо. – Умирать тяжелее.

Хотя мраморная улыбка Козимо утверждала обратное.

– Мы, кажется, спешим?

Юноша покраснел под блестящим забралом.

– Да... да, конечно!

Одну из ниш в стене склепа охранял каменный лев с гербом Омбры на груди – вероятно, последний экземпляр, еще не разбитый по приказанию Зяблика. Солдат вставил меч между его ощеренных зубов – и стена приоткрылась ровно настолько, чтобы в проем мог протиснуться взрослый мужчина. Кажется, у Фенолио где-то описан подобный тайник? Мо вспомнились давным-давно прочитанные слова об одном из предков Козимо, нередко спасавшемся таким образом от врагов. «А теперь эти слова спасут Перепела», – подумал Мо. Почему бы и нет? Он ведь тоже из них возник. Мо провел по камню рукой, словно убеждая себя, что стены склепа состоят не из бумаги.

– Подземный ход выходит наружу выше замка. Вашу лошадь Виоланта не могла вывести из конюшни – это было бы слишком заметно. Но вас там будет ждать другой конь. В Чаще сейчас полно солдат, будьте осторожны. И еще я должен передать вам вот это.

Мо сунул руку в седельную сумку, которую протянул ему юноша.

Книги.

– Виоланта дарит вам это в надежде, что вы не отвергнете предложенного ею союза.

Подземный ход казался бесконечным и почти таким же тесным, как саркофаг. Мо не помнил себя от радости, когда наконец увидал дневной свет. Выход оказался еле заметной расселиной в скале. Под деревьями дожидался конь, а внизу Мо увидел замок Омбры – стражу на стенах и солдат, устремлявшихся из ворот, словно рой саранчи. Да, придется быть осторожным. И все же он открыл седельную сумку, спрятался за скалу и открыл одну из книг.

Как ни в чем не бывало

Как жестока земля! Мерцают ивы, березы, склоняясь, вздыхают. Как жестоко, как немыслимо нежно!

Луиза Глик. Оплакивание*

Фарид обнял Мегги. Она спрятала лицо у него на груди, а он снова и снова шептал ей, что все будет хорошо. Но Черный Принц не возвращался, а ворона, которую Гекко отправил на разведку, принесла те же вести, что и Дориа, младший брат Силача, шпионивший для разбойников с тех пор, как Хват спас их с другом от виселицы: в замке объявлена тревога. В воротах опущена решетка, и стража хвалится, что голова Перепела скоро будет смотреть на крыши Омбры с зубца крепостной стены.

Силач отвел Мегги и Резу в лагерь разбойников, хотя обе рвались в Омбру. «Так распорядился бы Перепел» – и больше от него ничего нельзя было добиться. Черный Принц с Баптистой отправились на хутор, который Мо и его семья в последние недели привыкли называть своим домом, – обманчиво мирное укрытие в кровожадном мире Фенолио.

– Мы заберем ваши вещи, – кратко пояснил Черный Принц на вопрос Резы, зачем они туда идут. – Возвращаться вам нельзя.

Ни Реза, ни Мегги не спросили, почему. Обе знали ответ: потому что Зяблик будет допрашивать Перепе-

---

* Перевод В. Черешни.

ла, и нельзя быть уверенным, что у Мо не вырвут признания, где он скрывался в последнее время.

Разбойники также перенесли лагерь на новое место, как только услышали об аресте Мо.

– У Зяблика очень умелые пытчики, – заметил Хват.

Реза села в сторонке под деревьями и закрыла лицо руками.

Фенолио остался в Омбре.

– Может быть, меня пропустят к Виоланте. А Минерва сегодня ночью работает в замке на кухне. Может быть, она там что-нибудь узнает. Я сделаю все, что смогу, Мегги, – пообещал он на прощание.

– Да ладно, он просто уляжется в постель и выдует две фляги вина, – заметил на это Фарид и подавленно смолк, когда Мегги расплакалась.

Как она допустила, чтобы Мо поехал в Омбру? И почему не пошла с ним в замок? Конечно, ей очень хотелось остаться с Фаридом. В глазах матери она читала тот же упрек: ты могла его удержать, Мегги, только ты одна на всем свете.

Когда смерклось, Деревяга принес им поесть. Прозвище он получил за негнущуюся ногу. Двигался Деревяга медленнее других разбойников, зато отлично стряпал. Но ни Мегги, ни Реза не смогли проглотить ни куска. Стало холодно, и Фарид уговаривал Мегги посидеть с ним у костра, но она только покачала головой. Ей нужны были темнота и уединение. Силач принес ей одеяло. Вместе с ним подошел его брат, Дориа.

«В браконьеры он не годится, зато шпион из него отличный!» – шепнул ей Силач, когда их знакомил. Братья были совсем не похожи, хотя у обоих были густые темно-русые волосы, а Дориа был необычно силен для своего возраста (чему очень завидовал Фарид). Ростом он доходил старшему брату только до плеча, и глаза у него были синие, как феи Фенолио, а у Силача –

карие, желудевого цвета. «У нас разные отцы, – пояснил Силач, когда Мегги удивилась такому несходству. – Правда, один другого стоит».

– Ты зря так переживаешь. – Голос у Дориа был очень взрослый.

Мегги подняла голову.

Он накинул ей на плечи одеяло, принесенное Силачом, и смущенно отступил под ее взглядом, но глаз не отвел. Дориа всем смотрел прямо в лицо, даже Хвату, при виде которого большинство втягивали голову.

– С твоим отцом все будет в порядке, не сомневайся! Он всех победит – Зяблика, Змееглава и Свистуна.

– Конечно. Только сперва его повесят, – горько сказала Мегги.

Но Дориа только пожал плечами.

– Ерунда. Меня вот тоже хотели повесить, – сказал он. – А он – Перепел! Они с Черным Принцем спасут нас всех. Вот увидишь.

Он говорил так, словно был совершенно уверен в исходе. Как будто он один из всех прочитал повесть Фенолио до конца.

Хват, сидевший с Гекко под деревьями в нескольких метрах от них, хрипло рассмеялся.

– Брат у тебя такой же дурак, как ты сам! – крикнул он Силачу. – Только твоих мускулов у него нет, на его беду, так что вряд ли он доживет до старости. Перепелу пришел конец! И что он нам оставил в наследство? Бессмертного Змееглава!

Силач сжал кулаки и хотел броситься на Хвата, но Дориа оттащил его. Гекко выхватил нож и угрожающе шагнул к Силачу – они постоянно ссорились, – но внезапно оба подняли головы и прислушались. На дубе закричал перепел.

– Он вернулся! Мегги, он вернулся! – Фарид чуть не упал, стремглав спускаясь со сторожевого поста.

Костер уже догорел, и только звезды роняли лучи в темный овраг, где разбойники разбили новый лагерь. Мегги узнала Мо, лишь когда Деревяга шагнул с факелом навстречу ему и Черному Принцу. Был с ними и Баптиста. Похоже, все целы и невредимы. Дориа обернулся к Мегги. «Ну, дочь Перепела, – сквозило в его улыбке, – что я тебе говорил?»

Реза вскочила так резко, что запуталась в одеяле, которым укрыл ее Силач. Она растолкала разбойников, окруживших Мо и Черного Принца, и бросилась к мужу. Мегги шла за ней, словно во сне. «Это слишком хорошо, чтобы быть правдой», – думала она.

На Мо был все тот же черный наряд, сшитый Баптистой. Он явно устал, но, похоже, с ним действительно ничего не случилось.

– Все хорошо, все в порядке, – услышала Мегги голос отца.

Он стирал поцелуями слезы с лица Резы, а увидев Мегги, улыбнулся ей так, словно вернулся, как в прежние времена, из обычной поездки к больным книгам, а не из замка, где его хотели убить.

– Я привез тебе гостинец, – сказал он дочери.

И лишь по тому, как крепко он ее обнял и долго не отпускал, Мегги догадалась, что Мо пережил не меньший страх, чем она.

– Отвяжитесь от него! – прикрикнул Черный Принц на своих людей, которые тесным кольцом окружили Перепела и наперебой расспрашивали, как же он сумел уйти из замка. – Скоро все узнаете! А пока выставить двойной дозор!

Разбойники неохотно повиновались. Одни уселись, ворча, у почти потухшего костра, другие разошлись по палаткам, сшитым из одеял и старой одежды, где трудно было согреться в заметно похолодавшие ночи. Мо подвел Мегги и Резу к своему коню (это была не та лошадь, на которой он уезжал), открыл седельную сумку и бережно, словно живых существ, извлек оттуда две книги. Одну он протянул Резе, другую Мегги – и рассмеялся, когда дочь жадно выхватила томик у него из рук.

– Да, давно мы с тобой не держали в руках книг! – прошептал он заговорщически. – А ты внутрь загляни! Спорим на что хочешь, таких красивых картинок ты еще не видела!

Реза тоже взяла протянутую ей книгу, но даже не посмотрела на нее.

– Фенолио говорит, что этого миниатюриста использовали как приманку, – сказала она глухим голосом. – Что тебя схватили в его мастерской...

– Это был розыгрыш. Ты же видишь, ничего не произошло. А то как бы я здесь оказался?

Больше Мо ничего не сказал. И Реза не стала спрашивать. Она молча смотрела, как Мо сел на примятую лошадьми траву и потянул за собой Мегги.

– Фарид! – позвал он.

Фарид тут же оставил Баптисту, которого расспрашивал о том, что происходит сейчас в Омбре, и побежал на зов Мо. Он явно преклонялся перед героем. Мегги заметила, что и Дориа смотрит на ее отца с таким же благоговением в глазах.

– Ты не мог бы нам посветить? – спросил Мо.

Фарид опустился между ними на колени и засветил на ладонях танцующий огонек, хотя Мегги видела по его лицу, что он не понимает, как может Перепел, только что чудом спасшийся от солдат Зяблика, первым делом показывать дочери книгу.

– Видела ты что-нибудь прекраснее, Мегги? – прошептал ей Мо, когда она провела пальцем по обведенному золотом рисунку. – Не считая фей, конечно, – добавил он с улыбкой, сгоняя со страницы крылатую крошку, синюю, как небо на рисунках Бальбулуса.

Мо отогнал ее так, как это делал Сажерук – легонько подул между мерцающих крылышек, – и Мегги склонилась вместе с ним над страницами, забыв только что пережитый страх. Она перестала замечать и Хвата, и даже Фарида, который не видел ничего интересного в том, от чего она не могла оторвать глаз: буквы, прорисованные сепией так тонко и воздушно, словно Бальбулус писал их своим дыханием, драконы и длинношеие птицы, уткнувшие голову под крыло, инициалы, тяжелые от листового золота...

Слова танцевали с рисунками, рисунки пели для слов, выводя свою красочную мелодию.

– Это Уродина? – Мегги прикоснулась кончиком пальца к хрупкой женской фигурке на рисунке. Лицо у нее было размером с половину ногтя на мизинце Мегги, и все же на щеке можно было разобрать бледную родинку.

– Да, и Бальбулус позаботился о том, чтобы ее узнавали и много веков спустя. – Мо показал на имя, темно-синей краской выведенное над крошечной головой: Виоланта. «В» было обведено тонкой, как волосок, золотой линией. – Я видел ее сегодня. Мне кажется, она не заслуживает своего прозвища. Она немного бледная и, кажется, довольно злопамятная. Но это удивительно храбрая женщина.

На открытую книгу упал древесный лист. Мо смахнул его, но лист тонкими паучьими лапками вцепился в его палец.

– Смотри-ка, – сказал Мо, поднося его к глазам. – Это что, один из Орфеевых лиственных человечков? Его создания, похоже, быстро размножаются.

– И редко бывают приятными, – отозвался Фарид. – Эти твари, например, плюются.

– Правда? – Мо тихо рассмеялся и сбросил человечка с пальца, как раз когда тот надул губы.

Реза посмотрела на странное существо и резко встала.

– Это все обман, – сказала она. Голос у нее дрожал при каждом слове. – И вся красота этого мира – сплошной обман, она придумана только для того, чтобы отвлекать от тьмы, горя и смерти.

Мо положил книгу на колени Мегги и поднялся вслед за Резой, но она уклонилась от его протянутых рук.

– Это не наша история! – заговорила она так громко, что разбойники начали оборачиваться. – Она надрывает нам сердца своим колдовством. Я хочу домой. Я хочу забыть все это наваждение и вспомнить о нем снова, только очутившись на диване у Элинор!

Гекко тоже обернулся и с любопытством смотрел на них. Одна из его ворон воспользовалась моментом, чтобы стащить кусок мяса из хозяйской руки. Хват тоже прислушивался к разговору.

– Мы не можем вернуться, Реза, – тихо сказал Мо. – Фенолио больше не пишет, ты что, забыла? А Орфею доверять нельзя.

– Фенолио постарается для нас, если ты его попросишь. Это его долг перед тобой! Мо, прошу тебя! Эта история добром не кончится!

Мо посмотрел на Мегги, сидевшую рядом с Фаридом с книгой на коленях. На что он надеялся? Что она станет возражать матери?

Фарид бросил на Резу сердитый взгляд и потушил огонек на ладонях.

– Волшебный Язык! – окликнул он.

Мо обернулся. Да, у него теперь много имен. А ведь когда-то его звали просто Мо и больше никак. Мегги уже не могла вспомнить, как это было.

– Мне пора возвращаться в город. Что передать Орфею? – Фарид умоляюще посмотрел на Мо. – Расскажешь ты ему о Белых Женщинах?

Неугасимая, безумная надежда проступила на его лице, как ожог.

– Я ведь сказал: мне нечего рассказывать, – ответил Мо.

Фарид понурил голову и уставился на свои покрытые копотью ладони, словно Мо вынул надежду у него из рук. Медленно поднялся. Он все еще ходил босиком, хотя по ночам уже бывали заморозки.

– Будь здорова, Мегги, – сказал он, легонько целуя ее в щеку.

И пошел прочь не оборачиваясь. Мегги начала скучать по нему, как только он сел на своего осла...

Да, наверное, им и правда лучше вернуться домой.

Она вздрогнула, когда Мо положил руку ей на плечо.

– Заверни книжку в тряпицу, когда закончишь читать, – сказал он. – По ночам тут сыро.

И пошел мимо Резы к разбойникам, сидевшим у догоравшего костра тихо, как дети в ожидании сказки.

А Реза так и стояла с пергаментным томиком в руках и смотрела на переплет, будто видела перед собой другую книгу – ту, что вобрала ее в себя и не выпускала десять лет. Потом она подняла глаза на Мегги.

– Что с тобой? – спросила она. – Разве ты хочешь остаться здесь, как и твой отец? Неужели ты не соскучилась по подружкам, по Элинор и Дариусу? По теплой постели без единой блохи, по кафе у озера, по мирным улицам, где тебе ничего не грозит?

Мегги дорого бы дала, чтобы ответить так, как хотела Реза, но у нее не получалось.

– Не знаю, – сказала она тихо.

И это была чистая правда.

Больна с горя

Мир привелось мне потерять!
Не находили вы?
Узнать легко его – венок
Из звезд вкруг головы.

Он вам – пустяк, я ж без него
Не проживу и дня –
Молю, найди его скорей –
О, Боже – для меня!

Эмили Дикинсон.
Потеря*

Элинор прочла в своей жизни несчетное количество книг, где герой или героиня заболевали от душевных страданий. Эта идея всегда казалась ей очень романтичной, но не имеющей никакого отношения к действительности. Все эти безвременно вянущие юноши и девушки, умирающие только потому, что они несчастливо влюблены или тоскуют по непоправимой утрате! Элинор с большим удовольствием сопереживала их страданиям – как читатель. Ведь люди ищут в книгах именно этого: сильных, никогда не испытанных чувств и мучительных страданий, от которых можно избавиться в любой момент, просто захлопнув книгу. Правильно подобранные слова доводили утрату и гибель до самого сердца, позволяли дегустировать горе, как хорошее вино, и снова ставить на полку.

---

* Перевод П. Долголенко.

Да, Элинор от души упивалась выдуманной болью, и даже представить себе не могла, что в ее настоящей жизни, напрочь лишенной событий, монотонно-серой на протяжении многих лет, может случиться нечто подобное. «Что ж, такова расплата! – твердила она себе. – Такова расплата за счастье последних месяцев. Разве ты не читала, что за счастье всегда приходится платить? Как ты могла подумать, что так вот запросто обретешь его – и сохранишь? Какая глупость. Глупая Элинор».

Когда ей расхотелось вставать по утрам, когда сердце стало ни с того ни с сего запинаться, словно ему надоело регулярно биться, когда у нее пропал аппетит даже по утрам (хотя она всю жизнь проповедовала, что завтрак – главная еда дня), и Дариус, озабоченно моргая совиными глазами, стал все чаще спрашивать, как она себя чувствует, – Элинор задумалась, уж не правду ли говорят книги, уверяя, что с горя можно заболеть. Ведь она нутром чувствовала, что именно горе, и ничто другое, высасывает из нее силу, аппетит и даже интерес к книгам.

Дариус предлагал проехаться по аукционам, посетить крупнейшие книжные магазины, где она давно уже не была, составлял списки книг, отсутствующих в ее библиотеке. Еще год назад эти списки привели бы Элинор в лихорадочный ажиотаж. А сейчас ее глаза скользили по заголовкам так равнодушно, словно она читает перечень моющих средств из ближайшего супермаркета. Куда делась ее любовь к печатным страницам и дорогим переплетам, к словам на бумаге и пергаменте? Она дорого дала бы за то, чтобы вновь ощутить замирание сердца от одного вида книги, потребность нежно погладить ее по корешку, раскрыть, затеряться в ней. Но, похоже, сердце ее одеревенело, горе сделало его нечувствительным ко всему, кроме одного – тоски по Мегги и ее родителям. Да, Элинор поняла за это время: горе от утраты книг – не горе по сравнению с тоской по потерянным близким. Книги рассказывали об этом чувстве. Они рассказывали о любви, и эти рассказы были прекрасны, но книги не могли заменить того, о чем в них говорилось. Они не могли поцеловать, как Мегги, обнять, как Реза, рассмеяться, как Мо. Бедные книги – и бедная Элинор.

Она стала проводить целые дни в постели. Почти ничего не ела, а иногда, наоборот, переедала. У нее болел живот, болела голова, мучительно трепыхалось сердце. Она стала мрачной, рассеянной, проливала слезы над любой сентиментальной чепухой, потому что читать она, конечно, не перестала. А чем ей было еще заняться? Она читала без конца, объедалась чтением, как горюющий ребенок – шоколадом. Шоколад был вкусный, но горе не проходило. А уродливый пес Орфея лежал у ее кровати, пускал слюни на ковер и так смотрел на нее своими грустными глазами, словно один на всем свете был способен понять ее печаль.

Ну, последнее было не совсем справедливо. Дариус, видимо, тоже все отлично понимал.

– Элинор, а ты не хочешь выйти погулять? – спрашивал он, поставив завтрак у ее кровати, поскольку она опять до полудня так и не вышла на кухню.

– Элинор, я тут нашел в каталоге невероятно красивое издание «Айвенго». Давай съездим, посмотрим? Это недалеко.

И, наконец, на днях:

– Элинор, умоляю тебя, сходи к врачу. Дальше так продолжаться не может!

– К врачу? – рявкнула она на беднягу Дариуса. – И что я ему скажу? – «Знаете, доктор, это все от сердца. Оно исходит идиотской тоской по трем родным людям, исчезнувшим в книге. У вас не найдется таблеток на такой случай?»

Разумеется, Дариус ничего не ответил. Он молча поставил чай – с лимоном и медом, как она любит, – на заваленный книгами столик у ее кровати и молча пошел вниз. Лицо у него было при этом такое грустное, что Элинор почувствовала пренеприятные уколы совести. Но встать так и не встала.

Она провела в постели еще три дня, а когда на четвертый тихонько прокралась в библиотеку – в халате, накинутом на ночную рубашку, – там стоял Дариус, держа в руках листок, отправивший Орфея в тот мир, где, вероятно, находились сейчас Реза, Мегги и Мортимер.

– Что ты делаешь? – помертвев, спросила Элинор. – К этому листку никто не должен прикасаться! Слышишь? Никто!

Дариус положил листок обратно в витрину.

– Я только взглянул на него, – сказал он мягко. – Орфей действительно неплохо пишет. Хотя, конечно, сильно подражает Фенолио.

– Так сильно, что это не называется «писать», – презрительно сказала Элинор. – Орфей – вошь, паразитирующая на других писателях, только сосет он не кровь, а слова... Даже имя украл у другого поэта. Орфей!

– Да, ты, пожалуй, права, – отозвался Дариус, аккуратно запирая витрину на ключ. – Но точнее будет назвать его имитатором. Он так хорошо копирует стиль Фенолио, что разница на первый взгляд почти незаметна. Интересно было бы посмотреть, как он пишет, когда у него нет образца. Способен он рисовать собственные картины, не вдохновляясь чужой фантазией?

Дариус взглянул на листок под стеклом, как будто мог получить от него ответ.

– Меня лично это не интересует. Надеюсь, он давно уже сдох. – Элинор с мрачной миной подошла к полке и вытащила сразу полдюжины книг – запас на очередной тоскливый день в постели. – Надеюсь, его великан раздавил! Нет, погоди, я лучше придумала – надеюсь, что его говорливый язык выпал изо рта, посиневший и раздутый, потому что сам Орфей болтается на виселице!

На совином лице Дариуса мелькнула улыбка.

– Ох, Элинор, Элинор! Ты, пожалуй, напугала бы самого Змееглава, хотя Реза рассказывала, что он никогда и ничего не боится.

– Конечно, можешь не сомневаться! – ответила Элинор. – Белые Женщины по сравнению со мной – кроткие сестры милосердия! Но мне суждено до конца дней оставаться в истории, где для меня есть только одна роль – комической старухи.

Дариус промолчал. Но когда Элинор поздно вечером еще раз зашла в библиотеку, он снова стоял перед витриной и смотрел на листок Орфея.

Снова на службе Орфея

Подойди и взгляни на слова:
У каждого из них есть тысяча тайных лиц
под нейтральным лицом,
И каждое спрашивает тебя,
не интересуясь твоим ответом,
Каждое, хоть жалкое, хоть страшное:
Ты захватил ключ?

Карлос Друммонд де Андраде.
В поисках поэзии

Конечно, ворота Омбры были уже закрыты, когда Фарид наконец добрался до города на своем упрямом осле. Тонкий месяц светил на башни замка, а стражники разгоняли скуку, кидая камушки по скелетам, болтавшимся на виселицах перед городской стеной. Скелеты велел развесить Зяблик, хотя виселицы не использовались здесь по прямому назначению, чтобы пощадить его чувствительный нос. Вероятно, ему казалось, что оставлять виселицы совсем пустыми на глазах подданных – непедагогично.

– Это кто еще тут бродит? – хмыкнул один из стражников, долговязый худой парень, опиравшийся на копье, как будто ноги его не держат. – Ты только посмотри на этого смугляшку! – Он грубо выхватил у Фарида повод. – Разъезжает тут один по ночам! Ты не боишься, что Перепел вытащит осла из-под твоей тощей задницы? Лошадь-то ему пришлось сегодня оставить в замке, так что ослик ему очень бы пригодился. А тебя он скормит медведю Черного Принца!

– Я слыхал, медведь жрет только латников – любит, чтобы на зубах похрустывало, – ответил Фарид, незаметно нащупывая нож.

Он слишком устал, чтобы изображать смирение. Отчасти его легкомыслие объяснялось и тем, что Перепелу удалось-таки уйти из замка невредимым. Перепелу. Да, он тоже все чаще называл Волшебного Языка этим именем, хотя Мегги всякий раз очень сердилась.

– Хо-хо, Риццо, ты только послушай мальчугана! – крикнул стражник своему товарищу. – Он, наверное, сам украл этого осла, чтобы продать колбасникам в городе, если бедная животина не сдохнет под ним раньше.

Риццо со злобной усмешкой подошел поближе и поднял копье, нацелившись прямо в грудь Фариду.

– Я знаю этого парниш-ш-шку, – сказал он. У него не хватало двух зубов, и слова звучали как шипение змеи. – Видел пару раз, как он на рынке рассыпает искры. Не про тебя ли рассказывают, будто ты выучился жонглировать у Огненного Танцора?

– Да. И что? – У Фарида свело желудок, как всегда, когда при нем упоминали Сажерука.

– А то, что слезай-ка ты со своей дохлой скотины и устрой нам представление! А мы пока подумаем, пускать ли тебя в город.

В конце концов они открыли ворота, вдоволь насмотревшись на взмывающие в воздух огненные цветы, которые получались у Фарида не хуже, чем у Сажерука. Фарид по-прежнему любил огонь, хотя сухое потрескивание пламени болезненно напоминало ему того, кто обучил его этому искусству. Но он не устраивал больше представлений на публику, только для себя. Ведь огонь – это все, что оставалось у него от Сажерука, и когда сердце его совсем изнывало от тоски, он писал это имя огненными буквами на какой-нибудь стене в Омбре и смотрел на него до тех пор, пока огонь не гаснул, оставив его в одиночестве, как Сажерук.

По ночам в лишившейся мужчин Омбре обычно царила гробовая тишина. Но сегодня Фарид всюду натыкался на отряды латников. Перепел вспугнул их, и они кружили по улицам, как осы вокруг разворошенного гнезда, надеясь изловить наглого обидчика. Фарид низко опускал голову, проезжая мимо них, и вздохнул с облегчением, добравшись наконец до дома Орфея.

Это был великолепный дом, один из самых роскошных в Омбре, и только здесь во всем городе еще светились окна в эту беспокойную ночь. У входа горели факелы – Орфей опасался воров – и в их неверном свете страшные каменные маски над входом казались живыми. Фарид всякий раз вздрагивал, когда они смотрели на него сверху своими выпученными глазами – рты разинуты, ноздри раздуты, словно чудища собираются фыркнуть ему в лицо. Он попытался усыпить факелы тихими уговорами, как часто делал Сажерук, но пламя его не слушалось. Это случалось все чаще, словно огонь хотел напомнить ему, что ученик и после смерти учителя остается всего лишь учеником.

Фарид страшно устал. Собаки лаяли на него, пока он вел осла на конюшню. Вот он и вернулся. Вернулся к Орфею на службу. Хотя так хорошо было сидеть с Мегги, положив голову ей на колени, или беседовать у костра с ее отцом и Черным Принцем. Но из-за Сажерука он всякий раз возвращался сюда. Всякий раз.

Фарид развязал рюкзак – Пролаза тут же залез ему на плечо – и посмотрел вверх на звезды, словно мог увидеть среди них лицо Сажерука. Почему тот не явится ему во сне и не расскажет, как его вернуть? Ведь мертвые иногда показываются тем, кого любят! Или Сажерук приходит только к Роксане, как обещал, да еще, может быть, к своей дочери? Нет, если к Брианне кто и является из царства мертвых, то только Козимо. Служанки рассказывали, что она во сне шепчет его имя и иногда протягивает руку, словно ищет его рядом с собой.

«Может быть, мне он не является, потому что знает, что я боюсь призраков», – думал Фарид, подымаясь на заднее крыльцо. Парадные ворота, выходившие прямо на площадь, предназначались, разумеется, только для самого Орфея и его знатных заказчиков. Слуги, комедианты и поставщики шлепали по грязному двору к черному ходу.

Фарид трижды позвонил в колокольчик, но никто не откликнулся. Во имя всех демонов пустыни, куда подевался Дуботряс? Это ведь единственная его работа – открывать дверь. Наверное, дрыхнет, как пес, у порога Орфея.

В конце концов Фариду открыла Брианна. Она уже две недели работала у Орфея, а Сырная Голова, кажется, и не подозревал, чья дочь стирает ему белье и чистит кастрюли. Орфей вообще мало что замечал вокруг.

Брианна молча впустила его, и он так же молча прошел мимо. У них не было слов друг для друга, кроме тех, которые невозможно выговорить: «*Мой отец умер из-за тебя. Из-за тебя он оставил нас с матерью, все из-за тебя*». Каждую слезинку своей матери Брианна ставила в счет Фариду, она сказала ему об этом злым шепотом в первый же день, когда они встретились у Орфея: «Каждую, слышишь, каждую!» И сейчас он затылком чувствовал ее ненавидящий взгляд.

– Где ты шлялся? – Осс перехватил Фарида, надеявшегося неслышно прошмыгнуть к своей койке в подполе. Пролаза зашипел и спрыгнул наземь. Осс успел пнуть зверька так, что чуть не переломал ему ребра. – Хозяин уже раз сто про тебя спрашивал! Заставил искать тебя по всему городу! Я из-за тебя полночи не спал!

– Да ладно, ты только и делаешь, что спишь.

Осс ударил его кулаком в лицо.

– Попридержи язык! Пошли, хозяин ждет!

Служанка, встретившаяся им на лестнице, покраснела, пропуская Фарида. Как бишь ее зовут? Дана? Милая девочка, вечно отложит Фариду кусочек мяса посочнее, когда Осс, бывало, сожрет его ужин. Фарид за это иногда целовал ее на кухне. Но она была далеко не так красива, как Мегги. Или Брианна.

– Надеюсь, мне позволят отколотить тебя хорошенько! – прошипел Осс на ухо Фариду, занося руку, чтобы постучаться в рабочий кабинет Орфея.

Так называл эту комнату сам Орфей, хотя гораздо чаще он тискал здесь очередную служанку или обжирался яствами, которые кухарка готовила для него в любое время дня и ночи. Но сейчас он и в самом деле сидел за письменным столом, низко склонившись над листом бумаги, а два стеклянных человечка за его спиной приглушенными голосами препирались о том, как лучше размешивать чернила – слева направо или справа налево. Это были два брата – Сланец и Халцедон, разные, как день и ночь. Халцедон, старший, обожал командовать младшим братом и поучать его. Фариду, глядя на них, хотелось свернуть Халцедону стеклянную шею. У него было целых два старших брата, и отчасти из-за них он сбежал из родительского дома к разбойникам.

– Заткнитесь! – прикрикнул Орфей на стеклянных человечков. – Что за нелепые создания! Слева направо, справа налево! Смотрите не забрызгайте мне стол!

Халцедон укоризненно посмотрел на Сланца – доигрался, мол! Если кто и брызгает чернилами на хозяйский стол, то уж конечно младший брат! – и погрузился в мрачное молчание. Орфей продолжал писать.

«Фарид, ты должен научиться читать», – постоянно твердила Мегги. Несколько букв он с ее помощью уже заучил, хоть и не без труда. М – «медведь», Р – «разбойники», М – «Мегги», Ф – «Фарид» и С... С – «Сажерук». Остальные путались у него в голове. Да и как можно запомнить всю эту мелочь с завитушками с разных сторон? А О У И К Т Н П... У него голова начинала болеть от одного их вида. И все же придется их выучить! Ведь иначе он так и не узнает, пытается ли Орфей на самом деле вернуть Сажерука.

– Чушь, бессвязная чушь! – Орфей оттолкнул Сланца, пытавшегося посыпать написанное песком, и с ненавистью разорвал лист на мелкие клочки.

Фарид наблюдал такие сцены постоянно. Орфей редко бывал доволен своей работой. Он комкал, рвал, с руганью бросал в огонь исписанную бумагу, грозил стеклянным человечкам, напивался. Но когда работа ему удавалась, он делался еще невыносимее – раздувался, как индюк, разъезжал по Омбре с видом владетельного принца, целовал служанок наглыми влажными губами и заявлял, что равных ему нет. «Пусть называют старика Чернильным Шелкопрядом! – орал он на весь дом. – Большего он и не заслужил, этот ремесленник! Зато я – я волшебник, маг. Чернильный Маг – вот как меня надо называть! И меня будут так называть!»

Но сегодня магия, похоже, опять не клеилась.

– Лягушачье кваканье! Сорочья стрекотня! Слова-жестянки! – бранился он, не поднимая головы. – Словесная каша! Да, Орфей, сегодня ты мараешь бумагу словесной кашей – жидкой, недосоленной, склизкой кашей!

Стеклянные человечки торопливо спустились по ножкам письменного стола и принялись разглаживать скомканные обрывки.

– Хозяин! Мальчишка вернулся! – Осс умел изображать раболепие, как никто. Голос Дуботряса кланялся и прогибался так же легко, как его огромное тело, но пальцы сжимали затылок Фарида, как железные клещи.

Орфей недовольно обернулся и уставился на Фарида, словно нашел наконец причину своих неудач.

– Где ты шлялся, черт бы тебя побрал! Сидел все время у Фенолио? Или помогал отцу своей подружки пробраться в замок и выбраться невредимым обратно? Да, я уже слышал о его последнем подвиге. Надо думать, завтра о нем уже будут распевать дурацкие песни. Этот дурак-переплетчик играет идиотскую роль, которую написал ему старик, с настоящей отдачей – даже трогательно!

В голосе Орфея слышались одновременно презрение и зависть – как обычно, когда он говорил о Волшебном Языке.

– Он не играет роль. Он *действительно* Перепел. – Фарид изо всех сил наступил Оссу на ногу, так что тот выпустил его затылок, и увернулся от снова протянутых к нему пальцев. Дуботряс поднял было огромный кулак, но его остановил строгий взгляд Орфея.

– Ах вот как! Ты, стало быть, присоединился к сонму его поклонников? – Орфей уставился на чистый лист, словно ожидая, что пергамент под его взглядом сам покроется правильными словами. – Сланец, что ты делаешь там внизу? – рявкнул он. – Сколько можно вам говорить? Это все подметут служанки. Очини мне новое перо!

Фарид поднял Сланца на письменный стол, и тот благодарно улыбнулся мальчику. Младший человечек должен был выполнять всю неприятную работу, так уж было у них с братом заведено. Хуже всего была очинка перьев, потому что крошечное лезвие, которым пользовались стеклянные человечки, постоянно соскальзывало. На днях оно вонзилось Сланцу в тонюсенькую руку, и тут Фарид узнал, что у стеклянных человечков есть кровь – прозрачная, конечно. Она капала на бумагу, как жидкое стекло, а Халцедон отвесил брату затрещину и обозвал безруким болваном. Фарид за это подмешал пива в песок, который он ел. С тех пор прозрачное, как вода, тело Халцедона (он очень гордился своей безупречной прозрачностью) стало желтым, как ослиная моча.

Орфей подошел к окну.

– Если ты еще раз пропадешь так надолго, – бросил он Фариду через плечо, – я велю Оссу избить тебя, как собаку.

Дуботряс улыбнулся, а Фарид про себя обозвал обоих нехорошими словами. Орфей все так же стоял у окна и глядел в черное ночное небо.

– Подумать только! – сказал он наконец. – Этот старый дурак Фенолио не потрудился даже дать имена звездам этого мира. Неудивительно, что мне постоянно не хватает слов. Например, как называется здесь луна? Уж этим-то его склеротические мозги должны были озаботиться? Так нет же, он называет ее просто «луна», как будто это та самая луна, которую видишь по ночам из окна в другом мире.

– Может быть, это и правда та самая. В моей истории луна точно была та же.

– Ерунда, не могла она быть та же! – Орфей снова повернулся к окну, словно желая объяснить этому миру, какой халтурщик его создатель. – «Фенолио, – спрашиваю я его, – Смерть в твоем мире мужчина или женщина? Или это просто дверь, через которую попадаешь в совсем другую повесть, которую ты, к сожалению, не удосужился написать?»

Халцедон весь превратился в слух, внимая самовлюбленным тирадам Орфея, словно неслыханным откровениям.

– «Понятия не имею», – отвечает он мне. Понятия он не имеет! А кто должен иметь понятие, если не он? В книге-то у него ничего об этом не написано!

В книге. Халцедон, вскарабкавшийся на подоконник поближе к Орфею, благоговейно взглянул на письменный стол, где рядом с чистым листом бумаги лежал последний экземпляр «Чернильного сердца». Фарид не знал, понимает ли стеклянный человечек, что из этой книги возник весь его мир, включая его самого. Обычно книга лежала на столе раскрытой, потому что Орфей, когда писал, постоянно листал ее в поисках нужных слов. Он ни разу не использовал ни единого слова, которое не встречалось бы в «Чернильном сердце», потому что был твердо убежден, что пробудиться к жизни в этом мире могут только слова Фенолио. Любые другие останутся чернильными штрихами на бумаге.

– «Фенолио, – спрашиваю я его, – а Белые Женщины – они только прислужницы? – Халцедон впивал каждое слово, слетавшее с пухлых губ. – Умершие остаются у них или они их отводят куда-то еще?» А этот старый дурак мне отвечает: «Не знаю, наверное, отводят... Я однажды рассказал детям Минервы про дворец из костей, чтобы они не так убивались из-за Небесного Плясуна, но это я так просто сочинил»... Так просто сочинил! Ха!

– Старый дурак, – откликнулся Халцедон, словно эхо. Но голосок у него был такой тоненький, что это прозвучало не слишком эффектно.

Орфей отвернулся от окна и пошел обратно к письменному столу.

– Ты хоть не забыл, пока шлялся, передать Мортимеру, что я хочу с ним поговорить? Или ему некогда – все в героя играет?

– Он утверждает, что ему нечего сказать. Говорит, он знает о Белых Женщинах ровно столько же, сколько остальные.

– Замечательно! – Орфей схватил перо, которое с таким трудом очинил для него Сланец, и разломал на мелкие кусочки. – Ты хоть догадался спросить, являются ли они ему иногда?

– Конечно! – Голосок у Сланца был такой же хрупкий, как он сам. – Белые Женщины никогда не оставляют в покое тех, к кому однажды притронулись. Так кикиморы говорят.

– Да знаю я это! – раздраженно отмахнулся Орфей. – Я попытался спросить одну кикимору про эти россказни, но мерзкая тварь отказалась со мной разговаривать. Она вытаращилась на меня своими крысиными глазками и посоветовала не есть так много жирного и поменьше пить!

– Они разговаривают с феями, – ответил Сланец. – А феи разговаривают со стеклянными человечками. Правда, не со всеми. – Тут он покосился на старшего брата. – Я слышал, что кимиморы рассказывают о Белых Женщинах еще кое-что. Будто каждый, чье сердце они однажды тронули своими холодными пальцами, может их позвать!

– Правда? – Орфей внимательно посмотрел на стеклянного человечка. – Этого я еще не слыхал.

– Да неправда это! Я пробовал их звать! – воскликнул Фарид. – Несчетное число раз!

– Мало ли, что ты пробовал! Сколько раз тебе объяснять – ты умер слишком быстро, – презрительно отрезал Орфей. – Так же быстро умер, как и воскрес. Да и вообще, ты такая ничтожная добыча, что они о тебе сразу забыли! Нет! Ты мне не подходишь. – Орфей снова отошел к окну. – Пойди завари мне чай, – приказал он оттуда, не оборачиваясь. – Мне нужно подумать.

– Какого ты хочешь чая?

Фарид посадил Сланца себе на плечо. Он, по возможности, всегда брал его с собой, чтобы защитить от старшего брата. Сланец был такой худенький, что Фарид опасался, как бы Халцедон не сломал ему что-нибудь.

Даже Розенкварц, стеклянный человечек Фенолио, был на голову выше Сланца. Порой, когда Орфей не нуждался в своих прозрачных помощниках, потому что забавлялся со служанкой или целое утро примерял у портного новые наряды, Фарид брал Сланца с собой на улицу белошвеек. Там стеклянные девушки помогали хозяйкам вдевать нитки в иголки, расправлять тесьму, прикреплять кружева на тонкий шелк. Фарид знал теперь, что стеклянные человечки способны не только истекать кровью, но и влюбляться. Сланец был по уши влюблен в девушку с желтоватыми прозрачными руками, и для него не было большей радости, чем тайком наблюдать за ней через окно мастерской.

– Какого чая? Понятия не имею! Такого, чтоб помогал от желудка, – недовольно буркнул Орфей. – У меня целый день кошки в желудке скребут. Разве можно в таком состоянии работать?

Ну конечно. Орфей всегда жаловался на спазмы в желудке или головную боль, когда писание ему не давалось.

«Пусть бы они у тебя там целую ночь скребли, – думал Фарид, закрывая за собой дверь кабинета. – Надеюсь, они не перестанут скрести до тех пор, пока ты не напишешь наконец что-нибудь для Сажерука».

Прямо в сердце

Пока что во всем, что касалось его, на веселой, радостной поверхности сверкающего росой мира не замечалось ничего, похожего и на малую частицу печали.

Т. Х. Уайт. Царица воздуха и тьмы
(Король былого и грядущего. Книга 2)*

– Хорошо еще, что он не послал тебя за цирюльником! – Сланец изо всех сил пытался развеселить Фарида, пока они спускались по крутой лестнице в кухню.

Да уж, цирюльник у городских ворот! Дня три назад Орфей уже посылал за ним Фарида среди ночи. А тот, когда его будили по ночам, кидался поленьями или выходил к дверям с зубодерными щипцами.

– Голова болит! Живот болит! – ругался Фарид. – Обжираться меньше надо, Сырная Голова.

– Три жареных золотых пересмешника с начинкой из шоколада, каленые эльфийские орешки в меду и пол-поросенка, фаршированного каштанами, – перечислил Сланец и замер, увидев у дверей кухни Пролазу. Сланец боялся зверька, сколько ни уверял его Фарид, что куницы, хоть и любят гонять стеклянных человечков, уж точно их не едят.

На кухне возилась в этот поздний час всего одна служанка. Фарид застыл в дверях, увидев, что это Брианна. Этого еще не хватало. Она отмывала горшки от ужина. Ее красивое лицо было серым от усталости. Служанки

* Перевод С. Ильина.

Орфея поднимались до рассвета и заканчивали работу, когда луна уже высоко стояла в небе. Орфей каждое утро обходил весь дом, проверяя, нет ли где паутины и пыли, не обнаружится ли пятнышка на одном из висевших повсюду зеркал, или потемневшей серебряной ложки и плохо отстиранной рубашки. И если что-то было не так, тут же вычитал у всех служанок несколько грошей из их скудного жалованья. А что-то не так бывало почти всегда.

– Чего тебе тут надо? – Брианна обтерла мокрые руки о передник.

– У Орфея живот болит, – пробормотал Фарид. – Завари для него чаю, пожалуйста.

Брианна сняла с верхней полки фаянсовую банку. Фарид не знал, куда глаза девать, пока она возилась с чаем. Волосы у нее были того же цвета, что у отца, но лежали роскошными волнами и блестели при свечах, как червонное золото, каким любил украшать свои тощие пальцы наместник Омбры. О прекрасной дочери Сажерука и ее разбитом сердце в Омбре складывали песни.

– Что ты на меня уставился?

Брианна вдруг шагнула к нему. Ее голос звенел такой злобой, что Фарид невольно отшатнулся.

– Я похожа на него, да?

Казалось, она шлифовала эти слова в молчании последних недель, пока они не превратились в острые лезвия, входящие прямо в сердце.

– Зато ты на него совсем не похож! Я все время твержу матери: это просто приблудный бродяга, заморочивший отцу голову, будто он его сын. И отец в конце концов поверил и решил, что должен за него умереть!

Каждое слово как лезвие. Фарид чувствовал, как они вонзаются в сердце и кромсают его на куски.

Глаза у Брианны были не отцовские. Она унаследовала их от матери и смотрела на Фарида так же враждебно, как Роксана. Ему хотелось ударить ее, заткнуть этот красивый рот. Но она была слишком похожа на Сажерука.

– Ты демон, злой дух, приносящий несчастье! – сказала она, протягивая ему кружку. – На, отнеси Орфею. И скажи ему, пусть ест поменьше, тогда и живот не будет болеть.

У Фарида дрожали руки.

– Ничего ты не знаешь! – сказал он хрипло. – Ничего! Я вовсе не хотел, чтобы он забирал меня оттуда. Быть мертвым мне нравилось гораздо больше.

Но Брианна молча глядела на него глазами своей матери. Глазами Роксаны на лице Сажерука.

Фарид медленно зашагал по лестнице с горячей кружкой. А Сланец крошечными ручонками сочувственно гладил его по голове.

Весть из Омбры

А иногда в старой книге
Подчеркнуто непонятно темное.
Ты была здесь. Куда же ты делась?

Райнер Мария Рильке.
Импровизации зимой на Капри (III)

Мегги нравилось в лагере разбойников. Резе порой казалось, что дочь всю жизнь только и мечтала о том, чтобы жить среди обтрепанных палаток. Она смотрела, как Баптиста шьет очередную маску, училась у Силача разговаривать с жаворонками и с улыбкой принимала букеты полевых цветов от его младшего брата. Реза радовалась, что Мегги снова начала улыбаться, хотя Фарид по-прежнему был у Орфея.

Зато сама она скучала по одинокому хутору. Ей не хватало тишины, оседлости, чувства, что она наедине с Мо и Мегги после долгих недель разлуки. Недель, месяцев, лет...

Порой, когда она глядела на мужа и дочь, сидящих с разбойниками у костра, ей казалось, что она подсматривает за игрой, которой они развлекались в годы ее отсутствия: «*Мо, давай поиграем в разбойников...*»

Черный Принц посоветовал Мо не выходить пока из лагеря, и два дня тот следовал этому совету, но уже на третью ночь снова скрылся в лесу, в полном одиночестве, словно отправился на поиски самого себя. А на четвертую ночь опять ушел с разбойниками.

Баптиста пел Резе песни, сложенные в Омбре после того, как Мо побывал в замке. «Перепел улетел, – говорилось в них, – ускакал прочь на лучшем коне Зяблика. Десять стражников убил он на своем пути, Коптемаза запер в склепе, а у Бальбулуса украл драгоценные книги».

– И что из этого правда? – спросила Реза у Мо.

Он рассмеялся.

– Летать я, к сожалению, пока не умею, – шепнул он ей на ухо и погладил по животу, где незаметно подрастал ребенок.

А потом ушел с Черным Принцем. А она каждую ночь лежала в палатке, прислушиваясь к песням, которые распевал снаружи Баптиста и дрожала за своего мужа.

Черный Принц велел поставить для них две палатки рядом со своей. Палатки шились из старой одежды, покрашенной отваром дубовой коры в цвет древесных стволов. В одной поселилась Мегги, в другой – Перепел и его жена. Тюфяки, набитые сухим мохом, быстро отсыревали, и когда Мо уходил по ночам, Реза приходила спать к Мегги, чтобы согреться. «Суровая будет зима», – сказал Силач, когда трава утром оказалась вся покрыта инеем, так что на ней видны были следы стеклянных человечков.

В овраге, приютившем лагерь, попадались великаньи следы. Дожди превратили их в болотца, где квакали золотистые лягушки. Деревья по склонам оврага были почти такие же высокие, как в Непроходимой Чаще. Их листья покрывали холодную осеннюю землю золотом и пурпуром, а с веток, как перезрелые плоды, свисали гнезда фей. К югу на горизонте виднелась деревня. Ее стена белела среди почти уже голых деревьев, как ножка гриба, но деревня была бедная, до того бедная, что даже жадные мытари Зяблика не приходили туда за своими сборами.

В лагере было не менее полусотни мужчин. Иногда их бывало и больше. Самыми младшими были двое юношей, которых Хват спас от виселицы и которые шпионили теперь для Принца: Дориа, брат Силача, тот самый, что собирал для Мегги полевые цветы, и его друг, сирота Люк, помогавший Гекко приручать ворон. Шесть женщин стряпали для разбойников и латали им одежду, но в ночные вылазки ни одну их них не брали. Реза рисовала их всех – мужчин, женщин и юношей (Баптиста раздобыл для нее бумагу и грифель – откуда, он не сказал) – и всякий раз спрашивала себя, только ли слова Фенолио создали эти лица, или в этом мире существовала судьба, независимая от старика.

Женщины редко участвовали в мужских разговорах и посиделках у костра. Реза всякий раз чувствовала на себе неодобрительные взгляды, когда они с Мегги непринужденно усаживались рядом с Мо и Черным Принцем. Иногда она отвечала взглядом на взгляд, смотрела прямо в глаза Хвату, Гекко и всем остальным, кто терпел женщин в лагере только ради стряпни и шитья, и проклинала тошноту, мешавшую ей сопровождать Мо хотя бы тогда, когда он вместе с Принцем объезжал соседние холмы в поисках более надежного пристанища на зиму.

Пять дней и пять ночей провели они здесь, в «лагере исчезнувших великанов», как его окрестила Мегги. На шестой день к обеду Дориа и Люк вернулись из Омбры явно с плохими вестями. Дориа даже с братом не поговорил, а направился прямо к палатке Черного Принца. Вскоре Принц послал за Мо, а Баптиста созвал мужчин.

Разбойники уселись в кружок, и Дориа, выступив на середину, взглянул на старшего брата, словно ища поддержки. Но когда юноша заговорил, голос его звучал твердо и ясно. Он казался сейчас куда старше, чем был на самом деле.

– Вчера на выезде из Непроходимой Чащи объявился Свистун, – начал он. – На дороге, ведущей к Омбре с запада. Он жжет и грабит все на своем пути, объявляя, что прибыл собрать налоги, потому что Зяблик посылает во Дворец Ночи слишком мало.

– Сколько с ним латников? – В вопросе Хвата слышалась злоба.

Резе не нравился его голос. Ей все в нем не нравилось.

Дориа тоже, видимо, недолюбливал своего спасителя, это ясно выразилось в его взгляде.

– Много. Больше, чем нас. Намного больше. Точного числа я не знаю, – добавил он. – У крестьян, чьи дома они поджигали, не было времени на подсчеты.

– Ну, будь у них время, толку было бы не больше, – заметил Хват. – Крестьяне, как всем известно, считать не умеют.

Гекко рассмеялся, и к нему присоединилось еще несколько человек из тех, что всегда ходили за Хватом: Ловкач, Задира, Угольщик, Эльфогон...

Дориа закусил губу. Они с Силачом были крестьянскими детьми, и Хват об этом знал. У него самого отец был, по его рассказам, наемный солдат.

– Расскажи им, Дориа, что еще ты слышал. – Такой усталости в голосе Черного Принца Реза еще не слыхивала.

Юноша снова взглянул на брата.

– Они переписывают детей, – сказал он. – Свистун велел заносить в списки всех, кто старше шести лет и не выше пяти футов.

Ропот прошел по собранию. Реза увидела, как Мо наклоняется к Принцу и что-то говорит ему на ухо. Видно было, что они отлично понимают друг друга. И как естественно смотрится Мо среди этих оборванцев. Как будто они ему настолько же свои, как она и Мегги.

Черный Принц выпрямился во весь рост. У него теперь не было длинных кудрей, как в те дни, когда Реза впервые с ним познакомилась. На третий день после смерти Сажерука он обрил голову наголо, как было принято в этом мире в знак траура. Потому что на третий день, считалось здесь, душа умершего достигает краев, откуда нет возврата.

– Мы знали, что Свистун в один прекрасный день явится сюда, – сказал Черный Принц. – Змееглав должен был в конце концов заметить, что его шурин оставляет себе большую часть собранных налогов. Но, как вы слышали, он приехал не только за деньгами. Все мы знаем, зачем нужны дети по ту сторону Непроходимой Чащи.

– Зачем? – Звонкий голос Мегги казался детским среди грубых мужских голосов.

И не догадаешься, что этой девочке случалось двумя-тремя фразами менять судьбы Чернильного мира.

– Зачем? Видишь ли, дочь Перепела, проходы в серебряных рудниках узкие. Радуйся, что ты уже большая и там не пролезешь, – ответил ей Хват.

Рудники. Реза невольно провела рукой по животу, где подрастал будущий ребенок, и Мо обернулся к ней со своего места, словно подумал о том же.

– Ну да, в своих владениях Змееглав отправил в рудники слишком много детей, крестьяне начали сопротивляться. Свистун, говорят, только что подавил восстание. – В голосе Баптисты слышалась та же бесконечная усталость. Слишком мало их было, борцов с несправедливостью. – Дети умирают в рудниках очень быстро. Странно, что Змееглав раньше не додумался привозить детей отсюда, где не осталось отцов, а одни только беззащитные, безоружные матери.

– Значит, нужно их спрятать! – В голосе Дориа звучало бесстрашие, какое бывает лишь в пятнадцать лет. – Так, как вы урожай прятали.

Реза заметила, что Мегги украдкой улыбнулась.

– Спрятать, ага! – Хват говорил с издевкой. – Замечательное предложение! Гекко, скажи этому молокососу, сколько детей в одной только Омбре, не говоря уж о деревнях. Ты ведь знаешь, он из крестьян и считать не умеет.

Силач поднялся было, но Дориа предостерегающе посмотрел на брата, и тот снова сел на место. «Я могу поднять малыша одной рукой, – часто повторял Силач, – но он умнее меня в сто раз».

Гекко явно понятия не имел, сколько детей в Омбре, не говоря уж о том, что в счете он тоже был не силен.

– Хватает! – пробормотал он. Ворона на плече перебирала его волосы, вероятно надеясь поймать вошку. – Мухи и дети – это то, чего в Омбре по-прежнему хоть отбавляй.

Никто не засмеялся.

Черный Принц молчал, молчали и остальные. Если Свистун захочет забрать детей, он их заберет.

На руку Резе сел огненный эльф. Она согнала его и ощутила такую тоску по дому Элинор, словно эльф обжег ей сердце, а не кожу. Ей хотелось увидеть кухню, где непрерывно жужжал огромный холодильник, мастерскую Мо в саду, кресло в библиотеке, где так уютно было сидеть, заглядывая в чужие миры на книжных страницах, но не теряясь в них.

– Может быть, это наживка, – сказал Баптиста в наступившей тишине. – Вы знаете, Свистун любит расставлять ловушки. Он знает, что мы не сможем смотреть равнодушно, как увозят детей. Наверное, он рассчитывает наконец выманить Перепела из леса.

Реза видела, что Мегги невольно теснее прижалась к Мо. Но сам он казался совершенно спокойным, как будто Перепелом был все же кто-то другой.

– Виоланта предупредила меня, что Свистун скоро явится сюда, – сказал он. – Но о детях она не упомянула.

Голос Перепела убеждал Змееглава и завораживал фей. Но на Хвата он не действовал. Хват помнил одно: еще недавно он сам сидел там, где сидит сейчас Перепел, – рядом с Черным Принцем.

– Ты говорил с Уродиной? Ну и ну! Так вот что ты делал в замке Омбры. Перепел завел дружбу с отродьем Змея! – На грубом лице Хвата появилась брезгливая гримаса. – Конечно, она не стала рассказывать тебе о детях. Очень ей нужно! Не говоря уж о том, что она об этом, наверное, и не знает. С Уродиной в замке считаются не больше, чем с прислугой на кухне! Так оно всегда было, так оно и останется!

– Я уже говорил тебе, Хват, – Черный Принц говорил резче обычного, – что у Виоланты больше власти, чем ты думаешь. И больше преданных людей, хотя все они очень молоды. – Принц кивнул Мо. – Расскажи им о том, что было в замке. Пора им это узнать.

Реза посмотрела на Мо. Что знал Черный Принц, чего она не знала?

– Да, Перепел, расскажи-ка нам, как ты выпутался на этот раз! – Голос Хвата зазвенел такой неприкрытой враждебностью, что некоторые разбойники тревожно переглянулись. – А то это и впрямь похоже на колдовство! Сперва ты уходишь невредимым из Дворца Ночи, а теперь и из Омбры, хотя при Зяблике в замке стало не до шуток. Только не говори, что ты и этого дохляка сделал бессмертным, чтобы тебя отпустили!

Послышались смешки, но это был невеселый смех. Реза не сомневалась, что многие из собравшихся действительно считают Мо колдуном, из тех, чье имя лучше не называть вслух, потому что такие люди владеют темным искусством и могут одним взглядом навести порчу на обычного человека. А как иначе объяснить, что, появившись неизвестно откуда, он владеет мечом лучше, чем большинство из них? Да к тому же умеет читать и писать.

– Змееглав, говорят, не больно-то радуется своему бессмертию! – возразил Силач.

Дориа сел рядом с братом, не сводя мрачного взгляда с Хвата. Да, юноша явно не испытывал добрых чувств к своему спасителю. Зато его друг Люк следовал за Хватом и Гекко, как верный пес.

– И что толку? Свистун грабит и убивает по-прежнему. – Хват сплюнул. – Змееглав бессмертен. Его шурин чуть не каждый день вешает одного из наших. А Перепел отправляется в замок Омбры и возвращается целым и невредимым.

Наступила мертвая тишина. Многим из разбойников было не по себе от сделки, которую заключил Перепел со Змееглавом во Дворце Ночи, хотя потом и оказалось, что Мо перехитрил серебряного князя. И все же Змееглав стал бессмертен. Он развлекался теперь тем, что заставлял какого-нибудь пойманного Свистуном бедолагу вонзить меч ему в грудь, а потом, выдернув оружие из своей бессмертной плоти, этим же мечом наносил несчастному рану, от которой тот погибал долго и мучительно, умоляя Белых Женщин прийти поскорее. Так Змееглав показывал миру, что не боится Дочерей Смерти. Рассказывали, правда, что он все равно старается держаться от них подальше. *«Смерть – служанка Змееглава»*, – велел он написать серебряными буквами над воротами своего замка.

– Нет, Зяблика мне не пришлось делать бессмертным, – холодно ответил Мо Хвату. – Мне помогла выбраться из замка Виоланта. А еще она просила помочь ей убить ее отца.

Реза приложила руку к животу, словно хотела защитить нерожденного ребенка от этих слов. Но занимала ее сейчас лишь одна мысль: Черному Принцу он рассказал о том, что произошло в замке, а мне нет. Она вспомнила, какой обиженный вид был у Мегги, когда Мо наконец поведал им, что он сделал с Пустой Книгой. «Ты намочил каждую десятую страницу? Не может быть! Я же все время была с тобой! Почему ты мне ничего не сказал?»

Хотя Мо многие годы скрывал от нее, куда делась ее мать, Мегги все еще была убеждена, что у отца нет от нее секретов. У Резы таких иллюзий не было никогда. И все же ей было больно, что Черному Принцу он рассказал больше, чем ей. Очень больно.

– Уродина хочет убить своего отца? – В голосе Баптисты слышалось недоверие.

– А что в этом удивительного? – Хват говорил очень громко, как бы высказывая общее мнение. – Змеиная порода. Что ты ей ответил, Перепел? Что придется подождать, пока твоя проклятая книга перестанет защищать его от смерти?

«Он ненавидит Мо», – подумала Реза. Но ответный взгляд Мо был исполнен не меньшей ненависти. Реза уже не в первый раз спрашивала себя, умел ли он и раньше так вспыхивать гневом, а ей просто не случалось с этим столкнуться, или эта новая черта появилась тогда же, когда и шрам на груди.

– Книга еще долго будет защищать отца Виоланты, – горько произнес Мо. – Змееглав нашел способ остановить гниение.

Среди разбойников снова поднялся ропот. Только Черный Принц, похоже, не удивился. Значит, Мо и об этом ему рассказывал. Принцу рассказывал, а ей – нет. «Он стал другим, – думала Реза. – Слова изменили его. Жизнь изменила его. Хотя это всего лишь игра. Если это игра...»

– Не может быть! Намоченная бумага плесневеет, а плесень убивает книги так же верно, как огонь, ты сам мне говорил!

С каким упреком Мегги произнесла это. Секреты... Ничто так не разъедает любовь.

Мо посмотрел на дочь. «То было в другом мире, Мегги», – говорил его взгляд. Но вслух он сказал другое:

– Что ж, Змееглав доказал мне, что я ошибался. Книга будет и дальше защищать его от смерти, если ее страницы останутся пустыми...

«Нет, только не это!» – подумала Реза. Она знала, что он сейчас скажет, и ей хотелось зажать уши, хотя голос Мо она любила больше всего на свете. Его лицо почти изгладилось из ее памяти за годы, проведенные в рабстве у Мортолы, но голос она не забывала никогда. Но сейчас звучал голос не ее мужа – говорил Перепел.

– Змееглав по-прежнему верит, что только я могу спасти книгу. – Мо говорил негромко, но казалось, весь Чернильный мир прислушивается к его словам. – Он даст мне ее, если я приду и пообещаю исправить ущерб. И тогда мне нужны будут только перо, чернила и несколько секунд, чтобы написать три слова. Что, если его дочь сумеет обеспечить мне эти секунды?

Картина, обрисованная его голосом, повисла в воздухе, и разбойники слушали так, словно все это уже разыгрывается у них на глазах. Но Хват разрушил чары.

– Ты сумасшедший! Просто сумасшедший! – хрипло сказал он. – Ты, Перепел, наверное, уже и сам поверил в то, что поется о тебе в песнях, – что ты неуязвим и непобедим. Уродина тебя продаст, а ее отец живьем сдерет с тебя кожу, если ты еще раз попадешься ему в лапы. И уж это займет у него побольше, чем несколько секунд! Но мы тут все тоже заплатим головой за то, что ты так любишь изображать героя!

Реза видела, как пальцы Мо сжали рукоять меча, но Черный Принц положил ему руку на плечо.

– Он бы, наверное, согласился изображать героя реже, если бы ты и твои люди делали это почаще, Хват! – сказал он.

Хват поднялся с угрожающей медлительностью, но, прежде чем он успел сказать хоть слово, в спор встрял Силач, поспешно, как ребенок, желающий уладить ссору родителей.

– Что, если Перепел прав? Может быть, Уродина и правда хочет нам помочь! Она всегда поддерживала нас, комедиантов! Раньше она даже приходила к нам в лагерь! Она кормит бедняков и зовет Хитромысла с его снадобьями в замок, когда Зяблик велит отрубить какому-нибудь бедняге кисть или ступню!

– Надо же, какое благородство! – Гекко скорчил насмешливую гримасу, как обычно, когда Силач подавал голос; ворона у него на плече издевательски закаркала. – Много ли надо доброты, чтобы раздавать объедки с кухни и старую одежду, которую уже не хочешь носить? Разве Уродина ходит в лохмотьях, как моя мать и сестры? Нет! Наверное, у Бальбулуса закончился пергамент, вот она и хочет прикупить еще – на деньги, обещанные за голову Перепела.

И снова некоторые засмеялись. Силач неуверенно посмотрел на Черного Принца. Дориа что-то шепнул на ухо брату, сердито глядя на Гекко. «Принц, ну пожалуйста, – думала Реза, – скажи Мо, чтобы он выбросил из головы слова Виоланты. Тебя он послушается! Помоги ему забыть и про книгу, которую он переплел для Змееглава! Прошу тебя!»

Черный Принц посмотрел на нее, словно услышал ее немые мольбы. Но его темное лицо оставалось непроницаемым – таким все чаще бывало для нее и лицо Мо.

– Дориа! – сказал Принц. – Ты сумел бы пробраться мимо стражи в замок и разузнать, что говорят солдаты

Виоланты? Может быть, кто-то из них слыхал, с каким поручением на самом деле едет Свистун.

Силач открыл было рот, чтобы возразить. Он любил брата и всегда старался его опекать. Но Дориа был в том возрасте, когда опека становится в тягость.

– Конечно. Нет ничего проще! – По его улыбке было видно, как рад он исполнить поручение Принца. – Некоторых из них я знаю с тех пор, как научился ходить. Большинство ведь там не старше меня.

– Отлично! – Черный Принц поднялся. Слова, которые он произнес затем, были обращены к Мо, хотя Принц не смотрел на него. – Что касается предложения Виоланты, я согласен с Гекко и Хватом. Может быть, Виоланта и питает слабость к комедиантам, и сочувствует своим подданным, но она дочь Змееглава, и мы не можем ей доверять.

Все взгляды обратились на Перепела.

Тот молчал.

Для Резы это молчание было красноречивее слов. Они с Мегги хорошо его знали. Реза увидела страх на лице дочери. Да, теперь, значит, и Мегги почувствовала, как плотно история Фенолио опутала ее отца – отца, который когда-то предостерегал ее именно от этого. Буквы затягивали его все глубже и глубже, словно чернильный водоворот, и Резу снова посетила страшная мысль, уже не раз приходившая ей за последние недели: наверное, в тот день, когда Мо лежал смертельно раненный в сожженной крепости Каприкорна, Белые Женщины действительно забрали какую-то его часть и унесли туда, куда исчез Сажерук. И эту часть она снова увидит только там – в краях, где кончаются все истории.

Громкие слова, тихие слова

Когда ты уходишь, пространство за тобой
смыкается, как вода.
Не оборачивайся: вокруг себя ты один.
Пространство – это всего лишь время,
которое показывается нам по-другому.
Не в нашей власти покинуть места,
которые мы любим.

Иван Лалич. Места, которые мы любим

– Мо, прошу тебя! Спроси его!

Мегги сперва подумала, что голос матери слышится ей во сне, в одном из страшных снов, которые присылало ей порой прошлое. В этих звуках было такое отчаяние. Но голос не смолк, когда она открыла глаза. Выглянув из палатки, Мегги увидела, что мать с отцом стоят под деревом в двух шагах от нее – две тени, еле различимые в ночной темноте. Мо прислонялся к огромному дубу, какие росли только в Чернильном мире, а Реза цеплялась за его локоть, словно боясь, что он уйдет и не станет ее слушать.

– Мы ведь всегда так делали! Когда книга нам надоедала, мы просто закрывали ее и ставили на полку! Мо, ты что, забыл, сколько на свете книг? Давай поищем другую, которая нам понравится, но слова пусть остаются словами, а не превращают нас в плоть от своей плоти!

Мегги посмотрела на разбойников, лежавших под деревьями всего в нескольких метрах от них. Многие спали под открытым небом, хотя ночи были уже холодные. Но, похоже, отчаянный голос ее матери пока никого не разбудил.

– Помнится, когда-то *я* хотел закрыть эту книгу и поставить на полку. – Слова Мо звучали холоднее ночного воздуха, пробиравшегося в палатку к Мегги сквозь приподнятую ткань. – Но вы с Мегги и слушать не хотели.

– Но я же не знала, во что эта история тебя превратит! – Слышно было, что Реза с трудом удерживает слезы.

«Усни, – сказала себе Мегги, – оставь их наедине, не твое это дело». И все же продолжала прислушиваться, дрожа от ночной прохлады.

– О чем ты? Во что она меня превратила?

Мо говорил тихо, уважая ночной покой, но Реза, похоже, забыла, где находится.

– Во что она тебя превратила? – Ее голос постепенно переходил в крик. – Ты носишь меч у пояса! Ты почти не спишь, по ночам ты уезжаешь. Ты думаешь, я не отличаю крик настоящего перепела от ваших позывных? Я знаю, сколько раз Баптиста или Силач приходили за тобой, еще когда мы жили на хуторе... А хуже всего то, что я знаю, с какой радостью ты идешь с ними. Ты полюбил опасность! Ты поехал в Омбру, хотя Принц предупреждал тебя, что этого делать нельзя. Тебя там чуть не схватили, а теперь ты притворяешься, что это была лишь игра!

– А что же это было? – Мо по-прежнему говорил так тихо, что Мегги с трудом разбирала слова. – Ты разве забыла, из чего состоит этот мир?

– Мне все равно, из чего он состоит! Ты можешь здесь погибнуть, Мо. Ты это знаешь не хуже меня. Или ты забыл Белых Женщин? Нет, ты во сне иногда говоришь с ними. Порой мне кажется, что ты тоскуешь по ним...

Мо промолчал, но Мегги знала, что Реза права. Мо лишь однажды говорил с дочерью о Белых Женщинах. «Они сотканы из чистого томления, Мегги, – сказал он. – Они до краев наполняют им твое сердце, пока у тебя не останется лишь одно желание – идти за ними, куда бы они тебя ни повели».

– Мо, умоляю тебя! – Голос Резы дрожал. – Попроси Фенолио вернуть нас обратно! Для тебя он за это возьмется. Это его долг перед тобой!

Один из разбойников закашлялся во сне, другой подвинулся ближе к костру – и Мо поднес палец к губам. А когда он заговорил снова, похоже было, что он уговаривает ребенка. Даже с Мегги он давно уже так не говорил.

– Фенолио больше не пишет, Реза. Я не уверен, что он все еще на это способен.

– Тогда попроси Орфея! Ты же слышал, что рассказывал Фарид! Он создает разноцветных фей, единорогов...

– И что из этого? Орфей способен добавлять к истории Фенолио мелкие детали. Но, чтобы вернуть нас к Элинор, ему понадобятся собственные идеи. Сомневаюсь, что это ему по плечу. Но предположим даже, что он на это способен. Судя по рассказам Фарида, у Орфея одно стремление – стать самым богатым человеком в Омбре. У тебя что, есть деньги, чтобы оплатить его услуги?

Теперь молчала Реза – так долго, словно она опять немая, как в ту пору, когда ее голос остался в другом мире.

Молчание нарушил Мо.

– Реза! – сказал он. – Если мы сейчас вернемся, я буду в доме Элинор и день и ночь думать только об одном: что будет здесь дальше. И ни одна книга на свете не сможет рассказать мне об этом!

– Ты не просто хочешь знать, что будет дальше, – Реза, оказывается, тоже могла говорить холодно, – ты хочешь влиять на ход событий. Участвовать в игре. Но кто тебе сказал, что ты сумеешь выбраться из этой истории, если погрузишься в нее еще глубже?

– Еще глубже? Куда уж глубже, Реза! Здесь я глядел в глаза смерти – и обрел новую жизнь!

– Если ты не хочешь сделать этого ради меня, – Мегги чувствовала, как трудно даются ее матери эти слова, – подумай о Мегги и о нашем новом ребенке. Я хочу, чтобы у него был отец! Чтобы отец был жив, когда ребенок родится, и чтобы это был тот самый человек, который вырастил его сестру!

Ответ снова заставил себя ждать. Прокричал сыч. Вороны Гекко сонно закаркали с дерева. Мир Фенолио казался сейчас таким мирным. И Мо погладил кору огромного дуба нежно, как корешок книги.

– А ты уверена, что Мегги не захочет остаться? Она уже почти взрослая. И она влюблена. Ты думаешь, она захочет уйти, если Фарид останется? А он останется, можешь не сомневаться.

Влюблена. Кровь бросилась Мегги в лицо. Ей было неприятно слышать из уст Мо то, чего она сама никогда не называла словами. Влюблена – это звучало как диагноз, как название неизлечимой болезни. Да так оно порой и ощущалось. Да, Фарид останется здесь. Она и сама не раз говорила себе, когда на нее накатывало желание вернуться: Фарид останется здесь, даже если Сажерук не вернется из царства мертвых. Он так и будет его искать и тосковать по нему, гораздо сильнее, чем по тебе, Мегги. Но как она будет жить, зная, что никогда больше его не увидит? Ее сердце останется здесь, и дальше она будет перебиваться с дырой в груди? Она всю жизнь проживет одна – как Элинор – и о любви будет только читать в книжках?

– Это пройдет! – донесся до нее голос Резы. – Она влюбится в кого-нибудь другого.

Что она такое говорит? «Моя мать меня совсем не знает! – подумала Мегги. Она никогда меня не понимала. Да и откуда ей? Ее же не было все время...»

– А второй наш ребенок? – продолжала Реза. – Ты что, хочешь, чтобы он родился в этом мире?

Мо посмотрел вокруг, и Мегги вновь почувствовала то, что давно уже поняла: ее отец успел полюбить этот мир так же горячо, как прежде любили его Мегги с Резой. Может быть, даже сильнее.

– А почему бы и нет? – отозвался он. – А ты хочешь, чтобы он родился в мире, где все, по чему тоскует его сердце, можно найти только в книгах?

Голос Резы снова задрожал, на этот раз от гнева:

– Как ты можешь такое говорить? Все, что ты видишь здесь, родилось в нашем мире! Откуда еще мог Фенолио это взять?

– Почем я знаю? Неужели ты все еще веришь, что существует один настоящий мир, а остальные – лишь его бледные отпечатки?

Где-то во тьме завыл волк, ему ответили два других. Из-за деревьев вышел часовой и подбросил хвороста в догорающий костер. Его прозвище было Бродяга. Никто из разбойников не называл себя именем, данным ему при рождении. Бродяга с любопытством взглянул на Мо и Резу и снова скрылся за деревьями.

– Я не хочу возвращаться, Реза. Пока, по крайней мере! – Он говорил решительно и в то же время вкрадчиво, словно еще надеялся убедить жену, что они находятся там, где нужно. – До рождения ребенка еще много месяцев, и, может быть, к тому моменту все мы уже снова будем у Элинор. Но сейчас мое место здесь.

Он поцеловал Резу в лоб и пошел к часовым на другой конец лагеря. А Реза опустилась на траву и закрыла лицо руками. Мегги хотела подойти к ней, утешить, но что она могла ей сказать? «Я останусь с Фаридом, Реза! Я не хочу влюбляться в другого!» Нет, эти слова ее вряд ли утешат. И Мо тоже не возвращался.

Предложение Свистуна

Наступает момент, когда персонаж делает или говорит что-то, о чем ты и не думал. В этот момент он оживает. Предоставь ему дальше действовать самостоятельно.

Грэм Грин. Совет писателям

Ну наконец-то. Едут. От городских ворот грянули фанфары – бездарный, напыщенный вой. Фенолио их звук казался похожим на того человека, о чьем прибытии они возвещали. Зяблик – народ всегда найдет подходящее прозвище. «Я бы и сам ничего удачнее не подобрал, – думал Фенолио. – Правда, я не выдумывал этого хилого выскочку!» Даже Змееглав не приказывал трубить в фанфары по случаю каждого своего приезда, а его чахлый шурин не мог объехать вокруг замка, не устроив тарарам на обратном пути.

Фенолио притянул поближе Иво и Деспину. Деспина не возражала, зато ее брат вырвался и ловко, как белочка, взобрался на выступ стены, чтобы оттуда глядеть на дорогу, по которой должен был скоро проехать Зяблик со своей свитой – сворой, как говорили в народе. Интересно, Зяблику уже сообщили, что все женщины Омбры ждут его перед воротами замка? Наверняка.

Зачем Свистун заносит наших детей в списки? Женщины хотели задать ему этот вопрос. Они уже выкрикнули его в лицо страже, но солдаты лишь молча направили на них копья. Однако матери не разошлись.

Была пятница, день охоты, и они уже много часов дожидались возвращения наместника, который с первого дня своего правления усердно опустошал Непроходимую Чащу. Десятки окровавленных куропаток, кабанов, оленей, зайцев повезут его егеря по голодной Омбре, мимо женщин, не знавших, из чего приготовить детям обед на завтра. Из-за этого Фенолио по пятницам обычно вообще не выходил из дому, но сегодня его повлекло сюда любопытство. Утомительное свойство...

– Фенолио, – сказала ему Минерва, – присмотри, пожалуйста, за Деспиной и Иво. Мне нужно в замок. Мы все туда идем. Мы хотим добиться от них ответа: зачем Свистун переписывает наших детей.

«Вы знаете зачем», – вертелось у Фенолио на языке. Но он промолчал, видя отчаяние на лице Минервы. Пусть надеется пока, что ее детей не заберут в серебряные рудники. Отнять у нее надежду успеют Зяблик и Свистун, не твое это дело, Фенолио.

Ах, как ему все это надоело! Вчера он снова попытался работать, после того как пришел в бешенство от надменной улыбки, с которой Свистун въехал в Омбру. Он взял в пальцы очиненное перо – стеклянный человечек по-прежнему требовательно раскладывал их на его письменном столе, – сел перед чистым листом бумаги и через час бесплодных усилий обругал Розенкварца за то, что по купленной им бумаге видно, что она сделана из старых штанов.

Ах, Фенолио, какие еще глупые отговорки ты придумаешь для своей старческой немоты, для иссякшей фантазии?

Да что уж тут скрывать! Ему хотелось остаться повелителем этой истории, как ни яростно он отрекался от нее после гибели Козимо. Все чаще он брался за перо и чернила, пытаясь вернуть прежнее волшебство. Обычно он выбирал для этого момент, когда стеклянный человечек похрапывал в своем гнездышке, – слишком уж больно было демонстрировать свое бессилие перед Розенкварцем. Когда бедняжка Минерва ставила перед своими детьми суп, похожий на помои, когда чудовищные разноцветные феи громко балаболили в своих гнездах, не давая уснуть, или когда одно из его созданий – как вчера Свистун – напоминало ему о тех временах, когда он, опьяненный своим искусством, сплетал из слов ткань этого мира, Фенолио садился работать.

Но лист оставался пустым, словно все слова перебежали к Орфею, который умел брать их на язык и облизывать. Так горько Фенолио не было еще никогда.

Порой он малодушно мечтал о том, чтобы вернуться в другой мир – в свою мирную, сытую деревню, где не было фей, где ничего, благодарение Богу, не происходило и где его внуки наверняка скучали по дедушкиным сказкам (а какие замечательные сказки он мог бы им теперь рассказать!). Но откуда взять слова, чтобы вернуться? В его пустой старческой голове таких слов не было. Попросить Орфея написать их за него? Нет, до такого он все-таки еще не докатился.

Деспина потянула его за рукав. Козимо подарил Фенолио тунику, но ее уже побила моль, и она стала ветхой, как его несчастные мозги, не желавшие соображать. Что он здесь делает, перед этим проклятым замком, от одного вида которого у него на душе становится еще мрачнее? Почему не лежит дома на своей кровати?

– Фенолио, а правда, что, когда копаешь серебро из земли, плюешь на него кровью? – Голос у Деспины был как щебет птички. – Иво говорит, что у меня самый подходящий рост для штолен, где больше всего серебра.

Вот паразит! Ну зачем он рассказывает сестренке такие вещи!

– Сколько раз я тебе говорил, чтоб ты не верила ни единому слову из того, что говорит твой братец! – Фенолио ласково завел густые черные волосы Деспины за маленькие ушки и укоризненно посмотрел на Иво. Бедные сироты.

– А что тут такого? Она меня сама спросила! – Иво был в том возрасте, когда презирают даже спасительную ложь. – Тебя они, наверное, не заберут, – сказал он, наклоняясь к сестре. – Девчонки умирают слишком быстро. Возьмут меня, Беппо, и Лино, и даже Бенгуса, хотя он хромой. Свистун увезет нас всех. А потом нас привезут обратно мертвыми, как нашего...

Деспина так торопливо зажала ему рот рукой, словно отец мог ожить, если Иво промолчит.

Фенолио хотелось схватить оболтуса и потрясти хорошенько. Но Деспина тут же расплачется. Интересно, все младшие сестрички боготворят своих братьев?

– Прекрати! Хватит пугать малышку! – прикрикнул он на Иво. – Свистун приехал, чтобы поймать Перепела. Только за этим. А еще спросить Зяблика, почему он посылает мало денег во Дворец Ночи.

– Вот как? А зачем же нас тогда переписывают? – Иво повзрослел за последние недели.

Тревога словно стерла детство с его лица. Иво в свои неполные десять лет был теперь мужчиной в семье, хотя Фенолио и пытался порой снять эту ношу с хрупких детских плеч. Мальчик работал у красильщиков: целый день помогал вытаскивать влажную ткань из вонючих чанов. Вонь тянулась за ним, когда он приходил вечером домой. Зато он зарабатывал там больше, чем Фенолио своей писаниной на рынке.

– Они уморят нас всех, – продолжал он неумолимо, не сводя глаз со стражи, державшей копья наперевес, остриями к собравшимся женщинам, – а Перепела разорвут на куски, как сделали на прошлой неделе с комедиантом, который бросал в наместника гнилыми овощами. Куски они скормили собакам.

– Иво!

Это было уж чересчур!

Фенолио попытался ухватить его за уши, но мальчишка вывернулся и отпрыгнул. А его сестренка словно обмерла и так крепко вцепилась в руку Фенолио, будто это была последняя ее опора в рассыпающемся мире.

– Они его не поймают, правда? – Деспина говорила так робко, что Фенолио пришлось нагнуться, чтобы разобрать слова. – Медведь теперь защищает не только Черного Принца, но и Перепела, да?

– Конечно! – Фенолио погладил ее по темным волосам.

С дороги, словно издеваясь над молчаливым ожиданием женщин, донесся стук копыт и веселые голоса. Солнце закатывалось за холмы, окрашивая пурпуром крыши Омбры. Благородные господа сегодня задержались на охоте, их расшитые серебром одежды были забрызганы кровью, скучающие души приятно оживлены убийством. Да, смерть может быть чудесным развлечением, если речь идет о чужой смерти.

Женщины сгрудились в плотную кучку. Стража отогнала их от ворот, но они остались стоять у городской стены – старые и молодые, матери, дочери, бабушки. Минерва стояла в первом ряду. Она похудела за последние недели. Твоя людоедская история сжирает ее заживо, Фенолио! Зато она улыбнулась, когда услышала, что Перепел заезжал в замок посмотреть книжки и невредимо ускакал обратно.

– Он нас спасет! – прошептала она тогда, а вечером запела тихонько одну из безыскусных песен, гулявших тогда по Омбре, – о черной и белой руке Справедливости, о Перепеле и Черном Принце...

Переплетчик и метатель ножей против Свистуна и его закованной в латы армии? А почему бы и нет? Интересный сюжет, во всяком случае...

Мимо них проехали солдаты, сопровождавшие охотников, и Фенолио взял Деспину на руки. Следом шли комедианты, флейтисты, барабанщики, жонглеры, дрессировщики кобольдов и, конечно, Коптемаз, не пропускавший ни одного увеселения (хотя, по слухам, ему становилось дурно от таких зрелищ, как четвертование и выкалывание глаз). Дальше следовали пегие, как блики в Непроходимой Чаще, охотничьи собаки с псарями, следившими за тем, чтобы в день охоты свора была голодна. Наконец показалась и кавалькада охотников – впереди Зяблик, выглядевший совсем уж заморышем на рослом скакуне, курносый, большеротый, настолько же невзрачный, насколько его сестра была, говорят, хороша собой. Никто не знал, почему Змееглаву вздумалось именно его поставить господином над Омброй. Может быть, он сделал это по просьбе жены, которая наконец подарила ему сына. Но Фенолио подозревал, что Змееглав выбрал своего жалкого шурина за то, что тот никогда не сможет стать его соперником.

«До чего же он бледно выглядит», – подумал Фенолио с презрением, когда Зяблик с гордым видом прогарцевал мимо него. Видимо, в этой истории даже на главные роли нынче берут дешевых статистов.

Добыча знатных охотников была, разумеется, богатой: куропатки болтались на длинных шестах, как яблони на ветках, полдюжины ланей, придуманных Фенолио специально для этого мира, – их рыжеватая шкура до старости оставалась пятнистой, как у оленят (но эти, окровавленные, перекинутые через седло, не дожили до старости!), – зайцы, олени, кабаны...

Женщины Омбры молча смотрели на убитую дичь. Некоторые невольно проводили рукой по пустому животу или взглядывали на своих вечно голодных детей, дожидавшихся поодаль.

И тут – мимо понесли единорога!

Проклятая Сырная Голова!

В мире Фенолио единорогов не было, но Орфей сочинил одного только затем, чтобы Зяблик мог убить его на охоте. Фенолио прикрыл Деспине глаза рукой, чтобы она не видела этот снежно-белый мех, запятнанный кровью. Розенкварц рассказывал ему на прошлой неделе об этом заказе Зяблика. Орфей получил немалую сумму, и вся Омбра гадала, из каких далеких стран Четвероглазый раздобыл это сказочное существо.

Единорог! Какие чудесные истории о нем можно рассказать! Но за истории Зяблик не платит. Да Орфей и не был на это способен. «Он создал его из моих слов! – думал Фенолио. – Из моих слов! – Ярость давила ему на желудок, словно тяжелый камень. – Ах, были б у меня деньги, я бы нанял воров и выкрал у мерзавца книгу, где он черпает слова! Мою же книгу! Ну почему я не сочинил для себя несколько кладов?» Да разве он думал о таких вещах – он, гордый Фенолио, придворный поэт Козимо Прекрасного, творец когда-то чудесного мира! От жалости к себе у старика выступили слезы. Чтобы утешиться, он вообразил убитого Орфея, залитого кровью, как этот единорог...

– Зачем вы переписываете наших детей? Оставьте их в покое! – Голос Минервы вывел Фенолио из забытья.

Увидев мать, шагнувшую наперерез лошадям, Деспина так крепко сжала тонкими ручонками шею Фенолио, что ему стало трудно дышать. Минерва что, с ума сошла? Хочет, чтобы ее дети остались круглыми сиротами?

Женщина, ехавшая на коне рядом с Зябликом, указала рукой в перчатке на босоногую, бедно одетую нахалку. Охрана направила на Минерву копья.

Минерва, да что же это! Сердце билось у Фенолио в горле. Деспина расплакалась, но не ее всхлипывания заставили Минерву отступить назад в толпу. На стене над воротами неожиданно показался Свистун.

– Зачем мы переписываем ваших детей? – крикнул он собравшимся внизу женщинам.

Разумеется, он был великолепно одет. Зяблик казался его конюхом. Нарядный, как павлин, Свистун встал между зубцами стены в сопровождении четырех арбалетчиков. Возможно, он давно уже стоял там, наверху, выжидая, что предпримет хозяйский шурин, когда увидит собравшихся женщин. Хриплый голос Сребросного далеко разносился в мертвой тишине, внезапно повисшей над Омброй.

– Мы переписываем наше имущество! – крикнул он. – Овец, коров, кур, женщин, детей, мужчин, хотя мужчин у вас теперь немного. Поля, овины, хлевы, дома, каждое дерево в каждой роще. Змееглав хочет точно знать, чем располагает.

Его серебряный нос по-прежнему торчал, словно клюв. Ходили слухи, будто Змееглав вдобавок велел выковать своему герольду серебряное сердце, но Фенолио был убежден, что сердце у Свистуна человеческое. Самые жестокие сердца – живые, из плоти и крови, они знают по опыту, *что* причиняет наихудшую боль.

– Значит, это не для рудников? – Женщина, сказавшая это, не выступила вперед, как Минерва, а, наоборот, спряталась за спинами товарок.

Свистун ответил не сразу. Несколько секунд он рассматривал свои ногти. Он очень гордился своим маникюром. Ногти были ухоженные, как у женщины, – в соответствии с тем, что написал в свое время Фенолио. Ах, это все же восхитительное чувство – наблюдать, как они ведут себя точно так, как он придумал.

«Вечерами ты держишь пальцы в розовой воде, подонок! – думал Фенолио. Деспина у него на руках смотрела на Свистуна, как птичка на кота, который собирается ее съесть. – И носишь длинные ногти, как те женщины, что пируют по ночам с Зябликом».

– Для рудников? Прекрасная мысль!

Было так тихо, что Среброносому не нужно было даже повышать голос. Заходящее солнце бросало на женщин длинные черные тени. «Очень эффектно, – подумал Фенолио. – А Зяблик-то как глупо выглядит. Свистун заставляет наместника Омбры дожидаться перед воротами его же замка, словно прислугу. Какая сцена... Но придумал ее не я!»

– Я понимаю! Вы решили, что Змееглав прислал меня сюда за этим! – Свистун оперся руками о стену и посмотрел вниз, словно хищная птица, выбирающая, какая добыча вкуснее – Зяблик или женщины. – Это заблуждение! Я приехал поймать птичку, и вы все знаете, какого цвета у нее перышки. Хотя, говорят, недавно ее видели черной, как ворона. Как только мы эту птицу поймаем, я уеду от вас за Непроходимую Чащу. Так ведь, наместник?

Зяблик посмотрел снизу на возвышающегося на стене Свистуна и поправил окровавленный меч.

– Как вам будет угодно... – произнес он с натужной вежливостью и посмотрел на женщин у ворот с таким раздражением, как будто никогда ничего подобного не видывал.

– Да, мне угодно именно так... – Свистун с высоты покровительственно улыбнулся Зяблику. – Но если... – он снова перевел взгляд на собравшихся женщин и сделал паузу, казавшуюся бесконечной, – но если мы эту птичку не поймаем... – он снова выдержал паузу, такую длинную, словно хотел запомнить в лицо каждую из стоявших под стеной, – если кто-нибудь из присутствующих здесь предоставит ему убежище и кров, предупредит его о рейдах наших отрядов или станет распевать песни о том, как он водит нас за нос...– Свистун глубоко вздохнул, – что ж, тогда мне придется вместо него прихватить с собой ваших детей. Ведь не могу же я вернуться во Дворец Ночи с пустыми руками!

Ах ты проклятый сереброносый ублюдок!

Ну почему ты сделал его таким умным, Фенолио? «Потому что ничего нет скучнее глупых злодеев», – ответил он сам себе и тут же устыдился этого ответа, увидев несчастные лица женщин.

– Вы видите, все в ваших руках! – В его хриплом голосе сохранилось что-то от приторной сладости, полюбившейся когда-то Каприкорну. – Помогите мне поймать птичку, чьи песенки Змееглав желает послушать во Дворце Ночи, – и ваши дети останутся при вас. В противном случае, – он небрежным жестом подал знак страже, и Зяблик с застывшим от бессильной ярости лицом въехал наконец в отворившиеся перед ним ворота, – в противном случае мне, к сожалению, действительно придется вспомнить о том, что в наших серебряных рудниках постоянно нужны маленькие руки.

Женщины смотрели вверх с такими пустыми лицами, как будто отчаяние на них уже не помещалось.

– Что, так и будете здесь стоять? – крикнул Свистун, пока слуги заносили в ворота добычу Зяблика. – Пошли прочь! Не то я велю облить вас кипятком. Неплохая мысль, кстати, потому что баня ни одной из вас бы не помешала.

Женщины как завороженные отступили на несколько шагов, неотрывно глядя на крепостные зубцы, как будто там уже кипятились котлы с водой.

Такое сердцебиение Фенолио в последний раз испытал в мастерской Бальбулуса, когда солдаты уводили Мортимера. Он смотрел на лица женщин, на попрошаек, пристроившихся возле позорного столба, на перепуганных детей – и ему делалось все страшнее и страшнее. До сих пор награды, предлагавшиеся за голову Мортимера, не достигали цели – в Омбре не нашлось желающих выдать Перепела Серебряному Князю. Но что будет теперь? Какая мать не предаст Перепела ради своего ребенка?

В нищем, который ковылял мимо, расталкивая женщин, Фенолио узнал одного из шпионов Черного Принца. «Это хорошо! – подумал старик. – Значит, Мортимер скоро узнает, какую сделку предложил Свистун матерям Омбры». Но что делать дальше?

Кавалькада Зяблика еще тянулась в открытые ворота замка, а женщины тронулись в обратный путь с низко опущенными головами, словно заранее стыдясь предательства, к которому призывал их Свистун.

– Фенолио! – Одна из женщин остановилась рядом с ним.

Он не узнал ее, пока она не сдвинула на затылок повязанный по-крестьянски платок.

– Реза! Что ты тут делаешь? – Фенолио испуганно огляделся по сторонам, но, похоже, жена Мортимера пришла на этот раз без мужа.

– Я тебя повсюду ищу!

Деспина обняла Фенолио за шею и с любопытством разглядывала незнакомку.

– Она похожа на Мегги! – шепнула девочка.

– Конечно, ведь это ее мать.

Фенолио опустил Деспину на землю – к ним шла Минерва. Она двигалась медленно, словно у нее кружится голова. Иво бросился ей навстречу и обнял, желая поддержать.

– Фенолио! – Реза взяла его за локоть. – Мне нужно с тобой поговорить.

О чем? Ничего хорошего это не предвещало.

– Минерва, ты иди вперед, я догоню, – сказал он. – Вот увидишь, все будет хорошо.

Минерва посмотрела на него так, словно он был одним из ее детей, взяла дочь за руку и поспешила за шагавшим впереди сыном, спотыкаясь на каждом шагу, как будто слова Свистуна камнями лежали у нее на пути.

– Надеюсь, твой муж прячется в самой глубине чащи и думать не думает о новых глупостях вроде визита к Бальбулусу! – Фенолио повел Резу на улицу булочников.

Здесь по-прежнему пахло свежевыпеченным хлебом и пирогами – мучительный запах для большинства жителей Омбры, которые давно уже не могли позволить себе подобной роскоши.

Реза снова надвинула платок на брови и осмотрелась, словно опасаясь, что Свистун спустился с крепостной стены и идет за ними. Но, кроме тощей кошки, на улице не было ни одной живой души. Раньше по Омбре ходило много свиней, но их всех давно уже съели – причем большую часть наверху, в замке.

– Мне нужна твоя помощь! – Боже, с каким отчаянием она говорит! – Ты должен вернуть нас обратно. Это твой долг перед нами! Мо попал в эту передрягу только из-за твоих песен, и опасность растет с каждым днем! Ты слышал, что сказал Свистун.

– Стоп, стоп, стоп! – Как ни часто упрекал он теперь сам себя, упреков из чужих уст Фенолио по-прежнему не выносил. А этот был уж совсем несправедлив. – Мортимера вписал сюда Орфей, а не я! Мне и в страшном сне не могло присниться, что тот, с кого я списал Перепела, вдруг явится сюда собственной персоной.

– Но это случилось!

По улице прошел фонарщик, зажигая фонари. На Омбру опускалась темнота, скоро в замке начнется веселье, и Коптемаз запустит в небо свой вонючий огонь.

– Если ты не хочешь сделать этого для меня, – Реза очень старалась говорить спокойно, но Фенолио видел слезы у нее на глазах, – сделай ради Мегги... и ради братика или сестренки, которая у нее скоро появится.

Еще ребенок? Фенолио невольно посмотрел на живот Резы, словно уже мог увидеть новое действующее лицо своей повести. Да, осложнениям конца не видно...

– Фенолио, прошу тебя!

Ну что он мог ей ответить? Рассказать о вечно пустом листе на письменном столе? Или, хуже того, признаться, что ему нравится, как ее муж играет написанную для него роль, сказать, что Перепел – его единственное утешение в эти мрачные времена, единственная из его находок, которая оказалась действительно удачной? Нет, лучше уж придержать язык.

– Тебя Мортимер прислал?

Она отвела глаза.

– Реза, это *он* хочет уйти? («Из моего мира, – добавил он про себя. – Из моего чудесного мира, где сейчас все идет кувырком, но вообще-то...»)

Да, Фенолио не мог не сознаться себе: он по-прежнему любил этот мир, несмотря на все его мрачные стороны. Или даже именно из-за них. Нет, не из-за них, конечно... Хотя...

– Он *должен* уйти! Как ты не понимаешь?

Уже совсем стемнело. На узких улочках было холодно и так тихо, словно вся Омбра глубоко задумалась над словами Свистуна. Реза зябко куталась в свою накидку.

– Твои слова... они меняют его на глазах!

– Ерунда! Слова не могут изменить человека! – Фенолио говорил резче, чем хотел. – Возможно, твой муж благодаря моим словам узнал о себе что-то, чего не знал раньше, но, значит, это уже было в нем, и если ему нравится то, что он узнал, – это уж не моя вина! Возвращайся к нему, расскажи, что тут говорил Свистун, передай, чтобы он в ближайшее время не вытворял больше таких шуточек, как с Бальбулусом, и перестань, Бога ради, сходить с ума! Он играет свою роль прекрасно! Он играет ее лучше, чем все выдуманные мною персонажи, за исключением разве что Черного Принца. Твой муж в этом мире – герой! Какой мужчина не мечтает об этом?

Как она на него посмотрела! «Старый болван, – говорил ее взгляд, – ты не понимаешь, о чем говоришь».

– Ты прекрасно знаешь, чем кончают герои, – сказала она, с трудом сдерживаясь. – У героев не бывает ни жен, ни детей, и долго они не живут. Поищи другого на роль героя, а моего мужа оставь в покое! Верни нас всех домой! Сегодня же, сейчас же!

Фенолио не знал, куда глаза девать. У нее такой ясный взгляд – в точности как у ее дочери. Мегги тоже иногда смотрела на него так. В окне над ними зажглась свеча. Мир Фенолио погрузился в темноту. Ночь. Занавес закрывается, продолжение завтра.

– Извини, но я ничем не могу тебе помочь. Писать я уже никогда не буду. От моих писаний одни несчастья, а этого добра здесь уже и так хватает.

Какой же он трус! Не смеет сказать правду. Почему не признаться ей, что слова покинули его, что она не к тому обратилась? Но Реза, похоже, и так это знала. На ее красивом лице отражалось множество чувств: гнев, разочарование, страх – и вызов. «Совсем как дочь, – вновь подумал Фенолио. – Такая несгибаемая, такая сильная». Да, женщины устроены по-другому. Мужчины куда быстрее ломаются. Женщин горе не ломает, оно постепенно, медленно высасывает из них силы, опустошает их – вот взглянуть хоть на Минерву.

– Ну что ж, – сказала Реза почти спокойно, хотя голос у нее дрожал, – тогда я пойду к Орфею. Он сочинил и вычитал единорога, он перенес сюда нас всех. Почему бы ему не отправить нас обратно?

«Потому что тебе нечем ему заплатить», – подумал Фенолио, но вслух ничего не сказал. Орфей не станет с ней разговаривать. Он приберегает свое искусство для знатных господ, на чьи деньги можно держать служанок и покупать роскошные наряды. Нет, Резе придется остаться здесь, вместе с Мортимером и Мегги; и слава богу, потому что иначе кто же прочтет вслух его слова, когда он наконец вернет себе власть над ними? И кто убьет Змееглава, если не Перепел?

Да, они должны остаться. Другого выхода нет.

– Ладно, к Орфею так к Орфею. Успехов тебе! – сказал Фенолио вслух и круто повернулся, чтобы не видеть больше отчаяния в ее глазах. Отчаяния, приправленного толикой презрения. – Тебе лучше заночевать в городе, – добавил он через плечо. – Дороги сейчас небезопасны.

И зашагал прочь. Минерва уже заждалась его к ужину. Он прекрасно знал, какими глазами Реза смотрит сейчас ему вслед. В точности как дочь.

Ложный страх

«То, чего ты себе желаешь, не то, чего ты хочешь», – говорит сон.
Это дурной сон. Накажи его. Гони его вон.
Привяжи его к лошадям, пусть бежит за скачущими лошадями.
Повесь его. Он это заслужил.
Накорми его ядовитыми грибами.

Пааво Хаавикко.
Деревья дышат легонько

Два дня и две ночи Мо с Баптистой и Черным Принцем искали укрытие, где можно было бы спрятать более сотни детей. В конце концов, медведь навел их на пещеру. Правда, добраться туда было непросто. Вход таился на крутом, заросшем густым лесом склоне, куда и взрослым-то трудно было взобраться, а в соседнем овраге жила волчья стая. Зато была надежда, что собаки Зяблика или Свистуна их здесь не найдут. Хотя это была только надежда, а не уверенность.

Впервые за много дней Мо почувствовал облегчение. Надежда. Пьянящее чувство! Особенно когда она обещала сыграть со Свистуном злую шутку и унизить зазнайку в глазах его бессмертного господина.

Конечно, всех детей спрятать не удастся. И все же их здесь поместится много, очень много. Если все пойдет как намечено, скоро окажется, что в Омбре нет не только мужчин, но и детей, и Свистуну придется в поисках добычи рыскать от одного отдаленного хутора к другому, уповая на то, что люди Черного Принца не опередили его и не помогли женщинам спрятать детей. Да, если дети Омбры окажутся в безопасности, это будет большая победа. Мо совсем повеселел, но это настроение мгновенно улетучилось, когда они въехали в лагерь и навстречу выбежала расстроенная Мегги. Похоже, опять плохие вести.

Мегги дрожащим голосом рассказала ему о сделке, которую предложил Свистун женщинам Омбры. *«Перепел или ваши дети...»* Мо прекрасно понимал, что это значит. Вместо того чтобы помогать прятать детей, придется Перепелу самому прятаться от каждой женщины, у которой есть дети.

– Придется тебе свить гнездо на дереве, – заплетающимся языком проговорил Гекко. Он был пьян, видимо, от вина, которое они украли на прошлой неделе у охотников из свиты Зяблика. – Ты ведь можешь просто взять и взлететь. Говорят, из мастерской Бальбулуса ты так и упорхнул.

Мо хотелось набить ему пьяную морду, но Мегги схватила его за руку, и ярость, легко вспыхивавшая в нем в последнее время, улеглась при виде испуганного лица дочери.

– Мо, что ты будешь делать? – прошептала она.

Хороший вопрос. Ответа он не знал. Честно говоря, он предпочел бы прямиком отправиться во Дворец Ночи, чем скрываться. Мо поскорее отвернулся, чтобы Мегги не прочла его мысли, но она его хорошо знала. Слишком хорошо.

– Может быть, Реза права! – прошептала она. (Гекко не спускал с Перепела налитых кровью глаз, и даже Черный Принц не мог скрыть своей тревоги.) – Может быть, нам и правда ничего не остается, как вернуться, Мо!

Она, значит, слышала их ссору.

Мо невольно оглянулся в поисках Резы, но ее не было видно.

«Мо, что ты будешь делать?» И правда, что? Предположим, последняя песня о Перепеле будет звучать так: «*Но Перепела они не нашли, как ни искали. Он исчез без следа, словно его никогда и не было. Осталась от него лишь книга, Пустая Книга, которую он переплел для Змееглава – и бессмертный тиран, владеющий ею*». Нет, такого конца быть не может. Не может, Мортимер? А что, у тебя есть в запасе другой? Ну конечно. «*Но одна из женщин Омбры, боясь за своих детей, выдала Перепела. И он был казнен самой страшной смертью за всю историю Дворца Ночи*». Такой конец лучше? Или есть еще варианты?

– Пойдем! – Баптиста положил руку ему на плечо. – Предлагаю для начала обмыть эту новость, если, конечно, от вина Зяблика еще что-то осталось. Забудь Свистуна, забудь Змееглава, забудь детей Омбры и утопи свою печаль в красном вине.

Но Мо не хотелось вина. Хотя оно, наверное, заглушило бы наконец голос, непрестанно звучавший в его душе с момента ссоры с Резой: «Я не хочу возвращаться! Нет! Не сейчас!»

Гекко вернулся к костру и уселся рядом с Хватом и Эльфогоном. Скоро они снова передерутся. Так бывало всякий раз, когда они напивались.

– Пойду посплю, это проясняет мысли лучше, чем вино, – сказал Черный Принц. – Завтра поговорим.

Медведь лег перед палаткой, куда скрылся его хозяин, и посмотрел на Мо.

Завтра.

Что будем делать, Мортимер?

С каждым днем становилось холоднее. От дыхания уже шел белый пар. Мо снова оглянулся в поисках Резы. Куда она подевалась? Он привез ей большой голубой цветок, один из немногих, что она еще не успела зарисовать. Его называли «феино зеркало», потому что в его глубокой чашечке собиралось по утрам столько росы, что феи прихорашивались, глядясь в нее.

– Мегги, ты маму не видела? – спросил он.

Мегги не ответила. Дориа принес ей кусок кабанины – разбойники повесили кабанью тушу жариться над костром. Мальчик, кажется, расстарался добыть кусок получше. Он нашептывал Мегги что-то, и она... Показалось ему или его дочь действительно покраснела? Во всяком случае, она была так увлечена, что не услышала его вопроса.

– Мегги, ты не знаешь, где Реза? – повторил он и с трудом удержал улыбку, когда Дориа бросил на него украдкой испуганный взгляд.

Красивый парень, поменьше ростом, но крепче, чем Фарид. Небось спрашивает себя сейчас: правду ли поют в песнях, будто Перепел охраняет свою дочь, как зеницу ока? «Нет, я охраняю ее, как лучшую из всех книг на свете, – подумал Мо, – и надеюсь, что ты не причинишь ей столько горя, сколько Фарид, а не то Перепел без раздумий скормит тебя медведю Черного принца!»

К счастью, Мегги на этот раз не прочла его мыслей.

– Реза? – Она попробовала жаркое и улыбкой поблагодарила Дориа. – Поехала к Роксане.

– К Роксане? Так Роксана же здесь!

Мо посмотрел на палатку-лазарет. Там корчился от боли один из разбойников – похоже, наелся ядовитых грибов, – и Роксана что-то объясняла двум женщинам, ухаживавшим за ним.

Мегги растерянно посмотрела на него.

– Реза мне сказала, что договорилась с Роксаной...

Мо бросил ей на колени цветок, предназначавшийся ее матери.

– Давно она уехала? – Он очень старался говорить безразличным тоном, но Мегги не проведешь. У него, во всяком случае, не получалось.

– Еще до полудня! Если она не у Роксаны, то где же?

Как растерянно она на него смотрит. Похоже, и в самом деле не догадывается. Он все время забывал, что Резу она знает не так хорошо, как его. Год – слишком короткое время, чтобы как следует познакомиться с собственной матерью.

«Ты что, забыла нашу ссору? – вертелось у него на языке. – Она поехала к Фенолио». Но Мо не сказал этого вслух. Страх стеснил ему грудь, и он попытался убедить себя, что это страх за Резу. Но себя он умел обманывать не лучше, чем других. Нет, сейчас он боялся не за жену, хотя и для этого были основания. Он боялся, что где-то в Омбре сейчас произносятся слова, которые отправят его в другой мир, словно рыбку, которую сачком вынимают из аквариума и бросают обратно в пруд, откуда она родом. «Не дури, Мортимер! – сердито сказал он себе. – Даже если Фенолио и написал для Резы эти слова, кто их прочтет?» – «А то ты не знаешь?» – прошептал внутренний голос.

Орфей.

Мегги все еще испуганно смотрела на него. Дориа в нерешительности стоял рядом и не мог отвести глаз от ее лица.

Мо зашагал прочь.

– Я скоро вернусь, – сказал он.

– Куда ты? Мо!

Увидев, что отец направился к лошадям, Мегги бросилась за ним, но Мо шагал не оборачиваясь.

«Куда ты так торопишься, Мортимер? – насмешливо спрашивал он себя. – Думаешь, твой конь может обскакать шустрый язык Орфея?» Темнота упала с неба, словно черный плат, скрывший все – цвета, птичьи голоса... Где сейчас Реза? Еще в Омбре или уже едет обратно? И вдруг его охватил другой страх, такой же мучительный, как страх перед словами. Страх перед бандитами и ночными духами, воспоминания о женщинах, которых они находили мертвыми в придорожных кустах... Она хоть Силача с собой взяла? Нет, конечно. Проклятье. Вон он сидит у костра с Баптистой и Бродягой – до того пьяный, что уже начал распевать песни.

Он должен был это предвидеть. Со времени их ссоры Реза все молчала. Неужто он забыл, что это значит? Ему ведь хорошо знакомо это молчание. Но он ускакал с Черным Принцем, не поговорив с ней о том, что заставляло ее так глухо молчать, – глуше, чем во времена ее вынужденной немоты.

– Мо! Что ты делаешь? – Голос Мегги прерывался от страха.

За ней шел Дориа. Мегги что-то шепнула ему, и он помчался к палатке Принца.

– Черт возьми, Мегги, это что за шутки? – Мо подтянул подпругу. У него предательски дрожали руки.

– Где ты собираешься ее искать? Тебе нельзя выезжать из лагеря! Ты что, забыл про Свистуна?

Она вцепилась в него и не выпускала. Тут подоспели Дориа с Принцем. Мо выругался и бросил поводья.

– Что ты задумал? – Черный Принц встал перед лошадью, медведь остановился рядом.

– Мне нужно в Омбру.

– В Омбру? – Принц мягко отодвинул Мегги в сторону и взял лошадь под уздцы.

Что он мог ему сказать? «Принц, моя жена отправилась к Фенолио, чтобы он написал слова, от которых я исчезну прямо у тебя на глазах, слова, которые снова превратят Перепела в то, чем он был прежде, – сказку, выдуманную стариком...»

– Это самоубийство. А ты не бессмертен, что бы там ни пелось в песнях. Здесь не сказка, а действительность. Мне кажется, ты начинаешь об этом забывать.

Действительность. Что такое действительность, Принц?

– Реза уехала в Омбру. Еще до полудня. Уехала одна, а сейчас уже ночь. Я должен ехать за ней, чтобы узнать, написаны ли уже те слова и кто собирается их читать.

– Но там Свистун! Ты хочешь попасть к нему в лапы? Давай пошлем за ней кого-нибудь из наших...

– Кого? Они все пьяны.

Мо прислушивался к ночной тишине. Ему казалось, что он уже слышит слова, которые отправят его обратно, такие же могучие, как те, что когда-то спасли его от Белых Женщин. Ветер шуршал сухой листвой, от костра доносились пьяные голоса разбойников. Воздух пах смолой, осенней листвой, душистым мхом, которым Фенолио устлал свой лес. Этот мох даже поздней осенью был покрыт крошечными белыми цветами, сладкими, как мед, если растереть их между пальцами. «Я не хочу назад, Реза!»

В горах завыл волк. Мегги испуганно вздрогнула. Она боялась волков, как и ее мать. «Будем надеяться, что Реза заночевала в Омбре», – подумал Мо. Хотя это означает, что мне придется пройти мимо стражи в городских воротах. «*Давай вернемся, Мо! Прошу тебя!*»

Он вскочил в седло. Мегги оказалась у него за спиной, раньше чем он успел ей помешать. Решительная, как мать... Она так крепко обхватила его, что он и не пытался уговаривать ее остаться.

– Мишка, ты только посмотри! – сказал Черный Принц. – Ты понимаешь, что из этого выйдет? Скоро в Омбре сложат новую песню: об упрямстве Перепела и о том, что Черный Принц иногда вынужден защищать его от него самого.

В лагере нашлось еще двое мужчин, достаточно трезвых, чтобы держаться в седле. Дориа тоже поехал с ними. Без лишних слов он вскочил на лошадь позади Черного Принца. Меч, который он прихватил, был великоват для него, но Дориа хорошо умел с ним обращаться. Страха этот юноша не знал, как и Фарид. Они успеют в Омбру до рассвета, хотя луна уже стояла высоко.

И все же слова могут опередить любого всадника.

Опасный помощник

Он послушаньем исходил весь день; весьма
Сообразителен; но склад его ума
И все привычки выдавали лицемерье.
В прихожей, в темноте, когда закрыты двери,
Он строил рожи и высовывал язык...

Артюр Рембо. Семилетние поэты*

Реза пришла, когда Фарид нес Орфею вторую бутылку вина. Сырная Голова праздновал победу своего гения, как он это называл. «Единорог! Безупречный единорог, фыркающий, бьющий копытом, готовый положить свою глупую голову на колени первой попавшейся девственнице! Как ты думаешь, почему в этом мире до сих пор не было единорога? Потому что Фенолио не способен его создать! Всякие там порхающие феи, мохнатые кобольды, стеклянные человечки – это пожалуйста. Но для единорога у него кишка тонка!»

Фариду очень хотелось облить вином белую рубашку Орфея, чтобы на ней появились красные подтеки, как на белоснежной шкуре единорога, которого Орфей вызвал в этот мир только для того, чтобы Зяблик его убил. Да, Фарид видел мертвого единорога своими глазами. Он нес к портному на переделку любимые штаны Орфея, которые в очередной раз перестали на нем застегиваться. Фариду пришлось присесть на порог ближайшего дома, так дурно ему стало при виде закатившихся глаз прекрасного зверя, которого тащили егеря. Убийца.

---

* Перевод М. Кудинова.

Фарид слышал, как Орфей вычитывал единорога такими прекрасными словами, что юноша словно завороженный замер перед дверью кабинета: «*...он вышел из-за деревьев, белый, как цветы дикого жасмина. И феи закружились вокруг него плотными роями, словно только и ждали его появления...*»

Слушая Орфея, Фарид ясно увидел рог, волнистую гриву, услышал фырканье и шорох копыт в хрусткой от изморози траве. Целых три дня ему казалось, что не такая уж и плохая это была идея – вычитать сюда Сырную Голову. Три дня, по его подсчетам, прожил единорог, прежде чем собаки Зяблика погнали его на копья охотников. А может быть, правду рассказывала Брианна на кухне, что его подманила нежной улыбкой одна из любовниц Коптемаза?

Резе отворил Осс. Фарид выглянул из-за его плеча, любопытствуя, кто это стучится к ним в такой поздний час, и в первую минуту подумал, что это Мегги, до того похожи стали мать и дочь.

– Орфей дома?

Реза говорила так тихо, словно стыдилась каждого произносимого ею слова. А увидев выглядывающее из-за спины Дуботряса лицо Фарида, она понурила голову, как ребенок, которого застали за чем-то запретным.

Что ей нужно от Сырной Головы?

– Скажи ему, пожалуйста, что с ним хочет поговорить жена Волшебного Языка.

Осс жестом пригласил ее войти. Реза, пряча глаза, мельком улыбнулась Фариду. Дуботряс велел ей обождать в прихожей и тяжело затопал по лестнице вверх. По опущенным ресницам Резы Фарид понял, что спрашивать, зачем она пришла, бесполезно, поэтому он пошел вслед за Оссом, в надежде услышать что-нибудь в кабинете Орфея.

Сырная Голова был не один, когда телохранитель доложил ему о позднем визите. Три девушки, немногим старше Мегги, уже много часов ворковали ему, какой он умный, талантливый и неотразимый. Самая младшая сидела на его жирных коленях, и Орфей целовал и ощупывал ее так бесстыже, что Фариду хотелось дать ему по рукам. Орфей все время посылал Фарида на поиски самых хорошеньких девушек Омбры. «Что ты кобенишься? – рявкнул он, когда юноша поначалу отказался оказывать услуги этого рода. – Они меня вдохновляют! Слыхал ты когда-нибудь о музах? Так что валяй, приведи мне пару красоток, а то я никогда не сумею написать слова, которых ты так ждешь». И Фарид послушался и стал приводить девушек, оборачивавшихся на него на улице, в дом Орфея. На него многие оборачивались. Ведь почти все юноши его возраста в Омбре или погибли, или были на службе у Виоланты. Обычно девушки соглашались пойти с ним к Орфею за несколько монет. У всех были дома голодные младшие братья и сестры, у всех матери отчаянно нуждались в деньгах. А некоторым просто хотелось купить наконец новое платье.

– Жена Волшебного Языка? – по голосу Орфея было слышно, что он выпил уже целую бутылку крепкого красного вина.

Однако глаза за круглыми стеклами очков были на удивление ясными. Одна из девушек потрогала очки кончиком пальца, так робко, словно боялась, что сама превратится в стекло от этого прикосновения.

– Интересно! Веди ее сюда. А вы, красотки, выметайтесь!

Орфей столкнул девушку с колен и оправил одежду. «Тщеславная жаба!» – подумал Фарид и притворился, что никак не может вытащить пробку из бутылки, чтобы Орфей не отослал его сразу прочь.

При появлении Резы три девушки так поспешно выпорхнули из комнаты, словно это родная мать застала их на коленях у Орфея.

– Какой сюрприз! Присаживайся!

Орфей указал на кресло со своими инициалами – мебель для нового дома была изготовлена на заказ – и высоко поднял брови, чтобы подчеркнуть свое изумление. Эти жесты были у него отрепетированы, и не только эти. Фариду уже несколько раз случалось видеть, как Орфей примерял перед зеркалом разные выражения лица.

Осс закрыл дверь, и Реза нерешительно села на краешек кресла, словно сомневаясь, не лучше ли ей уйти.

– Надеюсь, ты приехала не одна! – Орфей присел к письменному столу и наблюдал за своей гостьей, как паук за мухой. – Омбра ночью – не самое безопасное место, тем более для женщины.

– Мне нужно с тобой поговорить, – тихо сказала Реза. – Наедине, – добавила она, покосившись на Фарида.

– Фарид! – окликнул Орфей, не глядя на юношу. – Уйди. И захвати с собой Сланца. Он опять перемазался в чернилах. Пойди отмой его.

Фарид с трудом удержал грубое слово, просившееся на язык, посадил стеклянного человечка на плечо и пошел к двери. Реза опустила голову, когда он проходил мимо. Фарид увидел, как дрожат ее пальцы, разглаживая поношенную юбку. Что ей здесь нужно?

Осс, как всегда, пытался поставить ему подножку на пороге, но Фарид слишком хорошо знал его шуточки. Он даже нашел способ мстить Дуботрясу. Фарид улыбался служанкам на кухне – и девушки с удовольствием подсыпали чего-нибудь в обед великана, так что тот потом долго маялся животом. Улыбка у Фарида была куда обаятельнее, чем у Осса.

У двери подслушивать не получится. Осс встал перед ней и уходить не собирался. Но Фарид знал еще один способ услышать, что происходит в кабинете Орфея (служанки рассказывали, что жена предыдущего хозяина выслеживала таким образом своего мужа).

Сланец испуганно посмотрел на Фарида, когда тот понес его по лестнице не вниз, на кухню, а вверх. У Осса подозрений не возникло – Фарида часто посылали наверх, чтобы взять в гардеробной чистую рубашку для Орфея или почистить его сапоги. Гардеробная находилась прямо над кабинетом, рядом со спальней Орфея. В полу под вешалками была проделана дырка. Рубашки Орфея так сильно благоухали розами и фиалками, что Фариду едва не стало дурно. Дырку в полу показала ему одна из служанок, зазвавшая его сюда, чтобы поцеловать. Отверстие было не больше монетки, но, прижав к нему ухо, можно было услышать каждое слово, произносимое в кабинете. А если прижать к дырке глаз, виден был письменный стол Орфея.

– Смогу ли я? – Орфей расхохотался, как будто никогда не слыхал такого нелепого вопроса. – Ну в этом-то сомневаться не приходится. Но моя работа стоит дорого...

– Я знаю! – Реза запиналась, как будто ненавидя каждое произносимое ею слово. – У меня нет таких денег, как у Зяблика, но я могла бы на вас работать!

– Работать? Нет, спасибо большое, прислуги у меня хватает.

– Хотите мое обручальное кольцо? Золото в Омбре редкость, и, я думаю, за него можно выручить приличную сумму.

– Оставь его себе. Золота и серебра у меня достаточно. Но есть кое-что другое, что ты могла бы... – Орфей хохотнул.

Фарид знал этот смешок. Он не предвещал ничего хорошего.

– Удивительно складываются порой обстоятельства, – продолжал Орфей. – Нет, правда! Ты пришла как по заказу.

– Я не понимаю.

– Конечно, конечно. Извини, сейчас я все объясню. Твоему мужу – уж не знаю, каким именем его назвать, у него их столько! – так вот, твоему мужу не так давно и, надо признать, не без моего содействия являлись Белые Женщины. Говорят, он даже чувствовал прикосновение их пальцев к своему сердцу, но, к сожалению, он отказывается говорить со мной об этом интересном моменте.

– Какое отношение это имеет к моей просьбе?

Фарид впервые заметил, что и голос у Мегги совсем как у матери. Та же гордость и та же ранимость, тщательно скрываемая за гордостью.

– А такое: ты, может быть, помнишь, что месяц-другой назад на Змеиной горе я поклялся вернуть из царства мертвых одного нашего общего друга.

Сердце у Фарида заколотилось так, что он испугался, как бы Орфей не услышал.

– Я твердо намерен исполнить клятву, но за это время мне пришлось убедиться, что смерть и в этом мире так же непостижима, как в нашем. Никто ничего не знает, никто ничего не рассказывает, а Белые Женщины, которых не зря называют Дочерями Смерти, не являются ко мне, сколько я их ни зову. Очевидно, с нормальными здоровыми людьми они не хотят разговаривать, даже если те обладают, как я, особыми дарованиями. Ты ведь, конечно, слыхала про единорога?

– Да, я его даже видела.

Расслышал ли Орфей отвращение в голосе Резы? Если да, ему и это, наверное, льстило.

Фарид почувствовал, как Сланец испуганно впился ему тонкими пальчиками в плечо. Он и забыл про стеклянного человечка. Сланец страшно боялся Орфея, еще больше, чем своего старшего брата. Фарид посадил его на пол рядом с собой и предостерегающе поднес палец к губам.

– Да, он был безупречен! – самовлюбленно распинался Орфей. – Просто безупречен!.. Но как бы то ни было... Вернемся к Дочерям Смерти. Рассказывают, будто они не могут примириться с тем, что кто-нибудь ускользнул из их рук. Такого человека они преследуют в снах, будят его по ночам своим шепотом, а порой являются ему, даже когда он бодрствует. Мортимер плохо спит с тех пор, как вырвался от Белых Женщин?

– К чему этот вопрос? – В голосе Резы звучали раздражение и страх.

– Он плохо спит? – повторил Орфей.

– Да, – чуть слышно ответила Реза.

– Хорошо. Отлично! То есть... просто лучше не придумаешь! – Орфей заговорил так громко, что Фарид невольно оторвал ухо от дырки в полу, но тут же прижал его снова. – В таком случае мне, похоже, рассказали наконец правду об этих бледных дамах. И сейчас я тебе объясню, какая мне нужна плата.

Орфей говорил очень возбужденно, и, похоже, на этот раз его возбуждение не было связано с предвкушением больших денег.

– Ходят слухи – ты ведь знаешь, слухи в этом мире, как и в другом, часто содержат зерно истины, – Орфей говорил бархатным голосом, словно стремился каждым словом угодить Резе, – что человек, чьего сердца касались Белые Женщины... – Орфей выдержал небольшую эффектную паузу, – может в любой момент позвать их снова. Для этого не нужно огня, как у Сажерука, не нужно и страха смерти – достаточно, чтобы они услышали знакомый голос, биение уже тронутого ими сердца... – и они приходят на зов! Теперь ты, наверное, догадалась, какая мне нужна плата? Я хочу, чтобы твой муж в обмен на слова, которые я для тебя напишу, позвал Белых Женщин, чтобы я мог спросить их о Сажеруке.

Фарид затаил дыхание. Казалось, он слышит самого черта, предлагающего сделку. Юноша не знал, что и думать, как отнестись ко всему этому... Возмущение, надежда, страх, радость... Он испытывал все эти чувства одновременно. В конце концов победила одна мысль: Орфей хочет вернуть Сажерука! Он не лжет, он действительно хочет его вернуть!

Внизу в кабинете Орфея стояла такая тишина, что Фарид в конце концов оторвал от дырки ухо и приставил к ней глаз. Но ему был виден только аккуратный пробор в светлых волосах Орфея. Сланец стоял на коленках рядом с Фаридом и тоже тревожно прислушивался.

– Позвать их лучше всего на кладбище. – Орфей говорил так самоуверенно, словно сделка уже состоялась. – Там никто не удивится, если явятся Белые Женщины, а комедианты смогут потом сложить очень трогательную песню о новом приключении Перепела.

– Ты мерзавец, ты действительно такой мерзавец, как Мо говорит!

Голос у Резы дрожал.

– Ах, он так говорит? Я принимаю это как комплимент. Знаешь что? Я думаю, он рад будет их позвать! И песня получится отличная – о чудесах, о его храбрости и о власти его чарующего голоса.

– Зови их сам, если тебе нужно.

– У меня, к сожалению, не получается. Я, кажется, достаточно ясно...

Фарид услышал, как хлопнула дверь. Реза уходит! Фарид подхватил Сланца, пробрался между рубашками Орфея и помчался вниз по лестнице. Осс так удивился, когда он пролетел мимо него, что даже забыл поставить подножку. Реза уже стояла в прихожей, Брианна протягивала ей накидку.

– Прошу тебя! – Фарид загородил Резе выход, не замечая ни враждебного взгляда Брианны, ни испуганного возгласа Сланца, который чуть не свалился с его плеча. – Пожалуйста! Может быть, Волшебный Язык и правда сумеет их позвать! Пусть только позовет, а Орфей уж сам спросит, как нам вернуть Сажерука! Ты ведь тоже хочешь, чтобы он вернулся! Он защищал тебя от Каприкорна. Он ради тебя пробрался в застенок Дворца Ночи! Его огонь спас вас всех от Басты на Змеиной горе!

Баста на Змеиной горе... Это воспоминание заставило Фарида на миг умолкнуть, словно смерть опять овладела им. Но он тут же заговорил снова, хотя лицо Резы оставалось неприступным:

– Прошу тебя! Это ведь не так, как тогда, когда Волшебный Язык был ранен... Но они ему и тогда ничего не смогли сделать! Он же Перепел!

Брианна смотрела на Фарида как на умалишенного. Она, как и все остальные, была убеждена, что Сажерук ушел навсегда, – Фарид готов был их всех побить за это!

– Я не должна была сюда приходить! – Реза попыталась оттолкнуть его с дороги, но Фарид не поддался.

– Только позвать их, и больше ничего! – выкрикнул он снова. – Попроси его!

Но Реза оттолкнула его с дороги с такой силой, что Фарид ударился о стену, а стеклянный человечек изо всех сил вцепился в его воротник.

– Если ты скажешь Мо, что я сюда приходила, – сказала она, – я поклянусь, что ты врешь.

Она уже распахнула дверь, когда раздался голос Орфея. Он, наверное, все это время стоял на верху лестницы и слушал, чем кончится их ссора. Осс наблюдал за этой сценой с неподвижным лицом, какое бывало у него всякий раз, когда он не понимал, о чем речь.

– Оставь ее, пусть уходит! Она, видимо, не хочет нашей помощи! – Каждое слово Орфея было напоено презрением. – Твой муж погибнет в этой истории. Ты это знаешь, иначе ты бы ко мне не пришла. Может быть, Фенолио успел сам написать нужную песню, пока слова ему еще подчинялись. «Смерть Перепела» – трогательная, трагическая, героическая, как оно и должно быть для такого персонажа. И она уж точно не кончается словами «и они жили счастливо до глубокой старости и умерли в один день». Как бы то ни было, Свистун сегодня пропел первую строфу. Этот хитрец сплел петлю для благородного разбойника из материнской любви. Можно ли найти более убийственный материал? Твой муж, несомненно, попадется в ловушку самым благородным и героическим образом, судя по тому, с какой страстью он играет роль, написанную для него Фенолио, – и о его смерти сложат еще немало великолепных песен. А когда его голову наденут на копье и выставят на городской стене, ты вспомнишь, надеюсь, что я мог спасти ему жизнь.

Голос Орфея так ясно вызывал в воображении описываемую им картину, что Фарид уже видел, как кровь Волшебного Языка стекает по городской стене, а Реза застыла в дверях с поникшей головой, как будто слова Орфея переломили ей шею.

На мгновение повесть Фенолио словно затаила дыхание.

Но Реза подняла голову и прямо взглянула Орфею в лицо.

– Будь ты проклят, – сказала она. – Как жаль, что я не могу сама позвать Белых Женщин, чтобы они забрали тебя тут же на месте.

Она спускалась с крыльца неуверенно, как будто у нее подкашиваются колени, однако не обернулась.

– Закрой дверь, холодно! – скомандовал Орфей.

Брианна выполнила приказание. Но Орфей по-прежнему стоял на площадке лестницы, не сводя глаз с закрытой двери.

Фарид неуверенно посмотрел на него снизу:

– Ты правда думаешь, что Волшебный Язык может позвать Белых Женщин?

– А, ты подслушивал! Отлично.

Отлично? Как это понимать?

Орфей пригладил волосы.

– Ты ведь, конечно, знаешь, где скрывается сейчас Мортимер?

– Нет, откуда мне? Никто...

– Кончай врать! – прикрикнул на него Орфей. – Отправляйся к нему. Расскажи, что его жена была у меня, и спроси, готов ли он заплатить цену, которую я прошу. Если ты хочешь снова увидеть Сажерука, советую вернуться с утвердительным ответом. Понял?

– Огненный Танцор мертв! – По голосу Брианны не скажешь, что речь идет о ее отце.

Орфей коротко рассмеялся.

– Ну, Фарид вот тоже был мертв, моя красавица, но Белые Женщины согласились на сделку. Почему бы им не сделать этого еще раз? Нужно только, чтобы предложение им понравилось, и, кажется, у меня есть идея. Это как на рыбалке: главное – правильно подобрать наживку.

Какую наживку? Какая добыча может быть для Белых Женщин желаннее, чем Огненный Танцор? Фарид не хотел над этим задумываться. Его занимала одна мысль: может быть, все еще будет хорошо. Может быть, они все-таки не зря вычитали сюда Орфея...

– Ты все еще тут? Отправляйся! – крикнул Орфей сверху. – А ты, – обратился он к Брианне, – принеси мне что-нибудь поесть. Пришла пора сочинить новую песню о Перепеле! На этот раз ее автором будет Орфей!

Фарид услышал, как он напевает, входя к себе в кабинет.

Солдаты

А кто кого выбирает: идущий – дорогу или дорога – идущего?

Гарт Никс. Сабриэль*

Омбра как будто вымерла. В мертвой тишине Реза шла к конюшне, где оставила лошадь, а в голове у нее неотвязно крутились слова Орфея: «*А когда его голову наденут на копье и выставят на городской стене, ты вспомнишь, надеюсь, что я мог спасти ему жизнь*». Ослепнув от слез, спотыкаясь, брела она в ночной темноте. Что же делать? Что же теперь делать? Вернуться? Нет, ни за что.

Реза остановилась.

Где она? Омбра казалась каменным лабиринтом. Когда-то Реза хорошо знала ее узкие улочки, но с тех пор прошло много лет.

В ее ушах гулко отдавались собственные шаги. Сапоги на ней были те же, что и в тот день, когда Орфей вычитал их сюда. Орфей однажды уже чуть не погубил ее мужа. Она что, забыла?

Реза вздрогнула от раздавшегося над головой странного шипящего звука. За ним последовал глухой треск, и тьма над замком озарилась красными отсветами, словно небо охватил пожар. Коптемаз развлекал Зяблика и его гостей, питая огонь ядом алхимиков и злобой, так что языки пламени корчились в муках, а не танцевали, как у Сажерука.

---

* Перевод К. Сошинской.

Сажерук. Да, ей тоже хотелось, чтобы он вернулся, и у нее стыло сердце при мысли, что Огненный Танцор лежит в могиле. Но еще хуже делалось ее сердцу при мысли, что Белые Женщины снова протянут бледные руки к сердцу Мо. Да, но если он останется в этом мире, они тем более его заберут. «*Твой муж погибнет в этой истории...*» Что же ей делать?

Небо над замком окрасилось в сернисто-зеленый цвет. Огонь Коптемаза был многоцветным. Улица, по которой все торопливее шагала Реза, привела ее на незнакомую площадь. Дома здесь были убогие. У одной из дверей лежала дохлая кошка. Реза растерянно шагнула к фонтану посреди площади – и вздрогнула, услышав за спиной шаги. Из мрака между домами вышли трое мужчин. Солдаты в доспехах Змееглава.

– Эй, кто это тут разгуливает по ночам? – окликнул Резу один из них. Двое других тем временем загородили ей дорогу. – Ну, я ж вам говорил, что в Омбре можно найти что-нибудь поинтереснее, чем фейерверки Коптемаза.

Что делать, Реза? У нее был с собой нож, но что сделаешь ножом против трех мечей? А один из солдат к тому же с арбалетом. Реза хорошо знала, во что может превратить человека пущенная из такого оружия стрела. Эх, Реза, надо было одеться мужчиной! Роксана ведь рассказывала, что ни одна женщина в Омбре не выходит теперь за порог с наступлением темноты из страха перед хозяйничающей в городе солдатней...

– Твой муж, надо думать, тоже с войны не вернулся? – Это произнес юнец ростом не выше Резы, зато двое других были здоровенные громилы.

Реза взглянула на окна домов, но кто мог сейчас прийти ей на помощь? Фенолио жил на другом конце Омбры, Орфей... Даже если он услышит отсюда ее крики, станет ли он и его великан-телохранитель ей помогать, после того как она отвергла предложенную сделку? Все равно, Реза, попытайся, кричи что есть силы! Однако голос отказывался ей повиноваться, как тогда, когда она впервые затерялась в этом мире...

Только в одном из окон, выходивших на площадь, горел свет. Оттуда выглянула старуха – и тут же испуганно убрала голову, увидев солдат. «Ты разве забыла, из чего сделан этот мир?» – раздался в памяти Резы голос Мо. Но если этот мир действительно состоит из одних только слов, что говорят эти слова о ней? «*Жила-была женщина, она два раза попадала в мир по ту сторону букв, и во второй раз ей не удалось оттуда выбраться...*»

Двое солдат вплотную подошли к ней сзади. Один положил руки ей на бедра. Резе казалось, что она все это где-то читала... Перестань дрожать. Ударь его, ткни ему пальцами в глаза! Она же сама недавно объясняла Мегги, как нужно себя вести, если произойдет что-то подобное! Малорослый солдат шагнул к ней с грязной улыбкой на узких губах. Кем надо быть, чтобы радоваться страху другого человека?

– Отвяжитесь! – У нее наконец прорезался голос.

Но такие крики раздавались в Омбре, наверное, каждую ночь.

– Сейчас, дожидайся! – От солдата за ее спиной пахло огнем Коптемаза.

Его руки перебрались с бедер Резы выше, к груди. Остальные загоготали, этот гогот был хуже, чем скользящие по телу пальцы. Но сквозь смех солдат Резе вдруг послышались шаги. Легкие, быстрые шаги. Фарид?

– Убери руки! – Реза кричала сейчас во всю мочь, но не ее голос заставил насильников вздрогнуть и обернуться.

– Отпусти ее. Сию секунду!

Голос был такой взрослый, что Реза не сразу поняла, что это ее дочь. Мегги выступила на площадь с гордо поднятой головой, как когда-то на помост перед Каприкорном. Не хватало только кошмарного белого платья, в которое обрядила ее тогда Мортола.

Солдат, державший Резу, опустил руки, как застигнутый врасплох мальчишка. Но, увидев, что это всего лишь девочка, он схватил свою добычу еще грубее.

– Еще одна? – Тот, что пониже, обернулся и смерил Мегги презрительным взглядом. – Ну и отлично! Я ж вам говорил, что в этой Омбре от женщин отбоя нет.

Глупые предсмертные слова. Нож Черного Принца вонзился ему в спину. Из ночной темноты, словно призраки, вдруг возникли Мо и Принц. Солдат, державший Резу, оттолкнул ее и выхватил меч из ножен. Он крикнул товарищу: «Берегись!», но было поздно – Мо прикончил обоих так быстро, что Реза не успела даже вздохнуть. У нее подкосились ноги, и она прислонилась к ограде фонтана. Мегги подбежала к ней и с тревогой спросила, не ранена ли она. Но Мо только молча посмотрел на нее.

– Ну и как? Фенолио уже пишет? – коротко спросил он.

Он понял, зачем она сюда поехала. Разумеется.

– Нет! – прошептала она. – Не пишет и не собирается. Ни он, ни Орфей.

Как он взглянул на нее! Словно не знает, можно ли доверять ее словам. Никогда еще он так на нее не смотрел. А потом молча повернулся и пошел помогать Черному Принцу оттаскивать трупы в переулок.

– Мы пройдем по Ручью Красильщиков! – шепнула Мегги матери. – Там Мо с Принцем убили караульных.

Столько убитых, Реза, только потому, что тебе захотелось домой! Мостовая была залита кровью, а мертвые глаза солдата, которого волочил за ноги Мо, как будто все еще смотрели на нее. Жаль ей его? Нет. Ей только не по себе от того, как спокойно говорит теперь об убийстве ее дочь. А Мо? Что он при этом чувствует? Вообще ничего? Она видела, как он обтер свой окровавленный меч плащом убитого и посмотрел в ее сторону. Почему она не может ничего прочесть в его глазах? Ведь прежде они были для нее как открытая книга.

Потому что перед ней Перепел. И на этот раз она сама его вызвала.

Дорога к Ручью Красильщиков показалась Резе вечностью. В небе все еще вспыхивали огни Коптемаза, дважды им пришлось прятаться от толпы пьяных солдат, но вот в ноздри ударил едкий запах красильных отходов. Реза уткнула лицо в рукав. Они подошли к ручью, уносившему сточные воды в реку через решетку, устроенную в городской стене. Реза ступила вслед за Мо в вонючую жижу, и ей стало так дурно, что она с трудом набрала в грудь воздуха, чтобы поднырнуть под решетку.

Черный Принц помог ей выбраться на берег. В кустах она увидела мертвого караульного. Запекшаяся кровь на его груди в предутреннем сумраке казалась чернилами, и Реза расплакалась. Она никак не могла успокоиться и все еще всхлипывала, когда они наконец добрались до реки и кое-как выполоскали вонючую влагу из волос и одежды.

Выше по реке их дожидались двое разбойников с лошадьми. Здесь водились русалки, а женщины Омбры сушили белье на плоских камнях. Дориа тоже был здесь – без старшего брата. Увидев, как промокла Мегги, он накинул ей на плечи свой заплатанный плащ. Мо молча помог Резе подняться в седло. От его молчания она зябла сильнее, чем от мокрой одежды. Не Мо, а Черный Принц принес ей накидку. Рассказал ему Мо, зачем она ездила в Омбру? Нет, конечно. Ведь он не мог этого объяснить – Принцу невдомек, какую власть имеют в этом мире слова.

Мегги тоже знала, зачем ее мать отправилась в Омбру. Реза видела это по ее глазам. Они смотрели настороженно, словно спрашивали: что ты еще предпримешь? А если Мегги узнает, что она ходила даже к Орфею? Поймет ли, что единственной причиной был страх за ее отца?

Начался дождь. Ветер кидал в лицо ледяные капли, а небо над замком озарялось кровавыми всполохами, как будто Коптемаз посылал угрозы им вслед. Дориа по приказу Принца остался у реки заметать следы, а Мо молча проскакал вперед. Он оглянулся, но глаза его искали дочь, а не жену, и Реза была благодарна дождю за то, что его капли скрывали слезы на ее лице.

Бессонная ночь

Когда мир приводит меня в отчаяние
И я просыпаюсь по ночам от малейшего шороха
В страхе за жизнь свою и детей,
Я иду туда, где большая ящерица
Покоится на воде во всей своей красе
И где удит рыбу белая цапля.
Там я обретаю покой диких животных,
Не сокращающих себе жизнь тревогой.
Я ощущаю присутствие безмолвной воды
И чувствую, как звезды, слепые днем,
Стоят неподвижно над моей головой,
окутанные светом.
Я отдыхаю в возвышенной отрешенности мира –
и наступает освобождение.

Уэнделл Берри. Покой дикого мира

– Прости меня! – Реза по-настоящему раскаивалась.

«Прости меня». Всего два слова. Она повторяла их неустанно, но Мо слышал и то, что стояло за словами: Реза снова чувствовала себя пленницей. Крепость Каприкорна, деревня поджигателей, застенок Дворца Ночи – тюрьма за тюрьмой! А теперь ее держит и не выпускает книга – та самая, что однажды уже захватила ее в плен. «А когда она наконец вырвалась, я привел ее обратно», – думал Мо.

– Ты тоже меня прости, – твердил он в ответ и понимал, что жена ждет совсем других слов. «*Ладно, Реза, давай вернемся. Дорогу мы уж как-нибудь отыщем!*» Но этого он сказать не мог, и между ними повисало молчание, какого не бывало и в те дни, когда Реза была немой.

На рассвете они наконец улеглись, измученные пережитым страхом и тем, чего не могли друг другу сказать. Реза быстро уснула, и, глядя на лицо спящей, Мо вспоминал долгие годы, когда мечтал именно об этом. Но и эта мысль не принесла облегчения. В конце концов он оставил Резу досматривать сны и вышел из палатки.

Мо прошел мимо часовых, поддразнивших его за красильную вонь, так и не выветрившуюся из одежды, и пошел не разбирая дороги по оврагу, словно ждал, что Чернильный мир нашепчет ему, как он *должен* поступить, нужно только повнимательнее прислушаться.

Как он *хочет* поступить, он и так знал...

Мо присел у озерка, которое было когда-то великаньим следом, и стал наблюдать за стрекозами, носившимися над мутной водой. В этом мире они были похожи на маленьких крылатых драконов, и Мо любил следить за полетом этих странных существ и представлять себе, какого роста должен был быть великан, оставивший такой след. Несколько дней назад они с Мегги разулись и ступили в такое озерко, чтобы измерить глубину. Мо улыбнулся при этом воспоминании, хотя настроение у него было нерадостное. Он еще чувствовал в глубине своего существа дрожь, порождаемую убийством. Интересно, Черный Принц тоже ощущает ее после стольких лет разбойничьей жизни?

День занимался медленно, как будто к чернилам понемногу подмешивали молоко. Мо не знал, сколько времени он просидел так, ожидая, чтобы мир Фенолио подсказал ему, как быть дальше. Знакомый голос вывел его из задумчивости.

– Ты не должен сидеть тут один! – сказала Мегги, опускаясь рядом с ним на покрытую инеем траву. – Это опасно, ты слишком далеко ушел от часовых!

– А ты? Как строгий отец, я должен бы запретить тебе даже на шаг выходить без меня за пределы лагеря!

Она снисходительно улыбнулась и обхватила руками колени.

– Ерунда. У меня всегда с собой нож. Фарид научил меня с ним обращаться.

Мегги казалась совсем взрослой. Какой он дурак, что все время пытается ее опекать.

– Ты помирился с Резой?

Он смутился под ее озабоченным взглядом. Насколько проще все было, когда их было только двое.

– Да, конечно.

Мо вытянул палец, и на него села стрекоза, словно отлитая из бирюзового стекла.

– Что она говорит? – Мегги вопросительно взглянула на него. – Она ходила к обоим, да? И к Фенолио, и к Орфею?

– Да. Но, по ее словам, ни с тем ни с другим ей не удалось договориться.

Стрекоза изогнула стройное тело, покрытое крошечными чешуйками.

– Еще бы! А чего она ждала? Фенолио больше не пишет, а услуги Орфея ей не по карману. – Мегги презрительно наморщила лоб.

Мо с улыбкой провел по нему ладонью:

– Не хмурься, а то морщинки останутся – тебе, пожалуй, еще рановато...

Как он любил ее лицо! Больше всего на свете. И ему хотелось, чтобы оно светилось счастьем. Это было самое большое его желание.

– Скажи мне одну вещь, Мегги, только честно. (Ведь у нее не все можно прочесть на лице, как у него!) – Ты тоже хочешь вернуться?

Она опустила голову и заправила волосы за уши.

– Мегги! – окликнул он.

Она не подняла глаз.

– Не знаю, – сказала она наконец. – Может быть. Я так устала бояться. Бояться за тебя, за Фарида, за Черного Принца, за Баптисту, за Силача. – Мегги подняла голову и взглянула ему в глаза: – Ты ведь знаешь, Фенолио любит грустные истории. Может быть, от этого и все беды. Просто сюжет такой...

Грустная история. Да. Но кто ее сочиняет? Во всяком случае, не Фенолио. Мо взглянул на свои пальцы. Они покрылись инеем. Холодным и белым. Как Белые Женщины... Иногда их шепот будил его среди ночи. Порой он снова чувствовал у сердца их холодные пальцы – и бывало... Да, бывало, что ему хотелось снова свидеться с ними.

Мо поднял глаза к деревьям, подальше от белизны. Солнце уже пробивалось сквозь утренний туман, а на ветвях, уже почти голых, вспыхивали бледным золотом последние листья.

– А Фарид? Из-за него не стоит остаться?

Мегги понурила голову. Она очень старалась говорить безразличным тоном.

– Фариду все равно, здесь я или нет. Он думает только о Сажеруке. С тех пор как Сажерук умер, стало еще хуже.

Бедняжка Мегги. Влюбилась не в того. Но сердцу не прикажешь...

Мегги изо всех сил крепилась, скрывая грусть. Шутливым тоном она спросила:

– Как ты думаешь, Мо, Элинор по нам скучает?

– По тебе и твоей маме – еще как. Про себя я не так уверен.

Он изобразил голос Элинор: *«Мортимер! Ты опять поставил Диккенса не на место. И с каких пор переплетчику нужно объяснять, что с бутербродом в библиотеку не заходят?»*

Мегги рассмеялась. Уже что-то. Рассмешить ее становилось с каждым днем все труднее.

Но в следующую секунду ее лицо снова стало серьезным.

– Я очень скучаю по Элинор. По ее дому, библиотеке и кафе на озере, куда она меня водила есть мороженое. Я скучаю по твоей мастерской, по тем дням, когда ты отвозил меня утром в школу и по дороге изображал в лицах, как Элинор ругается с Дариусом, а еще по подружкам, которые любили приходить ко мне в гости, потому что ты их всегда смешил... Как здорово было бы рассказать им все, что с нами тут было, хотя они, конечно, ни за что не поверят. Правда, я могла бы прихватить в доказательство стеклянного человечка...

На мгновение она словно унеслась далеко-далеко, как будто слова – не Фенолио или Орфея, а ее собственные – вернули ее в дом Элинор. И все же они по-прежнему сидели у озерца в холмах над Омброй, и в волосы Мегги залетела фея и так бесцеремонно дернула за них, что Мегги вскрикнула, а Мо скорее прогнал маленькую нахалку. Это была разноцветная фея, творение Орфея, и Мо казалось, что на крошечном личике запечатлелась толика злобы ее создателя. Со счастливым хихиканьем она понесла золотистую добычу в гнездо, отливавшее всеми цветами радуги, как и она сама. В отличие от синекожих фей, создания Орфея, похоже, не собирались впадать в зимнюю спячку. Силач рассказывал даже, что разноцветные воруют у синих запасы, пока те спят в своих гнездах.

На ресницах Мегги повисла слеза. Наверное, фея очень уж больно дернула ее за волосы. А может быть, дело было не в этом. Мо нежно стер слезу кончиком пальца.

– Значит, так оно и есть. Ты хочешь вернуться.

– Нет! Говорю же тебе, я не знаю. – Какой несчастный у нее взгляд! – Что станется с Фенолио, если мы возьмем и уйдем? Что подумают Черный Принц, Силач и Баптиста? Что с ними будет? И с Минервой, с ее детьми, с Роксаной... и с Фаридом?

– И правда, что с ними будет? – отозвался Мо. – Как повернется без меня вся эта история? Свистун заберет детей, потому что даже материнское отчаяние не поможет отыскать Перепела. Черный Принц, конечно, попытается спасти детей, он станет настоящим героем этой повести и сыграет свою роль хорошо. Но он геройствует уже давно, он устал и у него слишком мало людей. Поэтому в конце концов латники убьют его и всю его шайку: Баптисту, Силача, Дориа, Гекко и Хвата, – хотя двух последних не особенно жалко. А потом Свистун, наверное, прогонит Зяблика ко всем чертям и будет некоторое время сам править Омброй. Орфей будет вычитывать ему единорогов или невиданное оружие... Да, скорее последнее. Фенолио с горя сопьется окончательно и умрет. А Змееглав будет бессмертен и станет в итоге властителем над мертвыми. Да, конец, наверное, будет такой. Как ты думаешь?

Мегги посмотрела на него. Ее волосы отливали золотом в лучах утреннего солнца. Такого цвета были волосы у Резы, когда он впервые увидел ее в доме Элинор.

– Может быть, – ответила она тихо. – Но будет ли конец другим, если Перепел останется здесь? Разве может он в одиночку справиться с таким количеством врагов?

– Перепел!

Лягушки испуганно попрыгали в воду от раскатистого крика: через кусты к озерку топал Силач.

Мо поднялся.

– Может, не стоит кричать это имя на весь лес? – заметил он негромко.

Силач оглянулся с таким испугом, как будто латники уже стояли за деревьями.

– Прости, – пробормотал он. – С утра у меня башка вообще плохо варит, а еще после вчерашней выпивки... Там этот мальчишка. Ну, ты знаешь, который у Орфея работает и в которого Мегги... – Силач запнулся, поймав взгляд Мегги. – Ну вот, что ни скажу, все глупость выходит! – застонал он, закрывая ладонями круглое лицо. – Сплошная глупость! Но я не нарочно, просто у меня так получается!

– Фарид. Его зовут Фарид. Где он? – Лицо Мегги озарилось радостью, хотя она и старалась не подать виду.

– Ну да, Фарид. Странное имя. Как будто из песни, правда? Он в лагере и хочет поговорить с твоим отцом.

Улыбка Мегги погасла так же мгновенно, как появилась. Мо обнял ее за плечи, но от любовной печали отцовские объятия не помогают. Проклятый мальчишка!

– Он прямо не в себе, осел еле на ногах держится – мальчишка его чуть не загнал. Перебудил весь лагерь. «Где Перепел? Мне нужно с ним поговорить!» Больше от него ничего не добьешься.

– Перепел! – такой горечи в голосе Мегги Мо еще не слыхал. – Я ему тысячу раз говорила не называть тебя так. Вот дурак!

Влюбилась не в того. Но сердцу ведь не прикажешь!

Злые слова

«О Господи! – взмолился он из самой глубины сердца. – Дай мне возможность вырваться отсюда!»

Джон Ирвинг. Правила Дома сидра*

– Дариус! – Элинор опротивел собственный голос. Он звучал отвратительно – брюзгливо, раздраженно, нетерпеливо. Вроде бы раньше он таким не был...

Дариус разронял книги, которые стопкой нес в библиотеку, а пес поднял голову с ковра, который Элинор специально купила, чтобы уберечь свой ценный паркет от липкой собачьей слюны. Не говоря уж о том, сколько раз она скользила и падала на этой слюне.

– Где Диккенс, которого мы купили на прошлой неделе? Сколько времени тебе нужно, черт побери, чтобы поставить книгу на место? Я что, плачу тебе за то, чтобы ты рассиживался в моем кресле и читал? Признавайся, когда я ухожу к себе, ты только этим и занимаешься.

О Элинор! Как она ненавидела себя сейчас за слова, вылетавшие изо рта, – ядовитые, горькие брызги слюны ее несчастного сердца!

Дариус опустил голову, как всегда, когда не хотел показать, как больно она его обидела.

– Диккенс стоит на месте, Элинор, – ответил он мягко.

От этой кротости она только сильнее заводилась. С Мортимером запросто можно было поссориться, а уж Мегги была настоящая маленькая воительница.

---

* Перевод М. Литвиновой.

А Дариус! Даже Реза дала бы ей сейчас отпор, хоть и могла объясняться только знаками.

Трус лупоглазый! Почему он ее не обругает? Почему не швырнет ей под ноги все эти книги, которые он так нежно прижимает к своей цыплячьей груди, словно защищая от нее?

– На месте? – повторила она. – Ты думаешь, я уже и читать разучилась?

Как встревоженно вытаращился на нее глупый пес! А потом тихонько зарычал и снова уронил башку на ковер.

Дариус поставил стопку книг на ближайшую витрину, подошел к полке, где Диккенс занимал свое законное место между Дефо и Дюма (очень много места, надо признать – удивительно, как вообще можно столько написать), и уверенным движением вытащил нужный экземпляр.

Молча вручив его Элинор, он принялся расставлять книги, с которыми пришел.

До чего же глупо! Теперь она выглядит полной дурой. Элинор терпеть не могла чувствовать себя дурой. Это было еще хуже, чем грустить.

– Она вся пыльная!

Прекрати, Элинор! Но она не могла остановиться. Ее несло.

– Когда ты последний раз стирал пыль с книг? Я что, еще и этим должна сама заниматься?

Дариус так и стоял к ней спиной. Он принимал оскорбления молча и неподвижно, как незаслуженные побои.

– В чем дело? Ты что, уже не только заикаешься, а совсем говорить разучился? Я иногда удивляюсь, зачем тебе вообще язык. Лучше бы Мортола прихватила тебя, а не Резу – она и немая была разговорчивее, чем ты.

Дариус поставил на полку последнюю книгу, поправил соседнюю и решительным шагом, держась очень прямо, направился к двери.

– Дариус! Вернись!

Он даже не оглянулся.

Ах, черт! Элинор побежала за ним, зажав в руке Диккенса, который, надо признать, был не таким уж пыльным. Честно говоря, он был совершенно чистым. «А как же иначе, Элинор! – подумала она. – Ты разве не знаешь, с каким усердием Дариус по вторникам и пятницам очищает книги от малейшей пылинки?» Их уборщица регулярно потешалась над тоненькой кисточкой, которой он это делает.

– Дариус, ради всего святого, ну что ты тут изображаешь!

Ответа не было.

Цербер обогнал ее на лестнице и теперь с высунутым языком дожидался на верхней ступеньке.

– Дариус!

Да где же он, к слюням собачьим!

Его комната располагалась рядом с бывшим кабинетом Мортимера. Дверь была открыта, а на кровати лежал большой чемодан, который она купила ему для первой их совместной поездки. С Дариусом очень хорошо было ездить за книгами (не говоря уж о том, что он удержал ее от множества глупых покупок).

– Что?.. – Ее язык вдруг словно одеревенел. – Что ты делаешь, тысяча чертей?

Что он делает? Как будто не видно. Он укладывает в чемодан свой небогатый гардероб.

– Дариус!

Он положил на кровать портрет Мегги, подаренный Резой, записную книжку, переплетенную Мортимером, и закладку, которую смастерила ему Мегги из перепелиных перьев.

– Халат... – сказал он с запинкой, укладывая в чемодан фотографию родителей, которая всегда стояла возле его кровати. – Ты не возражаешь, если я его тоже возьму?

– Не задавай дурацких вопросов! С чего мне возражать? Это же подарок, черт подери! Но куда ты все это возьмешь?

Цербер зашел в комнату и побежал к ночному столику, где у Дариуса всегда лежало в ящике печенье.

– Не знаю еще...

Он сложил халат так же аккуратно, как остальные вещи (халат был ему страшно велик, но откуда ей, спрашивается, разбираться в размерах мужской одежды?), положил сверху рисунок, записную книжку и закладку и захлопнул крышку. Разумеется, застежки не желали закрываться. Руки у Дариуса были на редкость неловкие.

– А ну вынимай все это обратно! Сейчас же! Перестань дурить!

Но Дариус только покачал головой.

– О Господи, ну не можешь же ты оставить меня одну!

Элинор сама испугалась отчаяния, прозвучавшего в ее голосе.

– Ты и со мной одна, Элинор, – глухо ответил Дариус. – Ты так страдаешь! Я не могу больше этого выносить!

Глупый пес перестал обнюхивать ночной столик и устремил печальный взгляд на Элинор. «Он прав», – говорили влажные собачьи глаза.

А то она без него не знает! Она сама себе стала невыносима. Неужели она и раньше была такой, до того как у нее поселились Мегги, Мортимер и Реза? Может быть. Но тогда она общалась только с книгами, а они не жаловались. Хотя, если честно, с книгами она никогда не бывала так груба, как с Дариусом.

– Ну что ж, уезжай на здоровье! – Голос у нее предательски задрожал. – Бросай меня в полном одиночестве. Ты прав. Что тебе смотреть, как я с каждым днем становлюсь невыносимее, без толку ожидая чуда, которое вернет мне их? Может быть, чем помирать так долго и мучительно, лучше застрелиться или утопиться в озере. Писатели часто так делают – и в книжках это тоже очень неплохо смотрится.

Как он посмотрел на нее своими дальнозоркими глазами (нет, давно надо было купить ему другие очки – эти выглядят просто ужасно)! Потом открыл чемодан и уставился на свой жалкий скарб. Вынул закладку – подарок Мегги – и погладил перышки. Мегги наклеила перья перепела на полоску светло-желтого картона. Получилось очень красиво.

Дариус откашлялся. Трижды.

– Ладно, – с трудом выговорил он наконец. – Ты победила, Элинор. Я попробую. Принеси мне листок. А то ты и правда в один прекрасный день застрелишься.

Что? Что он говорит? Сердце у Элинор забилось с бешеной скоростью, как будто хотело опередить ее на пути в Чернильный мир – к феям, стеклянным человечкам и тем, кого она любила куда больше, чем все книги, вместе взятые.

– То есть ты?..

Дариус устало кивнул, словно воин, утомленный бесконечными боями.

– Да, – сказал он. – Да, Элинор.

– Сейчас принесу!

Элинор вихрем выбежала из комнаты. Все, что свинцом лежало на сердце, превращая ее в медлительную старуху, исчезло! Исчезло мгновенно, бесследно.

Дариус окликнул ее:

– Погоди, Элинор! Надо, наверное, прихватить записные книжки Мегги и разные нужные вещи, например... зажигалку, что ли.

– И нож! – добавила Элинор.

Ведь там, куда они собирались, был Баста, а она поклялась, что, когда они встретятся в следующий раз, у нее тоже будет нож.

Элинор чуть не слетела с лестницы, так она торопилась обратно в библиотеку. Цербер бежал за ней, тяжело дыша от возбуждения. Неужели он понимал своим собачьим сердцем, что они собираются в тот мир, в котором исчез его прежний хозяин?

Он попытается! Он попытается! Элинор больше ни о чем не могла думать. Она не вспоминала утраченный голос Резы, негнущуюся ногу Коккереля и изуродованное лицо Плосконоса. «Все будет хорошо! – думала она, дрожащими руками вынимая из витрины листок Орфея. – Каприкорна тут нет, бояться Дариусу некого. Он прочтет замечательно! О Господи, Элинор, ты их увидишь!»

Клюнул

*Если бы Джим умел читать, он бы, наверно, сразу заметил одну странную вещь...
Но читать он не умел.*

Михаэль Энде. Джим Пуговка
и чертова дюжина

Гнома, размером вдвое больше стеклянного человечка и ни в коем случае не мохнатого, как Туллио, нет – с алебастрово-белой кожей, большой головой и кривыми ногами. Ну что ж, Зяблик, по крайней мере, всегда точно знает, чего хочет, хотя заказов от него стало поступать намного меньше, с тех пор как в Омбре появился Свистун. Орфей как раз обдумывал, какую придать гному шевелюру – рыжую, как у лисы, или белую, как у кролика-альбиноса, – но тут к нему постучался Осс и, дождавшись ответа, просунул голову в дверь. Осс совершенно не умел вести себя за столом и редко мылся, но постучаться он не забывал никогда.

– Вам опять письмо, хозяин!

А приятно все же, когда тебя так называют! Хозяин...

Осс вошел, склонил лысую голову (он иногда перебарщивал с выражением раболепия) и протянул Орфею запечатанную бумагу. Бумага? Странно. Обычно местная знать присылала заказы на пергаменте. Печать тоже была Орфею незнакома. Но в любом случае это уже третий заказ за день. Дела идут. Приезд Свистуна ничего в этом не изменил. Этот мир просто создан для него, Орфея! Разве не понял он этого сразу, еще тогда, когда впервые открыл книгу Фенолио потными руками школьника? Здесь за искусные выдумки его не сажали в тюрьму как мошенника и авантюриста, здесь ценили его талант; и вся Омбра кланялась, когда разряженный в пух и прах придворный поэт проходил по рыночной площади.

– От кого письмо?

Осс пожал до смешного широкими плечами.

– Не знаю, хозяин. Мне передал его Фарид.

– Фарид? – Орфей вскочил. – Что же ты сразу не сказал?

И поспешно выхватил письмо из толстых пальцев Осса.

«Орфей (разумеется, он не разорился на «дорогой» или «глубокоуважаемый» – Перепел не лжет даже по мелочам!), *Фарид рассказал мне, какой платы ты требуешь за слова, о которых просила моя жена. Я согласен на сделку»*.

Орфей перечел эти слова три, четыре, пять раз – да, так и написано, черным по белому.

«Я согласен на сделку».

Переплетчик заглотил наживку! Неужели все оказалось так просто?

А почему бы и нет? Герои умом не отличаются, Орфей всегда это говорил. Перепел попался в ловушку – осталось только ее захлопнуть. Для этого нужны перо, чернила и... язык.

– Уходи. Мне нужно побыть одному! – сказал он Оссу, стоявшему рядом и кидавшему со скуки орешки в стеклянных человечков. – И прихвати с собой Сланца!

Орфей знал за собой привычку произносить фразы вслух во время работы. Поэтому стеклянного человечка нужно было удалить. Сланец слишком часто сидел на плече у Фарида, а о том, что собирался сейчас писать Орфей, мальчишке не следовало знать ни в коем случае. Конечно, этот юный болван желал возвращения Сажерука еще сильнее, чем сам Орфей, но вряд ли он согласился бы пожертвовать отцом своей любимой. Нет. Фарид боготворил Перепела, как и все остальные.

Халцедон злорадно посмотрел на брата, когда Осс неуклюжими пальцами снял Сланца с письменного стола.

– Пергамент! – приказал Орфей, как только дверь за ними закрылась.

Халцедон поспешно разложил на столе новый лист.

Но Орфей отошел к окну и взглянул на холмы, откуда пришло, надо полагать, письмо Перепела. Волшебный Язык, Перепел – красивых имен ему надавали! Что ж, Мортимер, конечно, отважнее и благороднее, чем сам Орфей, зато сообразительностью этот образчик добродетели не мог с ним тягаться, потому что добродетель оглупляет.

«Скажи спасибо его жене, Орфей! – думал он, шагая взад-вперед по комнате (он всегда так делал, когда сочинял). – Если б она так не боялась его потерять, ты бы, наверное, долго еще искал подходящую наживку».

О, это будет великолепно! Это будет величайший его триумф! Единороги, гномы, разноцветные феи... Неплохо, конечно, но какая это ерунда по сравнению с тем, что он совершит теперь! Он воскресит Огненного Танцора. Орфей. Теперь он оправдает это имя. Но он будет умнее, чем легендарный певец. Он не пойдет сам в царство мертвых, он пошлет туда другого и позаботится о том, чтобы тот не вернулся.

– Сажерук, слышишь ты меня в своей холодной стране? – шептал Орфей, пока Халцедон усердно размешивал чернила. – Я поймал наживку, за которую тебя отпустят домой, чудесную наживку в серо-коричневых перьях.

Тихонько напевая, как всегда, когда он был доволен собой, Орфей снова взял в руки письмо Мортимера. Что он там еще пишет?

«Все совершится, как ты того требуешь (ах ты господи, он пишет в торжественном стиле, как разбойники старых времен!): *я попытаюсь вызвать Белых Женщин, а ты за это напишешь слова, которые перенесут моих жену и дочь обратно в дом Элинор. Но обо мне там должно быть сказано лишь одно: что я последую за ними позднее»*.

Ничего себе! Что бы это значило?

Орфей с удивлением опустил письмо. Мортимер хочет остаться здесь? Почему? Потому что благородное сердце не позволяет ему сбежать после угрозы Свистуна? Или ему просто нравится играть в разбойника?

– Ну, как бы то ни было, благородный Перепел, – тихо сказал Орфей (ах, как он любил звук своего голоса!), – все совершится немного не так, как ты себе представляешь. Дело в том, что у Орфея есть на тебя свои виды!

Героический дурак! Он что, не читал до конца ни одной истории о благородных разбойниках? О Робин Гуде, о Ринальдо Ринальдини, о Гансе-живодере? Бывает у таких историй хороший конец? Так откуда же он возьмется для Перепела? Нет уж, ему осталось сыграть всего одну роль: наживки на крючке, вкусной, сочной – и обреченной на верную гибель.

«А я напишу о нем последнюю песню! – думал Орфей, расхаживая взад-вперед по кабинету танцующей походкой, словно нужные слова уже щекотали ему пятки. – Послушайте, люди, удивительную историю о Перепеле, который возвратил Огненного Танцора из царства мертвых, но сам – увы! – при этом погиб». Пробирает до слез, как смерть Робин Гуда из-за предательницы монахини, или одинокая гибель Ринальдо в горах. Да, герой должен уходить достойно... Даже у Фенолио финал не мог быть иным.

А, это еще не конец... Что он там еще пишет, благороднейший из разбойников? *«Когда ты напишешь нужные слова, вывесь в окне синий платок* (до чего романтично! Идея, достойная Робин Гуда! Похоже, он и в самом деле постепенно перевоплощается в персонажа Фенолио), *и ночью я буду ждать тебя на Кладбище комедиантов. Фарид знает, как туда пройти. Приходи один, можешь захватить одного слугу, но не больше. Я знаю, что ты в дружбе с новым наместником, и выйду к тебе лишь в том случае, если буду уверен, что с тобой нет его людей. Мортимер»*. (Смотри-ка, он подписывается своим прежним именем! Кого он хочет этим обмануть?)

«Приходи один! – Конечно, я приду один, – думал Орфей. – Слова, которые я пошлю вперед себя, ты все равно увидеть не сможешь».

Он свернул письмо и положил в ящик стола.

– Все готово, Халцедон? Дюжина очиненных перьев, чернила, размешанные в шестьдесят пять движений, лист самого лучшего пергамента?

– Дюжина. Шестьдесят пять. Самый лучший, – подтвердил стеклянный человечек.

– А список где? – Орфей рассматривал свои обкусанные ногти. Он их теперь держал по утрам в ванночке с розовой водой, но от этого они, увы, становились только вкуснее. – Твой бестолковый братец загадил своими следами букву «В».

Список. Алфавитный перечень всех слов, употребленных Фенолио в «Чернильном сердце». Орфей совсем недавно приказал Сланцу составить такой словарик (у Халцедона был неразборчивый почерк), но стеклянный человечек успел дойти, к сожалению, только до буквы «Д». Поэтому Орфею в случае сомнений по-прежнему приходилось листать книгу Фенолио. Это отнимало очень много времени, но что поделаешь – результаты подтверждали правильность избранного метода.

– Лежит рядом! – с готовностью отрапортовал Халцедон.

Отлично! Слова уже пошли – Орфей чувствовал их приближение, похожее на щекотание в мозгу. Схватив перо, он едва успевал макать его в чернила. Сажерук. У Орфея до сих пор наворачивались слезы при воспоминании о мертвом Сажеруке в шахте. Хуже ему, пожалуй, ничего не случалось пережить.

А как мучила его память об обещании, данном Роксане у мертвого тела (хотя она ему не поверила): *«Я найду слова, пьяняще-сладкие, как аромат лилии, слова, которые одурманят Смерть и заставят ее разжать холодные пальцы, которыми она держит горячее сердце Сажерука»*. С самого своего прихода в этот мир он искал такие слова, хотя Фарид и Фенолио думали, что он сочиняет одних только носорогов и разноцветных фей. Но уже после первых напрасных попыток ему открылась горькая истина – что одним благозвучием не обойдешься, что аромат лилии не вернет Сажерука и что Смерть требует ощутимой платы: человеческой плоти и крови.

Как он раньше не додумался сделать приманкой Мортимера – человека, который своей пустой книгой сделал Смерть посмешищем!

«Как хорошо, что его не будет, – думал Орфей. – В этом мире достаточно одного волшебного языка – моего. И когда я скормлю Мортимера Смерти, а Фенолио утопит остатки разума в вине, эту историю дальше буду рассказывать я один, и, уж конечно, в ней найдется почетное место для Сажерука и достойная роль для меня».

– Да, вызови мне Белых Женщин, Мортимер! – шептал Орфей, красивым почерком заполняя пергамент. – Ты никогда не узнаешь, что я успел нашептать этим бледным дамам. «Смотрите, кого я вам привел! Перепела. Отведите его к своей холодной владычице с сердечным приветом от Орфея, а мне за это отдайте Огнеглотателя». Ах, Орфей, Орфей, что бы о тебе ни говорили, дураком тебя никто не назовет.

Тихо смеясь, он обмакнул перо в чернила – и вздрогнул, когда за его спиной отворилась дверь. Вошел Фарид. Проклятье, куда подевался Осс?

– Чего тебе надо? – сердито спросил он мальчика. – Сколько раз тебе говорить, нужно стучаться, прежде чем входить. В следующий раз я швырну чернильницу в твою тупую башку. Принеси мне вина! Самого лучшего, какое у нас есть!

Как парнишка на него посмотрел! «Он меня ненавидит...» – подумал Орфей.

Эта мысль ему понравилась. По его опыту, ненависть вызывают лишь имеющие власть, а именно ее он и добивался в этом мире.

Власть.

Кладбище комедиантов

Он садится на холме и поет. Это волшебные песни, они так сильны, что могут воскрешать мертвых. Он начинает тихо и осторожно, потом пение становится все более громким и требовательным, пока торф не вскрывается, а в холодной земле не появляются трещины.

Тур Оге Брингсверд. Дикие боги

Кладбище комедиантов лежало на холме над заброшенной деревней. Карандрелла. Название сохранилось, хотя здесь давно никто не жил. Почему и куда ушли жители, уже забылось: одни рассказывали о чуме, другие – о голоде, третьи – о двух враждующих семействах, в конце концов перерезавших друг друга. Какая бы из этих историй ни была правдой, в книге Фенолио о ней не упоминалось, как и о кладбище, на котором Бродячий Народ погребал своих мертвецов рядом с могилами жителей Карандреллы, так что они остались соседями на все времена.

Узкая, каменистая тропа вела по заросшему дроком склону от пустующих домов к скальному выступу, откуда взгляд поверх Непроходимой Чащи мог свободно двигаться на юг, где вдали, за холмами, лежало море. Мертвым Карандреллы, говорили в Омбре, – открывается чудесный вид.

Кладбище окружала полуразвалившаяся стена. Для надгробий здесь использовали те же камни, что и для строительства домов. Живым – камни, и мертвым – камни. На некоторых были выцарапаны имена –

неуклюже, как будто тот, кто их писал, наспех выучил буквы для того, чтобы вырвать любимое имя у безмолвия смерти.

Мегги шагала между могил, и ей казалось, что надгробия шепчут эти имена – Фарина, Роза, Лучио, Ренцо... Камни без надписей были словно стиснутые губы, печальные рты, разучившиеся говорить. Но, может быть, мертвым все равно, какие имена они носили раньше?

Мо все еще разговаривал с Орфеем. Силач разглядывал его телохранителя, словно мысленно мерялся с ним обхватом бицепсов.

Не надо, Мо! Пожалуйста!

Мегги посмотрела на мать – и сразу отвернулась, когда Реза встретила ее взгляд. Мегги сейчас почти ненавидела ее. Только из-за Резиных слез Мо и стоит сейчас здесь – из-за той ее проклятой поездки к Орфею.

Не только Силач, но и Черный Принц отправился с ними, и Дориа, хотя брат ему это запретил. Он стоял, как и Мегги, на дорожке среди могил и рассматривал предметы, лежавшие у надгробий,– увядшие цветы, деревянные игрушки, башмак, флейту. На одной из могил лежал свежий цветок. Дориа поднял его. Цветок был белый, как женщины, которых они ждали. Почувствовав взгляд Мегги, Дориа подошел к ней. Он был совсем не похож на брата. У Силача волосы были темнее и коротко острижены, а у Дориа они спадали волнами до плеч; Мегги порой казалось, что он сошел со страниц старинной книги сказок, которую подарил ей Мо, едва она научилась читать. Мегги часами рассматривала пожелтевшие картинки в полной уверенности, что их нарисовали крохотными ручками феи, о которых рассказывалось в этих сказках.

– Ты можешь прочитать буквы на камнях? – Дориа все еще держал в руках белый цветок.

Два пальца на левой руке у него не гнулись. Их сломал ему пьяный отец, когда Дориа пытался защитить от него сестру. Так рассказывал Мегги Силач.

– Да, конечно. – Мегги снова посмотрела в сторону Мо.

Фенолио передал с Баптистой записку: *«Мортимер, Орфею нельзя доверять!»* Бесполезно.

Не надо, Мо! Пожалуйста, не надо!

– Я ищу одно имя, – сказал Дориа смущенно, что с ним нечасто бывало. – Но я... я не умею читать. Я ищу имя своей сестры.

– Как ее зовут?

По словам Силача, Дориа как раз в тот день, когда Зяблик собирался его повесить, исполнялось пятнадцать. Мегги казалось, что он выглядит старше. «Может быть, – сказал на это Силач, – может быть, он и старше. Мать у нас не сильна в счете! Про меня она вообще не помнит, когда я родился».

– Ее звали Суза. – Дориа посмотрел на могилы, словно имя могло вызвать оттуда ту, которой оно принадлежало. – Брат говорит, что ее похоронили здесь. Только он точно не помнит, где.

Они нашли этот камень. Он зарос плющом, но имя ясно читалось. Дориа нагнулся и отодвинул плющ.

– У нее были такие же светлые волосы, как у тебя, – сказал он. – Лазаро говорит, что мама прогнала ее, потому что она хотела уйти к комедиантам. Он так этого матери и не простил.

– Лазаро?

– Мой брат. Силач, как вы его называете. – Дориа водил пальцем по надписи на камне.

Похоже, буквы были выцарапаны ножом. В букве «С» рос мох.

Мо все еще разговаривал с Орфеем. Тот протянул ему лист пергамента: слова, которые заказывала Реза.

Прочтет ли их Мо прямо здесь, если Белые Женщины действительно придут? Неужели они еще до зари снова окажутся в доме Элинор? Мегги сама не знала – печаль или облегчение она испытывает при этой мысли. И ей не хотелось в это вникать. Сейчас ей хотелось лишь одного: чтобы Мо сел на коня и ускакал отсюда прочь. А лучше бы он и не приходил, пусть бы Реза плакала сколько душе угодно.

Фарид стоял в стороне. На плече у него сидела куница. Мегги смотрела на него сейчас так же холодно, как на Резу. Фарид передал Мо требования Орфея, хотя знал, в какую опасность он ввергает ее отца, не говоря уж о том, что для них – Фарида и Мегги – эта сделка означает, вероятно, расставание навсегда. Но это Фариду безразлично. Ему нужен только один человек – Сажерук.

– Говорят, вы с Перепелом родом из далекой страны. – Дориа вытащил из-за пояса нож и стал соскребать мох с имени сестры. – Там все не так, как у нас?

Что можно на это ответить?

– Да, – сказала она, помолчав, – Там все по-другому.

– Правда? Фарид рассказывал, будто там есть кареты, которые ездят без лошадей, и черные шкатулки, откуда играет какая захочешь музыка.

Мегги невольно рассмеялась.

– Да, это правда, – тихо ответила она.

Дориа положил на могилу сестры белый цветок и выпрямился.

– А правда, что в твоей стране есть летающие машины? – Сколько любопытства было в его взгляде! – Я однажды попробовал соорудить себе крылья. Я даже пролетел немного, но совсем недалеко.

– Да... Летающие машины у нас тоже есть, – ответила Мегги рассеянно. – Реза может тебе их нарисовать.

Мо сложил пергамент, протянутый Орфеем. Реза подошла к нему и начала уговаривать – слов было не слышно. Зачем? Он ее все равно не послушается.

«Другого пути нет, Мегги, – ответил он, когда она умоляла его не соглашаться на предложение Орфея. – Твоя мать права. Пора возвращаться. Здесь становится с каждым днем опаснее». Что она могла на это возразить? Разбойники за последние дни трижды переносили лагерь из-за всюду шнырявших патрулей Свистуна, а в замок Омбры, говорят, каждый час приходили женщины, утверждавшие, что видели Перепела. Этим они надеялись спасти своих детей.

Ах, Мо!

– С ним ничего не случится, – сказал Дориа. – Вот увидишь! Даже Белые Женщины любят его голос.

Ерунда. Поэтическая чушь.

Мегги подошла к Мо. Ее сапоги оставляли следы на инее, как будто по кладбищу прошел призрак. Какое серьезное у него лицо! Страшно ему? А ты как думаешь, Мегги? Он собирается позвать Белых Женщин! «*Мегги, они сотканы из чистого томления!*»

Фарид смущенно отвел глаза, когда она проходила мимо.

– Прошу тебя! Ты не обязан этого делать! – громкий голос Резы мучительно вспарывал тишину кладбища, и Мо мягко прикрыл ей рот ладонью.

– Я делаю это по доброй воле, – сказал он. – Не бойся. С Белыми Женщинами я знаком лучше, чем ты думаешь.

Мо сунул ей за пояс сложенный листок.

– Вот. Береги его. Если я по какой-то причине не смогу его прочитать, это сделает Мегги.

«*Если я по какой-то причине не смогу его прочитать...*» – если они убьют меня, как Сажерука, своими холодными белыми руками. Мегги открыла было рот и тут же закрыла, встретив взгляд Мо. Она знала этот взгляд. «*Не спорь, Мегги. Бесполезно*».

– Ну что ж. Я свою часть договора выполнил. Я думаю... мм... не стоит откладывать! – Орфею явно не терпелось. Он переминался с ноги на ногу, на губах блуждала странная усмешка. – Говорят, они любят являться при лунном свете. Так что, пока луна не скрылась за облако...

Мо кивнул и подал знак Силачу. Тот мягко потянул Резу и Мегги за собой, подальше от могил, к развесистому дубу на краю кладбища. Дориа, повинуясь оклику брата, присоединился к ним.

Орфей тоже отступил на несколько шагов, как будто уже сейчас было опасно находиться рядом с Мо.

Мо переглянулся с Черным Принцем. Что он ему рассказал? Что собирается позвать Белых Женщин только ради Сажерука? Или Принц знает о словах, которые Перепел хочет купить такой ценой? Нет, конечно.

Плечом к плечу шагали они между могил. Медведь ковылял за ними. А Орфей со своим телохранителем поспешил к дубу, где стояли Реза и Мегги. И лишь Фарид остался на месте как вкопанный. На его лице страх перед теми, кого собирался позвать Мо, мешался с тоской по тому, кого они увели с собой.

Над кладбищем повеял легкий ветерок, прохладный, как дыхание тех, кого они ждали. Реза невольно шагнула вперед, но Силач удержал ее.

– Нет! – тихо сказал он.

И Реза осталась под деревом. Как и Мегги, она неотрывно глядела на двоих мужчин, стоявших среди могил.

– Покажитесь, Дочери Смерти! – Мо говорил размеренно, словно призывал их уже несчетное количество раз. – Вы ведь помните меня? Вы помните крепость Каприкорна, пещеру, куда вы за мной приходили, вы помните, как слабо билось мое сердце о ваши белые пальцы. Перепел хочет спросить вас об ушедшем друге. Где вы?

Реза прижала руку к груди. Наверное, сердце у нее колотилось так же бешено, как у Мегги.

Белая Женщина появилась прямо у надгробия, возле которого стоял Мо. Ей достаточно было протянуть руку, чтобы его коснуться, и она это сделала, мягко, словно приветствуя друга.

Медведь взвыл и опустил голову, а потом попятился, шаг за шагом, и сделал то, чего не делал никогда: покинул своего хозяина. Но Черный Принц остался стоять плечом к плечу с Мо, хотя и на его темном лице был написан страх, чего Мегги ни разу прежде не видела.

Зато Мо не повел и бровью, когда бледные пальцы коснулись его плеча. Справа от него появилась еще одна Белая Женщина. Она коснулась его груди, того места, где билось сердце. Реза вскрикнула и снова шагнула вперед – но Силач удержал ее.

– Она ему ничего плохого не делает! Ты что, не видишь? – прошептал он.

Еще одна Белая Женщина возникла из ночного мрака, потом четвертая, пятая. Они окружили Мо и Черного Принца плотным кольцом, так что Мегги видела лишь две темные тени в кругу туманных фигур. Эти вестницы смерти были так прекрасны – и так ужасны! Мегги на мгновение захотелось, чтобы Фенолио мог их увидеть. Она знала, какую гордость испытал бы он в эту минуту, – гордость за созданных его воображением бескрылых ангелов.

А их появлялось все больше. Казалось, они возникают из белых облачков дыхания, выходивших изо рта у Мо и Принца. Почему их так много? Мегги видела, что и Реза очарована ими, и даже Фарид, так боявшийся призраков. А потом поднялся шепот. Голоса Белых Женщин казались такими же бесплотными, как они сами. Шепот становился все громче, и очарованность присутствующих перешла в страх. Силуэт Мо стал размываться, словно он растворяется во всей этой белизне. Дориа бросил на брата тревожный взгляд. Реза громко позвала Мо по имени. Силач снова попытался ее удержать, но она вырвалась и побежала.

Мегги рванулась за ней, утопая в тумане прозрачных тел. К ней поворачивались лица, бескровные, как камни, о которые она спотыкалась. Где отец?

Мегги пыталась расталкивать бледные фигуры, но хватала руками пустоту, пока вдруг не наткнулась на Черного Принца. Он стоял, белый как мел, держа меч в дрожащей руке, и озирался кругом, словно забыв, кто он и как сюда попал. Шепот Белых Женщин смолк. Они растворились в воздухе, словно дым, унесенный ветром. С их уходом ночь стала еще темнее. И как страшно холодно!

Реза не переставая звала Мо, а Принц озирался в отчаянии, сжимая бесполезный меч.

Мо исчез.

Вина

Время, пусть я исчезну.
Тогда то, что мы разделяем своим присутствием, может соединиться.

Одри Ниффенеггер.
Жена путешественника во времени*

Реза ждала на кладбище, пока не занялась заря, но Мо не вернулся.

Горе Роксаны – теперь ее горе. Только у нее не осталось даже мертвого тела, чтобы его оплакать. Мо исчез, словно его никогда не было. История проглотила его, а виновата во всем она, Реза.

Мегги плакала. Силач держал ее в объятиях, а у самого тоже текли слезы по широкому лицу.

– Это вы виноваты! – Мегги выкрикивала эту фразу снова и снова, отталкивая Резу и Фарида. Но и Черному Принцу она не дала себя успокоить. – Это вы его уговорили! Зачем я спасала его тогда, раз они все же забрали его себе?

«Очень сожалею! Я правда страшно сожалею!» – Реза не могла стряхнуть ядовито-сладкий голос Орфея, словно он налип ей на кожу. Когда исчезли Белые Женщины, он стоял и словно ждал чего-то, с трудом пряча улыбку, мелькавшую на губах. Но Реза ее заметила. И Фарид тоже.

– Что ты сделал? – Он схватил Орфея за роскошную одежду и замолотил кулаками по его груди.

---

*Перевод А. Пономаревой.

Телохранитель хотел отшвырнуть Фарида, но вмешался Силач.

– Грязный обманщик! – со слезами кричал Фарид. – Змея двуязычная! Почему ты их ни о чем не спросил? Ты и не собирался их спрашивать, да? Ты хотел только, чтобы они забрали Волшебного Языка. Спросите его! Спросите его, что он там еще написал! Я видел! Он написал не только те слова, что обещал Волшебному Языку. Там был еще второй листок! Он думает, я не понимаю, что он делает, потому что не умею читать, но считать-то я умею! Там было два листка, а его стеклянный человечек говорит, что сегодня ночью он читал вслух!

«Он прав! – шепнул Резе внутренний голос. – О Господи, Фарид прав!»

Орфей постарался разыграть возмущение.

– Что за глупости! – воскликнул он. – Неужели вы думаете, что я и сам не разочарован? Я не виноват в том, что они его забрали. Свою часть уговора я выполнил! Я написал именно то, что просил Мортимер! Но разве получил я за это возможность спросить о Сажеруке? Нет! Но я не требую свой листок обратно. Я только надеюсь, что всем присутствующим ясно, – он посмотрел на Черного Принца, все еще сжимавшего меч, – проигравший в этой сделке – я!

Листок со словами Орфея торчал у Резы за поясом. Она хотела швырнуть его вслед предателю, когда он сел на коня и поскакал прочь, но передумала и сунула пергамент обратно. Слова, которые могли перенести ее домой... она их даже не прочла. Они достались слишком дорогой ценой. Мо больше не было, а Мегги никогда ей этого не простит. Она снова потеряла обоих.

Реза прислонилась лбом к надгробию, у которого стояла. Здесь был похоронен ребенок, на могиле лежала крошечная рубашонка. «*Я правда страшно сожалею*». Снова и снова раздавался в ее ушах тягучий, приторный голос Орфея, смешиваясь с рыданиями ее дочери. Да, Фарид прав. Орфей лжет. Он написал именно то, что произошло, и голосом превратил это в реальность – он убрал Мо с дороги, из зависти, как давно предупреждала Мегги, а она, Реза, помогла ему в этом.

Дрожащими пальцами она развернула листок. Он был влажным от росы. Над строчками красовался герб Орфея. Фарид рассказывал, что Орфей заказал себе в Омбре герб с короной в знак своего якобы королевского происхождения – пальмой, означающей дальнюю страну, откуда он родом, и единорогом с чернильно-черным острием крученого рога.

Эмблемой Мо тоже был единорог. У Резы снова подступили к глазам слезы. Слова на листке расплывались. Дом Элинор был описан безжизненно и сухо, но для тоски Резы по дому и для ее страха за мужа, которого эта история превращает в другого человека, Орфей нашел нужные слова.... Откуда он так хорошо знал, что творится в ее сердце? «От тебя самой, Реза, – с горечью подумала она. – Все свое отчаяние ты отнесла к нему». Она стала читать дальше – и вдруг запнулась: «*И вот мать и дочь отправились назад, в дом, полный книг – но Перепел не пошел с ними. Он обещал, что придет, когда настанет время и его роль будет сыграна до конца...*»

«Я написал именно то, что просил Мортимер!» – раздался в ее памяти голос Орфея, полный оскорбленного достоинства.

Нет. Этого не может быть. Мо хотел пойти с ними. Или...

«Ответа ты никогда не узнаешь, Реза», – подумала она и скорчилась над маленькой могилой от боли, пронзившей ее сердце. Ей казалось, что ребенок у нее внутри тоже плачет.

– Пойдем, Реза! – рядом с ней стоял Черный Принц. Он протянул ей руку. В его взгляде не было упрека, хотя лицо было бесконечно печальным. Он не спросил о словах, которые написал Орфей.

Может быть, он думал, что Перепел был все-таки на самом деле волшебник. Черный Принц и Перепел, две руки справедливости – черная и белая. А теперь Принц снова один.

Реза ухватилась за его протянутую руку и с трудом поднялась на ноги. «Пойдем? Куда? – хотелось ей спросить. – Обратно в лагерь, где меня ждет пустая палатка и враждебные взгляды твоих людей?»

Дориа подвел ей коня. Силач все еще стоял с Мегги. Он отвел глаза, когда Реза на него посмотрела. Его грубое лицо было залито слезами, как и у ее дочери. Значит, и он винит Резу в том, что произошло.

Куда же ей возвращаться?

Реза все еще держала в руках листок со словами Орфея. Дом Элинор. Каково будет вернуться туда без Мо? Если, конечно, Мегги захочет читать эти слова. «*Элинор, я потеряла Мо. Я хотела его спасти, но...*» Нет, ни за что. Она не хочет рассказывать эту историю. Для нее нет возвращения. Для нее ничего больше нет.

– Пойдем, Мегги! – Принц подозвал ее и хотел посадить на лошадь к Резе, но Мегги отшатнулась.

– Нет, я поеду с Дориа, – сказала она.

Дориа подъехал к ней. Фарид зло посмотрел на юношу, когда тот подсаживал Мегги на своего коня.

– А ты что тут делаешь? – крикнула ему Мегги. – Все надеешься увидать Сажерука? Он не вернется, как и мой отец, зато Орфей, конечно, с удовольствием тебя примет после всего, что ты для него сделал.

Фарид сжимался при каждом слове, словно побитая собака. Потом молча повернулся и пошел к своему ослу. Он позвал куницу, но Пролаза не появился, и Фарид уехал без него.

Мегги не глядела ему вслед. Она обернулась к Резе.

– Не думай, что я вернусь с тобой к Элинор! – резко сказала она матери. – Если тебе нужен чтец для твоих драгоценных слов, иди к Орфею. Ты ведь к нему уже ходила!

И снова Черный Принц не спросил, о чем она говорит, хотя Реза видела недоумение на его усталом лице. Всю долгую дорогу он ехал рядом с Резой. Солнце освещало холмы один за другим, но Реза знала, что для нее ночь не кончится никогда. Отныне она поселилась в ее сердце. Одна бесконечная ночь. Черная и в то же время белая, как Белые Женщины, забравшие Мо.

Начало и конец

ВОТ МАЛЕНЬКИЙ ФАКТ
Когда-нибудь вы умрете.

Маркус Зузак.
Книжный вор*

Они вернули прошлое: память о боли и страхе, о лихорадочном жаре и холодном прикосновении их рук к сердцу. Но теперь все было иначе. Белые Женщины прикасались к Мо, а он их не боялся. Они шептали имя, которое считали его именем, и оно звучало как радостное приветствие. Да, они приветствовали его своими тихими голосами, исполненными томления, голосами, которые так часто звучали в его снах; – приветствовали как давно утраченного друга, который наконец возвратился.

Их было много. Их белые лица окружили его, как туман, за которым исчезло все – Орфей, Реза, Мегги и Черный Принц, который только что стоял рядом. Исчезли даже звезды и земля у него под ногами. Вдруг оказалось, что он стоит на куче прелых листьев. Их сладковатый запах висел в холодном воздухе. Тут же лежали кости – белые, чистые. Черепа. Части скелета. Куда он попал?

«Они забрали тебя с собой, Мортимер, – подумал он. – Как Сажерука».

Почему эта мысль нисколько не испугала его?

Он слышал, как кричат над ним птицы, – множество птиц. Белые Женщины расступились, и он увидел над

* Перевод Н. Мезина.

собой воздушные корни – они свисали, словно паутина, с темной высоты. Мо стоял внутри дерева, полого, как труба органа, и высокого, как крепостные башни Омбры. Из коры прорастали грибы, светившиеся бледно-зеленым светом. В этом свечении становились видны гнезда – птиц и фей. Мо протянул руку и потрогал корни – он хотел узнать, сохранилось ли у него осязание. Да, пальцы ощущали каждый выступ. Он провел рукой по лицу, почувствовал собственную кожу, теплую, такую же, как всегда. Что же это? Значит, это все-таки не смерть?

А что же тогда? Сон?

Он обернулся, по-прежнему как во сне, и увидел ложа из мха. На них спали кикиморы. Их мертвые лица были так же лишены возраста, как при жизни. А на последнем ложе Мо увидел знакомую фигуру. Лицо было неподвижно, как тогда, когда он видел его в последний раз. Сажерук.

Роксана сдержала зарок, данный в заброшенной шахте: «*И он будет выглядеть словно только что заснул, когда мои волосы уже поседеют, потому что Крапива научила меня сохранять тело нетронутым, хотя душа давно отлетела*».

Мо нерешительно подошел к неподвижной фигуре. Белые Женщины молча расступились перед ним.

Где ты находишься, Мортимер? Похоже, это все-таки мир живых, хоть здесь и покоятся мертвые?

Сажерук и вправду словно спал. Мирно, без снов.

Навещает его здесь Роксана? Наверное. «Но я-то как сюда попал?» – недоумевал Мо.

– Это ведь и есть тот друг, о котором ты хотел спросить?

Голос доносился сверху. Подняв глаза, Мо различил в полумраке, среди переплетавшихся корней, птицу в золотом оперении, с красным пятном на груди. Она смотрела на него круглыми птичьими глазами, но голос, выходивший из клюва, был человечий – женский.

– Твой друг у нас – дорогой гость. Он принес нам огонь – единственный элемент, который мне не подчиняется. Тебя мои дочери тоже с радостью забрали бы к себе, потому что им нравится твой голос, но они знают, что этому голосу нужно дыхание плоти. А когда я приказала им все же забрать тебя, в наказание за то, что ты переплел Пустую Книгу, они уговорили меня пощадить тебя. Они сказали, что у тебя есть замысел, который утишит мой гнев.

– Какой замысел? – собственный голос казался Мо чужим.

– Ты не знаешь? А ведь ты готов ради этого оторваться от всего, что любишь. Ты приведешь ко мне того, кого ты у меня отнял. Добудь мне Змееглава, Перепел!

– Кто ты? – Мо посмотрел на Белых Женщин. Потом перевел глаза на спокойное лицо Сажерука.

– Угадай.

Птица взъерошила перья, и Мо увидел, что красное пятно у нее на груди – кровь.

– Ты – Смерть. – Как тяжело поворачивается язык! Есть ли слово тяжелее?

– Да, так меня называют, хотя я заслужила много других имен!

Птица встряхнулась, и золотые перья посыпались на листья у ног Мо. Они падали и падали, застревали у него в волосах, ложились на плечи, а когда он снова поднял глаза, в переплетении корней висел скелет птицы.

– Начало и конец – вот что я такое.

Кости стали одеваться мехом. На голом черепе появились острые ушки. На Мо с высоты смотрела белка. Она держалась за корни крошечными лапками, а из маленькой пасти раздавался тот же голос, которым говорила птица.

– Многоликая – вот имя, которое мне нравится.

Белка тоже встряхнулась, скинула мех, хвост, ушки, превратилась в мотылька, в гусеницу, в кошку с крапинами, как блики света в Непроходимой Чаще, а потом в куницу, которая прыгнула к Сажеруку на моховое ложе и свернулась клубочком у ног мертвеца.

– Я – начало всех историй и их конец, – сказала куница тем же голосом, что был у птицы и у белки. – Распад и обновление. Без меня ничто не рождается, потому что без меня ничто не умирает. Но ты, Перепел, нарушил мой порядок, когда переплел книгу, связавшую мне руки. Поэтому я разгневалась на тебя, страшно разгневалась.

Куница ощерила зубы, и Мо почувствовал, как Белые Женщины придвигаются ближе. Так вот она, смерть? Грудь ему стеснило, дышать стало трудно, как в те уже далекие дни, когда он впервые почувствовал ее так близко.

– Да, я разгневалась, – прошептала куница. Голос у нее был по-прежнему женский, но звучал он теперь старчески. – Но уговоры дочерей смягчили мой гнев. Они любят твое сердце не меньше, чем твой голос. Они говорят, что это большое сердце, очень большое, и что жаль останавливать его так рано.

Куница замолчала, и вдруг воздух снова наполнился шепотом, навеки памятным Мо с тех дней в пещере. Шепот окружал его со всех сторон, вытеснил все другие звуки.

– Берегись! Берегись, Перепел!

Кого беречься? На него смотрели бледные лица. Они были прекрасны, но расплывались и исчезали, как только он пытался вглядеться в них.

– Орфей! – шептали бледные губы.

И вдруг Мо услышал знакомый голос. Его мелодичное звучание заполнило пустой ствол, словно сладкий аромат. «*Послушай, владычица холода! – сказал поэт. –*

Послушай, хозяйка темноты! Я предлагаю тебе сделку. Я пошлю к тебе Перепела, который выставил тебя на посмешище. Он будет думать, что должен лишь позвать твоих бледных дочерей, но я предлагаю его тебе как выкуп за Огненного Танцора. Возьми его, а за это отпусти Сажерука обратно в мир живых – ведь его повесть еще не рассказана до конца. Зато в истории Перепела не хватает лишь одной главы, пусть ее напишут твои Белые Женщины». Так написал поэт, так он прочитал вслух, и слова его сбылись, как всегда. Безрассудный Перепел позвал Белых Женщин, и Смерть уже не выпустила его из своих объятий. Зато Огненный Танцор вернулся, и его история получила продолжение...

Берегись...

Мо не сразу понял... а потом проклял свою глупость. Как он мог довериться человеку, который однажды уже пытался его убить! Мо мучительно пытался вспомнить, что стояло на листке, который Орфей написал для Резы. А что, если Мегги и Резу он тоже хотел убрать с дороги? Вспоминай, Мо! Что там было написано?

– Да, ты действительно сделал глупость, – насмешливо сказал женский голос. – Но он еще глупее тебя. Он думает, что с помощью слов может повелевать мной – мной, правительницей страны, где умолкают все слова и откуда все слова родом! Мою волю не может сковать ничто, кроме Пустой Книги, потому что ты наполнил ее страницы белым безмолвием. Тот, кого защищает твоя книга, что ни день посылает ко мне убитого им человека – как насмешку надо мной. О, как мне хочется сгноить его заживо! Но мои дочери – они читают в твоем сердце, как в открытой книге, с тех пор, как прикоснулись к тебе и заверили, что ты не успокоишься, пока тот, кого защищает книга, не станет моей добычей. Это правда, Перепел?

Куница легла на неподвижную грудь Сажерука.

– Да! – прошептал Мо.

– Хорошо. Тогда возвращайся и уничтожь эту книгу. Впиши в нее заветные слова до того, как наступит весна, иначе зима для тебя никогда не кончится. За жизнь Змееглава я заберу тогда не только твою жизнь, но и жизнь твоей дочери, потому что она помогала переплетать книгу. Ты понял мои слова, Перепел?

– Почему две? – хрипло спросил Мо. – Как ты можешь требовать две жизни за одну? Возьми мою, этого достаточно.

Куница прищурила янтарные глаза.

– Цену назначаю я, – сказала Смерть. – Ты только платишь.

Мегги. Нет. Нет! «Возвращайся домой, Реза! – думал Мо. – Пусть Мегги прочтет слова Орфея! Все лучше, чем это! Возвращайтесь, дорогие мои! Скорее!»

Но куница рассмеялась – и снова голос у нее был как у старухи.

– Мною заканчиваются все истории, Перепел! – сказала она. – От меня нигде не укроешься.

И в доказательство превратилась в одноухую кошку, которая часто забиралась в сад Элинор поохотиться на птичек. Кошка упруго соскочила с груди Сажерука и потерлась об ноги Мо.

– Ну, что скажешь, Перепел? Принимаешь мои условия?

«И за жизнь Змееглава я заберу тогда не только твою жизнь, но и жизнь твоей дочери».

Мо посмотрел на Сажерука. Он выглядел спокойным, каким никогда не бывал при жизни. Встретил ли он за роковой чертой свою младшую дочь? Козимо? Второго мужа Роксаны? Все ли мертвые попадают в одно и то же место?

Кошка уселась напротив и пристально смотрела на него.

– Я согласен, – сказал Мо так хрипло, что сам не узнал своего голоса. – Но с одним условием. Отпусти со мной Огненного Танцора. Когда-то мой голос украл у него десять лет жизни. Позволь мне вернуть их ему. И потом... не зря же поется в песнях, что погибель Змееглава придет из огня.

Кошка выгнула спину. Шерсть посыпалась на прелые листья. Кости снова покрылись перьями – и золотой пересмешник с кровавым пятном на груди вспорхнул на плечо к Мо.

– Тебе ведь нравится воплощать в жизнь то, о чем поется в песнях? – проговорила птица. – Ладно. Я отпущу его с тобой, пусть Огненный Танцор еще поживет. Но если придет весна, а Змееглав все еще будет бессмертен, его сердце перестанет биться в тот же миг, что твое – и сердце твоей дочери.

У Мо закружилась голова. Ему хотелось схватить птицу и свернуть ей золотую шею, лишь бы не слышать этого голоса, старческого, равнодушного, насмешливого. Мегги. Мо чуть не упал, когда снова шагнул к Сажеруку.

На этот раз Белые Женщины расступились перед ним неохотно.

– Видишь, моим дочерям не хочется его отпускать, – сказал старушечий голос. – Хотя они прекрасно знают, что он должен вернуться.

Мо взглянул на неподвижное тело. Такого умиротворенного лица он никогда прежде не видел у Сажерука. Будет ли Огнеглотатель благодарен ему за свое возвращение?

Птица все еще сидела у Мо на плече – невесомо-легкая, с острыми, как сталь, коготками.

– Чего ты ждешь? – спросила Смерть. – Окликни его!

И Мо повиновался.

Знакомый голос

«Что у него осталось? – спрашивает себя Лангшаттен. Какие мысли и запахи, какие имена? Или в его голове нет ничего, кроме смутных ощущений и кучи бессвязных слов?»

Барбара Гауди. Белая кость

Они ушли. Оставили его наедине со всей этой голубизной, так плохо сочетавшейся с багровым блеском огня. Цвет летнего неба, цвет незабудок, цвет язычка в самом сердце пламени, когда оно горит слишком жарко. Да, и в этом мире порой бывало жарко. Здесь было жарко и холодно, светло и темно, страшно и прекрасно – все сразу. Неправда, что в стране смерти царит бесчувствие. Здесь слышат и видят, обоняют и осязают – только сердце остается при этом странно спокойным, словно отдыхая перед новой пляской.

Умиротворение. Наверное, так это можно назвать.

А хранительницы этой страны тоже пронизаны ее покоем или их снедает тоска по другому миру? По боли, которая им незнакома, по плоти, в которую они никогда не облекались? Может быть. А может быть, и нет. По их лицам он не мог этого понять. На них отражалось все сразу: умиротворенность и томление, радость и боль. Как будто им было ведомо все и в этом мире, и в другом, так же как сами они состояли из всех цветов сразу, сливавшихся в белое свечение. Они рассказывали ему, что в стране смерти есть и другие места, темнее, чем то, куда они его привели, и что никто не задерживается здесь надолго – кроме него. Потому что он умеет призывать огонь...

Белые Женщины любили огонь и боялись его. Они подносили к пламени холодные бледные руки – и смеялись, как дети, когда он жонглировал для них огненными языками. Они были детьми, одновременно юными и старыми, старыми, как мир. Они просили его изобразить огненные деревья и цветы, солнце и луну, а он заставлял огонь рисовать лица – те лица, что виделись ему, когда Белые Женщины брали его с собой к реке, где выполаскивали сердца мертвых. «Загляни в воду! – шептали они. – Загляни в воду, и те, кто тебя любит, увидят тебя во сне». И он наклонялся над прозрачной голубой водой и видел юношу, женщину и молодую девушку, чьих имен он не помнил. Он видел, как они улыбаются во сне.

«Почему я не могу вспомнить их имен?» – спрашивал он.

«Потому что мы выполоскали твое сердце, – сказали они. – Потому что мы выполоскали его в голубой реке, отделяющей наш мир от другого. От этого сердце теряет память».

Да, видимо, так оно и было. Сколько он ни пытался вспомнить, вокруг была все та же ласковая, прохладная голубизна. И лишь когда он призывал огонь и все озарялось его багровым светом, к нему приходили образы – те самые, что он видел в речной воде. Но тоска по ним засыпала, не успев до конца пробудиться.

«Как меня звали?» – спрашивал он иногда, а они смеялись. «Огненный Танцор, – шептали они ему. – Так тебя звали и будут звать всегда, потому что ты навечно останешься у нас и не уйдешь, как все остальные, в новую жизнь...»

Иногда они приносили к нему маленькую девочку. Она гладила его по лицу и улыбалась, совсем как та женщина, которую он видел в воде и в огне. «Кто это?» – спрашивал он. «Она была здесь, но уже ушла, – отвечали они. – Она была твоей дочерью».

Дочь... Это было больное слово, но его сердце лишь помнило о боли, но не ощущало ее. Оно чувствовало только любовь, одну лишь любовь. Все остальное исчезло.

Где они? Они ни разу еще не оставляли его одного с тех пор, как он попал сюда... как бы ни называлось это место.

Он так привык к их бледным лицам, к их красоте и тихим голосам.

Но вдруг до него донесся другой голос, совсем не похожий. Он знал его когда-то, знал и имя, которое этот голос произносил.

Сажерук.

Он ненавидел этот голос... Или любил? Он не знал. Знал он лишь одно: этот призыв привел обратно все, что он забыл. Словно резкая боль, заставившая его сердце снова забиться. Кажется, этот голос однажды уже причинил ему боль, такую сильную, что она едва не разбила ему сердце. Да, он вспомнил! Он зажал уши ладонями, но в мире мертвых слышат не одними ушами, и зов проник в самое его существо, словно свежая кровь, вдруг заструившаяся по давно застывшим жилам.

– Просыпайся, Сажерук! – сказал голос. – Возвращайся к живым. Твоя история еще не рассказана до конца!

История... Он почувствовал, как голубизна выталкивает его, как он снова облекается в плоть и как сердце вновь колотится о грудную клетку, слишком узкую для его отчаянного биения.

«Волшебный Язык, – подумал он. – Это голос Волшебного Языка». К нему вдруг вернулись все имена: Роксана, Брианна, Фарид – и он снова ощутил боль, время и тоску по любимым.

Утраченный вернулся

Дело в том, что я никогда всерьез не верил, что мертвые уходят в никуда.

Сол Беллоу. Хендерсон, король дождя*.

Было еще темно, когда Гвин разбудил Роксану. Она по-прежнему не любила куницу, но прогнать Гвина у нее не хватало духу. Слишком часто она видела его на плече у Сажерука. Иногда ей казалось, что пушистый мех еще хранит тепло его рук. С тех пор как не стало хозяина, зверек позволял Роксане себя гладить. Прежде такого не бывало. Раньше он норовил душить у нее кур. А теперь он к ним не прикасался, словно это было частью их молчаливого уговора, благодарностью за то, что она позволяла ему – и никому больше – следовать за ней, когда она шла к его хозяину. Гвин был единственным, кто знал ее тайну, кто был с ней, когда она сидела рядом с мертвецом, – час, порой два, полностью уходя в созерцание неподвижного лица.

Куница прыгнула ей на грудь. «Он вернулся», – говорила поднявшаяся дыбом шерсть Гвина, но Роксана не поняла. Она взглянула на окно, увидела, что на дворе еще ночь, и согнала зверька. Но он не унимался, шипел на нее и скребся в дверь. Роксана, конечно, подумала о патрулях, которые Зяблик любил посылать по ночам в одинокие усадьбы. В страхе она схватила нож, лежавший у нее под подушкой, и быстро натянула платье. Гвин все нетерпеливее скреб дверь когтями. Хоро-

* Перевод В. Ноздриной.

шо еще, что не разбудил Йехана. Мальчик спал глубоко и крепко. Гусыня тоже не подняла тревоги... странно.

Босиком, с ножом в руке, она подбежала к двери и прислушалась. Но снаружи не доносилось ни звука. Роксана осторожно отворила дверь и ступила в темноту. Ей казалось, что ночь дышит глубоко и ровно, как во сне. Звезды свисали сияющими гроздьями с небесных лоз, и усталому сердцу было больно от их красоты.

– Роксана...

Гвин промчался мимо нее.

Этого не может быть. Мертвые не возвращаются, даже если обещали. Но силуэт, выступивший из мрака, был до дрожи знакомым.

Гвин зашипел, увидев на плече хозяина другую куницу.

– Роксана...

Он произносил ее имя, словно пробовал его на языке, как лакомство, которого давно не случалось отведать.

Это был сон, один из тех снов, что снились ей почти каждую ночь, когда она видела его лицо так отчетливо, что рука сама собой тянулась к нему, а наутро пальцы еще помнили ощущение его кожи. И даже когда он обнял ее, так осторожно, словно боялся, что разучился это делать, она не пошевелилась. Ладони не верили, что в самом деле коснутся его, руки не верили, что снова обовьются вокруг него. Но глаза его видели. Уши слышали его дыхание. Кожей она чувствовала его кожу, теплую, словно в нем жил огонь после долгих дней, когда он был холоден, как лед.

Он сдержал свое обещание. И даже если он вернулся лишь во сне – это лучше, чем ничего, намного лучше.

– Роксана! Посмотри на меня. Ну посмотри же на меня!

Он взял ее лицо в ладони, погладил по щекам, вытер слезы, которые она уже привыкла чувствовать на коже при пробуждении. И только тогда она притянула его к себе, позволила себе убедиться, что обнимает не призрак. Этого не может быть. Она плакала, прижимаясь лицом к его лицу. Ей хотелось ударить его за то, что он покинул ее ради мальчишки, за все горе, которое она выстрадала из-за него, но сердце подвело ее, как и при первом его возвращении. Оно ее всегда подводило.

– Что с тобой? – Он снова ее поцеловал.

Шрамы. Они исчезли, словно Белые Женщины стерли их, прежде чем отпустить его обратно в мир живых.

Она взяла ладони Сажерука и приложила к его щекам.

– Смотри-ка! – Он удивленно провел руками по собственному лицу, как будто оно было чужое. – И правда исчезли. То-то бы Баста разозлился!

Почему они его отпустили? Кто выкупил его, как он сделал это для Фарида?

Какое ей дело? Он вернулся. Все остальное не важно, важно лишь то, что он вернулся оттуда, откуда не возвращаются. Оттуда, где остались все остальные. Ее дочь, отец ее сына, Козимо... Столько умерших. А он вернулся. Пусть даже она видела по его глазам: на этот раз он был так далеко, что часть его еще оставалась там.

– Сколько ты пробудешь на этот раз? – прошептала она.

Он ответил не сразу. Гвин терся о его шею и заглядывал в глаза, словно и он хотел получить ответ.

– Столько, сколько Смерть позволит, – сказал он наконец и положил ее руку себе на сердце.

– Что это значит? – спросила она.

Но он закрыл ей рот поцелуем.

Новая песня

Из тьмы лесов – надежды свет,
Черноволос и строен.
Князьям наделает он бед,
А бедный с ним спокоен.

Фенолио. Песни о Перепеле

Перепел вернулся. Эту весть Черному Принцу принес Дориа. Незадолго до рассвета юноша вбежал к нему в палатку, до того запыхавшись, что поначалу не мог выговорить ни слова.

– Его видела кикимора. Возле Дуплистых Деревьев, там, где целительницы хоронят своих мертвых. Она говорит, что он привел с собой и Огненного Танцора! Можно, я первым расскажу Мегги?

Невероятные вести. Слишком чудесные, чтобы быть правдой. И все же Черный Принц отправился к Дуплистым Деревьям, предварительно взяв с Дориа честное слово, что он никому ничего не скажет: ни Мегги, ни ее матери, ни Хвату, ни еще кому-нибудь из разбойников, даже родному брату, который крепко спал возле костра.

– Но Свистун, говорят, тоже об этом слышал! – сказал юноша.

– Тем хуже, – ответил Принц. – Тогда пожелай мне, чтобы я нашел его раньше, чем Свистун.

Принц скакал быстро, так что медведь, бежавший рядом, вскоре недовольно запыхтел. К чему эта спешка? Ради глупой, безумной надежды? Ну почему его сердце до сих пор не перестало надеяться на просвет в окружающей тьме? Откуда оно снова и снова черпало надежду после стольких разочарований? «*У тебя сердце ребенка, Принц*». Сажерук всегда ему это говорил. «*Он привел с собой и Огненного Танцора*». Этого не может быть. Такое бывает в песнях и в сказках, которые матери рассказывают на ночь детям, чтобы тем не страшно было засыпать в темноте...

Надежда делает человека неосторожным, это ему тоже пора было бы знать. Черный Принц заметил солдат лишь тогда, когда они уже показались из-за деревьев. Их было много. Он насчитал десять. С ними была кикимора. Веревка, на которой ее тащили, до крови натерла худую шею. Видимо, они поймали ее, чтобы она показала им дорогу к Дуплистым Деревьям. Почти никто не знал, где целительницы хоронят своих умерших. Говорили, что они нарочно выбрали место, со всех сторон окруженное густым подлеском. Но Черный Принц знал дорогу с тех пор, как помог Роксане отнести туда Сажерука.

Место было священным, но до смерти напуганная кикимора вела латников правильно. Вдали уже виднелись сухие верхушки Дуплистых Деревьев. Их черные ветви выделялись на фоне осеннего золота дубов, как будто утро обгрызло их догола. Принц молился про себя, чтобы Перепела там не было. Лучше у Белых Женщин, чем во власти Свистуна.

Трое латников подошли к нему сзади, на ходу обнажая мечи. Кикимора упала, когда те, что ее тащили, тоже выхватили мечи и повернулись к новой добыче. Медведь поднялся на задние лапы и оскалил зубы. Лошади испугались, двое солдат отшатнулись, но их все равно было слишком много для одного меча и двух медвежьих лап.

– Смотри-ка, похоже, не один Свистун настолько глуп, что верит россказням кикимор! – У предводителя была бледная – почти как у Белых Женщин – кожа, вся усыпанная веснушками. – Черный Принц! Я тут проклинаю судьбу, потому что вынужден гоняться по чертову лесу за призраком, и кто же попадается мне на пути? Его черный брат! Награда за его голову, правда, поменьше, чем за Перепела, и все же ее хватит, чтобы всех нас сделать богачами!

– Ошибаешься. Кто его тронет, станет не богачом, а покойником!

«От его голоса мертвые пробуждаются и волк ложится рядом с агнцем...» Из-за дуба вышел Перепел, словно нарочно дожидался там солдат. *«Не называй меня так, это имя для песен!»* Он много раз говорил это Принцу. Но как же его тогда называть?

Перепел! Как хрипло они шептали это имя, помертвев от страха. Кто он на самом деле? Сколько раз Принц задавал себе этот вопрос! Правда ли, что он пришел из страны, куда на долгие годы исчезал Сажерук? И что это за страна? Страна, где песни становятся правдой?

Перепел!

Медведь приветствовал его радостным рыком, от которого лошади повскакали на дыбы. А Перепел вытащил из ножен меч – не спеша, как он всегда это делал, – тот самый меч, что принадлежал когда-то Огненному Лису и убил столько людей Черного Принца. Лицо под черными волосами казалось бледнее, чем обычно, но ни малейшего страха Принц на нем не увидел. Наверное, когда побываешь в гостях у смерти, забываешь, что такое страх.

– Да, как видите, я действительно вернулся из царства Смерти. Хотя еще чувствую ее когти. – Он говорил с таким отсутствующим видом, словно часть его еще оставалась там, у Белых Женщин. – Могу показать вам дорогу, если хотите. Мне не трудно. Но если вы хотите еще пожить, – Перепел провел мечом по воздуху, словно писал на нем их имена, – оставьте его в покое. И медведя тоже.

Они молча смотрели на него, а их руки, лежавшие на рукоятях мечей, явственно дрожали, словно они прикоснулись к собственной смерти. Ничто не нагоняет такого страха, как бесстрашие. Черный Принц встал рядом с Перепелом и почувствовал, что слова окружают их, как щит, слова, которые пелись тихонько по всей стране: белая и черная рука справедливости.

«Теперь о нас сложат новую песню», – подумал Принц, вынимая меч из ножен, и почувствовал себя вдруг невероятно молодым, способным сразиться с тысячью врагов... Но солдаты Свистуна внезапно повернули коней и обратились в бегство – испугавшись двоих... Испугавшись слов.

Когда латники ускакали, Перепел подошел к кикиморе, которая стояла в траве на коленях, закрыв руками темное, как древесная кора, лицо, и снял веревку с ее шеи.

– Несколько месяцев назад одна кикимора вылечила меня от опасной раны, – сказал он. – Кажется, это была не ты, или я ошибаюсь?

Кикимора не оттолкнула руку, помогшую ей подняться, но взгляд у нее был неприветливый.

– Что ты хочешь этим сказать? Что, на взгляд человека, мы все на одно лицо? – резко спросила она. – Так и вы для нас так же. Откуда же мне знать, видела я тебя раньше или нет?

И заковыляла прочь, даже не обернувшись на своего спасителя, который стоял и смотрел ей вслед, словно забыл, где находится.

– Сколько времени я отсутствовал? – спросил он Черного Принца, когда тот подошел к нему.

– Четвертый день пошел.

– Так долго? – Да, он был далеко, очень далеко. – Конечно, когда встречаешься со смертью, время течет по-другому. Так ведь говорят?

– Об этом ты знаешь больше, чем я, – ответил Принц.

Перепел промолчал.

– Ты слыхал, кого я привел? – спросил он спустя несколько мгновений.

– Мне трудно поверить в такую весть, – хрипло произнес Принц.

Перепел улыбнулся и погладил его по коротким волосам.

– Можешь отпустить их снова, – сказал он. – Тот, из-за кого ты остриг волосы, вернулся к живым. Только шрамы он оставил в царстве мертвых.

Этого не может быть.

– Где он? – В сердце Принца еще не зажила рана той ночи, когда он бодрствовал рядом с Роксаной у тела Сажерука.

– У Роксаны, наверное. Я не спросил, куда он идет. Нам обоим было не до разговоров. Белые Женщины оставляют за собой молчание, Принц. Слова от встречи с ними исчезают.

– Молчание? – Черный Принц рассмеялся и обнял его. – Что за ерунду ты говоришь! На этот раз они оставили радость, чистую радость! И надежду! Я словно помолодел на много лет! Мне кажется, я могу вырывать с корнем деревья – с тем дубом, наверное, не справлюсь, но те, что чуть потоньше, – запросто. Сегодня же вечером в Омбре будут распевать новую песню – о том, что Перепел не боится смерти и запросто ходит к ней в гости. Свистун со злости швырнет об землю свой серебряный нос...

Перепел улыбнулся, но взгляд у него был нерадостный. Слишком напряженный взгляд для человека, вернувшегося живым из царства смерти. И Черный

Принц догадался, что за добрыми вестями есть и дурная, за светом – тень. Но они не стали говорить об этом. Не сейчас.

– А что мои жена и дочь? – спросил Перепел. – Они уже... ушли?

– Ушли? – Черный Принц удивленно посмотрел на него. – Нет. А куда им уходить?

На лице его собеседника выразились одновременно облегчение и тревога.

– Когда-нибудь я тебе объясню, – сказал он. – В другой раз. Это длинная история.

Гость в подполе Орфея

Столько жизней!
Столько воспоминаний!
Я был камнем в Тибете.

Куском коры
В самом сердце Африки.
И все темнел и темнел...

Дерек Махон. Жизнь

Когда Осс, крепко ущипнув Фарида сзади за шею, передал приказ хозяина немедленно подняться к нему в кабинет, тот прихватил с собой сразу две бутылки вина. Сырная Голова пил, не просыхая, с того момента, как они вернулись с кладбища комедиантов; причем Орфей от вина становился не болтлив, как Фенолио, а злобен и непредсказуем.

Орфей, как это часто бывало, стоял у окна, слегка пошатываясь и уставившись на лист пергамента, который он в последние дни без конца перечитывал, проклинал, комкал и вновь разглаживал.

– Здесь все прописано черным по белому, каждая буква – загляденье, и звучат слова отлично, лучше некуда! – проговорил он заплетающимся языком, барабаня пальцем по листку. – Так почему же, тысяча чертей, переплетчик вернулся?

О чем он говорит? Фарид поставил бутылки на стол и выжидательно повернулся к Орфею.

– Осс сказал, что ты меня звал...

Сланец у кувшина с перьями делал ему отчаянные знаки, но Фарид их не понимал.

– Ах да! Ангел смерти Сажерука. – Орфей положил листок на стол и обернулся к нему со злобной улыбкой.

«И зачем я к нему вернулся?» – подумал Фарид. Но тут ему вспомнился ненавидящий взгляд Мегги на кладбище – и ответ пришел сам собой: потому что тебе больше некуда было пойти, Фарид.

– Да, я велел тебя позвать. – Орфей посмотрел на дверь.

Осс вошел в кабинет вслед за Фаридом, бесшумно, чего трудно было ожидать при его размерах. И не успел Фарид понять, почему Сланец опять изо всех сил подает ему знаки, мощные руки уже крепко держали его.

– Ты, значит, еще не слышал новость! – сказал Орфей. – Ну конечно. А то бы ты сразу побежал к нему.

К кому? Фарид попытался высвободиться, но Осс так рванул его за волосы, что у юноши от боли слезы выступили на глазах.

– Он и правда ничего не знает. Как трогательно! – Орфей подошел так близко, что Фариду стало дурно от ударившего в нос перегара.

– Сажерук, – сказал он своим бархатным голосом. – Сажерук вернулся!

Фарид забыл о стальных пальцах Осса и злой улыбке Орфея. Его охватило счастье, подобное острой боли, – счастье, разрывавшее сердце.

– Да, он вернулся, – продолжал Орфей, – благодаря моим словам. Но уличный сброд, – он презрительно махнул на окно, – говорит, что его вывел из царства мертвых Перепел! Будь они прокляты! Пусть Свистун всех их сделает добычей червей!

Фарид не слушал. У него шумело в ушах. Сажерук вернулся! Вернулся!

– Отпусти меня, Дуботряс! – Фарид ударил Осса локтями в живот и попытался разжать его хватку. – Сажерук напустит огонь на вас обоих! – закричал он. –

Как только услышит, что вы не отпустили меня сразу к нему!

– Вот как? – Орфей снова дохнул ему в лицо перегаром. – Я думаю, он скорее поблагодарит меня за это. Вряд ли ему хочется, чтобы ты снова накликал на него смерть, приблудыш несчастный. Я ведь его уже однажды предостерегал от тебя. Тогда он не захотел меня слушать, но теперь-то, надо думать, поумнел. Если бы у меня была здесь книга, из которой ты родом, я бы давно отправил тебя назад в твою историю, но, к сожалению, в этом мире ее временно нет в продаже.

Орфей рассмеялся. Он часто смеялся собственным шуткам.

– Запри его в подпол! – приказал он Дуботрясу. – А когда стемнеет, отведи на Мрачный холм и сверни ему там шею. Скелетом больше, скелетом меньше – никто не заметит.

Сланец закрыл лицо руками, увидев, как Осс схватил Фарида и перебросил через плечо, как набитый куль. Фарид кричал и пинался, но Дуботряс ударил его кулаком в лицо так, что юноша почти потерял сознание.

– «Перепел! Перепел!» Без меня этот Перепел и не додумался бы пойти к Белым Женщинам! *Я* послал его туда! – смутно доносился до него голос Орфея, пока Осс нес его по лестнице. – Почему, хвост дьявола ему в глотку, Смерть не оставила его у себя? Разве я не натравил ее на этого благородного дурака благозвучнейшими, отборнейшими словами?

На последних ступенях лестницы Фарид снова попытался вырваться, но Осс опять ударил его, так сильно, что у Фарида хлынула кровь из носу, и перебросил на другое плечо. Когда Дуботряс нес его мимо кухни, оттуда высунулась испуганная служанка – маленькая брюнетка, которая вечно нашептывала ему любовные признания, – но вступиться за него не вступилась. Да и что она могла бы сделать?

– Сгинь отсюда! – прикрикнул на нее Осс на ходу.

В подполе он привязал Фарида к подпиравшему потолок столбу, засунул ему в рот грязную тряпку, еще раз пнул на прощанье и пошел к двери.

– Увидимся, когда стемнеет! – пообещал он, закрывая за собой дверь.

На лестнице раздались его тяжелые шаги. А Фарид остался в темном подполе, прижатый спиной к холодному камню, со вкусом крови и слез на языке.

Как больно было знать, что Сажерук вернулся и что они так и не увидятся! «Ничего не поделаешь, Фарид! – сказал он себе. Кто знает, может быть, Сырная Голова и прав – вдруг ты снова накличешь на него смерть?»

Слезы жгли ему лицо, избитое кулаками Осса. Ах, если бы он мог позвать огонь, чтобы тот пожрал Орфея и его дом, и Дуботряса заодно, пусть даже он сам сгорит вместе с ними! Но руки у него были связаны, рот заткнут, и он стоял у столба и беспомощно всхлипывал, как в ночь смерти Сажерука. Оставалось лишь ждать, когда настанет вечер и Осс придет за ним и свернет ему шею под виселицами на том холме, где он выкапывал для Орфея клады.

Куница, к счастью, сбежала. Осс бы и ее убил. Но Пролаза, наверное, давно уже у Сажерука. Зверек почуял, что хозяин вернулся. Почему ты ничего не почуял, Фарид? Какая разница! Хорошо хоть Пролаза уцелеет. Но что будет со Сланцем? Он останется теперь без всякой защиты. Орфей уже не раз запирал стеклянного человечка в ящик стола без еды и света только за то, что тот неровно разрезал пергамент или брызнул ему на рукав чернилами.

Сажерук! Как хорошо было шептать про себя его имя и знать, что он жив. Сколько раз Фарид представлял себе встречу с ним! От желания его увидеть юношу трясло, как в лихорадке. Интересно, кто первым вскочил ему на плечо и лизнул покрытое шрамами лицо – Гвин или Пролаза?

Время шло, и Фариду удалось наконец выплюнуть кляп. Он попытался перегрызть веревку, которой связал его Осс, но даже у самой маленькой мышки это получилось бы лучше. Дуботряс закопает его на Мрачном холме. Будут они его искать? Сажерук, Волшебный Язык, Мегги... Ах, Мегги! Никогда ему больше ее не целовать. Правда, в последнее время он и так делал это не часто. И все же... Сырноголовый, подлая тварь! Фарид клял его всеми проклятиями, какие мог вспомнить, – из старого своего мира, из этого и из того, в котором он впервые встретил Сажерука. Он произносил их вслух, потому что иначе проклятие не подействует, – и испуганно смолк, услышав, как открывается дверь наверху.

Уже вечер? Так скоро? Все может быть. Разве он может следить за временем в этой темной заплесневелой дыре? Интересно, Осс действительно переломит ему шейный позвонок, как кролику, или просто задушит своими мощными руками? Не надо об этом думать, Фарид, скоро узнаешь! Он посильнее уперся спиной в столб. Может, удастся еще пнуть Дуботряса. Хорошенько прицелиться и попасть пяткой прямо в нос, когда он наклонится его развязать. Нос переломится, как сухая ветка.

Фарид из последних сил напряг мускулы, пытаясь разорвать веревку, но Осс, к сожалению, связывал мастерски. Мегги! Не могла бы ты прочесть обо мне несколько спасительных слов, как ты делала для своего отца? Ах, как ослабели у него от страха руки и ноги! Фарид прислушался к шагам на лестнице. Для Дуботряса они были удивительно легкими. И вдруг к нему метнулись две куницы.

– Клянусь феями, наш Луноликий и впрямь разбогател! – раздался тихий голос из темноты. – Ничего себе дом!

В воздухе заплясали огоньки – один, другой, третий... Пяти оказалось достаточно, чтобы выхватить из мрака лицо Сажерука – и смущенно улыбавшегося Сланца у него на плече.

Сажерук.

Фарид почувствовал, как сердце становится легким, до того легким, что, того гляди, вылетит из груди вместе с дыханием. Но что у Сажерука с лицом? Оно стало другим. Как будто с него смыли все эти годы, дурные, одинокие годы и...

– Шрамы! У тебя исчезли шрамы!

Фарид говорил чуть слышно. Счастье приглушало его голос, как вата. Пролаза прыгнул на него и лизал ему связанные руки.

– Да, и, представь себе, Роксана, кажется, по ним скучает.

Сажерук ступил с лестницы в подпол и опустился на колени рядом с Фаридом. Сверху до них донеслись возбужденные голоса. Сажерук достал из-за пояса нож и разрезал путы Фарида.

– Слышишь? Боюсь, Орфей скоро узнает, что у него гости.

Фарид растирал занемевшие руки. Он не мог отвести глаз от Сажерука. Что, если это всего лишь призрак или, хуже того, сон? Но ведь он чувствует тепло его тела и слышит биение сердца! В Сажеруке не было ни следа той пугающей тишины, что окружала его в шахте. И от него пахло огнем.

Перепел привел его обратно. Да, конечно, Перепел, и никто другой. Что бы там ни рассказывал Орфей. Он напишет его имя огненными буквами на городских стенах Омбры! Волшебный Язык, Перепел –

любое! Фарид протянул руку и робко потрогал такое родное и в то же время незнакомое лицо.

Сажерук тихо рассмеялся и поднял его на ноги.

– Что с тобой? Хочешь убедиться, что я не призрак? Ты ведь их по-прежнему боишься, правда? А вдруг я все-таки дух?

В ответ Фарид так бурно обнял его, что Сланец с пронзительным воплем скатился с плеча Сажерука. Хорошо что тот успел подхватить его раньше, чем Гвин.

– Тише, тише! – прошептал Сажерук, сажая Сланца на плечо Фариду. – Ты по-прежнему буйный, как жеребенок! Скажи спасибо своему стеклянному другу, что я здесь. Он рассказал Брианне, что Орфей собирается с тобой сделать, и она поскакала к Роксане.

– Брианна?

Стеклянный человечек покраснел, когда Фарид посадил его себе на ладонь.

– Спасибо, Сланец!

Он вздрогнул. На лестнице в подпол раздался голос Орфея.

– Незнакомец? Что ты такое говоришь? Как же ты его пропустил?

– Служанка виновата! – оправдывался Осс. – Эта рыжая впустила его с заднего хода!

Сажерук прислушивался к голосам на лестнице, и губы его кривила насмешливая улыбка, по которой так долго скучал Фарид. На его плечах и волосах плясали искры. Казалось, они светятся у него и под кожей, а Фарида словно обожгло, когда он прикоснулся к Сажеруку.

– Огонь! – прошептал он. – Ты носишь его в себе?

– Может быть! – прошептал в ответ Сажерук. – Я, наверное, уже немного потерял сноровку, зато выучился кое-чему новому.

– Новому?

Фарид уставился на него во все глаза, но сверху снова донесся голос Орфея:

– От него пахнет огнем? Да пропусти же меня, носорог двуногий! А лицо у него в шрамах?

– Нет! Какие еще шрамы? – Осс, похоже, обиделся.

На лестнице снова раздались шаги, на этот раз тяжелые и неуверенные. Орфей терпеть не мог ходить по ступенькам, ни вверх, ни вниз. Фарид услышал, как он чертыхается.

– Мегги вычитала сюда Орфея! – прошептал он, прижимаясь к Сажеруку. – Я попросил ее об этом, потому что надеялся, что он сможет тебя вернуть.

– Орфей? – Сажерук снова рассмеялся. – Нет. Я слышал только голос Волшебного Языка.

– Голос, может, был и его, но слова – мои! – Орфей, весь красный от вина, преодолел последние ступеньки и стоял теперь прямо перед ними. – Сажерук! Это и правда ты!

В его голосе звучало настоящее счастье.

За спиной Орфея появился Осс. На его грубом лице мешались страх и ярость.

– Вы только посмотрите на него, хозяин! – с трудом выговорил он. – Это не человек! Это демон или ночной призрак! Когда я пытался его удержать, он мне чуть пальцы не сжег, как будто дьявол вложил мне в руки горящие уголья!

– Да-да, – рассеянно сказал Орфей. – Он пришел издалека, из самой дальней дали. Такое путешествие кого хочешь может изменить.

Он не сводил глаз с Сажерука, словно опасаясь, что тот сейчас растворится в воздухе или превратится в безжизненные слова на исписанном листе.

– Как же я рад, что ты вернулся, – бормотал Орфей, захлебываясь от восторга. – И шрамы у тебя исчезли! Как странно! Об этом я ничего не писал. Как бы то ни было... Ты вернулся! Без тебя этот мир и вполовину не так хорош, но теперь-то все снова будет чудесно, как тогда, когда я впервые прочел о тебе. Это и прежде была лучшая из всех историй, но теперь ее героем будешь ты, только ты – благодаря моему искусству, вернувшему тебя в твой мир, а теперь вызволившему и из царства Смерти.

– Твое искусство? По-моему, это сделало мужество Волшебного Языка. – По ладони Сажерука затанцевал язычок пламени.

Огонь принял образ Белой Женщины – до того узнаваемый, что Осс испуганно прижался к стене подпола.

– Чушь! – Голос Орфея задрожал, как у обиженного ребенка, но он тут же овладел собой. – Ерунда! – Он заговорил увереннее, хотя язык у него по-прежнему немного заплетался от выпитого вина. – Что бы он тебе там ни наговорил – это сделал я!

– Он мне ничего не говорил. В этом не было необходимости. Он просто пришел туда – и позвал.

– Но идея была моя и слова написал я! Он был всего лишь моим орудием! – последние слова Орфей произнес с такой яростью, словно плевал Волшебному Языку в лицо.

– О да... твои слова! Коварные слова, судя по тому, что я от него слышал. – Огненная фигурка Белой Женщины все еще плясала по ладони Сажерука. – Пожалуй, мне стоит прихватить их с собой – пусть Волшебный Язык почитает, какую роль ты ему отвел.

Орфей гордо выпрямился.

– Я написал это только ради тебя! – обиженно воскликнул он. – Мне нужно было одно: чтобы ты вернулся. Какое мне дело до этого переплетчика? Я ведь должен был предложить Смерти выкуп!

Сажерук легонько подул на огонек у себя на ладони.

– Да, я прекрасно понимаю! – тихо сказал он. Огонек тем временем принял форму птицы, золотой птицы с красным пятном на груди. – Я многое стал понимать с тех пор, как побывал на той стороне. И две вещи я знаю теперь точно: во-первых, Смерть не подчиняется словам, а во-вторых, не ты, а Волшебный Язык отправился за мной к Белым Женщинам.

– Потому что только он мог их позвать! А что же мне было делать? – воскликнул Орфей. – И потом, он сделал это только ради своей жены! Вовсе не ради тебя!

– Ну что ж, достойная причина. – Огненная птица на ладони Сажерука превратилась в пепел. – А что до слов... Его голос нравится мне куда больше, чем твой, пусть даже я немало из-за него пострадал. Голос Волшебного Языка исполнен любви. А твой говорит только о себе. Не говоря уж о том, что ты любишь читать слова, о которых никто не подозревал, или, наоборот, пропустить что-нибудь, что обещал прочесть. Правда, Фарид?

Фарид молча смотрел на Орфея тяжелым от ненависти взглядом.

– Как бы то ни было, – продолжал Сажерук, выпустив из пепла на ладони язычок пламени, принявший форму крошечного черепа, – я прихвачу эти слова с собой. И книгу тоже.

– Книгу? – Орфей отшатнулся, как будто огонь на ладони Сажерука превратился в змею.

– Да, ты ведь украл ее у Фарида – помнишь? Твоей она от этого не стала, хотя ты ею усердно пользуешься, как мне рассказывали. Разноцветные феи, пятнистые кобольды, единороги. В замке, говорят, появились даже гномы. Зачем ты это делаешь? Синие феи были тебе недостаточно хороши? Зяблик топчет гномов ногами, а единороги погибают злой смертью...

– Нет, нет! – Орфей сделал протестующий жест. – Ты не понимаешь! У меня большие планы! Я еще не закончил работу, но ты увидишь – история получится великолепная! Фенолио очень многое не использовал, не описал, я изменю все это, усовершенствую...

Сажерук повернул руку ладонью вниз, и пламя закапало на пол.

– Ты говоришь совсем как Фенолио, но, мне кажется, ты намного хуже. Этот мир прядет свои нити сам. Вы оба только запутываете их, соединяете несоединимое, вместо того чтобы предоставить усовершенствования тем, кто здесь живет.

– Кому же, например? – В голосе Орфея зазвучала ненависть. – Перепелу? Он-то с каких пор стал тут своим?

Сажерук пожал плечами.

– Кто знает! Может быть, мы все живем сразу в нескольких историях. А теперь принеси мне книгу. Или послать за ней Фарида?

Орфей смотрел на Сажерука с горькой обидой отвергнутого любовника.

– Нет! – выговорил он наконец. – Она мне нужна. Книга останется у меня. Ты не имеешь права ее забирать. Имей в виду, не только Фенолио может написать слова, от которых тебе не поздоровится. Я могу тебя...

– Слов я больше не боюсь, – нетерпеливо перебил его Сажерук. – Ни твоих, ни Фенолио. Они ведь не смогли предписать мне, какой смертью умереть. Ты, кажется, забыл об этом?

Он протянул руку – и в ней оказался пылающий факел.

– Сходи за книгой, – сказал Сажерук, протягивая факел Фариду. – И захвати все, что он написал. Все до последнего листка.

Фарид кивнул.

Сажерук вернулся! Вернулся!

– Захватите список! – Голос у Сланца был тоненький, как его ручки и ножки. – Список, который я составил по его приказу. Перечень всех слов, использованных Фенолио. Я дошел уже до буквы «К»!

– А, это хорошая мысль! Список. Спасибо тебе, стеклянный человечек! – Сажерук улыбнулся. Улыбка его нисколько не изменилась. Фарид был очень рад, что она не осталась у Белых Женщин.

Он посадил Сланца на плечо и побежал к лестнице. Пролаза прыгнул за ним.

Орфей попытался загородить ему дорогу, но факел закоптил ему очки и прожег шелковую рубашку. Осс был смелее своего хозяина, но Сажерук прошептал что-то – и от факела к Дуботрясу потянулись огненные руки. Пока он оправлялся от испуга, Фарид уже проскочил на лестницу и вихрем взлетел по ступенькам вверх. Сердце его было переполнено счастьем, на языке он чувствовал сладкий вкус мести.

– Сланец! – закричал Орфей ему вслед. – Я разобью тебя вдребезги, так что по осколкам даже цвета твоего будет не узнать!

Стеклянный человечек судорожно вцепился в плечо Фарида, но не повернул головы.

– А тебя, жалкий лгунишка, погонщик верблюдов, – Орфей захлебывался словами, – я отправлю в историю, полную ужасов. Я напишу ее специально для тебя!

От этой угрозы Фарид на мгновение замер, но тут раздался голос Сажерука:

– Думай, кому угрожаешь, Орфей. Если с мальчиком что-то случится или если он вдруг исчезнет, как могло случиться сегодня, я снова приду к тебе в гости. А я без огня не хожу, ты знаешь.

– Ради тебя! – донесся до Фарида исступленный крик Орфея. – Я все делал ради тебя – и вот твоя благодарность?

Когда Халцедон понял, что Фарид и Сланец ищут в кабинете хозяина, он осыпал обоих отборной бранью.

Но Сланец, не обращая внимания на старшего брата, сосредоточенно помогал Фариду собрать каждый клочок, исписанный почерком Орфея. Книгу они тоже прихватили. Халцедон кидался песком и заточенными перьями, призывал на голову Сланца все страшные болезни, какие только бывают у стеклянных человечков, и даже героически бросился за последним листком, лежавшим на письменном столе Орфея, но Фарид просто отпихнул его.

– Предатель! – кричал Халцедон вслед брату, когда Фарид закрывал за собой дверь кабинета. – Надеюсь, ты разобьешься вдребезги, в мелкую крошку!

Но Сланец проигнорировал эти вопли, как и угрозы Орфея.

Сажерук уже ждал у входной двери.

– Где они? – встревоженно спросил Фарид, подбегая к нему.

Ни Орфея, ни Осса не было видно, но он слышал их возбужденные голоса.

– В подполе, – сказал Сажерук. – Я обронил немного огня на лестнице. Мы успеем добраться до леса, пока он погаснет.

Фарид кивнул. На лестницу высунулась служанка. Но это была не Брианна.

– Моей дочери здесь нет, – сказал Сажерук, словно прочел его мысли. – Не думаю, что она когда-нибудь вернется в этот дом. Она у Роксаны.

– Она же меня ненавидит! – пробормотал Фарид. – Почему она мне помогла?

Сажерук открыл дверь, и куницы метнулись на улицу.

– Наверное, Орфей ей нравится еще меньше, чем ты, – сказал он.

Огонь Коптемаза

Жизнь – ускользающая тень, фигляр,
Который час кривляется на сцене
И навсегда смолкает; это – повесть,
Рассказанная дураком, где много
И шума, и страстей, но смысла нет.

Уильям Шекспир. Макбет*

Фенолио был счастлив. Да, счастлив, даже несмотря на то, что Иво и Деспина непременно хотели вытащить его на рыночную площадь, где Коптемаз давал представление. Глашатаи уже несколько дней кричали об этом на всех углах, а Минерва, конечно, не хотела отпускать детей одних. Зяблик велел соорудить на площади помост, чтобы каждый мог насладиться бездарными фокусами придворного огнеглотателя. Может быть, наместник с Коптемазом хотели отвлечь народ от возвращения Огненного Танцора? Как бы то ни было, даже Коптемаз не мог испортить Фенолио настроение. Ни разу еще у него не было так легко на сердце с тех пор, как он отправился вместе с Козимо ко Дворцу Ночи. О том, что случилось тогда, он сейчас не хотел вспоминать. Эта глава закончена. Его история приняла новый оборот, и все благодаря кому? Ему, Фенолио! Ведь именно он, и никто другой, ввел в игру Перепела, оставившего в дураках Свистуна и Зяблика и вернувшего Огненного Танцора из царства мертвых. Какой великолепный персонаж! Как нелепо смотрелись рядом

* Перевод М. Лозинского.

с ним выдумки Сырной Головы: дурацкие разноцветные феи, мертвые единороги, гномы с отливающими синевой волосами. Дарований Орфея хватает только на подобную безвкусицу, зато он, Фенолио, способен создавать настоящих мужчин – Перепела и Черного Принца. То есть, конечно, нужно признать, что плоть и кровь Перепел обрел лишь благодаря Мортимеру. И все же вначале было слово, и это слово, точнее, множество слов, написал Фенолио.

– Иво! Деспина! Да куда же они подевались?

Легче удержать разноцветных фей, чем этих ребят! Он же им сказал: далеко вперед не убегать! Вся улица была запружена детьми. Они слетались на площадь, как осы на мед, чтобы забыть на час-другой обо всем, что этот мир взвалил на их хрупкие детские плечи. Невесело быть ребенком в эти мрачные времена. Мальчики слишком рано превращались в мужчин, а девочки изнемогали под бременем материнской печали.

Минерва не сразу согласилась отпустить Иво и Деспину. Слишком много было в городе солдат. Да и работы в доме хоть отбавляй. Но Фенолио все же уговорил ее, хотя ему заранее становилось дурно при мысли о вони, без которой не обходятся представления Коптемаза. В день, когда он так счастлив, детям тоже должно быть весело. А он, глядя на глупое кривляние Коптемаза, помечтает о том, что вскоре огненные фокусы на главной площади Омбры будет показывать Сажерук. Или о том, как Перепел въедет в Омбру и прогонит Зяблика за ворота, как шелудивого пса, а Свистуну оторвет серебряный нос. А потом они с Черным Принцем устроят здесь царство справедливости, настоящее народовластие... Хотя это вряд ли. Для народовластия этот мир, пожалуй, еще не созрел. Ну да ладно, все равно это будет великолепно и волнующе, и он, Фенолио, поставил вехи на спасительном пути в тот день, когда сочинил первую песню о Перепеле. Так что в конечном счете он сделал все правильно! Козимо – это, наверное, была ошибка. Но с другой стороны, без мрачных моментов история становится скучной.

– Ну где же ты, Чернильный Шелкопряд! – Иво нетерпеливо махал ему.

Мальчишка, видно, думает, что старик тоже способен угрем проскальзывать через это месиво детских тел. Деспина оглянулась и радостно закивала, увидев Фенолио. Но ее маленькая головка тут же снова исчезла в толпе.

– Иво! – крикнул Фенолио. – Иво, присматривай за сестренкой, черт подери!

Господи, он и не знал, как много в Омбре детей! Те, что постарше, тащили за собой маленьких братьев и сестер. Фенолио был единственным мужчиной в толпе, да и матерей здесь было немного. Большинство детей, скорее всего, сбежало без спросу – из мастерских и лавок, от работы по дому или в хлеву. Некоторые – совсем оборванные – пришли даже с ближних хуторов. Тоненькие голоса разносились по площади, как птичий щебет. У Коптемаза, наверное, никогда еще не было таких благодарных зрителей.

Он стоял на помосте в черно-красном наряде Огнеглотателя, но костюм этот был сшит не из старых лоскутов, как у других комедиантов, а из тончайшего бархата, как и положено княжескому фавориту. Вечно улыбающееся лицо Коптемаза было густо смазано жиром, защищающим от ожогов, но огонь тем не менее так часто кусал своего незадачливого поклонника за щеки, что его физиономия стала похожа на кожаную маску, какие шил Баптиста. Да, Коптемаз и сейчас улыбался, глядя на море маленьких лиц, так жадно теснившихся к помосту, словно он мог избавить их от всех скорбей, от голода, от неизбывной печали матерей и тоски по погибшим отцам.

Фенолио увидел Иво в переднем ряду, но где же Деспина? А, вот она, рядом со старшим братом. Она возбужденно помахала ему, и он помахал в ответ, пристроившись рядом с женщинами у стены одного из домов. Он слышал, как они шептались о Перепеле и о том, что уж он-то защитит их детей, раз сумел привести из царства Смерти Огненного Танцора. Да, над Омброй снова взошло солнце. Надежда вернулась – и он, Фенолио, дал ей имя. Перепел...

Коптемаз снял плащ, такой тяжелый и дорогой, что на эти деньги, несомненно, можно было неделями кормить всех собравшихся на площадь детей. К нему на помост вскарабкался кобольд, нагруженный свертками с порошком алхимиков, который этот бездарь скармливал пламени, чтобы оно ему подчинялось. Коптемаз все еще боялся огня. Это было заметно. Похоже, он боялся его теперь даже больше, чем прежде. Фенолио с неприязнью наблюдал начало представления. Огонь брызгался и шипел, изрыгая ядовито-зеленый дым, от которого дети кашляли. Языки пламени сжимались в грозящие кулаки, превращались в когти, в оскаленные пасти... Да, Коптемаз кое-чему научился. Он теперь не пытался жонглировать двумя-тремя факелами и запускать огонь на такую жалкую высоту, что всем невольно вспоминался Сажерук. Пламя, с которым играл Коптемаз, казалось совсем другой стихией. Это был темный брат огня, жаркое чудовище, но дети с зачарованным испугом смотрели на яркое злое зрелище, вздрагивали, когда красные когти тянулись в их сторону и облегченно вздыхали, когда они обращались в дымное облако, хотя пары разъедали им глаза и щипали нос. Правда ли то, что говорили, будто эти пары затуманивали мозг, так что зрители видели больше, чем есть на самом деле? «На меня, во всяком случае, не действует, – думал Фенолио, протирая слезящиеся глаза. – Я вижу жалкие фокусы – и ничего больше!»

От слез у него потекло из носу. Он отвернулся, чтобы высморкаться и прочистить глаза от копоти и дыма, и увидел, как по улице, ведущей к замку, несется юноша – постарше, чем дети на площади, примерно такого возраста, как безусые солдаты Виоланты. Но он был без оружия. Лицо его показалось Фенолио странно знакомым. Где он его видел?

– Люк! – кричал юноша. – Беги! Бегите все!

Он споткнулся, упал и едва успел отползти в ворота ближайшего дома, чтобы его не задавил конем скачущий следом всадник.

Это был Свистун. Он придержал коня, и за его спиной показалась дюжина латников. Солдаты стекались на площадь отовсюду – с улицы Кузнецов и улицы Мясников, из каждого переулка – размеренной рысью, на рослых лошадях, закованных в броню, как и их наездники.

А дети, все еще ничего не подозревая, смотрели на Коптемаза. Зачарованные огнем, они не слышали криков юноши и окликов матерей. Когда некоторые стали оборачиваться, было уже поздно. Латники оттеснили с площади рыдающих женщин. Солдаты окружили детей железным кольцом.

Как испуганно вздрогнули маленькие зрители! Как внезапно завороженное любопытство превратилось в страх! И как они плакали! Фенолио никогда не забудет этого плача. Он беспомощно стоял там, вжимаясь спиной в стену, рядом с несчастными матерями. Пять латников направили на них копья. Всего пять – больше и не нужно было, чтобы небольшая кучка людей не смела пошевелиться. Одна женщина, правда, не выдержала и рванулась бежать, но латник задавил ее конем. А потом вокруг помоста сжалось кольцо мечей, и Коптемаз по знаку Свистуна загасил свой огонь и с улыбкой поклонился плачущим детям.

Они погнали их в замок, как отару ягнят. Несколько малышей от страха бросились под ноги лошадям. Они остались лежать на мостовой, словно поломанные игрушки. Фенолио громко звал по именам Иво и Деспину, но его голос сливался с криками и плачем женщин. Когда латники отъехали от матерей, Фенолио вместе с ними бросился к окровавленным маленьким телам, всматривался в побелевшие лица, с ужасом ожидая, что сейчас узнает в одном из них Иво или Деспину. Нет, детей Минервы среди них не было, и все же застывшие личики казались Фенолио знакомыми – немыслимо юные для смерти, для боли и ужаса. Рядом появились две Белые Женщины – придуманные им ангелы смерти. Матери припали к детям, зажимая им уши от белого шепота. Трое детей погибли – два мальчика и девочка. Они оказались в стране смерти, не дожидаясь Белых Женщин.

Рядом с погибшим мальчиком стоял на коленях тот самый юноша, что бежал по улице, выкрикивая запоздалое предупреждение. Застывшим от ненависти взглядом он смотрел на помост, но Коптемаз уже исчез, словно растворился в ядовитом дыму, висевшем над площадью. И только кобольд все еще стоял там, словно оглушенный, и смотрел на склонившихся над детьми женщин. А потом медленно, будто выпав из времени, стал собирать оставшиеся от представления пустые свертки.

Несколько женщин бросились вслед за солдатами и детьми. Остальные стояли на коленях, отирая раненым малышам кровь с лица и осторожно ощупывая маленькие тела.

Фенолио не мог больше на это смотреть. Он повернулся и, шатаясь, побрел к дому Минервы. Навстречу ему попадались женщины, выбежавшие на шум. А вот и Минерва – запыхавшаяся, растрепанная. Он пробормотал что-то неразборчивое, махнул рукой в сторону замка, и она побежала дальше, за другими женщинами.

Чудесная погода – солнце пригревает, как будто до зимы еще далеко.

Он ведь никогда уже не сможет забыть этот плач.

Странно, что ноги все же донесли его вверх по лестнице, хотя он так страшно отяжелел от скопившихся внутри слез.

– Розенкварц!

Он нагнулся над письменным столом, зашарил по нему, ища пергамент, бумагу, не важно что – лишь бы на этом можно было писать.

– Розенкварц! Да куда ж ты запропастился?

Стеклянный человечек высунулся из гнезда, свитого разноцветными феями Орфея. Какого черта понадобилось ему там, наверху? Он что, решил посворачивать шеи этим нелепым созданиям?

– Если ты хочешь снова послать меня к Орфею, так даже не думай! – раздался сверху сварливый голосок. – Этот гад Халцедон вытолкнул из окна стеклянного человечка, которого Орфей взял на службу взамен его брата! Тот разбился вдребезги, так что его останки приняли за осколки винной бутылки!

– Да не хочу я тебя никуда посылать! – ответил Фенолио сдавленным от рыданий голосом. – Очини мне перо и приготовь чернила, только поживее!

Этот плач!

Фенолио тяжело опустился на стул и закрыл лицо руками. Слезы просачивались сквозь пальцы и капали на письменный стол. Он, кажется, никогда так не рыдал, даже в детстве. Даже после гибели Козимо глаза у него оставались сухими. А сейчас... Иво! Деспина!

Он слышал, как стеклянный человечек соскочил на его кровать. «Разве я не запретил ему прыгать из гнезд на тюфяк? – мелькнуло у него в голове. – Ладно, не все ли равно? Ну, разобьется – его дело, в конце концов».

Ах, ну что же это – беда без конца и без края. Нужно положить этому конец, а то его старое сердце и впрямь разобьется.

Он слышал, как Розенкварц торопливо взбирается по ножке стола.

– Вот! – произнес стеклянный человечек робко, протягивая хозяину очиненное перо.

Фенолио рукавом отер слезы с лица и дрожащими пальцами взял перо.

Стеклянный человечек положил перед ним лист бумаги и стал поспешно размешивать чернила.

– Где дети? – спросил он. – Ты вроде собирался с ними на рынок?

Снова слеза. Она упала на чистый лист, и бумага жадно всосала ее. «Да, такая она и есть, эта проклятая история, – горько подумал Фенолио. – Она питается слезами!» А может быть, то, что произошло на рынке, написал Орфей? Говорят, с тех пор как у него побывал Сажерук, он вообще не выходит из дому и швыряет бутылки из окна. Кто знает, может быть, он в бешенстве и написал слова, стоившие жизни нескольким детям?

Прекрати, Фенолио, не думай сейчас об Орфее! Пиши свое! Ну почему этот лист такой пустой? Да идите же, идите сюда, проклятые слова! Ведь это дети! Дети, вы понимаете, что это значит? Их нужно спасти...

– Фенолио! – Розенкварц встревоженно посмотрел на него. – Где Иво и Деспина? Что случилось?

Но Фенолио только снова закрыл лицо руками. Где они, слова, которые отомкнут захлопнувшиеся за детьми ворота замка, переломают копья латникам и изжарят Коптемаза на его собственном огне?

О том, что произошло, Розенкварц узнал от Минервы, когда она вернулась от замка, – одна, без детей. Свистун там снова произнес речь.

– Он сказал, что ему надоело ждать, – рассказывала Минерва тусклым голосом. – Он дает нам неделю. За это время мы должны доставить ему Перепела. А если нет, он забирает наших детей на рудники.

И она пошла вниз, на пустую кухню, где на столе, наверное, еще стояли миски, из которых ели свой завтрак Иво и Деспина.

А Фенолио так и сидел перед пустым листом, на котором виднелись следы его слез. Час за часом, всю ночь напролет.

Ответ Перепела

– Я хочу приносить пользу, – начал было Гомер, но д-р Кедр продолжал, как не слыша:

– Тогда не прячь голову в песок. Не вороти носа. Тебе это непозволительно.

Джон Ирвинг. Правила Дома сидра*

Реза сидела очень бледная и старательно выводила слова самым красивым своим почерком. Как в те давние времена, когда она, переодевшись мужчиной, зарабатывала писанием на рыночной площади Омбры. Чернила ей размешивал бывший стеклянный человечек Орфея. Сажерук взял Сланца с собой к разбойникам. И Фарида.

«*Ответ Перепела.* – Мо стоял рядом с Резой, пока она писала. – *Через три дня он отдаст себя в руки Виоланты, вдовы Козимо и матери законного наследника Омбры. В обмен Свистун должен отпустить коварно похищенных детей Омбры и дать им охранную грамоту на все времена с печатью своего господина. Лишь по выполнении этого условия Перепел готов будет приступить к спасению Пустой Книги, которую он переплел для Змееглава во Дворце Ночи*».

Мегги видела, как рука матери то и дело замирает... Разбойники стояли кругом и наблюдали за ней. Женщина, умеющая писать... Никто из них не владел этим искусством, кроме Баптисты. Даже Черный Принц не умел писать. Все они отговаривали Мо от его решения,

---

* Перевод М. Литвиновой.

даже Дориа, который пытался предупредить детей Омбры и видел своими глазами, как их уводили и как погиб при этом его лучший друг Люк.

Лишь один человек и не думал отговаривать Мо – Сажерук.

Казалось, он никогда и не уходил, хотя на его лице теперь не было шрамов. Та же загадочная улыбка, та же непоседливость. Только что он был тут – и вот опять исчез. Как призрак. Мегги все время ловила себя на этой мысли и в то же время чувствовала, что в Сажеруке сейчас больше жизни, чем когда-либо, больше, чем во всех остальных.

Мо посмотрел в ее сторону, но Мегги не была уверена, что он ее видит. С тех пор как он вернулся от Белых Женщин, он окончательно стал Перепелом.

Как он может отдать себя в их руки! Свистун убьет его!

Реза дописала письмо. Она смотрела на Мо, как будто еще надеялась, что он сейчас бросит пергамент в огонь. Но он взял у нее из рук перо и поставил под смертельными словами свой знак: перо, скрещенное с мечом – наподобие креста, которым подписывались крестьяне, не умевшие написать своего имени.

Нет.

Нет!

Реза понурила голову. Почему она молчит? Почему не плачет на этот раз – ведь ее слезы, может быть, подействовали бы на него? Или она выплакала их все в ту бесконечную ночь среди могил, когда они напрасно ждали его возвращения? Или, может быть, Реза знает, какое обещание дал Мо Белым Женщинам, чтобы они отпустили его и Сажерука? «Не исключено, что мне скоро придется уйти». Это было все, что он сказал Мегги, а на ее испуганный вопрос: «Уйти? Куда?» – он ответил только: «Не волнуйся так. Не важно куда – я ведь побывал в гостях у Смерти и вернулся живым. Опаснее уже не будет, согласись...»

Надо было не отставать от него, расспрашивать дальше, но Мегги была так счастлива, что не потеряла его навсегда, так неописуемо счастлива...

– Ты сумасшедший, я всегда это говорил!

Хват был пьян. Лицо у него побагровело, а грубый голос так резко разорвал тишину, что стеклянный человечек с перепугу выронил перо, которое отдал ему Мо.

– Отдать себя в руки змеиного отродья и надеяться, что Виоланта защитит тебя от Свистуна! Он тебе быстро покажет, кто там хозяин. Но даже если Свистун тебя не убьет, ты что, действительно веришь, что дочь его хозяина поможет тебе вписать слова в проклятую книгу? Ты, видно, оставил разум в царстве мертвых! Уродина продаст тебя за трон Омбры! А детей Свистун все равно отправит в рудники.

Раздался одобрительный гул: многие разбойники были согласны с Хватом. Но тут Черный Принц встал рядом с Мо, и наступила мертвая тишина.

– А ты, Хват, как собираешься вызволить детей из замка? – спокойно спросил Принц. – Меня тоже не радует мысль, что Перепел добровольно отправится в Омбру, но если он не отдаст себя в их руки, что тогда? Я не смог дать ему ответа на этот вопрос, а ведь я, можешь мне поверить, ни о чем другом не думаю с того самого дня, как Коптемаз устроил представление на рыночной площади. Штурмовать замок? Для этого у нас слишком мало людей. Дожидаться в засаде, пока детей повезут через Непроходимую Чащу? Как ты думаешь, сколько латников будет их сопровождать? Пятьдесят? Сто? Во сколько детских жизней, по твоему расчету, обойдется это освобождение?

Черный Принц оглядел стоявших вокруг разбойников. Многие опустили головы. Но Хват с вызовом смотрел ему в глаза, упрямо выставив подбородок. Шрам у него на шее был красен, как свежая рана.

– Я спрашиваю тебя еще раз, Хват, – тихо сказал Черный Принц. – Сколько детей погибнет при таком налете? Удастся ли нам спасти хоть одного?

Хват не ответил. Он неотрывно смотрел на Принца. Потом плюнул, повернулся и пошел прочь. За ним последовал Гекко и еще десяток других. Реза молча взяла подписанный пергамент и стала складывать, чтобы Сланец мог его запечатать. Ее застывшее лицо было лишено выражения, как мраморный лик Козимо Прекрасного в склепе Омбры, зато руки дрожали так, что Баптиста, поглядев на это, подошел и сложил письмо за нее.

Три дня. Столько Мо пробыл у Белых Женщин. Три бесконечных дня, которые Мегги провела в уверенности, что ее отец безвозвратно погиб по вине матери и Фарида. За эти три дня она не обменялась с обоими ни единым словом. Она отталкивала Резу, когда та подходила к ней, а один раз накричала на нее.

– Мегги, почему ты так смотришь на маму? – спросил ее Мо в первый же день по возвращении. – Почему?

«Потому что из-за нее тебя забрали Белые Женщины», – хотела она ответить – и промолчала. Она знала, что неправа, и все же отчуждение между ней и Резой не проходило. И Фариду она тоже не простила.

Он стоял рядом с Сажеруком и, в отличие от всех остальных, нисколько не выглядел подавленным. Конечно, какое Фариду дело до того, что ее отец скоро окажется в руках Свистуна? Сажерук вернулся. Больше его ничто не интересовало. И так будет всегда.

Сланец капнул расплавленным воском на пергамент, и Мо приложил к воску печать, которую вырезал для книги с рисунками Резы. Голова единорога. Печать переплетчика на обещании разбойника. Мо отдал письмо Сажеруку, обменялся несколькими словами с Резой и Черным Принцем и подошел к Мегги.

Когда она была маленькая, ростом ему по локоть, она, если что-то ее пугало, прятала голову ему под руку. Но это было давно.

«Мо, как выглядит Смерть? – спросила она отца, когда он вернулся. – Ты правда ее видел?» Похоже, воспоминание не вызывало у него страха, но взгляд его сразу унесся в такие дальние дали... «Она является в разных образах, но у нее женский голос...»

«Женский голос? – удивленно переспросила Мегги. – Странно, что Фенолио не придумал чего-нибудь, чтобы не отдавать такую важную роль женщине!» Мо рассмеялся: «Не думаю, Мегги, чтобы роль Смерти написал Фенолио».

Она не подняла глаз, когда он подошел.

– Мегги! – Он взял ее за подбородок, так что ей пришлось-таки на него взглянуть. – Ну не гляди так хмуро! Прошу тебя!

За его спиной Черный Принц отвел в сторону Баптисту и Дориа. Мегги догадывалась, какие он дает указания. Принц посылает их в Омбру с вестью для отчаявшихся матерей – Перепел не бросит похищенных детей в беде. «Да, бросит он только свою родную дочь», – думала Мегги и не сомневалась, что Мо читает упрек в ее глазах.

Он молча взял ее за руку и потянул за собой – прочь от палаток, от разбойников, от Резы, все еще стоявшей у костра. Мегги увидела краем глаза, что мать стирает чернила с пальцев – Сланец наблюдал за ней с глубоким состраданием на стеклянном личике, – стирает и стирает без конца, словно хочет стереть и те слова, что перед тем написала.

Мо остановился под дубом, ветви которого накрывали лагерь, как сводчатый потолок. Он взял руку Мегги и провел по ней указательным пальцем, словно удивляясь, какая она стала большая. Хотя руки у Мегги были по-прежнему намного меньше, чем у него. Девичьи руки...

– Свистун тебя убьет.

– Нет, не убьет. А если попытается, я сумею ему показать, каким острым бывает нож переплетчика. Баптиста сошьет мне новый потайной карман – и, честное слово, я с удовольствием опробую лезвие на этом детоубийце.

Лицо его потемнело от ненависти. Перепел.

– Нож не поможет. Он тебя все равно убьет.

Как глупо звучат ее слова – словно детское упрямство. Но она так боится за него.

– Погибло трое детей, Мегги. Попроси Дориа, пусть он тебе расскажет, как они гнали их в замок... Они поубивают их всех, если Перепел не явится.

Перепел. Он делает вид, будто говорит о другом человеке. За дурочку он ее, что ли, считает?

– Это не твоя история, Мо! Пусть детей спасает Черный Принц!

– Как? Свистун перебьет их всех при первой же попытке.

Его глаза горели гневом. И Мегги впервые поняла, что Мо отправится в замок не только для того, чтобы спасти живых детей, но и чтобы отомстить за погибших. От этой мысли ей стало еще страшнее.

– Ладно, предположим, что ты прав. Может быть, другого пути и правда нет, – сказала она. – Но тогда хотя бы возьми меня с собой! Я смогу тебе помочь. Как во Дворце Ночи!

Казалось, все это было вчера: Огненный Лис втолкнул ее в камеру к отцу... Неужели Мо забыл, как облегчила она ему тогда заточение своим присутствием? Как спасла его с помощью Фенолио?

Нет, конечно. Но Мегги достаточно было взглянуть на него, чтобы понять: на этот раз он пойдет один. Совсем один.

– Помнишь истории о разбойниках, которые я тебе когда-то рассказывал?

– Конечно. Они все плохо кончались.

– А почему? Всегда по одной и той же причине. Потому что разбойник бросается защищать того, кого любит – тут-то его убивают. Разве не так?

Какой хитрец! Наверное, и Резе он сказал то же самое. «Но я-то знаю его лучше, чем мама, – думала Мегги, – и историй я помню больше».

– А помнишь балладу «Разбойник»? – спросила она.

Элинор без конца читала ей эти стихи и вздыхала: «Ах, Мегги, жаль, что это читаешь не ты! Не дай Бог, твой отец услышит, но мне бы так хотелось увидеть этого разбойника у себя в прихожей!»

Мо откинул ей челку со лба.

– А что?

– Там любимая девушка предостерегает его от солдат, и он успевает скрыться! Дочери тоже так умеют.

– О да! Дочери отлично умеют спасать отцов, уж в этом-то я убедился. – Мо невольно улыбнулся. Как она любит его улыбку! А если она видит ее в последний раз? – Но ты ведь, наверное, помнишь и то, чем эта история заканчивается для девушки?

Мегги, конечно, помнила. «*Мушкет громыхнул в лунном свете, И грудь разорвал в лунном свете. Ей смерть – но сигнал для него*». А разбойника солдаты в конце концов тоже убили. «*Лежит он в крови на дороге, у горла из кружев цветок*».

– Мегги...

Она повернулась к нему спиной. Ей не хотелось больше его видеть. Не хотелось больше за него бояться. Ей хотелось только сердиться на него. Как на Фарида.

Как на Резу. Когда кого-то любишь, от этого одна боль. Одна боль.

– Мегги! – Мо схватил ее за плечи и повернул к себе. – Предположим, я не поеду в замок, и как тебе понравится новая песня, которую скоро запоют в Омбре? «*В одно прекрасное утро Перепел исчез, и больше его никто никогда не видел. А дети Омбры погибли, как и их отцы, по ту сторону Непроходимой Чащи. Змееглав же навеки остался правителем этой земли благодаря Пустой Книге, которую переплел ему Перепел*».

Да, он прав. Это страшная песня. Но она знает еще страшнее: «*А Перепел отправился в замок, чтобы спасти детей Омбры, и погиб там. И хотя Огненный Танцор писал его имя огненными буквами на темных небесах, так что звезды твердили его каждую ночь, дочь Перепела никогда больше не видала отца*».

Да. Так оно и будет. Но Мо слышалась другая песня.

– На этот раз Фенолио не напишет для нас хорошего конца, Мегги! – сказал он. – Я сам должен его написать – делами, а не словами. Только Перепел может спасти детей. И только он может вписать три слова в Пустую Книгу.

Она все еще не смотрела на него. Она не хотела слышать этих слов. Но он продолжал говорить – голосом, который она так любила, который столько раз убаюкивал ее, утешал, когда она болела, и рассказывал ей истории об исчезнувшей матери.

– Ты должна обещать мне одну вещь, Мегги, – сказал он. – Вы с матерью должны заботиться друг о друге, пока меня нет. Вы не можете вернуться в наш мир. Словам Орфея нельзя доверять! Но Черный Принц возьмет вас под свою защиту, а Силач будет вас охранять. Он поклялся мне в этом жизнью брата, и он куда более надежный защитник, чем я. Что бы ни случилось, оставайтесь у разбойников, слышишь, Мегги? Не следуйте за мной в Омбру, и уж тем более во Дворец Ночи, если меня туда отправят. Если я узнаю, что вы в опасности, я от страха потеряю способность соображать. Обещай!

Мегги низко опустила голову, чтобы он не мог прочесть ответ в ее глазах. Нет, этого она ему не будет обещать. Реза тоже наверняка ничего не обещала. Или обещала? Мегги посмотрела на мать. Та выглядела страшно несчастной. Рядом с ней стоял Силач. Он, в отличие от Мегги, простил Резу, с тех пор как Мо вернулся живым и невредимым.

– Мегги, прошу тебя, послушай меня! – обычно Мо, когда дело принимало слишком серьезный оборот, переходил на шутливый тон, но, видимо, и это изменилось. Он говорил сейчас так серьезно и по-деловому, как будто отправлял ее на школьную экскурсию. – Если я не вернусь, – сказал он, – ты должна уговорить Фенолио написать ваше возвращение. Не мог он совсем разучиться писать! А ты прочтешь его слова и перенесешь обратно всех троих – себя, Резу и братика.

– Братика? Я хочу сестренку!

– Вот как? – Он наконец улыбнулся. – Это хорошо. Я тоже хочу еще одну дочку. А то первая совсем выросла, на руки не возьмешь...

Они посмотрели друг другу в глаза. Мегги так много хотелось ему сказать, но она не могла найти ни одного слова, которое выражало бы ее чувства.

– Кто доставит твое письмо в замок? – тихо спросила она.

– Мы еще не решили, – ответил Мо. – Нелегко найти человека, которого пропустят к Виоланте.

Три дня. Мегги обняла его крепко, как в детстве.

– Мо, прошу тебя! – прошептала она. – Не ходи! Пожалуйста! Давай вернемся! Реза была права!

– Вернемся? Да ты что, Мегги! В самый интересный момент? – ответил он.

Нет, он все-таки не изменился. Все еще шутит, когда дела совсем плохи. Она так его любит!

Мо взял в ладони ее лицо. Он смотрел на нее, словно желая что-то сказать ей взглядом, и сейчас Мегги ясно прочла в его глазах, что ему так же страшно за нее, как ей за него.

– Мегги, поверь, – сказал он, – я еду в замок, чтобы защитить тебя! Когда-нибудь ты поймешь. Разве не знали мы с тобой уже во Дворце Ночи: я переплетаю Змееглаву Пустую Книгу лишь для того, чтобы когда-нибудь вписать в нее три роковых слова?

Мегги так отчаянно замотала головой, что Мо снова прижал ее к себе.

– Не отпирайся, Мегги! – прошептал он. – Конечно, мы это знали.

Наконец

Меня никто не видит там,
Ложусь я в тихий мой вигвам.
Объятый тьмой и тишиной,
Я – в мире книг, прочтенных мной.
Здесь есть леса и цепи гор,
Сиянье звезд, пустынь простор –
И львы к ручью на водопой
Идут рычащею толпой.

Р. Л. Стивенсон.
Вычитанные страны*

Дариус читал великолепно, хотя слова звучали у него совсем по-другому, чем у Мортимера (и уж конечно, по-другому, чем у этого вредителя Орфея). Пожалуй, больше всего Дариус напоминал своей манерой Мегги. Он читал с детским простодушием, и Элинор казалось, что она видит перед собой мальчика, каким он был когда-то, худенького, в очках, так же страстно влюбленного в книги, как она, – только для него страницы оживали.

Голос у Дариуса был не такой звучный и красивый, как у Мортимера. Не было в нем и того пыла, той магнетической энергии, которая отличала чтение Орфея. Дариус брал слова на язык так бережно, словно каждое из них было хрустальным и могло разбиться, если произнести его слишком громко, слишком решительно. В голосе Дариуса была вся печаль этого мира, очарование слабых, тихих и робких, знающих, как безжалостны сильные...

---

* Перевод В. Ходасевича.

Красота слов, созданных Орфеем, по-прежнему удивляла Элинор, как в первый день, когда она услышала его чтение. Эти слова были так не похожи на тщеславного дурака, швырявшего о стену ее книги. «Так ведь они у него ворованные, Элинор!» – подумала она. А потом все мысли куда-то исчезли.

Дариус ни разу не запнулся – может быть, потому, что читать его заставил на этот раз не страх, а любовь. Он так тихо отворил дверь между буквами, что они – так показалось Элинор – проскользнули в мир Фенолио, как дети, прокравшиеся в запретную комнату. Почувствовав за спиной шершавую каменную стену, Элинор сперва не поверила собственным ощущениям. *Сперва тебе кажется, что это сон.* Так ведь рассказывала Реза? «Если это сон, – подумала Элинор, – я бы хотела никогда не просыпаться». Ее глаза жадно впивали новые картины: площадь, колодец, дома, лепившиеся друг к другу, как будто от старости уже не могли стоять прямо, женщин в длинных платьях (очень убогих), стайку воробьев, голубей, двух тощих кошек, телегу, на которую какой-то старик взваливал лопатой отбросы... Вонь была невыносимая, и все же Элинор жадно втягивала ноздрями воздух.

Омбра! Она в Омбре! Ведь ничем другим это место не могло быть. Женщина, набиравшая воду из колодца, обернулась и недоверчиво посмотрела на платье Элинор из тяжелого темно-красного бархата. Элинор купила его в магазинчике, торговавшем маскарадными костюмами, как и балахон для Дариуса. «Что-нибудь средневековое», – попросила она – и вот бросается теперь в глаза в этом наряде, как павлин в стае ворон!

Не важно! Элинор, ты наконец сюда попала! Почувствовав резкий рывок за волосы, она умелым движением поймала фею, разжившуюся седой прядкой. О, как ей не хватало этих маленьких летуний! Правда, Элинор думала, что они синие. А эта переливалась всеми цветами радуги, как мыльный пузырь. Элинор с восторгом зажала добычу в горсти и сквозь пальцы рассматривала фею. У малышки был довольно сонный вид. Когда фея наконец вырвалась на волю, укусив обидчицу крошечными зубками за большой палец, Элинор рассмеялась так громко, что сразу из двух окон в соседних домах высунулись женские головы.

Элинор!

Она зажала рот рукой, но все еще чувствовала смешинку на кончике языка, шипучую, как содовый порошок. Она была так счастлива, так идиотски счастлива. Последний раз Элинор чувствовала себя такой счастливой в шесть лет, когда тайком пробралась в отцовскую библиотеку и читала книги, которые отец ей читать не разрешал. «Хорошо бы тебе просто упасть и умереть, Элинор, – думала она. – Прямо сейчас. Лучше все равно уже не будет».

По площади шли два человека в пестрой одежде. Комедианты! Выглядели они не так романтично, как представляла себе Элинор, но... Кобольд тащил за ними музыкальные инструменты. На его мохнатом лице выразилось при виде Элинор такое изумление, что она невольно потрогала себя за нос. Может быть, у нее что-то не в порядке с лицом? Нос, кажется, всегда был большой...

– Элинор!

Она вздрогнула. Дариус! Господи Боже мой! Она про него совсем забыла. Как он оказался под телегой с мусором? Бедняга с ошалелым видом выползал между колес, стряхивая с балахона вонючие соломинки. Ох уж этот Дариус! До чего это в его духе – оказаться в Чернильном мире не где-нибудь, а под телегой с отбросами. Такой уж он невезучий! И как он озирается! Как будто попал в логово разбойников! Бедный Дариус! Замечательный и прекрасный Дариус! Он все еще сжимал в руке листок со словами Орфея, но куда делась сумка с пожитками, которые они хотели взять с собой? Погоди, Элинор, сумку должна была взять ты. Она стала озираться в поисках и увидела вместо сумки Цербера, который с интересом обнюхивал мостовую в шаге от нее.

– Он... он умер бы с голоду, если бы мы его там бросили, – промямлил Дариус, счищая грязь с балахона. – И по... потом он нас, наверное, сможет отвести к своему хозяину, а тот нам расскажет, где найти остальных.

«Неплохая мысль, – сказала себе Элинор. – Я вот до этого не додумалась. Но что ж он все запинается?»

– Дариус! У тебя получилось! – Она так бурно обняла его, что у него слетели очки. – Спасибо тебе! Я так тебе благодарна!

– Эй вы! Откуда собака?

Цербер зарычал и прижался к ногам Элинор. Перед ними стояли двое солдат. «*Солдаты хуже, чем разбойники*». Реза рассказывала ей об этом. «*Большинство начинает в конце концов получать удовольствие от убийства*».

Элинор невольно отступила на шаг, но уперлась спиной в стену дома.

– Вы что, языки проглотили? – Один из солдат ударил Дариуса кулаком в живот так, что тот согнулся.

– Это еще что? Оставь нас в покое! – Голос Элинор звучал не так бесстрашно, как ей бы хотелось. – Это моя собака.

– Твоя? – У солдата, подошедшего к ней, был только один глаз. Элинор как зачарованная уставилась на то место, где был когда-то второй. – Собак держат высокородные дамы. Или ты станешь уверять, что ты такая и есть?

Он вытащил меч из ножен и провел клинком по платью Элинор.

– Что это за платье? Ты, может, воображаешь, что тебя в таком виде можно принять за княгиню? Где живет портниха, которая тебе это сшила? Ее надо выставить у позорного столба!

Второй солдат рассмеялся.

– Такие платья носят актеры! – сказал он. – Это просто состарившаяся комедиантка.

– Комедиантка? Такая страхолюдина?

Одноглазый рассматривал Элинор, как будто собирался стащить с нее бархатное платье.

Элинор очень хотелось сказать, что она думает о его внешности, но Дариус бросил на нее умоляющий взгляд, а острие меча угрожающе уткнулось ей в живот, словно Огноглазый собирался провертеть там второй пупок. Опусти глаза, Элинор! Вспомни, что говорила тебе Реза. В этом мире женщины опускают глаза.

– Прошу вас! – Дариус с трудом поднялся на ноги. – Мы... мы не здешние. Мы... мы пришли издалека...

– Издалека – в Омбру? – Солдаты расхохотались. – Да кто же, клянусь серебром Змееглава, пойдет сюда по доброй воле?

Одноглазый внимательно посмотрел на Дариуса.

– Смотри-ка! – сказал он, снимая с него очки. – У него такая же игрушка, как у Четвероглазого, который раздобыл Зяблику единорога и гнома.

Он неумело нацепил очки на нос.

– Эй, сними эту штуку! – Второй солдат испуганно отпрянул.

Одноглазый посмотрел на него сквозь толстые стекла и ухмыльнулся.

– Я вижу тебя насквозь – все твое вранье!

Он со смехом бросил очки Дариусу под ноги.

– Откуда бы вы ни пришли, – сказал он, протягивая руку к ошейнику Цербера, – обратно вы пойдете без собаки. Собаки – собственность князей. Как ни безобразна эта тварь, Зяблику она понравится.

Цербер с такой силой укусил руку в перчатке, что солдат вскрикнул и присел. Его товарищ выхватил меч, но пес Орфея был совсем не глуп, хоть и уродлив. С перчаткой в зубах он пустился наутек, только пятки засверкали.

– Скорее, Элинор! – Дариус поспешно подобрал погнувшиеся очки и потянул ее за собой, пока солдаты, чертыхаясь, гнались за собакой.

Элинор не помнила, когда она в последний раз бежала с такой скоростью, – как ни молода была ее душа, ноги были ногами толстой пожилой женщины.

«Да, Элинор, ты представляла себе первые часы в Омбре по-другому!» – думала она, стараясь не отставать от Дариуса в переулке, до того узком, что она боялась застрять между домами. Но хотя ноги у нее болели, а на животе побаливало уколотое мечом место, – подумаешь! Она в Омбре! Она наконец преодолела ограду букв! Только это и важно. Странно было бы, если бы жизнь здесь оказалась такой же мирной, как дома, не говоря уж о том, что и там в последнее время не все шло гладко... Как бы то ни было... она здесь! Наконец-то! Она в той единственной истории, конец которой ей непременно нужно узнать, ибо в ней участвовали все, кого она любила.

«Жаль только, что собаку у нас отобрали», – подумала она, когда Дариус растерянно остановился в конце улицы. Нюх Цербера был бы очень кстати в этом лабиринте, не говоря уж о том, что она просто будет скучать по нелепому псу. Реза, Мегги, Мортимер – больше всего ей хотелось громко выкрикнуть их имена. Где вы? Я здесь, я наконец-то здесь!

«Да, но *они-то*, может быть, совсем уже не здесь, Элинор!» – прошептал ей внутренний голос – и незнакомое небо поблекло над ее головой. Может быть, всех троих уже нет в живых. «Молчать, – подумала она. – Молчать, Элинор! Просто не сметь об этом думать. Не сметь, и все».

Травы для Уродины

Душа молчит.
А если говорит,
То – в снах, и только.

Луиза Глик.
Выкрик ребенка

Виоланта по нескольку раз на дню спускалась в застенок, куда заперли детей, с двумя служанками, которые еще оставались ей верны, и одним из своих юных солдат. Свистун называл их «армия недорослей», но отец Виоланты позаботился о том, чтобы эти мальчишки до времени стали взрослыми, – с тех самых пор, как их отцы и братья погибли в Непроходимой Чаще. Дети в застенке тоже скоро перестанут быть детьми. От страха быстро взрослеют.

Каждое утро перед воротами замка выстраивались матери, умоляя охрану допустить их хотя бы к самым младшим из детей. Они приносили одежду, игрушки, еду в надежде, что хоть что-нибудь из этого попадет к их сыновьям и дочерям. Но охранники выбрасывали большую часть принесенного, хотя Виоланта все время посылала своих служанок за материнскими передачами.

Хорошо еще, что Свистун не запрещал ей хотя бы это. Перехитрить Зяблика было нетрудно. Он был еще глупее, чем его куколка-сестра, и никогда не догадывался, какую сеть плетет Виоланта за его спиной. Но Свистун был далеко не дурак, и лишь две вещи помогали с ним справиться: его страх перед ее отцом и его тщеславие. Виоланта подольщалась к Свистуну с того дня, когда он впервые въехал в ворота Омбры. Она делала вид, что страшно рада его появлению, потому что ей осточертели глупость и слабость Зяблика, рассказывала, как нелепо расточителен новый наместник, и велела Бальбулусу записать мрачные песни Свистуна на лучшем пергаменте и украсить миниатюрами, хотя Бальбулус был в такой ярости от этого поручения, что сломал у нее на глазах три свои лучшие кисточки.

Когда Коптемаз по приказу Свистуна заманил детей в ловушку, Виоланта долго расхваливала Среброносого за его хитрость – ничего, что потом, когда она вернулась к себе, ее стошнило. Она, конечно, не показала виду, что лишилась сна, потому что ночами ей слышится плач из застенка, – держалась как ни в чем не бывало.

Виоланте было четыре года, когда отец велел запереть их с матерью в старых покоях, но мать научила ее высоко держать голову, несмотря ни на что. «У тебя сердце мужчины, Виоланта», – сказал ей однажды свекор. Глупый печальный старик. Она до сих пор не знала, хотел ли он сделать ей комплимент или выразить порицание. Знала она лишь одно: все, к чему она стремилась, принадлежало мужчинам: свобода, знания, сила, ум, власть...

А мстительность, стремление к господству, нетерпимость – тоже мужские качества? Все их она унаследовала от отца.

Уродина.

Родимое пятно, безобразившее ее, побледнело, но прозвище осталось. Оно стало такой же частью ее самой, как бледное лицо и до смешного хрупкое тело. «*Хитрюга* – вот как надо было вас прозвать», – говорил порой Бальбулус. Миниатюрист знал ее как никто. Он видел Виоланту насквозь, и она знала, что каждая лисичка на его рисунках – ее портрет. Хитрюга. Да, хитрости ей не занимать. Ее тошнило от одного вида Свистуна, но она улыбалась ему улыбкой, подсмотренной у отца, высокомерно, с легким оттенком жестокости. Она носила туфли на высоких каблуках (Виоланта ненавидела свой маленький рост) и совсем не подкрашивала лицо, потому что считала, что в красивых женщин хоть и влюбляются, но не уважают и уж тем более не боятся их. Не говоря уж о том, что она чувствовала бы себя смешной с ярко-красными губами и выщипанными в тонкую ниточку бровями.

Среди детей были раненые. Свистун позволил Виоланте позвать к ним Хитромысла, но ни за что не соглашался их отпустить. «Не раньше чем мы поймаем ту птичку, для которой они приманка!» – отвечал он на ее уговоры.

Перед глазами Виоланты встала картина: Перепела тащат в замок, окровавленного, как тот единорог, которого убил на охоте Зяблик, преданного матерями, рыдающими сейчас у ворот замка. Картина не желала исчезать и была ярче любой миниатюры, нарисованной Бальбулусом, но в снах ей являлась другая. В снах Виоланты Перепел убивал ее отца и возлагал корону на ее мышино-русые волосы...

– Перепелу недолго осталось жить, – сказал ей вчера Бальбулус. – Остается надеяться, что он умрет красиво.

Виоланта дала ему пощечину, но Бальбулус никогда не боялся ее гнева.

– Поберегитесь, ваше уродство! – сказал он, прямо глядя ей в глаза. – Вы вечно влюбляетесь не в тех мужчин. Но у последнего хоть была голубая кровь!

За такую наглость ему полагалось бы вырезать язык – ее отец сделал бы это тут же на месте, но кто тогда будет говорить ей правду, какой бы горькой она ни была? Раньше это делала Брианна. Но теперь Брианны нет.

Сгущались сумерки – для детей в застенке наступала третья тюремная ночь, и Виоланта попросила служанку принести ей подогретого вина. Это помогало хоть на несколько часов забыть во сне детские ручонки, цепляющиеся за ее юбку, когда она уходит... Но в эту минуту к ней постучался Вито.

– Ваше высочество! – Мальчику недавно исполнилось пятнадцать. Он был сыном кузнеца – разумеется, погибшего – и старшим из солдат Виоланты. – Там у ворот ваша бывшая служанка, Брианна, дочка знахарки.

Туллио робко посмотрел на хозяйку. Он плакал, когда Виоланта прогнала Брианну. За это она два дня не пускала его на глаза.

Брианна. Как будто мыслями она наколдовала ее приход. Само имя было таким родным. Прежде она произносила его, наверное, чаще, чем имя своего сына. Почему глупое сердце так колотится? Оно что, уже забыло, какую боль причинила ему незваная гостья? Отец прав. Сердце слабо и переменчиво, ему подавай одну любовь, и нет ничего вреднее, чем идти у него на поводу. Повиноваться нужно разуму. Он утешает глупости сердца, смеется над любовью, называет ее капризом природы, увядающим быстро, как цветок. Но почему же она тем не менее вечно следует своему сердцу?

Сердце Виоланты обрадовалось, услышав имя Брианны, но разум спрашивал: «Зачем она пришла? Соскучилась по красивой жизни? Устала драить полы у Четвероглазого, который так низко кланяется Зяблику, что чуть не стукается подбородком о толстые коленки? Или хочет попросить, чтобы я пустила ее в склеп – целовать мертвые губы моего покойного мужа?»

– Брианна говорит, что принесла для детей целебные травы от своей матери – Роксаны. Но она хочет непременно вручить их вам лично.

Тулио умоляюще посмотрел на нее. У него совсем не было гордости, зато сердце слишком верное. Вчера дружки Зяблика снова заперли его к собакам. В этой развеселой компании был и ее сын.

– Хорошо, сходи за ней, Туллио!

Голос – предатель, но Виоланта умела притворяться равнодушной. Лишь один раз она показала свои истинные чувства – когда вернулся Козимо. Тем стыднее было, когда он предпочел ей служанку.

Брианна.

Туллио радостно побежал за ней, а Виоланта провела рукой по туго стянутым в пучок волосам и неуверенно оглядела свое платье и украшения. Так уж действовала на людей Брианна. Она была до того хороша, что каждый чувствовал себя в ее присутствии неуклюжим уродом. Виоланте это раньше нравилось. Она пряталась за красотой Брианны, с удовольствием наблюдая, как ее служанка заставляет других чувствовать себя так, как она чувствовала себя всегда – уродливой. Ей нравилось, что ослепительная красавица прислуживает ей, восхищается ею, может быть, даже любит ее.

Туллио, вернувшийся с Брианной, сиял улыбкой во всю ширь своего мохнатого лица. Девушка робко вошла в знакомую комнату. Рассказывали, что она носит на шее монету с портретом Козимо и что чеканное лицо почти стерлось от ее поцелуев. Но горе сделало ее еще красивее. Как такое возможно? Какая может быть справедливость в мире, где даже красота распределена несправедливо?

Брианна сделала глубокий реверанс – с непревзойденной грацией, как всегда, – и протянула Виоланте корзинку с травами.

– Моя мать узнала от Хитромысла, что среди детей есть раненые и что некоторые из них отказываются есть. Эти травы могут им помочь. Она написала, как их применять и для чего.

Брианна извлекла из-под стеблей запечатанное письмо и с новым реверансом протянула Виоланте.

Печать на записке знахарки?

Виоланта отослала служанку, стелившую постель – она ей не доверяла, – и потянулась за новыми стеклами для глаз. Тот же мастер, что сделал Орфею новую оправу – золотую, разумеется, – изготовил очки и для нее. Она отдала за них последнее свое кольцо. Ее стекла не разоблачали ложь, как это рассказывали о тех, что носил Орфей. И даже буквы Бальбулуса были видны через них ненамного четче, чем через берилл, которым она пользовалась раньше. Но зато мир не окрашивался в красный цвет, и, кроме того, она могла лучше видеть сразу двумя глазами, хотя не слишком долго, глаза в стеклах быстро уставали. «Вы слишком много читаете», – твердил ей Бальбулус. Но что ей оставалось делать? Она умерла бы без чтения, просто умерла от тоски, куда быстрее, чем это когда-то случилось с ее матерью.

На печати была оттиснута голова единорога. Чей это знак?

Виоланта взломала печать и невольно покосилась на дверь, когда поняла, чье письмо читает. Брианна проследила за ее взглядом. Она достаточно долго жила в замке, чтобы знать, что стены и двери имеют уши; но написанные слова, к счастью, невозможно подслушать. И все же Виоланте казалось, что, читая письмо, она слышит голос Перепела, и смысл его слов доходил до нее со всей отчетливостью, хотя был искусно скрыт за написанными словами.

Написанные слова говорили о детях и о том что Перепел в обмен на их освобождение готов сдаться в плен. Они обещали ее отцу спасти Пустую Книгу, если Свистун отпустит детей. Но тайные, скрытые между строк слова сообщали другое: Перепел согласился на сделку, которую она ему предложила у гроба Козимо.

Он поможет Виоланте убить ее отца.

«Вместе мы легко с этим справимся».

Правда ли это? Она опустила письмо. О чем она думала, давая Перепелу такое обещание?

Почувствовав на себе взгляд Брианны, она резко повернулась к ней спиной. Подумай, Виоланта! Она представила себе, что произойдет дальше, шаг за шагом, картина за картиной, как будто листала иллюминованную Бальбулусом рукопись.

Ее отец явится в Омбру, как только Перепел сдастся в плен. Это ясно. Ведь он по-прежнему надеется, что человек, который переплел для него Пустую Книгу, способен и спасти ее от разрушения. А поскольку он не отдаст книгу ни в чьи руки, придется ему везти ее к Перепелу самому. Несомненно, отец приедет с намерением убить Перепела. Он ведь в отчаянии, почти в безумии от страданий, которые причиняет ему гниющая наперегонки со страницами плоть, и уж конечно он будет всю дорогу в красках воображать себе медленную и мучительную казнь, которой наконец подвергнет врага. Но прежде он должен доверить этому врагу Пустую Книгу. И как только книга окажется у Перепела, для Виоланты настанет черед действовать. Сколько времени нужно, чтобы написать три слова? Она должна дать ему это время. Всего лишь три слова, несколько секунд без наблюдения, перо и чернила – и злой смертью погибнет уже не Перепел, а ее отец. А она станет правительницей Омбры.

У Виоланты участилось дыхание, кровь зашумела в ушах. Да, этот план может удасться. Но опасность велика, для Перепела намного больше, чем для нее.

«Ерунда, все получится!» – сказал ее рассудок, холодный рассудок, но сердце колотилось так бешено, что у нее закружилась голова, и кричало об одном: как ты защитишь его здесь, в замке? От Свистуна? От Зяблика?

– Ваше высочество!

Голос у Брианны стал иной, чем прежде. Как будто в ней что-то сломалось. Прекрасно. «Надеюсь, она плохо спит по ночам! – подумала Виоланта. – Надеюсь, ее красота скоро увянет за мытьем полов и стиркой белья». Но, обернувшись и посмотрев на Брианну, она хотела уже только одного – притянуть ее к себе и посмеяться с ней вместе, как прежде.

– Я еще должна передать вам на словах. – Брианна не опустила глаз под взглядом Виоланты. Она осталась гордячкой несмотря ни на что. – Эти травы очень горькие. Они помогут только в том случае, если вы будете применять их точно по указаниям. В худшем случае они могут даже убить. Все зависит от вас.

Как будто ей нужно это объяснять! Но Брианна умоляюще смотрела на нее. «Не дай ему погибнуть! – говорили ее глаза. – Иначе все пропало!»

Виоланта гордо выпрямилась.

– Я все отлично поняла, – сказала она резко. – Я уверена, что детям через три дня станет гораздо лучше. Все плохое останется позади. Травы я буду применять со всей возможной осторожностью. Передай это, пожалуйста. А теперь иди. Туллио проводит тебя до ворот.

Брианна снова присела в глубоком реверансе:

– Спасибо вам! Я знаю, у вас они в надежных руках. – И робко добавила, выпрямляясь: – Я знаю, у вас много служанок. Но если вдруг вам снова захочется меня увидеть, пожалуйста, пошлите за мной! Я без вас скучаю!

Последние слова она произнесла так тихо, что Виоланта скорее угадала их по губам, чем услышала.

«Я тоже без тебя скучаю!» – хотелось ей ответить. Но она не дала этим словам сорваться с языка. Молчи, глупое, забывчивое сердце.

– Спасибо! – произнесла она вслух. – Но мне сейчас не до пения.

– Конечно нет. Я понимаю.

Брианна побледнела почти так же, как в тот день, когда госпожа ударила ее... после того, как она была у Козимо и пыталась солгать Виоланте.

– Но кто же вам теперь читает вслух? И кто играет с Якопо?

– Я читаю сама. – Виоланта была горда тем, как холодно и отчужденно звучит ее голос, хотя сердце чувствовало совсем другое. – А Якопо я редко вижу. Он бегает, нацепив жестяной нос, который сделал ему придворный кузнец, сидит на коленях у Свистуна и рассказывает всем, что его бы Коптемаз никогда не заманил на площадь, потому что он не такой дурак.

– Да, это на него похоже. – Брианна провела рукой по волосам, словно вспомнив, как Якопо за них дергал.

Несколько долгих минут обе женщины молчали, чувствуя, что тот, кто когда-то разрушил их дружбу, стоит между ними и после своей смерти.

Брианна потрогала тесемку на шее. Она и в самом деле носила монету.

– Вы его тоже иногда видите?

– Кого?

– Козимо. Я каждую ночь вижу его во сне. А днем мне иногда кажется, что он стоит у меня за спиной.

Глупышка. Влюблена в покойника. Что она любит в нем сейчас? Красоту его уже сожрали черви, а что еще можно было в нем любить? Нет, Виоланта похоронила свою любовь вместе с телом Козимо. Она улетучилась, как хмель от вина, выпитого накануне.

– Хочешь спуститься в склеп? – Виоланте самой не верилось, что она произнесла эту фразу.

Брианна смотрела на нее во все глаза.

– Туллио проводит тебя вниз. Но не ожидай слишком многого – ты найдешь там только мертвых. Скажи, Брианна, – добавила она (Виоланта-Уродина, Виоланта Жестокосердая!), – ты была разочарована, когда Перепел вывел из царства мертвых твоего отца, а не Козимо?

Брианна опустила голову. Виоланта никак не могла понять, любит она своего отца или нет.

– Мне бы очень хотелось спуститься в склеп, – сказала девушка тихо. – Если вы позволите.

– Еще три дня – и все будет хорошо, – сказала Виоланта, когда Брианна уже стояла в дверях. – Несправедливость не может быть бессмертной. Это противно природе.

Брианна рассеянно кивнула – похоже, она не очень слушала.

– Позовите меня! – сказала она на прощание.

И скрылась за дверью. Виоланта начала скучать по ней раньше, чем отзвучали ее шаги по коридору. «Ну и что? – сказала она себе. – Разве это не самое привычное для тебя дело? Терять и томиться об утрате – в этом прошла вся твоя жизнь».

Она сложила письмо Перепела и подошла к шпалере, висевшей в этой комнате уже тогда, когда она семилетней девочкой попала сюда впервые. Шпалера изображала охоту на единорога. Ткали ее в те времена, когда единороги были сказочными существами, и никому в голову не могло прийти, что их понесут по улицам Омбры как охотничью добычу. Но даже в сказках единороги непременно погибали. Безгрешность ни в каком мире не жила долго. С тех пор как Виоланта познакомилась с Перепелом, единорог напоминал ей благородного разбойника. Она увидела в его лице ту же безгрешную чистоту.

Как же ты спасешь его, Виоланта? Как?

Разве не твердили все истории одно и то же? Женщины не спасают единорогов. Они приносят им смерть.

Часовые у ее дверей явно устали, но поспешно выпрямились, когда она вышла. Дети-солдаты. У обоих были в застенке братья и сестры.

– Разбудите Свистуна! – приказала Виоланта. – Скажите ему, что у меня важное известие для моего отца.

«Для моего отца». Эти слова всегда производили желаемое действие, но вкус их был омерзителен. Всего семь букв – и она чувствовала себя маленькой, жалкой и до того уродливой, что люди отводили глаза, чтобы не смотреть на нее. Она отлично помнила свой седьмой день рождения – единственный день, когда ее отец явно радовался, что у него такое невзрачное дитя. «Вот как можно отомстить недругу! – сказал он ее матери. – Дать в жены его красавцу-сыну самую уродливую из своих дочерей».

Мой отец.

Когда же наконец не станет человека, которого она должна так называть?

Она прижала к сердцу письмо Перепела.

Скоро.

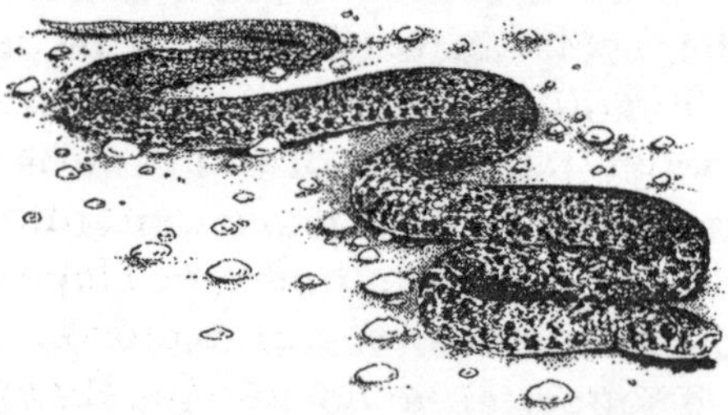

Сожгла

Мне хотелось, чтобы у меня было больше времени подумать, пока солнце не пройдет весь свой долгий путь к закату. Мой разум задыхался от непомерного количества мыслей, которые ему предстояло осилить.

Марго Ланаган. Черный сок

С восходом солнца они тронутся в путь. Свистун принял условия Перепела: дети Омбры получат свободу, как только Перепел выполнит свое обещание и сдастся в плен дочери Змееглава. Было решено, что несколько разбойников, переодевшись в женское платье, замешаются в толпу матерей у ворот замка, а Сажерук поедет в Омбру вместе с Мо, чтобы Свистун не забывал, на чьей стороне огонь. Но в ворота замка Перепел въедет один.

Мегги, не называй его так!

До рассвета оставалось всего несколько часов. Черный Принц, так и не сомкнувший глаз, сидел у костра с Баптистой и Сажеруком, который, похоже, вообще не нуждался в сне с тех пор, как вернулся из царства мертвых. Рядом с ним, конечно, сидели Фарид и Роксана. А вот дочь Сажерука переселилась в замок. Виоланта послала за Брианной в тот самый день, когда Свистун публично объявил о своем договоре с Перепелом.

Мо у костра не было. Он ушел спать. С ним была Реза. Как мог он спать в эту ночь? Силач сидел у входа в палатку, словно решив охранять Перепела до последней возможности.

«Шла бы ты тоже спать, Мегги!» – посоветовал ей Мо напоследок, увидев, что она сидит под деревом в стороне от всех. Но Мегги лишь покачала головой. Шел дождь, волосы у нее были мокрые, платье заволгло, но в палатке было ненамного лучше, и ей не хотелось лежать там и слушать монотонный рассказ дождя о том, как Свистун доберется наконец до ее отца.

– Мегги! – Дориа сел с ней рядом на мокрую траву. Волосы у него закурчавились от дождя. – Ты тоже едешь в Омбру?

Мегги кивнула. Фарид обернулся и посмотрел в их сторону.

– Я проберусь в замок, как только твой отец въедет в ворота. Обещаю тебе. Сажерук тоже будет держаться неподалеку. Мы не дадим его в обиду, клянусь!

– Не болтай чепухи! – Мегги говорила резче, чем ей бы хотелось. – Вы ничего не сможете сделать! Свистун его убьет. Ты думаешь, раз я девочка, мне нужно рассказывать утешительные сказки? Я была с отцом во Дворце Ночи! Я стояла лицом к лицу со Змееглавом. Они убьют его!

Дориа молчал. Он молчал так долго, что она пожалела о своей резкости. Но и пожалев о ней, она не нарушила молчания, а только ниже опустила голову, чтобы он не видел долго копившихся слез, которые хлынули рекой от его слов. «Девчонка, – подумает он, – что с нее возьмешь! Плачет».

Мегги почувствовала легкое прикосновение к своим волосам. Дориа гладил ее по голове, словно стряхивая капли дождя.

– Свистун не станет его убивать. Он слишком боится Змееглава! – шепнул он.

– Да, но отца он ненавидит! Ненависть может оказаться сильнее страха! А если его не убьет Свистун, это сделает Зяблик или сам Змееглав. Ему не выйти живым из этого замка!

Как дрожат у нее руки, словно весь страх перебрался в кончики пальцев. Но Дориа так крепко взял их в свои, что они перестали дрожать. У него были сильные руки, хотя пальцы ненамного длиннее, чем у Мегги. А вот у Фарида пальцы длинные и тонкие...

– Фарид рассказывал, что ты излечила своего отца, когда он был ранен. Он говорит, ты сделала это словами.

Да, но сейчас у нее нет слов.

Слова...

– Что с тобой? – Дориа выпустил руки Мегги и вопросительно взглянул на нее. Фарид все еще смотрел в их сторону, но Мегги не обращала на него внимания.

– Спасибо! – Она поцеловала Дориа в щеку. И торопливо встала.

Он, конечно, не понял, за что она его благодарит. Слова. Слова Орфея. Как она могла забыть?

Мегги бежала по мокрой траве к палатке, где спали родители. «Мо страшно рассердится, – думала она. – Но зато он будет жить!» Ей ведь уже случалось давать новый поворот этой истории. Пришло время для нового вмешательства. И пусть история из-за этого кончится не так, как хочет Мо. Придется Черному Принцу завершать рассказ в одиночку. Он уж найдет способ все исправить, даже без Перепела. Потому что Перепелу пора уходить, пока вместе с ним не погиб ее отец.

Силач задремал. Голова его опустилась на грудь. Мегги, проходя мимо, слышала легкое похрапывание.

Реза не спала. Она плакала.

– Мне нужно с тобой поговорить! – прошептала Мегги. – Выйди на минутку, пожалуйста!

Мо крепко спал. Реза взглянула в его спящее лицо и вышла из палатки. Они с Мегги все еще почти не разговаривали друг с другом. А ведь теперь Мегги собиралась сделать то самое, ради чего ее мать тайком ездила в Омбру.

– Если ты о завтрашнем дне, – Реза взяла дочь за руку, – не говори никому, но я тоже поеду в Омбру, хотя твой отец велел мне оставаться здесь. Я хочу быть рядом с ним, когда он поедет в замок...

– Он не поедет в замок.

Дождь падал с пожелтевших листьев, как будто деревья плакали, и Мегги хотелось оказаться в саду у Элинор. Там шум дождя звучал мирно, убаюкивающе. А здесь в его шелесте слышались опасность и гибель.

– Я прочту те слова.

Сажерук обернулся к ним, и на мгновение Мегги испугалась, что он прочтет ее планы по лицу и расскажет Мо. Но Сажерук отвернулся и поцеловал Роксану в черные волосы.

– Какие слова? – Реза с недоумением посмотрела на нее.

– Слова, которые написал тебе Орфей! «Слова, из-за которых Мо чуть не погиб, – добавила она про себя. – А теперь они спасут ему жизнь».

Реза оглянулась на палатку, где спал Мо.

– У меня их нет, – сказала она. – Я сожгла их, когда твой отец исчез.

Нет!

– Они бы его все равно не спасли!

Из мокрой крапивы высунулся стеклянный человечек – бледно-зеленый, как все его лесные собратья. Он чихнул – и в страхе метнулся прочь, заметив Мегги и Резу.

Мать обняла Мегги за плечи.

– Он не собирался идти с нами, Мегги! Он попросил Орфея вернуть к Элинор только нас с тобой. Твой отец хотел остаться. Он и сейчас этого хочет – и ни ты, ни я не можем принудить его вернуться. Он нам этого никогда не простит.

Реза хотела погладить дочь по мокрым волосам, но Мегги сбросила ее руку. Не может быть! Она лжет! Мо ни за что не остался бы здесь без жены и дочери! Или...

– Может быть, он и прав. Может быть, все кончится хорошо, – тихо сказала мать. – И мы когда-нибудь расскажем Элинор, как твой отец спас детей Омбры.

Но в голосе Резы звучало меньше надежды, чем в ее словах.

– Перепел... – прошептала она, взглянув на мужчин у костра. – Знаешь, какой первый подарок сделал мне твой отец? Закладку из перьев перепела. Странно, правда?

Мегги не ответила. Реза еще раз погладила ее по мокрому лицу и вернулась в палатку.

Сожгла.

Было еще темно, но несколько фей, намерзшихся в гнездах, уже начали свой танец. Скоро Мо отправится в Омбру, и ничто уже не сможет его удержать. Ничто.

Баптиста сидел один между корней большого дуба, на который по ночам забирались часовые, потому что оттуда открывался вид до самой Омбры. Он шил маску. Мегги увидела у него на коленях бурые перья и догадалась, кому она предназначается.

– Баптиста! – окликнула Мегги, садясь рядом с ним. Земля была холодная и влажная, но мох между корнями мягко пружинил, как диванные подушки в доме Элинор.

Он сочувственно улыбнулся ей. Его взгляд ободрял даже больше, чем руки Дориа.

– А, дочь Перепела! – сказал он тем голосом, который Силач называл «рыночным голосом Баптисты». – Что за прекрасное зрелище в столь поздний час! Я сшил твоему отцу отличный потайной карман для острого ножа. Чем еще может бедный комедиант облегчить твою кручину?

Мегги попыталась улыбнуться. Ей так надоело плакать.

– Ты не мог бы спеть мне песню? Из тех, что Чернильный Шелкопряд написал о Перепеле? Самую лучшую, какую ты знаешь! Полную бодрости и...

– И надежды? – Баптиста улыбнулся. – Да. Я и сам хотел спеть что-нибудь такое. Хотя, – он заговорщически понизил голос, – твой отец не любит, когда эти песни поют в его присутствии. Но я спою тихо, чтобы его не разбудить. Что же нам выбрать в эту мрачную ночь? – Он задумчиво провел рукой по почти готовой маске. – А, знаю!

И Баптиста тихо запел:

Берегись, Свистун, твой конец настал.
Погляди, как Змей извивается,
Как силушка его кончается,
Перепел силу его забрал.

Перепел – его меч не берет,
И пес не чует, и стрела неймет.
Где его не ищи – он уже не там.
До него вовек не добраться вам!

Да, это те самые слова. Мегги попросила Баптисту спеть еще раз, и еще – пока не выучила песню наизусть. А потом она села в сторонке под деревом, выбрав место, куда падал свет от костра, и записала песню в блокнот, который когда-то переплел ей Мо – давным-давно, в другой жизни, после ссоры, такой странной на сегодняшний взгляд, после всего что произошло. «*Мегги, так ты совсем потеряешься в этом Чернильном мире*». Это ведь он ей тогда сказал. А теперь сам не хочет уходить из этого мира, хочет остаться здесь, даже без нее.

Черные буквы на белой бумаге. Она так давно не читала вслух! Когда это было в последний раз? Когда она вычитала сюда Орфея? Не думай об этом, Мегги. Лучше вспомни о Дворце Ночи и о тех словах, что помогли Мо не умереть от раны...

«Берегись, Свистун, твой конец настал».

Да, она не утратила своего умения. Мегги чувствовала, как слова у нее на языке обретают вес, как они вплетаются в мир вокруг нее...

«Погляди, как Змей извивается,
Как силушка его кончается,
Перепел силу его забрал...»

Она отсылала эти слова к спящему Мо, ковала из них панцирь, неуязвимый даже для Свистуна и его мрачного хозяина.

«Перепел – его меч не берет,
И пес не чует, и стрела неймет.
Где его не ищи – он уже не там.
До него вовек не добраться вам!»

Мегги читала песню Фенолио снова и снова. До самого рассвета.

Следующая строфа

Своей судьбы дорогу
Два раза не пройти.
Один раз можно руку
Подать и жизнь спасти,
Дать нищему монету
Не поленись сейчас...
Поскольку нам по свету
Дано пройти лишь раз.

Английская народная песня*

День был холодный, туманный и тусклый. Казалось, Омбра надела серое платье. Женщины еще до рассвета собрались перед воротами замка, тихие, как эта пасмурная погода. Они ждали молча, не шевелясь.

Не слышно было ни радостных восклицаний, ни смеха, ни плача. Полная тишина. Реза стояла среди матерей, как будто тоже надеялась получить обратно ребенка, а не потерять мужа. Чувствует ли дитя, которое она носит под своим изболевшимся сердцем, какое отчаяние владеет матерью в это утро? Что, если этому ребенку никогда не увидеть отца? Задумывался ли об этом Мо? Она его не спрашивала.

Спокойное лицо Мегги пугало Резу сильнее, чем если бы дочь плакала. С Мегги был Дориа. Он нарядился служанкой, в длинном платье и с платком на голове, потому что юноши его возраста в Омбре бросались в глаза. Его брат с ними не поехал. Как ни искусен был

---

* Перевод К. Николаенко.

Баптиста в искусстве маскарада, из Силача даже ему не удалось бы сделать женщину. Но человек десять разбойников сумели пройти мимо стражи в городские ворота, переодевшись в краденые женские наряды и низко повязав платками гладко выбритые лица. Даже Реза не могла отличить их в толпе женщин. Черный Принц велел своим людям, как только дети окажутся на свободе, пойти к матерям и убедить их, что малышей лучше завтра же отвести в лес. Там их спрячут разбойники, не дожидаясь, пока Свистун нарушит свое слово и все-таки заберет их для работы на рудниках. Ведь выкупать детей теперь уже будет некому...

Сам Черный Принц в Омбру не поехал. Его темное лицо слишком легко было узнать. Остался в лагере и Хват, по-прежнему недовольный Мо и его планом, а также Фарид и Роксана. Фарид, конечно, хотел ехать с Сажеруком, но тот запретил ему это, а после того, что произошло на Змеиной горе, Фарид с такими запретами не спорил.

Реза снова взглянула на Мегги. Она знала: дочь – единственный человек, способный утешить ее сегодня. Мегги стала взрослая. Реза поняла это сегодня утром. «Мне никто не нужен», – говорило ее лицо. Это выражение адресовалось стоявшему рядом с ней Дориа, матери, но, пожалуй, прежде всего – отцу.

На стенах был выставлен усиленный караул. По толпе ожидающих прошел ропот. Между зубцами появилась Виоланта, прозрачно-бледная, что подтверждало ходившие о ней слухи. Дочь Змееглава, рассказывали в народе, почти не выходит из внутренних покоев замка.

Реза никогда еще не видела Уродину, но была, конечно, наслышана о родинке, безобразившей лицо Виоланты, и о том, что это родимое пятно побледнело с возвращением Козимо. И в самом деле, пятна почти не было видно, но Реза заметила, что Виоланта невольно прикрыла ладонью щеку при виде женщин, смотрящих на нее снизу. Уродина. Наверное, прежде это прозвище неслось ей навстречу, как только она появлялась перед народом. И сейчас некоторые женщины шепотом произнесли его. На взгляд Резы, Виоланта вовсе не была уродлива, хотя не была и красива. Она держалась очень прямо, как будто назло своему маленькому росту, но, когда по сторонам от нее встали двое мужчин, она показалась между ними такой юной и хрупкой, что страх острым когтем вонзился в сердце Резы. Свистун и Зяблик. Виоланта выглядела между ними ребенком.

Разве эта девочка сможет защитить Мо?

Из-за локтя Среброносого высунулся мальчишка. У него тоже был металлический нос, но только игрушечный, надетый сверху на настоящий. Это, видимо, Якопо, сын Виоланты. Мо о нем рассказывал. Он явно предпочитал Свистуна матери и не спускал влюбленных глаз с герольда своего деда.

Резе стало дурно, когда она увидела, как гордо красуется на стене Среброносый. Нет, Виоланта не сможет уберечь от него Мо. Хозяин в Омбре теперь Свистун, а не дочь Змееглава или его шурин, глядевший сверху на подданных с такой высокомерной брезгливостью, словно его тошнит от одного их вида. Зато у Свистуна был самодовольный вид, ясно говоривший: настал мой день! В его насмешливом взгляде читалось: «Ну, что я вам говорил? Перепел теперь мой, а ваших детей я все равно потом заберу».

Зачем она сюда пришла? Помучить себя? Убедиться, что все это происходит на самом деле, что это жизнь, а не книга?

Стоявшая рядом женщина тронула ее за локоть.

– Едет! – прошептала она. – Он и вправду едет!

Разумеется. А она как думала? Что Перепел не сдержит свое обещание?

Зяблик поправил парик и торжествующе улыбнулся Свистуну, как будто собственными руками поймал дичь, за которой они так долго охотились. Но Свистун не обратил на него внимания. Он неотрывно смотрел на дорогу, поднимавшуюся к воротам замка. Глаза у него были серые, как сегодняшнее небо, и такие же холодные. Реза хорошо помнила эти глаза и улыбку, чуть заметно тронувшую узкие губы. Так он улыбался в крепости Каприкорна, предвкушая назначенную казнь.

И тут она увидела Мо.

Он вдруг оказался совсем рядом, на подъезде к воротам, верхом на черном коне, которого подарил ему Принц, когда лошадь Мо осталась в замке Омбры. Маска, сшитая Баптистой, висела у него на шее. Он не нуждался теперь в маске, чтобы быть Перепелом. Переплетчик и разбойник стали неразличимы.

За ним ехал Сажерук. Лошадь под ним была та самая, на которой Роксана прискакала когда-то во владения Змееглава со спасительными словами Фенолио. Но для того, что предстояло сейчас, слов не было. Или она ошибается? Может быть, страшная тишина, повисшая сейчас над Омброй, тоже соткана из слов?

«Нет, Реза, – сказала она себе, – у этой истории больше нет автора. Ее продолжение напишет Перепел собственной плотью и кровью». Сейчас, когда он показался на дороге, ведущей к воротам, даже она не могла назвать его иначе. Перепел. Женщины неохотно расступались перед ним, как будто цена, которую он заплатил за свободу их детей, вдруг показалась им слишком высокой. Но в конце концов образовался проход достаточной ширины, чтобы пропустить двух всадников, и с каждым ударом подков пальцы Резы судорожно вцеплялись в складку поношенной юбки.

«Что с тобой? Разве ты не любила всегда именно такие истории? – думала она, задыхаясь от мучительного сердцебиения. – В книге тебе все это наверняка бы понравилось. Разбойник, добровольно отдающийся в руки врагов, чтобы освободить детей... Да ты была бы в восторге от каждого слова! Только в книгах у героев обычно не бывает жен. И тем более дочерей».

Мегги по-прежнему стояла в толпе с таким видом, будто все это ее не касается, и только глазами неотрывно следила за отцом, как будто ее взгляд мог уберечь его от опасности. Мо проехал так близко от них, что Реза могла бы прикоснуться к его коню. Колени у нее подкосились. Она ухватилась за руку стоявшей рядом женщины, и перед глазами у нее все поплыло от слабости и дурноты. «Смотри на него, Реза! – думала она. – За этим ты сюда пришла. Чтобы еще раз его увидеть. Так ведь? Страшно ему сейчас?» Сколько раз он просыпался по ночам от страха перед оковами и решеткой. *Реза, оставь дверь открытой...*

«С ним Сажерук, – успокаивала она себя. – Он едет рядом, а страх он оставил в царстве мертвых». «Но Сажерук проводит его лишь до ворот, а за ними ждет Свистун», – шепнуло ее сердце, и колени у нее снова подогнулись. И тут Мегги вдруг взяла ее под руку, так крепко, будто была старшей из них двоих. Реза прижалась лицом к плечу Мегги, а женщины вокруг с тоской смотрели на запертые ворота замка.

Мо придержал коня. Сажерук остановился вплотную к нему. Лицо у него было, как всегда, непроницаемое. Реза все еще не привыкла к отсутствию шрамов. Он выглядел теперь намного моложе. Женщины во все глаза глядели на Огненного Танцора, которого Перепел вернул из царства мертвых.

– Свистун ему ничего не сделает! – прошептала стоявшая рядом с Резой женщина. Это звучало как заклинание. – Не сможет! Куда ему удержать Перепела, если даже Смерти это не удалось?

«Возможно, Смерть менее жестока, чем Свистун», – подумала Реза, но ничего не сказала, только поглядела вверх, на Среброносого.

– Смотри-ка! И вправду Перепел собственной персоной! – гнусавый голос Свистуна далеко разносился в повисшей над Омброй тишине. – Сейчас-то ты не станешь отрицать, что ты Перепел, как тогда во Дворце Ночи? До чего же ты пообтрепался! Оборванный бродяга! Я думал, ты пошлешь кого-нибудь вместо себя, в надежде, что мы не сразу разберем, кто там под маской.

– Еще не хватало! Я не держу тебя за дурака, Свистун. – Мо смотрел на Среброносого с невыразимым презрением. – Хотя тебя, наверное, лучше называть теперь по новому твоему ремеслу – детоубийца. Нравится тебе такое прозвище?

Реза никогда еще не слыхала в голосе Мо такой ненависти. Голос, способный воскрешать мертвых. Даже исполненный горечи и гнева, он звучал теплее и мягче, чем фальцет Свистуна. Как все его слушают!

– Зови меня как хочешь, переплетчик! – Свистун ухватился руками в перчатках за крепостные зубцы. – Убивать ты тоже умеешь, как я слыхал. Но зачем ты привел с собой Огнеглота? Что-то не припомню, чтобы я его сюда приглашал. А где же его шрамы? Остались в царстве мертвых?

Зубец, за который держался Свистун, вдруг загорелся. Пламя зашептало слова, понятные лишь Сажеруку. Среброносый отпрянул, грубо выругался и принялся сбивать искры со своего роскошного наряда. Сын Виоланты отскочил подальше и зачарованно глядел на язычки огня.

– Я многое оставил в царстве мертвых, Свистун. И кое-что принес оттуда. – Сажерук говорил негромко, но пламя исчезло, словно спряталось обратно в камень, готовое выпрыгнуть по первому слову Огнеглотателя. –

Я пришел, чтобы предостеречь тебя: не вздумай плохо обойтись с гостем! Огонь теперь дружит с ним так же, как со мной, а какой это могучий друг, тебе, наверное, не надо объяснять.

Свистун стирал копоть с перчаток, побледнев от гнева. Зяблик опередил его с ответом.

– Гость?! – выкрикнул он, перегибаясь через стену. – Я вижу только разбойника, которого дожидается палач во Дворце Ночи.

При звуках этого голоса Реза невольно вспомнила гусыню Роксаны. Виоланта отстранила его движением руки, словно лакея. Какая же она крохотная!

– Перепел отдает себя в *мои* руки, наместник! Таков уговор. До приезда моего отца он под моей защитой!

Голос у нее был звонкий и четкий, на удивление громкий для такого хрупкого тела, и на мгновение к Резе вернулась надежда. «Может быть, она и вправду сумеет его защитить!» – подумала она – и прочла ту же мысль на лице Мегги.

Мо и Свистун все еще смотрели друг на друга. Казалось, ненависть протягивает между ними нити. Реза невольно вспомнила о ноже, который Баптиста так искусно спрятал в одежде Перепела. Она сама не знала, успокаивает ее эта мысль или пугает.

– Что ж, будем называть его нашим гостем! – крикнул сверху Свистун. – Его ждет у нас особое гостеприимство! Мы ведь очень долго ожидали его визита.

Он поднял руку в запачканной копотью перчатке – и стражники направили на Мо копья. В толпе женщин раздались крики. Резе послышался голос Мегги, но сама она онемела от страха. Часовые на башнях вскинули арбалеты.

Виоланта оттолкнула с дороги своего сына и шагнула к Среброносому. В ладонях Сажерука показался огонь, лизавший ему пальцы, как прирученный зверь, а Мо обнажил меч, хорошо знакомый Свистуну, помнившему его прежнего хозяина.

– Что за шутки? Выпусти детей, Свистун! – произнес он, и голос его звучал на этот раз так холодно, что казался Резе незнакомым. – Выпусти детей, а не то придется тебе доложить хозяину, что он так и будет гнить заживо до скончания века, потому что Перепела ты сумел доставить ему только мертвым.

Одна женщина зарыдала. Другая прижала руку ко рту. Реза увидела недалеко от себя Минерву, квартирную хозяйку Фенолио. Ну конечно, ее детей тоже увели. Но Реза сейчас не хотела думать ни о детях Минервы, ни о чьих бы то ни было. Она видела лишь копья, направленные в грудь ее мужа, и арбалеты, нацеленные на него из башен.

– Свистун! Предупреждаю в последний раз! – От голоса Виоланты Резе немного полегчало. – Открой ворота детям!

Зяблик с вожделением посмотрел на арбалеты. На мгновение Реза испугалась, что он отдаст приказ стрелять. Но тут Свистун наклонился вперед и дал знак стражникам.

– Откройте ворота! – сказал он подчеркнуто будничным тоном. – Выпустите детей и впустите Перепела.

Реза снова спрятала лицо на плече у дочери. Мегги держалась так же спокойно, как ее отец, и по-прежнему не сводила с него глаз, словно боясь потерять его, если оторвет взгляд.

Ворота медленно, со скрипом и скрежетом, распахнулись.

Вот они! Дети. Столько детей! Они рванулись наружу, словно стояли за тяжелыми створками уже много дней. Малыши спотыкались и падали, торопясь вырваться из-за проклятых стен, старшие поднимали их и тянули за собой. На детских мордашках был написан непомерный страх, огромный, куда больше их самих. Самые маленькие, едва завидев протянутые руки, бегом бросились к матерям и спрятались за их юбки, как в надежное укрытие. Но дети постарше выходили на свободу медленно, как будто с неохотой. Они недоверчиво косились на стражников – и замедлили шаг, узнав всадников, ожидавших перед воротами.

– Перепел! – сперва это был лишь шепот. От многократного повторения он становился громче и громче, и вскоре имя словно повисло в воздухе. – Перепел! Перепел! – Дети подталкивали друг друга, показывали пальцами на Мо и благоговейно любовались на искры, окружавшие Сажерука, словно рой крошечных фей. – Огненный Танцор!

Все больше детей останавливалось возле всадников, окружали, трогали их, словно желая убедиться, что они настоящие – эти герои из песен, о которых матери тайком пели им на ночь.

Мо наклонился, поманил детей в сторону и что-то тихо сказал им. Потом в последний раз оглянулся на Сажерука и тронул коня в открытые ворота.

Они его не пустили.

Трое детей загородили ему дорогу, два мальчика и девочка. Они вцепились в поводья, не желая отпускать его за гибельные стены, откуда сами только что выбрались. Все больше детей окружало лошадь, цеплялось за Мо, загораживало его телами от копий, не обращая внимания на отчаянные призывы матерей.

– Перепел! – От голоса Свистуна дети вздрогнули. – Въезжай в ворота, а не то мы заберем малышню обратно и вывесим десяток-другой в клетках над воротами, чтобы воронам было чем поживиться!

Дети не тронулись с места. Они только неотрывно смотрели вверх – на Среброносого и мальчишку рядом с ним, который был младше их. Мо подхватил поводья и стал осторожно прокладывать себе дорогу, отодвигая каждого ребенка в сторону бережно, как родное дитя. Матери звали сыновей и дочерей, а те стояли не двигаясь и смотрели, как Перепел въезжает в огромные ворота – один-одинешенек.

Мо еще раз обернулся, проезжая между стражниками, словно почувствовал, что жена и дочь, несмотря на его запрет, стоят в этой толпе, – и Реза увидела страх на его лице. Мегги, конечно, тоже его заметила.

Ворота медленно закрылись.

– Отобрать у него оружие! – донесся до Резы крик Зяблика. Последнее, что она видела сквозь смыкающиеся створки, были латники, стаскивающие Мо с коня.

Нежданные гости

Бог набрал в грудь побольше воздуха. Опять жалоба.
Было ли хоть раз, чтобы Адам пришел без жалобы?
Но он только поднял брови, усмехнулся и спросил:
«Ну что, Адам, хорошо ли уродилась морковка?»

Тед Хьюз. Секрет жены Адама

Ах, Деспина! До чего же приятно было снова увидеть ее личико! Хотя вид у нее был усталый и печальный, напуганный, как у птенчика, вывалившегося из гнезда. А Иво – разве был он таким взрослым до того, как этот поганец Коптемаз взялся заманивать детей в ловушки? До чего же худой... А что это у него за кровь на рубахе?

– Нас покусали крысы, – сказал он с бесстрашным, взрослым видом, который стал напускать на себя после гибели отца. Но Фенолио видел страх, затаившийся в детских глазах. Крысы!

Он без конца целовал и обнимал обоих. Как же полегчало на сердце... Еще бы! Он многое себе прощал, умел прощать, но если бы его история убила еще и детей Минервы – этого он бы, наверное, не смог пережить. Но они живы – а их спасителя создал он!

– Что с ним теперь сделают? – Деспина высвободилась из объятий Фенолио и посмотрела на него темными от тревоги глазами. Черт возьми, вот это-то и раздражает в детях – они всегда задают именно те вопросы, которых изо всех сил стараешься избежать. А потом еще дают на них ответы, которые совсем не хочется слышать.

– Его убьют! – четко отрапортовал Иво, и глаза его сестренки наполнились слезами.

Почему девочка плачет о незнакомом человеке? Ведь она до этого дня никогда не видела Мортимера! Потому что по твоим песням, Фенолио, она научилась его любить. Все они любили Перепела, а сегодняшний день навсегда закрепил эту любовь в их сердцах. Что бы ни сделал с ним Свистун, Перепел отныне так же бессмертен, как Змееглав. Бессмертие благородного разбойника даже надежнее – его не могут убить три слова, вписанные в книгу. Слова сохранят Мортимера живым, даже если его убьют в замке, – те слова, которые уже сейчас шептали и пели на улицах Омбры.

Деспина утерла слезы и посмотрела на Фенолио в надежде, что он опровергнет страшные речи брата. Что он, конечно, и сделал – ради нее, да и ради себя тоже.

– Что за глупости ты говоришь, Иво? Думаешь, Перепел просто так им сдался, не придумав плана, как спастись? По-твоему, он пойдет в руки Свистуну, как заяц в силки?

Деспина с облегчением улыбнулась. По лицу Иво мелькнула тень сомнения.

– Конечно, у него есть план, – сказала Минерва, еще не проронившая ни слова с тех пор, как привела детей к Фенолио. – Он лис, а не заяц! Он всех их перехитрит.

Вот они, всходы, посеянные его песнями. Надежда – именно ее воплощал Перепел. Надежда несмотря ни на что.

Минерва увела детей с собой. Она хотела поскорее накормить их всем, что у нее есть. А Фенолио остался наедине с Розенкварцем, который молча размешивал чернила, пока хозяин целовал и обнимал детей.

– Он всех их перехитрит? – раздался его тоненький голосок, едва Минерва закрыла за собой дверь. – Интересно как? Я думаю, твоему сказочному разбойнику пришел конец. Причем казнят его каким-нибудь особенно неаппетитным способом. Хорошо бы это случилось по крайней мере не здесь, а во Дворце Ночи. Никто не думает о том, как раскалывается стеклянная голова от воплей казнимых!

Бессердечный стекляшкин! Фенолио бросил в него винной пробкой, но Розенкварц, привычный к такому обстрелу, вовремя пригнулся. Ну почему из всех стеклянных человечков ему достался этот брюзга? Левая рука у Розенкварца была на перевязи. Когда детей похитили, Фенолио уговорил его все же пробраться на разведку в кабинет Орфея, и страшный стеклянный человечек Сырной Головы действительно вышвырнул беднягу из окна. К счастью, Розенкварц упал в водосток и только сломал руку, но Фенолио так и не выяснил, не Орфей ли написал историю с представлением Коптемаза. Нет, вряд ли. Орфей ни на что не был способен без книги, а ее – это, по крайней мере, Розенкварцу удалось разузнать – Сажерук действительно унес. Не говоря уж о том, что сцена была слишком талантлива для Бараньей Башки.

«Он всех их перехитрит...»

Фенолио подошел к окну, не обращая внимания на стеклянного человечка, с укоризненным видом поправлявшего свою повязку. Если бы только он был уверен, что у Мортимера действительно есть план! Но откуда ж ему, Фенолио, об этом знать! Мортимер не его персонаж, черт возьми, он только играет роль персонажа! «И это весьма досадно, – думал Фенолио, – в противном случае я бы, наверное, знал, что происходит сейчас за этими проклятыми стенами».

Он мрачно посмотрел на замок. Бедная Мегги! И ведь наверняка она в конце концов обвинит во всем его, Фенолио. Ее мать уже и сейчас так считает. Фенолио не мог забыть умоляющий взгляд Резы. *«Ты дол-*

жен отправить нас обратно! Это твой долг перед нами!» Наверное, нужно было попытаться. Что, если Мортимера убьют? Тогда уж не останется сомнений, что лучше было им всем вернуться. А сам он что будет тут делать? Наблюдать, как бессмертный Змееглав и Среброносый перекраивают его повесть по своему вкусу?

– Да, нам точно сюда! Ты слышал, что она сказала? Вверх по лестнице. Ты видишь тут другую лестницу? С тобой с ума можно сойти, Дариус!

Розенкварц забыл о сломанной руке и уставился на дверь.

Это еще кто?

В дверь постучали, и, прежде чем Фенолио успел сказать «войдите», посетительница уже показалась на пороге. Это была увесистая дама, и ворвалась она в комнату так решительно, что Фенолио невольно отступил на шаг и стукнулся головой о потолочную балку. Платье гостьи было, похоже, взято напрокат в костюмерной какого-то провинциального театра.

– Ну вот. Это он! – заявила она, оглядывая Фенолио с таким презрением, что он увидел внутренним взором каждую дыру на своей тунике. «Я знаю эту женщину! – подумал он. – Но откуда?» – Что здесь происходит, а? – Она так яростно уперлась пальцем ему в грудь, словно хотела проткнуть старое сердце. Тощего субъекта за ее спиной он тоже где-то видел. Конечно, в... – Почему над Омброй развевается флаг Змееглава? Кто этот омерзительный тип с серебряным носом? Почему они угрожали Мортимеру копьями и с каких пор, черт побери, он таскает с собой меч?

Книгожорка. Ну конечно! Элинор Лоредан. Мегги ему много о ней рассказывала. Сам он видел ее последний раз сквозь решетку – в собачьей клетке на площадке, где проходило торжество поджигателей. А запуганный тип с совиными глазами – тот заикающийся чтец Каприкорна. Правда, имени его Фенолио ни за что не мог вспомнить. Как они сюда попали? Похоже, в его мир уже продают туристические путевки...

– Я, конечно, и тому рада, что увидела Мортимера живым, – продолжала незваная гостья (интересно, она когда-нибудь остановится перевести дух?), – да, он, слава Богу, цел и невредим... Но где Реза и Мегги? И что сталось с Мортолой, Бастой и этим гнусным воображалой Орфеем?

О Господи, эта тетка действительно такое чудище, каким он ее себе представлял! Ее худосочный спутник – Дариус, вот как его звали! – с таким восторгом глядел на Розенкварца, что тот, польщенный, пригладил нежно-розовые стеклянные волосы.

– Тихо! – взорвался наконец Фенолио. – Заткнитесь хоть на минуту, ради всего святого!

Никакого эффекта. То есть просто ни малейшего.

– С ними что-то случилось? Признавайтесь! Почему Мортимер один? – Она снова замахала пальцем у него перед грудью. – Да, с Мегги и Резой что-то случилось... ужасное... Их раздавил великан, их...

– Ничего с ними не случилось! – успел вставить Фенолио. – Они у Черного Принца!

– У Черного Принца? – Глаза у нее стали почти такого же размера, как у сопровождавшего ее очкарика.

– Да! Если с кем-то из них и случится что-то ужасное, это будет Мортимер. И поэтому, – Фенолио довольно грубо взял ее под локоть и потащил к двери, – оставьте меня в покое, умоляю, мне нужно подумать!

Тут она и в самом деле примолкла. Но ненадолго.

– Что-то ужасное? – переспросила она.

Розенкварц отнял руки от ушей.

– Что вы имеете в виду? Кто, в конце концов, пишет то, что здесь происходит? Вы, так ведь?

Великолепно! Теперь она еще будет лезть своими толстыми пальцами в его израненную душу!

– Нет! – рявкнул он. – Эта история сама себя рассказывает. Мортимер сегодня не дал ей принять совсем уж дурной оборот. Но, к сожалению, это, вероятно, будет стоить ему жизни, и на такой случай я могу вам только посоветовать взять его жену и дочь и как можно скорее вернуться с ними туда, откуда вы пришли. Проход вы отыскали, как я понимаю...

С этими словами он распахнул дверь, но сеньора Лоредан просто снова захлопнула ее.

– Стоить жизни? О чем вы говорите? – Она легко стряхнула его руку со своего локтя. (Тысяча чертей, у этой бабы силища как у бегемота!)

– Я говорю о том, что его, увы, скорее всего повесят, а может быть, отрубят голову или четвертуют – не знаю уж, какой род казни Змееглав предпочтет для своего злейшего врага.

– Злейшего врага? Это Мортимер-то? – Как недоверчиво она вскинула брови – мол, старый дурак сам не понимает, что говорит.

– Он сделал из него разбойника!

Розенкварц. Подлый предатель. Прозрачный пальчик так беспощадно показывал на Фенолио, что старику хотелось схватить стеклянного человечка и переломить пополам.

– Он любит сочинять песни о разбойниках, – поведал Розенкварц незваным гостям таким доверительным тоном, словно знал их всю жизнь. – Он на них просто помешан, и отец Мегги, бедняжка, запутался в его красивых словах, как муха в паутине.

Это было уж слишком. Фенолио сделал шаг к Розенкварцу, но Книгожорка загородила ему дорогу.

– Не смейте обижать беззащитного стеклянного человечка!

Глаза у нее как у бульдога – вот-вот вцепится. Господи, бывают же такие противные тетки!

– Мортимер – разбойник? Да он самый смирный человек, какого я знаю!

– Вот как?! – Фенолио кричал так, что Розенкварц снова зажал крошечные ушки. – Видимо, даже смирный человек перестает быть смирным, когда в него сперва стреляют, а потом разлучают с женой и запирают в тюрьму... И все это придумал вовсе не я, что бы там ни говорил этот стеклянный лгун. Наоборот, если бы не мои слова, Мортимера уже давно не было бы в живых.

– Стреляют? Тюрьма?

Сеньора Лоредан растерянно взглянула на своего заику.

– Похоже, это длинная история, Элинор, – мягко заметил тот. – Тебе, я думаю, стоило бы ее выслушать.

Фенолио не успел еще ничего сказать в ответ, как в дверь просунула голову Минерва.

– Фенолио, – сказала она, бросив быстрый взгляд на гостей, – Деспина меня замучила. Она тревожится за Перепела и хочет, чтобы ты ей рассказал, как он спасется.

Только этого не хватало. Фенолио глубоко вздохнул и постарался пропустить мимо ушей насмешливое фырканье Розенкварца. Отнести бы его в Непроходимую Чащу и там оставить!

– Пошли ее ко мне, – ответил он Минерве, хотя понятия не имел, что рассказать малышке. Куда подевались те дни, когда голова у него пухла от избытка идей? Скрылись во мраке, утонули во всем этом бескрайнем горе...

– Перепел? Кажется, Среброносый называл так Мортимера?

О Господи, а он и забыл на миг о незваных гостях.

– Пошли вон! – заорал он. – Вон из моей комнаты! Вон из моей повести! Сюда и так теперь является кто ни попадя.

Но бесстыжая тетка уселась на стул перед его письменным столом, скрестила руки на груди и так прочно уперлась ступнями в пол, словно собралась пустить здесь корни.

– Ну уж нет! – заявила она. – Я хочу услышать, что тут произошло. От начала и до конца.

Час от часу не легче. Что за невезучий день – и ведь он еще не кончился.

– Фенолио! – В дверях появилась заплаканная Деспина. Увидев незнакомых людей, она невольно отступила на шаг, но Фенолио взял малышку за руку.

– Минерва говорит, ты хотела послушать про Перепела?

Деспина застенчиво кивнула, не сводя глаз с гостей.

– Вот и отлично! – Фенолио сел на кровать и посадил девочку к себе на колени. – Мои гости тоже хотят про него узнать. Давай вместе расскажем им всю историю.

Деспина кивнула:

– Как он перехитрил Змееглава и вернул Огненного Танцора из царства мертвых?

– Да, – подтвердил Фенолио. – А потом вместе подумаем, что должно теперь произойти. Поведем нить истории дальше. Я ведь Чернильный Шелкопряд, правда?

Деспина опять кивнула и посмотрела на него с такой надеждой, что у старика отчаянно защемило сердце. «Шелкопряд, у которого кончился шелк», – подумал он. Неправда, шелк-то есть, сколько угодно, но он разучился превращать его в ткань...

Сеньора Лоредан вдруг притихла и уставилась на него так же доверчиво, как Деспина. Совоглазый тоже замер в ожидании.

И только Розенкварц повернулся спиной и принялся усердно размешивать чернила, словно желая напомнить, как давно его хозяин к ним не прикасался.

– Фенолио! – Деспина провела ладошкой по его морщинам. – Рассказывай!

– Да, рассказывайте! – отозвалась Книгожорка. Элинор Лоредан. Он так и не расспросил ее, как она сюда попала. В этой истории и без того перебор женщин. Да и от заики вряд ли будет много проку.

Деспина потянула его за рукав. Откуда в ее заплаканных глазенках столько надежды? Как сумела эта надежда пережить коварство Коптемаза и страшные дни в темном застенке? «Дети», – подумал Фенолио, сжимая маленькую ладошку. Если кто-то может вернуть ему дар слова, так только они.

Всего лишь сорока

Что с ней было в последнее время, в непрочное время беды?

О, она была птицей, колдуньей, королевой огня и воды.

Франц Верфель. Заклинания 1918–1921 гг.

Дом, где жил Фенолио, напомнил Орфею его собственные пристанища прежней, не такой уж далекой, поры: покосившаяся лачуга с плесенью на стенах, чьи окна смотрят на такие же убогие развалюхи – не говоря уж о том, что туда залетает дождь, поскольку оконные стекла в этом мире были роскошью, доступной немногим. Нищета! До чего же противно прятаться в самом темном углу заднего двора, где пауки заползают в бархатные рукава, а куриный помет оставляет несводимые пятна на сафьяновых сапогах! А все потому, что квартирная хозяйка Фенолио навозными вилами выпроваживала всякого, кто без дела ошивался у нее на дворе, с тех пор как Баста на ее глазах убил какого-то комедианта. Но другого выхода нет. Ему нужно знать. Нужно знать, взялся ли Фенолио снова за перо!

Хорошо бы эта стеклянная бестолочь вернулась до того, как он тут по горло увязнет в навозе! Мимо проковыляла тощая курица, и Цербер зарычал. Орфей поспешно зажал ему пасть. Цербер. Орфей, конечно, обрадовался, когда тот нежданно-негаданно заскребся в его дверь, но тут же ему пришла мысль, погасившая радость. Откуда пес тут взялся? Значит, Фенолио все-таки снова пишет? Может быть, Сажерук отдал книгу старику? «Чушь какая-то получается, – думал Орфей, – но я должен разобраться». Кто, кроме Фенолио, мог выдумать трогательную сцену, разыгравшуюся, когда Перепел въезжал в замок? Как все его сразу полюбили! И хотя сейчас Свистун наверняка избивает его так, что кости хрустят, переплетчик стал божеством, въехав в эти проклятые ворота! Перепел – агнец Божий, невинная искупительная жертва! Чтоб меня черти съели, если это сочинил не Фенолио!

Сначала Орфей попробовал послать со стеклянным человечком Осса, но квартирная хозяйка Фенолио его тут же выставила. Этого дуболома ни в каком темном углу не спрячешь. А в одиночку Халцедон не добрался даже до лестницы Фенолио – его погнала по двору курица, а потом стеклянную голову чуть не откусила кошка... Да, стеклянные человечки не были созданы для шпионажа, даром что маленькие и бесцветные! По размеру подошли бы и феи, но эти дурочки забывали даже самое простое поручение, не успев еще вылететь из окна. Фенолио ведь тоже подсылал к нему своего стеклянного человечка – такого же недотепу.

Халцедон был, пожалуй, пособразительнее. Но вот беда – он боялся высоты, так что лазание по крышам исключалось. А на земле он так плохо ориентировался, что приходилось высаживать его прямо у лестницы, иначе он непременно бы заблудился. Куда он запропастился, черт возьми? Конечно, для стеклянного человечка эта лестница как горная вершина, но все-таки... За спиной у Орфея заблеяла коза – видно, почуяла собаку; а сквозь тонкую подметку сапог просачивалась жидкость, запах которой подозрительно нравился Церберу. Пес с такой страстью рылся в покрывавшей двор жиже, что Орфею приходилось все время оттаскивать его за ошейник.

Ну вот он наконец! Халцедон прыгал, как мышка, со ступени на ступень. Будем надеяться, что его сведения стоят испорченных сафьяновых сапог.

Орфей спустил Цербера с цепочки – ее пришлось заказать на улице Кузнецов, поскольку собачьих поводков в этом мире не водилось, – и пес, прошлепав к лестнице, мягкими губами снял протестующего человечка с последней ступеньки. Халцедон утверждал, что от собачьей слюны у него выступает сыпь, но иначе ему было просто не перебраться через навозную жижу. Из окна высунулась какая-то старуха, но, к счастью, это была не хозяйка Фенолио.

– Ну как?

Цербер выплюнул стеклянного человечка в протянутую ладонь Орфея. Фу, собачья слюна – действительно жуткая гадость.

– Ничего он не пишет! Ни строчки! – Халцедон утер рукавом влажное лицо. – Я ведь вам говорил, хозяин. Он последний ум пропил. У него руки дрожат, стоит ему только посмотреть на перо!

Орфей посмотрел вверх, на дверь Фенолио. Из-под нее пробивалась полоска света. В эту щель под дверью Хадцедон всегда и пролезал.

– Точно? – Орфей прикрепил цепочку к ошейнику Цербера.

– Никаких сомнений! И книги там тоже нет. Зато у него гости.

Старуха вылила в окно ведро воды. Если, конечно, это была вода. Цербер что-то уж очень заинтересованно принюхивается.

– Гости? Это меня не интересует. И все-таки я уверен, гром и молния, что он снова пишет!

Орфей посмотрел на убогие домишки. На каждом окне горело по свечке. По всей Омбре. За Перепела. Пропади он пропадом! Пропади все они пропадом: Фенолио, Мортимер, его дура дочка, и Сажерук. Да, Сажерук в первую очередь. Он предал его, обокрал – его, Орфея, столько лет преданно любившего его, вчитавшего обратно в его родную историю, вырвавшего из рук самой смерти! И во что он превратился? Огненная тень Перепела, говорят в Омбре. Тень! Так ему и надо. «Уж я бы сделал его не просто чьей-то тенью», – думал Орфей. Но теперь уже поздно. Теперь Орфей объявил им всем войну. Уж он напишет для них историю по своему вкусу – только бы заполучить обратно книгу!

Из дома вышел ребенок. Прошлепал босыми ногами по грязному двору и скрылся в хлеву. Пора уходить. Орфей обтер Халцедона носовым платком от собачьей слюны, посадил на плечо и скорее зашагал прочь, пока ребенок не вышел из хлева. Как хорошо выбраться из этой грязи, хотя на улице было ненамного лучше.

– Чистая бумага, одна только чистая бумага, хозяин! – говорил Халцедон, пока они шли обратно по ночной Омбре. – Две-три зачеркнутые фразы – и больше ничего, клянусь! Его стеклянный человечек меня сегодня чуть не увидел, но я успел спрятаться в сапог Фенолио. Вонища там – вы себе не представляете!

Как раз это Орфей себе отлично представлял.

– Я велю служанкам вымыть тебя с мылом.

– Не надо, пожалуйста! Последний раз я от мыльной воды больше часа икал, а ступни у меня стали молочно-белые!

– И что с того? Ты же не думаешь, что я пущу тебя разносить эту вонь по моему пергаменту?

Навстречу им шел, пошатываясь, ночной дозорный. Почему эти типы никогда не просыхают? Орфей сунул в морщинистую руку несколько медных монет – а то еще, чего доброго, вызовет патруль. С тех пор как Перепел стал узником замка, Омбру день и ночь прочесывали вооруженные отряды.

– А книга? Ты действительно везде посмотрел?

На улице Мясников сразу две лавчонки, если верить вывескам, предлагали на продажу свежее мясо единорога. Смех и грех. Откуда ж оно возьмется? Орфей свернул на улицу стекольщиков, хотя Халцедон всегда просил его идти другой дорогой.

– Да, хотя это было непросто. – Халцедон нервно смотрел на витрины с искусственными ногами и руками для стеклянных человечков. – У него ведь, как я докладывал, сейчас гости, так что пришлось проводить тайный обыск в присутствии нескольких человек! И все же я обшарил все, даже одежду у него в сундуке. Он меня там чуть не запер. Но нигде ничего, хозяин, клянусь!

– Тысяча чертей! – Орфей испытывал неудержимое желание швырнуть что-нибудь об стену или разломать на куски. Халцедон хорошо знал эти порывы хозяина и на всякий случай покрепче вцепился в его рукав.

У кого может быть книга, если не у старика? Даже если Сажерук отнес ее Мортимеру, не потащил же тот ее с собой в тюрьму? Нет, Сажерук, наверное, оставил ее себе. Орфей почувствовал мучительную резь в желудке, словно ему грызла внутренности одна из куниц Сажерука. Он знал эти симптомы – они возникали всякий раз, когда обстоятельства не желали ему подчиняться. Язва желудка, так это, кажется, называется? Опасная болезнь, между прочим. «Ну и что? – прикрикнул он на самого себя. – Постарайся хотя бы ее не растравлять, а то лечить тебя здесь некому, кроме цирюльников, которые от любой болезни пускают кровь».

Халцедон сидел у него на плече, притихший и грустный. Наверное, думал о предстоящем купании в мыльной воде. Зато Цербер обнюхивал каждую стену на пути. Неудивительно, что псу так нравилось в этом мире – чего-чего, а запахов тут хватало! «Это я тоже изменю, – думал

Орфей. – И шпиона вычитаю себе получше, крошечного, как паучок, и уж конечно не стеклянного!» – «Ничего ты себе не вычитаешь, Орфей! – сказал ему внутренний голос. – Книги-то у тебя теперь нет!»

Орфей, ругнувшись, потянул за собой Цербера – и наступил в кошачий кал. Навозная жижа, куриный помет, кошачье дерьмо – сапоги погибли безвозвратно, но откуда взять денег на новые? Последняя его попытка вычитать себе новый клад с Мрачного холма закончилась неудачей. Монеты оказались тонкими, словно из фольги.

Наконец-то. Впереди показался его дом во всем своем великолепии. Самый роскошный дом в Омбре. Орфей все еще испытывал приятное волнение при виде алебастрово-белых ступеней и герба над входом – он даже сам начинал верить в свое княжеское происхождение. В конце концов, пока его дела идут совсем неплохо. Он всякий раз напоминал себе об этом, когда ему хотелось переколотить всех стеклянных человечков и наслать чуму на тощего арабского мальчишку. Не говоря уж о неблагодарных огнеглотателях!

И вдруг Орфей остановился как вкопанный. На лестнице сидела птица. Похоже было, что она собирается свить гнездо прямо на ступеньках. Птица не упорхнула и тогда, когда Орфей подошел совсем близко, только поблескивала на него черными бусинами глаз.

Мерзкие твари. Они загаживают все своим пометом, всюду роняют перья, а уж сколько на этих перьях всяких личинок и микробов...

Орфей спустил Цербера с цепочки.

– Ату ее!

Цербер любил гонять птиц, иногда ему даже удавалось поймать зазевавшегося воробья. Но сейчас он поджал хвост и попятился, как будто увидел на лестнице не птицу, а змею. Какого черта...

Птица повернула голову набок и перепрыгнула на ступеньку ниже.

Цербер прижал уши, а стеклянный человечек испуганно вцепился Орфею в воротник.

– Это сорока, хозяин! – зашептал он ему на ухо. – Они рас... – голос у него пресекся, – расклевывают стеклянных человечков и украшают осколками свои гнезда! Хозяин, прогоните ее, пожалуйста!

Сорока снова повернула голову и поглядела на Орфея. Странная птица. Что-то тут не так.

Орфей нагнулся и бросил в нее камнем. Сорока взъерошила перья и хрипло застрекотала.

– Хозяин, она хочет меня расклевать! – заверещал Халцедон, вцепляясь Орфею в ухо. – Дымчатое стекло – большая редкость!

Стрекот сороки был теперь похож на смех.

– У тебя, Орфей, все такой же глупый вид!

Он сразу узнал этот голос. Сорока надула зоб, закряхтела, словно подавилась проглоченным в спешке куском, выплюнула на алабастрово-белую лестницу одно за другим три зернышка и начала расти.

Цербер с жалобным воем терся о колени хозяина, а Халцедон дрожал так, что стеклянные ручки и ножки колотились друг о друга и звенели, как посуда в корзинке для пикника.

А сорока все росла и росла. Из-под перьев показались черное платье, седые, туго затянутые назад волосы, пальцы, тут же подхватившие зернышки, которые выпали из птичьего клюва. Мортола постарела с их последней встречи. Ее плечи остались сгорбленными, даже когда она выпрямилась. Пальцы были скрючены, как птичьи когти, щеки под высокими скулами впали, а кожа напоминала пожелтевший пергамент. Но глаза по-прежнему пронизывали насквозь, и Орфей под их взглядом втянул голову в плечи, как провинившийся мальчишка.

– Как... как ты это делаешь? – насилу выговорил он. – В книге Фенолио нет ни слова о превращениях! Только о ночных кош...

– Фенолио! Да что он вообще знает? – Мортола отряхнула перышко со своего черного платья. – Все в этом мире меняет облик. Только обычно для этого нужно умереть. Но есть способ, – с этими словами она аккуратно сложила подобранные зернышки в кожаный кошель, – измениться и без помощи Белых Женщин.

– Неужели? – Орфей сразу начал прикидывать, какие возможности это открывает для развития сюжета, но Мортола не дала ему поразмышлять.

– А ты неплохо устроился в этом мире, – заметила она, поглядывая на дом Орфея. – Бледнокожий заморский купец с дополнительной парой стеклянных глаз, поставляющий единорогов и гномов, умеющий исполнить любую прихоть новых хозяев Омбры! «Да это же некто иной, как мой старый приятель Орфей, – подумала я. – Значит, ему-таки удалось вчитать самого себя в наш мир». И даже свою мерзкую псину ты ухитрился прихватить!

Цербер ощерился, а Халцедона все так же била дрожь. Какая нелепая выдумка эти стеклянные человечки. А Фенолио еще ими гордится!

– Что тебе от меня нужно? – Орфей изо всех сил старался говорить холодно и свысока, чтобы не выглядеть напуганным мальчишкой, каким он всегда становился в присутствии Мортолы.

Надо признаться, он ее и теперь боялся.

В темноте раздались шаги. Очередной патруль, наверное.

– Ты всегда принимаешь гостей на лестнице? – прошипела Мортола. – Пойдем-ка в дом!

Орфею пришлось трижды ударять в дверь бронзовым молоточком. Заспанный Осс растерянно заморгал, увидев Мортолу.

– Верзилу ты тоже с собой прихватил или это уже другой? – спросила Мортола, проходя мимо телохранителя.

– Уже другой, – пробормотал Орфей, пытаясь уяснить себе, хорошо это или плохо, что Мортола снова объявилась. Ведь говорили, что она умерла. Но на смерть в этом мире полагаться нельзя, как все чаще выясняется в последнее время. Это, конечно, вдохновляет – но и пугает.

Он повел Мортолу не в свой кабинет, а в гостиную. Старуха осматривала обстановку, как будто все это принадлежит ей. Нет, наверное, плохо, что она вернулась. Что ей от него нужно? Он догадывался. Мортимер. Она, конечно, хочет убить переплетчика. Мортола нелегко отказывалась от таких замыслов, а тут речь шла об убийце ее сына. Но в этом случае ее, похоже, опередят.

– Теперь он, значит, и в самом деле Перепел! – проговорила она, словно подслушав его мысли. – Сколько еще нелепых песен о нем сочинят? Глупый народ прославляет его как спасителя... А ведь это мы привели его в этот мир! А Змееглав, вместо того чтобы ловить разбойника, который перебил на Змеиной горе его лучших людей, обвиняет во всем Мортолу. Я, оказывается, виновата в том, что Перепел ушел невредимым, а светлейший князь гниет заживо... Волшебный Язык коварен, но всех обманывает его невинный вид; и Змееглав не его, а меня отдал в руки пытчиков, чтобы узнать, какой яд его так терзает. У меня и сейчас все болит от пыток, но я оказалась хитрее – потребовала доставить определенные травы и семена, будто бы для противоядия, и они сами принесли мне в тюрьму спасительные зерна. Так Мортола обрела крылья и улетела от них. Я слушала голос ветра и рыночные пересуды и скоро узнала, что переплетчик в самом деле изображает теперь разбойника и что Черный

Принц нашел для него укрытие. Он хорошо его спрятал, но я их нашла!

Мортола вытягивала губы, как будто ей не хватало клюва.

– Когда я его наконец отыскала, труднее всего было сдержаться, чтобы сразу не выклевать ему глаза! «Не спеши, Мортола, – сказала я себе. – Один раз ты уже поторопилась. Подбрось ему в еду отраву, от этих ягод он будет извиваться, как червь, и умирать долго, в муках и корчах, так что ты сможешь насладиться местью». Но дура-ворона склевала ягоды из его миски, а при следующей попытке медведь разинул на меня свою вонючую пасть и вырвал перья из хвоста. Я попробовала еще раз, в лагере, куда Черный Принц привел их всех – переплетчика, его дочку и мою предательницу-служанку, – но еда досталась не тому человеку.

«Это грибы! – говорили они. – Он отравился грибами!»

Мортола засмеялась, а у Орфея пробежал по спине холодок – он увидел, как скрючиваются ее пальцы, словно она все еще цепляется за ветку.

– Будто заклятье какое-то: ничто его не берет – ни яд, ни пуля. Словно все в этом мире взялось его защищать – каждый камень, каждый зверь, каждая травинка! Перепел! Даже Смерть его отпустила, да еще позволила прихватить с собой Огненного Танцора! Потрясающе! Да, но какой ценой? Этого он не рассказал даже жене, но Мортола знает! На сороку на ветке никто не обращает внимания, но она-то все слышит – что шепчут по ночам деревья, что пишут пауки серебряными нитями на влажных сучьях: Смерть заберет к себе Перепела вместе с дочкой, если он до весны не отправит Змееглава в ее царство. А помочь ему в этом хочет родная дочь Змея.

– Что? – Орфей слушал Мортолу вполуха. Он привык к бесконечным злобным тирадам, которыми одурманивала себя старуха. Но последние слова заставили его встрепенуться. Виоланта – союзница Перепела. Да, это похоже на правду. Ах вот почему Мортимер подчеркнул, что отдает себя в *ее* руки! «Я так и знал, – подумал Орфей. – Этот образчик добродетели сдался в плен не из одной любви к детям. Наш благородный разбойник замыслил убийство!»

Орфей зашагал взад-вперед по комнате под аккомпанемент непрекращавшихся проклятий Мортолы, до того хриплых, что речь ее уже мало напоминала человеческий голос.

Виоланта. Поселившись в Омбре, Орфей первым делом предложил ей свои услуги. Но она отказалась, заявив, что поэт у нее уже есть... Не слишком любезно.

– Да, он хочет убить Змея! Пробрался в замок, как хорек в курятник! Даже феи поют об этом, водя свои глупые хороводы, но кто же их слушает, кроме Сороки!

Мортола согнулась в приступе кашля, звучавшего, как сорочий стрекот.

Сумасшедшая старуха! Как она смотрит на него своими птичьими глазами-бусинами! Орфею стало не по себе.

– Я знаю все его замыслы! – прошептала она. – И я сказала себе: Мортола, не убивай его сейчас, потерпи, хоть это и очень трудно! Убей сперва его жену, а еще лучше – его любимую дочь; и, когда весть придет к нему, вспорхни ему на плечо, чтобы слышать, как разобьется его сердце. А его не трогай до той поры, пока Змееглав не даст ему в руки Пустую Книгу, потому что Змей тоже должен погибнуть за все мучения, что он причинил матери Каприкорна. Если Серебряный князь и вправду окажется так глуп, чтобы доверить своему злейшему врагу книгу, где заключена его смерть, тем лучше! Сорока будет начеку – и не Перепел, а Мортола впишет туда три слова. Да, заветные слова мне тоже известны. И тогда Смерть заберет к себе и Змея, и Перепела, а мне в награду за такую богатую добычу вернет то, что проклятый переплетчик отобрал у меня своим волшебным языком – сына!

Проклятье! Орфей подавился вином из только что поднесенного к губам кубка. Старая ведьма все еще мечтает о возвращении Каприкорна! А почему бы и нет, после того как воскрес Козимо, а потом и Сажерук? Но ему, Орфею, рисуются для этой истории куда более заманчивые повороты, чем возвращение ее сынка-поджигателя.

– Ты думаешь, Змееглав и правда привезет в Омбру Пустую Книгу?

Да, надвигаются большие события, он чуял их. Роковые события. Может быть, еще не все потеряно, хотя Сажерук и похитил у него книгу Фенолио. Есть и другие способы сыграть важную роль в этой истории. Змееглав в Омбре! Какие открываются возможности...

– Конечно, привезет! Змей глупее, чем о нем думают. – Мортола опустилась в одно из резных кресел, куда Орфей обычно усаживал знатных заказчиков. В незастекленные окна врывался ветер, от него колебались огоньки свечей, принесенных служанками. Тени, как черные птицы, метались по беленым стенам.

– Неужто Серебряный князь второй раз позволит переплетчику обвести себя вокруг пальца? – Орфей сам не ожидал, что в его голосе зазвучит такая ненависть. Он с удивлением признался себе, что желает сейчас смерти Мортимера не менее страстно, чем Мортола. – Даже Сажерук ходит теперь за ним как тень! – проговорил он. – Видно, Смерть стерла из его памяти все горе, которое причинил ему этот благородный герой.

Орфей снял очки и протер глаза, словно желая отогнать воспоминание о холодном взгляде Сажерука. Да, вот почему Огненный Танцор его возненавидел! Мортимер околдовал его своим проклятым голосом. Он всех околдовал. Будем надеяться, что Свистун вырежет ему язык, прежде чем четвертовать. Орфею хотелось своими глазами увидеть, как собаки Зяблика терзают плоть Мортимера, как Свистун кромсает ножом его благородное сердце... Ах, неужели ему так и не приведется написать эту песню о Перепеле?

Голос Мортолы оторвал Орфея от кровожадных грез.

– Эти зернышки легко проглотить ненароком! – прохрипела она, съеживаясь на кресле. Ее пальцы обхватили подлокотники, как птичьи когти. – Их нужно класть под язык, но они такие скользкие и маленькие, что незаметно проскакивают в горло. А если их наглотаться, птичий облик будет настигать тебя и без спросу.

Мортола по-сорочьи дернула головой, разинула рот, словно клюв, и поднесла ладонь к бледным губам.

– Слушай! – сказала она, борясь с подступающими судорогами. – Я хочу, чтобы ты, как только Змееглав прибудет в Омбру, отправился в замок и предостерег Змея от его дочери! Скажи ему, пусть расспросит Бальбулуса, сколько книг о Перепеле он изготовил по заказу Виоланты. Убеди, что его дочь помешалась на разбойнике и готова на все, чтобы спасти этого негодяя. Найди неотразимые слова. Очаруй его своим голосом, как наверняка попытается сделать и Волшебный Язык. Ты любишь хвастаться, что твой голос выразительнее, чем его, – так докажи это на деле!

Мортола икнула и выплюнула в ладонь еще одно зернышко.

Да, старуха хитра, хоть и безумна. Пожалуй, лучше оставить ее в убеждении, что она по-прежнему может им командовать, хотя ему так дурно было от ее икоты, что он чуть не плюнул вином ей в физиономию. Орфей сдул пылинку с искусно вышитого рукава. Его роскошная одежда, дом, горничные... Неужели старуха настолько слепа, что не понимает – он ей больше не слуга? Можно подумать, он явился в этот мир, чтобы осуществлять чужие планы! Нет уж, здесь он служит только самому себе. Он поклялся в этом.

– Отличная идея! – Орфей заговорил привычным раболепным тоном. – Но как быть с прочими благородными друзьями нашего Перепела? Он ведь наверняка полагается не только на Виоланту. Как быть с Черным Принцем...

«И Сажеруком», – добавил он про себя, но не произнес этого имени вслух. Сажеруку он отомстит сам.

– Ах да, Черный Принц. Еще один благородный болван. Помнится, у моего сына были с ним счеты. – Мортола спрятала выплюнутое зернышко к остальным. – Я им займусь. И дочкой Волшебного Языка тоже. Эта девчонка почти так же опасна, как ее отец.

– Чепуха! – Орфей налил себе для храбрости еще вина.

Мортола смотрела на него с презрением. Да, она по-прежнему считает его раболепным дураком. Тем лучше. Она потерла худые руки и вздрогнула, словно почувствовала, как сквозь кожу снова пробиваются перья.

– А старик? Тот, что якобы написал для дочки Волшебного Языка слова, которые я отобрала у нее во Дворце Ночи? Это он вкладывает безумную храбрость в сердце переплетчика?

– Нет, Фенолио больше не пишет. Но я все равно не против, если ты его убьешь. Я был бы даже рад – старик невыносимо задается!

Мортола кивнула, но, кажется, уже не слушала.

– Мне пора. – Она с трудом поднялась с кресла. – У тебя в доме душно, как в тюрьме.

За дверью крепко спал Осс. Он громко всхрапнул, когда Мортола через него перешагивала.

– Это твой телохранитель? – спросила она. – Видать, немного у тебя врагов!

Орфей плохо спал в эту ночь. Ему снились птицы, множество птиц. Но когда занялась заря и Омбра стряхнула с себя ночную тьму, он подошел к окну и взглянул на город с новой уверенностью.

– Доброе утро, Перепел, – тихо произнес он, устремив взгляд на башни замка. – Надеюсь, тебе плохо спалось! Ты, конечно, думаешь, что роли в этой истории уже распределены, но хватит уже тебе играть героя... Открывается занавес, акт второй: на сцену выходит Орфей. В какой роли? Разумеется, злодея. Ведь это всегда лучшая роль в пьесе!

Привет Свистуну

Нынче ночью в воздухе пахло Временем. Он улыбнулся, мысленно оценивая свою выдумку. Неплохая мысль. А в самом деле: чем пахнет Время? Пылью, часами, человеком.

А если задуматься, какое оно – Время то есть – на слух? Оно вроде воды, струящейся в темной пещере, вроде зовущих голосов, вроде шороха земли, что сыплется на крышку гроба, вроде дождя.

Рэй Брэдбери. Марсианские хроники*

Фарид не присутствовал при том, как Перепел въехал в ворота замка. «Ты останешься в лагере». Стоило Сажеруку произнести эти слова, и страх снова накликать на него смерть холодной рукой сжал горло Фарида. Вместе с ним среди пустых палаток остался Силач, потому что Черный Принц не пожелал верить, что и он может переодеться женщиной. Много часов просидели они в ожидании, но когда Мегги и все остальные наконец вернулись, с ними не было не только Перепела, но и Сажерука.

– Где он? – только Черному Принцу Фарид решился задать этот вопрос, хотя темное лицо атамана было до того мрачно, что даже медведь держался от него на расстоянии.

– Там, где Перепел, – ответил Принц и, увидев ошеломленное лицо Фарида, добавил: – Нет, не в тюрьме. Просто поблизости. Смерть соединила их, и только она может их теперь разлучить.

---

* Перевод Л. Жданова.

Поблизости. Фарид взглянул на палатку, где спала Мегги. Ему слышались тихие всхлипы, но он не решался идти к ней с утешениями. Мегги так и не простила ему, что он уговорил ее отца согласиться на сделку с Орфеем. К тому же перед палаткой сидел Дориа. На взгляд Фарида, он мог бы поменьше крутиться возле Мегги. К счастью, Дориа так же мало понимает в девушках, как и его не в меру сильный старший брат.

Вернувшиеся разбойники понуро сидели у костра. Некоторые даже не сняли женских платьев. Но Принц не дал своим людям утопить в вине страх перед будущим. Он отправил их на охоту. Ведь для детей Омбры, раз они собираются прятать их от Свистуна, понадобятся запасы – вяленое мясо и звериные шкуры для одеял и теплой одежды.

Но какое до этого дело Фариду? К разбойникам он не принадлежал, как не был своим в доме Орфея. Он не принадлежал до конца даже Мегги. Фарид целиком и полностью принадлежал одному человеку, но от него-то он и вынужден был держаться подальше из страха навлечь на него гибель...

Как раз стемнело – разбойники уже коптили мясо и натягивали шкуры между деревьями, – когда из леса выскочил Гвин. Фарид сперва принял его за Пролазу, пока не заметил седину на мордочке. Да, это был Гвин. С момента смерти Сажерука он смотрел на Фарида как на врага, но сейчас стал покусывать его за щиколотки, как делал раньше, приглашая поиграть, и тявкал до тех пор, пока Фарид не пошел за ним.

Куница бежала быстро, слишком быстро даже для легконогого Фарида, всегда убегавшего от преследователей. Но Гвин каждый раз поджидал его, нетерпеливо подергивая хвостом, и Фарид догонял, торопясь, насколько позволяла темнота, – ведь он знал, кто послал за ним зверька.

Они нашли Сажерука там, где город заканчивался, упираясь в стену замка. Гора, на скате которой лепилась Омбра, уходила вверх так круто, что домов здесь уже не было. Склон зарос колючим кустарником, из которого поднималась глухая стена, грозная, словно каменный кулак. Окон в ней не было, лишь несколько зарешеченных щелей, пропускавших в тюрьму немного воздуха, чтобы узники не задохнулись еще до казни. В застенках Омбры никто не задерживался надолго. Приговоры выносились быстро и также быстро приводились в исполнение. Зачем долго кормить того, кого собираешься вздернуть? Только для Перепела судья должен был еще прибыть из-за Непроходимой Чащи. Пять дней, как шептались в Омбре, будет Змееглав добираться сюда в занавешенной черной тканью карете, и никто не мог поручиться, проживет ли Перепел хоть день после его прибытия.

Сажерук стоял, прислонившись плечом к стене и опустив голову, как будто прислушивался к чему-то. Густая тень, которую отбрасывал замок, скрывала его от глаз стражи, расхаживавшей наверху среди зубцов.

Сажерук обернулся, лишь когда на него прыгнул Гвин. Прежде чем подбежать к учителю, Фарид опасливо поглядел наверх, на стражу, но солдат на стене не интересовала одинокая фигура. Один человек не может освободить Перепела. Стражники высматривали целые отряды, которые выйдут из ближнего леса или спустятся на канатах по склону выше замка, хотя Свистун, надо думать, догадывался, что даже Черный Принц не осмелится штурмовать крепость.

Небо над замком озарялось зеленоватыми вспышками от фейерверков Коптемаза. Зяблик праздновал победу. Свистун приказал всем комедиантам сочинять песни о его хитрости и поражении Перепела, но лишь немногие повиновались приказу. Большая часть молчала, и это молчание пело иную песню – о печали Омбры и слезах женщин, которые хоть и получили назад детей, но лишились надежды.

– Как тебе нравится огонь Коптемаза? – шепотом спросил Сажерук, когда Фарид прислонился рядом с ним к крепостной стене. – Наш друг кое-чему научился, правда?

– Все равно он бездарь, – шепнул в ответ Фарид, и Сажерук улыбнулся. Но тут же его лицо снова посерьезнело.

– Скоро полночь, – сказал он. – В это время Свистун любит оказывать узникам гостеприимство – кулаками, палкой, сапогами.

Он приложил ладони к стене и погладил камни, словно они могли рассказать ему, что происходит там, внутри.

– Он еще не пришел, – прошептал он. – Но уже скоро.

– Откуда ты знаешь? – Фариду иногда казалось, что из мертвых вернулся другой Сажерук, не тот, которого он знал.

– Волшебный Язык, или Перепел, называй его как хочешь... – тихо ответил Сажерук. – С тех пор как его голос вывел меня из царства мертвых, я знаю, что он чувствует, как если бы Смерть пересадила мне в грудь его сердце. А сейчас поймай-ка мне фею, не то Свистун изобьет его до полусмерти до восхода солнца. Только мне нужна разноцветная. Орфей наделил их своим тщеславием. Это очень удобно – стоит сказать им пару комплиментов, и они готовы на все.

Найти фею было нетрудно. Разноцветные создания Орфея заполонили все вокруг, и, хотя они не впадали в зимнюю спячку, как синие феи Фенолио, в этот поздний час ничего не стоило достать сонную кроху из гнезда. Она укусила Фарида, но он подул ей в лицо, как научил его Сажерук, так что она задохнулась и разжала зубки. Сажерук нашептал ей что-то, и вот она уже устремилась к зарешеченной щели и исчезла во тьме.

– Что ты ей сказал?

Огонь Коптемаза по-прежнему разъедал ядовитой зеленью ночное небо. Звезды и луна скрылись, а в воздухе повис едкий дым, от которого у Фарида выступили слезы на глазах.

– Рассказал, что дал Перепелу обещание послать к нему в темный застенок красивейшую из фей. А заодно она шепнет ему, что Змееглав через пять дней прибудет в Омбру, хотя кикиморы устилают его путь проклятиями, а мы тут пока постараемся отвлечь Свистуна, чтобы ему некогда было избивать заключенных.

Сажерук сжал левую руку в кулак.

– Ты даже не спросил, зачем я тебя позвал, – сказал он, тихо дуя в сложенные пальцы. – Я хотел показать тебе кое-что.

Он приложил кулак к стене – и между пальцев у него поползли огненные пауки. Они карабкались вверх по камням, все увеличиваясь в числе, словно рождались в кулаке Сажерука.

– Свистун боится пауков, – пояснил он. – Боится больше, чем мечей и ножей. Так что когда парочка таких вот заползет в его роскошный наряд, он на время забудет, как приятно избивать заключенных.

Фарид тоже сжал кулак.

– Как ты это делаешь?

– Не знаю – и это означает, к сожалению, что я не могу тебя научить. И такой вот штуке тоже.

Сажерук сложил ладони. Фарид услышал его шепот, но не мог разобрать слов. Зависть уколола его, как осиное жало, когда из горстей Сажерука вылетел огненный перепел и взмыл в ночное небо.

– Научи меня! – прошептал юноша. – Пожалуйста! Дай я хоть попробую!

Сажерук задумчиво посмотрел на него. Стражник наверху поднял тревогу. Огненные пауки добрались до крепостных зубцов.

– Меня научила этому смерть, Фарид, – тихо сказал он.

– Ну и что? Я тоже был мертв, как ты, хотя и не так долго!

Сажерук рассмеялся так громко, что стражник посмотрел со стены вниз, и Сажерук скорее потянул Фарида за собой в густую тень.

– Правда. А я и забыл! – прошептал он.

Стражники на стене, возбужденно перекликаясь, стреляли из арбалетов по огненному перепелу. Но стрелы сгорали в его перьях.

– Ну что ж, повторяй за мной!

Фарид торопливо согнул пальцы, взволнованный, как всегда, когда ему предстояло узнать что-то новое об огне. Нелегко было повторить странные слова, которые нашептывал Сажерук, но вдруг сердце у Фарида замерло – он почувствовал между пальцев огненное щекотание. В следующий момент из его кулака полезли светящиеся пауки и двинулись вверх по стене, словно огненная армия. Фарид гордо улыбнулся Сажеруку. Но когда он попытался запустить перепела, из его ладоней вылетело лишь несколько бесцветных мошек.

– Не расстраивайся! – прошептал Сажерук, отправляя во тьму еще двух перепелов. – Есть много других интересных штук – я тебя научу. Но сейчас нам нужно спрятаться от Среброносого.

Стены замка покрылись пылающей шубой, а Фарид с Сажеруком уходили все дальше в дебри леса. Огонь Коптемаза погас. Небо принадлежало теперь огню Сажерука. Свистун выслал солдат на их поиски, но Сажерук заставил пламя порождать рысей и волков, змей, неожиданно скатывавшихся с деревьев, и искрящуюся мошкару, летевшую в лицо латникам. Казалось, лес у подножия замка горит, но огонь не обжигал, и Фарид со своим учителем – темные тени в багровой пучине пламени – сеяли ужас, не затронутые им.

Свистун велел лить со стен воду, застывавшую льдом на ветвях деревьев. Но огонь Сажерука продолжал пылать, порождая все новых чудовищ, и угас лишь с рассветом, как ночной призрак. Лишь огненные перепела продолжали кружить над Омброй, а когда Зяблик отправил в погасший лес собак, огненные зайцы все время сбивали их со следа. Фарид сидел с Сажеруком в зарослях терновника и чертополоха и чувствовал в сердце тепло счастья. Как хорошо снова быть рядом с Сажеруком, как раньше, в те ночи, когда он охранял его покой и защищал от дурных снов. Но сейчас его, кажется, не от чего было защищать. «Только от тебя самого, Фарид», – подумал он, и счастье погасло, как огненные звери, которых создал Сажерук, чтобы спасти Перепела.

– Что с тобой? – Сажерук смотрел на него так, словно умел теперь читать мысли не только Волшебного Языка.

А потом взял руку Фарида и тихонько подул ему на ладонь, пока в горсти у юноши не показалась женская фигурка из белого огня.

– Они не так страшны, как ты думаешь, – тихо сказал Сажерук. – И если они меня снова заберут, то не из-за тебя. Ясно?

– То есть как? – У Фарида замерло сердце. – Они тебя снова заберут? Почему? Скоро?

Белая Женщина у него на ладони превратилась в мошку, взлетела и растаяла в утреннем тумане.

– Это зависит от Перепела.

– Что?

Сажерук предостерегающе зажал ему рот ладонью и осторожно раздвинул колючие стебли. Под окнами тюрьмы караулили солдаты. Они смотрели на лес вытаращенными от страха глазами. С ними был Коптемаз. Он осматривал крепостную стену, словно надеялся прочитать на камнях, как удалось Сажеруку поджечь ночь.

– Ты только посмотри на него, – прошептал Сажерук. – Он ненавидит огонь, а огонь – его.

Но Фариду было не до Коптемаза. Он взял Сажерука под локоть.

– Не дай им снова себя забрать! Прошу тебя!

Сажерук посмотрел на него. У него стал совсем другой взгляд, чем до ухода. В глазах больше не было страха, только прежняя чуткая настороженность.

– Я же тебе сказал, все зависит от Перепела. Так что помоги мне его уберечь. Помощь ему понадобится. Пять дней и пять ночей во власти Свистуна – это очень много. Я думаю, мы рады будем, когда Змееглав наконец сюда доберется.

Фариду еще многое хотелось спросить, но он понял по глазам Сажерука, что больше ответов не будет.

– А Уродина? Ты не веришь, что она сможет его защитить?

– А ты веришь? – отозвался Сажерук.

Сквозь колючие заросли пробивалась фея. Она чуть не ободрала себе крылья о шипы и в полном изнеможении опустилась на колени Сажеруку. Это была та самая, которую он посылал к Перепелу. Она отыскала узника и вернулась передать его благодарность, не забыв при этом упомянуть, что Перепел подтвердил: такой красивой феи он еще никогда не видел.

Исчезнувшие дети

В детстве
Я был белкой, перепелом, лисой,
Говорил с ними на их языке,
Взбирался на их деревья, рыл их норы,
Знал вкус каждой былинки и каждого камня,
И смысл солнца, и что хочет сказать ночь.

Норман Рассел. Что хочет сказать дождь

Шел снег – крошечные ледяные звездочки, и Мегги задавалась вопросом, видит ли отец из своего заключения кружащиеся снежинки. «Нет, – отвечала она самой себе, – застенки Омбры слишком глубоко под землей». Мысль, что Мо не видит первого снега в Чернильном мире печалила ее не меньше чем сам факт, что он в тюрьме.

Сажерук его охраняет. Черный Принц без конца повторял ей это. Баптиста и Роксана тоже не уставали об этом твердить. Сажерук его охраняет. Но Мегги все время вспоминала Свистуна и то, какой хрупкой и юной казалась рядом с ним Уродина.

Змееглав будет в дороге еще два дня. Так сказала вчера Крапива. Всего два дня – и наступит решительный момент.

Силач потянул Мегги за собой и показал на тропу между деревьев. Две женщины пробирались через заснеженную чащобу.

Они привели двух мальчиков и девочку. С тех пор как Перепел сдался в плен, дети Омбры начали исчезать один за другим. Матери брали их с собой в поле, или на реку стирать белье, или в лес собирать хворост –

и возвращались одни. Люди Принца ожидали детей в четырех местах – эта весть передавалась тихим шепотом из уст в уста. В каждом из приемных пунктов разбойников сопровождала женщина, чтобы детям было не так страшно выпускать материнскую руку.

Реза с Баптистой и Гекко встречала детей у богадельни, которой заведовал Хитромысл. Роксана с Эльфогоном дожидалась там, где целительницы собирали дубовую кору. Еще две женщины встречали детей у реки, а Мегги с Дориа и Силачом расположились у заброшенной хижины угольщика, недалеко от дороги, ведущей в Омбру.

Дети заробели, увидев Силача, но матери тянули их за собой, а когда Дориа поймал на язык несколько снежинок, самая младшая пятилетняя девочка захихикала.

– Что, если мы только рассердим Свистуна, пряча у вас детей? – спросила мать девочки. – Может, он вовсе и не намерен их забирать, раз Перепел уже у него в тюрьме. Ему ведь нужен-то был только он!

Мегги хотелось ударить ее за эти холодные слова.

– Да, а это – его дочь, – сказал Силач, обнимая Мегги за плечи. – Поэтому не говори о Перепеле так, будто тебе все равно, что с ним станется. Не будь ее отца, ты бы не получила своего ребенка обратно – ты что, уже забыла? Но Змееглаву по-прежнему нужны дети для рудников, а ваших детей защищать некому.

– Его дочь? Ведьма?

Вторая женщина притянула детей к себе, но девочка глядела на Мегги с любопытством.

– Ты что, из людей Змееглава? – Силач крепче обнял Мегги, словно желая защитить ее от этих слов. – В чем дело? Хотите вы, чтобы ваши дети были в безопасности? Если нет, пожалуйста, забирайте их обратно в Омбру и надейтесь, что Свистун к вам не постучится.

– Куда вы их уводите? – У младшей из женщин глаза были полны слез.

– Если я вам скажу, вы сможете их выдать. – Силач легко поднял мальчика и посадил себе на плечи, как будто тот был не тяжелее феи.

– А можно нам пойти с ними?

– Нет. Вас всех нам не прокормить. И детей-то нелегко обеспечить.

– И сколько времени вы собираетесь их прятать? – В каждом слове звучало отчаяние.

– Пока Перепел не убьет Змееглава.

Женщины посмотрели на Мегги.

– Как это может быть? – прошептала одна.

– Он его убьет, вот увидите, – ответил Силач так уверенно, что даже Мегги на один чудесный миг перестала бояться за Мо. Но этот миг прошел, и она снова почувствовала на щеках снег, холодный, как конец всего.

Дориа поднял девочку на плечи и улыбнулся Мегги. Он неутомимо пытался ее ободрить: приносил ей последние ягоды, затвердевшие от мороза, цветы, покрытые инеем, последние в этом году, и отвлекал от горя, расспрашивая о мире, откуда она родом. Мегги уже скучала по нему, когда его не было рядом.

Когда женщины ушли, девочка заплакала, но Мегги погладила ее по голове и рассказала то, что слышала о снеге от Баптисты: некоторые снежинки – это крошечные эльфы, которые ледяными губами целуют тебя в щеки, прежде чем растаять. Девочка вглядывалась в снежный вихрь, а Мегги продолжала рассказывать, сама поддаваясь обаянию своих слов. А мир вокруг становился белым, и она переносилась в те дни, когда Мо рассказывал ей разные истории, пока сам не стал персонажем повести, о которой Мегги уже не могла сказать, ее это история или чужая.

Снегопад был недолгим. Землю лишь слегка припушило белым.

Еще двенадцать женщин привели детей к хижине угольщика. У всех были испуганные, встревоженные лица, всех терзали сомнения, правильно ли они поступают.

Некоторые из детей даже не оборачивались, когда матери уходили. Другие бежали им вслед, а двое так отчаянно рыдали, что матери забрали их обратно в Омбру, где засел Свистун, как серебряный паук, поджидающий жертв.

С наступлением темноты под заснеженными деревьями стояло девятнадцать детей, прижимаясь друг к другу, как стайка гусят. Силач рядом с ними казался великаном. Если кто-то начинал плакать, Дориа находил у него в ноздрях желуди, а в волосах – монетки, Силач показывал, как разговаривать с птицами, и катал детей на плечах по трое зараз.

А Мегги рассказывала истории – те, что слышала когда-то от Мо, так что каждое произносимое слово будто говорило его голосом. Все они страшно устали, пока добрались до лагеря. Между палатками было полным-полно детей. Мегги попыталась их сосчитать, но быстро отказалась от этой попытки. Как же разбойники прокормят столько ртов, когда Черному Принцу своих-то людей с трудом удавалось обеспечить?

Что думают об этой затее Хват и Гекко, было ясно написано у них на лицах. «Няньки! – перешептывались в лагере. – Было за чем уходить в лес!» Хват, Гекко, Эльфогон, Деревяга, Чернобород... Недовольных было много. А что это за щуплый человек с добрым лицом, стоявший рядом с Хватом и озиравшийся так, словно видит здесь все в первый раз? Он похож на... Нет. Нет, этого не может быть.

Мегги протерла глаза. Видно, от усталости ей уже призраки мерещатся. Но тут ее сзади обхватили сильные руки и сжали так сильно, что чуть не задушили.

– Ты только посмотри! Она уже почти с меня ростом, безобразница!

Мегги обернулась.

Элинор.

Что происходит? Она сошла с ума? Или все было только сном, а теперь она проснулась? Может быть, деревья сейчас растворятся в темноте, все исчезнет –разбойники, дети, – а у ее кровати окажется Мо и спросит, уж не собирается ли она проспать завтрак?

Мегги зарылась лицом в платье Элинор – странное бархатное платье, похожее на театральный костюм. Да, ей, видимо, снится сон. Несомненно. Но где же тогда действительность? «Проснись, Мегги! – подумала она. – Ну давай, просыпайся скорее!»

Щуплый незнакомец, стоявший рядом с Хватом, застенчиво улыбнулся ей, поднося к глазам сломанные очки, и это был, несомненно, Дариус!

Элинор снова прижала ее к себе, и Мегги расплакалась. Она выплакала в странное платье Элинор все слезы, накопившиеся с той минуты, как Мо въехал в замок Омбры.

– Ужасно, я знаю! Чудовищно! – сказала Элинор, неумело гладя ее по голове. – Бедная ты моя! Я уже сказала этому писаке, что я о нем думаю. Старый дурак воображает о себе невесть что. Но твой отец еще покажет этому Скрипуну, вот увидишь!

– Свистуну! – Мегги рассмеялась сквозь слезы. – Свистуну, Элинор!

– Не все ли равно? Эти дикие имена запомнить невозможно! – Элинор огляделась. – Вашего Фенолио четвертовать мало за все, что здесь происходит, но сам он, конечно, другого мнения. Я рада, что мы теперь сможем за ним хоть немного присматривать. Он ни за что не пожелал отпускать Минерву одну – наверное, просто потому, что боялся остаться без кухарки и прачки...

– Фенолио тоже здесь? – Мегги утерла слезы.

– Да. А мать-то твоя где? Я ее так и не нашла!

По лицу Мегги можно было догадаться, что о Резе с ней лучше не заговаривать, но, прежде чем Элинор успела спросить, в чем дело, в разговор вмешался Баптиста.

– Дочь Перепела, может быть, ты представишь нам свою подругу в роскошных одеждах? – Он поклонился Элинор. – К какому цеху вы принадлежите, милостивая государыня? Попробую угадать. Вы, конечно, комедиантка. Ваш голос заполнит любую площадь!

Элинор смотрела на него так растерянно, что Мегги поспешила на помощь.

– Баптиста, это Элинор, тетка моей матери...

– О, родственница Перепела! – Баптиста поклонился еще ниже. – Надеюсь, эта рекомендация удержит Хвата от того, чтобы свернуть вам шею. Он как раз пытается убедить Черного Принца, что вы и ваш спутник, – он показал на Дариуса, подошедшего к ним с робкой улыбкой, – шпионы Свистуна.

Элинор повернулась так резко, что локтем задела Дариуса.

– Черного Принца?

Увидев Принца с медведем рядом с Хватом, она покраснела, как юная девушка.

– Он великолепен! – выдохнула она. – И медведь у него точно такой, как я себе представляла! О, как же все это чудесно, просто изумительно!

Слезы Мегги иссякли. Она была так рада, что Элинор здесь. Ужасно рада.

Новая клетка

Уэстли закрыл глаза. Ему предстояла боль, и нужно встретить ее подготовленным.

Он должен настроить на нее мозг, полностью подчинить его своей воле, чтобы душа не реагировала на старания мучителей, иначе они ее сломают.

Уильям Голдман. Принцесса-невеста

На этот раз они пришли раньше, чем в предыдущие ночи. На дворе едва стемнело. Не то чтобы в камеру Мо проникал дневной свет, но ночью темнота становилась другой – и с этой темнотой приходил Свистун. Мо садился, насколько ему позволяли цепи, и готовился к пинкам и ударам. Он чувствовал себя полным дураком. Болван, добровольно попавший в сети врагов. Уже не разбойник, не переплетчик, а просто болван.

Тюремные камеры Омбры были ничем не лучше застенков Дворца Ночи. В этих темных ямах, где невозможно было распрямиться, поджидал тот же страх, что в любой тюрьме. Да, страх вернулся. Он ждал его у ворот и почти задушил, когда люди Зяблика связали ему руки.

Узник. Полностью в чужой воле...

Подумай о детях, Мортимер! Только это воспоминание успокаивало его каждую ночь, когда он проклинал сам себя под ударами и пинками. Огонь Сажерука давал ему иногда передохнуть от Свистуна, зато потом Среброносый становился еще злее. Мо все еще слышал голосок феи, которая села ему на плечо в первую ночь, и видел перед собой огненных пауков, заползших на бархатный кафтан Свистуна. Мо расхохотался, увидев панику на лице мучителя, – и уже много раз поплатился за этот смех.

Еще два дня, Мортимер, два дня и две ночи. Потом приедет Змееглав. И что тогда? Да, глупо было воображать, что он сможет уплатить Смерти и ее бледным дочерям требуемый выкуп.

А если Белые Женщины заберут и Мегги, поймет ли Реза, что он поехал в замок ради их дочери? Поймет ли, что он ей потому ничего не сказал, чтобы ее сердце не терзал еще и страх за Мегги?

У солдат, вошедших к нему в камеру, руки и лица были в саже. Они всегда приходили по двое. Но где же их среброносый повелитель? Они молча подняли Мо на ноги. Цепи были тяжелые и впивались в кожу.

– Сегодня Свистун навестит тебя в другой камере, – сказали они ему. – Там огонь твоего друга тебя не отыщет.

Они повели его глубоко вниз, мимо ям, из которых пахло тухлым мясом.

Один раз Мо показалось, что за ними в темноте ползет огненная змея, но караульный ударил его при попытке обернуться.

Яма, в которую его столкнули, значительно превосходила размерами прежнюю камеру. На стенах – подтеки запекшейся крови. Здесь было одновременно холодно и душно.

Свистун пришел не скоро, а когда появился наконец в сопровождении еще двух солдат, лицо его тоже было в саже. Двое, которые привели сюда Мо, почтительно расступились перед своим повелителем, но Мо заметил, как тревожно они озираются, словно ждут, что огненные пауки Сажерука вот-вот поползут по стенам. Мо чувствовал, что Сажерук ищет его. Казалось, его мысли тянут к нему руки, но застенки Омбры лежали так же глубоко под землей, как и во Дворце Ночи.

Может быть, ему уже сегодня понадобится нож, зашитый Баптистой в подол его рубашки, хотя руки у него так болели, что он, наверное, даже удержать его не сможет, не говоря уж о том, чтобы ударить. И все же сознание, что он есть, помогало, когда страх становился невыносимым. Страх и ненависть.

– Твой друг-огнеглот становится все наглее, но сегодня ночью он тебе не поможет, Перепел! Мне это надоело! – Лицо Свистуна побелело под сажей, покрывавшей даже серебряный нос. Один из солдат ударил Мо по лицу. Еще два дня...

Свистун с отвращением смотрел на свои испачканные сажей перчатки.

– Вся Омбра смеется надо мной. «Посмотрите на Свистуна, – шепчется народ. – Огненный танцор водит за нос его людей, а Черный Принц прячет от него детей. Перепел еще спасет нас всех!» Хватит! Если я покончу с тобой сегодня ночью, они перестанут в это верить.

Он подошел к Мо так близко, что чуть не уколол его серебряным носом.

– Что ж ты не зовешь на помощь своим волшебным голосом? Всех своих оборванцев-приятелей, Принца с медведем, Огненного Танцора... А может, лучше Виоланту? Ее мохнатый слуга ходит за мной по пятам, а сама она твердит мне по десять раз на дню, что ее отцу ты нужен живым. Но ее отец уже не внушает того страха, что прежде. Об этом ты же и позаботился.

Виоланта. Мо видел ее только раз, когда его стаскивали с коня во дворе замка. Как глупо было поверить, что она сможет его защитить. Он погиб. А вместе с ним и Мегги. В нем подымалось отчаяние, такое черное, что ему стало дурно. Свистун улыбнулся.

– Ага, испугался! Это мне нравится. Надо будет сочинить об этом песню. Отныне песни здесь будут петь только обо мне – мрачные песни, как раз на мой вкус. Очень мрачные.

Один из солдат с глуповатой ухмылкой подошел к Мо. В руках у него была обитая железом дубинка.

– «Он снова от них убежит!» – говорит чернь. Свистун отступил на шаг. – Так вот, бегать ты больше не будешь, Перепел! Отныне ты будешь только ползать. Ползать передо мной.

Те двое, что привели Мо, схватили его и прижали к окровавленной стене. Третий поднял дубинку. Свистун погладил свой серебряный нос.

– Твои руки нужны, чтобы исцелить книгу. Но скажи, Перепел, что может иметь Змей против того, чтобы я переломал тебе ноги? Но даже если... Змееглав ведь уже не тот, что прежде...

Погиб.

О Боже, Мегги! Рассказывал я тебе когда-нибудь такую страшную сказку?

«Нет, Мо, не сказку! – говорила она, когда была маленькая. – Они все такие грустные!»

Но эта грустнее.

– Жаль, Свистун, что мой отец не слышал твоего выступления своими ушами! – Виоланта говорила негромко, но Свистун вздрогнул, как от пронзительного крика.

Солдат с глупой ухмылкой опустил дубинку, а остальные расступились перед дочерью Змееглава. Черное платье Виоланты сливалось с темнотой. И за что ее только прозвали Уродиной? Мо казалось сейчас, что он никогда не видел более красивого лица. Хорошо бы Свистун не заметил, как дрожат у него ноги. Такого торжества он Среброносому устраивать не хотел.

Рядом с Виолантой виднелась мохнатая мордочка. Туллио! Это он ее позвал? Уродина привела с собой полдюжины своих безбородых солдат. Они казались совсем юными и хрупкими рядом с людьми Свистуна, но в руках у них были арбалеты – оружие, которого побаивались и латники.

Но Свистун быстро взял себя в руки.

– Что вам здесь нужно? – резко спросил он Виоланту. – Я только слежу, чтобы ваш драгоценный узник снова от нас не упорхнул. Достаточно и того, что его огненный друг всех нас делает посмешищем в глазах черни. Вашему отцу это не понравится.

– А тебе не понравится то, что я сейчас сделаю, – ровным голосом произнесла Виоланта. – Связать их! – приказала она своим солдатам. – А с Перепела снимите цепи и свяжите его так, чтобы он мог сидеть на лошади.

Свистун схватился за меч, но трое юношей Виоланты повалили его на пол. Мо кожей чувствовал, как они ненавидят Среброносого. Им очень хотелось его убить, Мо видел это по выражению юных лиц. Люди Свистуна, очевидно, тоже это видели, потому что без сопротивления позволили себя связать.

– Змеюга уродливая! – Голос Свистуна звучал совсем уж странно, когда срывался на крик. – Так Зяблик все-таки был прав! Ты в сговоре с бандитами! Чего ты добиваешься? Хочешь занять трон Омбры и трон своего отца в придачу?

Лицо Виоланты оставалось неподвижным, как будто его нарисовал Бальбулус.

– Я хочу лишь одного, – ответила она. – Передать Перепела отцу целым и невредимым, чтобы Змееглаву была от него польза. В награду за эту услугу я действительно потребую трон Омбры. А как же иначе? У меня на него в тысячу раз больше прав, чем у Зяблика.

Солдат, снимавший с Мо цепи, был тот самый, что сдвигал крышку саркофага в усыпальнице Козимо.

– Простите! – прошептал он, не туго затягивая веревку на стертых в кровь запястьях пленника. Но Мо все равно было больно. Он не сводил глаз с Виоланты. В ушах у него еще звучал хриплый голос Хвата: «*Она продаст тебя за трон Омбры*».

– Куда ты его уводишь? – Свистун плюнул в лицо связывавшему его солдату. – Спрячь его хоть у великанов – я тебя отыщу!

– Я вовсе не собираюсь его прятать, – спокойно ответила Виоланта. – Я отвезу его в замок моей матери. Отец знает туда дорогу. Если он согласен на мои условия, пусть приезжает туда. Ты ему передашь, я не сомневаюсь.

«*Она продаст тебя*».

Виоланта скользнула по лицу Мо равнодушным взглядом, словно они никогда прежде не встречались. Когда ее солдаты повели Мо прочь из камеры, Свистун пнул его связанными ногами. Но что такое пинок по сравнению с обитой железом дубинкой, которую Среброносый для него приготовил?

– Ты покойник, Перепел! – успел выкрикнуть Свистун, прежде чем солдат Виоланты засунул ему в рот кляп. – Покойник!

«Нет еще, – мысленно ответил Мо. – Пока нет».

За окованной железом дверью ждала служанка. Мо узнал Брианну. Значит, Виоланта и правда снова приняла ее на службу. Брианна кивнула ему, прежде чем последовать за хозяйкой. В коридоре лежали без сознания трое часовых. Виоланта переступила через них и свернула в коридор, по которому Мо сюда привели. Налево отходил узкий подземный ход. Туллио торопливо пробежал первым, а за ним солдаты, один впереди Мо, другой сзади.

Замок ее матери...

Каковы бы ни были намерения Виоланты, он был ей благодарен за то, что идет сейчас своими ногами.

Туннель казался бесконечным. Откуда дочь Змееглава так хорошо знала потайные ходы этого замка?

– Я читала об этом ходе. – Виоланта обернулась к нему, словно прочла его мысли. Или он уже не замечает, что думает вслух после долгих часов в темноте и одиночестве? – К счастью, я единственный человек в замке, кто пользуется библиотекой.

Как она на него посмотрела! Будто хотела определить на глаз, не утратил ли он к ней доверия. Она все-таки похожа на отца: любит играть со страхом и властью, меряться силами не на жизнь, а на смерть. Почему же он ей все-таки доверяет, несмотря на связанные руки?

Ход впереди разветвлялся. Туллио вопросительно посмотрел на Виоланту, и она без колебаний показала налево. Необычная женщина – намного старше своего настоящего возраста, холодная, сдержанная. «*Не забывай, чья она дочь*». Сколько раз Черный Принц твердил ему это, и сейчас Мо начал понимать его предостережение. В Виоланте чувствовалась отцовская жестокость, та же нетерпимость к другим, та же уверенность, что она умнее большинства людей... лучше... важнее.

– Ваше высочество? – раздался голос солдата позади Мо. Все они говорили со своей госпожой очень почтительно. – А как быть с вашим сыном?

– Якопо останется здесь. Ему незачем ехать с нами, – ответила она, не оборачиваясь. В ее голосе не было тепла. Наверное, любить детей люди учатся у своих родителей. Если это правда, неудивительно, что у дочери Змееглава это плохо получалось.

Мо почувствовал на лице дуновение ветра – воздух, пахший не только землей и плесенью.

Подземный ход стал шире. Мо услышал шум воды, а выйдя наружу, увидел высоко над собой Омбру. С черного неба падал снег, за почти голыми кустами поблескивала река. На берегу ждали лошади, их караулил солдат. И вдруг невесть откуда взявшийся юноша приставил нож к горлу караульного. Фарид. Рядом с ним стоял Сажерук, в припорошенных снегом волосах сверкали искры. На снегу сидели обе куницы.

Он улыбнулся, когда солдаты Виоланты направили на него арбалеты.

– Куда вы увозите своего пленника, дочь Змееглава? – спросил он. – Я – тень, которую он привел с собой из царства мертвых, и следую за ним, куда бы он ни пошел.

Туллио спрятался за черной юбкой своей госпожи, словно боялся, что Сажерук сейчас сожжет его заживо. Виоланта дала солдатам знак опустить арбалеты. Брианна во все глаза глядела на отца.

– Он уже не пленник, – сказала Виоланта. – Но я не хочу, чтобы мой отец узнал об этом от своих бесчисленных соглядатаев. Поэтому он связан. Или все-таки снять с тебя путы, Перепел?

Она вытащила из-под накидки нож.

Мо переглянулся с Сажеруком. Он рад был его видеть, но сердце еще не привыкло к этому ощущению. Много лет вид Сажерука вызывал у него совсем другие чувства. Но с тех пор как Смерть коснулась их обоих, они словно стали одной плотью. Как будто были из одной истории. А может, история и правда только одна?

«Не доверяй ей!» – сказал взгляд Сажерука. Мо знал, что товарищ поймет его ответ по лицу, без слов. *«У меня нет другого выхода»*.

– Пусть остаются, – сказал он, и нож Виоланты исчез в складках ее платья. Снежинки налипли на черную ткань, как перышки.

– Я везу Перепела в замок, где выросла моя мать, – сказала она. – Там я могу обеспечить его безопасность. Здесь – нет.

– Озерный замок? – Сажерук отвязал от пояса кошель и протянул Фариду. – Это далеко. Дня четыре верхом.

– Ты слыхал об этом замке?

– А кто ж о нем не слыхал? Но он уже много лет заброшен. Вы там когда-нибудь были?

Виоланта так гордо выпятила подбородок, что Мо снова вспомнил Мегги.

– Нет, я там никогда не была, но в детстве мне о нем рассказывала мать, а потом я прочла все, что можно найти об этом замке в книгах. Я знаю его лучше, чем если бы там побывала.

Сажерук взглянул на нее и пожал плечами.

– Как хотите. Свистуна там нет – это уже хорошо. И потом, говорят, его легко оборонять.

Он посмотрел на солдат Виоланты, словно прикидывая, сколько каждому лет.

– Да, наверное, там Перепел будет в большей безопасности.

Снежинки, падавшие на связанные руки Мо, охлаждали воспаленную кожу. Он скоро не сможет ничего делать руками, если их не будут развязывать хотя бы на ночь.

– А вы уверены, что ваш отец последует за нами в этот замок? – спросил Мо Виоланту. Казалось, к его голосу прилипла тьма застенка.

Виоланта улыбнулась:

– Совершенно. Он последует за тобой куда угодно. И захватит с собой Пустую Книгу.

Пустую Книгу. Снег валил, словно хотел сделать весь мир белым, как ее чистые страницы. Пришла зима.

Твои дни сочтены, Мортимер! И Мегги тоже... Но почему он, несмотря ни на что, по-прежнему любит этот мир? Как возможно, что он по-прежнему не может насмотреться на раскидистые деревья, намного выше, чем те, на которые он взбирался в детстве, на фей и стеклянных человечков, как будто они всегда были частью его жизни... «Вспомни, Мортимер! Ты ведь жил в совсем другом мире», – шепнул ему внутренний голос. Но шепот не достигал цели. Даже собственное имя казалось ему чужим, ненастоящим, и если бы существовала рука, готовая навсегда захлопнуть для него книгу Фенолио, он постарался бы удержать эту руку.

– У нас нет для тебя лошади, Огненный Танцор. – В голосе Виоланты слышалась неприязнь. Она не любила Сажерука. Но ведь и он долго был о ней невысокого мнения.

Сажерук насмешливо улыбнулся, и Виоланта посмотрела на него еще враждебнее.

– Поезжайте. Я вас найду.

Он исчез, пока Мо садился на коня, и Фарид вместе с ним. Лишь на снегу там, где стоял Сажерук, догорали искры. Солдаты Виоланты глядели испуганно – как будто встретились с призраком. А как еще назвать человека, вернувшегося из царства мертвых?

Из замка не доносилось ни звука. Они уже завели лошадей в реку, а стража так и не подняла тревогу. Никто не кричал с крепостной стены, что Перепел снова упорхнул. Омбра спала, снег укутывал ее белым одеялом, а над крышами все еще кружили огненные перепела Сажерука.

Картины из пепла

– Простите, пожалуйста, – промямлил Гарри.

– Любопытство – не порок, – покачал головой Дамблдор. – Но его надо держать в узде...

Джоан Роулинг.
Гарри Поттер и кубок огня*

Пещера, которую Мо и Черный Принц отыскали задолго до того, как Коптемаз устроил детям представление, находилась в двух часах ходу к северу от Омбры. Для детских ножек это был неблизкий путь, а в Чернильном мире наступила зима, с дождем, все чаще переходящим в снег, белыми бабочками, висевшими на ветвях, как ледяные листья, и серыми совами, гонявшими фей.

– Мои-то феи в это время года спят! – оправдывался Фенолио, когда Деспина расплакалась: на ее глазах сова разорвала на куски сразу двух разноцветных крошек. – А эти глупышки, которых выдумал Орфей, летают себе и летают, как будто не понимают, что такое зима!

Черный Принц вел их вверх-вниз по горам, по густым зарослям, каменистым склонам, узким тропам, где детей по большей части приходилось нести на руках. У Мегги вскоре разболелась спина, зато Элинор шагала неутомимо, как будто хотела как можно скорее обойти весь этот чудесный новый мир, хотя она стара-

* Перевод М. Литвиновой.

лась, по возможности, не показывать своего восхищения его создателю.

Фенолио шел прямо за ними, с Резой и Дариусом. Девочка, которую несла Реза, была до того похожа на Мегги, что той казалось, если случалось обернуться, что она смотрит в прошлое, которого на самом деле не было. Мо носил ее на руках, когда она была маленькая, Мо – и больше никто. Но каждый раз, когда Реза прижималась лицом к волосам малышки, Мегги хотелось, чтобы прошлое было иным. Тогда, может быть, без Мо не было бы так больно.

На полпути Резе стало плохо, и Роксана запретила ей поднимать малышей.

– Осторожнее! – донеслись до Мегги ее слова. – Ты ведь не хочешь рассказать мужу, когда он вернется, что не уберегла его ребенка?

Беременность Резы была уже заметна, и Мегги иногда хотелось положить руку туда, где подрастал новый ребенок, но она этого не делала. У Дариуса выступили слезы, когда он услышал новость, а Элинор воскликнула: «Ну уж теперь-то все просто обязано кончиться хорошо!» – и обняла Резу так крепко, что, наверное, немного помяла будущее дитя. Но Мегги часто ловила себя на мысли: не нужна мне сестренка. И братик не нужен. Верните мне отца! Правда, когда малыш, которого она полдня несла на спине, в благодарность крепко поцеловал ее в щеку, она вдруг ощутила радостное предвкушение и вообразила, каково будет чувствовать в руке крошечную ладошку братика или сестренки.

Все были рады, что Роксана отправилась с ними. Ее сына не было среди тех, кого поймали Свистун и Коптемаз, но она все же взяла Йехана с собой.

Свои длинные черные волосы Роксана снова носила распущенными, как комедиантка. И улыбалась она теперь чаще, чем прежде. А когда дети, усталые от долгого пути, начали хныкать, Мегги впервые услышала, как Роксана поет – совсем тихонько, но и этого было достаточно, чтобы понять то, что говорил ей когда-то Баптиста: *«Когда Роксана поет, она снимает у тебя с сердца всю печаль и превращает ее в музыку»*.

Почему Роксана так счастлива, хотя Сажерука с ней не было?

«Потому что теперь она знает, что он всегда будет к ней возвращаться», – сказал Баптиста. А Реза – она тоже уверена в своем муже?

Вход в пещеру Мегги заметила лишь тогда, когда они были в метре от цели. Его загораживали высокие сосны, заросли терновника и кусты, у которых с веток свисал белый пух, длинный и мягкий, как человеческие волосы. Кожа у Мегги чесалась еще несколько часов, после того как она вслед за Дориа пробралась сквозь эти заросли.

Расселина, ведшая в пещеру, была такой узкой, что Силачу пришлось протискиваться в нее боком, пригибая голову. Зато внутри своды оказались высокие, как в церкви. Детские голоса так гулко отдавались от каменных стен, что шум, казалось Мегги, должен быть слышен до самой Омбры.

Черный Принц выставил караул из шести человек. Они заняли наблюдательные посты высоко в кронах деревьев. Еще четверых он послал заметать следы. С ними пошел Дориа со Сланцем на плече. Стеклянный человечек привязался к нему, с тех пор как Фарид покинул лагерь. Замести следы такого количества маленьких ножек – почти безнадежное дело, и Мегги видела по лицу Черного Принца, что он рад был бы увести детей еще дальше, куда угодно, лишь бы до них не добрались ни Свистун, ни собаки Зяблика.

Черный Принц позволил нескольким матерям сопровождать детей. Он знал своих людей и понимал, что роль нянек не для них.

Роксана, Реза и Минерва помогали женщинам обустроить пещеру для жилья. Они натягивали между стен одеяла и тряпки, приносили сухие листья, чтобы мягче было спать на каменистом полу, расстилали сверху звериные шкуры и насыпали перегородки из гальки, чтобы устроить отдельные спальные места для самых маленьких. Они оборудовали место для готовки, осмотрели припасы, заготовленные разбойниками, и все время прислушивались к звукам снаружи, опасаясь вдруг услышать собачий лай или голоса солдат.

– Вы только посмотрите, как эта малышня трескает! – ворчал Хват, когда Черный Принц поставил его раздавать детям еду. – Наших запасов хватит на неделю, не больше. А потом что?

– Через неделю Змееглав будет уже мертв, – возразил Силач запальчиво, но Хват презрительно улыбнулся в ответ.

– Правда? А Свистуна Перепел тоже прикончит? Тут ему тремя словами не обойтись! А с Зябликом и латниками что будет?

Хороший вопрос. Ответа ни у кого не было.

– Виоланта прогонит их всех, как только не станет ее отца, – сказала Минерва, но Мегги по-прежнему не доверяла Уродине.

– С ним все в порядке, Мегги, – твердила ей Элинор. – Не убивайся так! Если я правильно поняла всю эту историю («что, конечно, было непросто, поскольку наш достойнейший сочинитель любит запутанные сюжеты», – добавляла она каждый раз, укоризненно взглядывая на Фенолио), с головы твоего отца в Омбре и волос не упадет, потому что он должен спасти для Змееглава эту самую книгу. Он, вероятно, не может этого сделать, но это уже другая проблема. Как бы то ни было, все будет хорошо, вот увидишь.

Ах, если бы Мегги могла верить ей, как когда-то верила Мо! «Все будет хорошо, Мегги!» Большего не требовалось – она клала голову ему на плечо в полнейшей уверенности, что он уж как-нибудь все устроит. Как же давно это было! Очень давно...

Черный Принц послал в Омбру ручных ворон Гекко к Хитромыслу и к своим соглядатаям в замке. Реза часами простаивала перед пещерой, высматривая в небе черные силуэты. Но единственная птица, которую Гекко на второй день принес в пещеру, была ободранная сорока. А весть о Перепеле принес в конце концов Фарид, а не ворона.

Он весь трясся от холода, когда караульный провел его к Черному Принцу, а лицо у него было потерянное, как бывало всегда, когда Сажерук отсылал его прочь. Мегги ухватилась за руку Элинор, когда Фарид, запинаясь, сообщил свои новости: Виоланта увезла Мо из Омбры в замок своей матери. Сажерук пойдет за ними. Свистун избивал Мо и угрожал ему, и Виоланта испугалась, что Среброносый убьет Перепела. Реза закрыла лицо руками, Роксана обняла ее за плечи.

– Замок ее матери? Но ведь мать Виоланты умерла! – Элинор знала теперь повесть Фенолио едва ли не лучше, чем ее автор.

Она прижилась у разбойников, как будто здесь и родилась, просила Баптисту спеть ей песни, которые любят в Омбре, Силача – научить ее разговаривать с птицами, а Сланца – рассказать, какие бывают виды стеклянных человечков. Она вечно спотыкалась о подол своего странного платья, на лбу – пятна сажи, в волосах – пауки, но вид у Элинор был такой счастливый, каким прежде бывал разве что при виде особенно ценной книги или еще в то недолгое время, когда в ее саду жили феи и стеклянные человечки.

– Это замок, где выросла ее мать. Сажерук слышал о нем. – Фарид отвязал от пояса кожаный кошель, запачканный копотью, и стал счищать пятна. – Мы пускали огненных пауков и волков, чтобы уберечь твоего отца! – В голосе юноши слышалась гордость.

– И все же Виоланта решила, что ему опасно оставаться в Омбре. – Это прозвучало, как обвинение. Реза как будто хотела сказать: вы не можете его уберечь. Никто из вас. Он там один.

– Озерный замок... – Похоже было, что Черному Принцу не особенно нравится затея Виоланты. – О нем сложено немало песен.

– Мрачных песен, – добавил Гекко.

На плече у него сидела сорока. Она была тощая и глядела на Мегги так, словно хотела выклевать ей глаза.

– Что это за песни? – Голос Резы от страха звучал глухо.

– Истории о призраках и прочие небылицы. Рифмованный вздор! – Фенолио вел за руку Деспину. – Озерный замок давно заброшен. Вот о нем и сочиняют разные сказки, но это только сказки.

– Утешительно, ничего не скажешь! – Под взглядом Элинор Фенолио покраснел.

Настроение у него было отвратительное. С тех пор как они добрались до пещеры, он непрерывно жаловался на холод, детский плач и невыносимую вонь от медведя. Большую часть времени он сидел в самом темном углу за высокой каменной перегородкой и бранился с Розенкварцем. Улыбку у него могли выманить только Иво и Деспина – а еще Дариус. Как только они оказались в пещере, Дариус присоединился к старику, и, помогая Фенолио складывать из валунов перегородку, стал робко расспрашивать о созданном им мире: где живут великаны? долговечнее ли нимфы, чем люди? что за страна лежит за горами? Видимо, Дариус задавал правильные вопросы, потому что Фенолио не сердился на него, как на Орфея.

Озерный замок.

Фенолио покачал головой, когда Мегги подошла с вопросами о месте, куда Уродина повезла ее отца.

– Это был всего лишь эпизод, Мегги, – недовольно буркнул он, – одно из многих второстепенных мест. Декорация! Почитай, что сказано о нем в моей книге, если Сажерук когда-нибудь согласится выпустить ее из рук. Мне казалось, что ему следовало бы отдать книгу мне, хотя он меня по-прежнему недолюбливает, – ведь написал ее все-таки я! Ну да ладно, главное, что она теперь не у Орфея!

Книга.

Огненный Танцор давно выпустил из рук «Чернильное сердце», но Мегги промолчала, сама не зная, почему. Сажерук оставил книгу ее матери.

Фарид передал Резе «Чернильное сердце» так торопливо, словно за его спиной снова мог вырасти Баста с ножом и отобрать книгу, как тогда, в другом мире. «Сажерук говорит, что у тебя она будет всего сохраннее, потому что ты знаешь, какое это мощное оружие, – пробормотал он. – А Черный Принц этого не понимает. Спрячь ее получше. Нельзя, чтобы она снова попала в руки Орфея. Хотя Сажерук уверен, что у тебя он не додумается ее искать».

Реза взяла книгу неохотно и спрятала в своей постели. С отчаянно бьющимся сердцем Мегги вытащила томик из-под одеяла матери. В последний раз она держала в руках книгу Фенолио на торжестве Каприкорна, где ей предстояло вычитать Призрака. Странное это было чувство – вновь открыть эту повесть в том мире, о котором она рассказывала. На мгновение Мегги испугалась, что эти страницы могут засосать в себя все, что ее окружало. Каменный пол, на котором она сидела, одеяло, под которым спала ее мать, бабочку-ледянку, случайно залетевшую в пещеру, и детей, со смехом гоняющихся за бабочкой.

Неужели все это действительно зародилось под книжным переплетом? Книга казалась такой незначительной по сравнению с чудесами, которые описывала, – всего лишь сотня-другая покрытых печатными знаками страниц, с десяток картинок, не шедших ни в какое сравнение с миниатюрами Бальбулуса, серебристо-зеленый льняной переплет. И все же Мегги не удивилась бы, обнаружив на этих страницах свое имя, или матери, или Фарида или Мо – хотя нет, ее отца в этом мире звали иначе.

У Мегги до сих пор не было случая прочесть повесть Фенолио. Откуда начать? Может быть, там есть картинка с Озерным замком? Она торопливо листала страницы, когда услышала голос Фарида:

– Мегги!

Она поспешно захлопнула книгу, как будто делала что-то запретное. Какая глупость! Книга ничего не знала ни о том, что внушает ей страх, ни о Перепеле, ни даже о Фариде...

Мегги уже не думала о нем все время, как раньше. Казалось, с возвращением Сажерука закончилась глава, рассказывавшая о Мегги и Фариде, и история пошла развертываться заново, каждым новым словом стирая прежний рассказ.

– Сажерук дал мне кое-что на дорогу. – Фарид смотрел на книгу у нее на коленях, как на ядовитую змею. Но, поколебавшись, все же присел рядом с Мегги и отвязал от пояса испачканный копотью кошель, который все теребил, отчитываясь Черному Принцу. – Вообще-то он дал мне его для Роксаны, – тихо сказал он, высыпая пепел на каменный пол и собирая в тонкий круг. – Но у тебя такой подавленный вид, что...

Не закончив фразу, он зашептал слова, понятные только ему и Сажеруку – и огню, который вдруг пробился из пепла, словно все время дремал там. Фарид выманивал его, нахваливал, соблазнял, пока пламя не разгорелось так жарко, что его середина стала белой, как бумага, и на ней проступила картина – сперва едва различимо, потом все отчетливей.

Холмы, покрытые густым лесом... Солдаты на узкой тропе, верхом... Среди них две женщины. Брианну Мегги сразу узнала по волосам. Всадница впереди – видимо, Уродина, а за ней ехали Сажерук – и Мо. Мегги невольно протянула к нему руку, но Фарид удержал ее пальцы.

– У него лицо в крови, – прошептала она.

– Это Свистун.

Фарид снова что-то нашептал огню, и панорама стала шире, они увидели, как тропа заворачивает к горам, куда более высоким, чем холмы вокруг Омбры. Под ногами лошадей лежал снег, как и на видневшихся вдали склонах, и Мегги видела, как Мо дует на замерзшие руки.

Он выглядел непривычно в плаще с меховой оторочкой – как персонаж сказки. «Он и есть персонаж сказки», – подумала Мегги. Перепел... А что в нем осталось от ее отца? Разве Мо когда-нибудь выглядел так сурово? Уродина обернулась к нему – конечно, это Уродина, кто же еще? Они говорили о чем-то, но пламя показывало лишь немые картины.

– Видишь, с ним все в порядке. Благодаря Сажеруку. – Фарид глядел в огонь с такой тоской, как будто просил перенести его к учителю. Потом вздохнул и тихо подул на пламя, и оно постепенно потемнело, словно краснея от ласковых прозвищ, которые Фарид ему давал.

– Ты пойдешь за ним?

Фарид покачал головой.

– Сажерук велел мне охранять Роксану.

Мегги почувствовала горечь его слов, как желчь на языке.

– А ты что собираешься делать? – Он вопросительно посмотрел на нее.

– А что мне теперь делать?

Шептать слова. «Это единственное, что я еще могу», – мысленно добавила она. Все слова, которые комедианты пели о Перепеле: что от его голоса волки становятся кроткими, как ягнята, что он неуязвим и быстр, как ветер, что феи защищают его, а Белые Женщины охраняют его сон. Слова. Только ими она могла уберечь Мо, и она шептала их день и ночь, каждую минуту, когда на нее никто не смотрел, и посылала их вслед отцу, как тех ворон, которых Принц отправил в Омбру.

Пламя погасло, и Фарид стал собирать теплый пепел в ладони. На пол перед ним легла тень. Сзади стоял Дориа с двумя детьми.

– Мегги, тебя Голосистая ищет.

У разбойников было много прозвищ для Элинор. Мегги рассмеялась, а Фарид недовольно покосился на Дориа, бережно собрал пепел в кошель и поднялся.

– Я у Роксаны, – сказал он и поцеловал Мегги в губы. Он давно этого не делал. А потом прошел мимо Дориа и удалился, не оборачиваясь.

– Он ее поцеловал! – прошептала малышка так громко, что Мегги услышала. Встретив взгляд Мегги, она покраснела и спрятала лицо в одежде Дориа.

– Да! – прошептал Дориа в ответ. – А она поцеловала его в ответ?

– Нет! – отозвался мальчик справа от него и оглядел Мегги с головы до ног, словно оценивая, приятно ли ее целовать.

– Это хорошо, – сказал Дориа. – Это просто замечательно.

Аудиенция у Змееглава

Невозможно по-настоящему читать книгу, не будучи в одиночестве. Но это одиночество приводит тебя в глубинное соприкосновение с другими людьми, с которыми ты иначе никогда бы не встретился, потому что они умерли сотни лет назад или говорили на языке, которого ты не понимаешь. И тем не менее они стали твоими ближайшими друзьями, твоими самыми мудрыми советчиками, волшебниками, очаровывающими тебя, возлюбленными, о которых ты всегда мечтал.

Антонио Муньос Молина. Сила пера

Кортеж Змееглава прибыл в Омбру вскоре после полуночи. Орфей узнал об этом не позднее чем Зяблик, потому что уже три ночи подряд посылал Осса караулить под виселицами у городских ворот.

В замке все было готово к прибытию Серебряного князя. Свистун велел завесить каждое отверстие черной тканью, чтобы Змееглава и днем окружал привычный мрак. На дворе были сложены высокие поленницы дров, которыми Зяблик собирался непрерывно топить камины, хотя все знали, что никакой огонь не может прогнать холод, пробравшийся в плоть и кости Змееглава. Единственный человек, который, вероятно, был на это способен, ушел из здешних застенков, и вся Омбра задавалась вопросом, как примет Змееглав эту новость.

Орфей послал Осса в замок еще до рассвета. Ведь все знали, что Змееглав почти не спит.

– Скажи, что у меня для него очень важные новости. Скажи, что речь идет о Перепеле и его дочери.

Орфей повторил это раз десять, потому что мало доверял умственным способностям своего охранника, но Осс прекрасно справился с поручением. Часа через три – все это время Орфей беспрерывно ходил взад-вперед по своему кабинету – он вернулся с ответом, что Орфею будет дана аудиенция при условии, что он явится немедленно, ибо потом Змееглаву нужно будет отдохнуть перед новой дорогой.

Новой дорогой? Ага. «Значит, Змееглав позволил дочери вовлечь себя в игру, – думал Орфей, торопливо шагая к замку. – Ну что ж, теперь ты должен объяснить ему, что выиграть он может только с твоей помощью». Орфей невольно облизал губы, чтобы они легче шевелились в ответственный момент. Никогда еще он не ставил капкана на такую крупную дичь. «Занавес подымается, – шептал он себе. – Занавес подымается!»

Слуга, проводивший его по завешанным черной тканью коридорам в тронный зал, не произнес ни единого слова. В замке было темно и жарко. «Как в аду», – подумал Орфей. Неудивительно! Не зря же Змееглава называют дьяволом. Да, этого у Фенолио не отнимешь. В его главном злодее было определенное величие. По сравнению с Серебряным князем, Каприкорн был жалким комедиантом, актером-любителем, хотя Мортола, несомненно, была другого мнения (но кого теперь интересовало ее мнение!)

Приятная дрожь пробежала по упитанному телу Орфея. Змееглав! Отпрыск рода, культивировавшего искусство жестокости уже много поколений. Не было такого страшного дела, которое не числилось бы за кем-нибудь из его предков. Коварство, жажда власти, беспринципность – таковы типичные семейные черты. Какая комбинация! Орфей был по-настоящему взволнован. Ладони у него вспотели, как у юноши на первом свидании. Он без конца проводил кончиком языка по зубам, как будто хотел навострить его, подготовить для самых убедительных слов. «Поверьте, – слышал он свой собственный голос. – Со мной этот мир будет у ваших ног. Я могу перекроить его по вашей мерке, но за это вы должны переплести для меня книгу. Она будет могущественнее той, что сделала вас бессмертным – намного могущественнее!»

Книга... Нет, он не хотел сейчас вспоминать ту ночь, когда ее лишился. И уж тем более не хотел думать о Сажеруке.

В тронном зале было не светлее, чем в коридорах. Между колонн и вокруг трона дрожали разрозненные огоньки свечей. Когда Орфей был здесь в последний раз (кажется, он тогда доставил Зяблику гнома), у подножия трона были расставлены чучела животных – медведей, львов, рысей. Конечно, был там и единорог, которого он вычитал для Зяблика. Но теперь чучела исчезли. Даже у Зяблика хватило ума догадаться, что охотничьи трофеи не приведут в восторг Змееглава, учитывая скудную дань, которую его шурин посылал во Дворец Ночи. Огромный зал заполняла темнота. Одетые в черное часовые между колонн почти растворялись в ней, и только их оружие поблескивало в дрожащих отблесках огня, пылавшего в камине позади трона. Орфей старался не замечать солдат, и все же по пути дважды споткнулся о полу своего плаща. А когда он наконец добрался до трона, оказалось, что на нем сидит Зяблик, а не его мрачный зять.

Разочарование пронзило Орфея как острый нож. Он скорее наклонил голову, чтобы скрыть его, и стал подыскивать подходящие слова – лестные, но не слишком раболепные. Разговаривать с власть имущими – особое искусство, но у Орфея был большой опыт. В его жизни всегда присутствовали люди, обладавшие большей властью, чем он. Первым был его отец, вечно недовольный неуклюжим сыном, любившим книги больше, чем работу в родительской лавке, где мальчику приходилось день-деньской любезно улыбаться входящим туристам, подавать сувениры, отсчитывать сдачу, вместо того чтобы лихорадочно листать книгу в поисках места, где ему пришлось в последний раз оторваться от вымышленного мира. Орфей не мог сосчитать затрещины, полученные им за тайную страсть к чтению. На каждые десять страниц наверняка пришлось хотя бы по одной, но эта цена никогда не казалась ему слишком высокой. Что такое затрещина по сравнению с десятью страницами, уносящими тебя прочь от всего, что ты ненавидишь, десятью страницами подлинной жизни вместо скуки, которую остальные называли действительностью?

– Ваша милость! – Орфей склонил голову еще ниже. Как смешно выглядел Зяблик в своем припудренном серебром парике, с тощей шеей, жалко торчавшей из пышного бархатного воротника. Бледное лицо было таким невыразительным, будто его создатель забыл нарисовать брови, а глаза и губы лишь бегло наметил.

– Ты хочешь говорить со Змееглавом? – Даже голос у него был несолидный. Злые языки говорили, что Зяблик без особых усилий мог использовать его как манок для уток, на которых так любил охотиться.

«Пот с этого безмозглого слабака так и льет! – думал Орфей, льстиво улыбаясь. – Впрочем, я бы на его месте, наверное, тоже вспотел. Змееглав прибыл в Омбру, чтобы покарать своего злейшего врага, и узнает вместо этого, что его шурин и его герольд упустили бесценного узника. Удивительно, что оба еще живы».

– Да, ваше высокопревосходительство. В любое время, которое Серебряный князь сочтет удобным! –

Орфей с удовольствием отметил, что его голос в пустом зале звучит еще эффектнее, чем обычно. – Я должен сообщить ему известия, которые могут оказаться чрезвычайно важными.

– О его дочери и о Перепеле... – Зяблик с подчеркнуто равнодушным видом снимал пылинки с бархатного рукава. Надушенный болван!

– Да, именно так. – Орфей откашлялся. – Вы ведь знаете, у меня есть высокопоставленные клиенты и влиятельные друзья. Порой моих ушей достигают сведения, хранимые в глубокой тайне, внушающие тревогу факты, и я хочу быть уверен, что ваш зять в курсе дела.

– И что это за факты?

Осторожно, Орфей!

– Мне очень жаль, ваша милость, – он постарался придать голосу интонации подлинного сожаления, – но об этом я могу сообщить только самому Змееглаву. Речь ведь идет о его дочери.

– Вряд ли он сейчас особенно расположен о ней говорить! – Зяблик поправил парик. – Коварная уродка! Уводит моего пленника, чтобы отобрать у меня трон Омбры! Грозится, что убьет его, если отец не побежит за ней в горы, как собака за костью. Как будто мы мало потрудились, ловя этого проклятого Перепела! Но почему я тебе все это рассказываю? Наверное, потому, что ты добыл для меня единорога. Лучшая охота моей жизни! – Он грустно посмотрел на Орфея бесцветными глазами. – Чем прекраснее жертва, тем большее наслаждение ее убить, правда?

– Мудрые слова, ваша милость, мудрые! – Орфей снова поклонился. Зяблик любил поклоны.

Нервно взглянув на караульных, наместник склонился с трона к Орфею.

– Мне бы хотелось еще единорога! – тихо сказал он. – Все мои друзья были в восторге. Как ты думаешь, получится у тебя достать еще одного такого? А может быть, даже немного покрупнее?

Орфей обнадеживающе улыбнулся Зяблику. Что за болтливый слабак! Впрочем, в каждой истории нужны и такие персонажи. Обычно они довольно быстро погибают. Остается надеяться, что это верно и для шурина Змееглава.

– Разумеется, ваша милость! С этим я справлюсь, будьте уверены. – Орфей продумывал каждое слово, хотя с дураком наместником, это, наверное, было излишне. – Но сперва мне нужно поговорить с Серебряным князем. Уверяю вас, то, что мне нужно ему сообщить, действительно чрезвычайно важно. И поможет вам, – он хитро улыбнулся Зяблику, – сохранить трон Омбры. Устройте мне аудиенцию у вашего бессмертного зятя, и Перепела ждет заслуженный конец, Виоланта тоже будет наказана за свое коварство, а для вашего триумфа я доставлю в Омбру Пегаса, который произведет на ваших друзей еще большее впечатление, чем единорог. Вы сможете охотиться за ним с арбалетом и соколами.

Бесцветные глаза Зяблика расширились от восторга.

– Пегас! – выдохнул он, подзывая нетерпеливым жестом караульного. – О, это и правда чудесно! Хорошо, я устрою тебе аудиенцию, но выслушай мой совет, – Зяблик понизил голос до шепота, – не подходи к моему зятю слишком близко. Две мои собаки умерли от запаха, который от него исходит!

Змееглав заставил его ждать еще час. Время тянулось мучительно медленно – Орфею казалось, что это самый долгий час в его жизни. Зяблик расспрашивал о других диковинных животных, которых можно раздобыть для охоты, и Орфей обещал василисков и шестилапых львов, одновременно подыскивая в уме нужные слова для разговора со Змееглавом. Тут нельзя было допустить ни малейшей промашки. Ведь владыка Дворца Ночи был известен своим умом не меньше, чем жестокостью. Орфей о многом успел подумать после визита Мортолы, и все мысли приводили его к одному и тому же результату: только приняв сторону Змееглава, сможет он воплотить свою мечту о богатстве и власти. Серебряный князь был по-прежнему самой могучей фигурой в этом мире, несмотря на заживо разлагающееся тело. С его помощью, возможно, удастся вернуть книгу, которая превращала этот мир в великолепную игрушку для Орфея, пока Сажерук ее не похитил. Не говоря уж о другой книге, которая позволяет своему владельцу не прекращать игру во веки веков...

«Как скромны твои желания, Орфей! – сказал он себе, когда эта мысль впервые обрела в его уме четкие очертания. – Две книги – и больше тебе ничего не нужно! Всего лишь две книги – причем одна с пустыми страницами и в весьма плачевном состоянии!»

Да, вот это была бы жизнь! Орфей всемогущий, Орфей бессмертный, герой того мира, в который он влюбился еще в детстве.

– Идет! – Зяблик вскочил так поспешно, что парик сполз ему на лоб. Орфей вздрогнул, очнувшись от прекрасных грез.

Читатель не видит по-настоящему героев книги. Он их чувствует. Орфей впервые убедился в этом, когда лет в одиннадцать пытался описать, и тем более нарисовать героев своих любимых книг. Когда Змееглав выступил из темноты, Орфей испытал то же, что при первой встрече с ним на книжных страницах: страх и восхищение. Он остро ощущал жестокость, окружавшую Серебряного князя, как черный ореол, властную мощь, от которой перехватывало дыхание. Но, читая книгу, он представлял себе Змееглава намного выше ростом. И конечно, у Фенолио ничего не говорилось об измученном лице, раздувшейся плоти и отекших руках. Видно было, что каждый шаг причиняет Змееглаву боль. Глаза под тяжелыми веками были налиты кровью. Они слезились даже от тусклого света свечей, а запах, исходивший от раздутого тела, вызывал почти непреодолимое желание зажать нос и рот.

Змееглав не удостоил Орфея взглядом, проходя мимо. Лишь усевшись на трон, он обратил воспаленные глаза на посетителя. Глаза ящера, говорилось у Фенолио, но сейчас это были лишь заплывшие щелки под тяжелыми веками, а маленькие рубины, украшавшие крылья носа, казались шляпками гвоздей, забитых в бледную плоть.

– Ты хочешь что-то сообщить о моей дочери и Перепеле? – Змееглав задыхался через каждое слово, но речь его от этого звучала не менее грозно. – Что именно? Что Виоланта любит власть так же, как я, и поэтому похитила его у меня? Это ты хочешь мне поведать? Тогда прощайся со своим языком – я велю его вырвать, потому что терпеть не могу, когда у меня попусту отнимают время, несмотря даже на то, что в моем распоряжении – вечность.

Вырвать язык... Орфей сглотнул. Да уж, неприятная мысль. Но пока язык еще при нем. Хотя вонь, докатывавшаяся от трона, сбивала его с мысли и лишала дара речи.

– Мой язык может вам очень пригодиться, ваша милость, – ответил он, с трудом подавляя тошноту. – Но, конечно, вы вольны в любую минуту его вырвать.

Губы Змееглава скривились в злобной усмешке. Боль прочертила тонкие линии вокруг его губ.

– Спасибо за разрешение! Ты, я вижу, принимаешь мои слова всерьез. Так что ты хочешь мне сообщить?

Занавес открывается, Орфей! Твой выход!

– Ваша дочь Виоланта, – Орфей сделал эффектную паузу, – не удовольствуется троном Омбры. Она метит и на ваш. И потому намерена вас убить.

Зяблик схватился за грудь, словно хотел опровергнуть слухи, что у него вместо сердца жареный рябчик. Змееглав внимательно посмотрел на Орфея воспаленными глазами.

– Твой язык в опасности, – заметил он. – Виоланта не может меня убить. Ты что, забыл об этом?

Орфей чувствовал, что по лицу у него струится пот. Огонь за спиной Змееглава потрескивал, словно призывая Сажерука. До чего же страшно! Но разве привыкать ему испытывать страх? Смотри ему прямо в глаза, Орфей, и полагайся на свой голос!

Эти глаза были ужасны. Они словно сдирали кожу с его лица. А раздутые пальцы лежали на поручнях трона, как тухлое мясо.

– Она может вас убить, если Перепел выдал ей три слова!

Он говорит на удивление спокойно. Молодец, Орфей, так держать.

– А, три слова... Ты, значит, тоже о них слышал. Что ж, ты прав. Она может вытянуть их из него под пыткой. Хотя, насколько я его знаю, он способен долго молчать... или назвать ей не те слова.

– Вашей дочери незачем пытать Перепела. Она вступила с ним в союз.

Да!

По исказившемуся лицу Змееглава Орфей понял, что эта мысль ему до сих пор в голову не приходила. О, какая восхитительная игра! Как раз та роль, которую он всегда хотел играть. Скоро он поймает их всех на свой хитрый язык, как мух на липкую бумагу.

Змееглав мучительно долго молчал.

– Интересно, – произнес он наконец. – Мать Виоланты питала слабость к комедиантам. Разбойник бы ей тоже наверняка понравился. Но Виоланта не похожа на свою мать. Она похожа на меня, хотя и не любит, когда ей об этом говорят.

– О, в этом я нисколько не сомневаюсь, ваше величество! – В интонациях Орфея появилась четко отмеренная толика раболепия. – Но почему придворный миниатюрист Омбры вот уже год расцвечивает исключительно песни о Перепеле? Ваша дочь продала свои украшения, чтобы купить ему краски. Она одержима этим разбойником, он полностью захватил ее воображение! Спросите Бальбулуса! Спросите, сколько времени Виоланта проводит в библиотеке, рассматривая миниатюры, изображающие Перепела! И спросите себя самого: как это возможно, что Перепел второй раз за последний месяц ускользнул из замка Омбры!

– Спросить Бальбулуса я не могу! – Голос Змееглава был словно нарочно создан для этого завешенного черным зала. – Свистун только что распорядился прогнать его из города. Отрубив ему предварительно правую кисть.

На мгновение Орфей действительно потерял дар речи. Правую кисть. Он невольно ухватил себя за руку, которой писал.

– А почему... м-м... почему так, осмелюсь спросить, ваше величество?

– Почему? Потому что моя дочь очень ценила его искусство. Его обрубленная рука покажет Виоланте, как велик мой гнев. Ведь Бальбулус наверняка отправится к ней – куда же еще?

– В самом деле. Как вы мудры! – Орфей невольно пошевелил пальцами, словно желая убедиться, что они еще на месте. Слова у него иссякли, мозг был пуст, как чистый лист бумаги, а язык – как засохший кончик пера.

– Сказать тебе одну вещь? – Змееглав облизал потрескавшиеся губы. – Мне нравится поступок моей дочери! Я, конечно, не могу спустить ей такое, но сам поступок мне нравится. Она не позволяет собой командовать. Ни Свистун, ни мой досточтимый шурин, гроза окрестных рябчиков, – он с отвращением взглянул на Зяблика, – этого не понимают. Что касается Перепела – может быть, Виоланта и правда притворяется его защитницей. Она хитра. Она знает не хуже меня, как легко провести героев. Достаточно дать им понять, что ты тоже на стороне добра и справедливости – и они слепо побредут за тобой, как ягнята на бойню. Но в конце концов Виоланта продаст мне своего благородного разбойника. За трон Омбры. И кто знает – может статься, я и правда позволю ей его занять?

Зяблик смотрел прямо перед собой, делая вид, что не слышал последних слов своего зятя и повелителя. Змееглав откинулся на спинку трона и провел рукой по отекшим бедрам.

– Мне кажется, ты проиграл свой язык, Четвероглазый, – сказал он. – Хочешь произнести последние слова, прежде чем стать немым, как рыба?

Зяблик злобно ухмыльнулся, а губы Орфея задрожали, словно уже чувствуя прикосновение щипцов палача. Нет. Этого не может быть. Не для того он отыскал путь в эту историю, чтобы закончить его безъязыким попрошайкой на улицах Омбры.

Орфей улыбнулся Змееглаву загадочной, как он надеялся, улыбкой и сложил руки за спиной. Он знал, что выглядит импозантно в этой позе, и много раз репетировал ее перед зеркалом. Но сейчас ему нужны слова – слова, от которых по этой истории побегут круги, как от камушков, брошенных в стоячую воду.

Он понизил голос, когда заговорил. Слово, произнесенное тихо, имеет больше веса.

– Ну что ж, значит, это мои последние слова, ваше величество, но, уверяю вас, это будут также последние слова, о которых вы вспомните, когда за вами придут Белые Женщины. Клянусь своим языком, ваша дочь затеяла вас убить. Она ненавидит вас, а ее романтическую слабость к Перепелу вы недооцениваете. Она мечтает о троне для себя и для него. За этим она и увела его отсюда. Разбойники и княжеские дочери – это всегда было опасным сочетанием.

Слова росли в темном зале, словно отбрасывая тень. Змееглав не сводил с Орфея помрачневшего взгляда, убийственного, как отравленная стрела.

– Но это же смешно! – Зяблик говорил тоном обиженного ребенка. – Виоланта – почти девочка, к тому же некрасивая. Она никогда не осмелится подняться против вас.

– Еще как она осмелится! – Змееглав впервые повысил голос, и Зяблик испуганно прикусил тонкие губы. – Виоланта отважна, в отличие от остальных моих дочерей. Она некрасива, но отваги ей не занимать. И ума тоже... как, впрочем, и этому типу. – Он снова устремил затуманенный болью взгляд на Орфея. – Ты ведь тоже змей, вроде меня. У нас яд бежит в жилах вместо крови. Он разъедает нас самих, но смертелен только для других. Он струится и в жилах Виоланты, и потому она продаст мне Перепела, каковы бы ни были сейчас ее планы... – Змееглав рассмеялся, но смех перешел в кашель. Он задыхался, хрипел и булькал, как будто в легких у него вода, но когда Зяблик встревоженно наклонился над ним, грубо оттолкнул его. – Чего тебе? – прикрикнул он. – Я бессмертен, ты что, забыл? – и снова засмеялся, задыхаясь. А потом ящеричьи глаза снова обратились к Орфею.

– Ты мне нравишься, гадюка бледнолицая! Похоже, ты мне куда более близкий родственник, чем он. –

Нетерпеливым движением Змееглав отодвинул от себя Зяблика. – Но у него красивая сестра – что делать, приходится терпеть братца в придачу. Может быть, у тебя тоже есть сестра? Или ты можешь мне еще на что-нибудь пригодиться?

Наконец-то! Все идет прекрасно, Орфей! Скоро ты сможешь вплести свою нить в ткань этой истории. Какой цвет ты предпочтешь? Золотой? Черный? Кроваво-красный?

– О, я... – Он задумчиво посмотрел на свои ногти. Этот взгляд тоже хорошо смотрелся, он проверял перед зеркалом. – У меня много возможностей быть вам полезным. Спросите своего шурина. Я осуществляю мечты, перекраиваю действительность согласно вашим желаниям!

Осторожно, Орфей! Книгу ты пока обратно не получил. Что же ты обещаешь?

– А, так ты колдун? – В голосе Змееглава звучало презрение.

Осторожно!

– Нет, я бы не сказал, – поспешно ответил Орфей. – Скажем так: мое искусство черно. Черно, как чернила.

Чернила! Вот оно, Орфей!

Как же он раньше не додумался! Сажерук похитил у него книгу, но ведь это не единственное, что написал Фенолио! Почему бы словам старика не действовать и тогда, когда они взяты не из «Чернильного сердца»? Где, интересно, те песни о Перепеле, которые так усердно собирала Виоланта? Ведь рассказывали, что Бальбулус по ее приказу заполнил ими несколько книг.

– Черно? Что ж, я люблю этот цвет. – Змееглав, кряхтя, поднялся с трона. – Шурин, приготовь коня для маленькой гадюки. Я беру его с собой. До Озерного замка далеко, он будет развлекать меня по дороге.

Орфей поклонился так низко, что чуть не упал.

– Какая честь! – проговорил он, запинаясь. Владыкам надо показывать, что в их присутствии почти теряешь дар речи. – Могу ли я в таком случае покорнейше просить ваше величество об одолжении?

Зяблик с опаской взглянул на него. Что, если этот болван давно променял разбойничьи песни Фенолио на пару бочонков вина? Тогда он вычитает на него чуму, честное слово!

– Я большой ценитель книг, – продолжал Орфей, не спуская глаз с Зяблика, – а о библиотеке этого замка рассказывают чудеса. Мне очень хотелось бы взглянуть на книги и, может быть, прихватить однудве в дорогу. Кто знает, может быть, мне удалось бы развлечь ваше величество рассказом о том, что в них написано!

Змееглав равнодушно пожал плечами:

– Почему бы и нет? Особенно если ты заодно подсчитаешь, сколько сто́ят книги в библиотеке, которые мой шурин еще не выменял на вино.

Зяблик опустил голову, но Орфей успел перехватить его ненавидящий взгляд.

– Разумеется! – Орфей снова низко поклонился.

Змееглав спустился по ступенькам трона и, тяжело дыша, остановился рядом с Орфеем.

– Учитывай при подсчете, что книги с миниатюрами Бальбулуса стоят теперь дороже, чем прежде! – сказал он. – Ведь без правой руки он не сможет больше работать, а значит, его уже созданные произведения возрастут в цене.

Ноздрей Орфея коснулось гнилое дыхание Серебряного князя. Он подавил дурноту и сумел изобразить восхищенную улыбку.

– Необыкновенно умно, ваше величество, – ответил он. – Идеальное наказание! А какое возмездие вы задумали для Перепела, позвольте спросить? Может быть, лучше всего для начала избавить его от языка, которым все так восторгаются?

Но Змееглав покачал головой:

– Нет, для Перепела я придумал кое-что получше. Я велю заживо ободрать с него кожу и пустить на пергамент. Было бы глупо перед этим лишить его возможности кричать.

– О да, конечно, – выдохнул Орфей. – Поистине идеальное наказание для переплетчика! Я предложил бы написать на этом пергаменте предостережение вашим врагам и вывесить его на рыночной площади! Если хотите, я сочиню подходящий текст. Мое искусство требует мастерского владения словом.

– Смотри-ка, у тебя, видно, много талантов! – Змееглав, похоже, находил своего собеседника забавным.

Настал момент, Орфей. Даже если ты отыщешь в библиотеке песни Фенолио – ту книгу ничем не заменишь. Расскажи ему о «Чернильном сердце»!

– Все мои таланты принадлежат вам, ваше величество! – проговорил он. – Но чтобы вполне использовать их, мне нужна одна вещь, которая была у меня похищена.

– Вот как? И что же это такое?

– Книга, ваша милость! Ее похитил у меня Огненный Танцор – я полагаю, по поручению Перепела. Перепел, несомненно, знает, где сейчас эта книга. Если бы вы допросили его об этом, как только он окажется в вашей власти...

– Книга? Перепел и для тебя переплел книгу?

– Нет! Нет, конечно! – Орфей презрительно отмахнулся. – К этой книге он не имеет никакого отношения. И силу ей придал не переплетчик. В этой книге важны слова. Слова, ваша милость, которые позволяют перекраивать этот мир на свой лад и подчинять все живущее в нем своим целям.

– В самом деле? Деревья могли бы приносить серебряные плоды? И ночь наступала бы в любой момент по моему желанию?

Как он на него глядит – как змея на мышь! Взвешивай каждое слово, Орфей!

– Да, конечно! – Орфей с готовностью кивнул. – С помощью этой книги я добыл вашему шурину единорога. И гнома.

Змееглав насмешливо взглянул на Зяблика.

– Да, это в духе моего почтеннейшего шурина. Мои желания несколько другого рода.

Он благосклонно разглядывал Орфея. Змееглав, очевидно, понял, что перед ним родственная душа, почерневшая от мстительности и тщеславия, влюбленная в собственное коварство и полная презрения к тем, кто руководствуется другими побуждениями. Да, Орфей знал свою душу и опасался лишь одного: как бы воспаленные глаза не заметили и того, что он скрывал даже от самого себя: зависти к чужой невинности, тоски по незапятнанному сердцу.

– А мое гниющее тело? – Змееглав провел по лицу отекшими пальцами. – Его ты тоже можешь исцелить с помощью книги или для этого потребуется Перепел?

Орфей заколебался.

– Ага, вижу... Ты сам толком не знаешь. – Змееглав скривил губы, темные глаза почти утонули в расплывшейся плоти. – И у тебя хватает ума не обещать того, чего не сможешь исполнить. Хорошо, к другим твоим обещаниям я еще вернусь. И дам тебе возможность спросить Перепела о похищенной книге.

Орфей склонил голову:

– Благодарю, ваша милость!

Да, все идет отлично. Просто отлично!

– Ваше величество! – Зяблик торопливо сбежал по ступеням трона.

Голос у него был действительно похож на утиное кряканье, и Орфей представил себе, как по Омбре вместо кабана или сказочного единорога проносят в качестве охотничьей добычи Зяблика в перепачканном землей и кровью посеребренном парике. Вид у него был бы жалкий, особенно в сравнении с единорогом.

Орфей переглянулся со Змееглавом, и ему показалось, что им обоим представилась одна и та же картина.

– А сейчас вам нужен покой, – сказал Зяблик с явно преувеличенной заботливостью. – Вы проделали долгий путь, а впереди снова утомительная дорога.

– Покой? Откуда же мне взять покой, когда вы со Свистуном упустили человека, превратившего меня в кусок гниющего мяса? Кожа у меня горит, а кости леденеют. Глаза колет так, словно каждый луч света вонзает в них гвоздь. Я успокоюсь лишь тогда, когда проклятая книга перестанет отравлять мою кровь, а тот, кто ее переплел, будет мертв. Каждую ночь я представляю себе – спроси свою сестру, шурин, – каждую ночь я расхаживаю взад-вперед по спальне и представляю себе, как он стонет, кричит и умоляет меня о скорой смерти, но я изыщу для него столько пыток, сколько страниц в его злодейской книге. Он будет проклинать ее чаще, чем я, и очень скоро поймет, что за юбкой моей дочери от меня не спрячешься!

Змееглав снова зашелся в приступе хриплого кашля, и на мгновение опухшие руки ухватились за плечо Орфея. Они были бледными, как дохлая рыба. И пахнут так же, подумал Орфей. И все же Змееглав по-прежнему властелин этого мира.

– Дедушка! – Якопо вдруг возник из темноты, как будто все время там стоял. В руках у него была стопка книг.

– Якопо! – Змееглав так круто обернулся, что его внук застыл на месте. – Сколько раз тебе говорить, что даже принц не может входить в Тронный зал без спроса?

– Я был тут раньше, чем вы все! – Якопо выпятил подбородок и прижал к груди книги, словно обороняясь ими от гнева своего деда. – Я часто читаю здесь, за статуей моего прапрадедушки. – Он показал на стоявшую между колонн статую бородатого толстяка.

– В темноте?

– Слова рисуют в голове картины, которые лучше видны в темноте. А потом, Коптемаз дал мне вот это. – Он протянул руку и показал Змееглаву несколько лучинок.

Змееглав, нахмурившись, наклонился к внуку:

– Пока я здесь, тебе запрещается читать в Тронном зале. Тебе запрещается даже просовывать голову в дверь. Сиди у себя, а то я велю запереть тебя к собакам, как Туллио. Ясно? Клянусь гербом нашего рода, ты становишься все больше похож на отца. Ты бы хоть волосы остриг, что ли.

Якопо удивительно долго выдерживал взгляд воспаленных глаз, но в конце концов опустил голову, молча повернулся и побрел прочь, прижимая книги к груди, как щит.

– Он действительно становится все больше похож на Козимо, – подтвердил Зяблик. – Но высокомерие у него от матери.

– Нет, высокомерие у него от меня, – возразил Змееглав. – И это свойство очень ему пригодится, когда он будет сидеть на троне.

Зяблик с тревогой посмотрел вслед Якопо. Но Змееглав ткнул его в грудь отечным кулаком.

– Объяви сбор своим солдатам! – рявкнул он. – У меня для них есть работа.

– Работа? – Зяблик удивленно приподнял брови, припудренные серебром, как и парик.

– Да. Придется тебе для разнообразия поохотиться не на единорога, а на детей. Или ты хочешь спустить Черному Принцу, что он спрятал в лесу оборвышей Омбры, пока вы со Свистуном плясали, как ручные медведи, под дудку моей дочери?

Зяблик обиженно скривил бледные губы:

– Мы готовились к вашему прибытию, дражайший зять, и пытались поймать сбежавшего Перепела...

– Без особого успеха! – резко прервал его Змееглав. – К счастью, моя дочь сообщила нам, где его найти. И пока я буду ловить птичку, которую вы так великодушно выпустили, позаботься о том, чтобы доставить ко мне детей вместе с этим метателем ножей, который именует себя Принцем. Пусть он тоже посмотрит, как я сдираю кожу с Перепела. Его собственная шкура, боюсь, темновата для пергамента, так что придется выдумать что-нибудь другое. Но, к счастью, у меня в таких делах достаточно фантазии. Впрочем, у тебя тоже, как я слышал.

Зяблик покраснел, явно польщенный, хотя перспектива гоняться по лесу за детьми вдохновляла его заметно меньше, чем охота на единорога, – вероятно, потому, что эта добыча была несъедобна.

– Прием окончен. – Змееглав повернулся к шурину спиной и нетвердым шагом двинулся к дверям зала. – Пошли ко мне Коптемаза и Свистуна, – сказал он через плечо. – С отрубанием руки он, наверное, уже справился. И скажи служанкам, что Якопо поедет с нами в Озерный замок. Никто не умеет шпионить за Виолантой так, как ее сын, хотя она не особенно его любит.

Зяблик посмотрел ему вслед ничего не выражавшим взглядом.

– Как прикажете, – прокрякал он.

Змееглав еще раз обернулся, пока слуги торопливо распахивали тяжелые двери.

– Что до тебя, бледнолицый... (Орфей невольно вздрогнул). Я выезжаю с заходом солнца. Мой шурин скажет тебе, куда явиться. О слуге и палатке позаботься сам. Но горе тебе, если ты мне наскучишь. Из твоей кожи тоже можно сделать пергамент.

– К услугам вашего величества! – Орфей снова поклонился, хотя колени у него дрожали. Такой рискованной игры он еще никогда не вел. Да ладно! «Все будет хорошо, – подумал он. – Вот увидишь, Орфей. Эта история принадлежит тебе. Она написана специально для тебя. Никто не любит ее так, как ты, никто так не понимает – уж во всяком случае не старый дурак, который ее создал!»

Змееглав давно ушел, а Орфей все еще не трогался с места, словно зачарованный видениями будущего.

– Так ты, значит, волшебник. Надо же! – Зяблик смотрел на него, как на гусеницу, которая на глазах превратилась в черную бабочку. – Так вот почему единорога так легко было загнать? Он был ненастоящий?

– Он был самый настоящий! – ответил Орфей со снисходительной улыбкой. «Сделан из того же материала, что и ты», – добавил он про себя. Этот Зяблик все-таки невыносимый тип. Скорее бы снова заполучить слова, способные ожить, и он напишет ему самую нелепую, жалкую смерть. Может, отдать его на растерзание его собственным собакам? Нет, есть идея лучше. Пусть подавится куриной косточкой на одном из своих бесконечных пиров и упадет лицом в большую миску кровяной колбасы. Орфей невольно усмехнулся.

– Скоро тебе станет не до смеха, – прошипел Зяблик. – Мой зять терпеть не может, когда не оправдывают его ожиданий.

– Вам это, конечно, известно лучше, чем кому бы то ни было, – ответил Орфей. – А теперь, пожалуйста, покажите мне библиотеку.

Четыре ягоды

У меня на стене висит японская маска злого демона, покрытая золотым лаком.

Я сочувственно смотрю на набухшие вены на лбу, указывающие на то, как утомительно быть злым.

Бертольд Брехт. Маска зла*

Куница была хуже медведя. Она следила за ней, шипела мальчишке в ухо ее имя (тот, к счастью, не понимал) и гоняла отовсюду. Но вот Пролаза выбежал из пещеры вслед за хозяином, а медведь лишь приподнял тяжелую голову, когда она подскочила к миске с супом, которую одна из женщин поставила перед Черным Принцем. Суп легче всего отравить. Принц в очередной раз ругался с Хватом и повернулся к Мортоле спиной. Тут-то она и бросила в миску темно-красные ягоды. Пять крошечных ягодок – больше не требуется, чтобы отправить разбойничьего царя в другое царство, куда за ним не сможет последовать его медведь. Но в ту минуту, когда она готовилась выпустить из клюва пятую, к ней бросилась мерзкая куница, словно почуяла снаружи, что она тут затевает. Ягода выпала на пол и укатилась, и Мортола взмолилась ко всем злым духам, чтобы и четырех хватило для смертельного исхода.

Черный Принц. Благородный дурак. У него, видите ли, разрывается сердце при виде каждого калеки. Он ни за что не поможет ей заполучить книгу, позво-

* Перевод Н. Кульчицкой.

ляющую торговаться со Смертью. Но, к счастью, такие люди, как он, встречаются реже, чем белые вороны, и, как правило, умирают молодыми. Их не влечет то, что так волнует других: богатство, власть, слава... Черному Принцу до всего этого не было дела. Его волнует справедливость. Жалость. Любовь. Как будто жизнь не обходилась с ним так же жестоко, как с любым другим. Пинки и затрещины, боль и голод. Всего этого ему досталось в избытке. Так откуда же взялась переполнявшая его жалость к людям? Откуда – тепло его неразумного сердца, улыбка на темном лице? Просто он видел мир не таким, какой он есть, в этом все дело. И мир, и людей, которых так жалел. Ведь если видеть их такими, каковы они есть, что может побудить бороться за них, а тем более умирать?

Нет. Если кто и поможет ей заполучить Пустую Книгу, прежде чем Перепел впишет туда три слова и выкупит себя у Смерти, так это Хват. Он был Мортоле по душе. Хват видел людей такими, каковы они на самом деле: жадными, трусливыми, эгоистичными, коварными. К разбойникам его толкнула исключительно несправедливость, допущенная по отношению к нему самому. Один из управляющих Жирного Герцога отобрал у него усадьбу, как это часто делают власть имущие, просто потому, что она ему приглянулась. Только это и погнало его в лес. Да, с Хватом можно договориться.

Мортола знала, чем привлечет его, как только уберет с пути Черного Принца. «Что вы все тут делаете до сих пор, Хват? – шепнет она. – Есть дела поважнее, чем нянчить сопливых ребятишек! Перепел-то знает, зачем он их вам подсунул! Он продаст вас всех! Убейте его, прежде чем он вступит в сговор с дочерью Змееглава. Что он вам там наговорил? Что Пустая Книга нужна ему только для того, чтобы убить Змееглава? Ерунда!

Он хочет сам стать бессмертным. И еще одно он от вас утаил: Пустая Книга делает не только бессмертным. Она приносит своему владельцу несметные богатства!»

Да, Мортола заранее знала, как вспыхнут при этих словах глаза Хвата. Он не понимал, что движет Перепелом. И то, что ей книга нужна лишь как выкуп за погибшего сына, тоже было выше его понимания. Зато ради серебра и золота он не мешкая тронется в путь. Как только не станет Черного Принца, который один способен его удержать. К счастью, ягоды действуют быстро.

Гекко подзывал ее – набрал в ладонь хлебных крошек и протягивал с таким видом, как будто ничего вкуснее на свете не бывает. Вот болван! Воображает, будто разбирается в птицах. Впрочем, может быть, он и правда в них разбирается. Она-то ведь не настоящая птица. Мортола хрипло засмеялась. Звук получился странный для маленькой головки и острого клюва. Силач поднял голову и посмотрел на каменистый выступ, на котором она сидела. Да, этот действительно понимает в птицах и их языке. С ним надо быть начеку. «Да ладно, кеккек, кра-крак! – подумала сорока в ней, та сорока, что интересовалась лишь червями, блестящими предметами и гладкостью своего черного оперения. – Тут всяк глуп, глуп, глуп. А я умна. Полетели, старуха, догоним Перепела и выклюем ему глаза. То-то будет радость!»

С каждым днем становилось труднее держать крылья неподвижно, когда сороке хотелось вспорхнуть, и Мортоле приходилось отчаянно трясти птичьей головой, чтобы туда приходили человечьи мысли. Иногда она даже не могла вспомнить, о чем они были.

В последнее время у нее порой и без зерен пробивались перья. Слишком много опасного снадобья она проглотила, и яд теперь бродил у нее в крови, превращая в птицу. Ну и что. Потом ты уж как-нибудь от нее избавишься, Мортола. Но сперва переплетчик должен погибнуть, а твой сын – ожить. Его лицо... Каким оно было? Она уже не могла вспомнить.

Черный Принц все еще спорил с Хватом. Это часто случалось в последнее время. Ешь! Ешь скорее, болван! Подошли еще двое разбойников: рябой комедиант, который все время держался возле Принца, и Гекко, смотревший на мир так же, как Хват. К ним подошла женщина, принесла комедианту миску с супом и показала на ту, что была приготовлена для Принца.

Да, послушай ее! Сядь наконец! Ешь! Мортола покрутила шеей. Она чувствовала, как человеческое тело рвется стряхнуть перья, вытянуться, распрямиться. Вчера двое детей чуть не застали ее в момент превращения. Глупая шумливая мелочь! Она не любила детей, кроме своего сына, но даже ему никогда не показывала своей любви. Любовь портит: делает мягким, доверчивым...

Ну вот. Ест. Наконец-то. Приятного аппетита, Принц! Медведь подошел к хозяину и понюхал его миску. Пошел вон, глупая скотина! Пусть ест. Четыре ягоды. Лучше бы пять, но и четырех, наверное, хватит. Как хорошо, что деревьев, на которых они растут, было в лесу полно. В нескольких метрах ниже пещеры стояло сразу два таких. Реза постоянно предостерегала детей от этих ягод: она их в свое время часто собирала для Мортолы, когда зима убивала все ядовитые травы. Черный Принц поднес миску ко рту и выпил остатки. Отлично. Скоро Смерть хватит его за кишки.

Мортола издала торжествующий стрекот и вспорхнула. Гекко снова поманил ее крошками, когда она пролетала у него над головой. Дурак. Правильно говорит птица. Глуп, глуп, все они глупы. И слава Богу.

Женщины начали разливать суп детям. Дочь Волшебного Языка стояла в самом конце длинной очереди. Есть еще время сорвать несколько ягод и для нее. Вполне достаточно времени.

Рука Смерти

Смерть велика.
При ней мы живы,
смеемся, а в час,
когда забываемся жизнью счастливой,
ей так тоскливо
в глуби у нас.

Райнер Мария Рильке. Концовка*

Суп Минерва варила отличный. Мегги его часто ела, когда жила у Фенолио. От дымящейся миски подымался такой вкусный запах, что огромная холодная пещера на мгновение показалась уютным домом.

– Мегги, прошу тебя, съешь хоть немножко! – сказала Реза. – Мне тоже совсем не до еды, но твой отец вряд ли обрадуется, если мы уморим себя голодом от страха за него.

Да, наверное. Сегодня утром она попросила Фарида снова вызвать огненные картины, но пламя не захотело с ним разговаривать.

– Понимаешь, огонь нельзя принудить, – с досадой бормотал Фарид, собирая пепел обратно в кошель. – Пламя хочет играть, поэтому нужно притворяться, что тебе на самом деле ничего от него не нужно. Но как я могу это сделать, когда ты смотришь с таким видом, будто речь идет о жизни и смерти?

А о чем же еще? Даже Черный Принц тревожился за Мо. Он решил с несколькими своими людьми отпра-

* Перевод С. Петрова.

виться вслед за Виолантой к Озерному замку. Завтра они собирались пуститься в путь. Но Резу и Мегги он отказался брать с собой.

– Конечно! – горько прошептала мать. – Этот мир принадлежит мужчинам.

Мегги взяла деревянную ложку, которую вырезал ей Дориа (ложка получилась отличная), и без особой охоты опустила в миску. Сланец с завистью поглядел на нее. Конечно. Стеклянные человечки любят человеческую еду, хотя им от нее плохо. Фарид снова был здесь, но Сланец все чаще проводил время с Дориа. Мегги это не удивляло. Фарид стал неразговорчив с тех пор, как Сажерук снова отослал его от себя. Большую часть времени он бродил, не зная покоя, по окрестным горам или пытался вызвать огненные картины.

Роксана лишь раз посмотрела в пламя, а потом холодно сказала Фариду: «Спасибо тебе, но я предпочитаю прислушиваться к своему сердцу. Оно обычно подсказывает мне, все ли с ним в порядке».

– Ну вот! Я же говорил Сажеруку! – ворчал Фарид. – Зачем он послал меня к ней? Я ей не нужен! Она прогнала бы меня совсем, если бы могла!

Дориа протянул Сланцу свою ложку.

– Не давай ему больше, – сказала Мегги. – Ему вредно. Спроси его самого!

Она любила Сланца. Он был куда приветливее Розенкварца, который обожал браниться и ссориться с Фенолио.

– Она права, – смущенно признался Сланец.

Ноздри у него дрожали, жадно втягивая пар, словно стеклянное тельце хотело напитаться хотя бы запретным запахом. Дети, сидевшие вокруг Мегги, засмеялись. Все они любили стеклянного человечка. Дориа часто приходилось уносить его подальше от неосторожных детских ручонок. Куницу они тоже любили, но Пролаза щелкал зубами и шипел, когда детская любовь его чересчур донимала, а стеклянный человечек был беззащитен.

Суп пах действительно вкусно. Мегги зачерпнула ложку – и вздрогнула, когда на плечо ей вдруг порхнула сорока, прибившаяся к Гекко. К этой птице в пещере уже привыкли, как к медведю и Пролазе, но Реза ее не любила.

– Пошла вон! – крикнула она на сороку и согнала ее с плеча дочери.

Птица сердито застрекотала и клюнула Резу. Мегги так испугалась, что пролила горячий суп себе на руки.

– Извини! – Реза подолом платья обтерла ей пальцы. – Не выношу эту птицу. Наверное, потому, что она напоминает мне о Мортоле.

Сорока – конечно же. Мегги давно уже не вспоминала о матери Каприкорна, но ведь она, в отличие от Резы, не стояла рядом, когда та стреляла в Мо.

– Это просто птица, – сказала она и тут же унеслась мыслями вдаль, вслед за отцом.

В книге Фенолио Мегги нашла лишь несколько фраз об Озерном замке: *«Далеко в горах, посередине озера... бесконечный мост над черной водой»*. Может быть, Мо как раз едет сейчас по этому мосту? А что, если им с Резой просто отправиться вслед за Черным Принцем? *«Слышишь, Мегги? Что бы ни случилось, ни в коем случае не отправляйтесь вслед за мной! Обещай!»*

– Съешь хоть немного, пожалуйста! – Реза показала на миску.

Но Мегги обернулась к Роксане, которая торопливо шла к ним через толпу детей. Такой бледной Мегги ее не видела с тех пор, как Сажерук вернулся.

Реза испуганно поднялась ей навстречу.

– Что случилось? – Она взяла Роксану под локоть. – Есть новости? О Мо что-нибудь? Не скрывай от меня!

Но Роксана покачала головой.

– Принц... – Она явно была испугана. – Ему плохо, и я не понимаю, в чем дело. У него страшные судороги. У меня есть тут кое-какие коренья, может быть, они помогут...

Она хотела идти дальше, но Реза удержала ее.

– Судороги? Где он?

Вой медведя Мегги услышала издали. Силач казался перепуганным ребенком. Там стояли еще Баптиста, Деревяга, Эльфогон... Черный Принц лежал на земле. Рядом с ним стояла на коленях Минерва, пытаясь влить ему в рот какую-то жидкость, но он корчился от боли и задыхался. На лбу у него выступил пот.

– Замолчи, медведь! – с трудом выговорил Принц. Губы у него были искусаны до крови от боли. Но медведь продолжал выть и фыркать, как будто боролся за собственную жизнь.

– Пропустите меня! – Реза растолкала всех, отодвинула Минерву и взяла в ладони лицо Принца.

– Посмотри на меня! – сказала она. – Пожалуйста, посмотри на меня!

Она отерла ему пот со лба и заглянула в глаза.

Подошла Роксана с кореньями. Сорока вспорхнула на плечо Гекко.

Реза поглядела на нее.

– Силач! – сказала она так тихо, что слышала только Мегги. – Поймай эту птицу.

Сорока вертела головой, видя, как корчится Черный Принц в руках Минервы.

Силач сквозь слезы посмотрел на Резу – и кивнул. Но стоило ему сделать шаг в сторону Гекко, сорока вспорхнула и уселась на выступе под самым потолком пещеры.

Роксана опустилась на колени рядом с Резой.

– Он без сознания, – сказала Минерва. – И дышит-то как неглубоко, смотрите!

– Я знаю такие судороги. – Голос у Резы дрожал. – Их вызывают темно-красные ягоды размером с булавочную головку. Мортола часто ими пользовалась, потому что их легко подмешать в еду, а смерть от них очень тяжелая. Чуть ниже нашей пещеры растут два дерева с этими ягодами. Я сразу предупредила детей, чтоб не дотрагивались до них.

Она снова посмотрела на сороку.

– А противоядие есть? – Роксана поднялась.

Черный Принц лежал, как мертвый, а медведь уткнулся мордой ему в бок и стонал, как человек.

– Да. Растение с крошечными белыми цветами, пахнущими падалью. – Реза снова подняла глаза на сороку. – Его корень ослабляет действие ягод.

– Что с ним? – Между женщин протиснулся перепуганный Фенолио. С ним была Элинор. Они провели целое утро в углу пещеры, споря о том, что в повести Фенолио хорошо, а что плохо. Когда кто-нибудь подходил ближе, они сразу понижали голос, как заговорщики. Как будто кто-нибудь из детей и разбойников мог понять, о чем они говорят.

Элинор прижала руку ко рту, увидев неподвижно лежащего Принца. Вид у нее был недоумевающий, словно она обнаружила в книге страницу, которой там не должно быть.

– Его отравили.

Силач поднялся, сжимая кулаки. Лицо у него было красное, как после выпивки. Он схватил Гекко за тонкую шею и принялся трясти, как тряпичную куклу.

– Это ты сделал? – хрипел он. – Или Хват? Признавайся! Я выколочу из тебя ответ! Я раздроблю тебе все кости, чтоб ты корчился, как он!

– Отпусти его! – крикнула Роксана. – Принцу этим сейчас не поможешь!

Силач выпустил Гекко и разрыдался. Минерва обняла его. А Реза по-прежнему все смотрела на сороку.

– Цветок, о котором ты говоришь, это, похоже, мертвая голова, – произнесла Роксана, пока Гекко растирал шею, прокашливался и ругал Силача последними словами. – Он очень редкий. Но даже если бы он и рос в этих местах – сейчас зима... А другого ничего нет?

Черный Принц очнулся и попытался приподняться, но со стоном упал обратно. Баптиста опустился на колени рядом с ним и умоляюще посмотрел на Роксану. Силач тоже глядел на нее заплаканными глазами, как пес, выпрашивающий подачку.

– Не смотрите на меня так! – Мегги слышала отчаяние в ее голосе. – Я не могу ему помочь. Попробуй дать ему рвотного, – сказала она Минерве, – а я пойду поищу корень мертвой головы, хотя это почти безнадежно.

– От рвотного становится только хуже, – тусклым голосом сказала Реза. – Поверь мне, я не раз это наблюдала.

Черный Принц скорчился от боли и прижался лицом к коленям Баптисты. Потом его тело вдруг расслабилось, словно отказавшись от борьбы. Роксана поспешно склонилась к больному, приложила ухо к его груди и ладонь – к губам. Мегги почувствовала на языке вкус слез. Силач громко всхлипывал.

– Он жив, – сказала Роксана. – Но жизнь еле теплится.

Гекко тихонько скользнул прочь, наверное, чтобы рассказать о происходящем Хвату. Элинор шепнула что-то Фенолио. Он с раздражением отвернулся, но она взяла его под руку и продолжала уговаривать.

– Не ломайся! – услышала Мегги ее шепот. – Все ты можешь! Ты же не хочешь, чтобы он и вправду умер.

Последние слова разобрала не только Мегги. Силач, утирая слезы, озадаченно покосился на Элинор. Фенолио еще мгновение неподвижно глядел на лежащего в беспамятстве Принца, а потом нерешительно шагнул к Роксане.

– Роксана, этот – м-м – цветок...

Элинор встала у него за спиной, словно без надзора он не скажет того, что нужно. Фенолио сердито покосился на нее.

– Что? – подняла глаза Роксана.

– Расскажи мне о нем поподробнее. Где он растет? Он высокий или стелется?

– Растет во влажных, тенистых местах, но зачем тебе это? Я же сказала, на зиму цветы отмирают.

– Мелкие белые цветы. Любит тень и влагу. – Фенолио провел рукой по усталому лицу, резко повернулся и взял Мегги за руку.

– Пойдем! – тихо сказал он ей. – Надо спешить.

– Тень и влага, – бормотал он, ведя Мегги за собой. – Если, скажем, он растет у входа в пещеру кобольдов – они там спят, из пещеры выходят теплые испарения, земля у самого входа не замерзает... Да, это может быть...

В пещере было почти пусто. Женщины вывели детей наружу, чтобы они не слышали стонов Принца. Только разбойники сидели здесь и там небольшими группками и молча глядели друг на друга, словно пытаясь угадать, кто из них пытался отравить атамана. Хват пристроился с Гекко у самого входа и посмотрел на Мегги так мрачно, что она поскорее отвела глаза.

Зато Фенолио прямо встретил его взгляд.

– Уж не Хват ли это сделал, Мегги? – прошептал он. – Я всерьез спрашиваю себя...

– Кому же это знать, как не тебе! – прошептала Элинор, не отстававшая от них. – Это ведь ты выдумал этого мерзкого типа!

Фенолио вздрогнул, как от укола.

– Прекрати, Лоредан! Я терпел тебя все время, потому что ты – тетка Мегги...

– Двоюродная бабка... – не смущаясь, поправила Элинор.

– Все равно. Я тебя не приглашал в эту историю, так что будь любезна, оставь свои комментарии при себе!

– Ах вот как? – Элинор перешла на крик, гулко раскатившийся по пещере. – А если бы я оставила при себе свой последний комментарий? Твои одурманенные вином мозги не додумались бы до того, чтобы на...

Фенолио без церемоний заткнул ей рот ладонью.

– Да сколько ж тебе повторять? – прошипел он. – Забудь слово «писать», ясно! Еще не хватало, чтобы меня четвертовали как колдуна из-за старой дуры!

– Фенолио! – Мегги резко рванула его прочь от Элинор. – Принц умирает...

Долю секунды Фенолио смотрел на нее так, словно очень недоволен, что его прервали, а потом молча потащил дальше в свой угол. С каменным лицом он отодвинул в сторону мех с вином и достал из-под связки с одеждой несколько листков – исписанных, к большому удивлению Мегги.

– Проклятье! Куда подевался Розенкварц?– бормотал Фенолио, выискивая среди исписанных листов чистый. – Опять, видно, шляется где-то со Сланцем. Стоит этой парочке собраться вместе, они тут же забывают о работе и идут на поиски лесных стеклянных девушек. Как будто хоть одна станет смотреть на этого розового бездельника...

Фенолио небрежно отложил исписанные листки в сторону. Столько слов! Давно ли он снова пишет? Мегги попыталась прочесть начало.

– Это так, наброски, – буркнул Фенолио, перехватив ее взгляд. – О том, как можно было бы привести эту историю к хорошему концу. Какую роль играет твой отец...

У Мегги замерло сердце. Но Элинор опередила ее.

– Ага, значит, это все-таки ты написал все ужасы о Мортимере: что он сдастся в плен, что он поедет в этот замок и что моя племянница все глаза выплачет по ночам...

– Нет, не я! – отрезал Фенолио, торопливо пряча исписанные листы обратно под одежду. – И не я отправил его беседовать со Смертью, хотя этот эпизод мне по-настоящему нравится. Я же сказал, это только наброски. Черновики, заметки, ни к чему не ведущие. И с тем, что я собираюсь написать сейчас, будет, наверное, то же самое. Но я попробую. Если вы все замолчите наконец! Или вы решили болтать до тех пор, пока Черный Принц не будет лежать в могиле?

Фенолио обмакнул перо в чернила, и в этот момент Мегги услышала за спиной тихий шорох. Из-за камня, на котором были разложены письменные принадлежности Фенолио, высунулся явно смущенный Розенкварц. За его плечом виднелось бледно-зеленое личико лесной стеклянной девушки. Она тихо шмыгнула прочь мимо Мегги и Фенолио.

– Глазам не верю! – рявкнул старик там громко, что Розенкварц зажал уши. – Черный Принц при смерти, а ты тут с девушками развлекаешься?

– Принц? – Розенкварц посмотрел на хозяина с таким ужасом, что тот сразу перестал сердиться. – Но он же... он же...

– Кончай причитать и размешай мне чернила! – прикрикнул Фенолио. – Если ты хотел высказать умную мысль, что «он же такой хороший человек», так это еще никого ни в одном мире от смерти не спасло.

Он так резко обмакнул перо в чернила, что розовое личико Розенкварца покрылось черными брызгами. Мегги заметила, что пальцы у старика дрожат.

– Ну давай же, Фенолио! – шептал он сам себе. – Всего лишь цветок. Уж с этим-то ты справишься.

Розенкварц с тревогой наблюдал за ним, но Фенолио просто уставился на пустой лист. Он смотрел на него, как матадор на быка.

– Пещера кобольдов, где растут у входа эти цветы... она там, где Эльфогон ставит силки! – бормотал он. – И запах у них действительно мерзкий, такой мерзкий, что феи облетают их стороной. Зато их любят мошки, серые такие, с узором на крыльях вроде крошечных черепов... Видишь их, Фенолио? Да!

Он поднял перо, помедлил мгновение – и начал писать.

Новые слова. Свежие слова. Мегги казалось, что Чернильный мир с облегчением вздыхает: наконец-то свежая пища после долгих недель, когда Орфей подкармливал его лишь старыми словами Фенолио.

– Вот видишь! Его только надо подтолкнуть! Он просто ленивый старик! – шептала ей Элинор. – Ничему он не разучился, конечно, просто потерял веру в себя. Такому нельзя разучиться! Ты же не можешь разучиться читать?

«Не знаю», – подумала про себя Мегги, но промолчала. Язык ее ждал слов Фенолио. Целительных слов. Как тогда, когда она читала для Мо.

– Что это медведь так воет? – На плечи Мегги легли руки Фарида. Он, видимо, опять уходил подальше от детей и пытался вызвать огонь из пепла, но, судя по подавленному выражению на смуглом лице, пламя снова не пожелало с ним разговаривать.

– О Господи! Еще тебя тут не хватало! – с раздражением выкрикнул Фенолио. – И зачем мы с Дариусом возводили загородку? Чтоб каждый заходил в мою спальню, как к себе домой? Мне нужно сосредоточиться! Речь ведь идет о жизни и смерти!

– О жизни и смерти? – Фарид с тревогой посмотрел на Мегги.

– Черный Принц... Он... Ему... – Элинор пыталась говорить спокойно, но голос у нее дрожал.

– Тихо! – сказал Фенолио, не подымая глаз от работы. – Розенкварц! Песок!

– Песок? Да где ж я его возьму? – возмутился Розенкварц.

– От тебя никакого толку! Как ты думаешь, зачем я притащил тебя сюда? Чтоб ты тут устроил себе отпуск и развлекался с зелеными девушками? – Фенолио подул на еще непросохшие чернила и неуверенно протянул написанное Мегги.

– Вырасти этот цветок, Мегги! – сказал он. – Два-три листочка, согретые дыханием спящих кобольдов, последние в этом году...

Мегги смотрела на еще влажные строки. В них снова звучала музыка, как в тот раз, когда она вычитывала Орфея.

Да, слова опять подчиняются Фенолио. А она вдохнет в них жизнь.

Написанное и ненаписанное

У персонажей есть собственная жизнь и собственная логика. На них и надо основываться.

Исаак Башевис Зингер

Роксана нашла цветок там, где описал Фенолио: у входа в пещеру кобольдов, где ставил силки Эльфогон. И Мегги, держа за руку Деспину, в очередной раз увидела, как прочитанные ею слова становятся действительностью.

«Листья и цветы бросали вызов холодному ветру, как будто их посадили феи, чтобы зимой мечтать о лете. Но аромат этих цветов был запахом тления и гибели. За это они и получили название «мертвая голова». Их клали на могилы, чтобы умилостивить Белых Женщин.

Роксана согнала мошек, сидевших на листьях, выкопала два цветка, а еще два оставила, чтобы не рассердить эльфов. Она поспешила в пещеру, где Белые Женщины уже стояли возле Черного Принца, натерла корни, сделала из них отвар, как научила ее Реза, и влила горячий настой Принцу в рот. Он совсем ослабел, и все-таки произошло то, на что никто уже не смел надеяться: отвар укротил яд, превратил беспамятство в сон и вернул жизненные силы.

А Белые Женщины исчезли, словно Смерть позвала их в другое место».

Последние фразы читались легко и гладко, но прошли часы, много тяжелых часов, прежде чем они стали реальностью. Яд не так легко сдавался, а Белые Женщины приходили и снова уходили. Роксана рассыпала травы, отгоняющие их, как научила ее Крапива, но бледные лица возникали снова и снова, почти незаметные на фоне серых стен пещеры. В какой-то момент Мегги показалось, что они смотрят не только на Черного Принца, но и на нее.

«Разве мы с тобой не знакомы? – спрашивали их глаза. – Разве не твой голос всякий раз спасал человека, который уже дважды принадлежал нам?» Мегги лишь на долю секунды встретилась с ними взглядом и сразу почувствовала томление, о котором рассказывал Мо: тоску по тому месту, что находится за пределами всех слов. Она сделала шаг к Белым Женщинам, ей хотелось почувствовать на бешено бьющемся сердце их прохладные руки, стирающие страх и боль. Но другие руки – теплые, сильные – удержали ее.

– Мегги, не смотри на них, ради всего святого, – прошептала Элинор. – Пойдем на свежий воздух. Ты сама уже бледная, как эти создания.

И, не слушая возражений, потащила Мегги наружу, где разбойники переговаривались, а дети играли под деревьями, словно забыв о том, что происходит в пещере. Трава была белой от инея, белой, как Белые Женщины, ожидавшие Черного Принца, но бледные чары разрушились, как только Мегги услышала детский смех. Дети кидали друг в друга еловыми шишками и кричали, когда на них прыгала куница. Жизнь казалась намного сильнее смерти, а смерть – намного сильнее жизни. Как прилив и отлив...

Реза тоже стояла снаружи, зябко обхватив себя руками, хотя Силач накинул ей на плечи накидку из кроличьего меха.

– Вы не видели Хвата? – спросила она. – Или Гекко с его сорокой?

К ним подошел Баптиста. Вид у него был измученный. Он в первый раз за все время отошел от Принца.

– Они ушли, – сказал он. – Хват, Гекко и еще десять человек. Отправились вслед за Перепелом... когда стало понятно, что Черный Принц не сможет пойти на его поиски.

– Но Хват ненавидит Мо! – Реза заговорила так громко, что разбойники стали оборачиваться и даже дети оторвались от игр. – С чего это он захотел ему помочь?

– Боюсь, он вовсе не собирается ему помогать, – тихо ответил Баптиста. – Он рассказывал, что уходит, потому что Перепел собирается нас предать, сговорившись с Виолантой. Кроме того, он утверждает, что твой муж рассказал нам не всю правду о Пустой Книге.

– Какую еще правду? – спросила Реза упавшим голосом.

– Хват, – полушепотом сказал Баптиста, – утверждает, что книга делает не только бессмертным, но и несметно богатым. Для большинства наших богатство куда привлекательнее бессмертия. За такую книгу они готовы продать родную мать. Поэтому им кажется вполне естественным, что и Перепел их предаст.

– Но это ложь! Книга дает только бессмертие, и ничего больше! – Мегги и не старалась говорить тише. Пусть слышат все те, кто тайком перешептывается о ее отце!

Эльфогон обернулся к ней со злой улыбкой на узком лице.

– А ты-то почем знаешь, маленькая ведьма? Ведь о том, что Змееглав от этой книги станет гнить заживо, отец тебе тоже ничего не сказал.

– Ну и что? – закричала Элинор на Эльфогона, обнимая Мегги за плечи. – В любом случае она доверяет своему отцу больше, чем убийце-отравителю. Кто, скажите на милость, отравил Принца, если не ваш любимый Хват?

Среди разбойников поднялся недовольный ропот, и Баптиста потянул Элинор за рукав.

– Думай, что говоришь! – прошептал он ей в ухо. – Не все друзья Хвата ушли с ним. И, если хочешь знать мое мнение, отрава – не для Хвата. Нож – это да, но яд...

– А кто же тогда это сделал? – возразила Элинор.

Реза подняла глаза к серому небу, как будто ответ нужно было искать там.

– Гекко взял с собой сороку? – спросила она.

Баптиста кивнул:

– Да, к счастью. Дети ее боялись.

– И правильно делали. – Реза снова посмотрела на небо. – Что замышляет Хват? Скажи мне всю правду.

Баптиста устало пожал плечами:

– Не знаю. Возможно, он попытается выкрасть у Змееглава книгу, прежде чем тот доберется до Озерного замка. А может быть, отправится прямо туда, чтобы завладеть ею после того, как Перепел впишет туда три слова. Что бы он ни замыслил, мы ничего сделать не можем. Мы должны заботиться о детях и о Принце, пока он не поправится. Не забывай, что с Перепелом Сажерук. С ними обоими Хват вряд ли справится. А теперь прости, мне пора обратно к Принцу.

«С ними обоими Хват вряд ли справится». Да, но если он действительно похитит у Змееглава Пустую Книгу еще на пути, и тот явится в Озерный замок с уверенностью, что Перепел уже ничем не может ему помочь? Ведь тогда Змееглав, скорее всего, убьет Мо на месте. А если Мо и удастся вписать в Пустую Книгу три слова, кто поручится, что Хват не отравит его потом так же коварно, как Принца, чтобы заполучить книгу?

Что, если... Что, если... Мегги не могла уснуть до глубокой ночи. Она поднялась, чтобы пойти посмотреть, как чувствует себя Принц.

Он спал. Белые Женщины ушли, но лицо у него все еще было мертвенно-бледное, словно их руки выбелили ему кожу. Минерва и Роксана по очереди дежурили у его ложа, а рядом с ними сидел Фенолио, словно присматривая за своими словами, чтобы их действие не ослабело.

Мегги спросила его когда-то давно: «Почему для разбойничьих песен ты придумал Перепела, а не стал просто сочинять о Черном Принце?» «Потому что Принц устал, – ответил Фенолио. – Черному Принцу Перепел нужен не меньше, чем беднякам, которые, засыпая, с надеждой шепчут его имя. Кроме того, Принц всегда был частью этого мира, и поэтому не верит, что его действительно можно изменить. И уж конечно, его люди не сомневаются, что он человек из плоти и крови, как они сами. Насчет твоего отца они не так уверены, понимаешь?»

Да, Мегги это отлично понимала. Но Мо все-таки был человеком из плоти и крови, и Хват в этом уж точно не сомневается. Когда она вернулась на свое место, Дариус держал на коленях двух детей и тихонько рассказывал им сказку. Малыши часто будили его среди ночи, потому что он умел рассказами прогонять дурные сны, и Дариус покорно принимал свою участь. Ему нравился мир Фенолио – хотя он, вероятно, испытывал здесь больше страха, чем Элинор, – но согласится ли он вмешаться в его судьбу, если Фенолио попросит его об этом? Станет Дариус читать то, от чего Мегги, может быть, отказалась бы?

Что написано на листках, которые Фенолио так поспешно спрятал от них с Элинор?

Что?

Посмотри, Мегги. Уснуть ты все равно не сможешь.

Когда она подошла к каменной перегородке, за которой размещался Фенолио, до нее донеслось тоненькое похрапывание Розенкварца. Его хозяин сидел у постели Черного Принца, но стеклянный человечек спал как раз на одежде, под которую Фенолио спрятал исписанные листки. Мегги осторожно приподняла прозрачное тельце, привычно удивившись, до чего оно холодное, и положила на подушку, которую Фенолио принес с собой из Омбры. Да. Листки были там, куда он их тогда спрятал. Целая стопка, не меньше дюжины, исписанные торопливым почерком, – обрывки фраз, вопросы, заметки, понятные, вероятно, только тому, кто их написал: «*Меч или перо? Кого любит Виоланта? Осторожно, Свистун... Кто напишет три слова?*»

Мегги не везде разбирала почерк, но на последней странице были выведены крупными буквами слова, от которых у нее замерло сердце: «*Песнь Перепела*».

– Это всего лишь наброски, Мегги, наброски и вопросы, я же тебе сказал!

Она испуганно вздрогнула от голоса Фенолио и чуть не уронила листки на спящего Розенкварца.

– Принцу лучше, – сказал Фенолио, как будто она пришла, чтобы спросить его об этом. – Похоже, мои слова для разнообразия помогли кому-то выжить, а не отправили на тот свет. Но, может быть, он не умер только потому, что еще пригодится в этой истории. Почем я знаю? – Он со вздохом уселся рядом с Мегги и мягко вытянул листки у нее из рук.

– Мо твои слова тоже спасли, – сказала она.

– Может быть. – Фенолио провел рукой по высохшим чернилам, словно желая обезвредить написанное. – И все-таки ты им теперь тоже не доверяешь, как и я сам.

Это была правда. Она научилась любить слова и в то же время бояться их.

– Почему «*Песнь Перепела*»? – спросила она тихо. – Не пиши о нем больше песен! Это мой отец. Придумай себе нового героя. Тебе ведь не трудно. А Мо пусть снова станет Мо – и никем больше.

Фенолио задумчиво посмотрел на нее:

– А ты уверена, что твой отец тоже этого хочет? Или тебе это не важно?

– Разумеется, важно! – сказала Мегги так резко, что Розенкварц приподнялся, очумело озираясь, и тут же снова заснул. – Но Мо уж точно не хочет, чтобы ты ловил его в сеть слов, как муху в паутину. Ты делаешь его другим!

– Ерунда! Твой отец сам захотел быть Перепелом. Я всего лишь сочинил несколько песен, и ты ни одну из них не читала вслух. Как они могли что-то изменить?

Мегги опустила голову.

– Вот это да! – Фенолио в изумлении посмотрел на нее. – Ты их читала?

– После того, как Мо отправился в замок. Чтобы уберечь его, сделать сильным, неуязвимым. Я читаю их каждый день.

– Подумать только! Ну что ж, будем надеяться, что эти слова окажутся такими же действенными, как те, что я написал для Черного Принца.

Фенолио обнял ее за плечи, как в те дни, когда они оба были пленниками Каприкорна – в другом мире, в другой истории. Или история была все-таки одна и та же?

– Мегги, – тихо сказал он, – даже если ты будешь читать мои песни по десять раз на дню, мы с тобой прекрасно знаем, что твой отец не потому стал Перепелом. Если бы я взял его внешность за образец для Свистуна, думаешь, он стал бы убийцей? Нет, конечно. Твой отец из того же теста, что Черный Принц. Он сочувствует слабым. И это сочувствие вложил ему в сердце не я. Оно всегда там было. Твой отец отправился в замок Омбры не из-за моих слов, а из-за детей, которые спят сейчас вокруг нас. Возможно, ты права. Может быть, эта история его меняет. Но и он меняет эту историю! Она продолжается, Мегги, благодаря тому, что он делает, а не тому, что я пишу. Хотя правильно подобранные слова, вероятно, способны ему помочь...

– Спаси его, Фенолио! – прошептала Мегги. – Хват отправился ему вслед, а он ненавидит Мо.

Фенолио с недоумением уставился на нее:

– То есть как? Так ты все-таки хочешь, чтобы я написал для него что-нибудь? Господи, мне вполне хватало забот с моими собственными персонажами.

«Которых ты спокойно обрекал на смерть», – подумала Мегги, но промолчала. В конце концов, Фенолио сегодня спас Черного Принца, и он действительно волновался за него. Что бы сказал Сажерук об этом внезапном приливе сочувствия?

Розенкварц снова захрапел.

– Слышишь? – спросил Фенолио. – Скажи на милость, как может такое крошечное создание так громко храпеть? Иногда мне хочется засунуть его на ночь в чернильницу, чтобы наконец стало тихо!

– Ты ужасный старик! – Мегги взяла исписанные листки и провела пальцем по торопливо набросанным словам. – Что все это значит? «*Перо или меч? Кто напишет три слова? Кого любит Уродина?*»

– Вопросы, вопросы... Ответы на них определят ход этой истории. Всякая история прячется за нагромождением вопросов, и не так-то легко ее там выследить. А эта к тому же особенно своенравна, но, – Фенолио понизил голос, как будто история могла его подслушать, – если поставить правильные вопросы, она выдаст все свои секреты. Истории – большие болтушки.

Фенолио принялся читать свои записи вслух:

– «*Перо или меч?*» Очень важный вопрос. Но ответа я пока не знаю. Может быть, и то, и другое. Как бы то ни было... «*Кто напишет три слова?*» Твой отец добровольно пошел в тюрьму, для того чтобы это сделать, но кто знает... Поддастся ли Змееглав на хитрость дочери? Так ли умна Виоланта, как она воображает? И наконец: «*Кого любит Уродина?*» Она, я боюсь, влюбилась в твоего отца. Давно уже. Задолго до того, как впервые его увидела.

– Что? – Мегги ошеломленно посмотрела на него. – Что ты такое говоришь? Виоланта ненамного старше меня и Брианны!

– Ерунда! Годами, может, и ненамного, но Уродина столько пережила, что она тебя по крайней мере втрое старше! К тому же у нее, как у многих княжеских дочерей, очень романтические представления о разбойниках. Как ты думаешь, почему она заставила Бальбулуса разукрасить миниатюрами все мои песни о Перепеле? А теперь он, живой и настоящий, скачет рядом с ней во мраке. Это ли не романтика?

– Ты просто отвратителен! – возмущенный возглас Мегги снова на мгновение разбудил Розенкварца.

– Почему? Я просто объясняю тебе, как много всего нужно учесть, если я действительно попытаюсь привести эту историю к хорошему концу, хотя она, может быть, давно решила по-другому. Что, если я прав? Если Виоланта любит Перепела, а твой отец ее отвергнет? Будет она тем не менее защищать его от Змееглава? Какую роль сыграет во всем этом Сажерук? Разгадает ли Свистун игру Виоланты? Сплошные вопросы! Поверь мне, эта история – настоящий лабиринт. Кажется, что путей много, но лишь один из них правильный, а каждый ложный шаг может вызвать самые неожиданные осложнения. Но на этот раз я не дам застать себя врасплох, Мегги! Я разгляжу ловушки, которые история мне ставит, и найду правильный выход. Но для этого я должен задавать вопросы! Например: куда подевалась Мортола? Этот вопрос не дает мне покоя! И чем, ко всем чернильным чертенятам, занят Орфей? Вопросы, вопросы без конца... Но Фенолио снова вступил в игру! И спас Черного Принца!

На его лице выразилось безграничное самодовольство. Нет, Фенолио действительно ужасный старик!

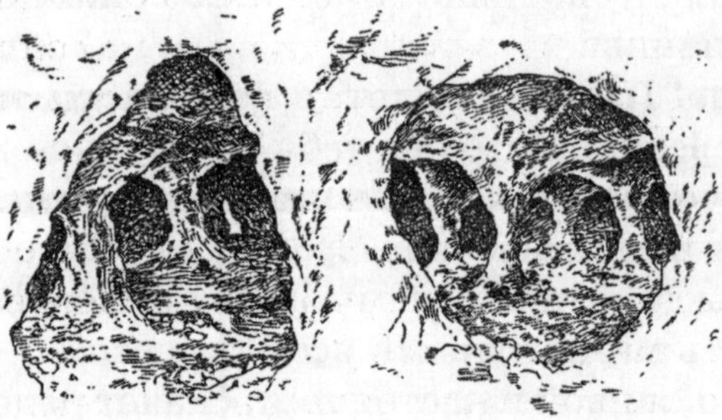

Озерный замок

Есть в нем нечто такое, что отгораживается от слова.

Джон Стейнбек. Путешествие с Чарли в поисках Америки*

Они ехали все дальше на север. Утром второго дня Виоланта велела развязать Мо: один из солдат шепнул ей, что иначе Перепел скоро не сможет ничего делать руками.

В миле от Омбры к ним присоединились более пятидесяти человек подкрепления. Все они были не старше Фарида, и каждый похоже, был готов следовать за Виолантой хоть на край света.

С каждой милей леса становились темнее, а долины – глубже. Холмы превратились в горы, а на перевалах порой лежал такой глубокий снег, что им приходилось спешиваться и вести коней в поводу. В горах не видно было ни одной живой души. Лишь изредка далеко на горизонте появлялась деревня, одинокий хутор или хижина угольщика. Казалось, эту часть своего мира Фенолио забыл населить.

Сажерук присоединился к ним на первом же привале – просто оказался тут, словно ему не составило ни малейшего труда отыскать след, который так старательно заметали солдаты Виоланты. Они смотрели на него с таким же боязливым благоговением, как на Мо. Перепел... Огненный Танцор... Разумеется, они знали

---

* Перевод Н. Волжиной.

песни об этих героях, и глаза их спрашивали: вы тоже люди из плоти и крови, как и мы?

Про себя Мо был уверен в ответе, хотя в последнее время иногда задавался вопросом, не текут ли в его жилах чернила вместо крови, но насчет Сажерука у него порой возникали сомнения. Кони пугались, завидев Огненного Танцора, хотя он умел успокоить их несколькими тихими словами. Он почти не ел и почти не спал, а огонь мог брать в руки, словно воду. Но когда он говорил о Роксане или Фариде, в его словах звучала человеческая любовь, а когда он смотрел вслед своей дочери – украдкой, словно стесняясь этого, – это был взгляд смертного отца.

Так хорошо было ехать верхом, просто ехать по Чернильному миру, который разворачивался перед ними, как искусно сложенная бумага. С каждой милей Мо сильнее и сильнее сомневался в том, что все это действительно возникло из слов Фенолио. Гораздо более вероятным казалось, что старик лишь рассказал о крошечном кусочке этого мира, об отрезке, за пределы которого они давно уже выехали. Горизонт окаймляли незнакомые горы, а Омбра была далеко. Непроходимая Чаща казалась такой же далекой, как сад Элинор, а Дворец Ночи – страшным сном...

– Ты был когда-нибудь в этих горах? – спросил он однажды Сажерука.

Тот всю дорогу молча ехал рядом с ним. Иногда Мо казалось, что он слышит его мысли. «*Роксана*», – шептали они. И взгляд Сажерука снова и снова устремлялся к дочери, которая ехала рядом с Виолантой, не удостаивая отца взглядом.

– По-моему, нет, – ответил Сажерук.

Мо показалось, как и всякий раз, когда он с ним заговаривал, что он вызвал товарища из места, находящегося за пределами слов. Сажерук не рассказывал о нем, и Мо не спрашивал. Он знал, что тот чувствует. Белые Женщины коснулись их обоих и посеяли в их сердцах одинаковое томление, постоянную, безмолвную тоску, сладкую и горькую одновременно.

Сажерук посмотрел через плечо, словно искал глазами знакомые виды.

– Я раньше никогда не ездил на Север. Горы меня пугали, – сказал он и улыбнулся, словно посмеиваясь над своим прежним «я», знавшем о мире так мало, что его могли напугать какие-то горы. – Меня всегда тянуло к морю – к морю и югу.

И снова замолчал. Сажерук никогда не был особенно разговорчив, и путешествие в царство смерти ничего в этом не изменило. Мо оставил его в покое, погрузившись в раздумья о том, успел ли Фарид сообщить Черному Принцу, что он уже не в Омбре, и как Мегги и Реза приняли эту весть. Тяжело было уезжать от них все дальше, хотя он был уверен, что в безопасности они могут быть только вдали от него. «Не думай о них! – приказал он себе. – Не спрашивай себя, увидишь ли ты их еще, и скоро ли. Убеди себя, что у Перепела никогда не было жены и дочери. Это ненадолго...»

Виоланта обернулась в седле, словно хотела убедиться, что Перепел следует за ней. Брианна шепнула ей что-то, и Виоланта улыбнулась. Улыбка красила ее, хотя улыбалась она редко. В такие мгновения было заметно, как она еще молода.

Они ехали вверх по поросшему густым лесом склону. Сквозь почти голые ветви пробивался солнечный свет. И хотя чуть выше снег покрывал мох и корни, здесь еще пахло осенью, гниющими листьями и последними увядающими цветами. Феи носились в звонкой от инея желтой траве, полусонные от дыхания надвигающейся зимы, следы кобольдов пересекали тропу, а за кустами Мо замечал промельки диких стеклянных человечков. Один из солдат Виоланты тихонько запел, и от звука юного голоса все, что оставил Мо позади, вдруг побледнело – тревога за Мегги и Резу, Черный Принц, опасность, грозящая детям, и даже сделка со Смертью. Осталась только тропа, бесконечно вившаяся по незнакомым склонам, и неукротимое желание скакать дальше, все глубже погружаясь в дебри этого непонятного мира. Интересно, какой он, замок, куда ведет их Виоланта? И правда ли, что в горах живут великаны? Где кончается эта тропа? Есть ли у нее конец? «Для Перепела нет», – шепнул ему внутренний голос, и на мгновение сердце его забилось свежо и бесстрашно, как у десятилетнего мальчика...

Он почувствовал на себе взгляд Сажерука.

– Мой мир тебе нравится.

– О да! Очень. – Мо сам чувствовал, что его голос звучит виновато.

Сажерук громко рассмеялся, что редко с ним случалось. Без шрамов он выглядел совсем по-новому, как будто Белые Женщины исцелили не только его лицо, но и сердце.

– Ты этого стесняешься? – сказал он. – Почему? Неужели ты до сих пор веришь, что все это сделано из слов? Странно, конечно. Глядя на тебя сейчас, можно подумать, что этот мир для тебя такой же родной, как для меня. Ты уверен, что в тот, другой, мир тебя никто случайно не вычитал, как ты – меня?

Мо не знал, нравится ему эта мысль или нет.

– Наверняка так оно и было.

Ветер бросил ему на грудь древесный лист. За него цеплялись крошечные ручки, мелькнуло испуганное личико, бледно-коричневое, как сам лист. Лиственные человечки Орфея, видимо, распространились повсюду. Мо потянулся за ним, но странное существо укусило его за палец, и следующий порыв ветра понес лист дальше.

– Ты тоже видел их вчера ночью? – Сажерук обернулся в седле. Солдат, ехавший за ним, отвел глаза. Нет страны более чуждой, чем царство смерти.

– Кого?

Сажерук ответил насмешливым взглядом.

Их было две. Две Белые Женщины. Незадолго до рассвета они возникли между деревьями.

– Как ты думаешь, почему они идут за нами? Чтобы напомнить, что мы по-прежнему в их власти?

Сажерук пожал плечами, словно давая понять, что ответ не важен и вопрос поставлен неправильно.

– Я вижу их каждый раз, когда закрываю глаза. «Сажерук, – шепчут они, – мы скучаем по тебе. Твоему сердцу снова больно? Ты чувствуешь на плечах груз времени? Хочешь, мы снимем его? Снова погрузим тебя в забвение?» «Нет, – говорю я им. – Дайте мне еще немного пожить со всем этим. Кто знает, может быть, вы все равно скоро меня заберете. Меня, – тут он посмотрел на Мо, – и Перепела».

Над их головами собрались темные тучи, как будто поджидали за горами, и кони забеспокоились, но Сажерук успокоил их тихими словами.

– А тебе они что нашептывают? – спросил он Мо и посмотрел на него так, словно уже знал ответ.

– О... – говорить о Белых Женщинах было трудно. Так трудно, словно они удерживают твой язык при малейшей попытке. – Обычно они просто стоят рядом, как будто ждут меня. А если говорят, то всегда одно: «Перепел, бессмертным тебя сделает только смерть».

Он этого еще никому не рассказывал – ни Черному Принцу, ни Резе, ни Мегги. Зачем? Эти слова только напугали бы их.

Но Сажерук знал Белых Женщин и ту, кому они служили.

– Бессмертным, – повторил он. – Да, они любят говорить такие вещи, и, возможно, это сущая правда. Но что это с тобой? Тебе так не терпится стать бессмертным?

Мо не успел ответить.

Виоланта подъехала к ним. Тропа вышла на гребень горы. Далеко внизу лежало озеро, а в его глади отражался замок. Он вырастал посреди воды, словно каменный цветок, вдали от берегов... Стены его были темнее елей, росших на окружающих склонах. От замка на берег вел казавшийся бесконечным мост, узкий, как каменная лента, на бесчисленных столбах. На берегу среди заброшенных лачуг стояли две полуразвалившиеся сторожевые башни.

– Неприступный мост! – прошептал один из солдат. В этом шепоте слышались все легенды, которые юноша слышал об этом месте.

Снова пошел снег, мелкий и мокрый. Снежинки исчезали в темном озере, словно оно их глотало, а юные солдаты Виоланты подавленно молчали, глядя на цель своего путешествия. Зато лицо их повелительницы сияло, как у молоденькой девушки.

– Что скажешь, Перепел? – сказала она, нацепляя на нос очки в золотой оправе. – Ты только посмотри! Мать так часто рассказывала мне об этом замке, что мне кажется, будто я сама здесь выросла. Жаль, что от этих стекол мало толку, – добавила она с раздражением. – Но даже отсюда я вижу, как он красив.

Красив? Мо замок казался скорее мрачным, но, возможно, для дочери Змееглава эти два понятия совпадали.

– Теперь ты понимаешь, почему я привела тебя сюда? – спросила Виоланта. – Этот замок неприступен. Даже великаны ничего не могли с ним сделать в ту пору, когда еще спускались в эту долину. Озеро слишком глубокое, а мост такой узкий, что всадники могут ехать только по одному!

Тропа спускалась к озеру так круто, что им пришлось вести лошадей в поводу. В густом еловом лесу было темно, словно хвоя пожирала дневной свет, и на сердце у Мо стало тяжело. Зато Виоланта нетерпеливо мчалась вперед, и они с трудом поспевали за ней, пробираясь между тесно стоявших деревьев.

– Ночные кошмары! – прошептал Сажерук, когда тишина между деревьями стала темной, как хвоя, устилавшая землю. – Черные эльфы, красноголовики... Здесь собрана вся нечисть, которой боится Фарид. Будем надеяться, что в замке и правда никого нет.

Когда они наконец добрались до берега, над водой лежал туман, и замок с мостом выступали из белой дымки, как будто только что родились из нее – каменные водоросли, поднявшиеся из водной пучины. Лачуги на берегу выглядели не так призрачно, хотя по ним было заметно, что здесь давно уже никто не живет. Мо подвел коня к одной из сторожевых башен. Дверь обуглилась, внутри все было черно от сажи.

Виоланта подошла к нему.

– Племянник моего деда был последним, кто пытался взять этот замок. Он не смог даже перейти мост. Мой дед развел в озере хищных рыб. Говорят, они размером больше лошади и очень жадны до человечины. Озеро защищает замок лучше, чем любая армия. Солдат здесь всегда было немного, зато мой дед заботился о том, чтобы иметь запасы провианта на случай осады. За стенами держали скот, на внутренних дворах он велел устроить огороды и плодовые сады. Но мама рассказывала мне, что ее все равно слишком часто кормили рыбой.

Виоланта рассмеялась. Мо с неприятным чувством смотрел на темную воду. Ему казалось, что он видит среди клочьев тумана мертвых солдат, пытавшихся перейти Неприступный мост. Озеро выглядело символом Чернильного мира, одновременно прекрасным и ужасным. Поверхность была гладкая, как лед, а берег болотистый, и рои жужжащих насекомых, очевидно не боящихся зимы, носились по белому от изморози тростнику.

– А почему ваш дед поселился в таком уединенном месте?

– Потому что ему надоели люди. Что в этом удивительного? – Виоланта все еще зачарованно глядела на замок, словно не веря, что на самом деле увидела то, что так долго знала по рассказам и книгам. Как часто слова и картины первыми рассказывают нам о нашей мечте!

– Покои моей матери находились в левой башне. Когда дед построил этот замок, великаны еще приходили сюда. – Виоланта говорила словно во сне. – Это озеро было тогда единственным местом за пределами городов, где люди были от них в безопасности, потому что даже великаны не могли его перейти. Но они любили смотреться в его гладь, и поэтому озеро прозвали «Зеркало великанов». Мать их боялась. Она пряталась под кровать, заслышав их шаги, и в то же время постоянно спрашивала себя, какого они размера, когда видишь их не через озеро, а вблизи. Однажды, когда ей было пять лет, она увидела на берегу великана с ребенком и захотела пойти к ним, но няня поймала ее у самого начала моста, а дед в наказание запер на три дня и три ночи вон в той башне. – Виоланта показала на самую высокую башню, иглой устремлявшуюся в небо. – Эта башня – единственное место в замке, о котором моя мать не любила рассказывать. На стенах там висели изображения ночных кошмаров и морских чудовищ, волков и змей, разбойников, убивающих путников... Мой отец заказал эти картины, чтобы показать дочери, как опасен мир по ту сторону озера. Великаны часто забирали людей к себе вместо игрушек. Особенно детей. Ты слыхал об этом?

– Читал, – ответил Мо.

Он был тронут счастьем, звучавшим в ее голосе, и спрашивал себя уже не в первый раз, как вышло, что книга Фенолио, так много говорившая об огненных эльфах и великанах, почти ничего не рассказывала о дочери Змееглава. Для Фенолио Виоланта была второстепенным персонажем, несчастной некрасивой девочкой, не более того. Может быть, стоит у нее поучиться тому, что из маленькой роли можно сделать большую, если играть ее по-своему.

Виоланта, похоже, забыла о его существовании. Казалось, она забыла обо всем, даже о том, что приехала сюда, чтобы убить своего отца, и с такой тоской глядела на замок, словно надеялась, что сейчас увидит за зубцами стены свою мать. Но спустя мгновение чары рассеялись.

– Четверо остаются на сторожевых башнях! – резко обернувшись, приказала она солдатам. – Остальные за мной. Поезжайте медленно, если не хотите, чтобы стук подков приманил рыб. Мать рассказывала мне, что они нередко стаскивали всадников с моста.

Среди солдат поднялся тревожный ропот. Они и правда были почти еще детьми.

Но Виоланта не обратила на это внимания. Она подобрала черное платье – одежды другого цвета Мо на ней не видал – и с помощью Брианны поднялась в седло.

– Вы скоро убедитесь, – сказала она. – Я знаю этот замок лучше, чем если бы жила здесь. Я прочла все книги, в которых о нем говорится. Я изучила его план и все его тайны.

– А ваш отец здесь был? – Сажерук задал вопрос, едва Мо успел об этом подумать.

Виоланта взялась за поводья.

– Только однажды, – ответила она, не глядя на спросившего. – Когда делал предложение моей матери. Это было давно. Но он, конечно, помнит, что этот замок неприступен.

Виоланта повернула коня.

– За мной, Брианна! – сказала она, направляясь к мосту. Но лошадь испугалась, увидев каменную тропу над водой.

Сажерук молча подъехал вплотную, взял у нее из рук поводья и повел ее коня вслед за своим по мосту. Раздалось мерное цоканье подков – люди Виоланты тронулись за ними.

Мо въехал на мост последним. Казалось, весь мир состоит из воды. В лицо ему летели клочья тумана, а замок вставал над поверхностью озера, как страшный сон: башни, зубцы, мосты, эркеры, глухие стены, изглоданные ветром и дождями. Мост казался бесконечным, а ворота замка – недостижимыми, но вот они начали расти с каждым шагом коня. Башни и стены заполняли небо, как грозная песня. Мо видел темные тени, скользившие по воде, словно сторожевые собаки, почуявшие их приход.

«Какой он, этот замок? Расскажи, Мо!» – слышался ему голос Мегги.

Что бы он ответил? Он посмотрел на башни – их было так много, словно число их прирастало каждый год, – на лабиринт эркеров и соединительных мостов, на каменного грифона над воротами.

«Этот замок, Мегги, убивал надежду на счастливый конец, – услышал он свой воображаемый ответ. – Он выглядел как место, откуда не возвращаются».

Женская роль

Мне книги даны.
Их ветер в кронах листает; слова
я различаю, когда листва
шумит, и тихо их повторяю.
И смерть, что, как незабудки, рвет
глаза, моих не найдет...

Райнер Мария Рильке.
Слепая*

Мужская одежда. Реза украла ее у спящего Эльфогона: штаны и длинную теплую рубаху. Он, наверное, очень гордился этим запасным нарядом: мало у кого из разбойников было больше одежды, кроме той, что была на них надета. Но в ближайшие дни штаны и рубашка будут ей нужнее, чем Эльфогону.

Прошло много лет с тех пор, как Чернильный мир заставил Резу переодеться мужчиной, и все же память об этом сразу вернулась, как только она влезла в грубые штаны, так отчетливо, словно это было вчера. Она вспомнила, как исцарапала кожу на голове, обрезая ножом волосы, и как у нее болело горло от постоянных стараний говорить низким голосом. Сейчас она волосы просто заколет наверх. Реза не собиралась выдавать себя за мужчину, просто пробираться по лесу и горным тропам было намного удобнее в штанах, чем в платье, а ей придется пройти много миль по бездорожью, раз она собралась на поиски Мо.

* Перевод В. Топорова.

«Обещай мне! – Он никогда и ни о чем так ее не просил. – Обещай, что вы останетесь в укрытии, чтобы ни случилось, какие бы вести до вас ни дошли. А если все пойдет не так (изящный способ сказать: если я погибну!), пусть Мегги попытается вчитать вас обратно».

Обратно. Куда? В дом Элинор, где каждый угол напоминал о нем, а в саду дожидалась его мастерская? Не говоря уж о том, что Элинор теперь тоже по эту сторону букв. Но об этом Мо не знал, как и о том, что она сожгла слова Орфея.

Нет. Без него нет никакого «обратно». Если Мо суждено погибнуть в Чернильном мире, то и она умрет здесь – в надежде на то, что Белые Женщины отведут их в одно и то же место.

«Мрачные мысли, Реза!» – подумала она и положила руку на живот. Прошло много лет с тех пор, как там внутри подрастала Мегги, но пальцы Резы еще помнили долгие дни, когда она напрасно прикладывала ладони к животу, и тот момент, когда вдруг почувствовала под пальцами шевеление маленького тела. С этой минутой ничто не могло сравниться, и она не могла дождаться, когда дитя заворочается под сердцем и крошечные пятки начнут колотить ее изнутри. Это должно быть уже скоро. Если бы только не тревожиться так за отца этого ребенка!

– Пойдем! Давай его разыщем и предупредим, что за ним гонятся Сорока и Хват! – шепнула она нерожденному ребенку. – Мы долго не вмешивались. Но сейчас пора действовать, хотя Фенолио и не написал нам роли.

О ее планах знала только Роксана. Ни Элинор, ни Мегги она ничего не сказала. Они бы непременно увязались за ней. Но она должна идти одна, хотя Мегги снова на нее разозлится. Дочь так и не простила ей до конца поездку к Орфею и ночь на кладбище. Мегги нелегко прощает, когда речь идет о ее отце. Только ему самому она прощает все.

Реза вытащила из-под одеяла книгу Фенолио. Она попросила Баптисту сшить для нее кожаный чехол, конечно не упомянув о том, что сам он родом с этих страниц. «Странная книга, – заметил он. – Какой писец вывел такие безобразные буквы? И что за переплет? Кожа, что ли, у мастера кончилась?»

Сажерук, вероятно, не одобрил бы ее намерений. Ее страшно тронуло, что он отдал ей книгу. Но теперь решение за ней, и она сделает то, что считает правильным.

Реза посмотрела на дочь. Мегги спала недалеко от Фарида, но по другую сторону на расстоянии вытянутой руки спал Дориа, повернувшись лицом в ее сторону. Рядом с ним лежал бывший стеклянный человечек Орфея, ладонь юноши накрывала его, как одеяло. Во сне Мегги казалась совсем ребенком. Резе хотелось нагнуться и отбросить ей волосы со лба. Ей все еще больно было думать о долгих годах, которые она провела в разлуке с дочерью. Поторопись, Реза! Уже светает. Скоро все они проснутся и не отпустят тебя.

Элинор что-то пробормотала во сне, когда Реза проскользнула мимо нее, а дозорный у входа в пещеру обернулся, когда она зашла за каменную стенку, которую соорудил Фенолио, словно желая отгородиться от созданного им мира. Старик и стеклянный человечек храпели взапуски, как медведь и цикада. Крошечные пальчики Розенкварца были испачканы чернилами, а листок, возле которого он спал, весь покрыт свеженаписанными словами, но почти все они были зачеркнуты.

Реза положила книгу возле винного меха, к которому Фенолио по-прежнему часто прикладывался, хотя Элинор непрерывно пилила его за это. Письмо для Фенолио она вложила между страниц так, чтобы оно торчало из кожаного чехла словно белая рука, на которую невозможно не обратить внимания.

«*Фенолио.* – Она долго подбирала правильные слова, и не была уверена, что это ей удалось. – *Я возвращаю «Чернильное сердце» тому, кто его написал. Может быть, твоя книга подскажет тебе, как должна кончиться эта история, и нашепчет слова, которые защитят отца Мегги. А я пока попробую на свой лад приложить усилия, чтобы песня о Перепеле не закончилась печально. Реза*».

Снаружи небо окрашивалось розовым. Утро было холодное. Перед входом стоял на часах Деревяга. Он подозрительно посмотрел ей вслед, когда она свернула на север. Может быть, он ее и не узнал в мужской одежде. Немного хлеба, мех с водой, нож и компас, который принесла в этот мир Элинор, – вот и все, что Реза взяла с собой. Ей было не впервой выкручиваться в одиночку в этом мире. Но не успела она далеко отойти, как за ее спиной послышались тяжелые шаги.

– Реза! – Силач говорил обиженно, как ребенок, увидевший, что старшая сестра убегает из дому. – Куда ты собралась?

Как будто он и так не понял.

– Тебе нельзя за ним. Я обещал ему, что присмотрю за тобой – за тобой и за твоей дочерью.

Он крепко держал ее, а уж если Силач держал крепко, вырваться было невозможно.

– Пусти! – крикнула она. – Он не знает про Хвата! Я должна пойти к нему! А ты присматривай за Мегги.

– О ней позаботится Дориа. Он еще ни на одну девушку так не смотрел! И Баптиста тоже там. – Он все еще удерживал Резу. – Путь до Озерного замка долгий. Очень долгий и очень опасный.

– Я знаю. Роксана мне говорила.

– И что? Она рассказала тебе о ночных кошмарах? О красноголовиках и черных эльфах?

– Их хватало и в крепости Каприкорна. А любой из поджигателей был гораздо хуже. Так что иди обратно! Я сумею сама за собой присмотреть.

– Это уж точно. Ты и с Хватом, и со Свистуном можешь побороться! – Без лишних слов он взял у нее из рук мешок. – Перепел убьет меня, когда тебя увидит.

Перепел. Что, если в Озерном замке она найдет не своего мужа, а только Перепела? Мо, наверное, понял бы, что она не могла иначе, но не Перепел.

– Пойдем.

Силач зашагал рядом. Упрямства в нем было не меньше, чем силы. Сам Черный Принц не мог его переубедить, если уж он принял решение, а Реза даже и не пыталась. Очень хорошо будет иметь такого спутника. Она нечасто бродила одна по чернильным лесам и не любила вспоминать об этом.

– Силач, – спросила она, когда они уже далеко отошли от пещеры, где спала ее дочь. – Тебе нравилась сорока, которая прибилась к Гекко?

– Это была не сорока, – ответил он. – У нее был голос женщины. Но я промолчал, потому что остальные опять объявили бы меня сумасшедшим.

Ожидание

Мы будем скитаться мыслью
И в конце скитаний придем
Туда, откуда мы вышли,
И увидим свой край впервые.

Томас Элиот.
Литтл Гиддинг*

Озерный замок напоминал ракушку, закрывшуюся от мира. Ни одно окно не смотрело на окрестные горы, ни одно – на озеро, омывавшее темные стены. Для того, кто вошел в ворота, существовал отныне только сам замок: его узкие темные дворы, крытые мостики между башнями, стены, расписанные видениями, совсем непохожими на мир за пределами глухих стен. Здесь были сады и холмы, населенные единорогами, драконами и павлинами, а над ними – вечно голубое небо, по которому плыли белые облака. Эти росписи были повсюду – в жилых комнатах, в коридорах, на стенах, разделявших дворы. Их было видно из каждого окна (внутри замка окон было много). Обманчивые пейзажи несуществующего мира. Но от влажного дыхания озера краска начала облупляться: казалось, кто-то пытался тут и там стереть со стен нарисованную ложь.

Только с башен, которые возвышались над стенами, эркерами и крышами, можно было увидеть мир, действительно окружавший замок: огромное озеро и окрестные горы. Мортимера сразу же потянуло на самый верх,

---

* Перевод А. Сергеева.

на окруженные зубцами площадки, где он мог почувствовать над собой небо и глядеть на мир, так зачаровавший его, что он погружался в него все глубже и глубже, хотя, возможно, его леса и горы были не реальнее стенной росписи. Зато Виоланта ничего не хотела видеть, кроме покоев, где когда-то играла ее мать.

Она ходила по Озерному замку, словно наконец-то попала домой, задумчиво проводила пальцем по запылившейся мебели, осматривала глиняную посуду, покрытую паутиной, и подолгу разглядывала росписи, словно они рассказывали ей о матери.

– В этой комнате мать и ее сестры занимались с учителем. Видишь? За этими пюпитрами они писали. Учитель был ужасный. А здесь была бабушкина спальня. Здесь держали собак, а здесь голубей, которые носили почту.

Чем дольше Мо ходил с ней по замку, тем больше ему казалось, что именно этот нарисованный мир и хотели видеть близорукие глаза Виоланты. Видимо, она чувствовала себя уютнее в мире, напоминавшем миниатюры Бальбулуса, выдуманном, покорном ее воле, вечном и неизменном, привычным в каждой детали.

«Понравилось бы Мегги, – спрашивал он себя, – видеть из окна нарисованных единорогов, вечно зеленеющие холмы и всегда одни и те же облака? Нет, – отвечал Мо уверенно. – Мегги сразу поднялась бы на башни, как и я».

– А рассказывала вам мать, была ли она здесь по-настоящему счастлива? – Мо не мог утаить от Виоланты нотки сомнения, и девическая мягкость, так преображавшая ее лицо, сразу исчезла. На него снова смотрела дочь Змееглава.

– Разумеется. Она была очень счастлива. Пока мой отец не выпросил ее у деда себе в жены и не увез во Дворец Ночи! – Она смотрела на него с вызовом, как будто могла взглядом принудить его поверить и полюбить этот замок.

Было лишь одно место, где замок вдруг открывался внешнему миру. Мо отыскал его, бродя в одиночестве в поисках закоулка, где можно было бы не чувствовать себя снова пленником, хоть и в прекрасно расписанной темнице. Дневной свет ослепил его в первую минуту, когда в западном крыле он зашел вдруг в зал с таким количеством окон, что стена казалась каменным кружевом. На потолке плясали солнечные блики, отраженные водой озера, а горы, казалось, выстроились вокруг специально для того, чтобы покрасоваться в каждом из бесчисленных окон. Открывавшийся вид был так великолепен, что Мо задохнулся от восторга, хотя это была мрачная красота и глаза невольно искали на темных склонах следы человеческого присутствия. Мо наполнил легкие холодным воздухом, врывавшимся в окна, и повернулся к югу, туда, где далеко за горами лежала Омбра. И только тут он заметил, что не один здесь. На одном из окон сидел Сажерук. Ветер трепал его волосы, лицо он подставил холодному зимнему солнцу.

– Комедианты называют его «Зал тысячи окон», – сказал Сажерук не оборачиваясь, и Мо спросил себя, сколько времени он уже тут сидит. – Рассказывают, что у матери Виоланты и ее сестер испортилось зрение от того, что отец не позволял им смотреть вдаль, из страха перед тем, что ждет их в далеком мире. У них стали болеть глаза от дневного света, и даже росписи на стенах своих покоев они уже различали плохо. Цирюльник, который забрел как-то в замок вместе с комедиантами, сказал деду Виоланты, что его дочери ослепнут, если он не позволит им хотя бы иногда смотреть на настоящий мир. И тогда Соляной князь – так его прозвали, потому что он разбогател на торговле солью, – велел проделать эти окна и приказал дочерям по часу в день смотреть в них. Но весь этот час комедиант у них за спиной должен был рассказывать девочкам об ужасах этого мира, о людском бессердечии и жестокости, о заразных болезнях и волчьем голоде, чтобы им не вздумалось уйти туда и покинуть отца.

– Странная история, – сказал Мо. Подойдя к Сажеруку, он ощутил его тоску по Роксане мучительно, словно свою.

– Да, теперь это всего лишь история, – сказал Сажерук. – Но все действительно так и было, здесь, на этом самом месте.

Он тихо подул в прохладный воздух, и пламя нарисовало три девические фигурки. Сестры стояли, прижавшись друг к другу, и смотрели вдаль, где горы были синими, как мечта и тоска по ней.

– Рассказывают, что они несколько раз пытались бежать с комедиантами, которых отец иногда допускал в замок, чтобы узнать новости о других дворах. Но дальше первых деревьев им уйти не удавалось. Их ловили и возвращали обратно, а комедиантов Соляной князь велел привязывать вон там, – Сажерук показал на скалу у озера, – а девочки стояли у окна (огненные фигурки проделывали все то, о чем рассказывал Сажерук), дрожа от холода и страха, пока не приходили великаны и не уносили комедиантов с собой.

Мо не мог оторвать глаз от огненных девушек. Пламя рисовало их страх и одиночество не менее выразительно, чем кисть Бальбулуса. Нет, мать Виоланты не была счастлива в этом замке, что бы она ни рассказывала дочери.

– Что он тут делает?

У них за спиной вдруг выросла Виоланта в сопровождении Брианны и Туллио.

Сажерук щелкнул пальцами, и пламя потеряло человеческие очертания. Теперь оно вилось вокруг окна, словно растение.

– Не бойтесь. На камне останется немного сажи, вот и все. Зато пока, – он посмотрел на Брианну, зачарованно глядевшую в огонь, – очень красиво получилось, правда?

Да, получилось действительно красиво. Пламя обвило оконную раму красными листьями и золотыми плодами. Туллио невольно шагнул поближе, но Виоланта грубо потянула его назад.

– Убери это, Огненный Танцор! – крикнула она. – Сию минуту!

Сажерук, пожав плечами, повиновался. Гнев Виоланты не произвел на него никакого впечатления, что пугало дочь Змееглава. Мо видел это по ее глазам.

– Было действительно очень красиво, вы не находите? – спросил он, проводя пальцем по испачканному сажей подоконнику. Ему все еще казалось, что он видит трех сестер, глядящих в окна.

– Огонь не бывает красивым! – презрительно ответила Виоланта. – Ты когда-нибудь видел, как погибает в огне человек? Люди горят долго.

Она явно знала, о чем говорит. Сколько ей было лет, когда она впервые увидела казнимого на костре? А на виселице? Сколько мрака может вынести ребенок, прежде чем этот мрак поселится в нем навсегда?

– Пойдем со мной, Перепел. – Виоланта круто повернулась. – Я хочу показать тебе кое-что. Тебе одному! Брианна, принеси воды и смой сажу.

Брианна поспешила прочь, украдкой взглянув на отца. Сажерук на мгновение удержал Мо.

– Берегись ее! – шепнул он. – Княжеские дочки питают слабость к комедиантам и разбойникам.

– Перепел! – В голосе Виоланты звучало нетерпение. – Ты идешь?

Сажерук изобразил на грязном полу огненное сердце.

Виоланта стояла на темной лестнице, как будто сбежала от тысячи окон. Может быть, она любила полумрак, потому что все еще чувствовала на щеке родинку, за которую получила свое жестокое прозвище. Мегги слышала в детстве совсем другие обращения: лапушка, сладкая, солнышко... Она выросла в уверенности, что от одного взгляда на нее отцовское сердце переполняется любовью. Мать Виоланты, наверное, так же лелеяла свою дочурку, но все остальные смотрели на девочку с отвращением или, в лучшем случае, с сочувствием. Куда скрывался ребенок, каким была когда-то Виоланта, от неодобрительных взглядов, куда он прятался от бесконечной боли? Научила ли она свое сердце презирать всех, кого любят за красивое лицо? «Бедная дочь Змееглава», – подумал Мо, увидев, как она стоит на темной лестнице, с таким одиночеством в сумрачном сердце... Нет, Сажерук ошибается. Виоланта никого и ничего не любит, даже саму себя.

Она торопливо спускалась по лестнице, словно убегая от собственной тени. Она всегда ходила очень стремительно, подбирая длинные платья, словно при каждом шаге проклинала одежду, которую вынуждены были носить женщины в этом мире.

– Пойдем, мне нужно показать тебе кое-что. Мать рассказывала, что библиотека в этом замке находится в северном крыле, возле росписи с единорогами. Не знаю уж, когда и почему ее перенесли в другое место, но вот посмотри сам... Здесь размещался караул, это комната писца, это женские покои... – шептала она, проходя по коридору. – Мост в северную башню, мост в южную башню, птичий двор, собачий двор... – Виоланта и в самом деле ориентировалась в замке, как будто прожила здесь много лет.

Сколько времени она провела за книгами, чтобы все это разузнать? Шум озера донесся до Мо, когда они проходили по двору с пустыми клетками – огромными и украшенными так искусно, словно решетка должна была заменить птицам деревья. Мо слышал мерные удары воды о камни, но на стенах были изображены дубы и вязы, на ветвях которых сидели целые стаи птиц: воробьи, жаворонки, дикие голуби, соловьи и рядом с ними соколы, клесты и малиновки, дятлы и колибри, уткнувшиеся клювом в большие красные цветы. Рядом с перепелом сидела сойка.

– Моя мать и ее сестры любили птиц. Поэтому дед не только велел рисовать их на стенах, но и покупал живых птиц из самых отдаленных стран и сажал сюда. На зиму клетки накрывали тканью, но мама заползала под нее. Иногда она часами просиживала с птицами, пока ее не находили няньки. А потом ей долго вычесывали перья из волос.

Виоланта шла все так же быстро. Ворота, еще один двор. Здесь стояли собачьи вольеры, на круговой стене были изображены сцены охоты, а все звуки перекрывал шум волн, далекий и в то же время совсем близкий. «Конечно, мать Виоланты любила птиц, – подумал Мо. – Она мечтала о крыльях. Наверное, они с сестрами только и думали о том, чтобы вырваться и улететь, и поэтому просиживали часами в птичьих клетках, покрываясь перьями».

Мысль о трех одиноких девушках тяжестью ложилась на сердце, и все же Мо очень хотелось показать Мегги и клетки, и росписи с птицами, единорогами и драконами, и Зал тысячи окон, и даже Неприступный мост, который при взгляде сверху словно плыл по поверхности озера. «Ты еще расскажешь Мегги обо всем этом», – твердо сказал он себе, как будто эти слова могли стать правдой, если повторять их с полной уверенностью.

Еще лестница, еще один крытый мост, словно висячий подземный ход между башнями. Дверь, перед которой остановилась Виоланта, была из черного мореного дуба, как все двери в замке. Дерево вздулось, и Виоланте пришлось надавить плечом, чтобы она открылась.

– Это ужасно! – сказала она, и была права.

Мо сперва мало что мог разглядеть в длинной узкой комнате. Свет и воздух поступали через два крошечных окна. Но он бы и вслепую почуял, что произошло. Книги были свалены у влажных стен, как дрова, и холодный воздух так пах плесенью, что Мо зажал нос и рот.

– Ты только посмотри! – Виоланта со слезами на глазах протянула ему первую попавшуюся книгу. – И так со всеми!

Мо взял томик у нее из рук и попытался открыть, но страницы слиплись в черный, затхло пахнущий комок. Плесень покрывала обрез, словно пена. Доски переплета сгнили. Это был труп книги, и Мо охватила дурнота при мысли о том, на какую судьбу он обрек страницы, которые переплел для Змееглава. Неужели Пустая Книга сейчас в таком же страшном состоянии? Вряд ли, иначе Змееглав был бы уже мертв, а Белые Женщины не протягивали бы руки за Мегги.

– Большую часть я уже пересмотрела. Одна не лучше другой. Как могло такое случиться?

Мо положил погибшую книгу к остальным.

– Где бы ни помещалась библиотека изначально, в этом замке, боюсь, вообще нет места, безопасного для книг. Ваш дед пытался забыть об озере, омывающем стены снаружи, но оно от этого никуда не делось. Воздух здесь настолько влажный, что пергамент отсыревает и гниет. Очевидно, не зная, как спасти книги, их перенесли сюда в надежде, что здесь суше, чем в библиотеке. Роковая ошибка! Они стоили, наверное, целое состояние.

Виоланта сжала губы и провела рукой по гнилому переплету, словно последний раз гладила умершую зверушку.

– Мать рассказывала мне о библиотеке больше, чем обо всем остальном замке! Некоторые книги она, к счастью, взяла с собой во Дворец Ночи, и большую часть я потом привезла в Омбру. Как только я там оказалась, я стала умолять свекра забрать остальное. Ведь замок к этому времени уже много лет стоял заброшенный. Но кто же слушает восьмилетнюю девочку? «Забудь об этих книгах и замке, где они стоят, – отвечал он на мои просьбы. – Озерный замок – не то место, куда я стану посылать людей, даже ради самых распрекрасных книг на свете. Ты разве не слыхала о рыбах, которых развел в озере твой дед, и о вечном тумане? Не говоря уж о великанах». Хотя великаны к этому времени давно ушли из этих гор! Он был так глуп! Прожорливый, невежественный дурак! – Гнев вытеснил печаль из голоса Виоланты.

Мо обвел глазами комнату. Мысль о том, какие сокровища скрывались некогда под этими прогнившими переплетами, мучила его сильнее, чем невыносимый запах.

– Ты для этих книг ничего не можешь сделать, как я понимаю?

– Нет. С плесенью невозможно бороться. Хотя вы говорили, что ваш отец нашел средство. Вы не знаете какое?

– Знаю. Но тебе оно не понравится. – Виоланта взяла еще одну книгу. Она открывалась, но страницы рассыпались от прикосновения. – Он велел окунуть Пустую Книгу в кровь фей. Говорят, если бы это не подействовало, он собирался повторить опыт с человеческой кровью.

Мо словно увидел своими глазами, как всасывают кровь пустые страницы, которые он переплел во Дворце Ночи.

– Омерзительно! – сказал он.

Виоланту явно позабавило, что он приходит в ужас от столь невинной жестокости.

– Отец, говорят, смешал кровь фей с кровью огненных эльфов, чтобы она скорее просыхала, – спокойным голосом продолжала она. – У них кровь очень горячая – ты слыхал об этом? Горячая, как жидкий огонь.

– Правда? – Отвращение душило Мо. – Надеюсь, вы не собираетесь опробовать этот рецепт здесь. Эти книги все равно уже не спасти, поверьте.

– Я верю.

Показалось ему или в ее голосе звучало разочарование?

Он отвернулся. Ему не хотелось больше смотреть на мертвые книги. И уж тем более думать о пропитанных кровью страницах.

Выходя, он увидел Сажерука, прислонившегося к расписанной стене коридора.

– У нас гости, Волшебный Язык, – сказал он. – Но не те, которых мы ожидали.

– Волшебный Язык? – На пороге показалась Виоланта. – Почему ты его так называешь?

– О, это долгая история! – Сажерук улыбнулся ей, но ответной улыбки не дождался. – Поверьте, это имя подходит ему не меньше, чем то, которым вы его называете. А носит он его намного дольше.

– Вот как? – Виоланта смотрела на него с откровенной неприязнью. – В царстве мертвых его тоже так зовут?

Сажерук отвернулся и провел пальцем по изображению золотого пересмешника на розовом кусте.

– Нет. В царстве смерти нет имен. Там все равны. Комедианты и князья. Вы в свое время тоже это узнаете.

Лицо Виоланты застыло. В этот момент она была очень похожа на отца.

– Мой муж тоже вернулся однажды из царства мертвых. Но он не рассказывал, что комедианты там в такой чести.

– А он вам вообще что-нибудь рассказывал? – ответил Сажерук. – Я мог бы многое поведать о вашем муже. Например, что видел его в царстве мертвых два раза. Но сейчас, мне кажется, вам нужно выйти к гостю. Он себя не очень-то хорошо чувствует.

– Кто это?

Сажерук изобразил в воздухе огненную кисточку.

– Бальбулус? – Виоланта изумленно посмотрела на него.

– Да, – ответил Сажерук. – Свистун изобразил на его теле гнев вашего отца.

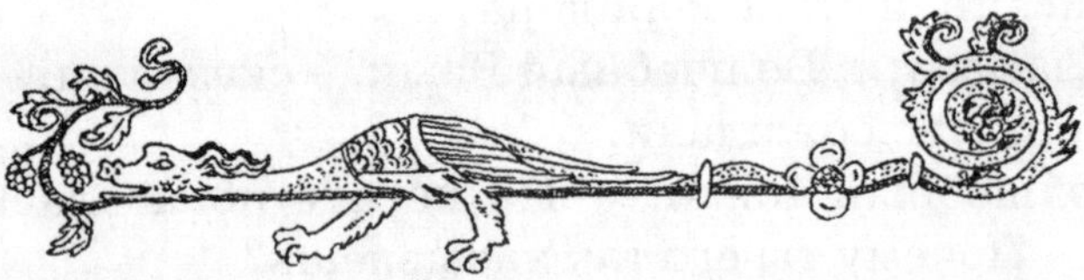

Старые и новые хозяева

– Нет проблем, – воскликнул Удод Ноо. – Всякой стоящей истории небольшая встряска только идет на пользу!

Салман Рушди. Гарун и море историй*

Ох, как же у него болел зад! Казалось, сидеть он уже никогда не сможет. Проклятое седло! Одно дело – горделиво проехать на коне по улицам Омбры, ловя завистливые взгляды, и совсем другое – в непроглядной тьме следовать верхом за каретой Змееглава по ухабистым дорогам, чуть не ломая шею на каждом шагу.

Да, новый хозяин Орфея путешествовал только ночью. Едва брезжил рассвет, он приказывал разбить черный шатер и скрывался в нем от дневного света, а с закатом снова втискивал свое разлагающееся тело в стоявшую наготове карету. Ее везли две лошади, черные, как бархат, которым был обит экипаж. Орфей во время первого привала тайком заглянул внутрь. На подушках был вышит серебром герб Змееглава, и выглядели они куда мягче, чем седло, в котором он провел столько часов. Да, от такой кареты он бы тоже не отказался, но ему приходилось ехать сзади вместе с Якопо, мерзким пащенком Виоланты, который непрерывно просил то есть, то пить и так по-собачьи обожал Свистуна, что носил жестяной нос поверх настоящего. Орфей не уставал удивляться, что Свистуна с ними не было. Конечно, Среброносый упустил Перепела. Наверное,

* Перевод В. Тублина.

Змееглав в наказание отправил его во Дворец Ночи. Но почему, во имя всего святого, хозяин взял с собой всего лишь полсотни латников? Орфей пересчитал дважды, но больше их от этого не стало. Считает Змееглав, что этого достаточно против недорослей Виоланты, или все еще доверяет своей дочери? Если верно последнее, значит, Серебряный князь намного глупее, чем о нем говорят, или, может быть, разложение уже затронуло его мозг – тогда могло получиться, что Мортимер снова восторжествует, а он, Орфей, сделал неверную ставку. Отвратительная мысль, поэтому Орфей изо всех сил гнал ее от себя.

Тяжелая карета двигалась так медленно, что Осс пешком поспевал за лошадьми. Цербера пришлось оставить в Омбре. Змееглав тоже считал, что собаки – привилегия знати... Да, пора переписать правила этого мира!

– Ползем как улитки! – пробурчал у него над ухом один из латников. Эти треклятые парни воняли, как будто хотели сравняться со своим повелителем! – Вот увидите, когда мы доберемся до этого проклятого замка, окажется, что Перепел опять улетел.

Чурбаны в доспехах! Они так и не поняли, что Перепел явился в замок Омбры с определенным планом и что план этот еще не выполнен.

Ну вот. Наконец-то привал. Какое облегчение для его несчастных костей! Небо было черно как деготь, но Пальчик, видимо, обнаружил фею, которая, несмотря на холод, уже отплясывала призывающий утро танец.

Пальчик...

Новый телохранитель Змееглава мог напугать кого угодно. Он был такой тощий, будто уже побывал в гостях у Смерти, а на горле носил татуировку с чешуйчатым змеем, который извивался как живой, когда Пальчик говорил. Смотреть на это было страшно. К счастью, говорил телохранитель мало. Прозвище он получил не за рост – он был даже повыше Орфея. В этом мире, кажется, никто не знал сказку о мальчике-с-пальчик. Говорят, его прозвали так за особо жестокие штуки, которые умел вытворять пальцами.

В «Чернильном сердце» Орфей о нем не читал – видимо, это был один из тех персонажей, про которых Фенолио утверждал, что его история плодит их сама, как комариное болото. Пальчик одевался по-крестьянски, но меч у него был лучше, чем у Свистуна. Говорили также, что он лишен обоняния, как и Среброносый, и поэтому эти двое, в отличие от всех остальных, могли находиться рядом со Змееглавом, не испытывая тошноты.

«Да уж, им можно позавидовать», – думал Орфей, со вздохом облегчения слезая с коня.

– Почисти его! – недовольно бросил он Оссу. – А потом расставь мне палатку, только поживее.

Собственный телохранитель стал казаться Орфею невозможным увальнем, с тех пор как он увидел Пальчика.

Палатка у Орфея была небольшая – он не мог в ней стоять в полный рост – и настолько узкая, что Орфей каждый раз чуть не опрокидывал ее, ворочаясь с боку на бок. Но он не успел вычитать что-нибудь получше, хотя обыскал все свои книги в поисках более удобного варианта. Свои книги... то есть те, что недавно перешли в его собственность. Прежний владелец – библиотека замка Омбры. Никто не остановил Орфея, когда он выносил их оттуда.

Книги.

В какое возбуждение он пришел, оказавшись в библиотеке Жирного Герцога! Он был уверен, что найдет там хотя бы одну книгу Фенолио. На первом же пюпитре лежали песни о Перепеле. У Орфея дрожали пальцы, когда он снимал переплет с цепи (замки открылись легко – что-что, а это он умел). «Теперь ты в моих руках, Мортимер! – думал он. – Теперь я смогу лепить тебя, как из пластилина! Ты сам не будешь знать, кто ты и что ты, когда я возьму на язык твое разбойничье прозвище...» Какое же болезненное разочарование он испытал, когда прочел первые фразы! Плохо срифмованные, убого звучащие строки! Нет, эти песни писал не Фенолио! А где же его сочинения? «Виоланта забрала их с собой, дурак! – обругал он сам себя. – Вообще-то ты мог бы заранее об этом догадаться!»

От этого разочарования он до сих пор не отошел. Но кто сказал, что оживать в этом мире могут только слова старого пьяницы? В конце концов, все книги – родственницы между собой. Разве не состоят они из одних и тех же букв, только расположенных в разном порядке? Из этого можно вывести, что в любой книге некоторым образом содержатся все остальные.

Как бы то ни было, страницы, которые Орфею удалось прочесть за бесконечные часы в седле, не особенно вдохновляли. В этом мире, видимо, не было рассказчиков, по-настоящему владевших своим искусством, – по крайней мере, в библиотеке Жирного Герцога. Красивым почерком выведенная скучища, суконная дребедень! А персонажи! Даже *его* язык не сможет их оживить.

По замыслу Орфей должен был поразить Змееглава своим искусством на первом же привале, но пока все, что он читал, ощущалось на языке, как сухая бумага. Проклятье!

Шатер для Змееглава был, конечно, уже разбит. Пальчик всегда посылал вперед слуг, чтобы его господину не пришлось дожидаться в карете. Это был целый дворец из черной ткани, расшитой серебряными змеями, мерцавшими в лунном свете, словно по шатру ползут тысячи улиток.

А что, Орфей, если он тебя прямо сейчас позовет? Разве ты не обещал его развлекать? В ушах Орфея звучали ехидные слова Зяблика: «*Мой зять терпеть не может, когда не оправдывают его ожиданий*».

Орфей зябко поежился и угрюмо уселся под деревом с очередной книгой, пока Осс сражался с палаткой.

Сказки для детей! Этого еще не хватало. Черт, черт, черт... Но... Минутку, это звучит знакомо... У Орфея часто забилось сердце. Фенолио! Да, это написал он. Вне всяких сомнений!

– Это моя книжка! – Короткие пальчики выхватили у Орфея томик. Перед ним стоял Якопо, выпятив губы и нахмурив брови – явно в подражание деду. Жестяного носа не было. Видимо, он ему надоел.

Орфей с трудом подавил желание тут же вырвать книгу из маленьких рук. Нет, это было бы неразумно. Будь приветлив с маленьким дьяволенком, Орфей!

– Якопо! – Он широко улыбнулся мальчику, с оттенком почтения, подобающего княжескому сыну, даже если сам князь мертв. – Это ваша книга? Тогда вы, конечно, знаете, кто написал эти сказки?

Якопо мрачно посмотрел на него:

– Старая черепаха!

Старая черепаха? Замечательное прозвище для Фенолио!

– Вам нравятся его сказки?

Якопо пожал плечами:

– Мне больше нравятся песни о Перепеле, но мать мне их не дает.

– Ах, как нехорошо с ее стороны! – Орфей неотрывно смотрел на книгу, которую Якопо собственнически прижимал к груди, и ладони у него взмокли от желания немедленно заполучить ее обратно.

Сказки Фенолио... Что, если они окажутся такими же действенными, как «Чернильное сердце»?

15 – 4422

– Принц, а хотите... – ах, с каким удовольствием он свернул бы шею княжескому отродью, – хотите, я буду рассказывать вам истории о разбойниках, а вы за это одолжите мне книгу?

– Ты умеешь рассказывать истории? Я думал, ты торгуешь единорогами и гномами!

– И то и другое, принц! – «Я заставлю единорога проткнуть тебя насквозь, если ты сию же секунду не отдашь книгу», – подумал Орфей и скрыл темные мысли за еще более широкой улыбкой.

– Зачем тебе эта книга? Она для детей. Только для детей.

Проклятый маленький всезнайка!

– Я хочу посмотреть картинки.

Якопо открыл книгу и полистал пергаментные страницы.

– Они скучные. Одни звери, феи и кобольды. Я терпеть не могу кобольдов. Они воняют и похожи на Туллио. – Он посмотрел на Орфея. – А серебро у тебя есть?

Серебро. Яблочко от яблони недалеко падает, хотя он стал больше похож на своего покойного отца, чем на деда.

– Конечно. – Орфей развязал висевший на поясе кошель. «Ну погоди, княженок, – думал он. – Если эта книга действительно может то, на что я надеюсь, я тебе еще устрою сюрприз!»

Якопо протянул руку, и Орфей положил на нее монету с портретом его деда.

Маленькая ладошка оставалась требовательно открытой.

– Я хочу три!

Орфей сердито заворчал, и Якопо еще сильнее прижал книгу к груди.

Жадный маленький ублюдок! Орфей вложил ему в ладонь еще две монеты, и Якопо поспешно сжал кулак.

– Это за один день.

– За один день?

К ним подошел Осс. Из сапог у него торчали пальцы. Обувь мгновенно рвалась на этих слоновьих ножищах. Ну ничего, пусть пока босиком походит.

– Хозяин, палатка готова.

Якопо сложил монеты в кошель у пояса и благосклонно протянул Орфею книгу.

– Три монеты – три дня, – сказал Орфей, кладя ее за пазуху. – А теперь идите отсюда, пока я не передумал.

Якопо втянул голову в плечи, но через мгновение вспомнил, чей он внук.

– Как ты со мной разговариваешь, Четвероглазый? – пронзительно крикнул он и так сильно наступил Орфею на ногу, что тот вскрикнул. Солдаты, мерзшие под деревьями, насмешливо захохотали, а Якопо зашагал прочь – уменьшенная копия Змееглава.

Кровь ударила Орфею в голову.

– Ты телохранитель или кто? – рявкнул он на Осса. – Даже от шестилетнего ребенка не можешь меня защитить!

И, прихрамывая, пошел в палатку.

Осс зажег там масляную лампу и расстелил на земле медвежью шкуру, но Орфей, протиснувшись через узкий вход, сразу затосковал по своему роскошному дому.

– И все из-за Мортимера и его дурацкой игры в разбойники! – ругался он, кое-как устраиваясь на шкуре. – Я отправлю его в ад, и Сажерука с ним вместе! Они же у нас теперь неразлучны, как я слыхал. А если в этом мире ада нет, придется тебе, Орфей, его выдумать. Адский огонь, наверное, даже Сажеруку не понравится!

Выдумать. Орфей нетерпеливо раскрыл книгу, которую выторговал у жадного до денег чертенка. Медведи, кобольды, феи... Малыш прав, это детские сказки. Нелегко будет вычитать отсюда что-нибудь привлекательное для Змееглава, а ведь тот скоро его позовет. Кто еще будет его здесь развлекать в бессонную ночь?

Опять кобольды. У старика к ним, видимо, слабость. Сентиментальная история о любви стеклянной девушки... Русалка, влюбившаяся в принца, – этим даже Якопо не заинтересуешь. Черт возьми, неужели разбойники здесь вообще не упоминаются? Или хотя бы крик перепела? Да, вот это было бы здорово: зайти в шатер Змееглава и вычитать у него на глазах врага, за которым он так долго гонялся. Чего тут только нет: дятлы, соловьи, даже говорящий воробей, – но ни единого перепела. Пропади все пропадом! Неужели он зря потратил три монеты? *Носощипы*... Ну что ж, этих созданий можно будет напустить на Якопо. А это что? Минутку... «*В самом темном месте леса...* – Орфей беззвучно зашевелил губами, – *там, куда не забирались даже кобольды в поисках грибов...*»

– Да уж, малоприятное тут место, хозяин! – Рядом с ним вдруг оказался Халцедон, нахмуренный и мрачный. – Как вы думаете, долго еще продлится наше путешествие?

Стеклянный человечек с каждым днем терял прозрачность. Может быть, ему не хватало бесконечных ссор с предателем-братом. А может быть, все из-за того, что он без конца ловил мокриц и личинок и с явным удовольствием поглощал.

– Не мешай! – отмахнулся Орфей. – Ты что, не видишь, что я читаю? И что у тебя снова за крыло на куртке налипло? Я же запретил тебе есть насекомых. Может, прогнать тебя в лес к твоим диким родственникам?

– Нет! Ни в коем случае! С моих уст не сорвется больше ни единого слова и ни одно насекомое в них не войдет! – Халцедон поклонился аж три раза подряд. (Орфею нравились его повадки.) – Позвольте лишь последний вопрос. Это та самая книга, что была у вас похищена?

– Нет, к сожалению, это ее младшая сестра! – ответил Орфей, не поднимая глаз от страницы. – А теперь отстань наконец!

«*...не забирались даже кобольды в поисках грибов,* – читал он дальше, – *жила чернейшая из всех теней, страшнейший из всех страхов. Ночные кошмары считали его своим, но когда-то у Призрака было человеческое имя. Ведь ночные кошмары – это человеческие души, которые Белые Женщины не смогли отмыть от злобы и потому отправили их обратно...*»

Орфей поднял голову.

– Смотри-ка, до чего мрачная история, – пробормотал он. – С чего это старик вдруг такое сочинил? Наверное, этот чертенок так его разозлил, что Фенолио решил придумать ему подходящую колыбельную. Пожалуй, эта история может понравиться и деду Якопо.

И он снова склонился над страницей, на которой Бальбулус изобразил Призрака, черными пальцами хватающего буквы.

– Да, это просто отлично, – прошептал он. – Халцедон, подай перо и бумагу! Поживее, а то я тебя лошадям скормлю!

Стеклянный человечек поспешно выполнил приказ, и Орфей взялся за работу. Полфразы из одного места, несколько слов из другого, для связи несколько обрывков со следующей страницы... Слова Фенолио. Легче и небрежнее, чем в «Чернильном сердце» – Орфею слышалось из-за страниц хихиканье старика, – но с той же неповторимой мелодией. Так почему бы им не оживать не хуже тех, из старой книги, коварно у него похищенной?

– Да. Так. Звучит вполне в его духе! – шептал Орфей, глядя, как бумага впитывает чернила. – Только нужно сделать поярче...

Он листал и листал иллюминованные страницы в поисках нужных слов, как вдруг стеклянный человечек с визгом забился ему под руку.

У входа сидела сорока.

Халцедон испуганно вцепился в рукав Орфея (задирой он был только с теми, кто меньше его). Надежда, что это окажется обычная птица, развеялась, как только сорока разинула клюв.

– Вон отсюда! – прошипела она Халцедону, и тот ринулся наружу, хотя там солдаты Змееглава кидались в него желудями и орехами.

Мортола. Конечно, Орфей знал, что она найдет его рано или поздно. Но почему именно сейчас? «Сорока! – подумал он, глядя, как она прыгает к нему на птичьих ногах. – Если бы я умел превращаться в животных, каких дел можно было бы натворить!» Потрепанный у нее вид, однако! Наверное, ее шуганула куница или лиса. Жаль, что не поймала.

– Что ты здесь делаешь? – сердито спросила Мортола. – Я тебе разве велела предлагать Змееглаву свои услуги?

Старуха совсем обезумела. Не говоря уж о том, что ее сварливый голос не внушал страха, выходя из желтого клюва. «Твоя история закончилась, Мортола! – подумал Орфей. – Она позади. Зато моя только начинается...»

– Что ты на меня таращишься? Он поверил тому, что ты рассказал о его дочери и Перепеле? – Она схватила клювом жука, заползшего в палатку, и расклевала с таким хрустом, что Орфею стало дурно.

– Да! – сказал он с раздражением. – Разумеется, он мне поверил. Я говорил очень убедительно.

– Хорошо. – Сорока вспорхнула на книги, украденные Орфеем из библиотеки замка, и посмотрела с высоты стопки на исписанные листы. – А это что? Змееглав тебе тоже заказал единорога?

– Нет, нет... Это... ничего. Просто... м-м... сказка, которую я сочиняю для его урода-внука. – Орфей как бы случайно прикрыл слова рукой.

– А Пустая Книга? – Мортола пригладила клювом растрепанные перья. – Ты узнал, где Змееглав ее прячет? Она у него наверняка при себе!

– Тысяча чертей, нет, конечно! Ты думаешь, Змееглав так и ходит с ней у всех на виду? – На этот раз Орфей не пытался скрыть презрение, и Мортола клюнула его в ладонь с такой силой, что он вскрикнул.

– Мне не нравится твой тон, Луноликий! Где-то он ее да прячет, так что поищи, раз уж ты тут. Я не могу все делать сама.

– Ах вот как? А что ты вообще сделала? – «Сверни ей тощую шею, Орфей, – думал он, стирая кровь с ладони. – Ты же видел в детстве, как отец сворачивает головы курицам и голубям».

– Как ты со мной разговариваешь? – Сорока снова попыталась ударить его клювом, но на этот раз Орфей во время отдернул руку. – Думаешь, я все это время праздно сидела на ветке? Я убрала с дороги Черного Принца и позаботилась о том, чтобы его люди отныне помогали мне, а не Перепелу.

– В самом деле? Принц мертв? – Орфей очень старался не выдать волнения. Фенолио, наверное, очень страдает. Старик до смешного гордился этим персонажем. – А что с детьми, которых он похитил? Где они?

– В пещере к северо-востоку от Омбры. Кикиморы называют ее «хоромами великанов». С ними осталось несколько разбойников и женщины. Глупое укрытие, но, поскольку Змееглав счел разумным поручить поиски своему шурину, которого даже кролики умудряются перехитрить, дети там, наверное, еще некоторое время будут в безопасности.

Интересно! Вот уж действительно новость, которая убедит Змееглава, что от Орфея есть польза!

– А жена и дочь Перепела? Они тоже там?

– Разумеется. – Мортола хрипела, как будто у нее в глотке застряло зерно. – Я хотела отправить маленькую ведьму вслед за Черным Принцем, но ее мать меня прогнала. Она слишком много обо мне знает!

Чем дальше, тем лучше!

Но Мортола прочла его мысли.

– Погоди расплываться от самодовольства! Ни слова ты Змееглаву об этом не скажешь! Мать и дочь – мои! Я не отдам их Серебряному князю, чтобы он их снова упустил. Ясно?

– Конечно! На моих устах печать молчания! – Орфей сразу сделал невинное лицо. – А что делают остальные – те разбойники, которые хотят тебе помочь?

– Идут за вами. Завтра ночью они устроят засаду на Змееглава. Им кажется, что они сами до этого додумались, а на самом деле это я заронила идею в их глупые головы. Где легче всего заполучить книгу, как не в лесу? Хват сотни раз устраивал такие засады, а тут даже Свистуна нет. Глупый Змей оставил дома своего лучшего сторожевого пса – наверное, хочет наказать его за то, что тот упустил Перепела. Но накажет он только собственное гниющее тело, а Мортола, может статься, уже завтра выменяет у Смерти его труп на своего сына. Жаль только, что я не увижу, как Белые Женщины забирают переплетчика, ну да ладно. Забрать они его все равно заберут и на этот раз уже не отпустят. Кто знает? Может статься, Смерть так обрадуется, получив сразу и Змееглава и Перепела, что забудет про Пустую Книгу, и Мортола сможет вписать туда имя своего сына, чтобы никогда уже больше не дрожать за его жизнь!

Она говорила, как в лихорадке, все быстрее и быстрее, словно боялась, что слова ее задушат, если она не успеет их прострекотать.

– Спрячься в кусты, когда они нападут! – проговорила она. – Я не хочу, чтобы Хват ненароком пришиб и тебя. Может, ты мне еще пригодишься, если этот дурак не справится с задачей.

Орфей, она по-прежнему тебе доверяет! Он чуть не рассмеялся вслух. Куда подевался хваленый ум Мортолы? Или все ее внимание сосредоточено теперь на жуках и червяках? «Тем хуже для нее, – подумал Орфей, – и тем лучше для меня».

– Отлично. Замечательно, – произнес он, лихорадочно прикидывая в уме, как распорядиться всей этой информацией. Ясно было одно: если Мортола действительно завладеет Пустой Книгой, для него игра будет проиграна. Смерть заберет себе Змееглава, Мортола впишет в Пустую Книгу имя своего сына, а он, Орфей, не получит обратно даже похищенное у него «Чернильное сердце», не говоря уж о вечной жизни. Единственное, что у него останется, – это сказки, сочиненные Фенолио для избалованного ребенка. Нет! Так дело не пойдет. Он должен и дальше делать ставку на Змееглава.

– Что ты таращишься на меня, как лунатик? – Голос Мортолы с каждым словом все больше превращался в стрекот.

– Хозяин! – встревоженный Осс просунул голову в палатку. – Вас зовет Змееглав. Говорят, он в отвратительном настроении.

– Иду! – Орфей чуть не наступил сороке на хвост, выходя из палатки. Она отпрыгнула с сердитым стрекотом.

– Мерзкая тварь! – буркнул Осс, пытаясь пнуть птицу. – Прогоните ее, хозяин. Моя мать говорила, что сороки – это заново родившиеся воры.

– Да, я их тоже не люблю, – шепнул ему Орфей. – Знаешь что? Сверни ей шею, пока меня нет.

Губы Осса искривила злобная улыбка. Он любил такие поручения. На самом деле он был вовсе не плохим телохранителем. Пожалуй, даже очень хорошим.

Орфей пригладил волосы (в Омбре их считали ранней сединой, таких светлых блондинов здесь больше не было) и зашагал к шатру Змееглава. Перепела он ему не вычитает и до конца аудиенции не узнает, что интересного скрывается в книжке Якопо, но благодаря Мортоле у него теперь было чем развлечь Серебряного князя.

Шатер Змееглава темнел среди деревьев, словно забытый клочок ночи. Ну и что? «Ночь, Орфей, всегда была к тебе благосклоннее, чем день», – думал он, когда Пальчик с непроницаемым лицом раздвинул перед ним черные полотнища. Разве в темноте и тишине воображению не легче перекраивать мир по своему вкусу? Пожалуй, нужно будет погрузить историю Фенолио в вечную ночь, как только он получит обратно «Чернильное сердце».

– Ваше величество! – Орфей низко поклонился, увидев лицо Змееглава, выплывавшее из мрака, словно луна. – Я принес новости, подслушанные у ветра... Мне кажется, они вам понравятся.

Ленивый старик

Однажды Бог решил, что пора сделать в мастерской весеннюю уборку. (...) Просто поразительно, сколько всякого запылившегося барахла он вымел из-под верстака. Незаконченные создания; части, выглядевшие вполне приемлемо, но, очевидно, не подошедшие к целому; идеи, которые он отложил в сторону, а потом забыл (...). Там валялся даже комочек солнца.

Бог почесал в затылке. И что делать со всем этим мусором?

Тед Хьюз. Отходы

Опять она! Элинор Лоредан. Имя звучит так, как будто это он ее выдумал. Фенолио, чертыхнувшись, натянул на голову одеяло. Мало того что эта тетка – синий чулок, всезнайка и упряма, как мул, так она, оказывается, еще и любительница вставать спозаранку? На дворе наверняка еще темно!

– Гм, не похоже на прилив вдохновения! – Она воззрилась на чистый лист бумаги у его постели.

Какой же чудовищно бодрый у нее голос!

– Разве не правда, что музы слаще всего целуют по утрам? Помнится, я что-то такое читала.

О Господи! Что она может знать о сладких поцелуях?! И разве не заслужил он право поспать (раз уж в этой проклятой пещере нет приличного вина)? Разве не спас он только что Черного Принца? Тот, правда, еще с трудом держался на ногах и почти ничего не ел, как озабоченно твердила Минерва, – но не умер, и это главное!

Принц даже снова выезжал на охоту, хотя Роксана ему запретила. Детей ведь нужно было чем-то кормить. Добыть пропитание в это время года было непросто, а малыши постоянно просили есть, кроме тех моментов, когда они требовали от Дариуса рассказать сказку, от Фарида – показать фейерверк, а от Мегги – спеть песню о Перепеле (она пела их теперь не хуже, чем Баптиста).

«Вот чем надо заняться в первую очередь, – думал Фенолио, демонстративно поворачиваясь спиной к сеньоре Лоредан. – Сочинить охотникам побольше легкой добычи – крупной, с нежным мясом...»

– Фенолио!

Нет, это же надо! Она стаскивает с него одеяло!

Розенкварц высунул голову из кармана, в котором повадился спать в последнее время, и протер сонные глаза.

– Доброе утро, Розенкварц! Приготовь бумагу и очини перья!

Эти интонации! Медсестра, да и только. Фенолио со стоном сел. Он слишком стар, чтобы спать на полу в сырой пещере!

– Это *мой* стеклянный человечек, и *я* говорю ему, что делать! – буркнул он.

Но Розенкварц уже бросился исполнять поручение со сладчайшей улыбкой на бледно-розовых губах.

Тысяча чернильных чертей! Предатель стеклоголовый! С какой готовностью он выполняет ее приказы! А когда о чем-нибудь просит Фенолио, он и вполовину не так услужлив.

– Замечательно! – медовым голосом произнесла сеньора Лоредан. – Благодарю тебя, Розенкварц!

Элинор. «Я бы подобрал ей другое имя, – думал Фенолио, поеживаясь и нашаривая ногами сапоги. – Что-нибудь боевое... Пенфесилея, Боадицея или какие там еще были воинственные дамы... Какой же в этой пещере собачий холод, ко всему прочему! Ты не мог бы это изменить, Фенолио? Кажется, нет...»

Пока он дул на замерзшие руки, непрошеная гостья принесла ему дымящуюся кружку.

– Держи! Невкусно, но согревает. Кофе из древесной коры. Розенкварц все-таки самый милый из стеклянных человечков, – доверительно шепнула она. – Сланец тоже прелесть, но он до того застенчивый! А эти розовые волосы!

Польщенный Розенкварц пригладил прическу. Слух у стеклянных человечков был острый, как у сов (еще одна причина посылать их шпионить, несмотря на хрупкость). Засунуть бы этого тщеславного коротышку в пустой винный мех!

Фенолио отхлебнул горячего отвара – действительно, редкая гадость, – встал и окунул лицо в миску с водой, которую ему с вечера ставила Минерва. Показалось ему или вода действительно покрылась тоненькой корочкой льда?

– Лоредан, ты ничего не понимаешь в писательском деле! – буркнул он. Да, он будет звать ее «Лоредан». Это имя ей больше подходит, чем романтичное «Элинор». – Во-первых, раннее утро – самое неподходящее время: мозги спросонок похожи на мокрую губку. Во-вторых, настоящая работа начинается с того, чтобы смотреть в пространство и ждать, пока придет нужная мысль.

– Да, эту часть ты отрабатываешь сполна, не сомневаюсь! (Вот ехидна!) – Скажи еще, что работе очень способствует вливать в себя побольше водки и медовухи.

Кажется, Розенкварц кивнул? «Прогоню его в лес, пусть учится там у своих диких родственников питаться улитками и жуками», – думал Фенолио.

– Ты, Лоредан, конечно, давно уже знаешь, чем все закончится. Наверное, финал нащебетал тебе вчера воробушек, пока ты сидела перед пещерой и млела от восторга, таращась на мой мир!

Проклятье, штаны опять порвались! А у Баптисты уже нитки на исходе.

– Чернильный Шелкопряд! – из-за перегородки появилась Деспина. При виде девочки он всякий раз таял и ненадолго забывал, куда его занесло. – Завтракать будешь?

Ах, Минерва, добрая душа! Она по-прежнему заботилась о нем, как дома в Омбре. Фенолио вздохнул. Хорошее было время...

– Нет, спасибо, Деспина, – ответил он, покосившись на другую свою посетительницу. – Передай маме, что мне, к сожалению, с самого раннего утра перебили аппетит.

Деспина переглянулась с Элинор – и в этом взгляде ясно читалась единодушная насмешка над ним! Неужели и дети Минервы теперь на стороне Лореданши?

– Уже два дня, как ушла Реза, не говоря уж о Хвате. Для чего она оставила тебе книгу – чтобы ты целый день спал или наливался дрянным вином за компанию с Баптистой?

До чего прекрасна была бы жизнь, если б не этот голос над ухом!

– Твой долг перед Мортимером – написать несколько слов ему в поддержку. Кто еще ему поможет? Черный Принц не скоро оправится от болезни. Дочка Мортимера, бедняжка, ждет не дождется, чтобы ты дал ей что-нибудь прочесть. Но ты не пишешь! «*Холодно, вино плохое, дети шумят, работать невозможно...*» Для нытья у тебя слов хватает!

Розенкварц снова кивнул. «Я подмешаю ему супа в песок, – думал Фенолио, – и побольше, чтобы у него начались судороги, как у Черного Принца, – только тут уж я не буду сочинять спасительных слов!»

– Фенолио! Ты меня слышишь? – Как она на него смотрит! Учительница, требующая домашнее задание!

Книга. Да, Реза ему ее оставила. Ну и что? Какой с этого прок? Книга только напоминала ему, как легко было сочинять, не думая о том, что каждое написанное слово может стать реальностью!

– Неужели это так трудно? Мортимер ведь почти все придумал за тебя! Он скажет Змееглаву, что может исцелить Пустую Книгу, Виоланта отвлечет отца, а Мортимер впишет три слова. За этим последует поединок со Свистуном – такие сцены всегда эффектно получаются, – потом еще выход Огненного Танцора (хоть я его и не люблю), и для Резы ты тоже мог бы написать роль. Она могла бы, например, задержать этого омерзительного Хвата, уж не знаю как, но ты наверняка что-нибудь придумаешь...

– Хватит! – Фенолио заорал так, что Розенкварц с перепугу спрятался за чернильницу. – Что за вздор ты несешь! И ведь это типично – читатели со своими идеями! Да, план Мортимера, конечно, хорош – прост и ясен. Перехитрить Змееглава с помощью Виоланты, вписать три слова – и все, Змееглав мертв, Перепел спасен, Виоланта воцаряется в Омбре – красота! Вчера ночью я пытался это написать. Ничего не выходит! Мертвые слова! Эта история не любит легких путей. Она задумала что-то другое, я нутром чую! Но что? Свистуна я вставил, для Сажерука нашел применение, но... чего-то не хватает! Кого-то не хватает! Кого-то, кто здорово подпортит Мортимеру его замечательный план. Хват? Нет, он слишком глуп. А кто же тогда? Коптемаз?

Как испуганно она на него смотрит! Ну вот. Дошло наконец. Но в следующую минуту она опять преисполннилась протеста. Хорошо еще, что не затопала ногами, как ребенок. Она и была ребенком, просто вырядившимся толстой пожилой женщиной.

– Ерунда! Автор-то ты! Как ты сочинишь, так и будет...

– Вот как? А почему же тогда погиб Козимо? А разве я писал о том, что Мортимер заставит Змееглава гнить заживо? Нет. Разве моя была идея, что Хват увидит в Перепеле соперника или что Уродина вдруг захочет убить своего отца? Ничего подобного. Я посадил эту историю, как саженец, но дальше она растет как хочет, а от меня все требуют, чтобы я знал заранее, куда потянутся ее ветви!

Бог ты мой! Этот недоверчивый взгляд. Как будто он ей про Деда Мороза рассказывает. Но потом она выпятила подбородок (весьма солидных размеров), а это ничего хорошего не предвещало.

– Отговорки! Пустые отговорки! Ты тут сидишь и ничего не можешь придумать, а Реза отправилась в этот замок. Что, если Змееглав доберется туда раньше нее? Что, если он не поддастся на уловки своей дочери и Мортимер погибнет до того, как...

– Что, если Мортола вернулась, как утверждает Реза? – резко перебил ее Фенолио. – Что, если Хват убьет Мортимера, потому что ревнует Перепела к Черному Принцу? Что, если Виоланта все же выдаст Мортимера отцу, оскорбившись, что ее любовь отвергнута? А что со Свистуном, что с избалованным сыном Виоланты, что, что, что?.. – Старик кричал так, что Розенкварц забился под одеяло.

– Ладно, не кричи так! – Сеньора Лоредан вдруг заговорила непривычно кротко. – У бедняжки Розенкварца голова лопнет!

– Не лопнет! Она у него пустая, как устричная скорлупка! А моя голова должна решать трудные вопросы, вопросы жизни и смерти! Но стеклянного человечка жалеют, а меня подымают с постели ни свет ни заря, хотя я полночи лежал без сна, прислушиваясь к этой истории, чтобы понять наконец, к чему она клонит.

Она молчала. Просто не верится! Молчала, прикусив на удивление женственную нижнюю губу, и рассеянно отцепляла репейник от платья, которое дала ей Минерва. Одежда Элинор была все время в сухих листьях, репьях и кроличьей шерсти, и неудивительно – ведь Лореданша неустанно прочесывала лесные дебри. Элинор любила его мир, этого у нее не отнимешь, хотя она ни за что не призналась бы в этом, и понимала его почти так же хорошо, как сам Фенолио.

– А если... А не мог бы ты придумать небольшой эпизод, просто чтобы выиграть время? – Голос у нее был куда менее напористый, чем обычно. – Время для раздумий и для твоей работы! И чтобы Реза успела предостеречь Мортимера от этой сороки и от Хвата. Например, у кареты Змееглава могло бы сломаться колесо. Он ведь в карете путешествует?

Черт возьми! Неплохая мысль. Почему он сам до нее не додумался?

– Можно попробовать, – буркнул Фенолио.

– Вот и отлично! – Она улыбнулась с явным облегчением и снова обрела самоуверенность. – Я попрошу Минерву заварить тебе чаю покрепче, – сказала она через плечо. – Чай гораздо лучше помогает думать, чем вино. И не обижай Розенкварца!

Стеклянный человечек улыбнулся ей вслед омерзительно-нежной улыбкой, и Фенолио легким пинком опрокинул его на спину.

– Размешай чернила, двуязычный предатель! – скомандовал он, пока Розенкварц с обиженной миной подымался на ноги.

Минерва действительно принесла чай, даже с маленьким кусочком лимона. Снаружи доносился детский смех, как будто все в этом мире было в полном порядке. «Наведи в нем порядок, Фенолио! – думал он. – Лоредан права. Эту историю все еще сочиняешь ты. Змееглав отправился к Озерному замку, а Мортимер ждет его там. Перепел готовится к лучшей своей песне. Создай ее! Допиши до конца роль, которую Мортимер играет с такой отдачей, словно родился с придуманным тобою именем. Слова снова тебе повинуются. Книга у тебя. Орфей забыт. Это твоя повесть. Приведи ее к счастливому концу!»

Да, у него все получится. И сеньора Лоредан наконец прикусит язык и начнет относиться к нему с подобающим почтением. Но сперва нужно задержать Змееглава (и забыть о том, что это ее идея).

Снаружи шумели дети. Розенкварц шептался со Сланцем, который пристроился между остро заточенных перьев и во все глаза глядел на Фенолио. Минерва принесла суп, а Элинор косилась на него из-за перегородки, как будто он ее оттуда не видит. Но вскоре Фенолио перестал замечать все это. Слова повлекли его за собой, как в былые времена, он мчался на их чернильно-черных спинах, слепой и глухой ко всему окружающему, и слышал только скрип колес по замерзшей земле и внезапный треск черного лакированного дерева. Вскоре стеклянные человечки уже обмакивали ему перья вдвоем – так быстро полились слова на бумагу. Великолепные слова. Фирменные слова Фенолио. Ах, он уж и забыл, как опьяняют буквы, – никакое вино с ними не сравнится...

– Чернильный Шелкопряд! – Фенолио раздраженно поднял голову. Он был сейчас далеко в горах, на пути к Озерному замку, и чувствовал отекшее тело Змееглава как свое собственное...

Перед ним стоял встревоженный Баптиста. Горы растаяли. Фенолио снова был в пещере, среди разбойников и голодных детей. Что случилось? Неужели Черному Принцу снова хуже?

– Дориа вернулся из разведки. Мальчик еле дышит, он, похоже, бежал всю ночь. Говорит, что Зяблик направляется сюда, он проведал о пещере. Откуда – никто не знает. – Баптиста потер рябые щеки. – У них собаки. Дориа говорит, они будут здесь сегодня к вечеру. Надо уходить.

– Уходить? Куда?

Куда они пойдут с кучей истосковавшихся по дому детей? По лицу Баптисты Фенолио видел, что разбойники тоже не знают ответа.

Ну вот! Что теперь скажет всезнающая мадам Лоредан? Можно работать в такой обстановке?

– Скажи Принцу, что я зайду к нему сейчас.

Баптиста кивнул. Едва он отошел, к Фенолио подбежала Деспина. Личико у нее было испуганное. Дети сразу чувствуют, когда что-то не так. Они привыкли угадывать то, чего им не говорят.

– Иди сюда!

Пока Розенкварц обмахивал кленовым листом свеженаписанные слова, Фенолио взял Деспину на колени и погладил по светлым волосам. Дети... Фенолио многое прощал своим злодеям, но, с тех пор как Свистун стал охотиться на детей, он хотел одного: поскорее написать ему смерть, причем жестокую. Ах, почему он не сделал этого раньше! Но со Свистуном придется подождать, как и с песнью о Перепеле. Куда деваться с детьми? Соображай, Фенолио, скорее.

В отчаянии он потер морщинистый лоб. Неудивительно, право, что мысли прочерчивают на лбу такие борозды.

– Розенкварц! – крикнул он. – Сходи за Мегги. Скажи, чтобы читала то, что я успел написать. Ничего, что незакончено. Пока хватит и этого!

Стеклянный человечек так резво помчался исполнять поручение, что опрокинул вино, принесенное Баптистой, и одеяло Фенолио окрасилось алым, как будто его залили кровью. Книга! Фенолио поскорее вытащил ее из-под мокрого одеяла. «*Чернильное сердце*». Название ему до сих пор нравилось. Что случится, если эти страницы отсыреют? Может быть, весь его мир начнет разлагаться? Но бумага была сухой. Только угол обложки немного подмок. Фенолио потер его рукавом.

– Что это? – Деспина вынула у него из рук книгу.

Ну конечно! Откуда ей знать, что такое книга? Она ведь выросла не в замке и не в доме богатого торговца.

– Здесь хранятся истории, – сказал Фенолио.

Он слышал, как Эльфогон сзывает детей, слышал возбужденные голоса женщин, начинающийся плач. Деспина испуганно прислушалась, но снова отвлеклась на книгу.

– Истории? – Она полистала страницы, как будто ждала, что с них посыплются слова. – Какие? Ты нам их рассказывал?

– Эти – нет.

Фенолио мягко вытянул книгу из рук Деспины и посмотрел на страницу, которую она открыла. Оттуда глядели его собственные слова, написанные так давно, что звучали как чужие.

– Что это за история? Ты мне ее расскажешь?

Фенолио смотрел на свои старые слова, написанные тем Фенолио, которого больше не было, Фенолио, чье сердце было моложе и легкомысленнее. «И не так тщеславно», – добавила бы, наверное, сеньора Лоредан.

«О краях к северу от Омбры рассказывали чудеса. Никто из жителей города не видел их своими глазами, но все знали о них из песен. Когда крестьяне хотели на несколько драгоценных мгновений забыть о тяжком труде, они воображали, что стоят на берегу озера,

в чью зеркальную гладь будто бы любят смотреться великаны. Они представляли себе, как всплывают на поверхность живущие там русалки и забирают их к себе во дворцы из жемчуга и перламутра. Пот тек по лицам крестьян, но они тихонько напевали песни о горах, накрытых снежными шапками, и о гнездах, которые люди построили на огромном дереве, когда великаны начали воровать их детей».

Гнезда... Огромное дерево... Воровать детей... Да, это оно!

Фенолио схватил Сланца и посадил на плечо Деспине.

– Сланец проводит тебя к маме, – сказал он. – Мне нужно к Принцу.

«Сеньора Лоредан права, Фенолио! – думал он, торопливо пробираясь через толпу перепуганных детей, плачущих матерей и растерянных разбойников. – Ты глупый старик, мозги у тебя затуманены вином, и ты не помнишь собственную повесть! Орфей, наверное, теперь больше знает о твоем мире, чем ты».

Но тщеславие, жившее у него где-то между лбом и грудиной, сразу возмутилось. «Да как же тебе все их помнить, Фенолио? – зашептало оно. – Их просто слишком много. Такая уж у тебя неисчерпаемая фантазия».

Да-да, он тщеславный старик, и не спорит с этим. Но разве для гордости совсем уж нет оснований?

Негодные помощники

Когда мы, уходя, играем в игры,
Для бегства оставляя щель,
Сквозняк Судьбы, болтами скрипнув,
Предательски захлопнет дверь.

М. Станиславский.
Из Эмили Дикинсон

Мортола сидела на тисовом дереве. Черное оперение сливалось с темными ядовитыми иглами. Левое крыло у нее болело. Слуга Орфея чуть не сломал его своими толстыми пальцами, сороку спас лишь клюв. Она в кровь расклевала ему безобразный нос и каким-то чудом выпорхнула из палатки, сама не веря, что уцелела. С тех пор она не могла летать далеко, но хуже было другое — ей не удавалось стряхнуть птичий облик, хотя она давно уже не глотала зерен. Когда она в последний раз была человеком? Два, три дня назад? Соро́ка дней не считала, она думала только о жуках и личинках (жирных, белых личинках!), о зиме и ветре да о блохах в перьях.

Последний, кто видел ее в человеческом образе, был Хват. Да, он сделает то, что она ему нашептала, нападет в лесу на Змееглава, но в благодарность за добрый совет он обозвал ее проклятой ведьмой и едва не отдал на растерзание своим людям. Она укусила его за руку и осыпала их всех страшными проклятиями, пока от нее не отступились, а потом в кустах снова положила под язык зерна, чтобы улететь к Орфею, но там его слуга чуть не сломал ей крыло! Глаза бы ему выклевать! И всем остальным! Запустить когти в эти глупые рожи!

Мортола испустила жалобный крик, и разбойникам показалось, что птица кличет их смерть. Они не поняли, что эта сорока – та самая старуха, которую они хотели убить несколько дней назад. Они вообще ничего не понимают. Что они собираются делать без помощи Мортолы с книгой, если действительно заполучат ее в свои грязные руки? Они были глупы, как белые личинки, которых она выкапывала из земли. Они что, воображают, что книгу надо просто потрясти или постучать по гниющим страницам и оттуда дождем польется обещанное золото? Нет. Похоже, они вообще ни о чем не думали, а просто сидели в лесу и ждали наступления темноты, чтобы подкрасться к дороге, по которой поедет черная карета. Через несколько часов им предстоит сразиться со Змееглавом – и чем они заняты? Пьют самогон, украденный у какого-то угольщика, мечтают о будущем богатстве и бахвалятся, как убьют сперва Змея, а потом и Перепела. «А как же три слова? – мысленно кричала им сорока. – Кто из вас, дураков, способен вписать их в Пустую Книгу?»

Но Хват, похоже, подумал об этом.

– А когда заполучим книгу, – рассуждал он заплетающимся языком, – мы изловим Перепела и заставим его вписать туда три слова, а когда Змей помрет, а мы озолотимся, мы и Перепела убьем, потому что мне осточертело слушать глупости, которые о нем распевают.

– Да, пусть теперь песни поют о нас! – подхватил пьяный Гекко, заталкивая в клюв своей вороне кусок хлеба, пропитанного водкой. Одна только эта ворона нет-нет да и поглядывала вверх, на Мортолу. – Мы прославимся больше, чем они все! Больше, чем Перепел, больше, чем Черный Принц, больше, чем Огненный Лис и его поджигатели. Больше, чем... как там звали его прежнего хозяина?

– Каприкорн.

Имя раскаленной иглой вонзилось в сердце Мортолы. Она крепче вцепилась в ветку, сотрясаясь всем телом от мучительной тоски по сыну. Еще раз увидеть его лицо, подать ему еду, постричь волосы...

Сорока снова пронзительно вскрикнула – ее боль и ненависть разнеслись эхом по темной долине, где разбойники поджидали в засаде владыку Дворца Ночи.

Ее сын. Ее великолепно жестокий сын. Мортола вырывала клювом перья на груди, словно пытаясь расправиться с болью в сердце.

Умер. Погиб. А его убийца изображает благородного разбойника, и ничтожная чернь, прежде дрожавшая перед ее сыном, поет о нем хвалебные песни. Его рубашка уже пропиталась красной влагой, жизнь уже вытекла из него, но маленькая ведьма его спасла. Может быть, она и сейчас где-то нашептывает колдовские слова? Она клювом искромсает физиономию и ей, и ее отцу, так что предательница-служанка их не узнает... Реза... Она узнала тебя, Мортола, это точно... но что она может сделать? Перепел ушел один, а его жена играет ту роль, что и все женщины в этом мире, – роль ожида... Гусеница!

Она торопливо склюнула мохнатое тельце. «Гусеница, гусеница!» – ликовало все в ней. Проклятые птичьи мозги! О чем она думала? Ах да! Об убийстве. О мести. Это чувство было птице знакомо. Ее перья встопорщились, а клюв так яростно заколотил по древесной коре, словно это было лицо Перепела.

Порыв холодного ветра качнул вечнозеленые ветви. Мортола почувствовала на перьях капли дождя. Пора слететь вниз, в темные заросли, которые скроют ее от глаз разбойников, отделаться там от птичьего облика, вернуться в человеческое тело.

Но птица думала: нет, пора уткнуть клюв под крыло, задремать под баюкающий шелест ветвей. Вздор! Она встряхнулась, помотала маленькой глупой головой, заставила себя вспомнить свое имя. Мортола. Мортола, мать Каприкорна.

Но что это? Ворона на плече у Гекко резко повернула голову и растопырила крылья. Хват неуверенно поднялся на ноги, вынул меч из ножен и крикнул остальным, чтобы готовились к бою. Но люди Змееглава уже выходили из-за деревьев. Их предводителем был тощий человек с ястребиным лицом и непроницаемыми, как у мертвеца, глазами. Он словно между делом заколол первого разбойника. На Хвата напали сразу трое. Он перерезал их всех, хотя рука у него еще болела от укуса Мортолы. Но вокруг разбойники гибли, как мухи.

Да, о них будут петь песни – насмешливые песни о простофилях, вообразивших, что могут запросто подстеречь на дороге Змееглава, словно какого-нибудь богатого купца.

Мортола издала жалобный стрекот, а внизу мечи вонзались в живую плоть. Нет, эти помощники оказались негодными. Теперь вся ее надежда только на Орфея с его чернильным колдовством и бархатным голосом.

Ястребиное Лицо обтер меч о плащ убитого и огляделся.

Мортола невольно сжалась, но сорока в ней жадно смотрела вниз, на блестящее оружие, кольца и пряжки поясов. Как они будут красоваться в ее гнезде, отражая по ночам блеск звезд!

Все разбойники полегли в бою. Хват стоял на коленях. По знаку Ястреба его подтащили ближе. «Ну вот и смерть твоя пришла, болван! – горько подумала Мортола. – А старуха, которую ты хотел убить, смотрит, как ты умираешь!»

Ястреб спрашивал Хвата о чем-то, бил по лицу, снова спрашивал. Мортола склонила голову набок, чтобы лучше слышать, и слетела под прикрытием хвои на несколько веток ниже.

– Он лежал при смерти, когда мы уходили. – Хват говорил с вызовом, но голос его был хриплым от страха.

Черный Принц. Они говорят о нем. «Это я! – беззвучно кричала сорока. – Я, Мортола, его отравила. Спросите Змееглава, помнит ли он меня!»

Она перепорхнула еще ниже. Кажется, тощий убийца говорит о детях? Он знает о пещере? Откуда? Как же трудно соображать птичьими мозгами!

Один из солдат вытащил меч, но Ястреб резко остановил его. Он отошел в сторону и приказал своим людям сделать то же. Хват, все еще стоявший на коленях среди трупов, удивленно поднял голову. А сорока, которая минуту назад хотела слететь вниз, чтобы сорвать с мертвых кольца и серебряные пуговицы, застыла на ветке, трясясь от страха. В глупой птичьей голове раздавалось лишь одно слово: смерть! Смерть! Смерть! И вот между деревьями показалась затхлая чернота, пыхтящая, как большая собака, бесформенная и в то же время человекоподобная – ночной кошмар. И Хват уже не ругался, а умолял, а Ястреб смотрел на него своими мертвыми глазами, пока солдаты отступали все дальше за деревья. Ночной кошмар наступал на Хвата, словно ночь распахнула тысячезубую пасть, – и разбойник погиб самой страшной из смертей.

«Ну и что! Туда ему и дорога! – думала Мортола, дрожа птичьим телом как осиновый лист. – От него никакого толку! Орфей должен помочь. Орфей...»

Орфей. Казалось, имя обрело плоть, стоило мысленно его произнести.

Нет, не может быть. Не может быть, что это Орфей появился из-за деревьев – и ночной кошмар съежился, как пес, перед его дурацкой улыбкой.

Кто рассказал Змееглаву о разбойниках, Мортола? Кто?

Орфей пустыми глазами рассматривал ветви. А потом поднял полную бледную руку и показал на замершую от ужаса сороку.

Лети, Мортола, лети! Стрела настигла ее в воздухе, и боль прогнала птичий облик. Крылья исчезли, и она все падала и падала сквозь холодный воздух. О землю разбилось человеческое тело. Последнее, что она видела, была улыбка Орфея.

Трупы в лесу

Вечерело весь день.
Снег шел
И собирался идти.
Черный дрозд сидел
В сучьях кедра.

Уоллес Стивенс.
Тринадцать способов
нарисовать дрозда

Вперед, скорее вперед не останавливаясь. Резу мутило, но она не подавала виду. И каждый раз, как Силач с тревогой оборачивался к ней, она улыбалась ему, чтобы он не вздумал сбавить шаг. Хват и так опережал их на полдня, а о сороке она старалась даже не думать.

Шагай, Реза, шагай. Подумаешь, тошнота. Жуй листья, которые дала тебе Роксана, и вперед. Лес, по которому они пробирались уже несколько дней, был темнее Непроходимой Чащи. В этой части Чернильного мира она никогда еще не бывала. Казалось, что в повести открылась новая, прежде не читанная ею глава. «Комедианты называют его «Лес», где спит ночь, – сказал ей Силач. – А кикиморы окрестили его Бородатым лесом из-за целебных растений, вьющихся по деревьям». Да, это имя ей больше нравилось. Из-за мороза многие деревья действительно стали похожи на пожилых великанов.

Силач мастерски читал следы, но даже Реза сумела бы отыскать путь Хвата и его товарищей. Во многих местах отпечатки подошв вмерзли в снег, словно время застыло на ходу, а кое-где были размыты дождем, словно он пытался смыть и оставивших их людей. Разбойники не особенно старались остаться незамеченными. Да и зачем? На этот раз преследователями были они.

Дни были дождливые. Ночью дождь переходил в град, но, к счастью, в лесу было много вечнозеленых деревьев, и путники укрывались под мощными хвойными лапами. С закатом солнца становилось холодно. Силач отдал Резе плащ на меховой подкладке, и ночами она, закутавшись, отсыпалась на ложе из сухого мха и лишайника, срезанного Силачом с деревьев.

Шагай, Реза, не останавливайся! Сорока летает быстро, а Хват выхватывает нож еще быстрее. Над ее головой раздался хриплый птичий крик, и Реза с тревогой посмотрела вверх, но это была ворона, а не сорока.

– Карр! – Силач ответил черной птице на ее языке (с ним даже совы переговаривались) и вдруг резко остановился. – Какого черта? – пробормотал он, почесывая наголо обритый затылок.

Реза испуганно посмотрела на него:

– Что случилось? Ты заблудился?

– Я? Никогда в жизни и ни в одном лесу на свете! А уж в этом тем более. – Силач нагнулся и внимательно осмотрел следы на замерзшей траве. – Здесь мы с двоюродным братом добывали дичь. Это он научил меня разговаривать с птицами и сооружать подстилки из бороды деревьев. И Озерный замок он мне тоже показывал. Нет, это Хват отклонился с пути, а не я! Он почему-то резко забрал на запад.

– Твой двоюродный брат? – Реза с любопытством посмотрела на него. – Он тоже у разбойников?

Силач покачал головой.

– Нет, он ушел к поджигателям, – сказал он, не глядя на Резу. – А потом исчез вместе с Каприкорном, и больше его никто не видел. Он был высокий, страхолюдный, но я всегда был сильнее, даже в детстве. Я часто о нем вспоминаю. Конечно, он заделался проклятым поджигателем, но все же это мой родич, понимаешь...

Высокий, страхолюдный... Реза перебрала в памяти людей Каприкорна. Плосконос? «Твоего родича, Силач, убил голос Мо, – подумала она. – Стал бы ты его защищать, если бы знал об этом? Да, наверное, стал бы».

– Давай посмотрим, что увело его с пути, – сказала она. – Пойдем по следам.

Они скоро нашли Хвата и его людей на поляне, покрытой опавшей листвой. Мертвецы лежали на земле, как будто деревья сбросили их заодно с листьями. Над трупами уже трудились вороны.

Реза спугнула их – и в ужасе отпрянула, увидев тело Хвата.

– Что это было?

– Ночной кошмар! – Силач говорил еле слышно.

– Ночной кошмар? Но они убивают одним испугом! Я видела!

– Это если им помешать. Когда есть возможность, они утоляют голод.

Мо однажды показывал ей оболочку вылупившейся стрекозы. Пустая кожа еще обрисовывала очертания тела. От Хвата осталось примерно то же. Резу вырвало.

– Не нравится мне это. – Силач изучал залитую кровью поляну. – Похоже, нападавшие стояли и смотрели, как ночной кошмар его жрет, будто это их ручной зверь, как медведь у Принца!

Он прислушался, но вокруг царило безмолвие. Только вороны дожидались своего часа на деревьях.

Силач закрыл мертвое лицо Гекко его плащом.

– Да, я пойду по следам. Чтобы узнать, откуда пришли убийцы.

– Это я тебе и так могу сказать. – Реза наклонилась над одним из мертвецов и приподняла его левую руку. На ней не хватало мизинца. – Твой младший брат рассказывал мне, что у Змееглава новый телохранитель. Он был пытчиком во Дворце Ночи, а теперь получил повышение. По словам Дориа, этот тип известен тем, что отрезает каждому убитому им человеку мизинец и делает из кости свистульку, чтобы поиздеваться над Свистуном... Свистулек у него не перечесть, говорят. – Резу трясло, хотя теперь она могла не бояться Хвата. – Она не сможет его защитить, – прошептала она. – Виоланта не спасет Мо! Они убьют его...

Силач поднял ее и неловко обнял.

– Что будем делать? – спросил он. – Возвращаемся?

Но Реза покачала головой. Они приручили ночной кошмар. Ночной кошмар... Она огляделась.

– Сорока, – произнесла она. – Где сорока? Позови ее.

– Я же тебе сказал: она говорила не по-птичьи, – ответил Силач и все же изобразил сорочий стрекот.

Ответа не было, но тут Реза увидела труп.

Мортола лежала в стороне от остальных. Из ее груди торчала стрела. Реза часто воображала себе, как увидит наконец мертвой ненавистную старуху. Ей столько раз хотелось убить Мортолу своими руками, но сейчас она не испытывала никаких чувств. На снегу рядом с покойницей лежало несколько черных перьев, а ногти на левой руке все еще были похожи на птичьи когти. Реза нагнулась и отвязала кошель от пояса Мортолы. Там лежали крошечные черные зерна, такие же, как те, что налипли у Мортолы на бледных губах.

– Кто это? – Силач с изумлением глядел на старуху.

– Экономка Каприкорна. Мастерица готовить яды. Ты наверняка слышал о ней.

Силач кивнул и невольно отступил на шаг.

Реза привязала кошель Мортолы себе на пояс.

– Когда я была у нее в рабстве, – она улыбнулась, увидев круглые от изумления глаза Силача, – так вот, когда я была ее служанкой, говорили, что Мортола нашла растение, семена которого позволяют менять обличье. Служанки называли его «малая смерть» и рассказывали шепотом, что частое его употребление лишает разума. Они показывали мне это растение – его можно использовать и для приготовления яда, – но превращения я всегда считала сказкой. Очевидно, я была неправа. – Реза подняла черное перо и положила на простреленную грудь Мортолы. – Тогда рассказывали, что Мортола перестала прибегать к «малой смерти», потому что в образе птицы ее чуть не сожрала лиса. Но когда я увидела в пещере сороку, то сразу поняла, что это она.

Реза выпрямилась.

Силач показал на кошель у нее на поясе.

– Судя по этой истории, тебе лучше оставить эти зерна здесь.

– Ты думаешь? – ответила Реза. – Да, наверное. Пойдем, скоро стемнеет.

Человеческие гнезда

Берегись:
Слова сбежали в темноту,
Не связанные мелодией и смыслом.
Еще влажные, отяжелевшие ото сна,
Они плывут по бурной реке
И превращаются в презрение.

Карлос Друммонд де Андраде.
В поисках поэзии

У Мегги так мерзли ноги, что пальцы уже ничего не чувствовали, несмотря на сапоги, которые она так кстати захватила из другого мира. Лишь во время этого бесконечного марш-броска все поняли, как хорошо пещера защищала от надвигающейся зимы и до чего легкая у них одежда. Хуже холода был только дождь. Он капал с листьев и превращал землю в топь, замерзавшую к ночи. Одна девочка уже подвернула ногу, и Элинор несла ее на руках. Каждый взрослый нес по малышу, но рук не хватало. Хват увел с собой много народу, и Реза с Силачом тоже ушли.

Черный Принц нес сразу троих детей – двух на руках и одного на спине, хотя он по-прежнему очень мало ел, а Роксана заставляла его иногда отдыхать. Мегги уткнулась лицом в волосы малыша, обнимавшего ее за шею. Беппе. Он напоминал ей внуков Фенолио. Беппе весил немного. Дети давно уже недоедали. Но после многочасовой ходьбы по топкой почве он казался тяжелее взрослого.

– Мегги, спой еще песню, – неустанно твердил Беппе, и она пела, тихо, звенящим от усталости голосом –

разумеется, о Перепеле. Она теперь забывала порой, что поет о своем отце. Когда глаза у Мегги слипались на ходу, перед ней вставал замок, виденный в огне Фарида: каменный цветок на водной глади. Она отчаянно пыталась разглядеть между темных стен Мо, но ничего не получалось.

Она была одна. С тех пор как ушла Реза, Мегги чувствовала это еще острее. Несмотря на Элинор, несмотря на Фенолио, несмотря на всех этих детей и уж конечно несмотря на Фарида. Но из щемящего одиночества, которое иногда разгонял лишь Дориа, выросло нечто новое – сознание, что она должна защищать тех, кто так же одинок, как она, без отца, без матери, неприкаянных беглецов в мире, чужом для них, как и для нее, хотя дети никогда не знали другого.

Ведь и Фенолио был родом не отсюда, и все же его слова – единственное, что указывало им сейчас дорогу.

Он шел перед ней, рядом с Черным Принцем, неся на закорках Деспину, хотя она была старше, чем многие дети, которым приходилось идти самим. Ее брат с другими мальчишками бежал впереди. Они носились вокруг деревьев, как будто не знали, что такое усталость. Черный Принц все время подзывал их обратно и велел нести маленьких, как это делали и старшие девочки. Фарид с Дориа ушли так далеко вперед, что Мегги уже час не видела их, в поисках дерева, которое Фенолио так убедительно описал Черному Принцу, что тот и в самом деле приказал сниматься с лагеря. С другой стороны, больше им все равно не на что было надеяться.

– Далеко еще? – в очередной раз услышала Мегги вопрос Деспины.

– Нет, еще немножко – и мы там, – ответил Фенолио.

Скорее всего, он и сам не знает.

Мегги слышала, как он рассказывал Черному Принцу о гнездах. «*Они выглядят как огромные гнезда фей, но там жили люди, Принц! Много людей. Когда великаны повадились воровать у них детей, люди построили гнезда на таком высоком дереве, что ни один великан не мог до них дотянуться»*.

– Из чего следует, что великанов в повести нужно делать не слишком большими, – шепнул он Мегги.

– Человеческие гнезда? – тихо отозвалась она. – Это ты прямо сейчас выдумал?

– Нет, конечно. Глупости какие, – обиженно ответил Фенолио. – Я разве просил тебя вычитать их? Этот мир устроен так, что в нем вполне можно жить, не выдумывая постоянно что-то небывалое, хотя этот дурак Орфей другого мнения. Надеюсь, он теперь просит подаяния на улицах Омбры, в наказание за то, что выкрасил моих фей во все цвета радуги!

– Беппе, а теперь пройдись-ка ножками! – Мегги спустила на землю сопротивляющегося малыша и взяла на руки девочку, спотыкавшуюся от усталости.

– Далеко еще?

Как часто Мегги задавала отцу этот вопрос во время долгих автомобильных переездов к больным книгам!

«Совсем чуть-чуть осталось, Мегги», – слышался ей голос Мо, и от усталости она на мгновение вообразила, что отец набросил куртку на ее замерзшие плечи, но это лишь ветка задела ее по спине. Мегги поскользнулась на мокрых листьях, сплошным ковром покрывавших землю, и упала бы, не поддержи ее Роксана.

– Осторожней, Мегги, – сказала она, и на мгновение ее лицо показалось Мегги более родным, чем лицо матери.

– Мы нашли это дерево! – Дориа вырос перед ними так внезапно, что малыши испугались. Он весь промок и дрожал от холода, но вид у него был счастливый, как никогда. – Фарид остался там. Он хочет взобраться наверх и посмотреть, пригодны ли еще гнезда для жилья!

Они огромные! – Дориа раскинул руки. – Нам придется что-то соорудить, чтобы поднять туда малышей, но у меня, кажется, есть идея.

Мегги никогда еще не слышала, чтобы он так много и быстро говорил.

К нему подбежала маленькая девочка, и Дориа со смехом взял ее за руки и закружил.

– Там нас Зяблик ни за что не найдет! – воскликнул он. – Осталось только научиться летать, и мы сможем жить на свободе, как птицы!

Дети возбужденно загалдели. Черный Принц поднял руку.

– Где это дерево? – Голос у него был глухой от усталости. У Мегги порой возникало пугающее чувство, будто яд что-то сломал в нем, набросил тень на свет, который он всегда излучал.

– Вон там, впереди! – Дориа махнул рукой за мокрые деревья.

Даже у самых усталых откуда-то взялись силы.

– Тихо! – крикнул Черный Принц, но дети были слишком возбуждены, чтобы слушаться. Их звонкие голоса далеко разносились по лесу.

– Ну, говорил же я тебе! – Фенолио подошел к Мегги. В его глазах светилась прежняя гордость за свой мир – чувство, которому он всегда легко поддавался.

– Ты много чего говорил! – Элинор опередила Мегги с ответом. Она промокла, замерзла и явно была в дурном настроении. – Но я этих замечательных гнезд еще не видела, и надо признаться, что перспектива сидеть в такую погоду на дереве меня не особенно вдохновляет!

Фенолио не удостоил ее ответа.

– Мегги! – прошептал он. – Как зовут этого юношу? Ну, ты знаешь, брата Силача.

– Дориа?

Дориа обернулся, когда Мегги произнесла его имя, и она улыбнулась ему. Мегги нравилось, как он на нее смотрит. Его взгляд согревал ей сердце совсем по-другому, чем это было с Фаридом. Совсем по-другому.

– Дориа, – пробормотал Фенолио. – Дориа. Знакомое имя.

– Неудивительно, – ехидно заметила Элинор. – Знаменитый род Дориа сыграл большую роль в итальянской истории.

Фенолио зло посмотрел на нее, но не успел сказать того, что явно вертелось у него на языке.

– Вот они!

Звонкий голос Иво взорвал сгущающиеся сумерки, и Минерва невольно зажала ему рот ладонью.

Это действительно были они.

Человеческие гнезда.

Выглядели они точно так, как было описано в книге Фенолио. Он читал Мегги эти строки: «*Огромные гнезда в кроне гигантского дерева, чьи вечнозеленые ветви подымались в небо так высоко, что его верхушка, казалось, теряется в облаках*». Гнезда были круглые, как у фей, но Мегги различала между ними мосты, сети из вьющихся растений, лестницы. Дети столпились вокруг Черного Принца и глядели вверх с таким восторгом, словно он привел их к облачному замку. Но самый счастливый вид был у Фенолио.

– Замечательно, правда? – воскликнул он.

– Высоко, это уж точно! – В голосе Элинор не было энтузиазма.

– В этом и смысл! – резко парировал Фенолио.

Но Минерва и прочие женщины тоже смотрели невесело.

– А те, кто раньше жил там, наверху? – спросила Деспина. – Они потом упали?

– Нет, конечно! – сердито отозвался Фенолио, но Мегги видела по его лицу, что он понятия не имеет, куда подевались прежние насельники гнезд.

– Я думаю, они просто соскучились по земле! – раздался тоненький голосок Сланца.

Оба стеклянных человечка сидели у Дариуса в кармане пальто. Он единственный был одет по-зимнему и щедро делился этим преимуществом с детьми. Они по двое залезали к нему под теплую ткань, как цыплята под крылья курицы.

Черный Принц смотрел на странные жилища, разглядывал дерево, на которое предстояло подняться, и молчал.

– Детей будем подымать в сетях, – сказал Дориа. – А вон те плети можно использовать как канаты. Мы с Фаридом их опробовали, они выдержат.

– Это лучшее укрытие на свете!

Голос Фарида раздавался откуда-то сверху. Он ловко, как белочка, спускался по стволу, словно жил раньше не в пустыне, а на деревьях.

– Даже если собаки Зяблика отыщут нас тут, сверху мы сможем защищаться.

– Надеюсь, там, наверху, они нас все-таки не найдут, – сказал Черный Принц. – Строить подземное убежище все равно времени нет, а наверху мы, наверное, сможем продержаться до тех пор, пока...

Все посмотрели на него. Да – до каких пор?

– Пока Перепел не убьет Змееглава! – сказал кто-то из детей с такой убежденностью, что Принц невольно улыбнулся.

– Именно так. Пока Перепел не убьет Змееглава.

– И Свистуна! – добавил другой мальчик.

– И его тоже, конечно.

Черный Принц и Баптиста обменялись взглядом, где надежда смешивалась с тревогой.

– Да, он убьет их обоих, а потом женится на Уродине, и они будут править счастливо до конца своих дней! – Деспина улыбалась так радостно, словно уже представляла себе свадьбу.

– Нет-нет! – Фенолио посмотрел на нее с таким ужасом, словно ее слова сейчас сбудутся у него на глазах. – Деспина, что ты, у Перепела уже есть жена! Ты разве забыла мать Мегги?

Деспина испуганно посмотрела на Мегги и прижала ладошку ко рту, но Мегги погладила ее по голове.

– Все равно история получилась хорошая! – шепнула она девочке на ухо.

– Тяните к гнездам канаты, – сказал Черный Принц Баптисте. – И спроси Дориа, как он собирается втаскивать сети наверх. Несколько человек пусть влезут на дерево и осмотрят прогнившие места.

Мегги посмотрела вверх, на густую крону. Такого дерева она еще не видела. Кора была красновато-коричневая и морщинистая, как у дуба. Ветви начинались очень высоко, но ствол был весь в узлах, так что залезть по нему было нетрудно. В некоторых местах гигантские древесные грибы образовывали как бы платформы. На огромном стволе виднелись дупла и трещины, залепленные перьями – видимо, на этом дереве селились не только люди. «Нужно спросить Дориа, не может ли он и вправду соорудить мне крылья», – при этой мысли Мегги вдруг снова вспомнила о сороке, которая так напугала ее мать.

Почему Реза не взяла ее с собой? «Она все еще считает меня маленькой!» – подумала Мегги.

– Мегги!

В ладонь ей просунулись холодные маленькие пальчики. Элинор прозвала эту девочку Огненным эльфом за рыжие волосы – до того яркие, словно в них жили искры, как в пальцах Сажерука. Сколько ей лет? Четыре? Пять? Многие из детей не знали своего возраста.

– Беппе говорит, что там, наверху, есть птицы, которые едят детей.

– Глупости! Откуда он знает? Думаешь, Беппе уже был там, наверху?

Девочка с облегчением улыбнулась и строго посмотрела на Беппе. Но тут же ее личико вновь посерьезнело: Фарид докладывал Черному Принцу о результатах разведки и малышка прислушивалась, не выпуская руки Мегги.

– Гнезда такие большие, что в каждом могут спать пять-шесть человек, – возбужденно рассказывал он. Тоска по Сажеруку, похоже, на время отпустила его. – Многие мосты подгнили, но там, наверху, достаточно древесины и лиан, чтобы починить их!

– У нас почти нет инструментов, – добавил Дориа. – Это первое, что нужно смастерить из наших мечей и ножей.

Разбойники с тревогой покосились на оружие у пояса.

– Крона такая густая, что отлично защищает от ветра, но в некоторых местах в ней проделаны бреши, – продолжал Фарид. – Это были, видимо, смотровые пункты для дозорных. А гнезда нужно будет выстелить чем-то мягким, как феи делают.

– Некоторым из нас, наверное, лучше остаться внизу, – заметил Эльфогон. – Кто-то ведь должен охотиться и...

– Вы сможете охотиться наверху! – перебил его Фарид. – Там не только целые стаи птиц, но еще большие белки и звери с хватучими пальцами, похожие на кроликов. И рыси там тоже есть.

Женщины тревожно переглянулись.

– И летучие мыши, и кобольды с длиннющими хвостами, – продолжал Фарид. – Там, наверху, целый мир! Там есть дупла, огромные, как пещеры, а некоторые сучья такие широкие, что по ним можно спокойно разгуливать. На них растут цветы и грибы. Там чудесно! Как в сказке...

Фенолио улыбался во весь рот, как король, чьи владения нахваливают знатные гости, и даже Элинор в первый раз с интересом посмотрела на узловатый ствол. Дети хотели тут же на него залезть, но женщины их удержали.

– Собирайте листья, – сказали они, – мох и птичьи перья – все, чем можно выстилать гнезда.

Солнце уже клонилось к закату, когда разбойники взялись протягивать канаты, плести сети и сооружать деревянные платформы, которые можно было втаскивать по стволу.

Баптиста и еще несколько человек пошли заметать следы. Мегги увидела, как Черный Принц растерянно смотрит на своего медведя. Как он попадет наверх? А лошади, тащившие припасы? Столько вопросов и вдобавок никакой уверенности, что Зяблик не напал на их след.

Мегги помогала Минерве плести сеть для припасов, но тут Фенолио с заговорщическим видом поманил ее за собой.

– Ты не поверишь! – зашептал он, когда они остановились между огромных корней. – Только не рассказывай Лоредан. Она сразу объявит, что у меня мания величия.

– Чего не рассказывать? – с недоумением спросила она.

– Этот юноша, ну, ты знаешь, который все время на тебя таращится и цветы носит, так что Фарид зеленеет от ревности. Дориа...

Крона над ними окрасилась розовым в лучах заходящего солнца. Гнезда свисали с ветвей, как черные плоды. Мегги смущенно отвернулась.

– Что – Дориа?

Фенолио огляделся, словно боялся, что Элинор стоит у него за спиной.

– Слушай, Мегги, – тихо сказал он, – я, кажется... я его придумал, как и Сажерука, и Черного Принца!

– Ерунда какая! Что ты несешь? – прошептала Мегги в ответ. – Дориа, наверное, еще не родился, когда ты писал свою книгу!

– Да, я знаю! В этом-то и штука! Всех этих детей, – Фенолио широким жестом показал на детей, усердно собиравших под деревом мох и перья, – моя история откладывает как яйца, без всякого моего участия. Она вообще отличается плодовитостью. Но этот юноша... – Фенолио понизил голос, как будто Дориа мог его услышать, хотя он сидел в это время с Баптистой довольно далеко от них, переделывая ножи в топорики и пилы. – Мегги, это невероятно: я написал о нем повесть, но персонаж с его именем был взрослым! Самое интересное, что эта повесть осталась ненапечатанной. Она, наверное, до сих пор лежит у меня в ящике стола, а может быть, мои внуки давно повытаскивали листы, чтобы кидаться в кошек бумажными комками!

– Но этого не может быть! Значит, это не он!

Мегги незаметно посмотрела на Дориа. Она любила на него смотреть.

– А про что повесть? – спросила она. – Что он делает, твой взрослый Дориа?

– Строит замки и городские укрепления. А еще изобретает летательный аппарат, часы и... – тут он посмотрел на Мегги, – печатный станок для знаменитого переплетчика.

– Правда? – Мегги вдруг стало жарко, как бывало, когда Мо рассказывал ей особенно увлекательную историю. «Для знаменитого переплетчика». На мгновение она забыла про Дориа и думала только о своем отце. Может быть, Фенолио давно уже написал слова, которые сохранят Мо жизнь. «Пожалуйста! – взмолилась она к повести Фенолио. – Пусть этим переплетчиком будет мой отец!»

– Я назвал его Дориа-Волшебник, – продолжал Фенолио, – но волшебство у него в пальцах, как у твоего отца. Но это еще не все, самое интересное впереди. У этого Дориа есть жена, и о ней рассказывают, что она родом из далеких стран и будто многие его изобретения подсказаны ею. Удивительно, правда?

– Что же тут удивительного? – Мегги почувствовала, что краснеет. И как раз в этот момент Фарид обернулся и посмотрел на нее. – А как ты ее назвал?

Фенолио смущенно откашлялся.

– Ты ведь знаешь, женские роли у меня не так тщательно прописаны... Я не подобрал для нее подходящего имени, поэтому там говорится просто о «его жене».

Мегги невольно улыбнулась. Да, это похоже на Фенолио.

– У Дориа два пальца на левой руке не сгибаются. Так что вряд ли он сможет мастерить такие сложные вещи...

– Эти пальцы придумал я! – вскричал Фенолио, забыв об осторожности.

Дориа поднял голову и посмотрел на них, но, к счастью, в этот момент с ним заговорил Черный Принц.

– Ему сломал их отец, – тихо продолжал Фенолио. – Спьяну. Он ударил сестру Дориа, а мальчик вступился за нее.

Мегги прислонилась к стволу. Она как будто чувствовала спиной, как бьется сердце дерева, огромное деревянное сердце. Это все сон, только сон.

– Как звали сестру? – спросила она. – Суза?

– Понятия не имею, – ответил Фенолио. – Я уже подзабыл всю эту историю, а может быть, у нее и не было имени, как у жены. Как бы то ни было, позже им будут особенно восхищаться именно за то, что он, несмотря на сломанные пальцы, способен творить такие чудеса.

– Понятно, – пробормотала Мегги и поймала себя на том, что пытается представить взрослого Дориа. – Интересная история, – добавила она.

– Я знаю, – сказал Фенолио и с довольным вздохом прислонился к дереву, которое он так много лет назад описал в одной из своих книг. – Только не вздумай проболтаться самому мальчишке.

– Ну что ты! А может, у тебя в ящике еще много таких историй? Может быть, ты знаешь, что вырастет из Беппе или из Огненного эльфа?

Фенолио не успел ответить.

Перед ними выросла Элинор с огромной охапкой мха.

– Просто отлично! Мегги, ну скажи сама – разве рядом с тобой не самый большой лентяй этого и всех других миров? Все работают, а он стоит и смотрит в небо!

– А Мегги не в счет? – сердито ответил Фенолио. – Не говоря уж о том, что всем вам нечем было бы заняться, не сочини для вас самый большой лентяй это дерево и гнезда в его кроне.

На Элинор этот аргумент не произвел ни малейшего впечатления.

– Мы себе шеи переломаем в этих чертовых гнездах! – сказала она. – Я не уверена, что это намного лучше, чем рудники.

– Не волнуйся, Лоредан. Тебя Свистун точно в рудники не потащит, – возразил Фенолио. – Ты застрянешь в первой же штольне!

Мегги оставила их браниться. Между деревьями заплясали огоньки. Мегги сперва приняла их за светляков, но вот несколько блестящих точек опустилось к ней на рукав, и она увидела, что это крошечные бабочки, словно собравшие на крылья лунный свет.

«Новая глава, – подумала она и посмотрела на гнезда над головой. – Новое место. Фенолио рассказывает мне о будущем Дориа, а вот что его повесть собирается сделать с моим отцом, – об этом он молчит. Почему Реза не взяла меня с собой?»

«Потому что твоя мать – умная женщина, – сказал ей Фенолио. – Кто, кроме тебя, прочтет мои слова, когда я их наконец напишу? Дариус? Нет уж, Мегги, в этой истории рассказчица ты. Если ты действительно хочешь помочь отцу, то твое место – рядом со мной. Мортимер наверняка со мной согласился бы».

Да, наверное.

На руку ей села светящаяся бабочка – как сияющее кольцо на пальце. «*У этого Дориа есть жена, и о ней рассказывают, что она родом из далеких стран и будто многие его изобретения подсказаны ею*». Удивительно, ничего не скажешь.

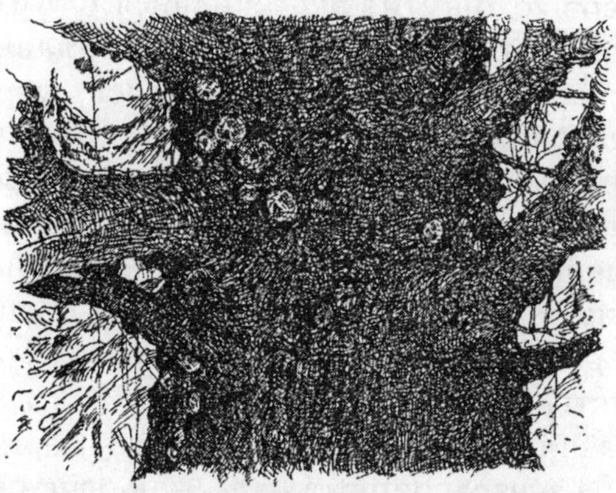

Белый шепот

Когда б раздобыл я шелку с небес,
Затканного лучом золотым,
Чтоб день, и тень, и заря с небес
Отливали в нем синим и золотым, –
Его разостлал бы, чтоб ты прошла.
Но все богатство мое в мечте;
Мечту расстилаю, чтоб ты прошла,
Любимая, бережно по моей мечте.

Уильям Батлер Йейтс.
Поэт мечтает о небесном шелке*

Сажерук смотрел с башни на черное ночное озеро, где мерцало среди звезд отражение замка. Ветер овевал его лицо прохладой снежных вершин, и Сажерук остро, словно впервые, ощутил вкус жизни. Ее томление и радость. Всю ее горечь и сладость, все, что давалось лишь на время, обреталось и утрачивалось, утрачивалось и заново находилось.

Даже темные силуэты деревьев наполняли его пьянящим счастьем. Ночь окрашивала их такой непроглядной чернотой, словно хотела доказать, что этот мир состоит на самом деле из чернил. А снег на горных вершинах разве не был похож на бумагу?

Ну и пусть!

Луна казалась серебряной дырой в черном покрывале ночи, а звезды окружали ее, как огненные эльфы. Сажерук пытался вспомнить, видел ли он луну в царстве мертвых. Может быть. Почему смерть делала жизнь

---

* Перевод Б. Ривкина.

слаще? Почему сердце любит лишь то, что может потерять? Почему?..

Белые Женщины кое-что рассказали ему об этом, но не все. «Потом, – шепнули они на прощание. – В другой раз. Ты к нам еще много раз придешь. И много раз уйдешь обратно».

Гвин сидел рядом на башенном зубце, тревожно вслушиваясь в плеск волн. Кунице замок не нравился. За спиной Сажерука ворочался во сне Волшебный Язык. Оба не сговариваясь решили ночевать наверху, несмотря на холод. Сажерук не любил спать в закрытых помещениях, и Волшебный Язык, видимо, тоже. А может быть, он устроился на башне, потому что внизу Виоланта днем и ночью без устали бродила по расписным залам, словно надеясь отыскать свою покойную мать или ускорить приезд отца. Виданное ли дело, чтобы дочери так не терпелось убить отца?

Не одной Виоланте по ночам не спалось. Миниатюрист до утра сидел в комнате с мертвыми книгами и пытался научить левую руку тому, что прежде с таким мастерством делала правая. Часами сидел он за пюпитром, который отмыла для него Брианна, и заставлял непривычные пальцы выводить листья и цветы, птиц и крошечные лица, а бесполезный беспалый обрубок придерживал пергамент, который Бальбулус предусмотрительно захватил с собой.

– Поискать тебе в лесу стеклянного человечка? – спросил Сажерук, но художник покачал головой:

– Я обхожусь без стеклянных человечков. Они вечно норовят наступить на невысохший рисунок!

Волшебный Язык метался во сне, этой ночью ему было, кажется, еще хуже, чем в предыдущие. Наверное, они снова к нему пришли. В сны Белые Женщины прокрадывались невидимо. К Волшебному Языку они наведывались чаще, чем к Сажеруку, как будто хотели убедиться, что Перепел не забыл сделку, которую заключил с их повелительницей – великой владычицей превращений, госпожой расцвета и увядания, благоденствия и гибели.

Да, они мучили его, касались холодными пальцами его сердца. Сажерук чувствовал это, словно в собственной груди. «Перепел!» – слышал он их шепот, и его сотрясал озноб и в то же время тоска по ним. «Дайте ему поспать, – думал он. – Дайте отдохнуть от страха, которым наполнен день: страха за себя, страха за дочь, страха сделать неверный шаг... Оставьте его!»

Он подошел к Волшебному Языку и положил руку ему на сердце. Тот открыл глаза, весь бледный. Да, они были у него.

Сажерук зажег огонь на кончиках пальцев. Он знал, какой холод оставляют эти гостьи. Прохлада, свежая, ясная и чистая, как горный снег, – но сердце мерзло. И в то же время горело как в лихорадке.

– Что они тебе сказали на этот раз? Перепел, бессмертие уже на подходе?

Волшебный Язык откинул пушистую шкуру, служившую одеялом. Руки у него дрожали, как будто он слишком долго держал их в холодной воде.

Сажерук раздул огонь жарче и еще раз мягко прижал ладонь к его сердцу.

– Лучше?

Волшебный Язык кивнул. Он не оттолкнул ладонь Сажерука, хотя она была горячей, почти обжигающей.

«Они что, залили тебе огонь в жилы, когда оживляли?» – спросил в свое время Фарид. «Наверное», – ответил Сажерук. Ему понравилась эта мысль.

– Да уж, они тебя, видать, действительно любят, – сказал он, когда Волшебный Язык поднялся на ноги, пошатываясь со сна. – К сожалению, они склонны забывать, что их любовь убивает.

– Да, об этом они забывают. Спасибо, что разбудил. – Волшебный Язык подошел к зубцам и посмотрел в ночь. – «Он скоро придет, Перепел! – вот что они шептали на этот раз. – Он скоро придет». А Свистун, – он обернулся и посмотрел на Сажерука, – прокладывает ему путь. Что бы это значило, как ты думаешь?

– Что бы это ни значило, – Сажерук загасил огонь и встал рядом с Мо, – Свистуну тоже придется переходить мост, так что незаметно он сюда не попадет.

Сажерук сам удивлялся, что может говорить о Свистуне без пугливой дрожи. Но, похоже, страх он действительно оставил в царстве мертвых.

Ветер подернул озеро рябью. По мосту ходили взад-вперед солдаты Виоланты, а бессонные шаги их госпожи, казалось Сажеруку, доносятся даже сюда, к башенным зубцам. Шаги Виоланты – и скрип пера Бальбулуса.

Волшебный Язык посмотрел на него:

– Покажи мне Резу. Так, как ты вызвал из огня мать Виоланты и ее сестер.

Сажерук заколебался.

– Да что уж тут! – сказал Волшебный Язык. – Я знаю, что ее лицо для тебя почти такое же родное, как для меня.

«Я Мо все рассказала», – прошептала Реза в застенке Дворца Ночи. Очевидно, она не солгала. Конечно, нет, Сажерук. Она так же не умеет лгать, как человек, которого она любит.

Он нарисовал во мраке фигуру – и пламя оживило ее.

Волшебный Язык невольно протянул руку, но тут же отдернул укушенные огнем пальцы.

– А Мегги? – Как ясно читалась любовь на его лице! Нет, он не изменился, что бы там ни говорили. Он по-прежнему был как открытая книга, сердце осталось пламенным, а голос способен был вызвать к жизни кого угодно – в точности как огонь в руках Сажерука.

Язычки пламени нарисовали во мраке Мегги и наполнили фигурку живым теплом. Мо резко отвернулся, потому что его руки сами потянулись к огню.

– А теперь ты. – Сажерук оставил огненные фигуры за зубцами.

– Я?

– Да. Расскажи мне о Роксане. Докажи, что не зря носишь свое имя, Волшебный Язык!

Перепел улыбнулся, прислоняясь к зубцу.

– О Роксане? Это просто, – сказал он тихо. – Фенолио замечательно о ней написал.

Он начал говорить – и его голос проник Сажеруку в самое сердце. Он кожей чувствовал эти слова, словно руки Роксаны: «*Никогда еще Сажерук не видел более красивой женщины. Волосы у нее были черные как ночь, которую он любил. В ее глазах была тьма лесной чащи, блеск воронова пера, дыхание огня. Ее кожа напоминала лунный свет на крыльях фей...*»

Сажерук закрыл глаза, чувствуя рядом дыхание Роксаны. Ему хотелось, чтобы Волшебный Язык не смолкал до тех пор, пока его голос не станет плотью и кровью, но слова Фенолио скоро закончились, и Роксана исчезла.

– А Бrианну? – Волшебный Язык только произнес ее имя, а Сажеруку уже казалось, что дочь стоит перед ним в темноте, отворачиваясь, как обычно при его приближении. – Твоя дочь здесь с нами, но ты редко решаешься на нее взглянуть. Показать ее тебе?

– Да, – тихо сказал Сажерук. – Покажи.

Волшебный Язык откашлялся, словно хотел убедиться, что его голос в полной готовности.

– О твоей дочери в книге Фенолио ничего не говорится, кроме имени и нескольких слов о маленькой девочке, какой она была очень давно. Поэтому я могу сказать тебе только то, что видит всякий.

Сердце Сажерука сжалось, словно испугавшись слов, которые сейчас прозвучат. Его дочь, его неприступно чуждая дочь.

– Брианна унаследовала красоту матери, но каждый, кто смотрит на нее, сразу вспоминает тебя. – Волшебный Язык подбирал слова бережно, словно срывал их во мраке по одному или складывал лицо Брианны из звезд. – В ее волосах и в сердце живет пламя, и когда она смотрится в зеркало, то вспоминает отца.

«Которому не может простить, что он вернулся из мертвых, но не привел с собой Козимо, – думал Сажерук. – Замолчи, Волшебный Язык, – хотелось ему сказать, – не трогай мою дочь. Расскажи лучше еще о Роксане». И все же он промолчал, а Волшебный Язык продолжил свою речь.

– Брианна намного взрослее, чем Мегги, но иногда она выглядит растерянным ребенком, боящимся собственной красоты. Она унаследовала прелесть матери и ее чудесный голос – даже медведь Принца заслушивается, когда Брианна поет, – но все ее песни печальны и рассказывают о том, что те, кого мы любим, рано или поздно уходят.

Сажерук почувствовал на щеках слезы. Он уже забыл, как это бывает, – прохладные капли на коже. Он смахнул их горячими пальцами.

А Волшебный Язык продолжал говорить так мягко, словно рассказывал о своей собственной дочери.

– Она смотрит на тебя, когда думает, что ты этого не замечаешь. Она следит за тобой глазами, словно ищет саму себя в твоем лице. И, наверное, ей хочется узнать от нас обоих, что мы видели в царстве мертвых и встречали ли там Козимо.

– Я видел там сразу двух Козимо, – тихо сказал Сажерук. – Она, возможно, с радостью обменяла бы меня на любого из них.

Он обернулся и посмотрел на озеро.

– Что там? – спросил Волшебный Язык.

Сажерук молча показал вниз. В ночном мраке вился огненный змей. Факелы.

Ожидание кончилось.

Дозорные на мосту пришли в движение. Один побежал в замок, чтобы сообщить Виоланте.

Змееглав прибыл.

Не ко времени

– Ты его только что создал? – спросил человек.

– Трудно сказать, – ответил Бог и заглянул тритону в глаза. – Может быть, он давно уже тут болтается. На некоторые вещи уходит страшно много времени. А другие просто появляются откуда ни возьмись. Готовенькие. Очень странно.

Тед Хьюз. Партнер

«Сажерук увидел внизу факелы. Разумеется. Змееглав боялся дневного света». Проклятье, чернила опять загустели.

– Розенкварц! – Фенолио обтер перо рукавом и огляделся. Стены из искусно сплетенных ветвей, пюпитр для письма, изготовленный для него Дориа, ложе из листвы и моха, свеча, которую Фарид зажигал ему заново всякий раз, когда ее задувал ветер, – но Розенкварца нигде не было.

Наверное, они со Сланцем не теряют надежды, что и здесь, наверху, где-нибудь да есть стеклянные девушки. Ведь Фарид – безобразник – рассказал им, что видел сразу двух, да еще и «красивых, как феи»! С тех пор оба стекляшкина с таким усердием лазают по веткам, что наверняка скоро сломают себе шею. Глупые создания.

Ладно, Бог с ними. Фенолио обмакнул перо в загустевшие чернила. Придется обойтись так. Ему нравилось новое рабочее место, высокий наблюдательный пункт, где его мир в буквальном смысле лежал у ног своего создателя, несмотря на то, что стеклянный человечек все время куда-то пропадал, а по ночам бывало очень холодно. Нигде еще он с такой силой не испытывал чувства, что слова приходят сами.

Да. Здесь, наверху, он напишет для Перепела лучшую песню, именно здесь, в кроне дерева. Разве может быть более подходящее место? Последняя картина, которую показало пламя Фарида, была тревожной: Сажерук за зубцами башни, спящий Мортимер... Это могло означать лишь одно: Змееглав еще не добрался до замка. «Еще бы, – удовлетворенно подумал он, – ты же сломал ему колесо посреди леса. Это должно было его задержать как минимум на два дня». Вполне достаточно времени, чтобы написать то, что нужно, – теперь-то, когда слова так и текут.

– Розенкварц!

«Если он и сейчас не откликнется, – думал Фенолио, – я сброшу его с этого дерева, честное слово!»

– Я не глухой, наоборот, слух у меня получше, чем у тебя! – Стеклянный человечек появился из темноты так внезапно, что Фенолио посадил на лист жирную кляксу, прямо на имя Змееглава. Будем надеяться, что это добрый знак. Розенкварц обмакнул в чернила прутик и начал размешивать, даже не извинившись, даже не объяснив, где он был! Сосредоточься, Фенолио. Забудь о стеклянном человечке. Пиши.

И слова пошли. Легко, потоком. Змееглав вернулся в замок, где когда-то делал предложение матери Виоланты. Бессмертие тяготило его. Он держал в распухших руках Пустую Книгу, терзавшую плоть своего владельца так, как не смогли бы все его пытчики, вместе взятые. Но скоро все это кончится, потому что дочь отдаст в его руки человека, причинившего эти страдания. Ах, как сладка будет месть, как только Перепел исцелит книгу и его гниющую плоть... «Да, мечтай о мести,

Серебряный князь, – думал Фенолио, изливая на бумагу мрачные мысли Змееглава. – Думай только о мести, – не вспоминай о том, что этой дочери ты никогда не доверял!»

– И то хорошо – он пишет!

Это было сказано шепотом, но лицо Змееглава, только что ясно стоявшее перед глазами Фенолио, расплылось и превратилось в физиономию сеньоры Лоредан. С ней была Мегги. Почему она не спит? Фенолио нисколько не удивляло, что ее сумасшедшая тетка по ночам лазает по ветвям и гоняется, наверное, за каждой светящейся мошкой... но Мегги? Она же умирала от усталости после того, как вскарабкалась по стволу вместе с Дориа, отказавшись воспользоваться вместе с детьми подъемной сеткой.

– Да, пишет, – буркнул он. – И давно бы уже закончил, если бы ему не мешали все время!

– Что значит «все время»? – возразила Лоредан.

Голос у нее снова был агрессивный, а вид – на редкость нелепый в трех платьях, надетых одно на другое. Удивительно, что их столько нашлось на ее объемы! Из чудовищного бархатного наряда, в котором она явилась в этот мир, Баптиста давно уже нашил детям курточек.

– Элинор! – Мегги пыталась ее остановить, но этот рот никому еще не удавалось заткнуть. Фенолио знал это по опыту.

– «Все время!» – Теперь она еще капает ему на лист воском своей свечи! – Можно подумать, это он день и ночь следит, чтобы дети не выпали из проклятых гнезд, или лазает туда-сюда по стволу, чтобы раздобыть что-нибудь поесть. А может быть, он конопатит стены, чтобы мы все не погибли от холодного ветра? Или стоит на вахте? Ничего подобного, но ему «все время» мешают!

Кап! Еще одна восковая клякса. Она без малейшего стеснения наклонилась над его свеженаписанными словами.

– А неплохо звучит! – сообщила она Мегги, словно сам он давно растворился в прохладном лесном воздухе. – Нет, правда!

Уму непостижимо!

А теперь еще Розенкварц склонился над его строками и морщил стеклянный лобик, как будто по воде пошли круги.

– Ага, теперь еще ты должен высказать свое суждение, прежде чем мне позволят писать дальше?! – рявкнул на него Фенолио. – Какие будут пожелания? Может, мне вывести там героического стеклянного человечка или толстуху, которая всех поучает и доводит Змееглава до такого состояния, что он сам призывает Белых Женщин? Это был бы выход, а, как ты считаешь?

Мегги подошла ближе и положила ему руку на плечо.

– Ты, конечно, не знаешь, сколько тебе еще нужно времени?

Голос у нее был совсем упавший. И не поверишь, что Мегги не раз меняла им судьбы этого мира.

– Уже немного! – Фенолио очень старался говорить уверенно. – Слова пошли. Они...

Он смолк. Снаружи донесся хриплый, протяжный крик сокола. Еще и еще раз. Сигнал тревоги. Нет, только не это!

Гнездо, в котором поселился Фенолио, висело на толстенном суку, превосходившем шириной любую улицу в Омбре. И все же он каждый раз замирал от ужаса, спускаясь по лестнице, построенной Дориа, чтобы избавить старика от необходимости лазать по канату. Черный Принц велел натянуть повсюду поручни, сплетенные из лиан и коры. Да и с самого дерева свисало столько воздушных корней и веток, что в любом месте было за что ухватиться. Но все это не прогоняло страха перед высотой, на которой их держали скользкие сучья... «Ты же не белка, Фенолио! – думал он, крепче вцепляясь в лианы и осторожно заглядывая вниз. – Для своего возраста ты справляешься очень даже неплохо!»

– Они поднимают канаты! – Сеньора Лоредан, в отличие от него, на удивление ловко перемещалась по воздушным путям.

– Вижу! – буркнул Фенолио. Разбойники забирали наверх все канаты, свисавшие до подножия дерева. Это не предвещало ничего хорошего.

К ним спустился Фарид. Он часто сидел с дозорными у самой верхушки дерева. О Господи, да разве может двуногое существо так ловко лазать? Мальчишка проделывал это не хуже своей куницы.

– Там факелы! Они приближаются! – запыхавшись, выговорил он. – Слышите собачий лай?

Он с укором посмотрел на Фенолио.

– Ты же говорил, что об этом дереве никто не знает? Что об этих гнездах давно забыли?

Упреки! Конечно. Чуть что не так, сразу виноват Фенолио.

– И что? Собаки находят и такие места, о которых никто не знает! – резко ответил он юноше. – Спроси лучше, кто ходил заметать следы? А Черный Принц где?

– Внизу. Со своим медведем. Хочет его спрятать. Глупая тварь не дает втащить себя наверх, и все тут!

Фенолио прислушался. И правда. Собачий лай. Проклятье, да что же это такое!

– Подумаешь! – Сеньора Лоредан, конечно, делала вид, что ничего не боится. – Они ведь не могут стащить нас вниз. С такой позиции легко обороняться!

– Они могут взять нас измором. – Фарид больше понимал в подобных ситуациях, и сеньора Лоредан вдруг встревожилась. И на кого же обратился ее взор?

– Ну что, я опять последняя соломинка, да? – Фенолио передразнил ее голос: «Фенолио, напиши что-нибудь! Неужели это так трудно?»

Дети вылезали из спальных гнезд, бегали по сучьям, как по лесным тропам, и бесстрашно глядели вниз. На огромном дереве они были похожи на рой красивых жуков. Бедняжки!

Деспина подбежала к Фенолио:

– Они ведь не могут забраться наверх?

Ее брат молча посмотрел на него.

– Нет, конечно! – ответил Фенолио, хотя глаза Иво укоряли его за ложь. Иво проводил все больше времени с Йеханом, сыном Роксаны. Мальчишки сдружились. Оба они не по возрасту много пережили.

Фарид взял Мегги за руку:

– Баптиста говорит, что надо переправить детей в самые верхние гнезда. Поможешь мне?

Мегги, конечно, кивнула, – она все еще слишком привязана к этому мальчишке – но Фенолио удержал ее.

– Мегги останется здесь. Возможно, она мне понадобится.

Фарид, конечно, сразу понял, о чем речь. Фенолио увидел в его темных глазах воскресшего Козимо, гордо въезжающего в Омбру, и мертвецов, устилающих траву на Змеиной горе.

– Обойдемся без твоих слов! – сказал юноша. – Я спущу на них огонь, если они вздумают сюда карабкаться.

Огонь? Опасное слово в лесу.

– Надеюсь, мне придет в голову что-нибудь получше, – ответил Фенолио и заметил отчаянный взгляд

Мегги. «А мой отец?» – говорили ее глаза. Действительно... За что хвататься в первую очередь? Черт подери, черт, черт...

Раздался детский плач. Фенолио увидел внизу факелы, о которых говорил Фарид. Они светились во мраке, как огненные эльфы, но были куда страшнее.

Фарид утащил за собой Деспину и Иво. Остальные дети потянулись за ними. К малышам подбежал заспанный, растрепанный Дариус, подхватывая умоляюще протянутые к нему ручонки. Он с тревогой посмотрел на Элинор, но та стояла неподвижно, сжав кулаки и неотрывно глядя вниз.

– Пусть только попробуют! – дрожащим голосом произнесла она. – Надеюсь, медведь сожрет их всех. Надеюсь, разбойники порубят их на куски, этих охотников за детьми!

Сумасшедшая баба! Но сейчас Фенолио был с ней полностью согласен.

Мегги не спускала с него глаз.

– Не смотри на меня так! Что мне делать, Мегги? – спросил он. – Эта история опять разыгрывается сразу в двух местах. С кого начать? Или, может, отрастить себе вторую голо...

Он не договорил.

Сеньора Лоредан все еще изрыгала проклятия:

– Детоубийцы! Гады ползучие! Тараканы в латах! Раздавить вас всех, растоптать...

– Как ты сказала? – воскликнул Фенолио.

Элинор с недоумением уставилась на него.

Растоптать! Фенолио посмотрел на светящиеся точки внизу.

– Да... – прошептал он. – Да. Рискованно, конечно, но что поделаешь...

Он круто повернулся и стал торопливо подниматься по лестнице в свое гнездо. Гнездо, где вылупляются слова. Да, сейчас его место там. Но Лоредан, конечно, полезла за ним.

– Ты что-то придумал?

Да. И он ни за что не признается, что это снова она навела его на мысль.

– Да, придумал. Мегги, будь готова.

Розенкварц протянул ему перо. Он был напуган. Фенолио видел это по багровому оттенку стеклянного личика. А может, он снова вина отведал? Оба стеклянных человечка питались теперь толченой древесной корой, как их дикие сородичи, и к розовой прозрачности Розенкварца стала примешиваться зелень. Не очень удачное сочетание.

Фенолио положил чистый лист на пюпитр, мастерски изготовленный Дориа. Черт возьми, писать две истории за раз ему еще никогда не приходилось!

– Фенолио, а отец как же? – Мегги присела на колени рядом с ним. Какой несчастный у нее вид!

– Подождет. – Фенолио обмакнул перо. – Попроси Фарида поглядеть в огонь, раз ты волнуешься, но можешь мне поверить: такое колесо починить нелегко. Змееглав прибудет в замок только завтра, а то и послезавтра. Обещаю тебе: как только я закончу то, что сейчас пишу, я вернусь к Перепелу. Не делай такое лицо! Как ты поможешь отцу, если Зяблик стряхнет нас всех на землю? А теперь дай-ка мне книгу, сама знаешь, какую.

Ему не пришлось долго искать. Он описал их в самом начале. Третья или четвертая глава.

– Рассказывай! – Голос Лоредан дрожал от нетерпения. – Что ты задумал?

Она подошла ближе, заглядывая ему через плечо, но Фенолио захлопнул книгу.

– Тихо! – крикнул он, хотя шум, доносившийся снаружи, от этого не ослабел. Неужели Зяблик уже здесь?

Пиши, Фенолио.

Он закрыл глаза и увидел его перед собой. Совершенно отчетливо. Вот здорово! Писать для такой цели – все-таки двойное удовольствие.

– Ну так что...

– Элинор, замолчи! – услышал он голос Мегги.

И тут слова пошли. Да, в этом гнезде хорошо писалось.

Огонь и мрак

Что справедливо, что несправедливо? Чем отличается деяние от недеяния?

«Если бы мне пришлось начинать сначала, – думал старый Король, – я бы укрылся в монастыре, страшась Деяния, способного накликать беду».

Т. Х. Уайт. Король былого и грядущего, кн. 4
(Свеча на ветру)*

– Сколько их?

– Человек пятьдесят.

Юным солдатам Виоланты было страшно, как ни старались они это скрыть. Мо уже не в первый раз спрашивал себя, случалось ли этим мальчикам действительно сражаться, или они знали о войне только то, что там погибли их отцы и братья.

– Всего-то? Значит, он все-таки мне доверяет!

В голосе Виоланты слышалось торжество. Дочь Змееглава не признавала страха. Это было одно из чувств, которые она мастерски умела скрывать. От Мо не укрылось презрение, мелькнувшее в ее глазах при виде трусивших юнцов. Зато Брианна была откровенно напугана, и даже на мохнатом лице Туллио проглядывал ужас.

– А Зяблик с ним?

Мальчишки покачали головами. В мыслях Перепел не мог называть их иначе.

– А Свистун? Уж он-то наверняка здесь?

---

* Перевод С. Ильина.

Тоже нет. Мо удивленно переглянулся с Сажеруком.

– По местам! – скомандовала Виоланта. – Мы ведь давно все обговорили. Не пропускайте моего отца на мост. Он может отправить к нам посла – не более того. Мы заставим его подождать дня два-три. Он тоже так поступает со своими врагами.

– Ему это не понравится, – мягко заметил Сажерук.

– И не надо. А теперь уходите все. Мне нужно поговорить с Перепелом наедине. – Виоланта требовательно взглянула на Сажерука. – Наедине, я сказала.

Сажерук не тронулся с места.

Лишь когда Мо сделал ему знак, он повернулся и вышел так бесшумно, словно и правда был собственной тенью.

Виоланта подошла к окну. Они были в комнате, где жила ее мать. На стенах мирно паслись единороги вместе с пятнистыми кошками, каких Мо часто видел в лесу, а окна выходили на птичий двор, на пустые клетки и нарисованных соловьев, выцветших от дневного света. Казалось, Змееглав далеко-далеко отсюда, в каком-то другом мире.

– Значит, Свистуна он с собой не взял, – сказала Виоланта. – Тем лучше. Наверное, он отправил его во Дворец Ночи, в наказание за то, что он тебя упустил.

– Вы правда в это верите? – Мо смотрел на мирно пасущихся единорогов. Они напомнили ему другие картины – сцены охоты, где белый мех был пропорот копьем. – Белые Женщины говорили мне другое.

Ему все еще слышался их шепот: «*Свистун прокладывает ему дорогу*».

– Вот как? В любом случае... Если он явится сюда, придется нам его тоже убить. Остальных мы можем отпустить, но не Свистуна.

Неужели она действительно не сомневается в победе? Виоланта все еще стояла к нему спиной.

– Мне придется тебя связать. Иначе отец не поверит, что ты мой пленник.

– Я знаю. Поручите это Сажеруку. Он умеет связывать так, чтобы легко было освободиться.

«Он научился этому от мальчишки, в которого влюблена моя дочь, – подумал Мо. – Где сейчас Мегги? С матерью, – ответил он сам себе, – и с Черным Принцем – в безопасности».

– Когда мой отец умрет, – Виоланта выговорила это слово не без колебания, – наверное, она была все же не столь уверена в успехе, как старалась показать, – Зяблик, конечно, не уступит трон Омбры без сопротивления. Очень вероятно, что он получит подкрепление из Дворца Ночи, от своей сестры. Надеюсь, мы и в этом случае остаемся союзниками? – Она в первый раз повернулась к нему.

Что ей ответить? «Нет, когда ваш отец умрет, я уйду?» Так ли это?

Виоланта снова отвернулась, прежде чем задать следующий вопрос:

– У тебя есть жена?

– Да.

«Княжеские дочери питают слабость к комедиантам и разбойникам».

– Отошли ее. Я сделаю тебя князем Омбры.

Мо послышался смех Сажерука.

– Я не князь, ваше высочество, – ответил он. – Я разбойник – и переплетчик. Две роли – более чем достаточно для одного человека.

Она обернулась и посмотрела на него, словно не могла поверить, что он говорит серьезно. Если бы он умел читать по ее лицу! Но Виоланта носила маску, куда более непроницаемую, чем те, которые шил Баптиста.

– Ты не хочешь даже поразмыслить над моим предложением?

– Двух ролей достаточно, – повторил Мо.

На мгновение Виоланта стала так похожа на своего отца, что у него сжалось сердце.

– Что ж, как хочешь. Но я спрошу тебя еще раз. Когда все кончится.

Она снова посмотрела в окно.

– Я приказала солдатам запереть тебя в башню, которую прозвали «Иглой». Мне не хочется мучить тебя подземельем, куда сажал заключенных мой дед. Это особая тюрьма: озеро заполняет ее водой ровно настолько, чтобы узник не утонул.

Она посмотрела на него, как бы желая проверить, пугает ли его эта картина. «Да, пугает, – подумал Мо. – И что?»

– Я приму отца в Зале тысячи окон, – сказала Виоланта. – Там он просил руки моей матери. Я пошлю за тобой, как только станет ясно, что Пустая Книга при нем.

Как она складывает ладони. Будто школьница, отвечающая урок. Она была ему по-прежнему симпатична. Виоланта трогала его сердце. Ему хотелось защитить ее от минувшей боли и тьмы, скопившейся внутри, хотя он знал, что это никому не по силам. Душа Виоланты была запертой комнатой с мрачными картинами на стенах.

– Ты скажешь, что можешь исцелить Пустую Книгу, как мы договаривались. Я велю все приготовить для этого – Бальбулус рассказал мне, что тебе требуется, – и ты сделаешь вид, что принялся за работу. А я в это время отвлеку отца, чтобы ты мог вписать три слова. Я его рассержу. Это лучший способ его отвлечь. У него вспыльчивый характер. Если нам повезет, он даже не заметит, что ты взял в руки перо. Говорят, у него новый телохранитель – это может создать проблемы. Но мои люди им займутся.

17 – 4422

Мои люди. «Эти безусые мальчишки, – подумал Мо. – Но, к счастью, с нами еще Сажерук». И не успел он мысленно произнести его имя, как тот уже показался на пороге.

– Чего тебе? – резко спросила Виоланта.

Сажерук не обратил на нее внимания.

– За мостом все тихо, – сказал он Мо. – Змееглав совершенно спокойно принял известие, что его заставляют ждать. Мне это не нравится.

Он вернулся к двери и выглянул в коридор.

– Где часовые? – спросил он Виоланту.

– А где им быть? Я послала их на мост. Но двое моих людей стоят внизу во дворе. Пора тебе разыграть пленника, Перепел. Еще одна роль. Видишь, двумя никак не обойтись.

Она подошла к окну и позвала часовых, но никто не откликнулся.

Мо испытал странное чувство. Он ощутил, что история в эту самую секунду приняла новый оборот. Время вдруг словно отяжелело. Мо овладела смутная тревога. Как будто он стоит на сцене и пропустил свою реплику.

– Куда они подевались? – Виоланта обернулась. Сейчас она выглядела такой же юной и напуганной, как ее солдаты. Она подбежала к двери и снова позвала их. И снова ей ответила только тишина.

– Держись рядом со мной, – прошептал Сажерук Мо. – Что бы ни случилось. Огонь иногда лучшая защита, чем меч.

Виоланта все еще прислушивалась. Послышались шаги – спотыкающиеся, неровные. Виоланта отпрянула от двери, словно испугавшись того, что сейчас произойдет. Солдат, упавший без сил у ее ног, был весь в крови – своей собственной крови. Это был тот юноша, что помогал Мо выбраться из саркофага. Успел он узнать, каково быть убийцей?

Он пытался что-то сказать. Мо пришлось наклониться к нему, чтобы разобрать слова.

– Свистун... Они повсюду.

Юноша шептал еще что-то, но Мо не понял. Кровавая пена выходила у него изо рта вместе с неразборчивыми словами – и через мгновение он смолк навсегда.

– Есть здесь другой вход, о котором вы нам не сказали? – Сажерук грубо схватил Виоланту за локоть.

– Нет! – проговорила она. – Нет!

И вырвалась от него, будто это он убил юношу у ее ног.

Мо взял ее за руку и потянул за собой по коридору, прочь от голосов, внезапно заполнивших замок. Но бегство закончилось у ближайшей лестницы. Путь им преградили солдаты – взрослые, перепачканные чужой кровью. Сажерук шикнул на куницу, и Гвин метнулся прочь. Под прицелом арбалетов всю троицу погнали в зал, где мать Виоланты и ее сестры когда-то учились танцевать перед дюжиной серебряных зеркал. Теперь в них отражался Свистун, горделивый, как петух.

– Смотри-ка, пленник даже не связан. Какое легкомыслие, ваше уродство!

Но Мо удивился не внезапному появлению Среброносого, его поразило, кто стоит с ним рядом. Орфей. Вот уж кого он здесь не рассчитывал встретить. Он забыл о Сырной Голове, как только Сажерук отобрал у него книгу, а значит, и способность писать. Глупец ты, Мортимер. Как всегда, его мысли легко было прочитать по лицу, и Орфей наслаждался его изумлением.

– Как ты сюда попал? – Виоланта оттолкнула державших ее мужчин и шагнула к Свистуну, словно он был всего лишь непрошеным гостем в ее замке. Солдаты расступились, забыв на мгновение, кто их господин. Дочь Змееглава – грозный титул, даже если дочь некрасива.

Но Свистун ее не боялся.

– Ваш отец знает более удобный путь, чем продуваемый всеми ветрами мост, – ответил он небрежно. – Он предполагал, что вам этот вход неизвестен и потому неохраняем. Кажется, это была самая большая тайна вашего деда, но ваша мать показала туннель под озером вашему отцу, когда тайком бежала с ним из этого замка. Романтическая история, правда?

– Ты лжешь! – Виоланта озиралась, как затравленный зверь, но в зеркалах отражалась лишь она сама – и Свистун.

– Вот как? Ваши люди могут это подтвердить. Я велел оставить нескольких в живых. Мальчишки в этом возрасте – превосходные солдаты, потому что еще кажутся себе бессмертными.

Он шагнул к Мо:

– Я не мог дождаться, когда снова свижусь с тобой, Перепел! Пошлите меня вперед, – умолял я Змееглава, – и я снова поймаю вам птичку, которая от меня улетела. Я подкрадусь к ней, как кошка, тайными путями, и схвачу, пока он высматривает вас.

Мо его не слушал. Он читал в своем сердце мысли Сажерука. «Сейчас, Перепел!» – шептали они. Когда по ногам солдата справа от него поползла огненная змея, Мо ударил стоящего сзади локтями в грудь. Из пола вырвалось пламя. Оно оскалило огненные зубы и подожгло одежду солдат. Те с криком отступили, а огонь описал защитный круг вокруг обоих пленных. Двое солдат вскинули арбалеты, но Свистун удержал их. Ведь хозяин никогда не простит, если он доставит ему Перепела мертвым. Лицо Свистуна побелело от ярости. Зато Орфей улыбался.

– Очень эффектно, ничего не скажешь! – Подойдя ближе к огню, он пристально всматривался в него, словно надеясь понять, как Сажерук это делает. Но тут его взгляд упал на самого Сажерука.

– Наверное, ты действительно мог бы в одиночку спасти переплетчика, – сказал он мягко. – Но к несчастью для него, ты поссорился со мной. Это была ошибка. Я пришел сюда не со Свистуном. Я теперь служу его хозяину. Он ждет ночи, чтобы засвидетельствовать Перепелу свое почтение, и послал меня вперед, чтобы приготовить все к его приходу. Сюда входит и печальная необходимость окончательно спровадить Огненного Танцора в царство мертвых.

Он говорил с таким неподдельным сожалением, что Мо вспомнился день в библиотеке Элинор, когда Орфей торговался с Мортолой за жизнь Сажерука.

– Не трать время на слова. Убери его, Четвероглазый! – нетерпеливо воскликнул Свистун, пока его люди срывали с себя горящую одежду. – Я хочу наконец заполучить Перепела.

– Не волнуйся, никуда он от тебя не денется, – раздраженно ответил Орфей. – Но сперва я должен получить свое.

Он подошел так близко к огню, что его бледное лицо порозовело от жара.

– Кому ты отдал книгу Фенолио? – спросил он Сажерука сквозь пламя. – Ему? – Он кивком указал на Мо.

– Возможно, – ответил Сажерук и улыбнулся.

Орфей закусил губу, как ребенок, удерживающий слезы.

– Улыбайся-улыбайся, – сказал он глухим голосом. – Насмехайся надо мной! Ты скоро раскаешься, что так со мной поступил.

– С чего бы? – ответил Сажерук так спокойно, словно тут не было солдат, которые снова направили на них арбалеты. – Неужели ты надеешься испугать человека, который уже один раз умирал?

На этот раз улыбнулся Орфей, и Мо пожалел, что у него нет меча, хотя и понимал, что толку от этого было бы немного.

– Свистун, что делает здесь этот человек? С каких пор он служит моему от... – Голос Виоланты пресекся.

Тень Орфея вдруг зашевелилась, как просыпающееся животное. Из нее поднялась фигура, пыхтевшая, как большая собака. В пульсирующей, расплывающейся темноте невозможно было распознать лицо, только глаза, мутные и злые. Мо почувствовал страх Сажерука, и пламя стало утихать, словно задохнувшись.

– Тебе, наверное, не надо объяснять, что такое ночной кошмар, – проговорил Орфей бархатным голосом. – Комедианты говорят, что это мертвецы, которых Белые Женщины посылают обратно, потому что не могут отмыть с их душ темные пятна. Эти черные тени обречены на скитания в мире, который уже не их. Воздух, который они не могут вдохнуть, постепенно разъедает их, а солнце, от которого не защищает плоть, сжигает. Но пока не настал их последний час, они голодны, очень голодны.

Он отступил подальше.

– Фас! – сказал он тени. – Взять его, мой славный пес! Забери Огненного Танцора, потому что он разбил мое сердце.

Мо шагнул к Сажеруку, но тот оттолкнул его.

– Отойди, Перепел! – крикнул он. – Это хуже чем смерть!

Пламя вокруг них погасло, и ночной кошмар, тяжело дыша, шагнул в очерченный сажей круг. Сажерук не уклонился. Он просто стоял, пока бесформенные руки не схватили его, – и погас. Как пламя.

Мо казалось, что остановилось его собственное сердце. А ночной кошмар понюхал неподвижное тело Сажерука, словно обманутый пес. Мо вспомнил, что рассказывал ему однажды Баптиста: ночные кошмары питаются только живой плотью, от мертвых они шарахаются, потому что боятся, что те заберут их с собой в то царство, откуда они вышли.

– В чем дело? – В голосе Орфея звучало детское разочарование. – Почему все получилось так быстро? Я хотел подольше посмотреть, как он умирает!

– Возьмите Перепела! – донесся до Мо приказ Свистуна. – Живее!

Но солдаты оцепенело смотрели на ночной кошмар. Тот повернулся и устремил мутный взгляд на Мо.

– Орфей! Убери его! – Свистун кричал во весь голос. – Перепел нам еще нужен!

Ночной кошмар застонал, словно хотел сказать что-то, но рта у него не было. На мгновение Мо показалось, что он распознает в сплошной черноте лицо. Злоба стала просачиваться ему под кожу и покрыла сердце, словно плесень. Ноги у Мортимера подкосились, он задыхался. Да, Сажерук прав, это хуже смерти.

– Назад, пес! – От голоса Орфея тень застыла. – Этого ты получишь потом.

Мо упал на колени рядом с неподвижным телом Сажерука. Ему хотелось лечь и тоже перестать дышать, перестать чувствовать. Но солдаты подняли его на ноги и связали запястья. Он едва замечал это. Ему все еще было трудно дышать.

Шагнувшего к нему Свистуна Мо видел словно через пелену.

– В этом замке где-то есть двор с птичьими клетками. Заприте его в клетку. – Он ударил Мо локтем в живот, но тот чувствовал только одно – ночной кошмар снова слился с тенью Орфея, и дыхание вернулось.

– Стой! Перепел пока еще мой пленник! – Виоланта преградила дорогу солдатам.

Но Свистун грубо оттолкнул ее.

– Он никогда не был вашим пленником, – сказал он. – Думаете, ваш отец так глуп, чтобы вам поверить?

– Заприте Уродину в ее спальне! – приказал он солдатам. – А Огненного Танцора бросьте перед клеткой, в которую посадите Перепела. Ведь тень должна всюду следовать за хозяином.

Перед дверью лежал еще один солдат Виоланты. На мертвом лице застыл страх. Коридор устилали их тела. Озерный замок был в руках Змееглава, а вместе с ним и Перепел. Вот, значит, чем кончилась песня.

«Какой ужасный конец! – послышался Мо голос Мегги. – Я не хочу эту книгу, Мо! У тебя нет другой?»

Опоздали?

«Рэтти, я просто не могу лечь и заснуть и ничего не предпринять, хотя я и не знаю, что тут можно предпринять».

Кеннет Грэм. Ветер в ивах*

Озеро. Увидев сквозь ветви блеснувшую внизу воду, Реза чуть не бросилась бегом. Силач удержал ее, молча показав на палатки на берегу. Черный шатер мог принадлежать лишь одному человеку. Реза прислонилась к дереву на крутом обрыве, чувствуя, что силы ее покидают. Они опоздали. Змееглав опередил их. Что теперь делать?

Она посмотрела на замок, лежавший посреди озера, как темный цветок. Серебряный князь собирается его сорвать. Темные стены выглядели грозно – и неприступно. Правда ли, что Мо там? Но если и да – что это меняло? Змееглав-то уж точно там. А мост охраняла дюжина солдат. Что будем делать, Реза?

– По мосту нам туда не попасть, это ясно, – прошептал Силач. – Пойду посмотрю, что и как. Жди здесь. Может, где-нибудь найдется лодка.

Но Реза не затем сюда пришла, чтобы ждать. Спускаться по крутому склону было трудно и повсюду стояли солдаты. Но они смотрели на замок. Силач повел ее подальше от палаток, на восточный берег озера, где лес спускался до самой воды. Может, попробовать, когда стемнеет, перебраться к замку вплавь?

---

* Перевод И. Токмаковой.

Но вода была холодная, а об обитателях озера рассказывали много страшных историй. Реза потрогала свой живот. Ей казалось, что ребенок затаился в самой глубине.

Силач вдруг схватил ее за руку и показал на скалы, торчавшие из воды в нескольких шагах от берега. Между камнями появились двое солдат – так неожиданно, словно поднялись со дна. Когда они выбрались на берег, Реза увидела, что неподалеку под елями дожидаются лошади.

– Что это значит? – прошептал Силач, когда между скалами появились еще солдаты. – Похоже, там есть проход в замок. Пойду посмотрю. Но ты со мной не ходи, прошу тебя. Я обещал Перепелу. Он и так задал бы мне трепку, если бы знал, что ты здесь.

– Не задал бы, – прошептала Реза, но осталась на месте и смотрела ему вслед, дрожа от холода. Вода озера почти касалась ее сапог. Под гладкой поверхностью ей мерещились лица, приплюснутые, как узоры на спине ската. Она отпрянула – и услышала за спиной шаги.

– Эй ты!

Она оглянулась. За деревьями стоял солдат с обнаженным мечом. Беги, Реза!

Она двигалась быстрее латника с его тяжелым оружием и неуклюжими доспехами, но он позвал на подмогу другого, с арбалетом. Скорее, Реза! От дерева к дереву, перебегай и прячься, как в детской игре. Так они играли бы с Мегги, будь она рядом с дочерью, пока та была маленькая. Ах, эти упущенные годы...

В дерево, за которым она стояла, вонзилась стрела. В землю у ее ног – другая. *«Реза, прошу тебя, не ходи за мной!» Я должен знать, что увижу тебя, когда вернусь.* Ах, Мо! Ждать намного труднее...

Она пригнулась и вытащила нож. Подходят, кажется? Беги, Реза! От страха у нее подкашивались ноги. Тяжело дыша, она перебежала за соседнее дерево – и тут рот ей зажала мощная ладонь.

– Крикни им, что сдаешься! – прошептал Силач. – Но не иди навстречу. Пусть они к тебе подойдут.

Реза кивнула и спрятала нож. Солдаты о чем-то переговаривались. Замирая от страха, она высунулась из-за дерева и дрожащим голосом крикнула: «Не стреляйте!» Подождав, пока Силач отползет подальше – удивительно проворно для его габаритов, – она выступила из-за дерева с поднятыми руками. Когда латники поняли, что это женщина, глаза под шлемами расширились от удивления. Нехорошо улыбаясь, солдаты опустили оружие, но прежде, чем они успели тронуть Резу, Силач подкрался сзади и обхватил каждого рукой за горло. Реза отвернулась, чтобы не видеть, как он их убивает. Ее стошнило в мокрую траву. «Наверное, ребенок почувствовал мой страх», – испуганно подумала она, прижимая руку к животу.

– Солдаты повсюду! – сказал Силач, помогая ей подняться. Плечо у него кровоточило так сильно, что рубашка стала красной. – У одного был нож. «Лазаро, осторожнее в драке, когда у противника нож!» – Дориа всегда мне это говорил. Малыш намного умнее меня.

Его шатало, Реза поддержала его. Вместе они побрели в глубь леса.

– Свистун тоже здесь, – шепотом рассказывал Силач. – Это его людей мы видели между скалами. Похоже, оттуда в замок ведет подземный ход. К сожалению, есть и еще дурные новости.

Он огляделся. С берега доносились голоса. Что будет, когда трупы обнаружат? Силач потянул Резу дальше, к норе, пахшей кобольдами.

Протиснувшись туда, Реза услышала всхлип. Силач со стоном залез в нору вслед за ней. В темноте виднелось что-то мохнатое. Реза сперва подумала, что это настоящий кобольд, но потом вспомнила, что рассказывала ей Мегги о слуге Виоланты. Как бишь его звали? Туллио.

Она нащупала мохнатую руку. Слуга Виоланты глядел на нее широко раскрытыми от страха глазами.

– Что здесь произошло? Прошу тебя, скажи! Я – жена Перепела. Он жив?

Туллио смотрел на нее черными, круглыми, как у зверя, глазами.

– Они все погибли, – прошептал он.

Сердце у Резы запнулось, словно забыв, что ему положено биться.

– Все залито кровью. Виоланту заперли в ее покоях, а Перепела...

Что – Перепела? Нет, она не хотела даже знать. Реза закрыла глаза, словно это могло перенести ее обратно в дом Элинор, в мирный сад, где стояла мастерская Мо...

– Свистун запер его в клетку.

– Так он жив?

Торопливый кивок Туллио придал ей новые силы.

– Он им еще нужен.

Конечно. Как она могла об этом забыть!

– А Огненного Танцора сожрал ночной кошмар!

Нет. Этого не может быть. Реза прижала ладонь ко рту.

– Змееглав уже в замке? – спросил Силач.

Туллио покачал головой и снова зарыдал.

Силач посмотрел на Резу.

– Значит, он придет туда сегодня ночью. И Перепел убьет его.

Это звучало как заклинание.

– Как? – Реза ножом отрезала полосу от его рубахи и перевязала кровоточащую рану. – Как он впишет слова, раз Виоланта уже не может ему помочь, а Сажерук... – Она не договорила, как будто неназванное перестает быть реальным.

Снаружи послышались шаги – и удалились не останавливаясь. Реза отвязала от пояса кошель Мортолы.

– Нет, Лазаро! – Она в первый раз назвала его по имени. – Перепел не убьет Змееглава. Это они убьют Перепела, как только Змееглав поймет, что Мо не в состоянии излечить Пустую Книгу. А поймет он это быстро.

Она высыпала на ладонь семена. Крохотные зернышки, позволявшие душе принять новый облик. Кроме них, этому могла научить только Смерть.

– Что ты делаешь? – Силач попытался вырвать у нее кошель, но Реза крепко держала его обеими руками.

– Их нужно класть под язык, – прошептала она, – и ни в коем случае не глотать. Если наглотаться этих зерен, животное возьмет верх, и ты забудешь, кем был раньше. У Каприкорна была собака, о которой рассказывали, что это на самом деле один из поджигателей, на котором Мортола испробовала действие семян. В один прекрасный день пес бросился на нее, и его пристрелили. Я думала тогда, что это просто сказка, которой пугают служанок.

Она оставила на ладони четыре зернышка, а остальные стряхнула обратно в кошель. Четыре крупинки, круглые, как маковые зерна, только светлее.

– Захвати Туллио и возвращайтесь в пещеру! – сказала она. – Доложи Черному Принцу о том, что мы видели. Расскажи ему о Хвате. И присмотри за Мегги!

Как жалобно он на нее смотрел!

– Здесь ты не можешь мне помочь, Лазаро! – шепнула она. – Ни мне, ни Перепелу. Позаботься о нашей дочери. И утешь Роксану. Или нет, лучше не говори ей ничего. Я сама скажу.

Она слизнула крупинки с ладони.

– Никогда не знаешь, в какое существо превратишься, – прошептала она. – Но надеюсь, оно будет с крыльями.

Подмога с дальних гор

Он думает о временах творения. Как давно это было!

Тогда он и его братья убили страшного великана Имира и создали из его тела весь мир.

Из его крови получилось море, из плоти – земля, из костей – горы и морские рифы, из волос – деревья и травы.

Тор Оге Брингсверд. Дикие боги

Мегги ждала... Вокруг воздух разрывался от криков. Фарид белым пламенем тушил черный огонь Коптемаза. Дариус отвлекал детей сказками – оказалось, он может говорить и громко, перекрывая шум битвы. А Элинор помогала перерезать канаты, которые Зяблик велел стрелами прибивать к стволу.

Да, Мегги ждала и тихо пела песни, которым научил ее Баптиста, песни, полные света и надежды, отваги и протеста. А тем временем у подножия дерева разбойники сражались за жизнь – свою и детей, и каждый крик напоминал Мегги о битве в лесу, когда погиб Фарид. На этот раз она боялась сразу за двоих.

Ее глаза не знали, кого первого искать – Фарида или Дориа, черную или каштановую шевелюру. Иногда она не могла найти ни того, ни другого, так быстро они перемещались по ветвям, следуя за огнем, который Коптемаз запускал в дерево, словно горящую смолу. Дориа гасил его тряпками и тюфяками, а Фарид дразнил стоявшего внизу Коптемаза и посылал на его убийственный огонь свое светлое пламя. Оно опускалось на темный комок, словно голубка, и душило огненными перьями. Как многому он научился у Сажерука! Фарид давно уже был не просто учеником, и зависть перекашивала обожженное лицо Коптемаза. А Зяблик сидел верхом поодаль, безучастно наблюдая за сражением, словно за травлей оленя на охоте.

Разбойники еще обороняли дерево, хотя их было намного меньше, чем нападающих. Но сколько же это может продолжаться?

Где же он? Куда подевался тот, кого они с Фенолио вызвали на помощь? Козимо ведь тогда появился сразу.

Никто, кроме Фенолио и двух стеклянных человечков, не знал, что прочла Мегги час-другой назад. Сланец и Розенкварц даже не успели ничего рассказать Элинор, так яростно атаковали дерево люди Зяблика.

– Придется подождать, – сказал Фенолио, когда она отложила исписанный листок. – Он идет издалека. Иначе не получалось!

Лишь бы он не пришел, когда они все уже погибнут...

Черный Принц был ранен в плечо. Среди разбойников почти не осталось невредимых. Он опоздает. Опоздает.

Мегги видела, как стрела просвистела у самой головы Дориа, наблюдала, как Роксана утешает плачущих детей, а Элинор с Минервой отчаянно пытаются перерубить очередной канат, пока по нему не влезли враги. Когда же он придет? Ну когда же?

И вдруг она почувствовала именно то, что написал Фенолио: сотрясение почвы, ощутимое до самой верхушки дерева. Все его почувствовали. Сражающиеся замерли и испуганно огляделись. «*Земля тряслась у них под ногами*». Так было написано у Фенолио.

– А ты уверен, что он нам ничего не сделает? – со страхом спросила тогда Мегги.

– Конечно! – с раздражением ответил Фенолио.

Но Мегги невольно вспоминала Козимо, который тоже получился не таким, как воображал старик. А может быть, именно таким? Кто знает, что на самом деле происходит у Фенолио в голове? Элинор, пожалуй, лучше всех умела это угадывать.

Земля тряслась все сильнее. Трещали сучья, ломались молодые деревья. Стаи птиц взвились над лесом, а шум битвы превратился в крики ужаса, когда из зарослей вышел великан.

Нет, он не был ростом с это дерево.

– Разумеется, нет, – заранее объяснил ей Фенолио. – Конечно, они не та-а-кие большие! Это была бы просто глупость. И потом, я же рассказывал: люди построили эти гнезда, чтобы спасаться в них от великанов. Ну так вот! До гнезд он, естественно, не дотянется, даже до самых нижних, но вот что Зяблик от одного его вида бросится наутек – в этом сомневаться не приходится. Только пятки засверкают!

Да, так Зяблик и сделал. Хотя сверкали не пятки, а копыта его коня. Он первым обратился в бегство. Коптемаз с перепугу обжегся собственным пламенем, да и разбойники остались на местах только потому, что их удержал Черный Принц. Элинор первой спустила мужчинам канат и закричала на других женщин, которые, словно окаменев, стояли и смотрели на великана.

– Бросайте канаты! – услышала Мегги ее крик. – Шевелитесь! Вы что, хотите, чтобы он их растоптал?

Отважная Элинор.

Разбойники полезли на дерево. Крики солдат постепенно стихали вдали, а великан остановился и посмотрел наверх, на детей, которые глядели на него со смешанным выражением ужаса и восторга.

– Им нравятся дети – вот в чем проблема, – объяснил Фенолио Мегги, прежде чем она начала читать. – В свое время они повадились их ловить, как бабочек или хомячков. Но я попытался сочинить великана, который слишком ленив для таких игр. Хотя, вероятно, в результате он получится немного туповат.

Мегги не могла решить, умный или глупый вид у великана. Она представляла его совсем другим. Огромное тело вовсе не было неуклюжим. Он двигался не тяжелее, чем, например, Силач. На мгновение Мегги показалось, что нормального размера как раз великан, а не разбойники. Пугали скорее его глаза. Они были круглее человечьих и напоминали глаза хамелеона. Хамелеоньей была и кожа. Он так же не нуждался в одежде, как феи и эльфы, а кожа меняла цвет при каждом движении. Сначала она была светло-коричневой, как древесная кора, потом окрасилась красным, как последние ягоды на кусте боярышника, доходившем ему до колена. Даже волосы его меняли цвет, были то зелеными, то вдруг белесыми, как зимнее небо. Поэтому он был почти незаметен среди деревьев. Казалось, ветер – или дух этого леса – вдруг обрел тело.

– Ага, явился наконец! Прекрасно! – Мегги чуть не упала с ветки, так неожиданно раздался голос Фенолио. – Да, мы с тобой свое дело знаем! Не в обиду будь сказано твоему отцу, ты его, на мой взгляд, превосходишь. У тебя еще сохранилось детское умение ясно видеть образы, стоящие за словами. Наверное, потому великан и выглядит совершенно иначе, чем я его себе представлял.

– Я тоже представляла его совсем иначе! – прошептала Мегги, словно боясь громко сказанным словом привлечь внимание великана.

– Вот как? Гм... – Фенолио осторожно шагнул вперед. – Как бы то ни было, интересно, как он понравился сеньоре Лоредан. Мне правда хочется знать.

Мегги видела, как он понравился Дориа. Юноша не мог оторвать от него глаз. Фарид тоже смотрел на великана как зачарованный – словно на новый огненный фокус Сажерука. Зато Пролаза тревожно скалил зубы.

– А слова для моего отца ты уже написал?

Опять получилось! Ее голос и слова Фенолио дали истории новый поворот! И, как всегда, Мегги чувствовала теперь усталость, гордость – и страх перед тем, что она вызвала к жизни.

– Слова для твоего отца? Нет еще. Но я над ними работаю! – Фенолио наморщил лоб, словно будя дремавшие там мысли. – Твоему отцу великан, к сожалению, не поможет. Положись на меня. Сегодня ночью я и это дело доведу до конца. Когда Змееглав доберется до Озерного замка, Виоланта встретит его моими словами, и мы с тобой приведем наконец эту историю к благополучному концу. Ах, до чего же он хорош! – Фенолио наклонился вперед, чтобы лучше рассмотреть свое творение. – Хотя я не могу понять, откуда у него эти хамелеоньи глаза. Ничего подобного я не писал, это точно. Ну да ладно. Это смотрится... интересно! Наверное, надо было еще парочку таких сюда выписать. А то что ж они теперь по горам скрываются!

Разбойники, судя по всему, были другого мнения. Они влезали по канатам с такой скоростью, словно за ними все еще гонятся люди Зяблика. И только Черный Принц стоял со своим медведем внизу, у корней.

– Что Принц там делает? – Фенолио так сильно наклонился вперед, что Мегги невольно ухватила его за край плаща. – Господи Боже мой, пусть оставит наконец этого чертова медведя! У великанов не очень хорошее зрение. Он его растопчет и не заметит!

Мегги тянула старика назад.

– Черный Принц ни за что не оставит медведя! Ты это прекрасно знаешь!

– Но иначе нельзя!

Мегги редко случалось видеть Фенолио в такой тревоге. Очевидно, он действительно любил Черного Принца больше, чем всех других своих персонажей.

– Принц! – закричал он. – Да поднимайся же!

Но Черный Принц продолжал уговаривать медведя, как упрямого ребенка, а великан стоял и смотрел вверх, на детей. Потом он поднял руку, женщины завизжали и потянули детей к себе, но огромные пальцы не доставали до гнезд, как и предсказывал Фенолио. Великан тянулся как мог, но ничего не выходило.

– Точная работа! – прошептал Фенолио. – А, Мегги?

Да, на этот раз он действительно все продумал.

Великан, похоже, был разочарован. Он снова потянулся к гнездам и отступил на шаг, едва не придавив пяткой Принца. Медведь зарычал и встал на задние лапы – и великан с удивлением обратил взгляд на то, что копошилось у него под ногами.

– Нет, только не это! – пробормотал Фенолио. – Нет! Нет! Нет! – во всю глотку закричал он вниз, своему созданию. – Этого не трогай! Оставь Принца в покое! Я тебя не затем позвал! За Зябликом гонись! Лови его людей! Шевелись давай!

Великан поднял голову, поискал глазами крикуна, а потом не спеша нагнулся и подобрал с земли Принца и медведя.

– Нет! – закричал Фенолио. – Что теперь будет? Что я наделал? Он же ему все кости переломает!

Разбойники замерли на своих канатах. Один из них метнул нож в руку великана. Тот вырвал его зубами, как занозу, и бросил Черного Принца, словно надоевшую игрушку. Мегги вздрогнула, когда тело глухо стукнулось о землю и осталось лежать недвижимо. Раздался вскрик Элинор. А великан захлопал руками по канатам с людьми, словно отбиваясь от кусачих ос.

Поднялся крик. Баптиста бросился к канату, чтобы спуститься к Принцу. Фарид и Дориа последовали за ним, и даже Элинор рванулась вслед. Роксана с выражением ужаса на лице обнимала двоих рыдающих детей. А Фенолио в бессильной ярости тряс поручень, огораживавший сук.

– Нет! – снова закричал он, нагибаясь над бездной. – Нет, этого просто не может быть!

И тут ограждение лопнуло, и Фенолио полетел вниз. Мегги пыталась ухватить его за плащ, но не успела. Фенолио падал с изумлением на морщинистом лице – и великан подхватил его в воздухе, как спелый плод. Дети уже не кричали. Женщины и разбойники тоже застыли в гробовом молчании, а великан присел под деревом и стал разглядывать, что это он поймал. Медведя он небрежно отодвинул в сторону, а Принца снова взял в руку. Медведь, рыча, бросился на помощь к хозяину, но великан щелчком отбросил его подальше. Потом поднялся, в последний раз взглянул на детей вверху и зашагал прочь, держа в правой руке Фенолио, а в левой – Принца.

Ангелы-хранители

Я спрашиваю тебя: что бы ты стал делать на моем месте?
Скажи мне. Скажи, пожалуйста.
Но для тебя все это так далеко.
Твои пальцы перелистывают одну за другой страницы, которые как-то связывают мою жизнь с твоей.
Твои глаза в безопасности. Эта история – просто еще одна глава в твоем воображении.
А для меня это здесь и сейчас.

Маркус Зузак. Джокер

Орфей впервые увидел Виоланту на пиру у Зяблика и сразу представил, как чудесно будет вместе с ней царствовать над Омброй. Любая из ее служанок превосходила дочь Змееглава красотой, но в Виоланте было другое: надменность, честолюбие, властность. Орфея все это привлекало. Когда ее ввели в Зал тысячи окон, он задохнулся от восторга, глядя, как гордо она держит голову, хотя поставила на карту все и проиграла.

Она обвела глазами присутствующих, как будто это они – проигравшие: ее отец, Пальчик, Свистун. Орфея она просто не удостоила взглядом. Откуда ей знать, какую важную роль он играет в этой истории! Змееглав и сейчас сидел бы в дорожной грязи со сломанным колесом, если бы Орфей не вычитал ему сразу четыре новых. Как они все на него уставились! Даже Пальчик с тех пор проникся к нему уважением.

Дневной свет уже не заливал Зал тысячи окон. Пальчик велел завесить кружевные стены черной тканью, и лишь пять-шесть факелов озаряли темноту. Но лицо своего злейшего врага Орфей сможет разглядеть.

Когда в зал втолкнули Мортимера, высокомерная маска дрогнула на лице Виоланты, но она быстро овладела собой. Орфей удовлетворенно отметил, что с Перепелом явно обращались не лучшим образом. Тем не менее узник пока держался на ногах, и, конечно, Свистун позаботился о том, чтобы руки у него были в порядке. «Зато язык они вполне могли бы ему вырезать, – думал Орфей, – а то сколько можно слушать хвалы его голосу». Но тут ему пришло в голову, что Мортимер еще не сказал, где книга Фенолио, – Сажерука-то уже не допросишь.

Факелы освещали только Мортимера. Змееглав оставался во мраке. Очевидно, он не хотел показывать пленнику, во что превратилось его тело. Но об этом легко было догадаться по запаху.

– Ну что, Перепел? Моя дочь, наверное, иначе расписывала тебе наше второе свидание? – Змееглав дышал хрипло, как глубокий старик. – Я обрадовался, когда Виоланта предложила встретиться здесь, несмотря на дальнюю дорогу. Однажды этот замок уже принес мне счастье – правда, недолгое. И потом, я был уверен, что мать Виоланты ни слова не сказала ей о подводном туннеле. Она часто рассказывала дочери об Озерном замке, но правды в этих рассказах было мало.

Лицо Виоланты оставалось непроницаемым.

– Я не знаю, о чем ты говоришь, отец.

Как старательно она избегает глядеть на Мортимера! Трогательно.

– Да, ты ничего не знаешь. В этом-то все и дело. – Змееглав рассмеялся. – Я, видишь ли, частенько посылал подслушивать, что рассказывает тебе мать в старых покоях. Все эти истории о счастливом детстве, милые россказни, направленные на то, чтобы ее некрасивая дочурка мечтала о месте, где все иначе, чем в нашем замке. Реальность, как правило, отличается от того, что мы о ней рассказываем, но ты всегда путала эти две вещи. Как и твоя мать, ты никогда не могла отличить желаемое от действительного – разве не так?

Виоланта не ответила. Она стояла с высоко поднятой головой и молча смотрела в темноту, где скрывался ее отец.

– Когда я впервые встретился здесь с твоей матерью, – хрипло продолжил Змееглав, – у нее было одно желание: прочь отсюда. Она давно бы сбежала, если бы отец дал ей такую возможность. Она рассказывала тебе, что одна из ее сестер разбилась насмерть, пытаясь вылезти из окна в этом зале? И что ее саму чуть не утопили русалки, когда она хотела перебраться через озеро вплавь? Нет, наверное. Вместо этого она уверила тебя, будто я вынудил ее отца согласиться на наш брак и насильно увез ее отсюда. Кто знает, может быть, в конце концов она сама в это поверила.

– Ты лжешь! – Виоланта изо всех сил старалась говорить спокойно. – Я не хочу больше это слушать.

– И все же тебе придется выслушать, – невозмутимо ответил Змееглав. – Хватит тебе прятаться от действительности за красивыми историями. Твой дед жестоко расправлялся с поклонниками дочерей. Поэтому твоя мать показала мне подземный ход, тот самый, по которому Свистун незаметно пробрался в замок. Она была тогда пылко в меня влюблена, хотя, возможно, ты слышала от нее что-то другое.

– Зачем ты рассказываешь мне небылицы? – Виоланта по-прежнему высоко держала голову, но голос ее дрожал. – Это не мама показала тебе туннель. Наверняка о нем разузнал какой-нибудь из твоих шпионов. И она никогда тебя не любила.

– Думай как тебе нравится. Вряд ли ты много знаешь о любви. – Змееглав закашлялся и со стоном поднялся с кресла. Виоланта отпрянула, когда он вышел на свет факелов.

– Да, погляди, во что превратил меня твой благородный разбойник, – сказал он, медленно подходя к Мортимеру.

Ходьба давалась ему с трудом. За долгий путь Орфей нагляделся на муки, которые причинял Серебряному князю каждый шаг, но голову Змей по-прежнему держал высоко, как и его дочь.

– Не будем говорить о прошлом, – сказал он, останавливаясь так близко к Мортимеру, что тот задохнулся от чудовищного запаха. – И о том, как моя дочь представляла себе нашу сделку. Убеди меня, что есть смысл не спускать немедленно шкуру с тебя, а также с твоей жены и дочери. Ты, может быть, думаешь, что на сей раз они не в моей власти. Ты ведь оставил их у Черного Принца. Но я знаю о пещере, где они скрываются. Мой бестолковый шурин, наверное, уже везет их в Омбру.

Ага, удар попал в цель. Угадай, благородный разбойник, кто рассказал Змееглаву о пещере? Орфей широко улыбнулся, когда Мортимер посмотрел в его сторону.

– Ну так что? – Кулаком в перчатке Змееглав уперся пленнику в грудь, в то самое место, куда стреляла когда-то Мортола. – Можешь ты исцелить книгу, которой так коварно навлек на меня беду?

Мортимер колебался лишь мгновение.

– Конечно, – ответил он. – Если ты дашь ее мне.

«Его голос, надо признать, звучит впечатляюще даже в таком отчаянном положении, – думал Орфей. – Хотя мой все равно гораздо эффектнее». Но Змееглав на этот раз не поддался чарам. Он с такой силой ударил Мортимера в лицо, что тот упал на колени.

– Ты что, действительно вообразил, что можешь второй раз меня одурачить? – крикнул он. – По-твоему, я полный идиот? Пустую Книгу никто не может исцелить! Эта уверенность оплачена жизнью десятков твоих товарищей по цеху! Книга погублена, а значит, мое тело вечно будет разлагаться, ежечасно вводя меня в искушение своей рукой вписать туда три слова, чтобы положить конец мучениям. Но я придумал другой выход, лучше, и для него мне потребуются твои услуги. Поэтому я весьма признателен дочери за неусыпный присмотр за тобой. Я ведь знаю, – добавил он, обернувшись к Свистуну, – какой горячий человек мой герольд.

Свистун хотел что-то возразить, но Змееглав сделал нетерпеливый жест и снова повернулся к Мортимеру.

– Какой выход? – Прославленный голос на этот раз звучал хрипло.

Перепел, похоже, наконец испугался. Орфей чувствовал себя как в детстве, когда с наслаждением читаешь в книге особенно интересное место. «Надеюсь, ему страшно, – думал он. – И надеюсь, это последняя глава, в которой он появляется».

Мортимер поморщился, когда Свистун приставил к его ребрам нож. «Да, Перепел, ты не тех людей сделал своими врагами, – думал Орфей. – И друзьями – тоже не тех. Но положительные герои – они всегда такие. Дураки».

– Какой выход? – Змееглав почесал воспаленную кожу. – Очень простой: ты переплетешь мне новую книгу. Но на этот раз за каждым твоим движением будут следить. А когда книга снежно-белыми страницами надежно защитит меня от смерти, мы впишем в старую твое имя, чтобы ты почувствовал, каково это – гнить заживо. А потом я разорву ее в клочки, буду вырывать страницу за страницей и смотреть, как рвется твоя плоть и как ты умоляешь Белых Женщин забрать тебя поскорее. По-моему, идеальный выход.

«Ах, вот как! Новая книга. Неплохо придумано. Но мое имя выглядело бы на новых страницах куда лучше! Очнись, Орфей, мечты заносят тебя слишком далеко!»

Свистун приставил нож к горлу Мо.

– Что ж ты не отвечаешь, Перепел? Продиктовать тебе слова ножиком?

Мортимер молчал.

– Отвечай! – закричал Свистун. – А то я сделаю это за тебя. Ответ все равно только один.

Мортимер молчал, но за него отозвалась Виоланта:

– Зачем он станет тебе помогать, если ты его все равно убьешь? – спросила она отца.

Змееглав пожал плечами:

– Я могу казнить его не такой страшной смертью или не убивать его жену и дочь, а послать их в рудники. Мы ведь и в прошлый раз о них торговались.

– Но сейчас они не в ваших руках! – Голос у Мортимера был отсутствующий.

«Он скажет «нет», – с изумлением подумал Орфей. – Вот болван!»

– Пока нет, но скоро будут. – Свистун передвинул нож к груди Мортимера и нарисовал сердце там, где оно билось. – Орфей нам подробно описал, как добраться до пещеры. Ты ведь слышал: сейчас Зяблик, вероятно, везет их в Омбру.

Мортимер снова взглянул на Орфея, и ненависть в его глазах была слаще пирожных, за которыми Орфей по пятницам посылал Осса на рынок в Омбре. Теперь, правда, придется поручить это кому-нибудь другому. Осса, к сожалению, сожрал ночной кошмар, когда вылупился из слов Фенолио, – Орфею не сразу удалось его укротить. Но найти нового телохранителя – не проблема.

– Можешь сразу приступать к работе. Твоя благородная защитница приготовила все необходимое – очень мило с ее стороны! – злобно проговорил Свистун. На этот раз из-под ножа, приставленного к горлу Мо, потекла кровь. – Хотела убедить нас, что оставила тебя в живых только ради спасения книги! Какой фарс! Она, правда, всегда питала слабость к комедиантам.

Мортимер не замечал Свистуна, словно тот был невидимкой. Он смотрел только на Змееглава.

– Нет! – сказал он. Короткое слово тяжело повисло в полумраке. – Я не стану переплетать тебе новую книгу. Второй раз Смерть мне этого не простит.

Виоланта невольно шагнула к Мортимеру, но он не обратил на нее внимания.

– Не слушай его! – сказала она отцу. – Он все сделает! Дай ему время подумать.

Да, она, похоже, действительно привязана к Перепелу. Орфей нахмурился. Что ж, причиной больше его ненавидеть.

Змееглав задумчиво посмотрел на дочь.

– А ты почему хочешь, чтобы он это сделал?

– Я... – В голосе Виоланты впервые прозвучала неуверенность. – Потому что ты тогда выздоровеешь.

– И что? – Серебряный князь тяжело дышал. – Ты-то хочешь, чтобы я умер. Не спорь. Мне это нравится. Это доказывает, что в твоих жилах течет моя кровь. Иногда я думаю, что надо было действительно отдать тебе трон Омбры. Ты, конечно, была бы лучшей правительницей, чем мой припудренный серебром шурин.

– Несомненно! Я посылала бы во Дворец Ночи в шесть раз больше серебра, потому что не проматываю деньги на пиры и охоты. Но за это отдай мне Перепела после того, как он сделает то, чего ты требуешь.

Смотри-ка. Она еще ставит условия. «Да, она мне нравится, – подумал Орфей. – Очень нравится. Нужно только отучить ее от слабости к приблудным переплетчикам... Зато потом... Какие открываются возможности!»

Было видно, что и Змееглаву дочь нравится все больше. Он громко рассмеялся – Орфей ни разу еще не слышал его смеха.

– Вы только посмотрите на нее! – воскликнул он. – Торгуется со мной, хотя стоит тут с пустыми руками. Отведи ее в комнату, которая для нее приготовлена, – приказал он одному из солдат. – Но к дверям поставь стражу. И пошли к ней Якопо – сын должен находится при матери. А ты, – сказал он Мортимеру, – соглашайся наконец на мое предложение, пока согласие не выбил из тебя мой охранник.

Из темноты выступил Пальчик, и Свистун недовольно опустил нож. Виоланта с тревогой посмотрела на ястребиное лицо и попыталась вырваться из рук солдата, который тащил ее за собой, но Мортимер молчал.

– Ваша милость! – Орфей почтительно (по крайней мере, он надеялся, что это так выглядит) шагнул вперед. – Позвольте мне добиться от него согласия.

Произнесенное шепотом имя (его нужно только позвать по имени, как собаку), и ночной кошмар начал подниматься из тени Орфея.

– Чушь! – прикрикнул на него Свистун. – Чтобы Перепел погиб на месте, как Огненный Танцор? Нет уж.

Он велел солдатам поставить Мортимера на ноги.

– Ты что, не слышал, Свистун? Дело поручено мне. – Пальчик медленно стянул черные перчатки.

Орфей почувствовал разочарование, горькое, как полынь. Какой был бы случай выслужиться перед Змееглавом! Ах, если бы у него была книга Фенолио, он сумел бы написать Свистуну скорый конец. И Пальчику заодно.

– Повелитель! Пожалуйста, выслушайте меня! – Он загородил Змееглаву путь. – Позвольте просить вас, чтобы у пленника в ходе этой несомненно болезненной процедуры был получен ответ еще на один вопрос. Помните, я рассказывал о книге, способной изменять этот мир согласно любому вашему желанию! Пожалуйста, заставьте его признаться, где она находится.

Но Змееглав повернулся к нему спиной.

– Потом, – сказал он, со стоном опускаясь на кресло в темноте. – Сейчас нас интересует только одна книга, и ее страницы пусты. Приступай, Пальчик! – раздался его задыхающийся голос из темноты. – Но смотри, не повреди ему руки.

Орфей почувствовал на лице внезапный холод. Сперва он подумал, что это ночной ветер проник через завешенные окна. Но они уже стояли рядом с Перепелом, белые и пугающие, как на кладбище комедиантов. Они окружали Мортимера, как бескрылые ангелы, тела их состояли из тумана, лица были белые, как старые кости. Свистун отступил так поспешно, что упал и порезался о собственный нож. Даже лицо Пальчика утратило равнодушное выражение. А солдаты, стоявшие рядом с Мо, попятились прочь, как испуганные дети.

Этого не может быть! Почему они его защищают? В благодарность за то, что он уже несколько раз обводил их вокруг пальца? Забрал у них Сажерука? Орфей почувствовал, как ночной кошмар за его спиной съежился, словно побитая собака. Это еще что? Он тоже боится? Нет! Нет, черт побери! Этот мир нужно переписать заново! И он это сделает. Да. Он уж найдет способ...

Что они шепчут?

Бледный свет, который излучали Дочери Смерти, разогнал мрак, скрывавший Змееглава, и Орфей увидел, как Серебряный князь, задыхаясь, закрывает глаза руками. Значит, он тоже боится Белых Женщин, хотя и перебил во Дворце Ночи столько народу, чтобы доказать обратное. Одно притворство. Бессмертный Змееглав тяжело дышал от страха.

А Мортимер стоял среди Ангелов Смерти, как если бы они были его частью, – и улыбался.

Мать и сын

Меня обволакивает запах сырой земли и свежей поросли, влажный, неуловимый, с кисловатой примесью аромата коры. Так пахнет юность; так пахнет печаль.

Маргарет Этвуд. Слепой убийца*

Разумеется, Змееглав велел запереть Виоланту в бывших покоях ее матери. Он знал, что в этой комнате вся ложь, которую мать когда-то рассказывала ей, будет звучать, как колокол, в ушах дочери.

Этого не может быть. Ее мать никогда не лгала. Мать и отец – это всегда были добро и зло, истина и ложь, любовь и ненависть. Все было так просто! Но даже это Змееглав у нее отнял. Виоланта искала в своей душе гордость и силу, всегда поддерживавшие ее, но находила лишь некрасивую девочку, сидевшую в прахе разбитых надежд с повергнутым образом матери в сердце.

Она прислонилась лбом к запертой двери и прислушалась – не донесутся ли крики Перепела. Но слышны были только голоса часовых перед ее покоями.

Почему он не сказал «да»? Надеялся, что она все же сумеет его защитить? Пальчик покажет ему, что это не так. Она вспоминала комедианта, которого ее отец велел четвертовать за то, что он пел для ее матери, слугу, который приносил им книги и за это погиб голодной смертью в клетке перед их окном. Ему давали

---

* Перевод В. Бернацкой.

пергамент вместо еды. Как она могла обещать Перепелу защиту, когда до сих пор все, кто были на ее стороне, гибли?

– Пальчик нарежет ремней из его кожи! – Голос Якопо почти не доходил до нее. – Говорят, он умеет делать это так, что человек не умирает. Он специально упражнялся на трупах!

– Замолчи! – Ей хотелось его ударить. С каждым днем он становится все больше похож на Козимо, хотя сам предпочел бы походить на деда.

– Отсюда ты все равно ничего не услышишь. Они поведут его вниз, в подвал возле ям. Я там был. Там все на месте, заржавело немного, но еще годится: цепи, ножи, тиски и железные шипы.

Виоланта так посмотрела на Якопо, что он замолчал. Она подошла к окну, но клетка, где раньше держали Перепела, была пуста. Лишь тело Огненного Танцора так и лежало перед ней. Странно, что вороны его не трогают. Как будто боятся.

Якопо взял тарелку, которую принесла ему служанка, и обиженно ковырял вилкой в еде. Сколько ему лет? Виоланта не могла вспомнить. По крайней мере, он перестал носить жестяной нос, после того как Свистун высмеял его за это.

– Он тебе нравится.

– Кто?

– Перепел.

– Он лучше их всех.

Она снова приложила ухо к двери. Почему он не сказал «да»? Тогда у нее, возможно, еще был бы шанс его спасти.

– А если Перепел сделает новую книгу, дедушка все равно будет так вонять? Я думаю, да. Я думаю, он однажды просто упадет и умрет. Он и так уже похож на покойника.

Как равнодушно он все это говорит. А ведь еще несколько месяцев назад Якопо боготворил ее отца. Интересно, дети все такие? Откуда ей знать? У нее только один ребенок. Дети... Перед глазами Виоланты все еще стояла картина: дети, выбегающие из ворот замка в объятия матерей. Правда ли они стоили того, чтобы Перепел за них погиб?

– Мне теперь неприятно смотреть на дедушку! – Якопо, передернувшись, закрыл глаза руками. – Когда он умрет, я ведь стану королем, да? – Холод этого звонкого голоса произвел на Виоланту впечатление – ей стало страшно.

– Нет, не станешь. Потому что твой отец воевал с дедушкой. Королем станет его сын. Он будет править во Дворце Ночи и в Омбре.

– Но он же еще маленький.

– Ну и что? Значит, пока за него будет править его мать. И Зяблик. «А кроме того, твой дед бессмертен, – мысленно добавила Виоланта, – и пока никому не удается это изменить. Похоже, так и не удастся».

Якопо отодвинул тарелку и побрел к Брианне. Она вышивала рыцаря, подозрительно похожего на Козимо, хотя Брианна утверждала, что это герой старинной легенды. Хорошо, что Брианна здесь, хотя с тех пор как ночной кошмар убил ее отца, она стала еще молчаливее. Наверное, она его все-таки любила. Дочери обычно любят отцов.

– Брианна! – Якопо дернул ее за красивые волосы. – Почитай мне! Живо! А то мне скучно.

– Ты сам отлично умеешь читать. – Брианна отцепила от волос его пальцы и продолжала вышивать.

– Я позову ночной кошмар! – Якопо сорвался на визг, как всегда, когда ему не подчинялись. – Пусть он тебя сожрет, как твоего отца! Хотя его он как раз есть не стал. Он лежит там внизу во дворе, и его жрут вороны.

Брианна даже головы не подняла, но Виоланта видела, что руки у девушки дрожат. Она даже укололась иголкой.

– Якопо!

Сын повернулся к ней, и на мгновение Виоланте показалось, что его глаза умоляют мать продолжать. «Встряхни меня! Ударь меня! Накажи меня! – говорил его взгляд. – Или возьми на руки. Мне страшно. Я ненавижу этот замок. Я не хочу здесь оставаться».

Она не хотела детей. Не знала, как с ними обращаться. Но отец Козимо мечтал о внуке. Зачем ей ребенок? Ей вполне хватало борьбы с собственным изболевшимся сердцем. Если бы хоть девочка! У Перепела вот дочка. Все говорят, что он ее очень любит. Ради нее он, может быть, все же уступит и переплетет для Змееглава новую книгу. Если это правда, что Зяблик поймал его дочь. О его жене ей не хотелось думать. Может быть, она уже погибла. Зяблик жестоко обращался с пойманной добычей.

– Почитай мне! Ну почитай! – Якопо все еще стоял перед Брианной. Быстрым движением он сорвал вышивку с ее колен, так резко, что она снова укололась.

– Твой рыцарь похож на моего отца.

– Нисколько. – Брианна мельком взглянула на Виоланту.

– Похож! Почему ты не попросишь Перепела вернуть его из мертвых? Твоего отца он ведь вернул...

Раньше Брианна дала бы ему затрещину за такие слова, но смерть Козимо что-то сломала в ней. Она стала мягкой, как моллюск внутри раковины, и мягкость эта была пропитана болью. Тем не менее с ней было лучше, чем одной, и Виоланта засыпала куда спокойнее под колыбельные Брианны.

Снаружи кто-то отодвинул засов.

Что это значит? Ей пришли сказать, что Свистун все же убил Перепела? Или что Пальчик сломал его, как стольких до него? «Даже если и так, Виоланта? – подумала она. Какая разница? Твое сердце все равно разбито вдребезги».

Это был Четвероглазый. Орфей, или Круглолицый, как презрительно называл его Свистун. Виоланта так и не поняла, когда он успел втереться в доверие к ее отцу. Наверное, дело в его голосе. Голос был так же хорош, как у Перепела, но что-то в нем вызывало у Виоланты смутный ужас.

– Ваше высочество! – Гость поклонился ей так низко, что это было уже похоже на издевку.

– Что, Перепел все же дал моему отцу нужный ответ?

– Нет, к сожалению. Но он еще жив, если вы это хотели узнать. – Его глаза глядели сквозь круглые очки с самым невинным выражением. Она заказала себе подсмотренные у Орфея очки, но не носила их постоянно, как он. Иногда Виоланта предпочитала, чтобы мир расплывался перед глазами.

– Где он?

– А, вы увидели пустую клетку. Я предложил Змееглаву другое место для Перепела. Вы, вероятно, знаете о ямах, куда ваш дед бросал узников. Я уверен, что там наш благородный разбойник быстро перестанет сопротивляться требованиям вашего отца. Но перейдем к цели моего визита.

Улыбка у него была сладкая, как сироп. Что ему от нее нужно?

– Ваше высочество! – Его голос погладил Виоланту, как заячья лапка, какими Бальбулус разглаживал пергамент. – Я, как и вы, большой любитель чтения. К сожалению, библиотека замка, как мне доложили, в ужасном состоянии, но я слышал, что у вас всегда при себе несколько книг. Не могли бы вы одолжить мне одну, а еще лучше две? Я, разумеется, сделаю все возможное, чтобы отблагодарить вас.

– А моя книга? – Якопо встал перед Виолантой, скрестив руки на груди, как это любил делать его дед, пока боль в распухших руках не вынудила Змееглава отказаться от привычного жеста. – Ты мне ее так и не вернул. Ты мне должен, – он поднял детскую пухлую ладонь и посчитал на пальцах, – двенадцать серебряных монет.

Взгляд, которым Орфей смерил Якопо, не выражал ни тепла, ни нежности. Но голос оставался сладким:

– Разумеется! Хорошо, что вы мне напомнили, принц. Зайдите потом ко мне, и я отдам вам деньги и книгу. Но сейчас мне нужно поговорить с вашей матерью.

С извиняющейся улыбкой он повернулся к Виоланте.

– Так что же? – спросил он, доверительно понижая голос. – Вы одолжите мне книгу, ваше высочество? Я слышал чудеса о ваших книгах. Поверьте, я буду обращаться с ней очень бережно.

– У нее с собой только две! – Якопо показал на сундук, стоявший у кровати. – И обе о Пере...

Виоланта зажала ему рот, но Орфей уже шагнул к сундуку.

– Мне очень жаль, – сказала она, заступая ему дорогу, – но эти книги мне слишком дороги, чтобы одолжить их кому бы то ни было. Как ты, несомненно, слышал, мой отец позаботился о том, чтобы Бальбулус не мог изготовить мне новых взамен.

Орфей явно ее не слушал. Он как зачарованный смотрел на сундук.

– Вы позволите хотя бы взглянуть?

– Не давайте ему книги!

Орфей до этого, похоже, не замечал Брианну. Когда он услышал за спиной ее голос, его лицо окаменело, а пальцы сжались в кулаки.

Брианна поднялась и спокойно встретила его исполненный ненависти взгляд.

– Он делает с книгами странные вещи, – сказала она. – С книгами и словами, которые там написаны. А Перепела он ненавидит. Мой отец рассказывал, что он хотел продать его Смерти.

– Ненормальная! – пробормотал Орфей, нервно поправляя очки. – Она была у меня служанкой, как вы, наверное, знаете, и попалась на воровстве. Видимо, поэтому она теперь и говорит обо мне бог знает что.

Брианна покраснела, словно ей плеснули в лицо кипятком. Виоланта встала с ней рядом.

– Брианна не способна на воровство! – сказала она. – А теперь уходите. Книги я одолжить не могу.

– Ах вот как, не способна на воровство? – Орфей старался говорить все тем же бархатным голосом. – Но мужа она у вас украла, как я слышал?

– Вот! – Не успела Виоланта понять, в чем дело, Якопо уже протягивал Орфею ее книги. – Тебе какую? Она больше любит толстую. Но ты должен теперь заплатить побольше, чем в прошлый раз!

Виоланта попыталась отобрать у него книги, но руки у Якопо оказались на удивление сильные. Орфей поспешно распахнул дверь.

– Живо! Забрать книги! – приказал он страже.

Солдат без труда отобрал у Якопо книги. Орфей открыл каждую, полистал – и торжествующе улыбнулся Виоланте.

– Да, это именно то чтение, которого мне не хватало, – сказал он. – Я верну книги, когда они исполнят свое предназначение. Но на этот раз, – прошипел он, наклонившись к Якопо и больно ущипнув его за щеку, – я возьму их бесплатно, понял, жадный сынок мертвого князя? И про плату за твою книгу советую забыть – не то познакомишься с моим ночным кошмаром. Слыхал про него?

Якопо молча смотрел на него со смешанным выражением ужаса и ненависти.

Орфей, поклонившись, направился к двери.

– У меня нет слов, чтобы выразить свою благодарность, ваше высочество, – сказал он на прощание. – Вы не поверите, как осчастливили меня эти книги. Теперь уж Перепел точно даст вашему отцу желаемый ответ.

Часовые задвинули засов снаружи. Якопо отчаянно кусал губы, как всегда, когда получалось не так, как ему хотелось. Виоланта с такой силой ударила его по лицу, что он споткнулся о ее кровать и упал. Мальчик беззвучно заплакал, глядя на мать глазами наказанной собаки.

Брианна подняла его и утерла слезы своим платьем.

– Что Четвероглазый собирается делать с книгами? – Виоланта дрожала всем телом. У нее появился новый враг.

– Не знаю, – ответила Брианна. – Я знаю только, что отец выкрал у него одну, потому что с ее помощью он совершил очень злое дело.

Злое дело.

«Теперь уж Перепел точно даст вашему отцу желаемый ответ».

Сброшенная одежда

Архимед прикончил воробья, воспитанно вытер клюв о сучок и уставил на Варта широко распахнутые глаза. На этих больших, круглых глазах лежал, как выразился один знаменитый писатель, налет света, подобный лиловатому налету пыли на винограде.

– Теперь, поскольку ты умеешь летать, – сказал он, – Мерлин желает, чтобы ты побыл Диким Гусем.

Т. Х. Уайт. Король былого и грядущего.
Том 1. Меч в камне*

Летать оказалось совсем легко. Умение пришло вместе с птичьим телом, каждым пером и каждой хрупкой косточкой. Да, зерна превратили Резу в птицу после мучительных корчей, до смерти испугавших Силача, но она не стала сорокой, как Мортола. «Ласточка! – прошептал Лазаро, когда она вспорхнула ему на ладонь. У нее кружилась голова оттого, что все вокруг вдруг стало намного больше. – Ласточки – славные птицы! Это тебе подходит».

Он осторожно погладил ее по крыльям указательным пальцем. Самым странным ей казалось, что она не может ему улыбнуться клювом. Зато говорить она могла, своим обычным голосом, от чего бедный Туллио перепугался еще больше.

Перья хорошо согревали, а дозорные на берегу озера даже не подняли глаз, когда она пролетала у них

* Перевод С. Ильина.

над головами. Судя по всему, они еще не обнаружили своих товарищей, убитых Лазаро. Герб на серых плащах напомнил Резе застенки Дворца Ночи. «Забудь об этом, – думала она, расправляя крылья по ветру. – Это прошлое. А ты должна попытаться изменить будущее. Или жизнь в конечном счете – лишь сеть из нитей судьбы, откуда невозможно вырваться? Не думай, Реза! Лети!»

Где он? Где Мо?

«Свистун запер его в клетку». Туллио не мог объяснить ей, где эта клетка стоит. «Во дворе, – бормотал он, – во дворе с нарисованными птицами». Реза слышала о расписных стенах замка. Но снаружи они были почти черными, из темного камня, встречавшегося и по берегам озера. Реза была рада, что ей не нужно переходить через мост. Там кишели солдаты. Шел дождь, капли рисовали по воде бесчисленные круги, но ощущение полета было великолепно. Внизу она увидела свое отражение, стрелой проносившееся над волнами. И вот ей навстречу уже выступили башни, мощные стены, серые шиферные крыши, а между ними – дворы, словно зияющие дыры в каменном узоре. Голые деревья, загон для собак, колодец, замерзший сад, и везде солдаты. Клетки...

Вскоре она их нашла. Но сперва Реза увидела Сажерука, валяющегося на серой брусчатке, как связка старой одежды. О Господи! Она надеялась, что ей никогда больше не придется увидеть его так. Рядом с ним стоял ребенок. Он смотрел на неподвижное тело, словно ожидая, что оно вот-вот зашевелится, – как это однажды уже случилось, если верить песням комедиантов. «Да, им можно верить! – хотелось Резе крикнуть. – Я касалась его теплых рук. Я видела, как он снова улыбается и целует свою жену». Но при виде тела, распростертого на камнях, ей казалось, что он и не шевелился с тех пор, как погиб в шахте. Спустившись ниже и порхнув под одну из шиферных крыш, Реза увидела и клетки, но пустые. Мо не было. Пустые клетки и опустевшее тело... Ей хотелось камнем упасть вниз, ударится о булыжники и остаться лежать неподвижно, как Сажерук.

Ребенок обернулся. Тот самый мальчишка, что стоял на стене замка в Омбре. Сын Виоланты. Даже Мегги, обожавшая детей, говорила о нем с отвращением. Якопо. На мгновение он посмотрел на Резу, словно видел под перьями женщину, но потом снова наклонился над мертвецом, коснулся застывшего лица – и выпрямился, когда кто-то позвал его по имени.

Этот гнусавый голос ни с чем не спутаешь.

Свистун.

Реза вспорхнула на конек крыши.

– Пошли, тебя дед зовет! – Свистун схватил мальчика за шкирку и грубо подтолкнул к лестнице.

– Зачем? – Голос Якопо звучал как наивная пародия на деда и в то же время был голосом ребенка, одинокого среди сплошных взрослых, сироты без отца... и без матери, если верить тому, что рассказывала Роксана о холодности Виоланты.

– Действительно, зачем? Вряд ли он соскучился по твоему нытью! – Свистун ткнул Якопо кулаком в спину. – Он хочет знать, что рассказывает тебе мать, когда вы вдвоем в комнате.

– Она со мной не разговаривает.

– Это плохо. Что ж мы будем с тобой делать, если ты и в соглядатаи не годишься? Может, скормить тебя ночному кошмару? Он давно ничего не ел, а если все пойдет так, как желает твой дед, то и Перепел ему достанется еще не скоро.

Ночной кошмар.

Туллио говорил правду. Как только голоса стихли, Реза слетела вниз, к Сажеруку. Но плакать ласточка не могла, как и улыбаться. «Лети за Свистуном, Реза, – думала она, сидя на мокрых от дождя камнях, – ищи Мо. Для Огненного Танцора ты уже ничего не можешь сделать». Хорошо хоть, что ночной кошмар не заглотил его, как Хвата. Она прижалась птичьей головкой к его холодной щеке.

– Как это ты нарядилась птицей, Реза?

Шепот доносился из пустоты, из дождя, из влажного воздуха, из расписного камня, но не из застывшего рта. И все же это был голос Сажерука, грубоватый и в то же время нежный, навеки родной. Реза завертела во все стороны птичьей головкой – и услышала его тихий смех.

– А ведь ты уже оглядывалась так на мой голос – помнишь, в застенках Дворца Ночи? Тогда я тоже был невидим, но без тела этот фокус куда интереснее. Хотя долго этим развлекаться нельзя. Боюсь, если это тело еще немного полежит тут брошенное, оно мне станет не по размеру – и тогда даже голос твоего мужа не сможет вернуть меня обратно. Не говоря уж о том, что без помощи плоти быстро забываешь, кто ты такой. Надо признаться, я почти и забыл, пока не увидел тебя.

Мертвый зашевелился – это было похоже на пробуждение ото сна. Сажерук откинул со лба мокрые волосы и осмотрел свое тело, словно желая убедиться, что оно по-прежнему хорошо сидит. Реза видела эту сцену во сне в ночь после его смерти, но тогда он не проснулся. Пока Мо его не разбудил.

Мо. Ласточка взлетела на плечо к Сажеруку, но когда она открыла клюв, он предостерегающе поднес палец к губам. Подозвав тихим свистом Гвина, он показал глазами на лестницу, по которой поднялись Свистун и Якопо, на окна слева от нее и на башню-эркер, в тени которой они стояли.

– Феи рассказывают о растении, способном превращать людей в животных и наоборот, – прошептал он. –

Они говорят, что пользоваться им очень опасно. Давно ты носишь перья?

– Часа два.

– Тогда пора тебе их стряхнуть. К счастью, в этом замке много заброшенных комнат, и я успел все их изучить до появления Свистуна.

Он протянул руку, и Реза уцепилась коготками за его теплую кожу. Он все-таки живой! Или нет?

– Из царства мертвых я принес несколько полезных умений, – проговорил Сажерук, спускаясь с Резой на пальце по коридору, расписанному рыбами и русалками. – Я могу снимать тело, как платье, могу оживлять огонь и читать сердце твоего мужа лучше, чем буквы, которым ты меня с таким трудом научила.

Он открыл какую-то дверь. В этой комнате не было окон, но Сажерук прошептал что-то, и стены покрылись искрами, словно огненной шубой.

Когда Реза выплюнула зернышки из-под языка, оказалось, что двух не хватает. На миг она испугалась, что останется птицей навсегда, но ее тело еще не утратило память. Вернувшись в человеческий облик, она невольно провела рукой по животу, спрашивая себя, превращается ли вместе с ней и ребенок в утробе. Эта мысль так напугала Резу, что ее чуть не стошнило.

Сажерук поднял перышко, лежавшее у ее ног, и задумчиво посмотрел на него.

– С Роксаной все в порядке, – сказала Реза.

Он улыбнулся:

– Я знаю.

Он, похоже, все знал. Поэтому она не стала рассказывать о Мортоле и о том, что Черный Принц едва не погиб. А Сажерук не спросил, почему она все же отправилась вслед за Мо.

– А как получилось с ночным кошмаром? – Даже произносить это слово ей было страшно.

– Я успел ускользнуть из его черных пальцев. – Он провел рукой по лицу, как бы стирая тень. – К счастью, эти твари не интересуются мертвецами.

– Откуда он взялся?

– Его привел Орфей. Он у него вроде цепного пса.

– Орфей?

Этого не могло быть! Орфей же в Омбре, заливает горе вином и жалостью к себе, с тех пор как Сажерук похитил у него книгу!

– Да, Орфей. Уж не знаю, как он этого добился, но он теперь в услужении у Змея. И он только что приказал бросить твоего мужа в яму под замком.

Над их головами раздались шаги, потом смолкли.

– Отведи меня к нему!

– Тебе туда нельзя. Эти ямы глубокие и хорошо охраняются. Один я, может быть, туда и проберусь, но вдвоем мы попадемся. Как только они заметят, что Огненный Танцор снова вернулся из мертвых, солдаты начнут прочесывать каждый закоулок.

«Тебе туда нельзя... Жди здесь, Реза... Там слишком опасно». Она не могла больше это слушать.

– Как он сейчас? – спросила она. – Ты ведь говорил, что можешь читать в его сердце.

Она прочла ответ в его глазах.

– На птицу никто не обратит внимания, – сказала Реза и положила зерна под язык, прежде чем Сажерук успел ее удержать.

Чернота

Ты – птица, прошумевшая крылами,
Когда я пробудился и позвал,
О, не по имени, а лишь руками
В тысяченочный имени провал.

Райнер Мария Рильке.
Ангел-Хранитель*

Яма, куда бросили Мо, была хуже башни во Дворце Ночи и застенка в Омбре. Его спускали туда на цепи, со связанными руками, глубже и глубже, пока тьма не закрыла ему глаза, словно слепота. А Свистун, стоя наверху, гнусавым голосом расписывал, как он привезет сюда Мегги и Резу и убьет их у него на глазах. Какая разница? Мегги все равно погибла. Смерть заберет ее вместе с ним. Но может быть, Владычица превращений пощадит хотя бы Резу с нерожденным ребенком, если он откажется переплести Змееглаву новую книгу. Чернила, Мортимер, черные чернила, вот что тебя окружает. В сыром мраке было трудно дышать. Но им овладело странное спокойствие от сознания, что от него в этой истории больше ничего не зависит. Он так устал писать своей кровью ее продолжение...

Мо упал на колени. Влажный камень напоминал на ощупь дно колодца. В детстве он боялся упасть в колодец и умереть там от голода в темноте и одиночестве. Он вздрогнул. Хорошо бы здесь был сейчас Сажерук с его теплом и светом. Но Сажерук мертв. Ночной кошмар

---

* Перевод Г. Струве

Орфея погасил огонь. Мо так отчетливо услышал рядом дыхание чудовища, что стал искать во мраке красные глаза. Но ничего не было.

Он услышал шаги и посмотрел вверх.

– Ну как, нравится тебе тут?

На краю ямы стоял Орфей. Свет его факела не проникал до дна, яма была слишком глубокая, и Мо невольно пригнулся, прячась в темноту. Как зверь в клетке!

– Ты, похоже, со мной не разговариваешь? Это можно понять! – Орфей самодовольно улыбнулся.

Рука Мо невольно потянулась туда, где прежде был нож – нож, который Баптиста так хорошо спрятал, а Пальчик тем не менее нашел. Мо представил, как вонзает лезвие в жирное тело Орфея. Беспомощная ненависть рисовала до того кровавые картины, что его самого затошнило.

– Я пришел рассказать тебе, что будет дальше. Чтобы ты перестал воображать, что играешь в этой истории главную роль.

Мо закрыл глаза и прижался спиной к сырой стене. Пусть себе болтает. Думай о Резе, о Мегги. Нет, лучше не надо. Как Орфей проведал о пещере?

«Все пропало», – шептал ему внутренний голос. Спокойствие, подаренное Белыми Женщинами, исчезло. «Вернитесь! – хотелось ему прошептать. – Пожалуйста! Помогите мне!» Но они не пришли. А слова вгрызались в его сердце, как жирные белые черви. Откуда они взялись? Все пропало. Прекрати, Мортимер! Но слова продолжали вгрызаться, и он скорчился, как от физической боли.

– Что-то ты притих. Уже чувствуешь их, да? – Орфей рассмеялся, как довольный ребенок. – Я знал, что подействует. Знал с того мгновения, как прочел первую песню. Да, Мортимер, у меня снова есть книга! И даже не одна, а целых три, до краев полные словами Фенолио, – и две из них рассказывают о Перепеле. Виоланта привезла их в этот замок. Очень мило с ее стороны. Пришлось, конечно, кое-что изменить, несколько слов переставить, кое-что выпустить... Фенолио балует своего Перепела, но это нетрудно было исправить.

«Песни о Перепеле» Фенолио, аккуратно переписанные Бальбулусом. Мо закрыл глаза.

– Но за воду я не в ответе! – крикнул ему сверху Орфей. – Это Змееглав велел открыть шлюзы. Ты не утонешь, вода поднимается невысоко, но будет неприятно.

В то же мгновение Мортимер почувствовал воду. Она поднималась вверх по ногам, как будто темнота стала жидкой. Он задохнулся от этого черного холода.

– Вода – не моя идея, – небрежно продолжал Орфей. – Я слишком хорошо тебя знаю, чтобы пытаться сломить твою волю такого рода страхом. Ты, наверное, надеешься своим упрямством умилостивить Смерть, раз не можешь уплатить обещанный выкуп. Да, я знаю о сделке со Смертью, я все знаю... Но я выбью из тебя упрямство. Ты у меня забудешь весь свой героизм и благородство. Я заставлю тебя забыть обо всем, кроме страха, потому что от моих слов Белые Женщины не смогут тебя защитить.

Мо хотелось его убить. Голыми руками. «Но руки-то у тебя связаны, Мортимер».

– Сначала я хотел написать что-нибудь о твоей жене и дочери, но потом подумал: нет, Орфей, надо, чтобы он ощутил твои слова на собственной шкуре!

Как же Круглолицый наслаждается каждым словом! Как будто давно мечтал об этой минуте. «Он – наверху, а я – в темной яме, – думал Мортимер, – и я беспомощен, как пойманная крыса, которую он может убить в любой момент».

– Нет! – продолжал Орфей. – Нет, сказал я себе. Пусть он сам почувствует мощь твоих слов. Покажи ему, что отныне ты можешь играть с Перепелом, как кошка с мышкой. Только вместо когтей у тебя буквы!

И Мо почувствовал эти когти. Как будто вода вдруг просочилась ему под кожу и капала прямо в сердце. Черная вода. А потом пришла боль, такая резкая, словно Мортола еще раз выстрелила в него, такая подлинная, что он прижал руки к груди и, казалось, почувствовал на пальцах собственную кровь. Он видел ее, хотя темнота делала его слепым, видел, как окрасились в алый цвет рубашка и руки, чувствовал, как тают силы – в точности, как тогда. Он с трудом держался на ногах, упираясь спиной в стену, чтобы не соскользнуть в воду, которая поднялась уже до бедер. Реза, Господи! Реза, помоги!

Отчаяние сотрясало его, как ребенка. Отчаяние и бессильный гнев.

– Сперва я не знал, на что решиться. – Голос Орфея проникал сквозь боль, словно тупой нож. – Послать к тебе из воды чудовищ? У меня ведь есть еще книга, которую Фенолио написал для Якопо. Там имеется парочка достаточно мерзких тварей. Но потом я выбрал другой, куда более интересный путь! Я решил свести тебя с ума призраками из твоего собственного мозга, старым страхом, старой яростью и старой болью, скопившимися в твоем героическом сердце, запертыми там, но не забытыми. «Верни их все, Орфей, – сказал я себе, – и добавь несколько картин, которых он всегда боялся: смерть жены; смерть ребенка. Пошли все их к нему во мрак и безмолвие. Пошли ему ярость, пусть мечтает об убийстве, пусть захлебнется гневом. Как чувствует себя герой, дрожащий от страха, зная при этом, что страх этот живет только в нем самом? Как чувствует себя Перепел, мечтая о кровавой резне? Каково сомневаться в собственном разуме? Да, Орфей, – подумал я, – если можно его сломать, то только так. Пусть потеряет самого себя, пусть воет, как бешеная собака, пусть давится собственным страхом. Спусти на него фурий, которые научили его убивать».

Мо чувствовал все, что описывал Орфей, и понял, что эти слова давно уже написаны и прочтены голосом, обладавшим не меньшей силой, чем его собственный.

Да, вот она, новая песня о Перепеле: как он сошел с ума в сырой темной яме, как едва не утонул в собственном отчаянии, как взмолился в конце концов о пощаде и дрожащими руками переплел для Змееглава новую Пустую Книгу.

Вода больше не подымалась, но Мо почувствовал, как что-то ползет по ногам. Дыши спокойно, Мортимер. Замкни сердце от этих слов, не впускай их. Ты сможешь. Но как это сделать, если грудь уже снова раскалывалась, кровь смешивалась с водой и все его существо жаждало мести? Его бросало в жар и в холод, как тогда. Он до крови закусил губы, чтобы Орфей не услышал его стонов, и прижал руки к сердцу. Нет там крови, убедись. И Мегги не погибла, хотя ты видишь эту картину так отчетливо, как только мог написать Орфей. Нет, нет, нет! Но слова шептали: да! Мо казалось, что он разбивается на тысячу глиняных осколков.

– Часовой, брось вниз факел! Я хочу на него посмотреть.

Факел полетел вниз. Вспышка ослепила Мо. Несколько секунд огонь плыл по темной воде, а потом погас.

– Ага, ты их чувствуешь! Ты чувствуешь каждое слово! – Орфей глядел вниз, как ребенок, который насадил червяка на крючок и теперь зачарованно наблюдает, как тот извивается.

Обмакнуть бы его головой в воду и держать, пока не задохнется. Прекрати, Мортимер! Что он с тобой делает? Сопротивляйся! Но как? Он хотел сам погрузиться в воду, чтобы хоть так уйти от этих слов, но знал, что и там они его дожидаются.

– Через час я приду снова! – крикнул Орфей. – Я, конечно, не удержался и подпустил тебе в воду несколько на редкость противных существ, но они тебя не убьют, не бойся. Кто знает, может быть, ты будешь даже рад, что они отвлекают тебя от чудовищных порождений твоего разума... Да, надо быть поосторожнее, выбирая себе роль. Позови меня, когда поймешь, что героизм тут неуместен. Я тебе тут же напишу слова избавления. Например... «*Но настало утро, и безумие отступило от Перепела...*»

Орфей засмеялся. И ушел. Оставил его одного с водой, тьмой и словами.

«Переплети Змееглаву книгу». Эта фраза возникла в голове у Мо, словно выведенная каллиграфическим почерком. «Переплети ему новую Пустую Книгу, и все будет хорошо».

Боль снова разорвала ему грудь с такой силой, что он вскрикнул. Он видел, как Пальчик подносит тиски к его пальцам, как Зяблик за волосы вытаскивает Мегги из пещеры, как собаки догоняют Резу... Его трясла лихорадка – или озноб? Это все у тебя в голове, Мортимер! Он ударился лбом о камень. Увидеть бы что-нибудь, кроме картин Орфея. Почувствовать что-нибудь, кроме его слов. Прижми ладони ко лбу, ну, давай же, окуни лицо в воду, ударь себя кулаком. Это – реальность, а все остальное – грезы. Так ли?

У Мо вырвалось рыдание. Он прижал ко лбу связанные руки. За его спиной послышалось биение крыльев. В темноте вспыхнули искры. Темнота отступила, словно кто-то снял у него повязку с глаз. Сажерук? Нет, Сажерук умер. Хотя сердце Мо не желало в это верить.

«Перепел умирает, – раздавался шепот в его голове, – Перепел сходит с ума». И снова раздался шорох крыльев. Конечно. Смерть пришла за ним, и на этот раз она не стала посылать Белых Женщин ему на помощь. Она пришла забрать его, потому что он не справился с заданием. Сперва его, потом Мегги... Но даже это, наверное, лучше, чем слова Орфея.

Вокруг было черным-черно, несмотря на искры. Да, они все еще горели. Откуда они взялись? Снова биение крыльев, и вдруг он почувствовал, что за его спиной кто-то стоит. Рука легла ему на лоб, погладила по лицу. Знакомая рука.

– Что с тобой? Мо!

Реза. Этого не может быть. Может быть, Орфей показывает ему ее лицо, чтобы утопить ее у него на глазах? Она выглядела совсем настоящей! Никогда бы не поверил, что Орфей так хорошо умеет описывать. И какие теплые у нее руки.

– Что с ним?

Голос Сажерука. Мо посмотрел вверх и увидел его на том самом месте, где стоял Орфей. Безумие. Он видит сон и не проснется, пока Орфей не выпустит его.

– Мо! – Реза взяла его лицо в ладони.

Это сон. Ну и что? Какое же счастье ее видеть! Он всхлипнул от облегчения, и она обняла его.

– Тебе нельзя здесь оставаться!

Не может быть, что она настоящая.

– Мо, послушай меня! Тебе нельзя здесь оставаться.

– Не может быть, что ты здесь.

Как трудно ворочать языком! Как тогда, в лихорадке.

– Может – я здесь!

– Сажерук умер.

Реза... Какой у нее непривычный вид с заколотыми наверх волосами.

Между ними проплыло что-то колючее. Реза испуганно отскочила. Мо притянул ее к себе и ударил по двигавшейся тени. Как во сне. Сажерук сбросил веревку. Она не доставала до дна, но шепот Сажерука удлинил ее огненными волокнами.

Мо схватил веревку – и снова выпустил.

– Я должен остаться здесь. – Вода, наполнявшая яму, казалась от искр багровой, как кровь. – Мне нельзя уходить.

– Что ты несешь! – Реза сунула огненную веревку в его мокрые руки.

– Смерть. Мегги. – В этой тьме он разучился говорить. – Я должен найти книгу, Реза.

Она снова вложила ему в руки веревку. Волокна были горячими. Им придется карабкаться быстро, чтобы не обжечься. Мо полез вверх, но темнота, казалось, прилипла к нему, как черная ткань. Сажерук помог ему перебраться через край. Возле ямы лежали двое солдат – мертвые или оглушенные.

Сажерук посмотрел на него. Он смотрел ему в сердце и видел все, что там происходит.

– Страшные картины, – сказал он.

– Черней чернил! – проговорил Мо хрипло. – Привет от Орфея.

Слова никуда не делись. Боль. Отчаяние. Ненависть. Ярость. Его сердце наполнялось ими с каждым вздохом. Как будто темная яма переместилась к нему в грудь.

Он взял меч у одного из солдат и притянул к себе Резу, чувствуя, как она дрожит под чужой одеждой. Может быть, она и правда пришла к нему. Но как? И почему Сажерук не лежит мертвым перед птичьими клетками? «А вдруг это все же картины Орфея? – думал он, следуя за Сажеруком. – Что, если он показывает мне все это, чтобы потом еще глубже затянуть во тьму?» Орфей. Убей его, Мортимер, и его слова вместе с ним. Собственная ненависть пугала Мо больше, чем тьма. Слишком неукротимой она была, слишком кровавой.

Сажерук шел быстро. Он явно знал дорогу. Лестницы, ворота, бесконечные коридоры – он ни разу не сбился, словно камни подсказывали ему дорогу. Там, где он проходил, на стенах выступало пламя и росло, окрашивая черноту золотом. Трижды они натыкались на солдат. Мо убивал их с наслаждением, словно добрался до Орфея. Сажеруку приходилось тянуть его дальше, и он видел страх на лице Резы. Он схватился за ее руку, как утопающий. И чувствовал тьму внутри.

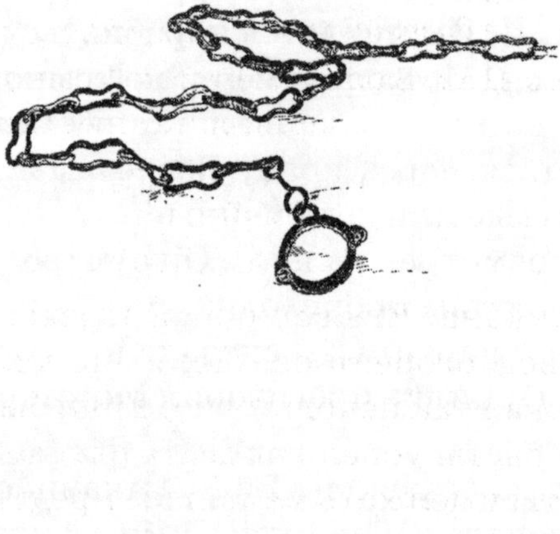

Ах, Фенолио!

Заключенье: без отчаяния
Он закончил завещание
И прощанье с миром грешным
Завершил словцом потешным;
Так и вы, узнав об этом,
Не тужите над поэтом
Но скажите: наконец-то
Он свое уступит место.
А Парнас не опустеет:
Скоро новый подоспеет.
Пусть ничтожный стихоплет
Не доставит вам хлопот.

Пауль Цех. Баллада, которой Франсуа Вийон завершает свое завещание*

В руке великана. Его великана! Право, неплохо! Отнюдь не повод огорчаться. Если бы только Черный Принц не лежал так неподвижно. Если бы да кабы, Фенолио! Если бы ты успел дописать слова для Мортимера! Если бы ты имел хоть малейшее представление, как все пойдет дальше...

Огромные пальцы держали его крепко, но осторожно, как будто привыкли носить человечков. Не очень утешительная мысль. Фенолио, право же, не хотелось кончить жизнь игрушкой великаньего детеныша. Да, такой конец, безусловно, следует отнести к разряду самых плохих и печальных. Но спрашивает ли кто-нибудь его мнение? Нет.

---

* Перевод К. Николаенко.

«И тем самым мы снова оказываемся перед Главным Вопросом», – думал Фенолио. Его желудок от равномерного покачивания в великанской ладони медленно, но верно начинал чувствовать себя так, словно старик объелся фаршированных свиных ножек – коронного блюда Минервы. Да, Главный Вопрос.

Пишет ли эту историю кто-то еще?

Может быть, где-то среди холмов, которые Фенолио так выразительно описал, засел еще один писака, который и столкнул его в руку великана? А может быть, злодей затаился в другом мире, не Чернильном, как он сам в ту пору, когда писал «Чернильное сердце»?

Вот еще! «Чем бы ты тогда был, Фенолио?» – думал он с раздражением и смутным беспокойством, как всегда, когда задавался этим вопросом. Нет, он не висит на веревочках, как глупая кукла, с которой Баптиста иногда выступал на ярмарках (хотя марионетка имела с ним явное сходство). Нет, нет, нет! Фенолио не подчиняется нитям – ни слов, ни судьбы. Он предпочитал держать свою жизнь в собственных руках и сопротивлялся любому вмешательству, хотя признавал, что сам обожает быть кукловодом. Нечего гадать! Его история просто вышла из повиновения. Никто ее не писал. Она сама себя пишет! И теперь вот ей пришла в голову эта глупая шутка с великаном.

Фенолио снова посмотрел вниз, хотя желудок от этого переворачивался. Да, действительно высоко, но разве может это его испугать, после того как он свалился с дерева, как переспелый фрукт? Вид Черного Принца вызывал куда больше беспокойства. Он лежал во второй руке великана, как настоящая безжизненная кукла.

Позорище какое! Все старания сохранить ему жизнь – слова, ягоды в снегу, заботы Роксаны, – все впустую! Проклятье. Фенолио выругался так громко, что великан поднес его к глазам. Этого еще не хватало!

А если ему улыбнуться? Интересно, а разговаривать с ним можно? Уж если ты, Фенолио, не знаешь ответа, то кто же его знает, дырявая твоя башка?

Великан остановился, внимательно рассматривая Фенолио. При этом он слегка приоткрыл горсть, и Фенолио воспользовался возможностью расправить свои старые кости.

Слова, снова нужны слова, и, как всегда, единственно правильные. Пожалуй, не так уж плохо быть немым и вообще обходиться без слов!

– Мм! – Да, Фенолио, великолепное начало, ничего не скажешь! – Как тебя зовут? – Еще лучше!

Великан подул ему в лицо и что-то сказал. Да, он, несомненно, произносил слова, но Фенолио их не понимал! Как же так получилось?

Как он на него смотрит! Точно такой вид был у старшего внука Фенолио, когда он обнаружил на кухне большого черного жука. Мальчонке было очень интересно и немного боязно. А потом жук стал дергать ножками, и Пиппо испуганно бросил его на пол и растоптал. Так что не шевели руками и ногами, Фенолио! Не дергайся, как бы не болели твои старые кости. Эти пальцы! Каждый длиной со всю его руку.

Но великан тем временем потерял к нему интерес. Он с явной тревогой осматривал другую свою добычу. Потом потряс Черного Принца, как остановившиеся часы, убедился, что тот все равно не шевелится, и тяжело вздохнул. Потом опустился на колени – удивительно легко для такой громады, – печально посмотрел в темное лицо и бережно положил Принца под дерево, на мягкий мох. В точности так поступали внуки Фенолио с мертвыми птичками, которых отнимали у кошки. И с тем же выражением они хоронили трупики на грядке с розами.

Великан не стал сооружать для Черного Принца крест из веток, как делал Пиппо для каждой мертвой зверюшки. Зарыть его он тоже не пытался. Он просто присыпал его опавшей листвой, очень осторожно, словно боялся разбудить. Потом выпрямился, посмотрел на Фенолио, как бы желая убедиться, что хоть этот пока дышит, и пошел дальше шагами, в каждом из которых умещалось десять человечьих шагов, а может, и больше. Куда? Далеко, Фенолио, подальше от людей!

Он почувствовал, что огромные пальцы снова крепче сомкнулись вокруг него, и тут – Фенолио не поверил своим ушам – великан замурлыкал песенку, ту самую, которой Роксана убаюкивала детей по вечерам. Значит, великаны поют человечьи песни? Как бы то ни было, он был явно очень доволен собой и миром, несмотря на сломавшуюся чернолицую игрушку. Наверное, представляет себе, как вручит сыну или дочке странное создание, которое само свалилось ему в руку. Фенолио вздрогнул. А если дитя вздумает поотрывать ему ручки и ножки, как малыши иногда делают с насекомыми?

«Дурак ты! – подумал он. – Зарвавшийся старый дурак! Права Лореданша! Что тебя отличает, так это мания величия. Как ты мог подумать, что есть слова, способные совладать с великаном?» Шаг, другой... Прощай, Омбра! Видимо, он так никогда и не узнает, что сталось с детьми... и с Мортимером.

Фенолио закрыл глаза. И вдруг ему послышались тоненькие, но очень настырные голоса внуков: «Дедушка, изобрази нам покойника!» Пожалуйста! Это не трудно. Сколько раз он ложился на диван и не шевелился, сколько они ни тыкали пальчиками ему в живот и в щеки. Покойник есть покойник.

Фенолио тихо застонал, расслабил все мышцы и сделал стеклянный взгляд.

Есть! Великан остановился и огорченно уставился на него. Дыши неглубоко, Фенолио, а лучше совсем не дыши. Правда, тогда твоя глупая старая голова, наверное, лопнет.

Великан подул ему в лицо. Фенолио едва не чихнул. Но внуки тоже так делали, он привык. Правда, у них рты были поменьше и дыхание не такое пахучее. Тихо, Фенолио!

Тихо.

На огромном лице выразилось разочарование. Из широкой груди снова вырвался тяжелый вздох. Великан осторожно потрогал Фенолио указательным пальцем, пробормотал несколько непонятных слов и опустился на колени. У Фенолио закружилась голова от быстрого спуска, но он упорно изображал покойника. Великан растерянно огляделся, словно из-за деревьев мог появиться кто-нибудь, способный починить игрушку. С серого неба полетели редкие хлопья – снова похолодало – и опустились на руки великану. Эти руки были зелеными, как мох, серыми, как кора деревьев, и побелели, когда снег пошел гуще. Великан со вздохом пробормотал что-то. Он явно был разочарован. Потом он положил Фенолио на мох так же осторожно, как прежде Черного Принца, на всякий случай еще раз ткнул его пальцем – не шевелись, Фенолио! – и высыпал ему в лицо горсть сухих листьев заодно с мокрицами и прочими многоногими лесными жителями, которые бросились искать укрытия в одежде Фенолио. Играем в покойника! Пиппо вот однажды посадил тебе на нос гусеницу, а ты все равно не шевельнулся, к большому его разочарованию.

Да, он не шевельнул ни одним мускулом, даже когда у него по щеке поползло что-то мохнатое. Он ждал, чтобы шаги удалились, чтобы земля под ним перестала вибрировать, как барабан. И вот призванный им помощник удалился, бросил их... Что теперь делать?

Все стихло. Гул постепенно замер вдали. Фенолио стряхнул с лица сухую листву и со стоном выпрямился.

На ногах как будто кто-то сидел, однако они его пока держали. Только куда их направить, Фенолио? Ну конечно, по следам великана! Ведь они в конце концов приведут тебя обратно к гнездам. Уж эти следы, наверное, даже ты сможешь отыскать.

Ага. Вот первый отпечаток гигантской стопы. До чего же болят ребра! Нет ли там переломов? Ну что ж, в таком случае придется обратиться за помощью к Роксане. Приятная перспектива, между прочим.

Правда, его ожидает и кое-что другое: острый язык сеньоры Лоредан. Да, она уж найдет что сказать об эксперименте с великаном. И Зяблик...

Фенолио невольно ускорил шаг, несмотря на боль в ребрах. Что, если там всех уже постаскивали с дерева? И Лореданшу, и детей, Мегги, и Минерву, Роксану и всех остальных... Ах, почему он не написал просто, что Зяблик и все его люди померли от чумы? В этом-то и проблема с сочинительством, что путей так бесконечно много. Откуда узнать, какой из них правильный? Признайся уж, Фенолио, великан был просто гораздо интереснее. Не говоря уж о том, что чуму, надо думать, высота не остановила бы.

На мгновение он замер, прислушиваясь, не идет ли чудище обратно. Чудище, Фенолио? А что этот великан тебе сделал? Откусил голову, оторвал ногу? Вот именно!

И с Черным Принцем вышел просто несчастный случай. Где же то место, где он его положил? Деревья все одинаковые, а от одного следа великана до другого можно заблудиться, такой широкий у него шаг. Фенолио посмотрел на небо.

На лоб ему падали снежинки. Уже темнеет! Этого еще не хватало! Ему тут же вспомнились все создания, которыми он населил ночь в этом мире. Ни с одним из них ему не хотелось встречаться.

Чу! Что это? Шаги! Он отступил за ближайшее дерево.

– Чернильный Шелкопряд!

Кто-то шел к нему. Баптиста? Фенолио страшно обрадовался, увидев рябое лицо. Сейчас оно казалось ему самым прекрасным на свете.

– Ты жив! – радостно воскликнул Баптиста. – Мы уж думали, великан тебя сожрал.

– Черный Принц... – Фенолио сам удивлялся, как болело у него сердце за темнокожего атамана.

Баптиста потянул его за собой.

– Я знаю. Медведь его нашел.

– Он?..

Баптиста улыбнулся:

– Нет, он живехонек, как и ты. Правда, я не уверен, что у него все кости целы. Похоже, Смерти он просто не по вкусу – сперва яд, потом великан, – наверное, он слишком черный для Белых Женщин! Но сейчас нам надо торопиться назад, к гнездам. Я боюсь, как бы Зяблик не вернулся. Своего зятя он боится наверняка не меньше, чем великана!

Черный Принц сидел под деревом, где его положил великан, весь в листьях, которыми тот так заботливо его присыпал. Медведь нежно облизывал ему лицо. Живой! Фенолио сердито утер стекавшую по щеке слезу. Он и правда чуть не бросился ему на шею!

– Чернильный Шелкопряд! Как ты от него удрал? – В голосе Принца слышалась боль, и Баптиста мягко удержал его от попытки встать на ноги.

– Я просто взял пример с тебя, Принц! – хрипло ответил Фенолио. – Великан явно интересуется только живыми игрушками.

– На наше счастье! – ответил Принц и прикрыл глаза. «Он заслуживает лучшей доли, – подумал Фенолио. – Лучшей, чем вечная боль и вечная борьба».

В зарослях послышался шорох. Фенолио испуганно вздрогнул, но это были двое разбойников и Фарид с самодельными носилками. Юноша кивнул Фенолио, но было заметно, что он не так рад его видеть, как все остальные. Да, Фарид слишком много знал о Фенолио и той роли, которую он играл в этом мире. «Не смотри на меня с таким упреком, – сердито думал старик. – Что нам еще было делать? Мегги тоже думала, что это хорошая мысль (хотя, если быть совсем честным, она высказывала сомнения)».

– Одного не понимаю, откуда вдруг этот великан взялся! – сказал Баптиста. – Уже в моем детстве великаны были почти сказкой. Я не знаю ни одного комедианта, кроме Сажерука, который видел бы хоть одного своими глазами. Ну а Огненный Танцор всегда забирался в горы намного дальше, чем любой из нас.

Фарид молча повернулся к Фенолио спиной и срезал еще несколько веток для носилок. Медведь явно хотел нести хозяина на своей мохнатой спине. Баптиста с трудом уговорил его отойти, когда они подымали Черного Принца на носилки. Только тихие слова хозяина подействовали на зверя, и он печально потрусил рядом.

«Ну а ты чего ждешь, Фенолио? Иди за ними! – думал старик, с трудом поспевая за Баптистой на болевших ногах. Тебя никто нести не собирается. И молись – не важно кому, – чтобы Зяблик еще не вернулся!»

Свет

Все это были, впрочем, не более как обыкновенные, порожденные ночью страхи, фантомы блуждающего во тьме воображения.

Вашингтон Ирвинг.
Легенда о сонной лощине*

Огонь был повсюду. Он бежал вдоль стен, захватывал язычками крышу, выползал из-под каждого камня и нес с собой столько света, словно само солнце взошло в затемненном замке, обжигая его опухшую плоть.

Змееглав кричал на Свистуна, пока не охрип. Он бил его кулаками в костлявую грудь и чуть не вогнал серебряный нос в здоровую плоть герольда, вызывавшую бешеную зависть у его повелителя.

Огненный Танцор опять вернулся из мертвых, а Перепел сбежал из ямы, хотя тесть Змееглава всегда утверждал, что живым из этого подземелья не выходит никто.

– Улетел! – шептались солдаты. – Улетел из клетки и теперь бродит по замку, как голодный волк. Он убьет нас всех.

Тех двоих, что охраняли яму, Змееглав передал Пальчику для образцового наказания, но Перепел убил еще шестерых, и с каждым найденным трупом ропот становился громче. Солдаты разбегались, удирали по мосту, по подземному туннелю – прочь от проклятого замка, где хозяйничают Перепел и Огненный Танцор. Некоторые попрыгали в озеро – и больше их никто не

---

* Перевод А. С. Бобовича.

видел. Оставшиеся дрожали, как стайка запуганных детей, а расписные стены пылали, и свет прожигал Змееглаву мозг и опалял кожу.

– Приведи ко мне Четвероглазого! – закричал он, и Пальчик втолкнул к нему Орфея. Якопо протиснулся в дверь вместе с ними, как червячок, выползший из влажной земли. – Погаси огонь! – Как же у него болело горло! Как будто искры проникли и туда. – Погаси немедленно и верни Перепела на место, не то я вырежу тебе льстивый язык! Так вот зачем ты убедил меня бросить его в яму! Чтобы дать ему возможность улететь!

Светло-голубые глаза расплывались за стеклами – такие же носила теперь его дочь, – а льстивый голос звучал, как умащенный драгоценным маслом. Хотя в нем ясно слышался страх.

– Я говорил Свистуну, что нужно поставить там не двух часовых, а больше! – Коварная маленькая гадюка, намного умнее Среброносого, умеет делать невинный вид, непроницаемый даже для него... – Еще час-другой – и Перепел сам умолял бы вас о дозволении переплести книгу. Спросите часовых. Они слышали, как он корчился внизу, словно червь на крючке, стонал и рыдал...

– Часовые мертвы. Я отдал их Пальчику и велел казнить так, чтобы крики разносились по всему замку.

Пальчик поправил черные перчатки.

– Четвероглазый говорит правду. Часовые без конца рассказывали, как плохо было Перепелу в яме. Они слышали, как он вскрикивает и стонет, и несколько раз проверяли, жив ли он еще. Хотел бы я знать, как ты этого добился. – Ястребиный взгляд на мгновение остановился на Орфее. – Как бы то ни было, Перепел все время шептал какое-то имя.

Змееглав прижал руки к пылающим глазам.

– Какое имя? Моей дочери?

– Нет. Другое, – ответил Пальчик.

– Реза. Так зовут его жену, ваше величество. – Орфей улыбнулся ему.

Змееглав не мог определить, льстивая это улыбка или самодовольная.

Свистун бросил на Орфея исполненный ненависти взгляд.

– Его жена скоро будет в руках моих людей. И дочь тоже.

– И что толку теперь от этого? – Змееглав с силой прижал к глазам кулаки, но огонь все равно пробивался под веки.

Боль резала его на куски, на вонючие ломти, а тот, кто причинил ему эти страдания, снова его одурачил. «Мне нужна книга!» – думал он. Книга, которая исцелит его плоть, висящую на костях, как лохмотья, – вонючие, грязные, сырые лохмотья.

Перепел.

– Двоих из тех, кто пытался дезертировать, отведи на мост, чтобы всем было видно, – с трудом выговорил он. – А ты спусти на них своего пса. Он у тебя, наверное, проголодался.

Солдаты, пожираемые кошмаром, орали нечеловеческими голосами, а Змееглав воображал, что это вопли Перепела. Переплетчик задолжал ему много воплей.

Орфей с улыбкой прислушивался, а потом ночной кошмар вернулся к нему, как верный пес, и, пыхтя, слился с его тенью. Даже Змееглаву стало не по себе от его черноты. А Орфей самодовольно поправил очки. Круглые стекла отливали желтизной в отблесках пламени. Четвероглазый.

– Я верну Перепела, – сказал он, и Змееглав почувствовал, что уверенные интонации бархатного голоса против воли успокаивают его. – Он никуда от вас не делся, хотя сейчас кажется иначе. Я связал его невидимыми цепями, выкованными моим черным искусством, и, куда бы он ни пошел, эти цепи впиваются в него и причиняют боль. Он знает, что боль насылаю я и что она не кончится, пока я жив. Поэтому он непременно попытается меня убить. Велите Пальчику охранять мою комнату – и Перепел сам придет к нему в руки. Проблема не в нем. Проблема – Огненный Танцор.

Змееглава поразила ненависть на бледном лице. Такой силы ненависть следует обычно лишь за одним чувством – любовью.

– Да, он снова вернулся из мертвых. – Ненависть обволакивала каждое слово Орфея, так что даже его поворотливый язык спотыкался от этой тяжести. – И ведет себя как хозяин этого замка. Но следуйте моим советам – и огонь Сажерука скоро погаснет.

– Каким советам?

Змееглав почувствовал тяжелый взгляд застекленных глаз.

– Пошлите Пальчика к вашей дочери. Пусть бросит ее в яму за то, что она помогла Перепелу бежать. Это прекратит глупые разговоры о чудесах, сеющие панику среди солдат. А ее красавицу-служанку велите запереть в клетку, где Перепел сидел до этого. И скажите Пальчику, чтобы особо с ней не церемонился.

Огонь отражался в стеклах очков, и Змееглав на мгновение ощутил никогда не испытанное чувство – страх перед другим человеком. Интересное ощущение! Легкое щекотание в затылке, тяжесть в желудке...

– Именно это я и собирался сделать, – сказал он и прочел в светлых глазах Орфея знание о том, что это неправда. «Придется его убить, – подумал Змееглав. – Как только будет переплетена книга».

Никому не позволено быть умнее владыки. И уж тем более – хозяину такого опасного пса.

Стал видимым

Тщетно. Мозг питался своими запасами и работал усиленно, фантазия, изощренная страхом, корчилась и металась, как живое существо от сильной боли, плясала подобно уродливой марионетке на подмостках, скалила зубы из-под меняющейся маски.

Оскар Уайльд.
Портрет Дориана Грея*

– Тебе нужно уходить! Здесь тебя поймают! – твердил Сажерук, но Мо только головой качал.

– Я должен найти Пустую Книгу.

– Я ее найду. И впишу три слова – настолько даже я умею писать!

– Нет! Уговор был другой. Что, если она все равно заберет Мегги? Я переплел книгу, я должен и уничтожить ее. А потом, твоей смерти Змееглав желает не меньше, чем моей.

– Я снова ускользну из тела.

– Ты и в прошлый-то раз чудом попал обратно.

Как близки они теперь стали! Как две стороны одной монеты, два облика одного и того же человека.

– О каком уговоре речь?

Оба посмотрели на Резу, явно не радуясь ее присутствию. Мо был очень бледен, но глаза у него потемнели от гнева, а рука снова и снова прикасалась к старой ране. Что с ним сделали в этой ужасной яме?

---

* Перевод М. Абкиной.

В комнате, где они прятались, пыль лежала сугробами, как снег. Штукатурка на потолке покрылась плесенью и местами отваливалась. Озерный замок был болен. Возможно, он был уже при смерти, но на его стенах ягнята по-прежнему спали рядом с волками, мечтая о мире, которого нет. В комнате было два узких окна. На дворе внизу стояло засохшее дерево.

Стены, оборонные ходы, башни, мосты... Каменная ловушка. Резе захотелось вернуть себе крылья. Кожа у нее чесалась, словно из-под нее рвались наружу перья.

– Мо, что за уговор?

Она встала между мужчинами, требуя, чтобы они допустили ее в свою общую тайну.

Когда Мо объяснил, она расплакалась. Смерть найдет его везде, останется он или бежит. Он попался в ловушку из камня и чернил. И их дочь тоже.

Он обнял жену, но мысли его были далеко. Он все еще был в яме, утопая в ненависти и страхе. Сердце у него колотилось так бешено, что Реза испугалась, как бы оно не выскочило из груди.

– Я убью его, – произнес он, пока она плакала у него на плече. – Давно надо было от него избавиться. А потом пойду искать книгу.

Она догадалась, о ком он говорит. Орфей. Мо оттолкнул ее и взялся за меч. Клинок был весь в крови, он насухо вытер его рукавом. На нем по-прежнему был черный костюм переплетчика, хотя давно он уже принадлежал к другому цеху.

Мо решительно шагнул к двери, но Сажерук преградил ему путь.

– Куда ты? – спросил он. – Да, Орфей прочитал слова, но ты воплощаешь их в жизнь!

Он взмахнул рукой, и огонь написал в воздухе слова, страшные слова – и все они рассказывали о Перепеле.

Мо протянул руку, словно желая стереть их, но они опалили ему пальцы – и прожгли сердце.

– Орфей ждет, что ты к нему придешь! – сказал Сажерук. – Он хочет поднести тебя Змееглаву на чернильном блюде. Не поддавайся! Читать слова, которые управляют твоей жизнью, неприятно. Я это знаю лучше, чем кто бы то ни было. Но те слова, что я прочел в свое время, не сбылись. У них столько власти, сколько ты им дашь. К Орфею пойду я, а не ты. Убивать я не умею, не научился этому даже в гостях у Смерти. Зато я могу выкрасть у него книги, из которых он берет слова. А когда к тебе вернется здравый разум, мы вместе поищем Пустую Книгу.

– А если солдаты найдут Мо? – Реза не сводила глаз с огненных букв, читая их снова и снова.

Сажерук провел рукой по выцветшей стенной росписи, и волк, изображенный там, зашевелился.

– Я оставляю вам сторожевого пса, не такого бешеного, как у Орфея, но если придут солдаты, он подымет вой и задержит их на некоторое время, пока вы поищете себе другое укрытие. Огонь научил людей Змееглава шарахаться от каждой тени.

Волк с пылающей шерстью спрыгнул со стены и покинул комнату вслед за Сажеруком. Но слова остались, и Реза прочла их еще раз:

«Когда Перепел отказался повиноваться Змееглаву, лишь один человек знал, что делать, – чужеземец, прибывший из далеких стран. Он понимал, что сломать Перепела может лишь один человек – сам Перепел. Он разбудил все, что Перепел скрывал от самого себя: страх, делавший его бесстрашным, и ярость, делавшую непобедимым. Он велел бросить Перепела во мрак, чтобы тот боролся в яме с самим собой – с болью, которая по-прежнему жила в нем, незабытая, неисцеленная, со страхом, который породили в нем

оковы и застенки, с яростью, которую посеял страх. Он рисовал в его сердце страшные картины...»

Дальше Реза не стала читать. Это было слишком страшно. Но последние слова огонь навсегда выжег в ее памяти:

«И собственный мрак сломал Перепела, и он стал умолять Змееглава о дозволении переплести новую книгу, еще красивее первой. А когда Серебряный князь получил книгу в свои руки, он казнил переплетчика самой страшной, самой медленной из всех смертей, и комедианты запели последнюю песню о Перепеле».

Мо повернулся к словам спиной. Он стоял среди сугробов пыли, скопившейся здесь за долгие годы, и смотрел на свои руки, словно не знал, подчиняются они еще ему или только словам, горевшим сзади.

– Мо! – Реза поцеловала его. Она знала: то, что она сейчас сделает, ему не понравится. Он посмотрел на нее отсутствующим взглядом. Глаза его были полны мрака. – Я отправлюсь на поиски Пустой Книги. Я ее найду и впишу за тебя три слова. «Чтобы Змееглав погиб прежде, чем сбудутся слова Орфея, – прибавила она про себя, – и прежде, чем имя, данное тебе Фенолио, тебя убьет».

Он еще не осознал смысл ее слов, а она уже клала в рот семена. Мо хотел выбить их из ее руки, но крупинки были уже под языком.

– Реза, нет!

Она пролетела сквозь огненные буквы. Их жар опалил ей грудь.

– Реза!

Нет уж, на этот раз ждать придется ему. «Оставайся тут, – думала она. – Прошу тебя, Мо!»

Любовь, переодетая ненавистью

Откуда взялась эта любовь? Не знаю; она подкралась ко мне, как тать в ночи (...) я уповаю только на одно: что в тени моих чудовищных преступлений эта любовь покажется крохотной, как горчичное зернышко, и жалею, что не натворила еще больше злых дел: ведь тогда разглядеть ее было бы еще труднее... Но горчичное зернышко пустило корни, и выросший из него маленький зеленый побег расколол мое сердце надвое.

Филипп Пулман. Янтарный телескоп*

Змееглав потребовал крови фей, целую ванну, чтобы смягчить кожный зуд. Орфей как раз сочинял гнезда фей на голых ветвях яблонь под окном, когда за его спиной раздались легкие шаги. Он так резко отложил перо, что серые ножки Халцедона утонули в чернильной луже. Перепел!

Орфею казалось, что он уже чувствует острие меча между лопатками: не сам ли он разжег в Перепеле жажду крови и допьяна напоил гневом и бессильной яростью? Как же его враг прошел мимо часовых? Ведь перед дверью стояли трое, и Пальчик тоже держался неподалеку. Но, когда Орфей обернулся, перед ним стоял не Мортимер, а Сажерук.

Этот-то как сюда попал? Почему он не у клетки, где сидит его рыдающая дочь и где его сожрет ночной кошмар?

Сажерук.

---

* Перевод В. Голышева и В. Бабкова.

Всего год назад Орфей опьянел бы от счастья при одной мысли, что увидит его у себя. Он жил тогда в унылой комнате, среди книг, описывавших томление его сердца, но неспособных его утолить. Он страстно томился по миру, который склонялся бы перед ним, мечтал вырваться из монотонной серой жизни, стать наконец тем Орфеем, который дремал в нем и которого не видели насмешники... Томление, наверное, неподходящее слово. В нем звучат кротость и покорность судьбе. Нет, Орфеем двигала страсть, страстное желание добиться всего, чего у него не было.

Да, в те времена один вид Сажерука осчастливил бы его. Но сейчас его сердце забилось сильнее по другой причине. Его ненависть к Огненному Танцору была замешана на любви, но это не делало его добрее. Орфей вдруг увидел в книге возможность мести, такой блистательной, совершенной мести, что он невольно улыбнулся.

– Смотри-ка, друг моих юных дней. Неверный друг! – Орфей сунул книгу Виоланты под пергамент, на котором писал.

Хадцедон испуганно спрятался за чернильницу. Страх. Не самое плохое чувство. Очень бодрит иногда.

– Ты, наверное, явился украсть у меня еще пару книг? Перепелу ты этим не поможешь. Слова уже прочтены, и он сделает то, что там сказано. Такова цена за роль в чужой истории. А ты-то что же? Когда ты в последний раз видел свою дочь?

Смотри-ка, он и правда еще не знает! Ах, любовь! Против нее беззащитно даже бесстрашное сердце, с каким вернулся Сажерук из царства мертвых.

– На твоем месте я пошел бы прежде всего к ней. Она рыдает так, что сердце разрывается, и рвет свои прекрасные волосы.

«Как он на меня смотрит! – думал Орфей. – Ага, попался. Оба вы у меня на крючке – и ты, и Перепел».

– Твою дочь сторожит мой черный пес, – продолжал он, наслаждаясь каждым словом, как пряным вином. – Может быть, она из-за этого так напугана. Но я приказал ему пока воздержаться от ее сладкой плоти.

Есть! Значит, Сажерук все же доступен страху. Как побледнело помолодевшее без шрамов лицо! Он смотрел на тень Орфея, но ночной кошмар не шевелился в ней. Нет-нет, он стоит на страже перед клеткой, где Брианна рыдает и зовет отца.

– Я убью тебя, если он до нее дотронется. Я не умею убивать, но для такого случая выучусь!

Лицо Сажерука без шрамов стало гораздо более уязвимым. Его одежду и волосы покрывали искры.

Орфей не мог отрицать – это по-прежнему его любимый персонаж. Что бы Сажерук ему ни сделал, сколько бы раз его ни предал, это ничего не меняло. Сердце Орфея любило Огненного Танцора с собачьей преданностью. Тем более нужно навсегда убрать его из этой истории, хотя и страшно жалко. Просто не верится, что Сажерук действительно пришел к нему, чтобы уберечь Перепела. Самопожертвование не в его характере! Нет, пора Сажеруку вернуться к более подходящей для него роли.

– Ты можешь выкупить свою дочь! – Слова так и таяли на языке.

О сладкая месть! Куница на плече Сажерука оскалила зубы. Мерзкая тварь.

Сажерук погладил темную шерсть.

– Как?

Орфей поднялся.

– Для начала... погаси, пожалуйста, иллюминацию, которой ты так искусно украсил замок, – причем немедленно!

Искры на стенах вспыхнули ярче, словно желая дотянуться до Орфея, – и погасли. Только волосы и одежда Сажерука по-прежнему светились. Какое все же страшное оружие – любовь! Есть ли нож острее? Самое время вонзить его поглубже в сердце изменника.

– Твоя дочь рыдает в той самой клетке, где сидел Перепел. Она, конечно, смотрится там куда красивее со своими огненными волосами. Как тропическая птица...

Искры окутали Сажерука багровым туманом.

– Доставь нам ту птицу, что должна сидеть в этой клетке. Доставь нам Перепела – и твоя красавица-дочь свободна. Если ты этого не сделаешь, я скормлю ее душу и тело своему черному псу. Не смотри на меня так! Насколько я знаю, тебе не впервой играть роль предателя. Я бы написал тебе что-нибудь получше, но ты не пожелал меня слушать!

Сажерук молча смотрел на него.

– Ты украл у меня книгу! – Голос Орфея пресекся. Эти слова по-прежнему были горьки, как желчь. – Ты встал на сторону переплетчика, хотя он вырвал тебя из твоего мира, вместо того чтобы присоединиться ко мне – человеку, который вернул тебя домой. Ты поступил со мной жестоко. – На глазах Орфея выступили слезы. – И чего ты ждал? Что я безропотно приму твой обман? Нет. Вообще-то я просто хотел отправить тебя назад к мертвым, без души, пустым, как шкурка выеденной личинки, но такая месть нравится мне больше. Я сделаю из тебя предателя. Это разобьет благородное сердце переплетчика!

На стенах снова вспыхнул огонь, теперь он бежал и по полу, опалив Орфею сапоги. Халцедон застонал от страха и закрыл голову стеклянными руками. Пламя разжег гнев Сажерука, горевший у него на лице и сыпавшийся искрами с потолка.

– Убери от меня огонь! – закричал Орфей. – Я единственный, кому подчиняется ночной кошмар, и твоя дочь будет первой, кого он сожрет, когда проголодается. А это будет скоро. Я хочу, чтобы огненный след показал путь к убежищу Перепела и чтобы Змееглаву этот след показал я. Понятно?

Пламя на стенах снова погасло. Вместе с ним погасли и свечи на столе. В комнате Орфея стало темно. Только Сажерук по-прежнему был окутан облаком искр, как будто огонь жил у него внутри.

Почему под его взглядом Орфею становилось так невыносимо стыдно? Почему в его сердце все еще жила любовь? Орфей закрыл глаза, а когда открыл их снова, Сажерука уже не было.

Орфей распахнул дверь – часовые, охранявшие его комнату, с искаженными страхом лицами возвращались на пост.

– Здесь был Перепел! – в ужасе говорили они. – Он был весь огненный и вдруг превратился в облако дыма. Пальчик пошел доложить Змееглаву.

Идиоты. Он всех их скормит ночному кошмару.

Спокойно, Орфей! Скоро ты доставишь Змееглаву настоящего Перепела. А Огненного Танцора тоже сожрет ночной кошмар.

– Передайте Серебряному князю, чтобы он послал слуг во двор под мое окно! – сердито скомандовал он. – Они найдут там гнезда фей, чтобы он мог наполнить ванну кровью.

Орфей вернулся к себе и вычитал гнезда. Но сквозь буквы на него смотрело лицо Сажерука, как будто он находится по ту сторону строк. И как будто все слова рассказывали только о нем.

Другое имя

Я пишу твое имя. Два слога. Две гласных. Ты растешь от своего имени, оно больше, чем ты. Ты лежишь в углу, спишь. Твое имя тебя будит. Я пишу его. Тебя не могли звать иначе. Твое имя – это ты весь, таков ты на вкус и на запах. Если позвать тебя другим именем, ты исчезнешь. Я пишу его. Твое имя.

Сьюзан Зонтаг. Сцена письма

Озерный замок был выстроен, чтобы оградить от мира трех несчастных детей. Но чем дольше Мо бродил по его коридорам, тем больше ему казалось, что расписные стены только и ждали возможности утопить его во мраке. Огненный волк Сажерука бежал впереди, как будто зная дорогу, и Мо следовал за ним. Он убил еще четверых солдат. Замок принадлежал теперь Перепелу и Огненному Танцору, он читал это в их глазах, а ярость, которую разжег в нем Орфей, заставляла его наносить удары так часто, что его черная одежда пропиталась чужой кровью. Черное. Сердце у него тоже стало черным от слов Орфея.

«Ты бы лучше спросил у них дорогу, чем убивать!» – горько думал он, пригибаясь под очередной аркой. Из-под ног вспорхнула стая голубей. А ласточек нет. Ни одной. Где же Реза? А где ей быть? В покоях Змееглава, ищет книгу, которую он когда-то переплел, чтобы ее спасти. Ласточка летает быстро, а у него ноги будто свинцом налились от слов Орфея.

Сюда. Вот она, башня, куда заполз Змей. Так описывал ему Сажерук. Еще двое солдат... Они в ужасе отшатнулись, увидев его. Убей их скорее, Мо, пока они не подняли крик. Кровь. Кровь, красная, как огонь. Красный был его любимым цветом. Теперь он вызывал тошноту. Мо перешагнул через мертвых, снял с одного серебристый плащ, с другого шлем. Может быть, так ему не придется убивать следующих.

Он уже видел этот коридор. Часовых здесь не было. Волк бежал дальше, но Мо остановился перед одной из дверей и распахнул ее.

Мертвые книги. Погибшая библиотека.

Он опустил меч и вошел. Здесь тоже горели искры Сажерука. Они выжгли запах гниения и плесени.

Книги. Он прислонил к стене окровавленный меч, погладил изъеденные корешки и почувствовал, что слова уже не так тяжко давят ему на плечи. Не Перепел, не Волшебный Язык, а только Мортимер. О нем Орфей ничего не писал. Мортимер Фолхарт. Переплетчик.

Мо взял в руки книгу. Бедняжка. Ее уже не спасти. Он взял другую, потом еще одну – и вдруг услышал шорох. Рука сама рванулась к мечу. Слова Орфея снова овладели сердцем.

Книжные стопки в углу обрушились. Из-под пергаментных завалов высунулась рука. Потом вторая – без кисти. Бальбулус.

– Ах вот что, это тебя они ищут! – Он выпрямился. Левая рука у него была в чернилах. – С тех пор как я забился сюда, спасаясь от Свистуна, ни один солдат не заходил в эту дверь. Наверное, их отпугивал запах. Но сегодня здесь побывали уже двое. Как ты вырвался от них? Тебя они наверняка охраняли лучше, чем меня!

– Благодаря огню и перьям, – ответил Мо, прислоняя меч к стене. Ему не хотелось вспоминать. Ему хотелось забыть о Перепеле, хоть ненадолго, и обрести под кожаными переплетами немного радости вместо бесконечного горя.

Бальбулус проследил за его взглядом и, видимо, понял, в чем дело.

– Я нашел тут несколько книг, которые еще годятся в дело. Хочешь взглянуть?

Мо прислушался. Волк не трогался с места, но издали доносились голоса. Нет, смолкли.

Всего несколько минут.

Бальбулус протянул ему томик размером чуть больше ладони, слегка поеденный жучками, но не тронутый плесенью. Отличный переплет! Как соскучились его пальцы по перелистыванию страниц! Как жадно его глаза впивали слова, уносившие прочь, а не управлявшие им, как марионеткой! И как стосковались его руки по ножу, который режет бумагу, а не человеческую плоть!

– Что это? – прошептал Бальбулус.

Стало темно. Огонь на стенах погас, и Мо уже не видел букв.

– Волшебный Язык!

Он обернулся.

В дверях стоял Сажерук – силуэт, обведенный огнем.

– Я был у Орфея. – Его голос звучал непривычно. Спокойствие, дарованное смертью, исчезло. Вернулось прежнее отчаяние, о котором оба они уже почти забыли. Сажерук неприкаянный...

– Что случилось?

Сажерук подвесил в воздухе огненную клетку с рыдающей девушкой.

Брианна. Мо увидел на лице Сажерука хорошо знакомый страх. Плоть от твоей плоти. Твой ребенок. Какую власть имеет это слово! Как ни одно другое.

Сажерук просто поднял на него глаза – и Мо прочел там весть о ночном кошмаре, сторожившем Брианну, и о цене, за которую отец мог ее выкупить.

– И что? – Мо прислушался. – Солдаты уже за дверью?

– Я еще не проложил след.

Мо чувствовал страх Сажерука, словно это Мегги сидела в клетке, словно ее рыдания доносились из пламени.

– Так чего же ты ждешь? Прокладывай! – сказал он. – Пора моим рукам снова взяться за переплетное дело, хотя нельзя допустить, чтобы эта работа была доведена до конца. Пусть поймают переплетчика, а не Перепела. Они не заметят разницы. А я отошлю Перепела прочь, пусть спит в подземной яме со словами Орфея.

Сажерук тихонько подул в темноту, и на месте клетки огонь нарисовал знак, которым Мо помечал свои переплеты: голову единорога.

– Что ж, так и сделаем, – сказал он. – Но если ты снова станешь переплетчиком, какова же моя роль?

– Ты спасешь свою дочь, – ответил Мо, – и не дашь в обиду мою жену. Реза улетела на поиски Пустой Книги. Помоги ей и доставь книгу мне.

«Чтобы я мог дописать конец, – думал он. – Всего три слова». И вдруг Мо пришла в голову мысль, от которой он невольно улыбнулся в темноте. О Резе Орфей не написал ни единого слова. Кого еще он забыл?

Назад

Кто бы ты ни был, как бы ты ни был одинок,
Мир раскрывается твоей фантазии
И зовет тебя криком дикого гуся –
Тревожным, пронзительным,
Снова и снова заявляющим о твоем месте
В семье сущего.

Мэри Оливер. Дикие гуси

Роксана снова пела. Для детей, которые не могли заснуть от страха перед Зябликом. Все, что Мегги прежде слышала о пении Роксаны, оказалось чистой правдой. Ее заслушивались даже деревья, птицы на самых дальних ветвях, звери, жившие среди корней, и звезды на темном небе. Голос Роксаны нес утешение, хотя песни ее часто бывали печальны и Мегги слышала в каждом слове тоску по Сажеруку.

Утешительно слушать о тоске, когда сердце полно ею до краев. Тоска по сну без страха, по дням без забот, по твердой земле под ногами, по сытому желудку, улицам Омбры, матерям... и отцам.

Мегги посмотрела на верхнее гнездо, где раньше работал Фенолио. Не знаешь, о ком и тревожиться в первую очередь: о Фенолио, Черном Принце, Фариде, отправившемся вместе с Баптистой по следам великана, или о Дориа, который ушел разведать, не возвращается ли Зяблик. О родителях Мегги старалась даже не думать, но тут Роксана запела песню, которую Мегги любила больше всех: там рассказывалось, как Перепел вместе с дочерью побывал в плену во Дворце Ночи.

О Перепеле ходили и более героические легенды, но только в этой говорилось об ее отце, а Мегги тосковала именно по отцу. Ей хотелось положить голову ему на плечо и спросить: «Как ты думаешь, великан отнесет Фенолио своим детям? Как ты думаешь, растопчет он Фарида и Баптисту, если они попытаются освободить Черного Принца? Как ты думаешь, может одно сердце любить двоих? Встретился ты с Резой? Как ты, Мо? Где ты сейчас?»

– А Перепел уже убил Змееглава? – спросил вчера у Элинор кто-то из детей. – Скоро он придет спасти нас от Зяблика?

– Конечно! – ответила Элинор, бросив быстрый взгляд на Мегги.

Конечно...

– Мальчишка до сих пор не вернулся, – донесся до Мегги голос Эльфогона. – Пойти, что ли, посмотреть, куда он запропастился?

– Зачем? – тихо ответил Деревяга. – Он вернется, если сможет. А если нет, значит, его поймали. Я уверен, они прячутся где-то внизу. Лишь бы Баптиста от них поберегся, когда пойдет обратно.

– А как он побережется? – возразил Эльфогон с мрачной улыбкой. – Позади – великан, впереди – Зяблик, а Принц, скорее всего, погиб. Наша последняя песенка скоро будет спета и прозвучит не так красиво, как колыбельные Роксаны.

Мегги закрыла лицо руками. Только не думать. Просто ни о чем не думай, Мегги! Слушай, как поет Роксана. Мечтай о том, как все уладится. Как все вернутся живыми: Мо, Реза, Фенолио, Черный Принц, Фарид... и Дориа. Как поступает Зяблик с пленными? Не думай, Мегги, не спрашивай.

Снизу послышались голоса. Она наклонилась, всматриваясь в темноту. Баптиста? Огонь, небольшой, но яркий, рассеял мрак. Фенолио! А рядом с ним – Черный Принц на носилках.

– Фарид! – крикнула она.

– Тихо! – шикнул на нее Эльфогон.

Мегги зажала себе рот. Разбойники спускали канаты и сеть для Принца.

– Скорее! Баптиста! – Голос Роксаны звучал совсем иначе, когда она не пела. – Они идут!

Объяснять ей не пришлось. В лесу раздалось конское ржание. Ветки хрустели под солдатскими сапогами. Разбойники спустили еще канаты, кое-кто слезал по стволу. Из тьмы полетели стрелы. Из-за деревьев вышло целое войско, словно рой серебряных жуков.

«Вот увидите, они дожидаются, пока Баптиста вернется с Принцем!» Дориа много раз это говорил. Поэтому и отправился на разведку. И не вернулся.

Фарид выпустил сноп пламени. Они с Баптистой заслонили собой Черного Принца. Медведь стоял рядом с ними.

– Ну что опять случилось? – рядом с Мегги присела Элинор. Волосы у нее были в таком беспорядке, словно их спутал страх. – Я как раз заснула. Ничего не понимаю.

Мегги не ответила. Что она может сделать? Она поднялась и пошла на ветку, где сидела Роксана с другими женщинами. Из разбойников с ними было только двое. Все остальные уже спускались по стволу, но до земли было далеко, а снизу градом сыпались стрелы. Двое разбойников с криком сорвались вниз. Женщины закрывали детям глаза и уши.

– Где он? – Элинор так перегнулась вниз, что Роксана резко рванула ее назад. – Где он? – крикнула она снова. – Да скажите же! Жив этот старый болван?

Фенолио посмотрел вверх, словно услышал ее голос. На морщинистом лице выражался страх, вокруг кипела битва. Мертвец упал к его ногам, и Фенолио схватился за меч.

– Нет, вы только посмотрите! – закричала Элинор. – Что он себе воображает? Что ему пора сыграть героя в его собственной треклятой повести?

«Мне нужно вниз, – подумала Мегги. – На помощь Фариду и на поиски Дориа». Где он? Лежит мертвым где-то в лесу? Нет, Мегги! Фенолио ведь написал его будущее! Он не мог погибнуть. И все же... Она побежала к канату. Эльфогон удержал ее.

– Наверх! – скомандовал он. – Женщины и дети наверх, как можно выше!

– И что нам там делать, наверху? – рявкнула на него Элинор. – Ждать, пока нас стряхнут вниз?

На этот вопрос ни у кого не было ответа.

– Они добрались до Принца! – В голосе Минервы звучало такое отчаяние, что все вздрогнули. Женщины заголосили. Да, они добрались до Принца и стаскивали его с носилок. Медведь неподвижно лежал рядом, из бурого меха торчала стрела. Баптисту тоже схватили. А где же Фарид?

Там, где огонь.

Фарид разжег жаркое, кусачее пламя, но Коптемаз тоже был здесь. Его неестественно блестящее лицо казалось светлым пятном над черно-красной одеждой. Один огонь пожирал другой, пламя побежало вверх по стволу. Мегги послышалось, что дерево стонет. Несколько деревьев поменьше уже загорелись. Дети рыдали во весь голос. Их плач надрывал сердце.

«Ах, Фенолио, – подумала Мегги, – не везет нам с помощниками. Сперва Козимо, а теперь великан».

Великан.

Он показался из-за деревьев так внезапно, словно ее мысль вызвала его сюда. Кожа у него была сейчас темная как ночь, а на лбу отражались звезды. Одна нога затоптала огонь, занявшийся между корнями дерева. Другая едва не раздавила Фарида и Коптемаза, так что Мегги услышала свой собственный отчаянный вопль.

– Он вернулся! Вернулся! – донесся до нее крик Фенолио. Он подбежал к огромным ногам и взобрался на палец великана, как на спасательный плот.

А великан смотрел вверх, на плачущих детей, словно не находил того, за чем пришел.

Люди Зяблика побросали своих пленных и бросились наутек, как зайцы. Впереди всех драпал сам наместник на снежно-белом коне. Только Коптемаз с горсткой солдат остался на месте и запустил в великана огнем. Тот растерянно уставился на пламя и отступил на шаг, когда оно вцепилось ему в ногу.

– Не уходи, пожалуйста! – крикнула Мегги сверху. – Не уходи, спаси нас!

И вдруг на плече великана оказался Фарид. Из мрака повалил огненный снег. Пылающие снежинки опускались на одежду Коптемаза и его людей, пока они не бросились наземь, катаясь по опавшим листьям. Великан с удивлением посмотрел на Фарида, снял его с плеча, словно бабочку, и посадил на ладонь. Какие огромные у него пальцы! Ужас! Фарид казался между ними совсем крошечным.

Коптемаз и его солдаты все еще тушили на себе горящую одежду. Великан с раздражением посмотрел вниз, потер ухо, как будто у него там звенит от их криков, зажал Фарида в одной руке, как ценную добычу, а другой смахнул кричащих людей подальше в лес, как ребенок стряхивает паука с одежды. Потом снова схватился за ухо и внимательно посмотрел наверх, как будто вспомнил наконец, зачем пришел.

– Роксана! – Голос Дариуса разнесся по всему дереву, смущенный, но решительный. – Роксана! Он вернулся ради тебя! Пой!

В покоях Змееглава

А нужно сообщить так много, слишком много историй, уйму жизней, событий, чудес, мест, слухов, такую густую смесь невероятного и приземленного!

Салман Рушди. Дети полуночи *

Реза летела вслед за слугами, тащившими в покои Змееглава ведра с кровью. Он сидел в серебряной ванне, по горло в красной жидкости, пыхтя и сыпля проклятиями, и вид его был так страшен, что Реза еще сильнее испугалась за Мо. Какую месть назначит ему Серебряный князь за такие страдания?

Пальчик обернулся, когда она порхнула на шкаф, но Реза вовремя спряталась. Иногда удобно быть маленькой. На стенах пылали искры Сажерука. Трое солдат били по ним мокрыми тряпками, а Змееглав прикрывал глаза окровавленной рукой. Возле ванны стоял его внук, скрестив руки на груди, словно защищаясь от дурного настроения деда. Какой же он маленький и худой, красивый, как отец, и хрупкий, как мать. Но, в отличие от Виоланты, Якопо был нисколько не похож на деда, хотя подражал ему во всем.

– Не делала она этого. – Он выпятил подбородок. Этот жест он подсмотрел у матери, хотя, наверное, сам того не сознавал.

– Вот как? А кто же тогда помог Перепелу, если не твоя мать?

---

* Перевод А. Миролюбовой.

Слуга полил Змееглаву спину из ведра. Резу замутило при виде крови, стекающей по бледным плечам. Якопо тоже смотрел на деда со смесью ужаса и отвращения – и быстро отвел глаза, когда Змееглав перехватил его взгляд.

– Да, смотри на меня! – сердито сказал он внуку. – Твоя мать помогла человеку, который довел меня до такого состояния.

– Нет. Она ни при чем. Перепел улетел! Все говорят, что он умеет летать. И что он неуязвим.

Змееглав расхохотался, мучительно задыхаясь.

– Неуязвим? Я покажу тебе, как он неуязвим, когда его поймаю. Я дам тебе ножик, чтобы ты сам проверил.

– Ты его не поймаешь.

Змееглав ударил рукой по жидкости, наполнявшей ванну, и светлая курточка Якопо стала красной.

– Думай, что говоришь. Ты становишься все больше похож на мать.

Якопо, казалось, размышлял, хорошо это или плохо.

Где Пустая Книга? Реза осмотрелась. Сундуки, сброшенная одежда на кресле, смятая постель. Куда он мог ее спрятать? От этой книги зависела его жизнь, его бессмертие. Реза искала глазами шкатулку или драгоценную ткань, в которую могло быть завернуто такое сокровище, даже если оно прогнило и воняло... Но тут в комнате вдруг стало темно, так темно, что остались лишь звуки: плеск крови в ванне, тяжелое дыхание солдат, испуганный голосок Якопо:

– Что это?

Искры Сажерука погасли так же внезапно, как появились, когда он вывел ее и Мо из подземной ямы. Реза почувствовала, как сердце в птичьей груди заколотилось еще чаще. Что это значит? Очевидно, что-то случилось – и явно недоброе.

Один из солдат зажег факел, заслоняя пламя рукой, чтобы оно не слепило Змееглава.

– Наконец-то! – В голосе Серебряного князя звучали разом облегчение и недоумение. Он жестом подозвал слугу, и тот снова полил из ведра его зудящую спину. Где они наловили столько фей? Они же сейчас спят.

Дверь распахнулась, как будто повесть решила сама дать ответ. Вошел Орфей.

– И как? – спросил он с поклоном. – Достаточно ли оказалось фей, ваше величество? Или добыть вам еще?

– Пока хватит. – Змееглав набрал в горсть красной жидкости и обмакнул туда лицо. – А к тому, что огонь погас, ты как-то причастен?

– Причастен ли я к этому? – Орфей улыбался так самодовольно, что Резе хотелось спорхнуть вниз и расклевать в кровь бледное лицо. – Конечно. Я убедил Огненного Танцора перейти на нашу сторону.

Нет. Этого не может быть. Он лжет.

Птица в ней клюнула пролетавшую муху, и Якопо посмотрел вверх. Втяни голову, Реза, хоть тут и темно. Ах, эти белые пятна на груди и на горле!

– Отлично. Но ты, надеюсь, не обещал ему за это награды? – Змееглав глубже окунулся в ванну. – Он сделал меня посмешищем подданных. Я хочу отправить его в царство мертвых, на этот раз без возврата. А с Перепелом что?

– Огненный Танцор проведет нас к нему. Без всякой награды. – Слова были сами по себе чудовищны, но бархатный голос Орфея делал их еще ужаснее. – Он проложит огненный след. Твоим солдатам останется только пройти по нему.

Нет. Нет. Реза задрожала всем телом. Не может быть, что он опять его предал. Нет.

Из птичьей груди вырвался сдавленный крик, и Якопо снова поднял глаза. Но даже если он разглядел ее в полумраке, он видел лишь дрожащую ласточку, случайно залетевшую в страшный человеческий мир.

– Все ли готово, чтобы Перепел мог сразу приступить к работе? – спросил Орфей. – Ведь чем раньше он начнет, тем скорее вы сможете его убить.

«Ах, Мегги, кого ты вычитала!» – в отчаянии подумала Реза. Орфей, в поблескивающих очках, с вкрадчивым голосом и коварными речами, казался ей сейчас злым демоном.

Змееглав со стоном поднялся из ванны – весь в крови, как только что родившийся младенец. Якопо невольно отпрянул, но дед поманил его к себе.

– Хозяин, ванну нужно принимать подольше, чтобы кровь подействовала! – сказал слуга.

– Потом! – раздраженно отозвался Змееглав. – Что ж я, буду сидеть в ванне, когда ко мне приведут моего злейшего врага? Подай мне полотенце! – прикрикнул он на Якопо. – Живее, а то я брошу тебя к ней в яму. Я, кажется, сказал, что ты становишься на нее похож? Неправда, ты похож на отца.

Якопо с мрачным видом протянул ему полотенце.

– Одеваться!

Слуги бросились к сундукам. Реза забилась еще глубже в темноту, но голос Орфея тянулся за ней, как удушающий запах.

– Ваша милость, я... – Он откашлялся. – Я сдержал свое обещание. Перепел скоро снова будет у вас в руках и переплетет новую книгу. Мне кажется, я заслужил вознаграждение.

– Вот как? – Слуги натягивали черную одежду на красную от крови кожу Змееглава. – И какие у тебя пожелания?

– Вы ведь помните о книге, про которую я вам рассказывал. Мне по-прежнему очень хотелось бы получить ее обратно. Я уверен, что вы сумеете мне в этом помочь. Но если это окажется невозможным, – он самовлюбленным жестом пригладил светлые волосы, – я принял бы как награду руку вашей дочери.

Орфей.

Реза вспомнила тот день, когда впервые увидела его в саду у Элинор – с Мортолой и Бастой. Тогда она заметила только, что он отличается от обычного окружения Сороки. До странности безобидный, с невинным детским лицом. Какой она была дурой! Он хуже всех поджигателей, вместе взятых, – намного хуже.

– Ваше величество! – Это был голос Свистуна. Реза и не слышала, как он вошел. – Мы поймали Перепела. И миниатюриста вдобавок. Вести Перепела прямо сюда?

– Не хочешь ли рассказать, как ты его поймал? – промурлыкал Орфей. – Учуял своим серебряным носом?

Свистун запинался так, словно каждое слово впивается ему в язык:

– Его выдал Огненный Танцор. Он проложил пылающий след.

Резе хотелось выплюнуть зерна, чтобы глаза могли плакать.

А Орфей рассмеялся, довольный как ребенок.

– А кто рассказал тебе про след? Говори-говори!

Свистун медлил с ответом.

– Ты, кто же еще, – хрипло сказал он наконец. – Когда-нибудь я узнаю, какой чертовщиной ты этого добился.

– Как бы то ни было, у него получилось, – сказал Змееглав. – В то время как ты Перепела дважды упустил. Пусть пленника отведут в Зал тысячи окон. Вели приковать его к столу, за которым он будет работать, и пусть охрана неусыпно следит за каждым его движением. Если и вторая книга причинит мне те же страдания, я собственноручно вырежу тебе, Свистун, сердце из груди. Поверь, его не так легко будет заменить, как нос.

Птичьи мысли туманили Резе рассудок. Это пугало ее, но без крыльев ей не попасть к Мо. А когда ты прилетишь к нему, Реза, что дальше? Ты что, надеешься выклевать Свистуну глаза и увести Перепела из-под серебряного носа? Улетай, Реза, все пропало! Спасай свое нерожденное дитя, раз уж не можешь спасти его отца. Возвращайся к Мегги. Ее переполнял птичий страх – и человеческая боль. Или наоборот. Может, она сходит с ума, как Мортола?

Дрожа, сидела она в дальнем углу, ожидая, чтобы Змееглав отправился на встречу со своим узником и покои опустели. «Почему он его предал? – думала она. – Почему?» Что пообещал ему Орфей? Что может быть ценнее жизни, которую возвратил ему Мо?

Змееглав, Орфей, Свистун, солдаты, двое слуг с подушками, на которых Серебряному князю было не так больно сидеть, – все вышли из комнаты, но когда Реза глянула с бортика шкафа, думая, что она одна, внизу стоял Якопо и смотрел на нее.

Слуга вернулся, чтобы захватить плащ Змееглава.

– Видишь птицу там, наверху? – спросил Якопо. – Поймай ее мне!

Но слуга грубо потащил его к двери.

– Не командуй тут! Пойди навести мамочку! Ей там, наверное, скучно!

Якопо кусался и отбрыкивался, но слуга вытолкал его вон, закрыл дверь – и подошел ближе. Реза отпрянула. Она слышала, как он подвигает что-то к шкафу. Метнись ему в лицо, Реза! А потом куда? Дверь закрыта, окна тоже. Слуга попытался набросить на нее черный плащ. Она порхнула к двери, забилась о стены, услышала его ругань. Куда теперь? Она взлетела на люстру под самым потолком, но тут что-то ударило ее в плечо. Ботинок. Боль пронзила ласточку, и она упала.

– Ну погоди, я сверну тебе шею! Ты, наверное, вкусная, если зажарить. Уж наверное лучше, чем то, чем нас тут кормят.

Грубые руки схватили ее. Она пыталась упорхнуть, но крыло болело, а сильные пальцы держали крепко. В отчаянии она замолотила по ним клювом.

– Отпусти ее!

Слуга испуганно оглянулся. Сажерук оглушил его точным ударом. За его спиной горел огонь. Огонь предателя. Гвин голодными глазами уставился на ласточку, но Сажерук прогнал его. Реза попыталась клеваться, когда он протянул к ней руку, но силы оставили ее, и он осторожно поднял птицу с пола и пригладил взъерошенные перья.

– Что у тебя с крылом? Шевелить им можешь?

Птица в ней доверяла ему, как все дикие твари, но человеческое сердце помнило слова Свистуна.

– Почему ты предал Мо?

– Потому что он так захотел. Выплюни зерна, Реза! Или ты уже забыла, что ты – человек?

«Может быть, я хочу об этом забыть», – подумала она, но послушно выплюнула зерна ему в ладонь. На этот раз все были на месте, и все же она чувствовала в себе птицу. Маленькая – большая, большая – маленькая, кожа и перья, кожа без перьев... Она провела рукой по плечам, почувствовала свои пальцы без когтей, ощутила слезы на глазах – человеческие слезы.

– Ты видела, куда он прячет Пустую Книгу?

Реза покачала головой. Как радо ее сердце, что может любить его, как прежде!

– Реза, мы должны ее найти, – прошептал Сажерук. – Твой муж начнет переплетать книгу для Змея, чтобы забыть о Перепеле и вырваться из-под власти слов Орфея. Но нельзя допустить, чтобы он довел дело до конца. Понимаешь?

Да, она понимала. Они искали повсюду при свете огня, ощупывали влажные полотенца, одежду, сапоги, рылись среди мечей, кувшинов, серебряной посуды и расшитых подушек. Они пошарили даже в наполненной кровью ванне. Когда снаружи послышались шаги, Сажерук схватил слугу, все еще лежавшего без сознания, и утянул за шкаф, на котором раньше сидела Реза. Птице эти покои казались огромными, как целый мир, а теперь здесь тесно было дышать. Сажерук стоял впереди, заслоняя Резу, но вошедшие в комнату слуги были заняты опорожнением кровавой ванны. С отчаянной бранью они собирали влажные полотенца, отгоняя насмешками отвращение к разлагающейся плоти хозяина. Потом подхватили ванну и ушли с ней.

Искать... в каждом углу, в каждом сундуке, в смятой постели, под кроватью. Искать.

Пылающие слова

Эти картины и были миром, и мир похлебкой кипел в ней, а она сидела среди прекрасных книг с ухоженными названиями. Все это варилось в ней, а она водила глазами по страницам, до краев своих животиков заполненным абзацами и словами.

Вы гады, думала она.

Прекрасные гады.

Не хочу вашего счастья. Прошу вас, не смейте наполнять меня и внушать, будто это даст что-то доброе.

Маркус Зузак. Книжный вор*

Фарид нашел Дориа. Когда его втащили на дерево, Мегги сперва подумала, что великан растоптал его, как людей Зяблика, лежавших в мерзлой траве, словно сломанные куклы.

– Нет, это не великан, – сказала Роксана, когда Дориа положили к другим раненым – Деревяге, Шелкомоту и Ежу. – Это дело человеческих рук.

Роксана превратила одно из нижних гнезд в больничную палату. К счастью, разбойники потеряли убитыми только двоих. Зато войско Зяблика понесло большие потери. Надо думать, теперь даже страх перед Змееглавом не заставит наместника сюда вернуться.

Среди погибших был и Коптемаз. Он лежал в траве со сломанной шеей и смотрел в небо пустыми глазами. Среди деревьев появились волки, привлеченные

* Перевод Н. Мезина.

запахом крови. Но подойти ближе они не решались, потому что под деревом спал великан, по-детски свернувшись клубком. Он уснул так крепко, словно колыбельные Роксаны навсегда отправили его в царство грез.

Дориа не очнулся, когда Минерва перевязала ему кровоточащую рану на голове. Мегги присела рядом, пока Роксана занималась другими ранеными. Еж был в тяжелом состоянии, остальным всерьез ничего не грозило. Принц, к счастью, всего лишь переломал несколько ребер. Он хотел спуститься к своему медведю, но Роксана решительно воспротивилась. Баптисте пришлось без конца уверять Принца, что медведь уже снова гоняет зайцев, после того как Роксана вынула стрелу, пропоровшую мохнатое плечо. Но Дориа не шевелился. Он лежал без признаков жизни, со слипшимися от крови волосами.

– Как ты думаешь, он очнется? – спросила Мегги, когда Роксана наклонилась к нему.

– Не знаю, – ответила Роксана. – Говори с ним! Иногда это вызывает их обратно.

Говори с ним. Что бы такого рассказать Дориа? «*Фарид говорит, что там есть кареты, которые ездят без лошадей, и музыка, звучащая из крошечной черной коробочки*». Он все время расспрашивал ее о другом мире, поэтому Мегги начала тихонько рассказывать о каретах без лошадей, летающих машинах, кораблях без парусов и приспособлениях, переносящих голос с одного континента на другой. Элинор пришла ее проведать, Фенолио немного посидел рядом, даже Фарид подошел и взял ее за руку – а она держала руку Дориа, – и впервые они снова были так близки друг другу, как в те времена, когда вместе шли за Сажеруком в поисках ее попавших в плен родителей. Может ли сердце любить сразу двоих?

– Фарид, – сказал Фенолио, – давай посмотрим, что расскажет нам огонь о Перепеле. Пора довести эту повесть до конца, до хорошего конца.

– А может быть, послать к Перепелу великана? – спросил Шелкомот.

Роксана вырезала у него из плеча наконечник стрелы, и теперь язык у разбойника заплетался от вина, которым она его напоила, чтобы смягчить боль. Спасаясь бегством, войско Зяблика бросило мехи с вином, запасы продовольствия, одеяла, оружие и лошадей.

– Ты что, забыл, где сейчас Перепел? – отозвался Принц. (Мегги была так рада, что он жив!) – Великан не сможет перейти Черное Озеро. Хотя прежде они любили смотреться в его гладь, как в зеркало.

Да, эта история не любит простых решений.

– Пойдем, Мегги, посмотрим в огонь, – сказал Фарид, но Мегги не решалась выпустить руку Дориа.

– Иди-иди. Я с ним посижу, – сказала Минерва.

А Фенолио прошептал:

– Гляди веселей! Юноша очнется, можешь не сомневаться! Ты что, забыла, что я тебе рассказывал? Его история только начинается!

Но, глядя на бледное лицо Дориа, Мегги в это не очень верила.

Сук, на котором расположился Фарид, был шириной с подъездную дорогу к дому Элинор. Мегги присела рядом, а Фенолио подозрительно глядел на детей над ними, разглядывавших спящего великана.

– Только попробуйте! – крикнул он, показывая на шишки в детских ручонках. – Первый, кто кинет в него шишкой, полетит вслед за ней. Я вам обещаю!

– Рано или поздно они все-таки кинут шишку, и что тогда? – спросил Фарид, осторожно высыпая пепел на кору. Пепла оставалось совсем немного, как ни тщательно он всякий раз собирал его обратно. – Что будет делать великан, когда проснется?

– Откуда я знаю? – буркнул Фенолио, с тревогой поглядывая вниз. – Надеюсь, бедняжке Роксане не придется убаюкивать его пением до конца своих дней.

Черный Принц подошел к ним, опираясь на Баптисту. Оба молча сели рядом с Мегги. Огонь в этот день казался сонным. Как ни манил его Фарид, как ни льстил и ни уговаривал, прошло бесконечно много времени, пока из пепла наконец пробились язычки пламени. Великан тихонько запел во сне. Пролаза прыгнул к Фариду на колени с мертвой птицей в зубах. И вдруг возникли картины: Сажерук во дворе, среди огромных клеток. В одной из них рыдала девушка. Брианна. Между ней и ее отцом стояла черная фигура.

– Ночной кошмар! – прошептал Баптиста.

Мегги испуганно посмотрела на него. Картина растворилась в сером дыму, а в сердцевине пламени возникла другая. Фарид взял руку Мегги. Баптиста негромко чертыхнулся. Мо. Прикованный цепью к столу. Рядом стоял Свистун. И Змееглав. Воспаленное лицо Серебряного князя выглядело ужаснее, чем представляла Мегги в самых страшных снах. На столе были разложены кожа, чистая бумага, инструменты.

– Он снова переплетает ему Пустую Книгу! – прошептала Мегги. – Что это значит? – Она испуганно взглянула на Фенолио.

– Мегги! – Фарид показал на огонь.

Из пламени поднимались буквы – огненные буквы – и складывались в слова.

– Это что за чертовщина? – проговорил Фенолио. – Кто это написал?

Слова рассеялись в воздухе, прежде чем кто-нибудь успел их прочесть. Но огонь ответил на вопрос Фенолио. В пламени показалось круглое бледное лицо в очках, похожих на вторую пару глаз.

– Орфей! – прошептал Фарид.

Пламя погасло. Оно уползло обратно в пепел, как в родное гнездо, но в воздухе еще светилось несколько огненных слов. «*Перепел... Страх... сломался... умереть...*»

– Что это значит? – спросил Черный Принц.

– Это долгая история, Принц! – устало ответил Фенолио. – И, боюсь, ее конец написал не тот человек.

Переплетчик

Ни одна из нас не есть подлинный автор: кулак больше суммы пальцев.

Маргарет Этвуд. Слепой убийца*

Фальцуем. Режем. Бумага хорошая, лучше, чем в прошлый раз. Мо кончиками пальцев нащупывал волокна в матовой белизне, гладил края, вызывая воспоминания. И они пришли, наполнили его сердце и мозг мириадами образов, тысячами забытых дней. Запах клейстера перенес его во все те места, где он лечил больные книги, а привычные движения напомнили радость, которую он всегда испытывал, дав книге новую жизнь, вырвав ее, пусть на короткий срок, из острых зубов времени. Он уже и забыл, каким покоем исполняется душа, когда руки делают свое дело. Фальцуем, режем, протягиваем нить сквозь бумагу. Мортимер. Да, он снова Мортимер, переплетчик, которому острый нож нужен не для того, чтобы убивать, и которому слова ничем не грозят, потому что он всего лишь мастерит им новые платья для книг.

– Что-то ты не торопишься, Перепел!

Голос Свистуна вернул его в Зал тысячи окон.

Не допускай этого, Мортимер. Представь себе, что Среброносый по-прежнему лишь персонаж в книге, голос, доносящийся из букв. Перепела здесь нет. Словам Орфея придется поискать его в другом месте.

---

* Перевод В. Бернацкой.

– Ты знаешь, что тебя казнят, как закончишь, поэтому и возишься так долго. – Свистун так грубо хлопнул его по спине, что Мо едва не порезался.

И тут же Перепел вернулся и представил себе, как хорошо было бы вонзить лезвие, разрезавшее бумагу, в грудь Свистуна. Мо заставил себя отложить нож и взялся за следующий лист, пытаясь обрести покой в бумажной белизне.

Свистун был прав. Он не торопился, но не потому, что боялся смерти, а потому, что эта работа должна была остаться незаконченной, и каждое движение имело лишь одну цель – вернуть того, над кем не властны слова Орфея. Мо уже почти стряхнул их с себя. Отчаяние, просочившееся в его сердце в темной яме, ярость, безнадежность... Все это побледнело, словно руки переплетчика отмыли его сердце.

Но что будет, если Реза и Сажерук не найдут Пустую Книгу? Что, если ночной кошмар сожрет Брианну и ее отца? Он так и будет вечно стоять в этом зале, переплетая чистые страницы? Не вечно, Мо. Ты ведь не бессмертен. К счастью.

Свистун убьет его. Среброносый дожидается этой возможности с тех пор, как они впервые встретились во Дворце Ночи. И комедианты запоют о гибели Перепела, а не переплетчика Мортимера Фолхарта. Но что будет с Резой и нерожденным ребенком? А с Мегги? Не думай об этом, Мортимер! Режь, фальцуй, пытайся выиграть время, даже если не знаешь, на что оно пригодится. Когда ты умрешь, Реза сможет улететь и найти Мегги. Мегги...

«Пожалуйста, не забирайте мою дочь! – взмолилось его сердце Белым Женщинам. – Я пойду с вами, но Мегги оставьте здесь! Ее жизнь только начинается, она даже еще не знает, в каком мире хочет ее прожить».

Режем, фальцуем, сшиваем – ему казалось, что на бумаге проступает лицо Мегги. Он чувствовал ее присутствие, как тогда во Дворце Ночи, в комнате, где жила когда-то мать Виоланты. Виоланта... Ее бросили в яму. Мо знал, чего она больше всего боится в подземелье: как бы темнота не отняла у нее остатки зрения. Дочь Змееглава по-прежнему трогала его сердце, он очень хотел бы ей помочь, но Перепел должен уснуть.

Ему зажгли четыре факела. Все равно темновато, но лучше, чем ничего. Оковы тоже не облегчали работу. Их звяканье все время напоминало о том, что он не в своей мастерской в саду у Элинор.

Дверь отворилась.

– Ну вот, – разнесся по высокому залу голос Орфея, – в этой роли ты смотришься куда лучше. Как только этот болван Фенолио додумался сделать из переплетчика разбойника?

Он подошел с торжествующей улыбкой и встал на таком расстоянии, чтобы Мо не смог дотянуться до него ножом. Да, Орфей всегда учитывал такие вещи. От него, по обыкновению, пахло сладостями.

– Ты мог бы догадаться, что Сажерук предаст тебя в один прекрасный день. Он всех предает. Поверь, уж я-то знаю, о чем говорю. Его коронная роль – предательство. Но у тебя, конечно, не было выбора.

Мо потянулся за кожей, приготовленной для переплета. Она была красноватого оттенка, как и в первый раз.

– Ты, похоже, со мной не разговариваешь! Что ж, это можно понять. – Орфей был, кажется, совершенно счастлив.

– Не мешай ему работать, Четвероглазый! Или пойти сказать Змееглаву, пусть наберется терпения со своими болячками, потому что тебе захотелось поболтать с переплетчиком? – Голос Свистуна звучал еще гнусавее, чем обычно: Орфей не внушал людям расположения.

– Не забудь, Свистун, что твой хозяин своим скорым исцелением обязан мне! – сквозь зубы процедил Орфей. – Ты, насколько я помню, не мог убедить нашего друга-переплетчика сделать то, что нужно.

Ага, они соперничают за первое место у трона Змееглава. Сейчас у Орфея карты лучше, но ведь это можно изменить.

– Что ты такое говоришь, Орфей? – сказал Мо, не подымая глаз от работы. Приятно чувствовать месть на языке. – Змееглав обязан этим только Свистуну. Меня поймали его люди. Я допустил неосторожность и сам попался им в руки. Ты к этому не имеешь никакого отношения.

– Что?! – Орфей нервно потрогал оправу очков.

– Да, и я расскажу об этом Змееглаву, когда он вернется сюда после отдыха. – Мо резал кожу и представлял себе, что разрезает сеть, которой опутал его Орфей.

Свистун прищурился, словно пытаясь рассмотреть, что за игру ведет Перепел. «Перепела здесь нет, Свистун, – думал Мо. – Но тебе этого, конечно, не понять».

– Берегись, переплетчик! – Орфей неуклюже шагнул к нему. Его голос срывался и дрожал. – Если ты попробуешь меня оболгать своим волшебным языком, я тут же велю его тебе вырезать!

– Вот как? И кто же выполнит твой приказ?

Мо посмотрел на Свистуна.

– Я хочу, чтобы мою дочь не привозили в Озерный замок, – тихо сказал он. – И чтобы ее не искали после смерти Перепела.

Свистун встретил его взгляд – и улыбнулся:

– Обещаю. Нет у Перепела никакой дочери. А язык он сохранит, пока говорит им то, что нужно.

Орфей закусил побелевшие губы и шагнул еще ближе к Мо.

– Я напишу новые слова! – зашипел он ему в ухо. – Слова, от которых ты будешь корчиться, как червь на крючке!

– Пиши что хочешь! – ответил Мо, продолжая нарезать кожу.

Переплетчик не почувствует этих слов.

Столько слез

(...) Сколько себя помню,
Я думала в детстве, что боль –
Это значит, что меня не любят.
Боль значила, что я любила.

Луиза Глик.
Память детства

Она плакала! Якопо никогда еще не видел мать плачущей. Даже когда его отца принесли из Непроходимой Чащи мертвым. Сам Якопо тоже тогда не плакал, но это другое дело.

Позвать ее? Он опустился на колени на краю ямы и посмотрел вниз, в темноту. Ничего не видно, только слышно. Страшные звуки. Якопо пробирала дрожь. Его мать не плакала. Его мать всегда была сильной и гордой. Она не брала его на руки, как Брианна. Брианна иногда обнимала его, даже когда он ее обижал.

«Потому что ты похож на отца! – говорили служанки на кухне. – Брианна была влюблена в твоего отца».

Она до сих пор в него влюблена. Она носит монету с его портретом в кошельке у пояса и иногда вынимает ее и тайком целует. А еще она пишет его имя на стенах, на воздухе и на песке. Глупая Брианна!

Рыдания в яме усилились, и Якопо зажал уши. Казалось, мать там разбивается на мелкие куски, крошечные осколки, которые уже никогда не сложить обратно. Но он не хотел ее терять!

«Твой дед возьмет тебя с собой, – говорили слуги. – К себе во Дворец Ночи. Ты там будешь играть с его сыном».

Якопо не хотел во Дворец Ночи. Он хотел назад в Омбру. Там его замок. И потом, он боялся деда. Змееглав вонял, задыхался, а кожа у него была такая дряблая, что, казалось, в ней можно пальцем проделать дырку.

Внизу все уже промокло от слез, наверное. Судя по звуку, она скоро в них утонет. Неудивительно, что она так убивается. Там, в темноте, нельзя читать, а его мать не могла жить без книг. Она их любила больше всего на свете. Гораздо больше, чем своего сына, но дело не в этом. Все равно Четвероглазый не должен на ней жениться. Якопо ненавидел Четвероглазого. Его голос лип к коже, как расплавленный сахар.

Ему нравился Перепел. И Огненный Танцор. Но обоих скоро убьют. Огненного Танцора Орфей скормит ночному кошмару, а с Перепела сдерут кожу, как только он закончит новую книгу. Дед однажды позвал его посмотреть, как сдирают кожу с живого человека. Якопо спрятался от этих воплей в самом дальнем углу своего сердца, но даже там он все еще слышал их.

Все стихло. Мать больше не плакала. А вдруг она умерла от горя?

Часовые не обращали на него внимания. Он ниже нагнулся над ямой.

– Мама!

Ему нелегко далось это слово. Вообще-то он никогда не называл ее так. Он звал ее Уродина. Но теперь она плакала.

– Якопо?

Жива.

– Перепела уже убили?

– Нет еще. Он переплетает книгу.

– Где Брианна?

– В клетке.

Он ревновал к Брианне. Мать любила ее больше, чем его. Брианне разрешалось спать с ней в одной комнате, да и разговаривала с ней Виоланта куда чаще. Зато Брианна утешала его, когда он ушибался или когда солдаты Зяблика дразнили его погибшим отцом. А еще она была очень красивая.

– Не знаешь, что они собираются со мной делать? – Голос матери звучал непривычно. Ей было страшно! Никогда еще он не слышал страха в ее голосе.

Если бы он мог вытащить ее оттуда, как Огненный Танцор вытащил Перепела.

– Орфей... – начал он, но тут часовой схватил его за шкирку и оттащил от ямы.

– Кончай болтать! – сказал он. – Пошел отсюда.

Якопо пытался вырваться, но ничего не получалось.

– Выпустите ее! – закричал он, колотя кулачками по блестящим латам. – Выпустите! Сию минуту!

Солдат рассмеялся.

– Ты только послушай! – сказал он напарнику. – Смотри, как бы тебя самого к ней не посадили, карапуз! У твоего деда теперь есть сын, так что внук ему не особенно нужен, а уж тем более, отродье Козимо и дочки, которая спуталась с Перепелом.

Он оттолкнул Якопо, и тот упал. Ах, уметь бы зажигать пламя на кончиках пальцев, как Огненный Танцор, или орудовать мечом, как Перепел, перебивший столько латников!

– Якопо! – услышал он из ямы голос матери.

Он рванулся обратно к краю, но солдаты загородили ему дорогу.

– Брысь отсюда, говорю! – крикнул один из них. – А то скажу Четвероглазому, чтобы скормил тебя ночному кошмару. Ты хоть не такой жесткий, как миниатюрист, которым его собираются потчевать в следующий раз.

Якопо изо всех сил пнул его в колено, вырвался и убежал.

Он брел по темным переходам. В каждом углу ему мерещились сотни чудовищ. Как же хорошо было, когда по стенам пылал огонь! Куда? Куда ему идти? В комнату, где они с матерью были раньше? Нет, там жуки, заползавшие в нос и уши. Их послал Орфей. Он сам сказал об этом Якопо и смеялся при этом. Якопо три раза менял одежду, чтобы от них избавиться, но все равно чувствовал их по всему телу.

А может, пойти к клетке, где сидела Брианна? Но ее сторожил ночной кошмар. Якопо сел на каменный пол и закрыл лицо руками.

Чтоб им всем провалиться – Орфею, Свистуну и деду вместе с ними! Он хотел стать таким, как Перепел и Черный Принц, и убить их всех. Всех. Чтоб не смеялись больше. А сам он займет трон Омбры и пойдет войной на Дворец Ночи, как отец. Но уж он-то одержит победу и отправит все серебро в Омбру, а комедианты будут сочинять о нем песни. Он будет каждый день приглашать их в замок, чтобы они устраивали представления для него одного, и Огненный Танцор напишет его имя пылающими буквами на небе, и мать поклонится ему, а он выберет себе невесту, красивую, как Брианна.

Он ясно видел все это в темноте, оберегавшей больные глаза его деда, – отчетливо, как миниатюры, которые рисовал для него Бальбулус.

Книга о нем – о Якопо. Такая же чудесная, как иллюминованные песни о Перепеле. А не пустая и гниющая, как...

...Пустая Книга!

Почему бы и нет? Тут уж они точно смеяться перестанут.

Якопо поднял голову. Это же совсем просто. Нужно только, чтобы дед не сразу заметил, что книги нет. Для этого ее надо подменить. Но чем?

Якопо приложил руки к дрожащим коленям.

Его книги отобрал Орфей, и книги матери он тоже похитил. Но в этом замке было полно других книг, таких же больных, как Пустая, – в той комнате, где схватили Перепела.

Идти туда было далеко, несколько раз Якопо сбивался с пути, но в конце концов ему помог запах плесени – тот самый, что окружал и его деда, – и еще видневшийся огненный след, которым Сажерук выдал Перепела. Зачем он это сделал? За деньги, как Коптемаз? Что он хотел купить себе за них? Дворец? Женщину? Коня?

«Доверяй друзьям еще меньше, чем врагам, Якопо! – наставлял его дед. – Настоящих друзей не бывает. У князей, во всяком случае».

Раньше дед много с ним разговаривал, но это было давно. «*Теперь у него есть сын, Якопо*».

Он выбрал небольшой томик – Пустая Книга тоже была невелика – и сунул под куртку.

Перед покоями деда стояло двое часовых. Значит, он уже вернулся от Перепела. Может, он его уже казнил? Нет. Новая книга наверняка еще не готова. Это долгое дело, Бальбулус ему рассказывал. Но потом дед сдерет с Перепела кожу, а мать заставит выйти замуж за Четвероглазого или бросит рыдать в яме, пока она не развалится на кусочки. А его заберут во Дворец Ночи.

Якопо оправил одежду и утер слезы с глаз. Он и не заметил, что плачет. Все расплывалось: часовые и пламя их факелов. Глупость. Слезы – это глупость.

– Мне нужно к дедушке!

Как они ухмыляются! Перепел убьет их всех. Всех!

– Он спит. Пошел отсюда!

– Он не может спать, болван! – Голос Якопо сорвался на крик. Еще месяц-другой назад он затопал бы ногами, но теперь уже понимал, что это не особенно действует. – Меня послал Пальчик. Я несу ему снотворное.

Часовые неуверенно переглянулись. Он, к счастью, намного умнее их, несравненно умнее.

– Ладно, проходи! – буркнул один. – Но только не вздумай там разводить нытье про бедную мамочку! А то я тебя своими руками столкну к ней в яму. Понял?

«Ты покойник, – думал Якопо, проходя мимо него. – Покойник. Сам-то еще об этом не догадываешься? Ничего, скоро узнаешь!» Да, эта мысль придавала сил.

– Чего тебе? – Дед сидел на кровати, двое слуг обтирали ему ноги от крови фей. Глаза у Змееглава слипались от макового отвара, который он принимал, когда хотел уснуть. Почему бы ему теперь не поспать? Перепел пойман и переплетает его смерть в новую книгу.

– Что ты сделаешь с Перепелом, когда он закончит? – Якопо знал, на какие вопросы дед любит отвечать.

Змееглав улыбнулся и нетерпеливым движением отослал слуг. Непрерывно кланяясь, те направились к двери.

– Может быть, ты все же пошел в меня, хоть и похож на отца? – Змееглав со стоном завалился на бок. – А ты бы что с ним сделал для начала? – Язык у него уже отяжелел, как и веки.

– Не знаю. Может, ногти ему вырвать?

Якопо подошел поближе к кровати. Вот она, подушка, которую повсюду носили за Змееглавом. Говорили, что ему больно сидеть без мягкой опоры. Но Якопо-то знал, в чем дело. Он не раз видел, как дед просовывает пальцы под плотную ткань и нащупывает кожаный переплет. Как-то раз перед ним даже мелькнул на мгновение кроваво-красный уголок. Никто не обращает внимания на то, что видит ребенок. Даже Змееглав, не доверявший никому, кроме себя.

– Ногти? Да, это болезненная процедура. Надеюсь, мой сын будет в твоем возрасте таким же сообразительным. Хотя зачем мне сын, если я бессмертен?

Я все чаще спрашиваю себя об этом. И жена зачем? И дочери...

Последние слова он произнес совсем невнятно. Из раскрытого рта Змееглава раздался храп. Тяжелые веки сомкнулись, левая рука вцепилась в подушку, где хранилась его смерть. Но у Якопо руки были маленькие и ловкие, совсем не такие, как у деда. Мальчик осторожно расшнуровал наволочку и вытащил книгу – Пустую Книгу, – хотя вернее было бы назвать ее Красной. Его дед повернул голову и захрипел во сне. Якопо вынул из-под куртки томик, захваченный из больной библиотеки, и подменил им Пустую Книгу.

– Дедушка спит, – заявил он часовым, выходя. – Не вздумайте его разбудить, а то он велит вырвать вам ногти.

Ночной кошмар

Чего бояться тому, кто не боится смерти?

Фридрих Шиллер. Разбойники*

Реза полетела в Зал тысячи окон, к Волшебному Языку.

– Реза! Так ты никогда уже не избавишься от птицы! – предостерег ее Сажерук, но она все равно положила зернышки под язык.

Он с трудом утащил ее из покоев Змееглава. Ее отчаяние разрывало ему сердце. Они не нашли Пустую Книгу, и оба знали, что это значит: погибнет не Змееглав, а Перепел – либо от меча Свистуна, либо от пыток Пальчика, либо от Белых Женщин, раз он не смог заплатить выкуп, который Смерть потребовала за его жизнь.

Реза полетела к нему, чтобы не оставлять одного в смертный час. Или она все еще надеялась на чудо? Может быть. Сажерук не сказал ей, что Смерть теперь заберет и его самого, и Мегги.

– Если ты не найдешь Книгу, – шепнул Волшебный Язык, отсылая его прокладывать огненный след, – попытайся хотя бы спасти наших дочерей.

Наших дочерей... Где искать Брианну, он знал, но как уберечь Мегги от Свистуна и уж тем более от Белых Женщин?

Люди Свистуна, конечно, пытались его задержать, после того как он выдал им Перепела, но уйти от них

* Перевод Н. Манн.

было легче легкого. Они до сих пор его ищут, но непроглядная тьма в замке не только оберегала глаза Змееглава, но и скрывала его врагов.

Орфей, видимо, не сомневался, что его черный пес – достаточная стража для Брианны. Возле клетки, где она сжалась в комок, как подбитая птица, горели два факела. Часовых не было. Черный страж скрывался где-то рядом, в стороне от огня.

Как Орфею удалось приручить его?

– Не забудь, что он вычитал его из книги, – сказал Волшебный Язык, – причем из детской, хотя я не уверен, что Фенолио сделал его по такому случаю менее страшным. Но он создан из слов, и я уверен, что Орфей укротил его тоже с помощью слов. Чуть изменить фразу, переставить одно-два слова – и вот ночное чудовище превращается в покорного пса!

«Разве ты забыл, Волшебный Язык, – подумал про себя Сажерук, – что в этом мире все, говорят, состоит из слов?» Он точно знал лишь одно: этот ночной кошмар будет не менее, а более страшным, чем те, что встречались в Непроходимой Чаще. Его не отпугнешь огнем и пыльцой фей. Пес Орфея создан из материи потемнее. «Как жаль, Сажерук, что ты не спросил Белых Женщин, как его зовут!» – думал он, медленно подкрадываясь к клетке. Ведь в песнях говорится, что это единственный способ умертвить ночной кошмар. А ведь сделать предстоит именно это: пса Орфея нужно уничтожить, чтобы хозяин не мог позвать его обратно. «Забудь про песни, Сажерук, – думал он, оглядываясь по сторонам. – Пиши свою повесть сам. Перепелу теперь тоже ничего другого не остается».

Факелы ярко вспыхнули от его шепота. Огонь приветствовал друга, словно устав от окружавшей тьмы. Брианна подняла голову.

До чего же она красива – совсем как мать.

Сажерук снова огляделся, ожидая, чтобы темнота зашевелилась. Где он?

Раздалось фырканье, повеяло холодом, послышалось тяжелое пыхтение, будто дышит большая собака. Мрак слева от Сажерука сгустился и стал чернее черного. Сердце болезненно сжалось. Ага, значит, страх не покинул его совсем, просто редко заходит в гости.

Брианна медленно отступала назад, пока не уперлась спиной в стальные прутья. На стене за клеткой распускал хвост нарисованный павлин.

– Уходи! – прошептала она. – Пожалуйста! Он тебя сожрет!

Уходи. Соблазнительная мысль. Но у него было две дочери, а теперь осталась лишь одна. И ее он хотел сохранить – не навсегда, но хоть на несколько лет. Драгоценное время. Время – что это такое? Не важно.

Сзади повеяло чудовищным холодом. Сажерук вызвал огонь и укутался в его жар, но пламя съежилось, погасло и оставило его одного во мраке.

– Уходи! Пожалуйста, уходи! – умолял голос Брианны.

Любовь, которую она обычно так тщательно скрывала, согревала лучше, чем любое пламя. Он снова позвал огонь, строже, чем обычно, напоминая, что они братья, что им нельзя бросать друг друга в беде. Язычки пламени робко пробились из земли, дрожа, словно задуваемые холодным ветром, – и все же они горели, и ночной кошмар отшатнулся и уставился на них.

Да, песни говорили правду об этих чудищах. Они состоят из одной душевной черноты, из зла, для которого нет забвения и прощения до тех пор, пока они не исчезнут, унося с собой все, чем были раньше.

В Сажерука впились глаза, красные точки во мраке, горящие тупой злобой, без мысли, без вчера и завтра, без света и тепла, узники собственного холода, вечной знобящей злобы.

Огонь теплой шубой окружал Сажерука – единственная его защита против неживых глаз и голодной пасти, разверзшейся с таким жутким воплем, что Брианна упала на колени и зажала уши.

Ночной кошмар протянул к огню черную руку, погрузил ее туда, так что пламя зашипело, – и Сажерук вдруг узнал в беспросветном мраке лицо. Незабываемое лицо.

Как это вышло? То ли Орфей тоже его увидел и приручил мрачного пса, позвав его забытым именем? Или, наоборот, он дал ему это имя, вернул на землю врага, которого Волшебный Язык в свое время отправил в царство мертвых?

Брианна тихо плакала за его спиной. Сажерук чувствовал ее дрожь через прутья клетки, но сам он больше не боялся. Он испытывал одну благодарность. Благодарность за этот миг, за эту новую встречу. Будем надеяться, она станет последней.

– Смотри-ка, кого я вижу! – сказал он тихо. Брианна перестала плакать. – Есть у тебя память в твоем мраке? Помнишь нож и спину мальчишки, худую, беззащитную? Помнишь, с каким звуком разбилось мое сердце?

Ночной кошмар уставился на него. Сажерук шагнул вперед, окутанный пламенем, разгоравшимся все жарче от боли и отчаяния, которые вернула его память.

– Убирайся, Баста! – сказал он так громко, что это имя проникло в самое сердце мрака. – Прочь из этого мира – во веки веков!

Лицо проступило отчетливее – острые лисьи черты, когда-то внушавшие ему такой страх, – и Сажерук натравил огонь на холод. Пламя вонзалось в тьму, как сотни мечей, выписывавших имя «Баста», и ночной кошмар снова завопил, а в его глазах пробудилось воспоминание. Он выл долго и протяжно, а его очертания растекались, как пролитые чернила.

И вот он растворился в темноте, рассеялся, как дым. Остался лишь холод, но и его сожрал огонь, а Сажерук упал на колени и почувствовал, как уходит боль, пережившая даже смерть. Ему хотелось, чтобы Фарид был сейчас рядом, хотелось так, что на мгновение он забыл, где находится.

– Отец? – донесся сквозь огонь голос Брианны.

Называла ли она его так когда-нибудь? Да, когда-то давно. Но был ли он тогда тот же, что теперь?

Горячими руками он раздвинул прутья решетки. Огонь полыхал в нем так жарко, что он боялся дотронуться до Брианны. Послышались шаги, тяжелые, торопливые шаги, спешащие на вопли ночного кошмара. Но темнота поглотила Сажерука и Брианну раньше, чем солдаты добрались до клетки и стали озираться в напрасных поисках черного стража.

Другая сторона

Она вырвала из книги страницу и разодрала ее надвое.

Потом целую главу.

И скоро не осталось ничего, кроме обрывков слов, разбросанных у нее между ног и вокруг. (...)

Что хорошего в словах?

Это она сказала уже вслух – освещенной оранжевым комнате.

– Что хорошего в словах?

Маркус Зузак. Книжный вор*

Черный Принц был еще у Роксаны в больничном гнезде. Она накладывала шину на его раненую ногу, чтобы он мог идти. Идти до самого Озерного замка.

– У нас есть время, – сказала Мегги, хотя сердце ее рвалось туда немедленно. – Мо, конечно, управится с новой книгой не быстрее, чем тогда во Дворце Ночи.

Черный Принц собирался взять на помощь Перепелу почти всех своих людей. Но не Элинор и Мегги.

– Я обещал твоему отцу, что вы с матерью останетесь в безопасном месте, – сказал он. – За Резой я не уследил, но за тобой постараюсь. А ты разве не обещала ему того же?

Нет. Не обещала. И потому пойдет с ними. Хотя у нее разрывалось сердце оттого, что придется оставить Дориа. Он так и не очнулся. Дариус будет пока с ним говорить. И Элинор. А она вернется. Если вернется.

---

* Перевод Н. Мезина.

Фарид пойдет с ней, он сумеет вызвать огонь, если в пути станет холодно. Мегги стащила немного вяленого мяса и наполнила водой одну из кожаных сумок Баптисты. Как мог Черный Принц подумать, что она останется здесь, после того как увидела огненные слова? Как он мог подумать, что она оставит отца умирать, будто это совсем другая, не ее история?

– Мегги! Черный Принц ведь ничего не знает о словах! – сказал ей Фенолио. – И уж тем более он не может себе представить, чем занимается Орфей.

Сам Фенолио это знал, но, как и Принц, был категорически против того, чтобы она уходила.

– Хочешь, чтобы с тобой случилось то же, что с матерью? Никто не знает, куда она пропала! Нет, ты должна остаться. Мы поможем твоему отцу по-своему. Я буду писать день и ночь, обещаю тебе. Но если тебя здесь не будет, какой с этого прок?

Остаться. Ждать. Нет. Хватит с нее. Она уйдет тайком, как Реза, и не заблудится... Она по горло сыта ожиданием. Если Фенолио придумает что-нибудь толковое, прочитать может Дариус – великана он тоже наверняка сумел бы вычитать, – а за детьми присмотрят Баптиста и Элинор, Роксана и Фенолио. А Мо там один. Она ему нужна. Она всегда была ему нужна.

Элинор слегка похрапывала. Неподалеку спал Дариус между детьми Минервы. Мегги, тихо пробираясь по скрипучему гнезду, собрала свои вещи: куртку, сапоги и рюкзак, напоминавший о другом мире.

– Ты готова? – У входа стоял Фарид. – Скоро рассвет.

Мегги кивнула – и обернулась, потому что Фарид вытаращился на что-то за ее спиной огромными, как у испуганного ребенка, глазами.

Среди спящих стояла Белая Женщина и смотрела на Мегги.

В одной руке у нее был огрызок карандаша, а другой она требовательно протягивала Фариду свечу – одну из тех, что Элинор прихватила из Омбры. Фарид подошел к ней как лунатик и тихим шепотом зажег фитиль. Белая Женщина обмакнула карандаш в пламя и начала писать на том самом листе бумаги, где Мегги, после того как великан унес Фенолио, безуспешно пыталась сочинить хороший конец для своего отца... Белая Женщина писала долго. Минерва шептала во сне имя своего мужа, Элинор повернулась на другой бок, Деспина тихонько всхлипнула, не просыпаясь, а ветер задувал в щели и грозил погасить свечу. Потом Белая Женщина поднялась, еще раз взглянула на Мегги и исчезла, словно ветер унес ее с собой.

Фарид вздохнул с облегчением и зарылся лицом в волосы Мегги. Но она тихо высвободилась и склонилась над исписанным листом.

– Это можно прочесть? – прошептал Фарид.

Мегги кивнула.

– Пойди к Черному Принцу и скажи, что он может поберечь свою ногу, – тихо сказала она. – Мы все остаемся здесь. Песнь о Перепеле дописана до конца.

Книга

– Хорошо, – сказала леди и повернулась к Эбби. – Приноси завтра книгу.

– Какую?

– Что значит какую? Разве есть еще книги, кроме этой?

Алан Армстронг. Уиттингтон

Нелегко заставлять руки работать медленно, когда они дорвались до любимого дела. Глаза у Мо слезились от плохого освещения, все тело болело от тяжелых оков, и все же он испытывал странное чувство счастья, как будто переплетает в книгу не смерть Змееглава, а само время, а вместе с ним всю тревогу о будущем и всю боль прошлого, так что остается лишь настоящее, момент, когда его пальцы любовно прикасаются к бумаге и коже.

– Мы с огнем придем к тебе на помощь, как только освободим Брианну, – пообещал Сажерук, уходя разыгрывать предателя. – И Пустую Книгу я тоже принесу.

Но пришел не Сажерук, а Реза. У Мо замерло сердце, когда в дверь впорхнула ласточка. Часовой направил на нее арбалет, но она увернулась от стрелы. Мо снял с плеча коричневое перышко. Они не нашли книгу. Это была его первая мысль, когда ласточка опустилась на потолочную балку. Все равно он рад, что она здесь.

Свистун, прислонившись к колонне, наблюдал за каждым его движением. Он что, собирается две недели не спать? Или воображает, что книгу можно переплести за один день?

Мо отложил нож и потер усталые глаза. Ласточка взмахнула крыльями, приветствуя его. Мо скорее опустил голову, чтобы не привлекать внимание Свистуна. Но тут Среброносый выругался – и Мо снова поднял глаза.

На стенах пылал огонь.

Это могло означать лишь одно: Брианна свободна.

– Ты что улыбаешься, Перепел? – Свистун подошел к нему и ударил кулаком в живот, так что Мо согнулся, а ласточка под потолком пронзительно вскрикнула. – Думаешь, твой огненный друг вернется и искупит свое предательство? Не дождешься! На этот раз я отрежу ему голову. Посмотрим, как он вернется без нее из царства мертвых!

Перепелу хотелось вонзить нож в эту бессердечную грудь, но Мо отогнал его. «Чего ты ждешь? – спрашивал Перепел. – Пустую Книгу вам не найти!» – «Ну, тогда и бороться не стоит, – отвечал Мо. – Без книги я все равно погиб – и моя дочь тоже».

Мегги. Только страх за нее объединял переплетчика и Перепела. Дверь отворилась, и в ярко освещенном зале возникла маленькая фигурка. Якопо.

Мелкими шажками он подошел к Мо. Хочет рассказать Перепелу о своей матери? Или его послал дед взглянуть, насколько продвинулась новая книга?

Сын Виоланты встал рядом с Мо, но смотрел на Свистуна.

– Он скоро закончит?

– Скоро, если ты не будешь отрывать его от работы, – сказал Среброносый и отошел к столику, где служанки приготовили для него вино и блюдо с холодным мясом.

Якопо достал из-под курточки книгу, обернутую в пеструю ткань.

– Я хотел попросить его вылечить мою любимую книжку.

Мальчик раскрыл ее, и у Мо перехватило дыхание. Пропитанные кровью страницы.

Якопо взглянул на него.

– Твою любимую книжку? Он должен сейчас заниматься только одним делом. Пошел отсюда! – Свистун наполнил кубок вином. – Пойди скажи на кухне, чтобы принесли еще вина и мяса.

– Пусть только взглянет! – Якопо говорил с обычным своим упрямством. – Дедушка разрешил! Можешь его спросить!

Он сунул Мо огрызок карандаша – короткий, так что его легко было спрятать в кулак. Да, это лучше, чем нож, намного лучше.

Свистун сунул в рот кусок мяса и запил вином.

– Врешь, – сказал он. – Рассказывал тебе дедушка, как я поступаю с врунами?

– Нет, а как? – Якопо выпятил подбородок, совсем как мать, и шагнул к Среброносому.

Свистун белоснежной салфеткой отер жир с пальцев и улыбнулся.

Мо зажал грифель в пальцах и открыл Пустую Книгу.

– Для начала я вырезаю им языки, – сказал Свистун.

– Правда? – Якопо подошел к нему еще ближе.

Сердце.

Пальцы Мо дрожали на каждой букве.

– Да, без языка врать неудобно, – сказал Среброносый. – Хотя погоди, однажды мне попался немой попрошайка, который нагло врал. Он говорил пальцами.

– И что ты сделал?

Свистун рассмеялся.

– Отрезал ему пальцы – один за другим.

«Смотри вверх, Мо, а то он заметит, что ты пишешь».

Кровь.

Осталось одно слово. Всего одно.

Свистун посмотрел на него. Перевел глаза на открытую книгу. Мо спрятал карандаш в кулаке.

Ласточка расправила крылья. Она хочет ему помочь. Нет, Реза! Но ласточка уже слетела с балки и закружилась над головой у Свистуна.

– Я уже видел эту птицу, – сказал Якопо. – В дедушкиных покоях.

– Правда? – Свистун взглянул на подоконник, куда села ласточка, и взял у часового арбалет.

Нет! Реза, улетай!

Всего одно слово, но Мо не мог оторвать глаз от птицы.

Свистун выстрелил, ласточка вспорхнула. Стрела не задела ее, и она метнулась прямо в лицо Свистуну.

Пиши, Мо! Он поднес карандаш к пропитанной кровью бумаге.

Свистун замахал руками на ласточку. Серебряный нос сбился на бок.

Смерть.

Белая ночь

Бедный император почти не мог вздохнуть, и ему казалось, что кто-то сидит у него на груди. Он приоткрыл глаза и увидел, что на груди у него сидела Смерть. Она надела на себя корону императора, забрала в одну руку его золотую саблю, а в другую – богатое знамя. Из складок бархатного балдахина выглядывали какие-то странные лица: одни гадкие и мерзкие, другие добрые и милые. То были злые и добрые дела императора, смотревшие на него, в то время как Смерть сидела у него на груди.

Ханс Кристиан Андерсен. Соловей*

Змееглав мерз. Он мерз даже во сне, хотя крепко прижимал к груди подушку с книгой, защищавшей от вечного холода. Его не согревали даже тяжелые, пропитанные маковым отваром сны – видения пыток, которым он подвергнет Перепела. Когда-то в этом замке он мечтал лишь о любви. Очень логично. Ведь любовь, которую он здесь обрел, истерзала его не меньше, чем нынешняя болезнь.

Как же холодно! Казалось, сами сны покрылись инеем. Сны о пытках. Сны о любви. Он открыл глаза, и расписные стены встретили его взглядом матери Виоланты. Проклятый маковый отвар. Проклятый замок. Почему огонь опять горит? Змееглав застонал и закрыл глаза руками, но искры, казалось, пылают у него под веками.

---

* Перевод А. Ганзен.

Красное. Красное и золотое. Свет, острый, как лезвие ножа. Из огня возник шепот – тот, которого он боялся со дня, когда впервые услышал его у постели умирающего. Дрожа, он посмотрел в щелку через распухшие пальцы. Нет, не может быть. Это мак, это опийные видения. Сразу четыре стояли у его кровати, белые как снег, нет, еще белее, и шептали имя, которым его назвали при рождении. Снова и снова они твердили его, словно напоминая, что он не всегда носил змеиную кожу.

Это маковый отвар.

Змееглав сунул дрожащую руку в подушку, хотел достать оттуда книгу, защититься ею, но холодные пальцы уже погрузились ему в грудь.

Как они на него смотрят! Глазами всех погибших, которых он послал к ним!

А потом они снова прошептали его имя.

И его сердце остановилось.

До конца

– Получилось! – сказал Бог. Он посмотрел на воробья и показал пальцем на исчезающее чудо. – Получилось! Я создал ласточку!

Тед Хьюз. Как воробей спас птиц

Белая Женщина появилась, как только Мо закрыл пропитанную кровью книгу. Свистун, увидев ее, забыл про ласточку, а сын Виоланты спрятался под стол, к которому был прикован Мо. Но дочь Смерти пришла не затем, чтобы забрать Перепела. Она пришла отпустить его на свободу, и Реза увидела облегчение на лице мужа.

Он все забыл в эту минуту. Это Реза тоже видела. Наверно, на краткий миг им овладела надежда, что история рассказана до конца.

Но Свистун не умер вместе со своим хозяином. На несколько драгоценных минут он оцепенел от страха, но, как только Белая Женщина исчезла, страх ушел вместе с ней. Реза снова расправила крылья. Подлетая к Свистуну, она выплюнула зерна, чтобы вернуть себе руки для помощи и ноги для ходьбы. Но птица не отступила, и Реза царапнула птичьими когтями по каменному полу.

Мо с ужасом смотрел на нее. Прежде чем она успела понять, какой опасности его подвергает, Свистун уже намотал на руку цепь, привязывавшую Мо к столу, и рванул на себя. Мо упал на колени, зажав в руке переплетный нож. Но что можно сделать ножом против меча или арбалета?

Реза в отчаянии вспорхнула на стол. Она давилась и трясла головой в надежде, что где-то под языком застряло еще зерно, но птица не отпускала ее. Свистун снова рванул цепь.

– Твой бледный ангел-хранитель сегодня у нас не задержался! – сказал он насмешливо. – Что ж он не разомкнул твои оковы? Не волнуйся, ты у нас будешь умирать так долго, что твои белые подруги успеют вернуться. А теперь работай, да поживее.

Мо с трудом поднялся на ноги.

– Зачем? – ответил он, подталкивая к Свистуну Пустую Книгу. – Твоему хозяину моя работа уже не нужна. Поэтому Белая Женщина и приходила. Я вписал три слова. Можешь убедиться. Змееглав мертв.

Свистун посмотрел на кроваво-красный переплет. Потом покосился под стол, куда забился Якопо, как напуганная зверушка.

– Вот как? – сказал он, вытягивая меч из ножен. – Ну что ж, если так... Я тоже не против стать бессмертным. Работай, говорят тебе!

Часовые начали перешептываться.

– Молчать! – крикнул Свистун и показал на одного из них рукой в перчатке. – Ты. Иди к Змееглаву и скажи, что Перепел утверждает, будто он мертв.

Солдат торопливо направился к двери. Остальные испуганно смотрели ему вслед. Свистун приставил меч к груди Мо.

– Работай, я сказал!

Мо отступил, насколько позволяла цепь.

– Второй Пустой Книги не будет. Якопо! Беги отсюда! Передай маме, что все будет хорошо!

Якопо вылез из-под стола и убежал. Свистун даже не посмотрел в его сторону.

– Когда у Змееглава родился сын, я сразу посоветовал ему прикончить отродье Козимо, – сказал он, не сводя глаз с Пустой Книги. – Но Змей и слышать об этом не хотел, вот и поплатился за глупость.

Солдат, которого он посылал к Змееглаву, задыхаясь, вбежал в зал. На нем не было лица.

– Перепел говорит правду! – с трудом выговорил он. – Змееглав мертв. Повсюду Белые Женщины.

Часовые опустили арбалеты.

– Повелитель, давайте вернемся в Омбру! – пробормотал один. – Этот замок проклят! А Перепела мы можем захватить с собой.

– Неплохая идея! – сказал Свистун, улыбаясь.

Нет.

Реза снова метнулась ему в лицо, клювом сбивая улыбку с губ. Птица это делала или она сама? Свистун поднял меч. Мо вскрикнул. Лезвие глубоко вонзилось в крыло. Она упала – и вдруг человеческое тело вернулось к ней, словно Свистун вырезал из нее птицу. Сребоносый ошалело уставился на Резу, поднял меч... но тут Мо ударил его ножом в грудь, прорвав драгоценную ткань, в которую так любил облачаться герольд Змееглава. Во взгляде мертвеца застыло удивление.

Солдат, находившихся в зале, Мо отогнал от Резы мечом Свистуна. Но их было много, а ему мешали оковы. Скоро все было залито кровью – руки Мо, грудь и оружие. Его это кровь или чужая?

Они убьют его, а она беспомощно смотрит на это и ничего не может сделать, уже который раз в этой истории! Но вдруг огонь избавил Мо от оков, а Резу загородил Сажерук с куницей на плече. Рядом стоял Якопо, похожий лицом на статуи своего отца.

– Она мертвая? – услышала Реза его вопрос.

– Нет, – ответил Сажерук. – Просто ранена в руку.

– Но она же была птицей! – удивился Якопо.

– Да! – откликнулся Мо. – Хорошая сказка, правда?

В большом зале вдруг стало тихо. Борьба, крики –

все прекратилось, только огонь тихонько потрескивал, переговариваясь с Сажеруком.

Мо опустился на колени рядом с Резой, весь в крови, но живой, а у нее была наконец рука, чтобы взять его руку. И все было хорошо.

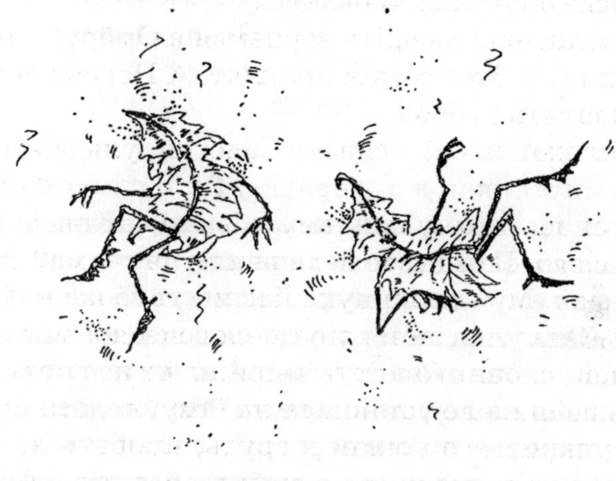

Не на ту карту

Как Орфей,
Я играю смерть на струнах жизни.

Ингеборг Бахман.
Темные речи

Орфей читал, как в лихорадке. Он и сам это слышал. Слишком громко и слишком быстро. Как будто его язык вонзал слова в тело переплетчика, как клинки. Он написал ему адские муки как месть за насмешливую улыбку Свистуна, которую до сих пор не мог забыть. Как унизила она его в тот самый момент, когда он чувствовал себя на вершине власти! Но уж хотя бы Перепел в ближайшее время перестанет улыбаться.

Халцедон размешивал чернила и с тревогой смотрел на него. «Очевидно, гнев написан у меня на лбу, – думал Орфей – наверное, капельками пота».

Сосредоточься, Орфей! Он попытался начать сначала. Некоторые слова было не разобрать: буквы натыкались друг на друга, опьянев от его гнева. Отчего ему кажется, что он читает в пустоту? Почему слова похожи на гальку, когда кидаешь ее в глубокий колодец и не слышишь всплеска? Что-то было не так. Такого он при чтении никогда не испытывал.

– Халцедон! – крикнул он стеклянному человечку. – Сбегай в Зал тысячи окон и посмотри, что там с Перепелом. Он должен уже корчиться в судорогах, как отравленная собака!

Халцедон выпустил прутик, которым размешивал чернила, и испуганно посмотрел на него.

– Но... Хозяин, я не знаю дорогу!

– Не изображай идиота, а то я спрошу ночной кошмар, не хочет ли он для разнообразия закусить стеклянным человечком. Идешь сперва направо, а потом прямо. Спроси у часовых, если заблудишься!

Халцедон с несчастным видом отправился в путь. Бестолковое создание! Право же, Фенолио мог бы придумать для пишущей братии не таких нелепых помощников. Но в том-то и беда с этим миром, что он ребячлив по своей сути! Почему он в детстве так любил эту книгу? Именно поэтому. Но теперь он взрослый, и этому миру тоже пора повзрослеть.

Еще одна фраза – и снова странное чувство, что слова смолкают, прежде чем он успевает их договорить. Проклятье!

Ошалев от гнева, он схватился за чернильницу, чтобы швырнуть ее в расписную стену, как вдруг снаружи донеслись громкие крики. Орфей поставил чернильницу на место и прислушался. Что это? Он открыл дверь и выглянул в коридор. Перед покоями Змееглава не было часовых. Слуги бегали по коридору взад-вперед, как куры с отрубленными головами. Черт побери, что все это значит? И почему на стенах снова пылает огонь Сажерука?

Орфей торопливо зашагал по коридору и остановился перед покоями Змееглава.

Дверь была открыта. Серебряный князь лежал на кровати мертвый, с широко раскрытыми глазами, по которым нетрудно было угадать, кого он видел в миг кончины.

Орфей невольно огляделся, подходя к кровати, но Белые Женщины, конечно, давно исчезли. Они получили то, чего так долго ждали. Но как? Как?

– Да, придется тебе поискать нового хозяина, Четвероглазый!

Пальчик вышел из-за портьеры, улыбаясь ястребиной улыбкой. На его худом пальце Орфей увидел кольцо, которым Змееглав припечатывал смертные приговоры. Княжеский меч Пальчик тоже прихватил.

– Надеюсь, вонь удастся отстирать, – доверительно сказал он Орфею, перебрасывая через плечо тяжелый бархатный плащ своего хозяина, и удалился по коридору, на стенах которого пылал огонь Сажерука.

Слезы потекли по щекам Орфея. Все погибло! Он поставил не на ту карту, напрасно терпел вонь разлагающегося владыки, напрасно гнул перед ним шею и терял время в этом мрачном замке! Последнюю песню написал не он, а Фенолио. А кто же еще? И теперь, надо думать, Перепел снова герой, а он – злодей. Нет, еще хуже – он проигравший, жалкая, комическая фигура.

Орфей плюнул в застывшее лицо Змееглава и побрел обратно в свою комнату, где на столе еще лежали бесполезные слова. Дрожа от ярости, он схватил чернильницу и вылил ее на то, что написал.

– Хозяин, хозяин, вы слышали? – В дверях появился запыхавшийся Халцедон. Быстро он обернулся на своих паучьих ножках. Рвения у него не отнимешь.

– Да, Змееглав мертв, я знаю. А с Перепелом что?

– Они сражаются! Он и Свистун.

– Ага. Может, Среброносый все же проткнет его мечом. Уже хоть что-то.

Орфей лихорадочно собирал вещи, заталкивая их в кошель из тонкой кожи, захваченный из Омбры: перья, пергамент, пустую чернильницу, серебряный подсвечник, выданный Змееглавом, и, конечно, три книги. Он не собирался сдаваться. Ни в коем случае.

Стеклянного человечка он запихал в карман на поясе.

– Какие у вас планы, хозяин? – с тревогой спросил Халцедон.

– Прихватим ночной кошмар – и прочь из этого замка!

– Ночного кошмара больше нет, хозяин! Говорят, Огненный Танцор развеял его как дым.

Проклятье, проклятье, проклятье! Так вот почему на стенах снова пылает огонь. Сажерук узнал ночной кошмар. Он понял, кто дышит в глубине тьмы. Ну и что, Орфей! Ты вычитаешь из книги Якопо замену. Это не так уж трудно. Только на этот раз нужно будет дать ему имя, которого Сажерук не знает.

Орфей прислушался. Тишина. Крысы покинули тонущий корабль. Мертвый Змееглав остался в одиночестве. Орфей еще раз зашел в комнату, где лежал раздувшийся труп, и забрал серебро, какое оставалось, хотя самое ценное, конечно, унес Пальчик. А потом под нытье стеклянного человечка поспешил к туннелю, по которому проник в замок Свистун. По каменным стенам стекала вода, словно озеро стремилось залить насильственно врезанный в его толщу проход.

Выход из туннеля никто не охранял, но между скалами лежало несколько мертвых латников. Похоже, они в панике перебили друг друга. Орфей взял было брошенный меч, но понял, что не уйдет далеко с такой тяжестью. Тогда он вынул нож из-за пояса у трупа, а с другого стянул грубый плащ. На редкость безобразная одежда, но теплая.

– Куда вы направляетесь, хозяин? – робко спросил Халцедон. – Назад в Омбру?

– Что нам там делать? – отозвался Орфей, глядя на темные склоны, заслонявшие путь на север.

На север... Он понятия не имел, что ждет его там. Фенолио не написал об этих краях ни слова, как и о многом другом в Чернильном мире, – именно потому он и пойдет на север. Горы со снежными шапками и пустынными склонами выглядели не слишком приветливо. Но это лучше, чем возвращаться в Омбру, принадлежащую теперь Виоланте и Перепелу. Пусть треклятый переплетчик провалится в ад, в самый большой котел с кипящей смолой! А Сажерук пусть вмерзнет в вечный лед, чтобы предательские пальцы стали как стеклянные и с хрустом отломились один за другим!

Орфей в последний раз обернулся на мост. Вон они бегут, солдаты Серебряного князя! И от кого отважные воины так драпают? От двух человек и их белых ангелов-хранителей! И от раздутого трупа своего повелителя!

– Хозяин, вы не могли бы посадить меня на плечо? Что, если я выпаду из кармана? – жалобно пропищал Халцедон.

– Тогда мне понадобится новый стеклянный человечек! – ответил Орфей, поворачивая к лесу.

На север. В края, не описанные пером. «Да, – думал он, тяжело подымаясь по крутому склону, может быть, там найдется место, покорное моим словам».

В путь

– Расскажи мне историю, – просит Альба, прислоняясь ко мне, холодная, как рыба.

– Какую историю? – спрашиваю я, обнимая ее.

– Хорошую. Про тебя и про маму, когда мама была маленькой девочкой.

– Хм. Хорошо. Однажды...

– Когда это было?

– Сразу во все времена. И давно, и прямо сейчас.

Одри Ниффенеггер.

Жена путешественника во времени*

Меч Свистуна вошел глубоко, но Брианна многому научилась у матери, хотя и предпочитала петь песни Уродине, а не разводить травы на каменистых грядках.

– Плечо заживет, – сказала она, перевязывая рану.

А вот от птицы Резе уже не избавиться – это Волшебный Язык знал не хуже Сажерука.

Свистун очень старался отправить Перепела в царство мертвых вслед за своим господином. Мо был ранен в плечо и левую руку. Но в конце концов Среброносый все же сам отправился вслед за Змееглавом, и Сажерук предал огню его труп, как и тело его хозяина.

Виоланта, очень бледная, стояла рядом с Волшебным Языком, пока Змеeглав и Свистун превращались в пепел. Она выглядела такой юной, словно оставила

* Перевод А. Пономаревой.

несколько лет в яме, куда ее бросил отец, и по-детски растерянной. Наконец она повернулась спиной к огню, пожравшему ее отца, и Сажерук впервые увидел, как она обнимает за плечи сына – странного мальчика, которого по-прежнему никто не любил, хотя он спас их всех. Даже Волшебный Язык с его добрым сердцем не чувствовал к малышу симпатии (Сажерук видел это по его лицу), хотя и стыдился этого.

Из юных солдат Виоланты в живых осталось чуть больше десятка. Они отыскали их в подземных застенках. Зато солдаты Змееглава исчезли все до одного, как и Белые Женщины. На берегу остались пустые палатки, черная карета и несколько бесхозных лошадей. Якопо уверял, что рыбы-людоеды, которых развел его прадед, вынырнули из воды и сожрали несколько человек, бежавших по мосту. Ни Виоланта, ни Волшебный Язык ему не поверили, но Сажерук вышел на мост и нашел на влажных камнях несколько переливающихся чешуек размером с липовый лист. Поэтому они покинули Озерный замок по туннелю, через который проник Свистун.

Когда они вышли на берег, шел снег, и замок у них за спиной скрылся за хороводами снежинок, словно растворившись в белизне. Вокруг было так тихо, будто все слова иссякли и все, что можно было рассказать в этом мире, рассказано до конца. Сажерук нашел следы Орфея в замерзшем прибрежном иле. Волшебный Язык посмотрел на лес, к которому они вели, словно все еще слышал внутри голос Орфея.

– Я предпочел бы знать, что он мертв, – тихо сказал он.

– Очень разумно, – заметил Сажерук. – Но с этим мы, к сожалению, опоздали.

Он искал Орфея после того, как погиб Свистун, но Четвероглазого уже и след простыл, как и Пальчика. Мир казался таким светлым в это холодное утро и у всех у них было так легко на сердце! Но тьма осталась и еще расскажет свою часть истории.

Они поймали лошадей, брошенных людьми Змеёглава. Волшебный Язык торопился, несмотря на слабость от ран. «*Давай спасем хотя бы наших дочерей*».

– Черный Принц наверняка позаботился, чтобы с Мегги ничего не случилось, – сказал Сажерук, но тревога на лице его товарища не рассеялась.

Они ехали молча, погруженные каждый в свои мысли и воспоминания. Тишину нарушал только требовательный голосок Якопо:

– Есть хочу! Пить хочу! Когда мы приедем? Как ты думаешь, Зяблик поубивал детей и разбойников?

Виоланта всякий раз отвечала ему, хотя порой невпопад. Озерный замок сблизил их общим страхом и общим страданием, но главным было, конечно, то, что Якопо осуществил задуманное матерью. Змееглав был мертв. Хотя Сажерук был уверен, что Уродина до конца дней не избавится от тени отца, и она, вероятно, тоже это знала.

Волшебный Язык тоже не избавился от Перепела. Сажеруку порой казалось, что тот едет рядом с ними, и он в который раз спрашивал себя: может быть, это просто две стороны одного человека? Как бы то ни было, переплетчик любил этот мир не меньше, чем разбойник.

Реза высыпала остатки семян в озеро, но ласточка вернулась в первую же ночь, когда они устроили привал под деревом с мохнатыми желтыми цветами на голых ветках. Она превратилась во сне и взлетела на цветущие ветки, где лунный свет серебрил ее крылья. Увидев ее там, Сажерук разбудил Волшебного Языка, и вместе они дожидались под деревом, чтобы ласточка с наступлением утра слетела вниз и превратилась в женщину.

– Что будет с ребенком? – испуганно спросила она.

А Волшебный Язык ответил:

– Ему будут сниться полеты.

Как переплетчику снился разбойник, а разбойнику – переплетчик, так и Огненному Танцору – языки пламени и комедиантка, умеющая плясать, как они. Может быть, этот мир был на самом деле соткан из грез, а старик лишь облек их в слова.

Реза расплакалась, когда они добрались до пещеры и нашли ее пустой. Но Сажерук обнаружил перед входом нарисованную углем птицу – знак Силача. Под знаком был закопан рисунок, который Дориа, очевидно, предназначал для старшего брата. Сажерук слыхал когда-то о таком дереве с человеческими гнездами, но своими глазами не видел.

Им понадобилось два дня, чтобы его отыскать. Сажерук первым увидел великана. Он схватил под уздцы лошадь Волшебного Языка, а Реза в страхе прижала руку к губам. Зато Виоланта смотрела на великана восторженно, как ребенок.

Великан держал на ладони Роксану, как будто она тоже превратилась в птицу. Брианна побледнела, увидев мать между огромными пальцами. Сажерук соскочил с коня и направился к великану.

Между его огромными ногами стоял Черный Принц со своим медведем. Хромая, он тронулся Сажеруку навстречу, и вид у него был невероятно счастливый.

– Где Мегги? – спросил Волшебный Язык, тоже обнявшись с Принцем.

Баптиста показал наверх, на гнезда.

Сажерук никогда не видывал подобного дерева, даже в самых диких глубинах Непроходимой Чащи. Ему хотелось тут же вскарабкаться по стволу к гнездам и веткам, на которых, как птицы, сидели женщины и дети.

Мегги окликнула отца, и Волшебный Язык кинулся ей навстречу. Она спустилась со ствола по канату так ловко, словно всю жизнь жила на деревьях. А Сажерук обернулся и посмотрел вверх, на Роксану. Она что-то шепнула великану, и он так осторожно опустил ее на землю, словно боялся разбить. «Только бы никогда больше не забывать ее имени», – думал Сажерук. Он попросит огонь выжечь эти буквы в его сердце, чтобы даже Белые Женщины не могли их смыть. Роксана. Сажерук обнял ее, а великан смотрел на них хамелеоньими глазами, в которых, казалось, отражаются все краски мира.

– Оглянись, – шепнула ему Роксана.

Сажерук увидел, как Волшебный Язык обнимает дочь и утирает слезы с ее лица, как Книгожорка бежит к Резе – она-то откуда тут взялась, во имя всех фей? – как Туллио уткнулся мохнатым лицом в юбку Виоланты, как Силач едва не задушил Волшебного Языка в объятиях... и...

Фарид.

Он стоял, раскапывая босой ногой свежевыпавший снег. Обуви он по-прежнему не носил, зато, кажется, подрос.

Сажерук шагнул к нему.

– Ты, я вижу, хорошо заботился о Роксане, – сказал он. – А огонь тебя слушался, пока меня не было?

– Он всегда меня слушается! – Да, мальчик повзрослел! – Я сразился с Коптемазом.

– Надо же!

– Мой огонь сожрал его огонь.

– Правда?

– Да! Я залез на плечо великана и оттуда поливал его огнем. А потом великан сломал ему шею.

Сажерук невольно улыбнулся, и Фарид улыбнулся в ответ.

– А ты... Ты теперь снова уйдешь? – Юноша оглянулся с такой тревогой, словно Белые Женщины уже дожидаются у него за спиной.

– Нет, – ответил Сажерук и снова улыбнулся. – Пока нет, наверное.

Фарид. «Пусть огонь выжжет в моем сердце и это имя, – думал Сажерук. – Роксана. Брианна. Фарид. И конечно, Гвин».

Омбра

Что, если этот много лет знакомый путь
Вдруг решит не вести больше к дому, а пойдет зигзагами
Как хвост воздушного змея, просто и бесцеремонно!
Что, если его гудроновая кожа
Была лишь длинным рулоном ткани,
Которую разматывают,
и она приспосабливается по форме
К тому, что похоронено под ней?
Что, если он сам направит себя, куда захочет,
В незнакомые места, через горы,
На которые вдруг придется взбираться.
Кто отказался бы тогда идти с ним?
Кто не хотел бы знать, чем кончится сказка,
Или куда приведет дорога?

Шейна Пью. Что, если этот путь...

Когда Черный Принц привел детей обратно в Омбру, зубцы городских стен были покрыты снегом. Женщины забрасывали его тряпичными цветами. Над башнями снова реял герб со львом, но теперь его поднятая лапа опиралась на книгу с пустыми страницами, а грива была огненная. Зяблика не было. Он сбежал от великана не в Омбру, а прямо во Дворец Ночи, в объятия сестры, а Виоланта под покровом ночи вернулась в свой замок, чтобы принять власть над городом и подготовить его к возвращению детей.

Мегги с Элинор, Дариусом и Фенолио стояли на площади перед воротами замка, когда матери снова обняли сыновей и дочерей, а Виоланта со стены благодарила Черного Принца и Перепела за их спасение.

– Знаешь что, Мегги? – прошептал Фенолио, пока Виоланта раздавала женщинам запасы с дворцовой кухни. – Может быть, Уродина влюбится теперь в Черного Принца? Он ведь был Перепелом, пока не появился твой отец, а Виоланта все равно была влюблена больше в роль, чем в человека!

Ах, Фенолио! Он снова стал прежним. Великан возродил его уверенность в себе, хотя сам давно ушел обратно в свои горы.

Перепел не приехал с ними в Омбру. Мо остался с Резой на одиноком хуторе, где они жили прежде.

– Перепел возвращается туда, откуда пришел, – сказал он Принцу, – в песни комедиантов.

Их теперь распевали повсюду – про то, как Перепел и Огненный Танцор вдвоем победили Змееглава и Свистуна со всем их войском...

– Баптиста, пожалуйста, – сказал Мо, – сочини хоть ты песню про то, как все было на самом деле. Песню про всех, кто помогал Перепелу и Огненному Танцору. Про ласточку и про юношу.

Баптиста пообещал сочинить такую песню, но Фенолио покачал головой:

– Нет, Мегги такого никто петь не будет. Людям не по душе, когда их герои нуждаются в помощи, тем более от женщин и детей.

Вероятно, он прав. Возможно, и Виоланте поэтому нелегко придется на троне Омбры, хотя сегодня горожане приветствуют ее радостными криками. Якопо стоял рядом с матерью. Сходство мальчика с покойным отцом стало разительным, но Мегги он больше напоминал своего мрачного деда. Сердце у нее содрогалось при мысли, с какой легкостью он обрек его на смерть, хотя это было спасением для Мо.

По другую сторону Непроходимой Чащи теперь тоже царствовала вдова, оберегающая престол для сына. Мегги знала, что Виоланта ожидает войны, но сегодня никому не хотелось думать о подобных вещах. Этот день был посвящен вернувшимся детям. Все до единого были целы и невредимы, и комедианты пели об огне Фарида, о дереве с гнездами и о великане, который таинственным образом спустился с гор в самый нужный момент.

– Я буду скучать по нему, – прошептала Элинор, когда он скрылся между деревьями.

Мегги чувствовала то же самое. Она никогда не забудет, как отражался Чернильный мир в его коже, и как он удалился легкой походкой, огромное доброе дитя.

– Мегги! – Фарид протиснулся к ней через толпу женщин и детей. – Где Волшебный Язык?

– С мамой, – ответила она и с удивлением почувствовала, что сердце у нее не забилось быстрее при его появлении. Когда это успело произойти?

Фарид нахмурился.

– Ага, – сказал он. – Сажерук тоже у своей комедиантки. Он целует ее так часто, будто губы у нее медом намазаны.

Ах, Фарид! Он по-прежнему ревнует к Роксане.

– Я собрался пока уйти отсюда.

– Уйти? Куда?

За спиной у Мегги препирались Фенолио и Элинор – она нашла недочеты во внешнем виде замка. Они обожали спорить друг с другом, а возможностей для этого было у них теперь хоть отбавляй – они стали соседями. Сумка, в которую Элинор сложила нужные вещи, собираясь в Чернильный мир (в том числе серебряный столовый прибор) осталась в другом мире («понимаешь, я была очень взволнована, в таком состоянии не трудно что-нибудь забыть!»), но, к счастью, в момент ухода на ней были фамильные драгоценности. Розенкварц так выгодно продал ее украшения («Мегги, ты себе не представляешь, какая деловая хватка у этого стеклянного крохи!»), что Элинор смогла купить дом на той улице, где жила Минерва.

– Не знаю точно. – Фарид вырастил между пальцами огненный цветок и прикрепил на платье Мегги. – Хочу побродить от одной деревни к другой, как делал раньше Сажерук.

Мегги смотрела на пылающий цветок. Пламя увяло, как настоящие лепестки, и на платье осталось крошечное пятнышко пепла. Фарид. Раньше сердце у нее бешено колотилось от одного звука его имени, а теперь она едва слушала, что он рассказывает о своих планах: выступать на ярмарках и в горных деревнях, побывать за Непроходимой Чащей... Она вздрогнула, заметив в толпе женщин Силача. Дети залезали ему на плечи, как привыкли делать в пещере, но того, кого искали ее глаза, с ним рядом не было. Она разочарованно отвела взгляд – и покраснела, когда Дориа вдруг вырос прямо перед ней. Фарид замолк на полуслове и бросил на него взгляд, каким обычно смотрел лишь на Роксану.

На лбу у Дориа был шрам длиной со средний палец Мегги.

«Удар кистенем, не очень меткий, – сказала Роксана. – От раны в голову всегда много крови, поэтому они, видно, решили, что он убит».

Роксана много ночей выхаживала Дориа, но Фенолио был убежден, что юноша выжил лишь благодаря истории, которую он много лет назад написал о его будущем. «А кроме того – если уж ты хочешь приписать его выздоровление Роксане, – ее-то кто придумал, а?» – говорил он.

Да, он действительно стал прежним Фенолио.

– Дориа! Как ты себя чувствуешь? – Мегги невольно протянула руку и погладила шрам у него на лбу. Фарид странно посмотрел на нее.

– Отлично! Голова как новая. – Дориа достал что-то из-за спины. – Посмотри – так они выглядят?

Мегги уставилась на крошечный деревянный самолет.

– Ты ведь так их описывала – летательные машины?

– Но ты же был без сознания!

Он улыбнулся и приложил руку ко лбу.

– Тем не менее твои рассказы все там. Я их до сих пор слышу. Вот только про музыку я не понял, как это устроено. Знаешь, коробочка, откуда звучит музыка...

Мегги невольно улыбнулась:

– Да, радио... Нет, здесь оно не может работать... Не знаю, как тебе объяснить...

Фарид вдруг взял ее за руку.

– Мы сейчас придем, – сказал он Дориа и потащил Мегги за собой. – Волшебный Язык знает, как ты на него смотришь?

– На кого?

– На кого! – Он провел пальцем по лбу, изображая шрам Дориа. – Послушай! – сказал он, откидывая ей волосы со лба. – Пойдем со мной! Мы могли бы бродить по деревням вместе. Как тогда, когда мы с Сажеруком шли за твоими родителями. Помнишь?

Он еще спрашивает!

Мегги посмотрела через его плечо. Дориа стоял рядом с Фенолио и Элинор. Фенолио рассматривал самолет.

– Прости меня, Фарид, – сказала она, мягко снимая его руку со своего плеча, – но я хочу остаться здесь.

– Почему? – Он попытался ее поцеловать, но Мегги отвернулась, хотя глаза ее при этом наполнились слезами. «*Помнишь?*»

– Удачи тебе! – сказала она, целуя его в щеку. Таких красивых глаз она не видела ни у одного юноши. Но что делать – ее сердце теперь билось чаще при виде другого.

Потом

Спустя пять месяцев на одиноком хуторе, куда Черный Принц поселил когда-то Перепела, родится ребенок. Это будет мальчик, темноволосый, как отец, но с глазами матери и сестры. Он будет знать, что леса полны фей, что на столе, где лежит хоть клочок пергамента, непременно спит стеклянный человечек, что книги переписываются от руки и что знаменитый миниатюрист рисует левой рукой, потому что правая кисть у него кожаная. Он привыкнет, что на рыночной площади комедианты жонглируют огнем и разыгрывают непристойные фарсы, что женщины носят длинные платья, а городские ворота охраняет вооруженная стража.

А его тетка по имени Элинор будет рассказывать мальчику, что есть мир, где все устроено по-другому. Там нет ни фей, ни стеклянных человечков, зато есть звери, которые носят детенышей в сумке на животе, и птицы, машущие крыльями так быстро, что это звучит как жужжание шмеля. Еще там есть кареты, которые ездят без лошадей, и движущиеся картины. Элинор расскажет ему, что давным-давно ужасный злодей по имени Орфей вычитал оттуда его родителей, а потом этот Орфей бежал от его отца и Огненного Танцора в горы Севера, где, надо надеяться, и замерз. Она расскажет ему, что в том мире даже люди, облеченные высшей властью, не носят мечей, но зато там есть куда более страшное оружие (у его отца есть очень красивый меч. Он лежит в мастерской, завернутый в ткань. Мальчик иногда тайком разворачивает его и проводит пальцами по блестящему клинку). Да, Элинор будет рассказывать ему невероятные вещи об этом мире, где люди будто бы даже построили летающие кареты, но в это он все-таки не верит, хотя Дориа соорудил для его сестры крылья, на которых Мегги в самом деле пролетела от городской стены до реки.

И все же он посмеялся над ней, потому что в полетах он понимает больше, чем Мегги. Ведь по ночам у него иногда вырастают крылья, и он вместе с матерью летает по деревьям. А может быть, это ему только снится. Он видит этот сон почти каждую ночь, но все же ему хотелось бы посмотреть на летающие кареты, на зверей с сумками, на движущиеся картины и на дом, о котором так часто рассказывает Элинор, – дом, полный книг, написанных без пера и чернил и тоскующих, потому что Элинор их бросила.

– Когда-нибудь мы отправимся туда вместе, – повторяет Элинор, и Дариус всякий раз кивает.

Дариус тоже умеет рассказывать замечательные истории о коврах-самолетах и джиннах в бутылках.

– Когда-нибудь мы отправимся туда втроем, и я тебе все покажу.

А отец сажает его на колени, гладит по черным волосам и говорит, как Элинор:

– Когда-нибудь непременно. Но для этого нам нужны слова – правильные, потому что не всякие слова открывают двери между мирами, а тот, кто мог бы их написать, – ленивый старик. И, к сожалению, он становится с каждым днем все забывчивее.

А потом он рассказывает о Черном Принце и его медведе, о великане, которого непременно нужно будет навестить, и о новых фокусах, которым научился Огненный Танцор. И мальчик прочтет в глазах отца, что он счастлив здесь и совсем не томится по другому миру. Как и сестра. И мать.

И он подумает, что придется ему однажды отправиться в другой мир одному. Или с Элинор. А для этого нужно выяснить, какого старика имеет в виду отец – стариков в Омбре много. Наверное, он говорит о том, у которого два стеклянных человечка. Он сочиняет песни для комедиантов и Виоланты, которую все называют Доброй и любят куда больше, чем ее сына. Баптиста называет старика Чернильный Шелкопряд, а Мегги иногда ходит к нему в гости. Надо в следующий раз пойти с ней и спросить его о словах, открывающих двери. Потому что в том мире, судя по всему, очень интересно, гораздо интереснее, чем здесь...

Озерный замок
Место, где покоилось тело Сажерука
Дерево с гнездами
Одинокий хутор Мо и Резы
Пещера, где прятали детей
Омбра
Усадьба Роксаны
Мрачный холм
Кладбище комедиантов
Чернильный мир

Чернильный мир

Ансельмо	стражник у ворот замка Омбры
Бальбулус	миниатюрист в замке Омбры
Баптиста	комедиант; актер; изготовитель масок
Баранья Башка	*см.* Орфей
Барсучья нора	убежище разбойников
Баста	подручный Каприкорна, любитель поножовщины
Белла	знахарка в богадельне Хитромысла
Белые Женщины	служительницы Смерти
Бенедикта	комедиантка
Богадельня	больница Хитромысла во владениях Дворца Ночи; убежище для гонимых
Брианна	дочь Сажерука и Роксаны; служанка Виоланты; прислуга Орфея
Бродяга	разбойник
Верзила	*см.* Сахарок
Виоланта	по прозвищу Уродина: дочь Змееглава; вдова Козимо; мать Якопо
Вито	солдат Виоланты
Волшебный Язык	*см.* Мо
Гвин	рогатая куница Сажерука
Гекко	разбойник
Герцог Вздохов	*см.* Жирный Герцог

Дариус	бывший чтец Каприкорна; библиотекарь Элинор
Дворец Ночи	замок Змееглава
Двупалый	разбойник
Деревня Каприкорна	заброшенное селение в Лигурии; место первых важных событий
Деревяга	разбойник
Деспина	дочь Минервы
Дориа	разбойник; младший брат Силача; друг Люка
Дуботряс	*см.* Осс
Дуплистые деревья	здесь покоился Сажерук под защитой Белых Женщин
Еж	разбойник
Жирный Герцог	владыка замка и герцогства Омбра; отец Козимо Прекрасного; свекор Виоланты
Задира	разбойник
Запинающийся Язык	*см.* Дариус
Змееглав	самый жестокий князь Чернильного мира; отец Виоланты
Змей	*см.* Змееглав
Зяблик	шурин Змееглава; наместник Омбры
Иво	сын Минервы
Йехан	сын Роксаны
Каприкорн	предводитель шайки поджигателей и вымогателей, уничтоживший все экземпляры «Чернильного сердца»
Карла	помощница в богадельне Хитромысла

Кикиморы	целительницы
Кладбище комедиантов	здесь Мо призывает Белых Женщин
Козимо	Козимо Прекрасный: сын Жирного Герцога, муж Виоланты
Кокерель	один из людей Каприкорна
Коптемаз	комедиант; огнеглотатель
Крапива	знахарка
Крепость Каприкорна	логово бандитов и поджигателей Каприкорна в Непроходимой Чаще; здесь Мо и Реза впервые ступали на землю Чернильного мира; здесь же Мортола ранила Мо
Лазаро	имя Силача
Ловкач	разбойник
Лоредан	*см.* Элинор
Луноликий	*см.* Орфей
Люк	разбойник; друг Дориа
Мегги	дочь Мо и Резы; чтица
медведь	постоянный спутник Черного Принца
Мина	комедиантка
Минерва	квартирная хозяйка Фенолио; мать Деспины и Иво
Мо	мортимер Фолхарт: переплетчик, муж Резы, отец Мегги; его называют еще «Волшебный Язык», а с определенного момента – «Перепел»
Мортимер	*см.* Мо
Мортола	мать Каприкорна; одно время – госпожа Резы

Мышиная мельница	место, где слова Фенолио о смерти Сажерука едва не стали правдой
Мясник	потрошитель из банды Каприкорна, а позже Змееглава
Небесный Плясун	комедиант; бывший канатоходец; друг Сажерука
Непроходимая Чаща	лес к югу от Омбры; здесь оказывались Мегги и Фарид, попав в Чернильный мир
Огненный Лис	один из поджигателей; преемник Каприкорна; герольд Змееглава
Огненный Танцор	*см.* Сажерук
Озерный замок	родной дом матери Виоланты; место последних решающих событий
Омбра	замок и город; одно из основных мест действия
Орфей	писатель и чтец
Осс	телохранитель Орфея
Пальчик	телохранитель Змееглава
Паула	внучка Фенолио
Перепел	легендарный разбойник, выдуманный Фенолио; прозвище и роль Мо
Пестрый Народ	комедианты Чернильного мира: жонглеры, фокусники, канатоходцы, огнеглотатели, метатели ножей...
Пиппо	внук Фенолио
Плосконос	помощник Каприкорна
Принц	*см.* Черный Принц
Пролаза	рогатая куница Сажерука и Фарида
Пустая Книга	ее переплел Мо для Змееглава; сулит бессмертие

Реза	Тереза Фолхарт: жена Мо; мать Мегги
Рико	внук Фенолио
Розанна	младшая дочь Сажерука и Роксаны
Розенкварц	стеклянный человечек Фенолио
Роксана	жена Сажерука; бывшая комедиантка; знахарка
Сажерук	комедиант; огнеглотатель; странник между мирами
Сахарок	слуга Мортолы, а затем Орфея
Свистун	комедиант Каприкорна; герольд Змееглава
Серебряный Князь	*см.* Змееглав
Силач	комедиант и разбойник; один из самых преданных сторонников Черного Принца
Сланец	стеклянный человечек Орфея
Соляной князь	дед Виоланты по матери
Сорока	*см.* Мортола
Среброносый	*см.* Свистун
Сырная Голова	*см.* Орфей
Таддео	библиотекарь Дворца Ночи
Тайный лагерь	здесь Мо выхаживали после ранения
Тереза	*см.* Реза
Туллио	паж Жирного Герцога и Виоланты
Угольщик	разбойник
Уродина	*см.* Виоланта
Фарид	вычитан ненароком из «Сказок 1001 ночи»; ученик Сажерука

Фенолио	писатель, сочинивший Чернильный мир; автор книги «Чернильное сердце»
Фолхарт	фамилия Мо, Мегги и Резы
Фульвио	помощник Каприкорна
Халцедон	стеклянный человечек Орфея
Хват	разбойник
Хитромысл	цирюльник; основатель богадельни во владениях Дворца Ночи, а позже в Омбре
Цербер	пес Орфея
«Чернильное сердце»	книга Фенолио; за ее последними экземплярами гоняются Каприкорн и Орфей
Чернильный	*см.* Фенолио
Шелкопряд	
Чернобород	разбойник
Черный Принц	король комедиантов; атаман разбойников; хозяин медведя
Четвероглазый	*см.* Орфей
Элинор	Элинор Лоредан: тетка Резы, двоюродная бабка Мегги
Эльфогон	разбойник
Якопо	Сын Виоланты и Козимо; внук Змееглава

Оглавление

Благодарности

Мне почти нечего добавить к благодарностям, которыми я закончила «Чернильную кровь»! Превратить новую рукопись в книгу помогали те же люди: мой редактор Урсула Хеккель, вновь тщательно проработавшая каждую страницу, Мартина Петерсен, художественный редактор издательства Cecilie Dressler, нарядившая и этот том в чудесное платье, переплетчица Анке Метц, снова любезно согласившаяся прочитать корректуру, чтобы Мо не наделал грубых ошибок в переплетном искусстве.

Я снова хочу поблагодарить Катю Муссиус за чудные рекламные материалы к новой книге, корректоров Ютту Кирхнер и Удо Бендера, а на этот раз – еще и Ютту Хевеккер, которая помогала мне и Урсуле Хеккель в процессе редактуры (и отыскивала пропавшие электронные письма!).

Особую благодарность мне хочется направить в Англию, Энти Белл, моей замечательной переводчице, прочитавшей эту историю еще в предварительной версии. На этот раз она была самой первой моей читательницей (с позволения моей дочери Анны, заваленной выше головы чтением по школьной программе). Каждый вечер я отправляла в Англию свеженаписанную главу, а наутро в электронной почте уже появлялся ответ Энти. Она много недель сопровождала меня в работе, сочувствовала всем перипетиям истории и с нетерпением ждала продолжения. Я горячо надеюсь, что она не откажет мне в своей бесценной помощи и со следующей книгой.

И, конечно, я благодарю переплетчиков, наборщиков, представителей издательства Cecilie Dressler и, наконец, но не в последнюю очередь – книготорговцев! Каждое слово благодарностей к «Чернильной крови» верно и для «Чернильной смерти». Чтобы донести книгу до читателя, нужен труд многих людей, и моя работа лишь первый шаг на этом пути.

С сердечным приветом... из Лос-Анджелеса
Корнелия Функе

Литературно-художественное издание

Для среднего школьного возраста

ФУНКЕ Корнелия

ЧЕРНИЛЬНАЯ СМЕРТЬ

Роман-фэнтези

Ответственный редактор *А. Ю. Бирюкова*
Художественный редактор *О. В. Клявень*
Технический редактор *М. В. Гагарина*
Корректоры *Т. И. Филиппова, К. И. Каревская*
Компьютерная верстка *О. В. Краюшкина*

Подписано в печать 14.03.2014. Формат 60×90 $^1/_{16}$.
Бумага офсетная. Гарнитура «SchoolBook».
Печать офсетная. Усл. печ. л. 42,0.
Доп. тираж 5000 экз. D-FUN-8495-05-R. Заказ № 4422.

ООО «Издательская Группа «Азбука-Аттикус» —
обладатель товарного знака Machaon
119334, Москва, 5-й Донской проезд, д. 15, стр. 4
Тел. (495) 933-76-00, факс (495) 933-76-19
E-mail: sales@atticus-group.ru; info@azbooka-m.ru

Филиал ООО «Издательская Группа «Азбука-Аттикус» в г. Санкт-Петербурге
191123, Санкт-Петербург, набережная Робеспьера, д. 12, лит. А
Тел. (812) 327-04-55
E-mail: trade@azbooka.spb.ru; atticus@azbooka.spb.ru

ЧП «Издательство «Махаон-Украина»
04073, Киев, Московский проспект, д. 6, 2-й этаж
Тел./факс (044) 490-99-01
e-mail: sale@machaon.kiev.ua

ЧП «Издательство «Махаон»
61070, Харьков, ул. Ак. Проскуры, д. 1
Тел. (057) 315-15-64, 315-25-81
e-mail: machaon@machaon.kharkov.ua

www.azbooka.ru; www.atticus-group.ru

Отпечатано в ООО "Тульская типография"
300600, г. Тула, пр. Ленина, 109.

Знак информационной продукции
(Федеральный закон № 436-ФЗ
от 29.12.2010 г.) 12+